Christine Jaeggi

Unvollendet

Die Autorin
Christine Jaeggi, geboren 1982, lebt mit ihrem Partner in der Schweizer Stadt Luzern. In ihrer Freizeit treibt sie gerne Sport, liest viel und – schreibt! Schon als kleines Mädchen hat sie es geliebt, Geschichten zu erfinden und brachte diese damals in Form von Comics aufs Papier. Als Teenager gründete sie eine Jugendzeitschrift, für die sie viele Stunden an ihrer uralten Schreibmaschine saß. Eine Diskussion über Wundercremes inspirierte sie zu ihrem Debütroman »Fatale Schönheit«, der 2015 mit dem ersten e-ditio Independent Publishing Award ausgezeichnet wurde. Sie schreibt spannende Liebesgeschichten, in denen familiäre Beziehungen eine große Rolle spielen, und lässt gerne historische Begebenheiten einfließen. Wie auch in »Das Geheimnis der Muschelprinzessin« oder »Unvollendet.«

Das Buch
Die 29-jährige Grace träumt von ihrem Durchbruch als Filmschauspielerin. Bisher stand sie jedoch stets im Schatten ihrer verstorbenen Großmutter, der Hollywood-Legende Hanna Miller. Nun scheint sich ihr Schicksal zu wenden: Hollywoods größter Filmproduzent hat herausgefunden, dass eine Fortsetzung des weltberühmten Romans *Unvollendet* existiert, mit dessen Verfilmung ihre Großmutter bekannt wurde. Grace soll die Hauptrolle in dem neuen Film spielen, doch leider ist das Manuskript verschollen. Die junge Schauspielerin macht sich auf die Suche und reist nach Zürich zu dem Hotel, in dem Hanna Miller lange Zeit lebte. Dort trifft sie auf den charmanten Benjamin, der ihr Herz höher schlagen lässt. Nach und nach kommt Grace jedoch nicht nur dem Geheimnis ihrer Großmutter, sondern auch dem von Benjamin auf die Spur.

Christine Jaeggi

Unvollendet

Roman

FOREVER

Die Handlung, sämtliche Figuren wie auch das *Grandhotel Schwanenhof* sind fiktiv. Nebst Gesprächen mit Zeitzeugen diente als Quelle und zur authentischen Gestaltung einzelner Figuren auch verschiedene Fachliteratur über den 2. Weltkrieg.

FSC
www.fsc.org
MIX
Papier aus verantwortungsvollen Quellen
FSC® C083411

Originalausgabe bei Forever
Forever ist ein Digitalverlag
der Ullstein Buchverlage GmbH, Berlin
November 2017

Umschlaggestaltung: zero-media.net, München
Titelabbildung: © FinePic®
Autorenfoto: © privat
Satz: Pinkuin Satz und Datentechnik, Berlin
Druck- und Bindearbeiten: CPI books GmbH, Leck
ISBN 978-3-95818-930-0

Kapitel 1

Zürich
Samstag, 29. August 2015

Leonie, wo bist du?

Benjamin bemerkte, dass die Anwesenden allmählich unruhig wurden. Im Minutentakt drehten sie ihre Köpfe Richtung Tür, schauten auf die Uhr und wechselten fragende Blicke miteinander. Flüsterlaute gingen durch die Menge, Kinder zappelten auf den Bänken, ein Baby schrie. Selbst der Pfarrer wirkte nicht mehr so gelassen wie noch vor zwanzig Minuten und schob wiederholt das Rosengesteck auf dem Altar hin und her. Benjamin stand neben ihm und betrachtete das hochgewölbte, gotische Querschiff der Kirche, dessen Orgel wie eine Krone über dem Eingangsbereich thronte. Die Organistin wartete geduldig, bis sie Pachelbels *Kanon in D-Dur* zum Auftritt der Braut spielen konnte. Beim Eingang standen bereits zwei Fotografen, um die Szene mit ihren Kameras festzuhalten.

Alle waren bereit. Nur Leonie, die Braut, fehlte.

Zu Beginn hatte Benjamins Trauzeuge Mark noch Witze gerissen und ihn gefragt, was er machen würde, wenn Leonie nicht käme. Inzwischen hing er verzweifelt am Handy und versuchte seit Minuten vergeblich, Leonie und ihre Schwestern zu erreichen.

»Geht niemand ran«, zischte er ihm zu. »Wo sind die nur? Das Fotoshooting sollte längst vorbei sein.«

Benjamin nickte. Leonie hatte sich nach dem Friseurtermin zusammen mit ihrer Mutter und ihren Schwestern im Hotel fotografieren lassen, und um vierzehn Uhr wollten sie in der Kirche sein. Aber da Pünktlichkeit noch nie Leonies Stärke gewesen war, ließ sich Benjamin von der Unruhe der anderen nicht anstecken. Er fühlte sich ohnehin schon wie ein nervöses Wrack; sein Herz schlug von Minute zu Minute schneller, und seine Beine zitterten leicht. Dabei war er sonst nie aufgeregt, im Gegenteil. Seine Mitarbeiter im Hotel betonten stets, er sei die Ruhe in Person.

Er spähte wieder zur Eingangstür, die sich jeden Moment öffnen konnte. Leonie würde in Begleitung ihrer Mutter und Schwestern zum Altar schreiten, da ihr Vater nicht mehr lebte.

Was sie wohl für ein Kleid trägt?

Eigentlich spielte es keine Rolle. Mit ihrem dunkelbraunen Haar, der hellen Haut und den blauen Augen sah sie sowieso aus wie eine Prinzessin. Sein Schneewittchen.

Und er? Der Prinz? Er sah an sich herab: schwarzer Smoking, schwarze Fliege, weißes Hemd, cremefarbene Ansteckrose. Amüsiert dachte er an die Worte des Schneiders, als er damals den Stoff ausgesucht hatte. Der hatte gemeint, das Schwarz würde sein kastanienbraunes Haar und seine dunklen Augen besonders gut zur Geltung bringen. Wahrscheinlich sagte er das zu allen Kunden, unabhängig von deren Haar- und Augenfarbe.

Plötzlich fasste Mark ihn am Arm. »Vielleicht ist etwas passiert! Ein Autounfall!«

»Ach was, sie stecken vermutlich bloß im Verkehr fest. Du weißt ja, wie es an Samstagen in der Stadt ist.«

Mark ließ sich durch die Antwort nicht beruhigen und fuchtelte wild mit den Händen herum. Auf seiner Stirn hatten sich kleine Schweißperlen gebildet. »Aber sie hätten wenigstens mal anrufen können!«

Benjamin schmunzelte. Sollte der Trauzeuge nicht eigentlich Ruhe bewahren? »Sie werden bestimmt bald hier sein.«

Er ließ den Blick über die Menge schweifen; von seinen ehemaligen Studienfreunden bis hin zu Leonies dementem Großvater Oskar, der abwesend ins Leere starrte – alle waren hier. Knapp hundertsechzig Gäste. Kannten sie wirklich so viele Leute?

»Ben!«, rief seine Tante aus der vordersten Bankreihe und erhob sich. In ihrem pinken Etuikleid mit passendem Hütchen auf dem dunkelgefärbten Haar wirkte sie ein wenig verkleidet. »Was ist eigentlich los? Wo ist Leonie?«

Unzählige Augenpaare richteten sich jetzt auf ihn. Er hob bloß die Schultern und zog sein Handy hervor. »Ich rufe im Hotel an. Vielleicht wissen die mehr.«

Als sich auch nach mehrmaligem Klingeln niemand meldete, starrte er verwundert auf das Display, um sich zu vergewissern, dass er die richtige Nummer gewählt hatte. »Eigenartig. Im Hotel geht auch niemand ran.«

»Ben! Mara ruft zurück! Endlich!« Mark zeigte auf sein Handy, als wäre es aus Gold. »Hey Mara, hat Leonie etwa Panik bekommen und – …« Er verstummte plötzlich und hörte zu. Der amüsierte Ausdruck auf seinem Gesicht erstarb und er schloss die Augen.

»Was ist?« Benjamin schaute seinen Freund entgeistert an. In einem solchen Zustand hatte er ihn noch nie erlebt. »Ist etwas passiert? Komm, gib mir das Handy.« Ehe er nach dem Telefon griff, blickte er nochmals zur Kirchentür. Doch er ahnte, dass Leonie nicht mehr kommen würde.

Kapitel 2

Zehn Monate später

Los Angeles
Mittwoch, 8. Juni 2016

Grace stand bereits fertig umgezogen in der Garderobe und wartete nur noch darauf, dass jemand sie zum Casting abholte. Ihr Herz schlug schneller als üblich und sie führte ein paar Atemübungen durch, die sie noch von der Schauspielschule kannte.

Du schaffst das, Grace! Du willst diese Rolle, und du bekommst sie!

Sie rief sich in Erinnerung, dass dies immerhin schon das dritte und wahrscheinlich letzte Callback war. Noch nie zuvor hatte sie es für eine Hauptrolle in einem Spielfilm so weit geschafft, meistens erhielt sie schon nach dem ersten Vorsprechen eine Absage. Aber diesmal nicht! Allerdings würde dieses Casting kein Kinderspiel werden. Die Konkurrenz war riesig, wie sie von ihrer Agentin erfahren hatte. Nur die ganz großen Starlets waren vertreten, unter anderem die talentierte Oscarpreisträgerin Amber Rutherford. Und natürlich Selina Carver. Der hellblonde Shootingstar mit dem niedlichen Puppengesicht ritt momentan auf einer Erfolgswelle und schnappte sich alle begehrten Rollen. Zu Recht, wie selbst Grace sich eingestehen musste. Selina war eine hervorragende Schauspielerin. Ein Naturtalent, das ursprünglich durch einen Mode- und Make-up-Blog auf YouTube und Instagram bekannt geworden war.

Grace betrachtete sich im Spiegel. Laut Drehbuch sollte sie eine Südstaatenschönheit darstellen, aber in diesem bodenlangen beigefarbenen Baumwollkleid sah sie definitiv nicht so aus. Das wirkte eher wie ein unglücklicher Kartoffelsack. Und ihrem dunkelblonden Haar, das sie zu einer lockeren Hochsteckfrisur trug, fehlte heute jeglicher Glanz. Aber wenigstens passte diese Aufmachung zu der Szene, die sie gleich spielen würde: die berühmte Fluchtszene am Fluss aus *Ruf der Freiheit*, einem US-Bürgerkriegsdrama, das auf dem autobiographischen Werk von Camille Duncan aus dem Jahr 1865 basierte.

Um sich optimal auf die Rolle vorzubereiten, hatte Grace vorab nicht nur das Drehbuch, sondern auch die Biographie gelesen – die dramatische Geschichte der Autorin. Frisch verheiratet mit einem Plantagenbesitzer verliebte sich Camille kurz vor Ausbruch des Bürgerkrieges in den Sklaven John. Sie befreite ihn und seine kranke Schwester, und eine abenteuerliche Flucht in den Norden begann.

Camilles Erlebnisse gerieten im 20. Jahrhundert zunächst in Vergessenheit, bis das Buch in den Siebzigerjahren von Historikern wiederentdeckt wurde. Starregisseur und Produzent Matthew Parker wagte sich an die lang ersehnte Verfilmung heran. Grace seufzte. Matthew Parker! Eine Rolle in einem seiner Filme war ihr Traum!

Plötzlich wurde die Tür aufgerissen und eine junge Frau mit Headset auf dem Kopf, Klemmbrett unter dem Arm und Handy in der Hand schaute herein. Grace holte tief Luft. Es war so weit.

Der Castingraum unterschied sich nicht besonders von den zahlreichen anderen Vorsprechzimmern, die Grace in ihrem Leben schon betreten hatte: große Leinwand, mehrere Kameras, verschiedene Reflektoren, Studioleuchten und natürlich die an einem langen Tisch sitzende Crew. Grace erkannte gleich Matthew Parker, der sich angeregt mit dem Casting Director unterhielt und dabei immer wieder auf einen Notebook-Bildschirm zeigte. Dicht hinter ihm standen zwei ernst blickende Männer und schauten ihm über die Schulter.

Grace bemühte sich um Fassung. Sie war Matthew Parker bisher erst zweimal begegnet, am Geburtstag ihrer Großmutter vor drei Jahren und an deren Beerdigung im vergangenen Dezember. Die beiden waren sehr eng befreundet gewesen. Grace erinnerte sich, dass sie damals auf der Geburtstagsparty versucht hatte, Matthews Aufmerksamkeit auf sich zu ziehen, doch er hatte ihr keinerlei Beachtung geschenkt. Und ihre Großmutter hatte ihn ihr nicht einmal vorgestellt. Im Nachhinein wunderte sie sich nicht darüber, denn … *Verdammt, Grace, denk jetzt nicht an deine Großmutter! Konzentriere dich auf das Casting!*

Ehe sie sich versah, stand sie auch schon vorne und blickte in die schwarzen Augen des männlichen Hauptdarstellers Tucker Burns, der ein wenig aussah wie eine junge Version von Morgan Freeman. Grace wusste von ihrer Agentin, dass Tucker Burns die Rolle des John bereits sicher war, es ging jetzt nur noch darum, welche Schauspielerin sich an seiner Seite am besten machte. Grace hatte Tucker noch nie persönlich getroffen, da er recht zurückgezogen lebte und sich nur selten auf Partys sehen ließ.

Nachdem sie einander begrüßt hatten und auf ihr Startzeichen warteten, trat Grace einen Schritt auf ihn zu. »Ich hoffe, ich falle nicht gleich tot um vor Nervosität«, flüsterte sie und lachte.

Tucker jedoch musterte sie ernst. »Du bist die Enkelin von Hanna Miller, oder?«

Grace biss sich auf die Lippen. Wie gerne hätte sie jetzt Nein gesagt. »Äh, ja.«

»Deine Großmutter war eine hervorragende Schauspielerin«, geriet er ins Schwärmen. »Ich liebe ihre Filme! Besonders natürlich *Unvollendet.*«

Grace grollte innerlich. Immer diese Lobeshymnen! Sie konnte sie nicht mehr hören. Während Tucker weiterhin ihre Großmutter pries, starrte sie zu Boden und fühlte sich immer kleiner und kleiner. Mit Sicherheit wussten alle Leute in diesem Raum, dass die Filmlegende Hanna Miller ihre Großmutter war. Grace verspürte mehr und mehr Druck, und diese Empfindung erreichte ihren Höhepunkt, als ein Scheinwerfer auf sie und Tucker gerichtet wurde. Es konnte losgehen.

In den folgenden Minuten durfte sich Grace von Tuckers überwältigendem Schauspieltalent überzeugen, dem man die Rolle des flüchtenden Sklaven John, der nicht mehr weiter weiß, sofort abnahm. Sogar Tränen schossen ihm in die Augen.

Grace fühlte sich durch seine Leistung so überwältigt, dass sie ihren Einsatz vergaß. Erst als Tucker ein leises »Du bist dran« murmelte, zuckte sie zusammen und trug ihren Text vor. Leider verhaspelte sie sich in der Mitte, ließ sich aber davon nicht durcheinanderbringen und fuhr eisern fort.

Das krönende Ende bildete Tuckers Rede über Frieden und Freiheit, die nicht nur Grace zu Tränen rührte, sondern auch die Assistentin des Casting Directors.

Als Grace die Filmstudios später verließ, verdrängte sie den beunruhigenden Gedanken, neben Tucker Burns komplett versagt zu haben.

* * *

Eine Woche später

Mittwoch, 15. Juni 2016

Grace ließ sich auf die Couch fallen und zog die Beine eng an ihren Körper heran. Verdammt! So sehr sie sich auch bemühte, sie konnte heute einfach an nichts anderes mehr denken. Sie hatte die Rolle der Camille nicht bekommen und fragte sich die ganze Zeit nach dem Grund. War es etwa, weil sie sich versprochen hatte? Oder war sie nicht hübsch oder schlank genug?

Am besten ging sie wieder ins Bett, dann musste sie sich nicht mit diesen Fragen herumquälen. Aber zuerst wollte sie etwas essen. Seit sie heute Morgen die schlechte Nachricht von ihrer Agentin erhalten hatte, war sie nicht mehr aus dem Haus gegangen und hatte fast den ganzen Tag geschlafen. Zu tief saß der Frust. Inzwischen verspürte sie großen Hunger.

Schwerfällig erhob sie sich, schlurfte in die Küche und riss den Kühlschrank auf. Karotten, Tomaten und ein saftig-grüner Salat lachten sie an, doch darauf hatte sie jetzt keine Lust. Sie brauchte Fett, viel Fett. Und Kohlenhydrate.

Nachdem sie sich eine Pizza bestellt hatte, setzte sie sich an den Küchentresen und stützte die Ellenbogen darauf. Die Rolle der Camille hätte ihr Durchbruch als Filmschauspielerin werden können! Aber nein, es war ihr wieder mal nicht gelungen, ihrem Traum ein Stück näherzukommen.

Ein Sonnenstrahl fiel durch das Küchenfenster und streifte ihr Gesicht. Abrupt stand sie auf und zog den Rollladen runter. Diese frohe Helligkeit ertrug sie heute nicht.

Sie schaute auf die Uhr. Der Pizzalieferant würde erst in ungefähr zwanzig Minuten kommen, aber sie musste dringend etwas essen, ihr war schon ganz schwindlig. In der hintersten Ecke eines Wandschranks fand sie eine Packung Doppelkekse mit Milchcremefüllung, die nach Meinung ihrer Agentin und ihres Personal Trainers garantiert nicht auf ihren Ernährungsplan gehörten. Genauso wie auch die Pizza nicht. Aber was soll's, sagte sie sich und biss in einen der Kekse. Sie musste nicht mehr schön und schlank sein, für wen oder was auch? Sie hatte keine Rollen und einen Freund seit Kurzem auch nicht mehr. Ihr Partner Garrett hatte sie vor etwa einem Monat sozusagen verlassen. In ihrem Lieblingsrestaurant hatte er ihr mitgeteilt, dass er aufgrund seines von Arbeit ausgefüllten Lebens momentan keine Zeit für eine Freundin habe und eine Pause benötige. Dabei hatte sie insgeheim erwartet, er würde nach zwei Jahren Beziehung den nächsten Schritt wagen und mit ihr zusammenziehen. Nach wie vor hoffte sie, dass er bald wieder zu ihr zurückkäme.

Kurz erwägte sie, ihn anzurufen, um ihm von der Absage zu erzählen. Sie konnte jetzt ein tröstendes Wort brauchen. *Aber Garrett und Trost? Vergiss es, Grace!*

Garrett Conway, Inhaber eines Nahrungsmittelkonzerns, tröstete niemanden, und Verständnis für Verlierer hatte er schon gar nicht. Unzählige Male hatte er ihr gepredigt, dass sie sich eben mehr anstrengen müsse, um eine bessere Schauspielerin zu werden. So gut wie ihre Großmutter.

Grace spürte, wie die Wut in ihr brodelte. Wie immer, wenn sie an ihre verstorbene Großmutter dachte. Auch jetzt, sechs Monate nach ihrem Tod, war Grace noch zornig, denn was ihre Großmutter ihr vor drei Jahren angetan hatte, war unverzeihlich.

Erneut wollte sie sich einen Keks aus der Packung nehmen, da klingelte ihr Handy. Es war Kelly, ihre Agentin, die wie gewohnt mit ihrer schrillen Stimme auf sie einsprach: »Grace, Darling, du glaubst nicht, wer mich vorhin angerufen hat! Matthew Parkers Assistentin!«

Graces Herz machte einen Hüpfer, und sie setzte sich. »Matthew Parkers Assistentin?«

»Ja, ja, ja. Hör zu, Darling, Matthew Parker will dich treffen! Bei sich zu Hause.«

Grace fehlten die Worte. Matthew Parker, Hollywoods erfolgreichster Regisseur, Produzent und ehemaliger Filmstar, wollte sie persönlich treffen?

»Du wirst um halb sieben abgeholt«, fügte Kelly hinzu.

»Aber ich verstehe das nicht. Was will er von mir? Du hast mir doch heute Morgen mitgeteilt, dass ich die Rolle der Camille nicht bekomme. Hat er sich etwa umentschieden? Oder geht es um eine andere Rolle?«

»Darling, ich weiß es nicht«, entgegnete Kelly ungeduldig. »Lass dich einfach überraschen. Hey, ich erhalte gerade einen anderen Anruf. Viel Glück heute. Und melde dich bei mir, ja? Bye, bye!«

Graces Hände waren feucht vor Aufregung, als sie das Handy weglegte. Weshalb wollte Matthew Parker sie treffen? Auch wenn er sich betreffend der Rolle der Camille umentschieden hatte und sie engagieren wollte, wäre ein persönliches Treffen nicht nötig. Und weshalb bei ihm zu Hause und nicht in seinem Büro? Sie konnte sich nicht vorstellen, dass irgendwelche unlauteren Absichten dahintersteckten, da dies nicht zu Matthew Parkers Image passte. Ganz Hollywood bewunderte ihn für seine Treue und Bodenständigkeit.

Sie blickte auf die Uhr und erschrak. Schon halb sechs! Sie hatte also noch genau eine Stunde, um sich herauszuputzen. Auf dem Weg ins Badezimmer klingelte es an der Tür. *Wer war das denn jetzt?*

Da fiel es ihr wieder ein. *Aber natürlich! Der Pizzalieferant!*

Ihr zuvor noch so starkes Hungergefühl war zwar inzwischen der Nervosität gewichen, aber sie würde trotzdem versuchen, wenigstens ein kleines Stück zu essen – ein knurrender Magen war das Letzte, was sie vor einem Mann wie Matthew Parker brauchen konnte.

* * *

Matthew Parkers Anwesen lag im Nobelviertel Pacific Palisades, nur etwa zehn Fahrminuten entfernt von Graces Apartment in Santa Monica. Als Grace aus dem Wagen stieg, wehte ihr ein warmer, nach Meer und Großstadt riechender Wind entgegen und wirbelte ihr die Locken ins Gesicht. Sie versuchte, die Strähnen zu bändigen, da trat ein Mann mit schlohweißem Haar auf sie zu und begrüßte sie höflich. Während sie ihm ins Haus folgte, sah sie sich um und stellte fest, dass die Villa im Stil einer spanischen Hazienda im Vergleich zu den Prunkbauten, die sie von anderen Stars kannte, eher bescheiden wirkte. Und dennoch versprühte das hellgelb verputzte Haus mit dem angrenzenden Laubengang viel Charme. Zwei mit Rosensträuchern überwachsene Tore führten in einen Garten, wie Grace anhand der Palmen dahinter erkennen konnte.

Die Schlichtheit setzte sich im Innern des Hauses fort: Die Eingangshalle war nur mit wenigen Möbeln im Kolonialstil ausgestattet, ein Wandteppich mit mexikanischen Mustern und ein mit dunklen Holzverzierungen umrandeter Spiegel bildeten den einzigen Wandschmuck. Grace überprüfte rasch ihr Aussehen im Spiegel, richtete die Frisur und zupfte am Ausschnitt ihres Kleides. Sie trug ihr Lieblingsoutfit, das Marilyn-Monroe-Dress, wie sie es nannte: ein weißes Neckholderkleid mit leicht ausgestelltem Rock, um die Schultern einen hellblauen Paschminaschal.

Sie folgte dem Weißhaarigen in einen Salon, wo ihr vor Staunen die Luft wegblieb. Noch nie zuvor hatte sie in einem einzigen Raum so viele Fotos an den Wänden gesehen. Nur an wenigen Stellen konnte man noch die Wand erkennen.

Wortlos zeigte der Weißhaarige auf einen dunkelbraunen Chesterfield-Sessel, ehe er den Raum verließ. Anstatt sich zu setzen, legte Grace ihren Schal über die Lehne und betrachtete die Fotos. Matthew Parker war nicht nur selbst ein Star, er kannte auch sämtliche Filmstars, Musiker, Unternehmer, Politiker und Sportler. Grace entdeckte ein Bild von Matthew mit ihrer Großmutter, das vor etwa zwanzig Jahren aufgenommen worden war. Matthew musste etwa vierzig gewesen sein, ihre Großmutter ungefähr siebzig. Die beiden hatten sich 1965 während der Dreharbeiten zu *Billy and the Dog* kennengelernt, einen Film über einen kleinen Waisenjungen und dessen Freundschaft mit einem Hund. Der damals erst achtjährige Matthew hatte den kleinen Billy verkörpert und Graces Großmutter dessen Adoptivmutter. Durch diesen Film war Matthew bereits als Kind bekannt geworden; der Beginn seiner großen Karriere im Filmgeschäft.

Grace schaute sich die anderen Bilder an und bemerkte unter den Fotos auch Kinderzeichnungen, die von Matthews inzwischen erwachsenen Söhnen stammen mussten. Ihr Blick blieb schließlich an einer Fotografie hängen, die ihre Großmutter während der Oscarverleihung von 1950 zeigte. Damals war sie fünfundzwanzig Jahre alt gewesen und hatte ihren ersten Oscar für die Hauptrolle in *Unvollendet* erhalten. Grace lachte freudlos. Sie selbst war jetzt schon neunundzwanzig, aber von einem Oscar noch Lichtjahre entfernt. Sie betrachtete die schöne Hanna Miller. Ihr herzförmiges Gesicht mit den großen grünen Augen, der schmalen Nase, den vollen Lippen und dem Porzellanteint war wie aus edelstem Stein gemeißelt, und das honigblonde, sanft gewellte Haar verlieh ihrer Schönheit etwas Engelhaftes.

»Tja, Grandma, außer den Haaren habe ich wahrhaftig nichts von deinem Aussehen geerbt«, murmelte Grace vor sich hin. Sie fand sich zwar ganz hübsch mit den haselnussbraunen Augen und dem stets leicht gebräunten Teint, aber sie entsprach eher dem Bild eines kalifornischen Beach Girls als dem einer engelsgleichen Hollywood-Göttin. Und die grazile Figur ihrer Großmutter würde sie selbst durch das härteste Sportprogramm und den strengsten Diätplan nie im Leben erreichen. Aber das war auch gut so, denn sie wollte nicht mehr so sein wie ihre Großmutter. Dabei hatte sie als kleines Mädchen nicht nur davon geträumt, einst so auszusehen wie ihre Grandma, sondern auch eine genauso gute Filmschauspielerin zu werden wie sie. Am Anfang hatte es den Anschein gemacht, als würde sich ihr Wunsch erfüllen. Der Einstieg ins Filmgeschäft war ihr durch ihre familiären Beziehungen wesentlich erleichtert worden, und so hatte sie als Kind und Jugendliche zahlreiche Rollen in TV-Serien und Filmen ergattert. Durch die Hauptrolle in der Teenie-Serie *Alaska Girl* war sie mit fünfzehn Jahren richtig bekannt geworden. Doch schnell hatte sie feststellen müssen, dass es vielmehr Fluch als Segen war, Hanna Millers Enkelin zu sein. Es verging kaum ein Tag, an dem man sie nicht mit ihrer Großmutter verglich. Als sie älter wurde und die Leute merkten, dass sie weder mit demselben Aussehen noch mit dem gleichen Talent wie die Filmlegende Hanna Miller gesegnet war, verlor man allmählich das Interesse an ihr. Dank ihrer Großmutter wurde sie zwar immer noch zu Castings eingeladen, aber sie erhielt immer seltener gute Rollen.

Dennoch hatte sie all die Jahre nie aufgehört, an ihren Traum zu glauben. Auf Anraten ihrer Familie hatte sie nach der Highschool an der *UCLA* Kunst und Architektur studiert, besuchte danach aber eine Schauspielschule und konzentrierte sich fortan auf die Schauspielerei. Seither wurde sie auch gelegentlich engagiert und erhielt Nebenrollen in TV-Serien, doch die richtig guten Angebote blieben aus. Manchmal fragte sie sich, ob es ohne die berühmte Großmutter im Hintergrund leichter gewesen wäre. Die Leute hätten nicht diese hohen Erwartungen gehabt, und vielleicht wäre es ihr gelungen, sich einen eigenen Namen zu machen. Grace Miller, die Filmschauspielerin. Und nicht, Grace Miller, Enkelin der Filmlegende Hanna Miller.

Aber trotz zahlreicher Niederlagen konnte und wollte sie ihren Traum nicht begraben. Auch wenn abgesehen von ihrem Vater niemand mehr an sie glaubte. Ihre Mutter wollte sie längst verheiratet sehen, und ihre drei älteren Brüder verdrehten stets die Augen, sobald sie das Thema Schauspielerei anschnitt. Deren Meinung nach war sie ohnehin nur das verwöhnte Nesthäkchen. Allein ihr Vater ermutigte sie weiterzumachen und niemals aufzugeben. Er unterstützte sie, indem er ihr einen ziemlich flexiblen Teilzeitjob als Assistentin in seiner Architekturfirma verschafft hatte. Dabei hätte sie eigentlich gar nicht mehr arbeiten müssen, da sie von ihrer Großmutter ein beträchtliches Vermögen geerbt hatte. Doch nach dem Vorfall vor drei Jahren hatte sie sich geschworen, sich niemals wieder auf ihre Großmutter zu verlassen und nichts mehr von ihr anzunehmen. Das war ihr auch gut gelungen, und als ihre Großmutter im vergangenen Dezember an Lungenkrebs gestorben war, dachte Grace, sie könnte endlich einen Schlussstrich ziehen. Doch leider wurde sie seither umso mehr mit Hanna Miller konfrontiert, da nach deren Tod ein Hype rund um ihre Person und die Filme ausgebrochen war: Ihre Autobiographie stand nach sechs Jahren erneut auf der Bestsellerliste, die alten Filme kamen wieder in die Kinos und die Hollywoodstarlets trugen Haar und Kleidung vermehrt wie einst die junge Hanna. Hanna Miller schien einfach überall zu sein.

Grace betrachtete wieder das Foto. *Ich werde immer in deinem Schatten stehen. Vielen Dank, Grandma!*

Die Tür ging auf, und Graces Kopf wirbelte herum. Matthew Parker. Ein Lächeln umspielte seine Lippen, als er auf sie zukam. »Grace, wie schön, dass du hier bist.« Er sprach sie gleich mit dem Vornamen an und umarmte sie, als seien sie die besten Freunde. Anschließend musterte er sie mit seinen schmalen hellblauen Augen, die ihn so berühmt gemacht hatten. Sie tat es ihm gleich. Mit seinen fast sechzig Jahren sah er noch immer blendend aus: braungebrannt, hohe Wangenknochen, markantes Kinn, dichtes braunes Haar mit grauen Schläfen.

In der verwaschenen Jeans und dem schlichten kakifarbenen T-Shirt wirkte er um einiges jünger.

Nach kurzem Small Talk setzte er sich in den Ledersessel hinter seinem Schreibtisch und wies Grace an, ihm gegenüber Platz zu nehmen. Sein Blick ruhte lange auf ihr, bis er sich zurücklehnte und die Arme verschränkte. »Du siehst Hanna immer ähnlicher, weißt du das?«

Grace unterdrückte den Impuls, die Augen zu verdrehen. Sie war diese ständigen Vergleiche so leid! »Meine Großmutter war schöner«, antwortete sie knapp.

»Du hast viel mehr von ihr, als du denkst. Aber man erkennt es erst, wenn man genauer hinsieht. Ihr habt beispielsweise das gleiche Haar, dieselbe Gesichtsform, denselben Mund.«

Grace zählte stumm bis drei. Sie durfte vor Matthew Parker nicht die Beherrschung verlieren. »Mr. Parker, weshalb bin ich hier? Geht es um die Rolle in *Ruf der Freiheit*? Haben Sie sich umentschieden?«

Er lehnte sich vor und schob ein paar Unterlagen zur Seite. »Lassen wir das ›Mr. Parker‹. Nenn mich einfach Matthew. Und um auf deine Fragen zu antworten: Ich habe mir schon gedacht, dass du das vermutest. Aber ich muss dich leider enttäuschen. Wir haben die Rolle anderweitig besetzt. Selina Carver. Sie passt einfach noch viel besser zu Camille, denn sie sieht aus wie eine Südstaatenprinzessin. Und die Chemie zwischen ihr und Tucker Burns war überwältigend … Tut mir leid. Aber du kennst das Business. In Hollywood geht es ums Geld. Und Selina Carver hat momentan einen richtig hohen Marktwert.«

»Selina Carver. Klar.« Grace versuchte ihre Enttäuschung vor Matthew zu verbergen und setzte ein Lächeln auf. »Wenn Selina die Rolle hat, weshalb bin ich dann hier?«

Mit einem geheimnisvollen Ausdruck in den Augen griff er nach einem dicken Buch und hielt es Grace hin. Das graue Cover zeigte zwei mit Kohlestift gezeichnete Soldaten, die einander die Hände schüttelten. *Joachim Arndt. Unvollendet.*

»*Unvollendet?*«, fragte sie verwirrt.

»Ja, *Unvollendet.*« Matthew pochte leicht auf das Buch. »Ein Meisterwerk.«

Grace nickte langsam und fragte sich, worauf Matthew hinauswollte. Dank der Verfilmung dieses Antikriegsromans war ihre Großmutter berühmt geworden und hatte ihren ersten Oscar erhalten. Grace dachte an den bewegenden Roman des Autors Joachim Arndt über die Freundschaft zweier gegnerischer Soldaten während des Ersten Weltkriegs.

Der deutsche Theologiestudent Leopold und der englische Schuhmacher Edward freunden sich im Dezember 1914 während des Weihnachtsfriedens an der Westfront im belgischen Flandern an. Nach dem Waffenstillstand begegnen sich die beiden in einem Granatentrichter wieder. Edward ist schwer verwundet und wird bald sterben. Zuvor bittet er Leopold verzweifelt um ein Versprechen: Er soll seine große Liebe Marianne finden, die kurz vor Kriegsausbruch England verlassen hatte, um in ihre Heimat Deutschland zurückzukehren. Durch den Krieg brach der Kontakt ab. Edward möchte, dass Leopold Marianne ein Amulett übergibt, das sie ihm beim Abschied als Zeichen ihrer ewigen Liebe geschenkt hatte. Und er will, dass sich Leopold um Marianne kümmert. Angesichts Edwards Verfassung gibt Leopold ihm das Versprechen, weiß aber nicht, ob er es halten kann.

In einem zweiten Erzählstrang erfährt man mehr von Marianne, einer jungen Deutschen, die in England aufwächst und sich in Edward verliebt. Doch kurz vor dem Krieg kehren Marianne und ihr Vater nach Deutschland zurück. Marianne absolviert eine Ausbildung als Krankenschwester und wird in ein Lazarett in Flandern versetzt. Genau wie Edward und Leopold erlebt sie turbulente erste Kriegswochen.

Die fiktive Geschichte endet, als Leopold im März 1915 nach einem Gefecht schwer verletzt liegenbleibt und sich fragt, ob er sein Versprechen gegenüber Edward jemals wird halten können.

Grace betrachtete das Buch versonnen. »Ich fand es immer sehr frustrierend, nicht zu erfahren, ob Leopold überlebt und ob er Marianne findet.«

»Da bist du nicht die Einzige. Leider konnte Joachim Arndt das Buch damals nicht zu Ende schreiben, weil er 1929 überfallen und ermordet wurde. Deshalb blieb es unvollendet. Vielleicht wurde es gerade deshalb zum Erfolg.«

»Soweit ich weiß, trug das Buch zuerst einen anderen Arbeitstitel, oder?«

»Richtig. *Freund und Feind.* Doch Arndts Frau benannte es nach dem Tod ihres Mannes um in *Unvollendet* und ließ es 1930 veröffentlichen. Zu Beginn der NS-Herrschaft, also 1933, wurde *Unvollendet* in Deutschland als schädliches Schrifttum verboten und öffentlich verbrannt. Arndts Frau emigrierte in die Schweiz. In den Staaten aber war das Buch nach wie vor ein großer Erfolg. Und wie du ja weißt, wurde es 1949 verfilmt. Deine Großmutter spielte die weibliche Hauptrolle, gewann einen Oscar und wurde zu einer der erfolgreichsten Filmschauspielerinnen unserer Zeit. Dabei hatte sie nicht mal Schauspielerfahrung. Sie war ein Naturtalent.«

Grace stöhnte innerlich. Jetzt ging das schon wieder los! »Sie musste aber auch einiges dafür opfern. Ihre Ehe scheiterte.«

»Ja, ein Skandal. Ihr Mann ertrug es nicht, dass sie so berühmt war.« Matthew ließ seine Aussage einen Moment in der Luft hängen, ehe er fortfuhr. »Hast du deinen Großvater eigentlich jemals kennengelernt?«

»Nein.« Grace dachte an ihren Großvater, George Miller, einen ehemaligen Airforce-Offizier, Dirigent und Komponisten, der während des Zweiten Weltkriegs in der Schweiz notlanden musste und interniert wurde. Damals lernte er ihre Großmutter kennen. »Dad hatte auch keinen Kontakt mehr zu ihm. Lag vielleicht daran, dass Großvater nach der Scheidung in Lettland lebte. Dad war aber auf seiner Beerdigung.«

»Wann ist er gestorben?«

»Hm, das ist schon ziemlich lange her. Ich war erst etwa zwölf oder dreizehn.«

Matthew überlegte kurz. »Was weißt du eigentlich über die Vergangenheit deiner Großmutter in der Schweiz?«

»Nichts. Sie hat nie darüber gesprochen, nicht mal mit Dad. Er hat immer gesagt, dass sie wegen des tragischen Todes ihrer Eltern nicht über ihre Jugendzeit reden wollte.« Grace wurde allmählich ungeduldig. Worauf wollte Matthew hinaus? Trotziger als beabsichtigt fuhr sie fort. »Aber warum fragst du *mich* das? Schließlich hast du ihre Autobiographie verfilmt.«

Matthew blickte sie einen Moment lang schweigend an. Ihr Tonfall war ihm offensichtlich nicht entgangen. »Grace, Grace«, seufzte er. »Findest du nicht, du solltest diese alte Geschichte endlich vergessen?«

»Das kann ich nicht.«

»Hanna wollte doch nur, dass …«

»Es ist mir egal, was meine Großmutter wollte. Bitte, Matthew, können wir wieder zum eigentlichen Thema zurückkommen?«, flehte sie, während ihr gleichzeitig bewusst war, dass sie das *eigentliche* Thema gar nicht kannte. Ging es jetzt um *Unvollendet* oder um ihre Großmutter? Was bezweckte Matthew nur?

Er stützte die Ellbogen auf den Tisch und faltete die Hände. »Als wir Hannas Biographie damals verfilmten, wollte ich mehr über ihre Jugendjahre in der Schweiz wissen. Aber sie weigerte sich, darüber zu sprechen. Ich ließ es auf sich beruhen, denn auch ohne ihre bewegte Jugendzeit war ihr Leben spannend genug und bot viel Material für den Film. Beispielsweise ihr Einbruch in ein Versuchslabor in den Neunzigerjahren zusammen mit Tierschützern, um Affen und Kaninchen freizulassen. Oder ihr Auftritt für die Kampagne *Lieber nackt als im Pelz.* Man bedenke, dass sie zu dieser Zeit schon fast 70 war! Und dann ihre unzähligen Reisen in Drittweltländer, um sich dort für Menschenrechte einzusetzen. Einmal wurde sie beinahe getötet, als …«

»Ja, ja, ich weiß davon. Meine Großmutter war nicht nur schön und talentiert, sondern auch eine Heldin.« Der Sarkasmus in ihrer Stimme musste unüberhörbar gewesen sein. Matthew sah sie kritisch an, und seine linke Augenbraue war ein klein wenig höher gewandert.

Er räusperte sich und fuhr fort. »Jedenfalls weiß man von ihrer Jugendzeit nicht viel. Sie wuchs in einem Hotel in Zürich auf, dem Grandhotel Schwanenhof. Ihre Eltern kamen 1943 ums Leben, und das Hotel wurde von ihrem Onkel übernommen. 1944 lernte sie George Miller kennen und bekam kurz nach dem Krieg ein Kind von ihm – deinen Vater. Zusammen mit George und ihrem jüngeren Bruder Willi zog sie dann nach Amerika.« Er dachte kurz nach. »Das Grandhotel Schwanenhof gibt's übrigens immer noch. Ich war vor zwei Jahren anlässlich des Zürcher Filmfestivals dort. Die haben sogar eine Suite, die nach Hanna benannt ist.«

Grace verschränkte die Arme. Es war ihr so was von gleichgültig, ob irgendeine Suite in einem Schweizer Hotel nach ihrer Großmutter benannt worden war. Warum kam Matthew nicht endlich auf den Punkt? Sie hatte keine Lust, sich mit ihm über ihre Großmutter zu unterhalten. Doch das durfte sie sich nicht anmerken lassen, schließlich bekam man nicht alle Tage die Gelegenheit zu einem persönlichen Gespräch mit Matthew Parker. *Also reiß dich gefälligst zusammen!*

»Matthew, worauf willst du eigentlich hinaus?«, fragte sie vorsichtig.

»Ich wollte mich schon viel früher damit befassen, aber ich kam wegen meiner anderen Projekte nicht dazu.« Er stand auf, ging um den Schreibtisch herum und setzte sich auf dessen Kante. Er neigte sich leicht vor. »Deine Großmutter hatte irgendein Geheimnis, das im Zusammenhang mit ihrer Vergangenheit in der Schweiz stand.«

»Ein Geheimnis? Wie kommst du darauf?«

»Ein eigenartiger Vorfall mit ihr geht mir nicht mehr aus dem Kopf. Erinnerst du dich noch an ihren Schwächeanfall vor bald einem Jahr, im August?«

»Ja.«

»Ich habe mit ihr zusammen Mittag gegessen«, erklärte Matthew. »Ich musste kurz auf die Toilette, und als ich zurückkam, lag sie ohnmächtig auf dem Boden, umringt von aufgeregten Kellnern.«

»Die Ärzte sagten, dass es an den Nebenwirkungen der Chemotherapie lag. Sie hat ja danach mit der Chemo aufgehört.«

»Was ich übrigens nicht verstehen konnte. Ich wollte, dass sie weiterkämpft.«

»Sie war neunzig und hat die Chemotherapie nicht vertragen. Und sie war der Meinung, in ihrem Alter würde sich das nicht mehr lohnen. Du hast einen eigenartigen Vorfall erwähnt?«

»Ja, es war danach, im Krankenhaus. Hanna war vollkommen durcheinander und redete wirres Zeug. Darüber, dass die Vergangenheit einen immer irgendwann einhole und es jetzt an der Zeit sei für die Wahrheit. Ich dachte, sie sei verrückt geworden. Ich wollte bereits eine Krankenschwester rufen, aber Hanna hielt mich zurück und meinte, sie müsse mir unbedingt ein Geheimnis anvertrauen. Es ginge um Robert Arndt und *Unvollendet*.«

»Robert Arndt?«

»Ja, der Sohn von Joachim Arndt. Deine Großmutter hat Robert gekannt. Er lebte damals mit seiner Mutter in Zürich.« Matthew drehte den Kopf zur Tür, als wolle er sich vergewissern, dass diese auch wirklich zu war. Dann fuhr er leise fort. »Hanna vertraute mir an, Robert habe eine Fortsetzung von *Unvollendet* geschrieben.«

»Eine Fortsetzung von *Unvollendet?*«, wiederholte Grace. »Das glaube ich nicht.«

Matthew lachte kehlig, und um seine Augen bildeten sich kleine Fächer aus Fältchen. »Genau das habe ich damals auch entgegnet. Aber Hanna hat beteuert, dass sie die Fortsetzung selbst gelesen habe und das Manuskript in der Schweiz sei.«

»In der Schweiz«, wiederholte Grace und spürte, wie das Adrenalin durch ihre Adern pulsierte. »Ein zweiter Teil von *Unvollendet!* Ich kann es kaum fassen. Wie ging die Geschichte weiter? Was ist mit Marianne und Leopold geschehen?«

»Das wollte ich natürlich auch gleich wissen. Hanna zufolge überlebte Leopold die schwere Schlacht und traf im Lazarett auf Marianne. Doch das war nicht alles, sonst hätte Robert ja kaum ein ganzes Buch geschrieben. Laut Hanna ist noch einiges passiert, aber als sie weitererzählen wollte, erschien eine Krankenschwester, um sie für Untersuchungen abzuholen. Hanna versprach mir, zu einem späteren Zeitpunkt alles zu erklären, es sei eine lange Geschichte und beträfe nicht nur den Roman. Die kommenden drei Wochen war ich für Dreharbeiten in Kanada. Als ich Hanna danach wiedersah und auf Robert Arndt und *Unvollendet* ansprach, blockte sie ab und tat so, als sei sie damals nicht bei klarem Verstand gewesen. Es müsse an den Medikamenten gelegen haben, versuchte sie ihr Verhalten zu erklären.« Er lachte kurz. »Deine Großmutter war zwar eine hervorragende Schauspielerin, aber diese Aussage nahm ich ihr nicht ab.«

»Eigenartig. Warum wollte sie plötzlich nicht mehr darüber sprechen?«

»Das wüsste ich auch gerne.«

Grace ließ all die Informationen eine Weile auf sich wirken. »Grandma kannte also den Sohn von Joachim Arndt, der einen zweiten Teil von *Unvollendet* geschrieben hatte. Und die Fortsetzung soll angeblich in der Schweiz sein. Aber wo? Etwa im Grandhotel Schwanenhof? Und was meinte sie damit, die Vergangenheit würde einen immer irgendwann einholen und es sei Zeit für die Wahrheit?«

Matthew legte die Hände auf ihre Schultern. »Warum hilfst du mir nicht dabei, es herauszufinden?«

Sie stutzte und besah ihn misstrauisch. »Wieso sollte ich Grandmas

Geheimnis lüften? Damit du es in einer weiteren Biographie-Verfilmung über sie verwenden kannst?«

Er wirkte aufrichtig schockiert. »Nein! Grace, deine Großmutter hat mir viel bedeutet und zählte zu meinen besten Freunden. Natürlich interessiert mich ihre Vergangenheit, aber nicht, um daraus einen Film zu machen. Das wollte Hanna nicht, und das dürfte ich auch nicht. Aber ich will ganz ehrlich sein: Wenn tatsächlich irgendwo ein zweiter Teil von *Unvollendet* existiert, dann würde ich ihn natürlich verfilmen wollen, allerdings unabhängig von Hannas Vergangenheit. Urheberrechtlich ist das kein Problem. Robert Arndt starb 1944. Die Regelschutzfrist von siebzig Jahren ist also längst abgelaufen und das Werk somit gemeinfrei. Und gemäß unseren Nachforschungen hat er keine Erben.«

»Das ist ja schön und gut, aber weshalb fragst du ausgerechnet mich, ob ich dir helfe? Du hast doch ein ganzes Team voller Recherchespezialisten.«

»Ja, aber ich will *deine* Hilfe. Sollten wir die Fortsetzung finden, möchte ich nämlich, dass du die Rolle der Marianne spielst.«

Grace glaubte sich verhört zu haben. Hatte Matthew ihr soeben ernsthaft eine Rolle angeboten?

»Ich soll die Marianne spielen?« Sie spürte, wie sich ein wohliges Kribbeln in ihrem Körper ausbreitete. Die Rolle der Marianne in der Fortsetzung von *Unvollendet*! Ein Traum!

»Ja«, antwortete Matthew. »Ich glaube, wenn du dich intensiv damit befasst, wird es dir gelingen, die Rolle am Ende authentisch darzustellen.«

Grace erkannte einen Anflug von Wahnsinn in Matthews Augen. Aber er war ein Künstler, und er hatte ein Gespür für gute Filmprojekte. Noch keinen einzigen Misserfolg hatte er in seiner Laufbahn zu vermelden. Alles, was er anfasste, wurde zu Gold. Eine Rolle in einem seiner Filme könnte endlich ihr Durchbruch werden. Mit *Ruf der Freiheit* hatte es nicht geklappt, aber vielleicht mit dem zweiten Teil von *Unvollendet*. Doch ausgerechnet *Unvollendet* hatte ihre Großmutter berühmt gemacht. Schon jetzt ahnte sie, dass die Kritiker sie in der Luft zerreißen würden: *Nicht so schön, nicht so talentiert, nicht so elegant wie Hanna Miller.*

»Die Rolle wäre mein Traum«, flüsterte sie. »Aber …« Sie verschränkte ihre Arme eng vor der Brust, als wolle sie sich vor etwas schützen. »Warum willst du plötzlich mich? Ich bin nicht so talentiert wie meine Großmutter. Und das weißt du selbst. Sonst hättest du mich schon für die Rolle der Camille gewählt. Dafür war ich nicht gut genug!« Sie erschrak. So vor Matthew aufzutreten war nicht ihre Absicht gewesen. Doch er hatte einen wunden Punkt getroffen, und sie hatte sich nicht mehr zurückhalten können. Betreten senkte sie den Kopf.

»Grace«, sprach er mit seiner ruhigen und tiefen Stimme. »Ich kann dich verstehen. Der ständige Vergleich mit Hanna ist nicht leicht für dich. Und ich kann auch deine Bedenken nachvollziehen. Aber glaube mir, es ist nicht so, wie du denkst. Ich halte dich für eine gute Schauspielerin. Ich habe mir die Aufnahme von deinem Castingauftritt nochmals angesehen. Du warst gut, trotz deines kurzen Verhaspelns. Aber die Rolle der Camille war einfach nicht auf dich zugeschnitten. Du hast viel zu wenig Emotionen ausgelöst. Selina Carver hingegen war …« Er stockte und verschluckte den Rest des Satzes. »Egal. Grace, ich bin überzeugt davon, dass in dir eine gute Schauspielerin steckt. Aber du gehörst zu denen, die sich erst richtig mit einer Rolle identifizieren müssen.«

»Aber ich werde die Rolle der Marianne niemals so gut spielen können, wie Grandma es damals getan hat.«

Matthew ignorierte ihre Bemerkung. »Sie hat immer viel über dich gesprochen, wusstest du das?«

»Nein«, antwortete sie verblüfft. Sie hatte stets angenommen, ihre Großmutter würde sich für sie, die erfolglose Enkelin, schämen.

»Ich glaube, sie bedauerte, dass ihr keine bessere Beziehung zueinander hattet«, meinte er.

Bessere Beziehung? Grace spürte plötzlich wieder diese Wut, und auch wenn vor ihr der erfolgreichste Regisseur und Filmproduzent Hollywoods saß, konnte sie sich nicht mehr zurückhalten. »Kein Wunder, dass wir keine bessere Beziehung hatten. Sie hat nie an mich geglaubt! In ihren Augen war ich eine schlechte Schauspielerin, das hat sie mir vor drei Jahren selbst gesagt. Ich solle besser als Architektin arbeiten. Dabei wollte ich nur eine Chance haben!«

Matthew sah aus, als wolle er etwas einwenden, fände jedoch die richtigen Worte nicht. Doch Grace hätte ihn so oder so nicht aussprechen lassen, da ihre angestauten Emotionen gerade nur so aus ihr heraussprudelten wie Lava aus einem Vulkan. »Die Verfilmung der Biographie der berühmten Hanna Miller!«, bemerkte sie gehässig. »Die Rolle wäre für mich, die *Enkelin*, wie gemacht gewesen. Doch Grandma entschied sich für Amber Rutherford!« Sie schüttelte den Kopf, als könne sie es noch immer kaum glauben.

Matthew blieb gelassen. »Sie wollte nicht, dass du die Rolle übernimmst, weil sie genau wusste, wie sehr du es immer gehasst hast, in ihrem Schatten zu stehen. Sie befürchtete, die Rolle würde dir nur schaden.«

»Ach was! Sie hat nicht an mich geglaubt, das war der Grund! Sie hatte Angst, ich würde sie blamieren und schämte sich für mich.«

»Nein, das stimmt nicht. Sie …«

Grace schaltete auf taub. Zu oft hatte sie sich dieselben Worte schon von ihrem Vater anhören müssen, der immer versucht hatte, seine Tochter und seine Mutter miteinander zu versöhnen.

»Grace!«, rief Matthew streng. »Es geht hier nicht um alte Geschichten, verstanden? Es geht um die mögliche Verfilmung des zweiten Teils von *Unvollendet.* Und um *deine* Rolle darin! Eine Rolle, die dein Durchbruch werden könnte.«

Als sie nichts erwiderte, richtete er sich auf und ging um den Schreibtisch herum zu einem gläsernen Getränkewagen. »Willst du auch einen Brandy?«

Sie nickte und beobachtete ihn, wie er eine Kristallkaraffe öffnete und zwei Gläser füllte. Er kam auf sie zu und reichte ihr eines.

»Danke.« Sie sog das würzige Aroma ein und nahm einen tiefen Schluck. Die Flüssigkeit brannte in ihrer Kehle und füllte ihren Körper mit Kraft und Mut. Matthew hatte recht. Diese Rolle könnte ihr lang ersehnter Durchbruch werden. Natürlich stünde sie im Schatten ihrer Großmutter, diese hatte für ihre Leistung immerhin einen Oscar erhalten. Doch die Protagonistin im Film war die Romanfigur Marianne und nicht Hanna Miller. Sie hatte also die Chance, sich selbst in die Rolle einzubringen. Aber noch gab es diese Rolle gar nicht, da kein Drehbuch existierte. Für das Drehbuch brauchten sie zuerst das Manuskript dieses angeblichen zweiten Teils von *Unvollendet*, von dem ihre Großmutter gewusst hatte. Nur graute es Grace davor, sich mit dem Leben ihrer Großmutter zu befassen, um das Manuskript zu finden. Doch für ihre Filmkarriere musste sie dieses Opfer wohl oder übel in Kauf nehmen und über ihren Schatten springen.

Sie holte tief Luft und sah Matthew direkt ins Gesicht. »Ich werde dir helfen. Ich versuche, die Fortsetzung von *Unvollendet* zu finden und gleichzeitig das Geheimnis von Grandma und Robert Arndt zu lösen.«

»Das freut mich.« Matthew wirkte nicht besonders erstaunt, vielmehr so, als hätte er nichts anderes erwartet. »Du erhältst natürlich einen Vertrag mit der Zusicherung, dass du die Rolle der Marianne bekommst. Und für deine Recherchen hast du meine volle Unterstützung, auch finanziell.«

»So teuer sollte das ja nicht werden.«

»Täusch dich nicht. Du wirst in die Schweiz reisen müssen. Und die ist teuer. Du hast doch momentan keine Dreharbeiten, oder?«

Grace lachte auf. *Dreharbeiten! Schön wär's.* »Nein, aber ich arbeite bei meinem Vater im Büro.«

»Kann man dort eine Weile auf dich verzichten?«

»Ich denke schon, ich werde mit Dad reden. Wann soll ich abreisen?«

»So bald wie möglich, aber zuerst müssen wir alles vorbereiten, und du solltest hier vor Ort noch ein wenig recherchieren.«

»In Ordnung.« Sie dachte nach. »Was weiß man eigentlich über Robert Arndt?«

»Nicht viel, deshalb ließ ich Nachforschungen anstellen. Es ist ein Vorteil, als Filmemacher die richtigen Leute zu kennen, die wiederum Leute kennen, die gut vernetzt sind und Zugang zu verlässlichen Quellen haben. Und das Thema Zweiter Weltkrieg ist ja kein Neuland für mich und mein Team. Jedenfalls habe ich erfahren, dass Robert Arndt 1919 in der Nähe von München zur Welt kam. 1933 emigrierten er und seine Mutter nach Zürich. Er durfte die Schule besuchen und begann sogar ein Jurastudium. Doch 1940 verließ er die Schweiz und reiste nach Berlin, illegal versteht sich. Als Emigrant ging er so das Risiko ein, seine Schweizer Aufenthaltsbewilligung zu verlieren. In Berlin schloss er sich einer Widerstandsgruppe an. In der waren auch seine Freundin Gerda Ritter und deren Vater Heinz Ritter, ein Jurist und ehemaliger SPD-Politiker. Sie verfassten unter anderem antifaschistische Flugblätter und retteten gefährdete Personen, indem sie sie versteckten, ihnen falsche Papiere besorgten und zur Flucht verhalfen. Robert Arndts Hauptaufgabe im Untergrund war die Fälschung von Pässen jeglicher Art: normale wie auch Wehrpässe, Postausweise, Kennkarten, aber auch verschiedene Bescheinigungen. Auch sich selbst verschaffte er eine neue Identität. Nach dem 20. Juli 1944 kam es durch das versuchte Attentat auf Hitler von Graf von Stauffenberg zu Verhaftungswellen der Gestapo im ganzen Land. Gerda Ritter floh daraufhin in die Schweiz. Sie war schwanger.«

»Schwanger? War das Kind von Robert Arndt?«

»Ich gehe davon aus. Aber man weiß es nicht. Jedenfalls erlitt Gerda eine Frühgeburt. Sie und das Baby starben in einem Zürcher Krankenhaus im August 1944.«

»War Robert dabei?«

»Ich denke nicht. Wäre ihm die Flucht zurück in die Schweiz gelungen, weshalb hätte er sie dann wieder verlassen sollen? Fakt ist, dass Gerdas Vater, Heinz Ritter, am 22. August 1944 im Rahmen der *Aktion Gitter*, einer Massenverhaftungsaktion der Gestapo, festgenommen wurde. Seine Widerstandsgruppe flog kurze Zeit später auch auf, und bis auf einen Aktivisten, der das Konzentrationslager Buchenwald überlebte, kamen alle um. Sie wurden gleich zum Tode verurteilt oder starben später im KZ. Heinz Ritter selbst erlitt einen Tag nach der Befreiung des KZ Buchenwalds, am 12. April 1945, einen plötzlichen Herztod, wie aus den Unterlagen hervorgeht.«

»Und Robert Arndt?«

»Er wurde im September 1944 verhaftet, allerdings unter seinem Decknamen Rolf Dörr. Doch die Nazis fanden seine wahre Identität heraus. Er wurde Ende September erhängt.«

Grace fehlten die Worte. Obwohl sie gerade erst von Robert Arndt erfahren hatte, ging ihr sein Schicksal nahe. »Aber er wurde wegen seiner Widerstandstätigkeit hingerichtet und nicht, weil er den zweiten Teil eines Antikriegsromans schrieb, oder?«

»In den Informationen, die ich über Arndt erhalten habe, war nie die Rede von einem Roman. Aus der Anklageschrift geht hervor, dass er wegen Widerstandsaktivitäten wie beispielsweise Passfälschung zum Tode verurteilt wurde. Hätte die Gestapo das Manuskript gefunden, wäre es garantiert erwähnt worden, da es sich um ein Beweismittel gehandelt hätte, das Arndt zusätzlich überführte. Außerdem denke ich nicht, dass er das Manuskript in Deutschland schrieb. Immerhin behauptete Hanna nicht nur, dass die Fortsetzung in der Schweiz sei, sondern auch, dass sie sie gelesen habe. Und da Arndt zuletzt 1940 in der Schweiz war, muss er es vor dieser Zeit geschrieben haben.«

»Warum hat er es in der Schweiz gelassen und nahm es nicht mit?«

Matthew schaute sie an, als hätte sie soeben gefragt, weshalb ein Auto Räder besitzt. »Ergibt es deiner Meinung nach Sinn, ein solches Manuskript in die Gefahrenzone mitzunehmen? Stell dir vor, die Gestapo hätte ihn auf seiner Reise aus irgendeinem Grund einer Durchsuchung unterzogen und das Manuskript gefunden. Natürlich kennen wir den Inhalt der Fortsetzung nicht, aber ich gehe davon aus, dass sie genauso pazifistisch ist wie *Unvollendet* und somit ein großes Risiko darstellte.«

Grace starrte konzentriert auf die honigfarbene Flüssigkeit in ihrem Brandyglas. »Was ist mit dem überlebenden Mitglied der Widerstandsgruppe? Vielleicht erwähnte Robert Arndt ihm gegenüber eine Fortsetzung?«

»Frederick Lümmel starb schon vor ein paar Jahren. Wir haben seine Frau kontaktiert, doch die wollte sich zum Thema Zweiter Weltkrieg nicht äußern, da ihr Mann noch bis ins hohe Alter unter den Folgen seiner Inhaftierung litt. Physisch, aber auch psychisch.«

Grace blickte zu Boden und fixierte ihre rot lackierten Fußnägel, die zwischen den goldfarbenen Riemchen ihrer Sandaletten hervorblitzten. Inhaftierung, Widerstandskämpfer, Gestapo, Konzentrationslager, Hinrichtungen. Ihr lief es kalt den Rücken hinunter, und sie schaute schnell wieder zu Matthew. »Und meine Großmutter sagte nach dem Vorfall im Krankenhaus kein Wort mehr über *Unvollendet* und Robert Arndt?«

»Ja. Sie blockte ab, als ich das Thema ansprach.«

Fest entschlossen sah Grace ihn an. »Ich werde mit meinem Vater reden. Vielleicht weiß er etwas.«

»Gut. Und du solltest auch mit Hannas Bruder Willi sprechen.«

»Mit Willi?« Grace schauderte. Ihr Großonkel Willi war keine Person, mit der man sich gerne traf. Nicht mal ihr Vater hatte noch Kontakt zu ihm. Zuletzt hatten sie ihn bei der Beerdigung ihrer Großmutter im Dezember gesehen. Die beiden hatten in Hannas letzten acht Jahren zusammengelebt, da sie partnerlos waren und sich so nicht allzu alleine fühlten.

Mit dem mürrischen Willi zu sprechen war das Letzte, was Grace wollte. Aber sie sah ein, dass sie um ein Gespräch mit ihm nicht herumkam. Das Problem war nur, dass die Abneigung auf Gegenseitigkeit beruhte und Willi sie auch nicht ausstehen konnte. Ob er überhaupt mit ihr reden würde?

* * *

Als Grace spätabends nach Hause kam, konnte sie an nichts anderes mehr denken als an *Unvollendet.* So sehr sie es auch hasste, die ganze Zeit mit dem unglaublichen schauspielerischen Talent ihrer Großmutter konfrontiert zu werden, so sehr liebte sie gerade diesen Film. Ihre Großmutter hatte die Rolle der Marianne sehr gefühlvoll und echt verkörpert, und jedes Mal, wenn Grace sich *Unvollendet* ansah, hatte sie das Gefühl, ihre Großmutter selbst wäre Marianne. Vielleicht, weil sie auch Schlimmes erlebt hatte, nur in einem anderen Krieg.

Sie schob die DVD in den Player und befand sich schon bald im schicksalhaften Jahr 1914.

Noch ahnten die drei Protagonisten Leopold, Edward und Marianne nicht, dass ihr Leben schon bald vom Krieg bestimmt sein würde. Die siebzehnjährige, aus Deutschland stammende Marianne lebte mit ihrem Vater in London. Sie verliebte sich in den englischen Schuhmacher Edward, allerdings sehr zum Missfallen ihres Vaters, der sich eine bessere Partie für sein einziges Kind gewünscht hatte. So kam es Mariannes Vater gerade recht, aus politischen Gründen in seine Heimat Deutschland zurückkehren zu wollen, zusammen mit Marianne.

Beim Abschied versprach Marianne Edward, dass sie zu ihm zurückkommen würde, sobald sie volljährig war. Als Zeichen ihrer ewigen Liebe übergab sie ihm ein Amulett, das sie vor vielen Jahren von ihrer inzwischen verstorbenen Mutter erhalten hatte.

Es folgten schwere Wochen, nicht nur für Marianne und Edward – die beide unter Liebeskummer litten –, sondern auch für das Weltgeschehen. Nach einem tödlichen Attentat auf den österreichisch-ungarischen Thronfolger Erzherzog Franz Ferdinand und seine Frau in Sarajevo gerieten die mächtigsten Staaten Europas in eine Beziehungskrise, die am 28. Juli 1914 mit der Kriegserklärung von Österreich-Ungarn an Serbien eine dramatische Wendung nahm. Bereits ab August 1914 befanden sich Deutschland und Österreich-Ungarn im Krieg gegen die verbündeten Entente-Staaten Frankreich, Großbritannien und Russland.

Der Theologiestudent Leopold erlebte den Kriegsausbruch in Deutschland als Jubelfeier. Nach anfänglichen Zweifeln lief er mit seinen Freunden johlend durch die Straßen und konnte es kaum erwarten, eingezogen und an die Front geschickt zu werden.

Auch Mariannes Vater war angesteckt von dieser Euphorie und versuchte seine besorgte Tochter zu beruhigen. Weihnachten sei alles vorbei, betonte er, doch Marianne blieb skeptisch. Eine Nahaufnahme zeigte ihr angstvolles Gesicht mit den großen grünen Augen. Ihr Blick sagte auch ohne Worte alles: Sie ahnte, dass der Krieg länger dauern würde.

Irgendwann schlief Grace ein und wurde von Bombendonner geweckt. Sie blinzelte zum Fernsehgerät und sah Edward, zwischen den Schützengräben rennend, im sogenannten Niemandsland. In dieser Szene erfuhr er gerade zum ersten Mal die wahre Bedeutung des Krieges. Im Wechsel wurde auch der deutsche Leopold gezeigt, den Edward zu diesem Zeitpunkt noch nicht kannte. Ihm erging es wie Edward, und er konnte kaum glauben, dass seine Welt zu einer solchen Hölle geworden war. Marianne absolvierte zu der Zeit eine Ausbildung als Krankenschwester.

Grace schaltete den Fernseher aus und schlief ziemlich schnell wieder ein. Sie träumte von Unvollendet, ihrer Großmutter und einem Treffen mit ihrem Großonkel Willi in einem Schützengraben.

Kapitel 3

Zürich
Donnerstag, 16. Juni 2016

Benjamin schielte auf seinen dunkelblauen Kugelschreiber. In silberner Schrift war das Logo des Hotels darauf eingraviert: Grandhotel Schwanenhof Zürich. Leonie hatte sich damals für dieses Exemplar entschieden, da es edler wirkte als so manch anderer billiger Werbekuli. Dank ihres Verhandlungsgeschicks hatte sie sogar einen großzügigen Rabatt erhalten, doch am Ende hatten die Kugelschreiber immer noch ein Vermögen gekostet. Benjamin klickte mehrmals, als wolle er sich vergewissern, dass der Stift seinem hohen Preis gerecht würde. Klick. Klick. Klick.

»Ben!«

Klick. Klick. Klick.

»Ben! Be-eeen! Hörst du mir gar nicht zu?«

Er schaute auf. Mara blickte ihn verärgert an. Zwischen ihren Brauen hatte sich eine steile Falte gebildet. Sie sollte nicht immer so böse schauen, sonst bliebe die Falte womöglich irgendwann bestehen. Immerhin war sie auch schon dreiunddreißig, und obwohl sie mit ihrem dunkelbraunen langen Haar und den meerblauen Augen sehr hübsch war, umspielte oft ein harter, verbissener Zug ihren Mund.

»Ich höre dir zu, Mara«, erwiderte er scharf.

»Na, da bin ich aber froh. Ich dachte schon, der Kugelschreiber habe deine ganze Aufmerksamkeit auf sich gezogen.« Ihre Stimme strotzte nur so vor Sarkasmus. Die anderen Anwesenden des Kadermeetings starrten verlegen auf den Tisch oder blätterten in ihren Unterlagen.

»Gut, fahren wir fort.« Mara wandte sich an den Chefconcierge Pedro, einen fünfzigjährigen Portugiesen mit dickem Schnurrbart. Sie warf ihm die *Schwanenhof Morgenpost* zu, einen Flyer mit aktuellen

Informationen, den die Gäste beim Frühstück erhielten. »Pedro, die Nachrichten in der Morgenpost waren heute schon wieder falsch. Die Ukraine spielt nicht gegen *Irland*, sondern gegen *Nordirland.* Und weißt du, wer mich darauf aufmerksam gemacht hat? Ein Gast, Pedro, ein Gast! Das war richtig peinlich! Solche Fehler dürfen einfach nicht vorkommen, okay?«

Pedro nickte knapp und kritzelte etwas auf seinen Notizblock.

Benjamin klickte wieder mit dem Kugelschreiber und hatte sofort Maras Aufmerksamkeit. »Wenn der falsche Spielplan der Fußballeuropameisterschaft unser größtes Problem ist, sind wir ja gut dran«, bemerkte er.

Pedro prustete laut los, doch Mara brachte ihn mit ihrem giftigen Blick schnell zum Verstummen. Ihre vor Wut lodernden Augen wanderten zu Benjamin, doch sie schwieg und wandte sich wieder ihrer Liste zu. »Also, kommen wir zum Marketing. Jessica, schon Ideen für den nächsten Newsletter? Wir müssen unbedingt mehr Werbung für den Wellnessbereich machen.«

Benjamin hörte nicht mehr zu. Marketing. Das Wort versetzte ihm nach wie vor einen kleinen Stich. Leonie war dafür zuständig gewesen. Er schaute zu Jessica, der unscheinbaren Marketingleiterin, die seiner Meinung nach viel zu wenige kreative Ideen einbrachte. Aber es war ihm egal. Alles war ihm egal.

So sah er während Jessicas PowerPoint-Präsentation die ganze Zeit nach draußen und verfolgte das wechselhafte Juniwetter. Feiner Regen umsprühte die Dächer der Stadt. Gelegentlich versuchte sich die Sonne zwischen den grauen Wolken durchzupressen, allerdings vergeblich.

»Was für eine gute Idee!«, jubelte Mara plötzlich. »Findest du nicht auch, Ben? Jessica, zeig ihm doch mal dein Konzept. Ich vermute nämlich, er hat deiner Präsentation keine Beachtung geschenkt.«

Jessica schob ihm einen schwarzen Ordner über den Tisch zu.

»Was ist das?«, fragte er.

»Jessicas Werbekonzept für den Wellnessbereich«, erklärte Mara. »Aus der Präsentation, die sie uns soeben gezeigt hat«, fügte sie bissig hinzu.

Während Jessica weiterhin ihre Einfälle anpries, überflog er das

Konzept. Nicht schlecht, musste er zugeben. Anscheinend hatte er sie vorschnell verurteilt. Er blätterte weiter, bis er beim Anblick einer Seite stutzte. Eine Mindmap von Leonie! Sie hatte es geliebt, für alles Mögliche altmodische Mindmaps zu gestalten. So würden die Ideen viel besser fließen, hatte sie sich stets verteidigt, wenn er sie damit aufgezogen hatte.

Er starrte auf das Blatt. Ihre Mindmaps entsprachen immer dem gleichen Schema: In der Mitte stand das Hauptthema, und außenrum waren sämtliche Schlagworte aufgelistet. Alles war von Kreisen umrundet und mit Verbindungspfeilen versehen wie ein Baum mit vielen Ästen.

»Woher hast du das?«, fragte er und stand auf.

Jessica errötete. »Das ist eine Mindmap von Leonie.«

»Ich weiß sehr wohl, was das ist! Ich wollte aber wissen, woher du es hast!«

»Ben, jetzt beruhige dich mal, okay?«, warf Mara ein. »Setz dich wieder.«

Doch er hörte nicht auf sie, ging um den Tisch herum und warf Jessica den Ordner hin. Sie zuckte zusammen. »Ich habe es in Leonies Unterlagen gefunden und gedacht, dass ich ihre guten Ideen doch übernehmen könnte.« Hilfesuchend wandte sie sich an Mara. »Da ist doch nichts Falsches dabei, oder?«

»Natürlich nicht«, beruhigte Mara sie und funkelte Benjamin an.

Die peinlich berührten und mitleidigen Gesichter aller anwesenden Mitarbeiter waren auf ihn gerichtet. Hört auf, mich so anzuglotzen, hätte er am liebsten geschrien, doch er blieb stumm. Er verspürte den heftigen Drang wegzurennen. Einfach auf und davon, bevor seine Gefühle ihn komplett überwältigten. »Ich muss gehen«, stammelte er und packte seine Unterlagen zusammen.

Mara hatte es offenbar die Sprache verschlagen und sie starrte ihn leicht dümmlich an. »Das Meeting ist noch nicht vorbei«, wandte sie ein. Benjamin stand bereits vor der Tür und drehte sich nochmals um. »Ich nehme die nächsten Tage frei.«

»Wie bitte?«

Wortlos zog er die Tür hinter sich zu und rannte in sein Büro, um seine Aktentasche zu holen. Er musste einfach weg.

»Ben!« Mara, die ihm gefolgt war, stand im Türrahmen. »Was ist los?«

»Ich muss weg.«

»Wie, *weg*? Du kannst nicht einfach weg!«

»Es wird ziemlich ruhig morgen und über das Wochenende, ihr braucht mich hier nicht.« Er griff nach seinem Handy, dem Notebook und einer Packung Gummibärchen auf dem Schreibtisch und verstaute alles in der Aktentasche.

Mara war inzwischen nicht mehr wütend, sondern ungewohnt verzweifelt. »Wo willst du denn hin?«

»Ins Tessin.«

»Aha.« Sie kam auf ihn zu. »Ben, ich weiß, dass dich Leonies Mindmap gerade an sie erinnert hat. Und ich bin mir dessen bewusst, dass es nicht einfach für dich ist. Auch für mich, Kim und Mutter ist es nicht leicht. Aber inzwischen ist schon fast ein Jahr vergangen seit dem Unglück. Du musst irgendwann darüber hinwegkommen. Und einfach wegrennen, nur weil du etwas gefunden hast, das dich an sie erinnert, ist keine Lösung.«

»Mara, ich habe meine Frau verloren. Am Tag meiner kirchlichen Hochzeit! Wir waren gerade mal einen Tag offiziell verheiratet. Seither habe ich jeden einzelnen beschissenen Tag gearbeitet! Doch ich halte es gerade nicht mehr aus. Ich brauche ein paar Tage für mich.«

»Ausgerechnet im Tessin? Dort erinnert dich doch auch alles an Leonie! Und im Gegensatz zu hier kannst du dich dort nicht mit Arbeit ablenken.«

Er griff nach seiner Mappe. »Egal.«

* * *

Fast eine Stunde hatte Benjamin in der Kolonne vor dem Gotthardtunnel warten müssen, bis er endlich weiterfahren konnte. Aber es war Donnerstagnachmittag, die Wetteraussichten für das Wochenende in der Deutschschweiz waren zum Heulen, und im Tessin wurde strahlender Sonnenschein erwartet. Kein Wunder, dass es viele Leute in den Süden zog. Er hätte besser die Bahn nehmen sollen, genau wie er und Leonie das immer getan hatten. Leonie. Mara hatte schon recht, hier unten würden ihn die Erinnerungen an sie ebenso quälen wie zu Hause. Vielleicht sogar noch mehr. Aber das war auch gut so, er hatte es nicht anders verdient.

Inzwischen hatte er das Dorf Maggia, benannt nach dem gleichnamigen Fluss, der sich durch das Alpental wand, erreicht. Er stellte den Wagen im Dorf ab, da es weiter oben in der Nähe des Ferienhauses wenige Parkmöglichkeiten gab und die Anfahrt durch die schmalen, gepflasterten Gassen recht mühsam war.

Er sammelte den Abfall im Auto zusammen – eine Pet-Flasche, ein Sandwichpapier und die bereits leere Packung Gummibärchen – und griff nach seiner Aktentasche. Als er aus seinem klimatisierten Audi stieg, erschlug ihn die drückende Hitze beinahe. In voller Stärke brannte die Sonne auf ihn hinunter, und er krempelte die Ärmel seines Hemdes hoch. Bei der Bäckerei Poncini kaufte er sich zwei große Panettoni. Leonie und er waren süchtig gewesen nach dem luftigen Süßgebäck mit den kandierten Früchten und Rosinen.

Nachdem er in einem kleinen Supermarkt noch ein paar Lebensmittel besorgt hatte, ging er durch die Gassen des Dörfchens, vorbei an Steinmauern, mit Traubenpflanzen überwachsenen Pergolen und den für das Tessin so typischen Rustici, kleinen rustikalen Häuschen aus Stein und Holz.

Vor einem Eisentor in einer hohen Steinmauer blieb er stehen, um den Schlüssel aus der Tasche zu kramen. Wie gut, dass er den am Bund gelassen hatte, selbst als er nicht mehr hierhergefahren war. Leonie und ihre Schwestern hatten das Rustico von ihrem Großvater Oskar erhalten, der aufgrund seiner Altersdemenz in einem Pflegeheim in der nahegelegenen Ortschaft Ascona lebte. Während Leonies Schwestern kaum Interesse an dem Ferienhaus gezeigt hatten, waren Leonie und er sehr gerne hergekommen.

Als er das Tor geöffnet hatte und hineingehen wollte, rief eine Frauenstimme: »Oh, Signor Landolt!«

Er wandte sich um. Signora Salvini, die gesprächige Nachbarin. Mit einer Einkaufstasche watschelte sie auf ihn zu und strahlte über das ganze faltige Gesicht. »Che sorpresa, è tanto che non La vediamo qui! Come sta?«

Er kratzte sich am Kopf. Sein Italienisch war nicht gut, aber er meinte, dass sie gesagt hatte, was für eine Überraschung sein Besuch sei, da er schon lange nicht mehr hier gewesen war. Leonie und Signora Salvini hatten sich immer gut verstanden und oft miteinander getratscht. Leonie hatte auch fast perfekt Italienisch gesprochen.

Er grüßte höflich auf Deutsch und suchte nach einer Ausrede, um schnell wegzukommen. Auf eine Unterhaltung hatte er keine Lust. Signora Salvini offenbar schon; sie setzte ihre Einkaufstasche auf den Boden. »Ich habe Sie schon unten im Dorf gesehen, aber da habe ich gerade mit Maria gesprochen. Sie kennen doch Maria, oder? Sie wurde kürzlich Nonna!«

Er nickte und linste sehnsüchtig zum Tor. Signora Salvini schien dies nicht zu bemerken und plapperte munter weiter. »Und, schaut ihr auch die Fußballeuropameisterschaft?«, fragte sie irgendwann. »Mein Mann verpasst kein einziges Spiel! Am Sonntag spielt die Schweiz. Habt ihr einen Fernseher im Haus? Sonst könnt ihr bei uns schauen. Wie lange seid ihr hier?«

»Ihr?«

»Sie und Leonie! Sie ist doch auch hier, oder?« Sie stellte sich auf die Fußspitzen und bemühte sich, einen Blick über das Tor zu erhaschen.

Benjamin sog die Luft scharf ein. Sie wusste es nicht. Wie auch? »Leonie ist tot.« Er griff nach seinen Einkaufstaschen und gab dem Tor einen Stoß. »Auf Wiedersehen.«

Signora Salvini blieb sprachlos zurück.

Kapitel 4

Los Angeles
Donnerstag, 16. Juni 2016

Auf Anraten ihres Personal Trainers versuchte Grace jeden Morgen eine Runde zu joggen, und da der Santa Monica Beach praktisch vor ihrer Haustür lag, konnte sie sich meistens recht gut dazu überwinden. Heute aber fühlte sie sich viel zu erschöpft. *Liegt bestimmt an Matthews starkem Brandy!*

Sie beschloss, noch eine Runde zu schlafen. Als sie etwa zwei Stunden später mit einem Pappbecher voll Kaffee das Architekturbüro ihres Vaters betrat, war es schon fast halb elf, und sie spürte die missbilligenden Blicke der Mitarbeiter auf sich. Sie ahnte, was sie dachten. *Ah, trifft das Töchterchen des Chefs auch endlich ein. Denkt wohl, sie könne machen, was sie will. Die hält sich ohnehin für etwas Besseres, weil sie ja eigentlich Schauspielerin ist.*

Aber Grace konnte es ihnen nicht verübeln. Dass sie verwöhnt war, wusste sie selbst. Und sie hatte ihrem Vater auch schon vorgeschlagen, sich einen anderen Teilzeitjob zu suchen, aber das hatte er nicht gewollt. Wahrscheinlich hatte er Angst, sie erlitte das gleiche Schicksal wie die Tochter eines guten Freundes, die irgendwann wegen finanzieller Schwierigkeiten in die Pornoszene geraten war. Denn ihr Vater wusste genau, dass sie das Erbe ihrer Großmutter nicht anrühren würde.

Sie stellte den Becher auf den Schreibtisch und startete den Computer. Marjorie, die Assistentin ihres Vaters, trat auf sie zu und knallte einen Stapel Unterlagen auf den Tisch. »Hi Grace. Das ist alles zur Ablage.« Genugtuung und Hohn lagen in ihrem runden bleichen Gesicht, das aussah, als hätte sie einen Vollmond zum Frühstück verspeist. Grace war es inzwischen gewohnt, dass Marjorie ihr immer Arbeiten gab, die ihr unwürdig erschienen und Grace das Gefühl vermitteln sollten, sie wäre zu blöd für schwierigere Aufgaben. Grace schmunzelte. Wenn Marjorie geahnt hätte, dass sie diese einfachen Arbeiten sogar besonders mochte. Sie brauchte hier keine Herausforderung. Sogar das Angebot ihres Vaters, als Architektin zu arbeiten, hatte sie ausgeschlagen, da sie genau wusste, dass ein solcher Job viel Zeit beanspruchen würde. Zeit, die sie viel lieber für ihre Schauspielkarriere aufwendete.

Marjorie sah sie über den Rand ihrer Hornbrille hinweg streng an. »Fühlst du dich wieder besser?«

Grace begann die Unterlagen zu sortieren. Sie hatte sich gestern Morgen, nachdem sie die Absage erhalten hatte, krank gemeldet. »Ja, war nur eine leichte Magenverstimmung.«

»So, so.« Marjorie kniff die Augen zusammen, so dass sie wie zwei Striche wirkten.

»Ist mein Dad da?«

»Ja, aber er hat gerade viel zu tun«, erwiderte sie warnend. »Du solltest ihn jetzt nicht stören.« Mit diesen Worten ging sie davon und verschwand in der Kaffeeküche.

Grace verdrehte die Augen. Marjorie konnte ihr doch nicht verbieten, ihren Vater zu sehen. Sie würde ihn gleich aufsuchen, aber vorher musste sie noch etwas erledigen. Sie schob den Aktenberg zur Seite und kramte ihr Handy hervor, um Willi anzurufen. Das Gespräch schwebte wie ein Damoklesschwert über ihr, deshalb wollte sie es so schnell wie möglich hinter sich bringen. Sie hatte auch bereits eine Idee, unter welchem Vorwand sie ihren Besuch anmelden konnte. Ihre Großmutter hatte ihr nach ihrem Tod nicht nur Geld, sondern auch ihre gesamte Garderobe vermacht. Damals bei der Testamentsverkündung hatte sie gelacht, als der Notar den Satz vorgelesen hatte. Erstens hatte sie überhaupt kein Interesse daran gehabt und zweitens würde sie sowieso nicht in die schmal geschnittenen Kleider passen. Trotzdem hatte sie sich schon lange vorgenommen, alles abzuholen und für einen wohltätigen Zweck versteigern zu lassen. Doch Willi hatte damals nicht gewollt, dass man das Zimmer seiner Schwester so kurz nach deren Tod betrat und die Sachen wegräumte. Man müsse ihrer gedenken. Grace und ihre Eltern hatten diesen Wunsch respektiert, aber inzwischen war über ein halbes Jahr vergangen, und Grace fand, dass sie nun mit gutem Gewissen nochmals nachhaken konnte.

Als auch nach mehreren Versuchen niemand ranging, hinterließ sie eine Nachricht und bat um Rückruf. Dann legte sie das Handy weg und stand auf. Sie musste jetzt mit ihrem Vater sprechen.

* * *

Nachdem Grace ihrem Vater von dem Gespräch mit Matthew Parker erzählt hatte, fuhr er sich über die Schläfen. Er war einundsiebzig, und sein einst braunes Haar und der gestutzte Bart waren inzwischen silbergrau. Hinter seinem Ohr steckte ein Bleistift, da er aus alter Gewohnheit die ersten Gebäudeskizzen noch immer von Hand zu Papier brachte. Obwohl er inzwischen seinen Ruhestand genießen und das Ruder seinem jüngsten Sohn hätte überlassen können, hatte er sich noch nicht aus der Firma zurückgezogen.

Im Hintergrund lief leise *The Snow Is Falling* von Ray Charles. Da ihr Vater sich zu Weihnachtsmusik angeblich besser konzentrieren konnte, hörte er sie das ganze Jahr über, sogar im Sommer.

Er blickte Grace eindringlich an. »Um nochmals zusammenzufassen, was du mir gerade erzählt hast: Matthew Parker hat dir also das Angebot gemacht, die Rolle der Marianne in einer angeblichen Fortsetzung von *Unvollendet* zu spielen. Deshalb möchtest du jetzt alles über die Vergangenheit deiner Großmutter und über Robert Arndt herausfinden und den zweiten Teil von *Unvollendet* suchen?« Er hob die Augenbrauen, und auf seiner Stirn bildeten sich unzählige Längsfalten.

»Ja, richtig.«

»Was, wenn es diese Fortsetzung gar nicht gibt? Womöglich interpretiert Matthew Parker zu viel in alles hinein.«

»Aber weshalb hätte Grandma dann sagen sollen, dass sie die Fortsetzung gelesen habe und dass sie in der Schweiz sei? Und die Bemerkung fallen lassen, dass einen die Vergangenheit immer einholt? Was hat sie damit gemeint?«

»Sie stand unter dem Einfluss von Tabletten.«

»Ja, aber Matthew ist fest davon überzeugt, dass an ihrer Aussage etwas dran ist.«

»Und weshalb wollte sie drei Wochen später nicht mehr darüber reden?«

»Vielleicht weil das Geheimnis so düster ist und sie plötzlich ihren Mut verloren hat?«

Ihr Vater lachte kaum merklich. »Die Vorstellung, dass Joachim Arndts Sohn das weltberühmte unvollendete Werk seines Vaters zu Ende geschrieben hat, ist schon verrückt. Ich muss zugeben, dass ich auch mehr darüber wissen will. Außerdem fände ich es gut, wenn du dich dadurch mit dem Leben deiner Großmutter befassen würdest. Vielleicht gelingt es dir, deinen Zorn auf sie endlich abzulegen.«

Grace stöhnte. »Dad! Ich mache das nicht wegen Grandma, sondern für eine Rolle. Grandmas Leben ist mir so was von egal.«

Er sah sie an und hob eine Augenbraue. »Bist du ganz sicher?«

»Ja!«

»Oh, Grace, wir haben schon so oft darüber gesprochen. Du solltest nicht so nachtragend sein.«

»Du bist genau wie Matthew. Warum versteht ihr nicht, wie sehr sie mich damals verletzt hat?«

»Natürlich verstehe ich dich. Aber ich kann auch Mum verstehen. Sie hielt es nicht für richtig, ausgerechnet dir diese Rolle zu geben, wo du doch all die Jahre immer nur eines wolltest: endlich als Grace Miller wahrgenommen zu werden, und nicht als Hanna Millers Enkelin.«

»Ja, schon gut«, erwiderte sie scharf. »Weißt du was, jetzt habe ich ja endlich die Möglichkeit dazu. Und zwar mit der Rolle der Marianne. Und genau darum geht es mir. Ich weiß, dass du und Matthew hofft, indem ich mich mit Grandmas Leben befasse, könnte ich ihr vielleicht verzeihen, aber das wird nicht der Fall sein. Außerdem ist sie tot, also was ändert es?«

»Es ist wichtig für dich. Du bist so voller Hass auf sie, das ist nicht gut.«

Grace gab sich geschlagen. Es würde nichts bringen, weiterhin mit ihrem Vater darüber zu diskutieren. In diesem Fall verstand er sie ausnahmsweise mal nicht.

»Okay, Dad, kommen wir wieder auf *Unvollendet* zurück. Grandma hat dir gegenüber also nie einen zweiten Teil erwähnt? Oder von Robert Arndt gesprochen?«

»Nein, nie. Du weißt ja, dass sie nicht über ihre Jugend in der Schweiz reden wollte. Ihre Mutter kam damals auf schreckliche Weise ums Leben.«

»Luise Thalmann, die Fluchthelferin.« Grace betrachtete ihren Vater ehrfürchtig. Er hatte ihr schon einmal von Luise Thalmann erzählt, ihrer Urgroßmutter. Von ihrer Lebensgeschichte hatte man nur erfahren, weil ein neugieriger Journalist in den Fünfzigerjahren mehr über die berühmte Hanna Miller hatte herausfinden wollen und für seine Nachforschungen extra in die Schweiz gereist war. Dort stieß er auf die Tragödie ihrer Mutter, Luise Thalmann. Zusammen mit ihrer Schwester hatte Luise zwischen 1938 und 1943 zahlreichen Juden geholfen, in die Schweiz zu gelangen. 1943 scheiterte einer von ihren geplanten Fluchthilfeversuchen, sie und ihre Schwester wurden verhaftet und kamen später ums Leben. Luises Mann Arthur erlitt noch 1943 einen tödlichen Herzinfarkt.

Grace schauderte bei dem Gedanken an die tragische Geschichte ihrer Urgroßeltern. Kein Wunder, dass ihre Großmutter nie über ihre Vergangenheit hatte sprechen wollen.

»Dad, warum ließ Grandma das Hotel, ihr Erbe, zurück?«

»Weil das Hotel nach dem Tod ihrer Eltern von ihrem Onkel übernommen wurde. Und weil sie Vater kennenlernte.« Bei der Erwähnung seines Vaters legte sich ein dunkler Schleier über sein Gesicht. Er sprach nicht oft über ihn.

»Es war nicht leicht für dich, oder? Ich meine, als er dich und Grandma später verließ und nach Riga zog.«

Er hob die Schultern. »Ehrlich gesagt war es kein großer Verlust, er hat sich all die Jahre nie besonders für mich interessiert. Und ich war ja bereits fünfzehn, als er ging.«

»Und Grandma? Hat sie darunter gelitten? Grandpa verließ sie immerhin wegen einer jüngeren Frau.«

»Schon, aber sie kam ganz gut damit zurecht. Sie hatte ja ihre Filme … und mich.«

»Aber warum hat er sie verlassen? Sie gehörte zu den schönsten und berühmtesten Frauen der Welt!«

»Und das genau war sein Problem. Mum hat mir viele Jahre später mal gesagt, dass er mit ihrem Ruhm nicht umgehen konnte. Er war ja selber auch recht erfolgreich als Dirigent und Komponist und hätte sie lieber nur in der Rolle der Hausfrau und Mutter gesehen. Außerdem wollte er noch weitere Kinder, sie aber nicht. Während eines Auftritts in Riga lernte er dann eine Cellistin kennen, verliebte sich und zog nach Lettland.«

»Hast du seine neue Frau mal kennengelernt?«

»Ja. Aber erst bei seiner Beerdigung. Auch meine zwei Halbgeschwister habe ich dort getroffen. Sie waren alle sehr nett. Iveta, Dads Frau, schickt mir seither jedes Jahr eine Weihnachtskarte … Aber um wieder auf deine *Fortsetzung* zurückzukommen« – er hob das Wort Fortsetzung leicht belustigt hervor – »du hast dir also fest in den Kopf gesetzt, sie zu finden. Wie willst du weiter vorgehen?«

»Ich werde mich mit Willi treffen, vielleicht weiß er etwas.«

Ihr Vater sah sie an, als hätte sie ihm soeben mitgeteilt, dass sie eine Expedition zum Mond plane. »Mit Willi? Bist du sicher? Auch wenn er etwas wissen sollte, wird er dir bestimmt nicht weiterhelfen. Du kennst ihn doch.«

»Ja, aber ich muss es zumindest versuchen. Und selbst wenn er mir nicht weiterhelfen kann oder will, habe ich immerhin die Möglichkeit, mich in Grandmas Zimmer umzuschauen. Vielleicht finde ich ja einen Hinweis auf die Fortsetzung oder Robert Arndt. Da fällt mir ein, hast du irgendwelche persönlichen Gegenstände von Grandma? Alte Fotoalben, Unterlagen aus ihrer Zeit in der Schweiz?«

»Fotoalben habe ich. Nur wurden alle Fotos erst nach den Kriegsjahren gemacht. Ich glaube, Mum hat damals so gut wie nichts mitgenommen und ihr altes Leben in der Schweiz zurückgelassen.«

»Du warst mal dort, in dem Hotel, oder? Zu der Zeit, als ihr in München gelebt habt.« Grace dachte an ein Foto, das bei ihren Eltern auf dem Kaminsims stand und im Juni 1985, etwa zwei Jahre vor ihrer Geburt, aufgenommen worden war. Es zeigte die Familie während eines Ausflugs in die Schweiz auf einem Schiff auf dem Zürichsee. Zu der Zeit hatten sie fast drei Jahre lang in Deutschland gelebt, wo ihr Vater ein großes Bauprojekt in München betreut hatte. Früher war sie immer ein wenig neidisch gewesen auf ihre drei Brüder, die bereits so viel mit ihren Eltern erlebt hatten. Ihre Mutter hatte sie erst mit sechsunddreißig bekommen, damals waren ihre Brüder bereits neun, elf und vierzehn Jahre alt gewesen.

Sie schaute zu ihrem Vater, der gerade ihre Frage bejahte. »Ich war dort. Ich wollte unbedingt wissen, wo Mum aufgewachsen ist. Und von München nach Zürich ist es nicht so weit. Wir wohnten im Grandhotel Schwanenhof.« Er betonte den Hotelnamen leicht ehrfürchtig. »Oskar Thalmann, der Hoteldirektor, gab uns sogar die Hanna-Miller-Suite. Ein netter Mann übrigens. Er hat mich damals regelrecht über Mum ausgefragt. Sie war seine Cousine. Dass sie keinen Kontakt mehr zueinander hatten, machte ihm zu schaffen, das konnte ich spüren.«

Grace runzelte die Stirn. »Erwähnte er den Grund dafür? Gab es Streit zwischen ihnen?«

»Ich weiß es nicht. Als ich nachfragte, wich er aus.«

»Seltsam. Lebt er eigentlich noch?«

»Ja. Nach Mums Tod wollte ich ihn kontaktieren, aber eine seiner Enkelinnen, die inzwischen das Hotel leitet, teilte mir mit, dass er dement sei und in einem Pflegeheim im Süden der Schweiz lebe. Sie war übrigens ziemlich unfreundlich und wirkte gestresst.«

Grace erinnerte sich an Matthews Worte, dass sie für ihre Nachforschungen in die Schweiz reisen müsse. Doch ein dementer alter Mann und dessen unfreundliche, gestresste Enkelin waren keine sehr vielversprechenden Informationsquellen.

»An wen außer Willi könnte ich mich noch wenden?«, fragte sie.

Gedankenverloren beäugte ihr Vater seine Gebäudeskizze, bis er einen Zeigefinger in der Luft hin- und herschwenkte. Das tat er immer, wenn er eine Idee hatte.

»Was ist?«

»Warte kurz.« Er setzte seine Lesebrille auf, tippte etwas auf der Tastatur und klickte ein paarmal mit der Computermaus. »So, hier haben wir ihn ja. Professor Theodor Feigel, Historiker und Autor. Er hat mehrere Bücher veröffentlicht, unter anderem eines über Flüchtlinge während des Zweiten Weltkriegs. Darin erwähnte er auch seine eigene Rettung durch Luise Thalmann. 1943 hat sie ihm und seiner Schwester die Flucht von Deutschland über die Schweizer Grenze ermöglicht. Der junge Feigel war zwar damals erst neun, erinnert sich aber sehr gut daran. Als er und seine Schwester ein paar Jahre nach dem Krieg von Luises Schicksal erfuhren, setzten sie sich für ihre posthume Rehabilitation ein, also dafür, dass ihr beschädigter Ruf nach ihrem Tod wiederhergestellt wurde.«

»Mhm. Und warum erzählst du mir das?«

»Feigel wollte Mum treffen, aber sie hat ihn abgewiesen. Sie erwähnte es beiläufig, wenige Wochen vor ihrem Schwächeanfall. Als ich nach dem Grund für ihre Absage fragte, meinte sie, sie habe mit ihrer Vergangenheit längst abgeschlossen und wolle nicht daran erinnert werden. Wer weiß, vielleicht hatte Feigels Kontaktaufnahme sie so sehr aufgewühlt, dass sie später einen Zusammenbruch erlitt und sich Matthew anvertrauen wollte.«

Grace überlegte. »Ja, vielleicht. Aber was hat dieser Professor Feigel mit Robert Arndt und *Unvollendet* zu tun?«

Er schob die Lesebrille hoch ins Haar. »Das musst du schon selbst herausfinden.«

* * *

Zu gerne hätte sich Grace den ganzen Nachmittag über damit beschäftigt, Nachforschungen anzustellen, doch Marjorie überhäufte sie mit Arbeit und beobachtete sie dabei wie ein Fuchs auf der Lauer. Kurz vor sieben konnte sie endlich Feierabend machen und versuchte bereits auf dem Weg zum Parkplatz erneut, Willi zu erreichen. Als er nach mehrmaligem Klingeln immer noch nicht ranging, wollte sie gerade auflegen, da vernahm sie ein Rauschen am Ende der Leitung. »Willi?«

»Grace!«, krächzte er. »Was willst du? Störst mich schon den ganzen Tag!«

Grace schnaubte. Den ganzen Tag? Nun übertrieb er aber. Typisch Willi. Sie lehnte sich an ihren Wagen und erklärte ihm geduldig, dass sie wegen der Garderobe ihrer Großmutter vorbeikommen wolle. Daraufhin murmelte er etwas Unverständliches, bis er ein Treffen am nächsten Morgen vorschlug.

Erleichtert schob Grace ihr Handy nach dem Gespräch in die Tasche und öffnete die Wagentür. So einfach hatte sie es sich nicht vorgestellt. Womöglich wurde aus dem griesgrämigen Willi auf seine alten Tage doch noch ein umgänglicher Mann.

Kapitel 5

Los Angeles
Freitag, 17. Juni 2016

Willis alter Dobermann Gandalf döste auf einem Tigerfell friedlich vor sich hin, während zwei Zwergterrier Grace ununterbrochen ankläfften. Schon seit fünfzehn Minuten wartete sie in Willis Wohnzimmer und versuchte, die Hunde zu beruhigen. Insgeheim verfluchte sie Willis Haushälterin, welche die Tiere ins Wohnzimmer gelassen hatte. Gut möglich, dass Willi ihr absichtlich diese Anweisung erteilt hatte.

Grace sah sich in dem großen kahlen Raum um, der eher einem Konferenzzimmer glich als einer Wohnstube. Das Tigerfell, auf dem Gandalf schlief, bildete den einzigen Farbtupfer in dieser grau-schwarzen Trostlosigkeit. Ausgerechnet ein Tigerfell, dachte Grace angewidert. Wo sich ihre Großmutter doch stets so für den Tierschutz eingesetzt hatte. Dass sie damals ihre schöne Strandvilla in Malibu verkauft hatte, um hier in diesen hellgrauen Betonkasten zu ihrem mürrischen Bruder zu ziehen, hatte Grace nie verstehen können, obwohl es ihr auch gleichgültig gewesen war. Sie hatte ihre Großmutter nicht oft besucht und wenn, dann bloß, weil ihr Vater sie dazu gedrängt hatte.

»Summer, Spring!«, rief eine krächzende Stimme.

Grace schaute zur Tür. Willi.

»Jetzt gebt endlich Ruhe!«, fauchte er seine Zwergterrier an, die sogleich verstummten und zu Gandalf trabten. Dort schmiegten sie sich eng an ihn.

Mit einem braunen Stock in der Hand hinkte Willi auf Grace zu. Sein rechtes Bein hatte sich von einem Autounfall vor zweiunddreißig Jahren nie mehr ganz erholt. Doch viel schlimmer war, dass sich auch seine Seele nicht erholt hatte. Willis Frau war bei dem Unfall ums Leben gekommen, und er gab sich die Schuld an ihrem Tod, wie Grace von ihrem Vater wusste. Er hatte damals nach einer Veranstaltung in seinem leicht betrunkenen Zustand nicht mehr heimfahren können und deshalb seine Frau, die keine besonders routinierte Autofahrerin gewesen war, ans Steuer gelassen. Auf einer nassen und kurvigen Straße hatte sie die Kontrolle über das Fahrzeug verloren und war einen Hang hinabgestürzt. Ein Wunder, dass Willi überlebt hatte.

Laut ihrem Vater war Willi schon früher kein besonders fröhlicher Mann gewesen, doch der Vorfall hatte ihn erst recht zu einer bitteren, zynischen Person gemacht. Grace konnte seine Qualen nachvollziehen, verstand aber trotzdem nicht, weshalb er sein Umfeld und sogar seine eigenen Verwandten so kalt behandelte. Nur mit seiner Schwester hatte er sich gut verstanden.

Langsam stand Grace auf und reichte ihm die Hand. »Hallo Willi, danke, dass ich herkommen durfte.«

Er nickte knapp, und Grace fiel auf, dass sein linkes Auge zuckte. Genau wie ihre Großmutter hatte er große grüne Augen, doch bei ihm schauten sie unter weißen buschigen Brauen hervor. Von alten Fotos wusste Grace, dass er früher ein attraktiver Mann gewesen war, doch inzwischen verliehen ihm zwei steile tiefe Falten, die sich vom Mundwinkel bis zum Kinn zogen, einen missmutigen Gesichtsausdruck. Ein Kranz aus weißem Haar umringte seine Halbglatze.

Er setzte sich und lehnte den Stock an die Couch. »Ich habe nicht viel Zeit. Muss bald los zu einem Termin.«

»Ich werde dich nicht lange aufhalten«, beruhigte ihn Grace und setzte sich.

»Dann ist ja gut. Du hast gesagt, dass du die Garderobe von Hanna haben willst.«

»Ja, sie hat sie mir vermacht.«

Er fixierte sie argwöhnisch. Grace konnte sich gut vorstellen, dass er mit diesem Blick schon unzählige Angeklagte eingeschüchtert hatte. Bevor Willi in Rente gegangen war, hatte er zu den besten Staatsanwälten des Landes gehört und selten einen Fall verloren.

Noch immer hafteten seine Augen fest auf ihr. »Ich kann ehrlich gesagt nicht verstehen, weshalb Hanna dir ihre Garderobe vermacht hat. Du wirst in kein einziges der Kleider passen. Hanna war sehr schlank.«

Grace schluckte. Dessen war sie sich bewusst, aber Willis Worte taten trotzdem weh. »Ich will die Kleider nicht für mich. Ich möchte sie versteigern lassen und das Geld einer wohltätigen Organisation spenden. Ich denke, das hätte Grandma auch gewollt. Sie ließ schon vor ihrem Umzug hierher einen großen Teil ihrer Garderobe versteigern. Erinnerst du dich? Und jetzt bei dem ganzen Hype um sie bin ich mir sicher, dass wir einiges zusammenbekommen.«

Willi kratzte sich hinter dem Ohr. »Ja, ja. Du kannst damit machen, was du willst. Ich bin froh, wenn das Zeug endlich wegkommt. Ich wollte deinen Vater deswegen schon kontaktieren. Außer der Garderobe sind ja auch noch alle anderen Sachen von ihr da.«

Grace sah ihn überrascht an. »Dad hat dir doch bereits kurz nach ihrem Tod angeboten, alles abzuholen. Aber das wolltest du nicht.«

»Damals war es zu früh. Doch jetzt will ich die Sachen loswerden. Willst du die Kleider heute schon mitnehmen?«

»Nein, ich möchte mir zuerst einen Überblick verschaffen. Danach setze ich mich mit einer Organisation in Verbindung, die die Auktion durchführt.«

»Gut. Mach das. Und richte deinem Vater aus, er soll bald den Rest abholen. Ansonsten werfe ich das Zeug weg.«

»Das *Zeug* ist der Nachlass deiner Schwester. Willst du nichts behalten?«

»Was hab' ich davon? Irgendwann muss ich damit abschließen. Erinnerungen machen nur schwach.« Er wollte bereits nach seinem Stock greifen, da sagte Grace: »Willi, da ist noch was.« Sie hätte die Unterhaltung mit dem mürrischen Mann am liebsten beendet, aber sie musste ihn auf *Unvollendet* ansprechen. Deswegen war sie schließlich hergekommen. Sie hatte sich genau überlegt, was sie sagen würde. Ganz sicher würde sie nichts von Matthew Parkers Filmprojekt und ihrer Rolle darin verraten, weil sie ahnte, was Willi davon hielte. So sagte sie ihm stattdessen, dass ihre Großmutter gegenüber Matthew erwähnt hatte, es gäbe eine Fortsetzung von *Unvollendet.* Als der Name *Unvollendet* fiel, sah Willi sie an, als hätte sie soeben eine Waffe auf ihn gerichtet. Volltreffer! Er wusste etwas.

Doch er schwieg und beobachtete seine Hunde, die inzwischen alle auf dem Tigerfell schliefen. Abgesehen von den kleinen Schnarchlauten, die Gandalf gelegentlich von sich gab, herrschte absolute Stille im Raum.

»Grace«, sagte Willi nach einer Weile. »Warum will Matthew das wissen?«

»Keine Ahnung«, flunkerte Grace. »Er war nur neugierig. Was ich total verstehen kann. Ich meine, eine Fortsetzung von *Unvollendet?* Wow!« Sie neigte sich vor. »Weißt du etwas darüber?«

Willis Miene wirkte verschlossen. »Nein.«

»Wirklich nicht? Hat sie nie mit dir darüber gesprochen? Oder über Robert Arndt?«

»Nein, nein und nochmals nein! Matthew hat dir völligen Blödsinn erzählt! Typisch für ihn! Der sucht doch nur eine Story für seinen nächsten Film! Also, Grace, du wolltest Hannas Garderobe, und die bekommst du auch. Aber wenn du denkst, du könntest mit mir über irgendwelchen Scheiß reden, den Matthew erfunden hat, dann vergiss es!«

»Matthew erzählt keinen Blödsinn. Warum sollte er? Er und Grandma waren sehr gute Freunde. Und weshalb hätte sie diese Andeutungen machen sollen, wenn nichts dahintersteckt?«

Ohne auf Graces Bemerkung einzugehen, griff er nach seinem Stock und erhob sich. Grace blieb keine andere Wahl, als ebenfalls aufzustehen. »Ich gehe dann mal nach oben«, murmelte sie.

»Aber beeil dich! Wie bereits erwähnt, habe ich bald einen Termin.«

Grace war froh, von Willi wegzukommen und sprang die Stufen hoch zum Zimmer ihrer Großmutter. Willi wusste etwas über die Fortsetzung, dessen war sie sich sicher. Aber aus irgendeinem Grund wollte er nicht darüber sprechen. Weshalb?

Vorsichtig öffnete sie die Tür, und sogleich schlug ihr der überwältigende Duft von Marihuana entgegen. Sie wusste von ihrem Vater, dass ihre Großmutter bis zu ihrem Tod wegen ihrer Schmerzen Gras geraucht hatte.

Grace drückte auf den Lichtschalter in dem dunklen Raum, ließ den Rollladen hochfahren und öffnete die Terrassentür. Auch wenn sie die Villa hässlich fand, so machte wenigstens die Aussicht einiges wett. Sie betrat die Terrasse und blickte hinunter, über den türkisblauen Swimmingpool hinweg auf die grünen Hügel der Hollywood Hills. Ein paar Wölkchen und die Kondensstreifen eines Flugzeuges zierten den stahlblauen Himmel, von weither vernahm Grace das Brummen eines Helikopters. Ein frischer Windstoß wehte ihr entgegen, und sie trat wieder ins Zimmer und sah sich um. Auf den ersten Blick wirkte alles sehr belebt, als hätte ihre Großmutter den Raum gerade erst verlassen. Nur die Staubschicht auf den Möbeln zeugte davon, dass schon länger niemand mehr hier gewesen war. Willi ließ dieses Zimmer offenbar nicht putzen.

Auf dem Salontisch entdeckte Grace ein Päckchen Pfefferminzbonbons neben einer DVD und einer alten Zeitung. Eine kamelfarbene Kaschmirdecke lag auf der Couch, und über einer Stuhllehne hing der rote Seidenschal, den ihre Großmutter oft getragen hatte und der zu ihrem Markenzeichen geworden war. Grace ließ den zarten Stoff durch die Hände gleiten. Der Seidenschal der berühmten Hanna Miller.

Während sie weiter durch das Zimmer schlich, fühlte sie sich wie ein Eindringling. Sie öffnete einen Parfümflakon auf der Frisierkommode und atmete den Duft von Jasmin und Rose ein. Schnell schloss sie den Flakon wieder. *Was tust du hier eigentlich?*

Sie ging weiter und warf einen Blick in das Schlafzimmer, in dem ein mit goldfarbenem Brokatstoff überzogenes Himmelbett stand. Auf einem antiken Schreibtisch lagen ein Stapel Unterlagen, Schreibpapier und ein silberner Füllfederhalter. Dass Willi alles noch genau so belassen hatte, rührte Grace irgendwie. Doch im nächsten Moment dachte sie an seine Worte, dass er das *Zeug* bald entsorgen wolle. Plötzlich fiel ihr auf, dass das Notebook nicht an seinem gewohnten Platz auf dem Schreibtisch lag. Zusammen mit ihren Eltern war sie vor dem Tod ihrer Großmutter einige Male hier gewesen, weil ihr Vater es von ihr verlangt hatte. Während ihre Eltern neben dem Bett gesessen und sich mit der todkranken Frau unterhalten hatten, hatte sie es sich auf dem Sessel vor dem Schreibtisch bequem gemacht und sich mit ihrem Handy beschäftigt. Dabei war ihr jedes Mal das silbergraue Notebook auf dem Schreibtisch aufgefallen. Doch jetzt war es nicht mehr da. Sie öffnete ein paar Schubladen, fand es aber nicht. Dafür einen ganzen Vorrat an Marihuana.

Seltsam. Wo war das Notebook? Sie sah sich um und beschloss, das Zimmer schon mal nach dem Notebook und möglichen Hinweisen zu *Unvollendet*, Robert Arndt oder wenigstens zur Vergangenheit ihrer Großmutter zu durchsuchen.

Nach einer Weile ließ sie sich seufzend auf die Couch fallen. Sie hatte weder das Notebook noch sonst irgendwelche hilfreichen Hinweise gefunden. Es gab zwar einige Fotoalben, doch die stammten alle aus der Zeit nach dem Krieg. Die ersten zwanzig Jahre in ihrem Leben hatte ihre Großmutter wohl gänzlich in der Schweiz gelassen.

Irgendwann klopfte es, und Grace sprang auf. Sie würde sicher nochmals die Möglichkeit haben, alles in Ruhe durchzuschauen, sobald ihr Vater die Sachen abholen kam. Aber sie ahnte, dass sie auch dann nicht mehr finden würde als jetzt.

Sie öffnete die Tür und erntete Willis kauzigen Blick. »Bist du fertig mit deiner Bestandsaufnahme?«

Grace starrte ihn an. Die Garderobe! Sie hatte sich doch einen Überblick verschaffen wollen. Aber egal. Sie würde sie einfach abholen lassen und im Auktionshaus durchsehen. »Äh ja, bin fertig.«

»Gut. Ich muss jetzt nämlich los. Und ich möchte nicht, dass du dich hier im Haus herumtreibst, wenn ich nicht da bin.«

»Ja, sicher.« Sie folgte ihm die Treppe hinunter. »Willi, mir ist aufgefallen, dass Grandmas Notebook nicht mehr auf dem Schreibtisch liegt. Weißt du, wo es ist?«

Ruckartig drehte er sich um. »Warum interessiert dich Hannas Notebook? Denkst du etwa, du findest dort Hinweise auf eine Fortsetzung von *Unvollendet*?« Ein Hauch Spott schwang in seiner Stimme mit.

Grace blieb ruhig. »Vielleicht. Also, weißt du, wo es ist?«

»Nein.«

»Ganz sicher?«

Er drehte sich um und hinkte die Treppe hinunter. »Ja, ganz sicher. Vermutlich liegt es in irgendeiner Schublade, aber das seht ihr ja dann, wenn ihr zum Entrümpeln kommt.«

Grace seufzte innerlich. Sie wusste, dass das Notebook in keiner Schublade war, da sie bereits alle durchsucht hatte. Und sie ahnte, dass Willi genau wusste, wo es sich befand.

Die Verabschiedung verlief kurz und alles andere als herzlich, was hauptsächlich an Willi lag. Als sie sich auf den Heimweg machte, bemerkte sie im Rückspiegel, dass er ihr nachschaute.

Kapitel 6

Maggia, Tessin
Samstag, 18. Juni 2016

Verdammte Fliege! Zum gefühlt tausendsten Mal verscheuchte Benjamin sie, doch schon landete sie erneut auf dem Brot und rieb ihre dünnen Beinchen aneinander. Und immer, wenn er versuchte sie totzuschlagen, entwischte sie ihm. Er griff nach dem Brot und wickelte es ins Papier, er hatte genug gefrühstückt. Nachdem er den Tisch abgeräumt hatte, spürte er wieder diese innere Leere, die ihm seit Leonies Tod wohlvertraut war. Dank der Arbeit hatte er dieses Gefühl bisher gut verdrängen können, doch je näher Leonies Todestag rückte, desto schwieriger wurde es. Sie war einfach überall, und das machte ihn wahnsinnig. Er hatte gehofft, die Auszeit im Tessin, dem Alltag zu entfliehen, würde ihm guttun. Dass ihn auch hier viel an Leonie erinnern würde, dessen war er sich bewusst gewesen, aber er hatte geglaubt, es wäre anders. Aber es war genau gleich. Immerzu sah er sie vor sich; wie sie unter der von Rebranken bewachsenen Pergola saß und Kaffee trank, wie sie sich im Liegestuhl sonnte, ihr langes, dunkelbraunes Haar kämmte.

Er sollte dringend weg, weit weg. Mit seiner guten Ausbildung und der langjährigen Erfahrung in der Hotellerie fände er fast überall auf der Welt einen Job in einem Hotel. Doch sein Problem war, dass er nicht weg konnte, oder vielmehr nicht *wollte.* Gefangen zu sein in Leonies Welt empfand er als Strafe, die er verdient hatte.

Wie ein Tiger im Käfig ging er im Flur auf und ab, bis er vor einer Kommode stehen blieb und einen Blick in den Spiegel warf. Die Schatten unter seinen Augen waren fast dunkler als die Augen selbst, seine Haut war blass und die Wangen wirkten trotz der immer länger werdenden Bartstoppeln eingefallen. Sein kastanienbraunes Haar fiel ihm in die Stirn und hatte dringend einen Schnitt nötig. Leonie hätte dieser Anblick gar nicht gefallen, wo sie doch immer so viel Wert auf ein gepflegtes Äußeres gelegt hatte. *Jetzt hör endlich auf, an sie zu denken!* Wutentbrannt schlug er auf die Kommode und stieß jäh einen Stapel Bücher zu Boden.

Okay, jetzt war er komplett verrückt geworden. Er kniete nieder und sammelte die Bücher ein. Leonies Bücher, hauptsächlich heitere Frauenromane über Männer, Schuhe, Schokolade und solche Dinge. Zwischen den ganzen bunten Titelbildern stach ihm ein schlichtes graues Cover ins Auge, das zwei mit Kohlestift gezeichnete Soldaten zeigte, die einander die Hände schüttelten. *Joachim Arndt. Unvollendet.* Jetzt erinnerte er sich wieder, dass Leonie das Buch kurz vor ihrem Tod gelesen hatte. Wäre er damals nicht so sehr mit seiner Arbeit beschäftigt gewesen, hätte er Leonie vielleicht mal gefragt, seit wann sie sich für diese Art von Büchern interessierte. Aber er hatte nicht gefragt. Schuldbewusst betrachtete er das Buch, da fiel ihm auf, dass ein kariertes Blatt hervorragte. Er zog es heraus. Eine Mindmap von Leonie. Klar. Diese Dinger verfolgten ihn momentan geradezu. Diese Mindmap war allerdings noch ziemlich leer, stellte Benjamin fest. *Unvollendet* las er in der Mitte. Dann die Worte *Fortsetzung*, gefolgt von drei großen Fragezeichen, und die Namen *Oskar Thalmann, Hanna Thalmann, Willi Thalmann, Robert Arndt.*

Benjamin runzelte die Stirn. Warum hatte Leonie diese wunderliche Mindmap erstellt? Was meinte sie mit Fortsetzung? Und was hatte ihr Großvater, Oskar Thalmann, damit zu tun? Hanna und Willi Thalmann waren Oskars Cousine und Cousin gewesen.

Benjamin hatte sich vor sechs Jahren, als er den Posten des Vizedirektors im Grandhotel Schwanenhof übernommen hatte, intensiv mit der Geschichte des Hauses befasst. 1846 war das Hotel von Siegfried Thalmann gegründet worden und schon bald zu einem der führenden Häuser in Zürich aufgestiegen. Beinahe hundert Jahre später, während des Zweiten Weltkriegs, kamen die damaligen Besitzer Arthur Thalmann und seine Frau Luise ums Leben, woraufhin Arthurs jüngerer Bruder Fritz, Oskars Vater, die Führung des Hauses übernahm. Arthur und Luise Thalmanns Kinder Hanna und Willi verließen die Schweiz nach dem Krieg und wanderten nach Amerika aus, in die Heimat von Hannas Mann. Aus Hanna Thalmann wurde Hanna Miller, die später beim Film Karriere machte. Sogar eine Suite im Schwanenhof wurde nach ihr benannt, obwohl sie selbst seit ihrer Jugendzeit nie mehr dort gewesen war.

Benjamin fiel plötzlich ein, dass Leonie einst erwähnt hatte, Hanna Miller während ihrer Flitterwochen in Kalifornien besuchen zu wollen. Es ging um irgendeine Bemerkung von Oskar, ihrem Großvater. Allerdings hatte sie Probleme gehabt, Hanna Miller zu kontaktieren, und schickte ihr daher eine Mail über ihre Agentur. Doch soweit Benjamin wusste, hatte sie nie eine Antwort erhalten, was ihn auch nicht besonders erstaunt hatte. Hanna Miller war ein Weltstar gewesen.

Die Sache hatte ihn aber auch nicht groß interessiert, vor allem, weil er sich damals mit anderen Dingen hatte herumschlagen müssen. Die Neueröffnung der Hotelbar, die Suche nach einem neuen Küchenchef und die Hochzeit. Rasch verdrängte er den Gedanken an die Hochzeit und konzentrierte sich wieder auf die Mindmap. Hatte sich Leonie mit Hanna Miller treffen wollen, um mit ihr über *Unvollendet* zu sprechen? Er kannte sich nicht besonders gut mit Filmen aus, aber selbst er wusste, dass Hanna Miller in der Verfilmung von *Unvollendet* mitgewirkt hatte. Er schaute wieder auf die Mindmap. Robert Arndt. Arndt. Joachim Arndt! Dieser Robert war vermutlich mit dem Schriftsteller verwandt.

Benjamin setzte sich an den Tisch und startete sein Notebook. Er würde es herausfinden.

* * *

Ein leichter Wind wehte Benjamin um die Ohren, als er am Nachmittag an der Maggia entlangging. Er blickte über das gewaltige Meer aus Steinen, durch das sich der Fluss zog. Die Strömung war aufgrund der vielen Regentage im Juni ziemlich stark, selbst an dieser sonst schmalen Stelle des Flusses führte er mehr Wasser als üblich. Deshalb, und auch wegen der niedrigen Wassertemperatur, wagte sich kaum jemand hinein, nur ein älteres Paar von Wanderern kühlte sich die Füße. Es waren ohnehin nicht viele Menschen hier, was nicht nur am Wetter lag, sondern auch daran, dass die Sommerferien noch nicht begonnen hatten. In etwa zwei Wochen würde es hier bei schönem

Wetter nur so wimmeln von Touristen. Benjamin genoss die Ruhe und versuchte, an einer etwas abgelegeneren Flussstelle einen flachen Stein übers Wasser hüpfen zu lassen. Wegen der Strömung klappte es nicht so, wie er wollte, doch ein kleiner Junge, der eben noch zusammen mit seinen Eltern Steinmännchen gebaut hatte, sah ihm fasziniert zu.

Er schenkte ihm ein kurzes Lächeln und ging weiter. Leonies Mindmap ging ihm nicht mehr aus dem Kopf. Er hatte inzwischen dank eines kurzen Interneteintrags herausgefunden, dass Robert Arndt der Sohn von Joachim Arndt war und mit seiner Mutter zwischen 1933 und 1940 in der Schweiz im Exil gelebt hatte. 1944 war er wegen seiner Tätigkeit als Passfälscher in Deutschland von den Nazis hingerichtet worden. Vermutlich hatten Oskar, Hanna und Willi Robert gekannt. Aber was hatte das mit *Unvollendet* zu tun? Ob Oskar mit Leonie darüber gesprochen hatte und sie deshalb Kontakt zu Hanna Miller aufnehmen wollte? Leonie hatte immer einen guten Draht zu ihrem Großvater gehabt und ihn bei ihren Aufenthalten im Tessin stets besucht. Das Schicksal des an Altersdemenz erkrankten Mannes war ihr nicht gleichgültig gewesen. Ganz im Gegensatz zu ihrer Mutter und ihren Schwestern, die sich nicht für ihn interessiert hatten. Leonie aber hatte sich intensiv mit dem Thema Demenz auseinandergesetzt. Um Oskar zu helfen und Erinnerungen bei ihm wachzurufen, hatte sie Musik von früher abgespielt und ihm Fotos gezeigt. Benjamin fragte sich, ob Oskar ihr dabei etwas Wichtiges anvertraut hatte.

Nach Leonies Tod war Oskar an einer schweren Lungenentzündung erkrankt, von der er sich lange nicht erholt hatte. Seither litt er andauernd an irgendwelchen Beschwerden. Benjamin nahm sich vor, ihn gleich morgen zu besuchen.

Als er den Heimweg ansteuerte, hörte er eine bekannte Stimme seinen Namen rufen. Er drehte sich um. Signora Salvini kam ihm keuchend entgegen. Sie trug einen Korb voller kleiner Steine, der sie richtig in den Boden zu drücken schien.

Seit seiner Ankunft hatte er sie nicht mehr gesehen und war froh darüber gewesen. Er scheute mögliche Fragen zu Leonies Tod, denn er wollte nicht darüber sprechen.

»Signora Salvini, guten Tag. Sie sammeln Steine?«

Sie wischte sich mit dem Arm über die verschwitzte Stirn. »Sì! Unsere Enkelkinder kommen morgen zu Besuch. Und sie bemalen so gerne Steine.«

»Kann ich Ihnen den Korb tragen?« Im selben Moment verfluchte er sich für seine Höflichkeit, die er sich durch die vielen Jahre in der Hotellerie angewöhnt hatte. Er wollte keine Gesellschaft. Doch Signora Salvini bedankte sich bereits und reichte ihm den Korb.

Sie gingen eine Weile schweigend nebeneinander her, bis sich Signora Salvini räusperte. »Es tut mir leid wegen neulich. Ich wusste nicht, dass Leonie nicht mehr lebt. Mein herzliches Beileid.«

Er mied ihren Blick. »Danke.«

»Was ist mit ihr … Ich meine, weshalb ist sie …«

Er blieb stehen. »Es war ein Unglück. Aber ich will nicht darüber sprechen, bitte nehmen Sie es mir nicht übel.«

»Natürlich, bitte entschuldigen Sie.«

Sie gingen weiter. »Was geschieht mit dem Haus?«, fragte sie zögernd.

Benjamin hob die Schultern, dabei war die Frage durchaus berechtigt. Nur hatte er keine Antwort darauf. Das Haus gehörte Leonies Schwestern Mara und Kim. Und zu einem Drittel nun auch ihm, wurde ihm bewusst. Aber der Besitz von Leonies Eigentum erschien ihm nach wie vor nicht richtig, was nicht bloß daran lag, dass sie offiziell nur einen Tag verheiratet gewesen waren. Vielmehr sah er nicht ein, dass er Anspruch auf das Erbe hatte. Auch Mara hatte dies damals so empfunden und Leonie deshalb zu einem Ehevertrag gedrängt. Das Haus im Tessin und Leonies weiteres Vermögen waren Mara dabei nicht besonders wichtig gewesen, der Schwanenhof aber schon. Doch Leonie hatte sich geweigert, einen Ehevertrag aufsetzen zu lassen, und sich heftig mit Mara gestritten. Nicht mal ihrer Mutter war es gelungen, die Auseinandersetzung ihrer Töchter zu schlichten. Um des Friedens willen hatte Benjamin Leonie überredet, nachzugeben und einem Ehevertrag – in welchem ihm jegliche Besitzansprüche am Schwanenhof abgesprochen wurden – zuzustimmen. Leonie hatte eingewilligt und dabei gewitzelt, dass es eigentlich keine Rolle spiele, sie würde ja nicht so bald sterben.

Er schaute zu Signora Salvini, die noch immer auf eine Antwort wartete. »Ich weiß nicht, was mit dem Haus geschieht. Es gehört auch

Mara und Kim.« Doch die hatten kein Interesse daran. Vielleicht würde er die beiden demnächst fragen, ob er ihnen ihre Anteile abkaufen könnte. Aber wollte er das Haus überhaupt? Eigentlich wusste er gar nicht, was er wollte.

Vor Signora Salvinis Haus angekommen setzte er den Korb auf den Boden. Er verabschiedete sich und ging bereits weiter, da rief sie ihm nach: »Signor Landolt, warten Sie!«

»Was ist?«

Ihre runzligen Wangen verfärbten sich rot. »Mir ist da etwas eingefallen. Wegen Leonie. Vielleicht interessiert es Sie ja.«

Sein Interesse war nun voll und ganz bei ihr. »Was denn?«

»Sie war vor etwa einem Jahr hier, im vergangenen August. Zusammen mit Oskar und seiner Pflegerin.«

Er runzelte die Stirn. »Sie hat Oskar in Ascona für die Hochzeit abgeholt. Dass sie danach aber noch hierhergefahren ist, wusste ich nicht. Vermutlich brauchte sie etwas aus dem Haus.«

»Ja, richtig. Sie war übrigens anders als sonst. So hibbelig.«

»Nun, Leonie und ich hatten die Tage vor der Hochzeit viel Stress, auch auf der Arbeit. Eigentlich hätte ihre Mutter Oskar abholen sollen, aber die hatte starke Migräne. Und die Pflegerin traute sich die Reise alleine mit Oskar nicht zu. Das alles hat Leonie ziemlich mitgenommen.«

»Aber sie wirkte nicht gestresst, vielmehr aufgeregt. Ich habe sie vor dem Tor getroffen, zusammen mit Oskar und der Pflegerin. Ich wollte die drei zu einem Kaffee einladen, doch Leonie meinte, sie müsse nur schnell etwas aus dem Haus holen und dann gleich wieder gehen. Ich war ehrlich gesagt etwas neugierig und blieb zusammen mit der Pflegerin und Oskar im Garten. Es dauerte etwa eine halbe Stunde, dann kam Leonie mit einem Karton zurück. Und sie war noch aufgeregter als zuvor.«

»Was für ein Karton?«

Sie formte mit den Händen einen imaginären Behälter in der Luft. »Eine normale Schachtel eben, aus Karton. Mit einem Deckel.«

»Und Sie wissen nicht zufällig, was drin war? Hat Leonie etwas erwähnt?«

»Nein, tut mir leid.«

»Und Oskar? Hat er nichts gesagt, während Sie draußen mit ihm gewartet haben?«

Sie lachte und tippte sich mit dem Zeigefinger an die Stirn. »Der hat die ganze Zeit gemeint, dass er gleich einen Hotelrundgang machen müsse. Die Pflegerin musste ihn festhalten, sonst wäre er bestimmt davongerannt.«

»Sprach er zufälligerweise von *Unvollendet?*«

Signora Salvinis Gesicht glich einem einzigen Fragezeichen.

»Dem Antikriegsroman«, fügte er hinzu.

»Ah, sì! Ich kenne nur den Film. Nein, darüber hat er nichts gesagt. Warum?«

»Nur so.«

Später im Haus fragte sich Benjamin, was wohl in diesem Karton gewesen war. Er hatte Leonie an dem Donnerstag, an dem sie Oskar abgeholt hatte, nicht mehr gesehen, da sie bei ihrer Mutter übernachtet hatte. Erst am Morgen auf dem Standesamt hatten sie sich getroffen. Wenn er sich recht erinnerte, war sie sehr müde gewesen und hatte einen abwesenden Eindruck gemacht. Doch er hatte sich nichts dabei gedacht. So kurz vor der Hochzeit erschien ihm dies normal. Und dann war da ja noch … Schnell verwarf er den Gedanken daran. Jedenfalls hatten sie sich offiziell trauen lassen und waren anschließend mit den engsten Freunden und der Familie essen gegangen. Danach war er ins Hotel gefahren, um nach dem Rechten zu schauen und alles für seine längere Abwesenheit während den Flitterwochen vorzubereiten. Leonie hatte zusammen mit ihren Schwestern, Oskar und der Pflegerin wieder bei ihrer Mutter übernachtet.

Und am nächsten Tag hätte die Hochzeit stattfinden sollen. Er schüttelte sich. Nein, nicht daran denken. Morgen würde er Oskar besuchen. Doch er zweifelte, dass ihm der demente Mann weiterhelfen konnte.

Kapitel 7

Los Angeles
Sonntag, 19. Juni 2016

Grace musste sich beherrschen, um nicht laut loszulachen. Aber Diana Marling, die Inhaberin des Auktionshauses *Marling's Auctions* machte es ihr sehr schwer. Sobald sie eines von Hanna Millers Kleidungsstücken in den Händen hielt, öffnete sie ihren kleinen knallrot geschminkten Mund zu einem lauten »Oh mein Gott, oh mein Gott, oh mein Gott!«, und ihre mit dickem Kajal umrandeten blauen Augen leuchteten.

Auch jetzt, ein elfenbeinfarbenes, mit winzig kleinen Perlen besticktes Abendkleid in den Händen haltend, konnte sie sich kaum beruhigen. »Dieses Kleid, Grace, dieses Kleid!« Sie hielt es vor ihren molligen Körper und warf mit einem Schwung ihre toupierte rote Löwenmähne zurück. »Deine Großmutter trug es 1950 auf der Oscarverleihung. In diesem Kleid bekam sie ihren ersten Oscar!« Sie hängte es wieder an die Stange und strich sorgfältig darüber, als wäre es zerbrechlich. »Diese Auktion wird der Wahnsinn!«

Grace nickte. Es hatte nur einen Anruf gebraucht, und Diana Marling hatte sofort alles in Bewegung gesetzt, um Hanna Millers Garderobe abzuholen. Schon die vorangegangene Auktion einige Jahre zuvor hatte Diana erfolgreich durchgeführt.

Zusammen mit Diana und ihrem Team hatte Grace den ganzen Samstag und den halben Sonntagmorgen damit verbracht, die Garderobe ihrer Großmutter zu verpacken und ins Auktionshaus zu bringen. Sie ließ den Blick über die voll beladenen Kleiderstangen, Schuhkartons und Schachteln voller Hüte und Taschen schweifen. Unglaublich, was ihre Großmutter alles besessen hatte.

Diana legte den Kopf leicht schräg. »Möchtest du nicht wenigstens eines der Kleider behalten?«

»Nein, ich will nichts.«

»Und dieses hier?« Diana nahm das Oscarkleid wieder von der Stange und hielt es Grace hin.

Grace lachte. »Ich passe nie im Leben in dieses Kleid. Grandma hatte Konfektionsgröße 34, wenn nicht sogar 32. Ich trage 38.«

»Ja schon, aber deine Großmutter war nicht immer so grazil wie in ihren letzten Jahren. Früher in den Fünfzigern war sie üppiger. Du solltest das Kleid mal anprobieren.«

Grace ließ den perlenbestickten Stoff durch ihre Hände gleiten. Vielleicht würde ihr das Kleid tatsächlich passen. Aber sie wollte nichts von ihrer Großmutter besitzen.

»Ich will es nicht. Außerdem wird es bestimmt einen hohen Betrag erzielen, das ist wichtiger.«

Diana bäumte sich regelrecht vor ihr auf. »Nichts da! Ich bestehe darauf, dass du dieses Kleid behältst. Ich könnte es nicht mit gutem Gewissen versteigern. Ein so wunderschönes Kleid muss in der Familie bleiben.«

Grace betrachtete Diana, deren gerötete Wangen sogar durch ihre Make-up-Schicht hindurchschimmerten. Sie wusste, dass Diana eine begeisterte Anhängerin ihrer Großmutter gewesen war. Nichtsdestotrotz war sie auch Geschäftsfrau, und wenn sie auf die hohe Provision verzichtete, die das Oscarkleid garantiert erzielen würde, lag es ihr offenbar wirklich am Herzen, dass Grace das Kleid behielt. »Na gut«, gab sie nach, nahm es entgegen und schob es in einen Kleidersack.

»Perfekt. Mit den Kleidern sind wir also durch«, bemerkte Diana und blickte zufrieden zu den Kleiderstangen. »Dann haben wir noch Schuhe, Taschen und Hüte. Mal schauen, ob die auch in solch einwandfreiem Zustand sind. Was ist eigentlich mit Schmuck?«, fragte sie, während sie sich einer Hutschachtel widmete.

»Den hat Grandma bereits vor ihrem Tod an meine Mutter, meine Schwägerinnen und mich verteilt. Sie meinte, sie wolle den Schmuck lieber mit warmen Händen geben.« Grace erinnerte sich an den Tag, als wäre es gestern gewesen. Während ihre Großmutter ihr, ihrer Mutter und ihren Schwägerinnen den Schmuck präsentiert hatte und alle fast ausgeflippt waren vor Begeisterung, hatte sie selbst kein Interesse gezeigt und am Ende nur ein paar Diamantohrstecker und eine

Perlenkette mitgenommen, die ihre Großmutter ihr sozusagen aufgedrängt hatte. Wenn sie sich recht erinnerte, hatte ihre Großmutter damals enttäuscht gewirkt, doch es war ihr gleichgültig gewesen. Inzwischen verspürte sie einen Anflug von Reue für ihr trotziges Verhalten damals.

Sie begann, die Handtaschen auszupacken. Ihre Großmutter hatte eine Schwäche für Taschen gehabt: *Chanel*, *Gucci*, *Vuitton* und viele andere namhafte Designer waren vertreten. Die Luxusmarke *Christelle* hatte sogar eine Tasche nach ihr benannt, die Miller Bag. Gedankenverloren strich Grace über das hellbraune Leder, als ein lautes »Oh mein Gott« sie zusammenzucken ließ. Sie schaute zu Diana, die mit weit aufgerissenen Augen in einem braunen Büchlein blätterte.

»Was ist das?«

Diana reichte ihr das Büchlein und zeigte auf eine Hutschachtel, aus der ein beiger Vierzigerjahre-Filzhut hervorlugte. »Das lag in dieser Hutbox. Ich glaube, es ist ein Tagebuch.«

Grace blätterte darin. »Sieht ganz so aus. Allerdings auf Deutsch.«

»Das muss von deiner Großmutter sein. Sie stammte doch ursprünglich aus Deutschland.«

»Nicht aus Deutschland, sondern aus der Schweiz.«

Diana winkte ab, als würde das keinen Unterschied machen. Neugierig blickte sie zu Grace. »Verstehst du was?«

»Nein, ich kann kein Deutsch. Unglaublich, der erste Eintrag ist aus dem Jahre 1938! Das war noch vor dem Zweiten Weltkrieg.« Graces Herz raste vor Aufregung. Sie konnte ihr Glück kaum fassen. Das war das Tagebuch ihrer Großmutter! Sie blätterte weiter und weiter, bis irgendwann nur noch leere Seiten zum Vorschein kamen.

Diana rümpfte die Nase. »Eine besonders fleißige Schreiberin war sie nicht gerade. Aber ich kann das verstehen. Ich habe auch mal ein Tagebuch begonnen, doch es blieb bei einem einzigen Eintrag.«

Grace sah sich die beschriebenen Seiten genauer an. »Na ja, es handelt sich zwar nur um etwa vier bis sechs Einträge, aber die sind dafür recht umfangreich, soweit ich es beurteilen kann.« Sie zeigte auf die Hutschachteln. »Und vielleicht finden wir ja noch weitere Tagebücher.«

»Wer weiß. Ach übrigens, das hier ist vorhin aus dem Büchlein gefallen.« Diana reichte Grace ein Foto. »Der sieht ein wenig aus wie ein junger Cary Grant. Ist das dein Großvater? Hannas Ex-Mann? Wie hieß er noch gleich?«

»George Miller.« Grace starrte auf das Bild des dunkelhaarigen Mannes mit charmantem Blick. Aber es war nicht ihr Großvater. Ihr Vater hatte ihr alte Familienfotos gezeigt. »Nein, das ist er nicht.«

»Oh! Dann vielleicht eine verflossene Liebe.«

Grace zuckte mit den Schultern und schob das Foto wieder in das Tagebuch. Wer immer dieser Mann war, er musste ihrer Großmutter etwas bedeutet haben, warum sonst hätte sie ein Bild von ihm in ihrem Tagebuch aufbewahren sollen. Vielleicht handelte es sich um Robert Arndt? Allerdings hatte der laut Matthew eine Freundin gehabt, Gerda Ritter.

In der darauffolgenden Stunde durchforstete Grace die restlichen Hutschachteln und Handtaschen, fand aber keine weiteren Tagebücher mehr.

»Muss ich mich eben damit zufrieden geben. Besser als nichts«, murmelte sie vor sich hin.

»Was hast du damit vor? Willst du es versteigern lassen?«, fragte Diana.

»Versteigern lassen?«, wiederholte Grace ungläubig. Niemals würde sie das Tagebuch ihrer Großmutter versteigern lassen. Es handelte sich zwar nur um wenige Einträge, aber vielleicht enthielten sie einen Hinweis auf die Fortsetzung zu *Unvollendet*. Sie steckte es in ihre Tasche. »Ich nehme es mit.«

* * *

Wie konnte eine so schöne Person wie ihre Großmutter nur eine so scheußliche Handschrift gehabt haben? Seit einer halben Stunde saß Grace am Santa Monica Beach und versuchte mithilfe eines Übersetzungsprogramms auf ihrem Notebook das Tagebuch ihrer Großmutter zu entschlüsseln. Doch dies war kein leichtes Unterfangen. Und wenn sie einen Satz endlich entziffert hatte, lieferte das Übersetzungsprogramm irgendein komisches Ergebnis.

Frustriert warf Grace das Tagebuch in ihre Strandtasche. Natürlich könnte sie es von einer professionellen Agentur übersetzen lassen, aber konnte sie denen trauen? Es handelte sich immerhin um das Tagebuch einer Filmlegende. Was, wenn die Agentur ihre Verschwiegenheitsklausel brechen und damit an die Öffentlichkeit gehen würde? Solche Fälle gab es immer wieder. Das durfte sie nicht riskieren. Und Matthew wollte sie vorerst noch nichts von dem Tagebuch erzählen. Blieb noch eine Möglichkeit: ihr Vater. Er kannte erstens die Schrift seiner Mutter, und er beherrschte wegen seiner Jahre in Deutschland die Sprache etwas. Aber ob er das Tagebuch seiner eigenen Mutter lesen wollte? Gleich morgen würde sie ihn fragen.

Sie trank einen Schluck Rotwein und blickte in die Ferne. Allmählich ließ sich die Sonne auf den Horizont nieder und tauchte Himmel und Meer in tiefste Orange-, Rot- und Violetttöne. Auf dem Pier stand ein Pärchen, das eng umschlungen die Farbenpracht bewunderte. Grace wünschte sich, Garrett wäre jetzt hier. Allerdings hatte er noch nie mit ihr einen Sonnenuntergang erleben wollen und solche Erlebnisse bloß als romantischen Mist und pure Zeitverschwendung bezeichnet.

Sie streckte die Beine aus und blickte ein paar Möwen nach, die sich kreischend in den Himmel erhoben. Vielleicht würde Garrett ja noch zur Besinnung kommen und ihm würde bewusst werden, dass er sie vermisste und wie sehr er sie liebte … *Ernsthaft, Grace? Das glaubst du doch selbst nicht*, ermahnte sie sich und nahm erneut einen Schluck Wein. In dem Moment hörte sie ihr Handy klingeln und durchwühlte ihre Strandtasche. Kelly. Sie hatte ein schlechtes Gewissen ihrer Agentin gegenüber, weil sie ihr neulich nach dem Gespräch mit Matthew nichts über dessen Rollenangebot gesagt hatte. Auf Kellys neugierige Nachfrage hatte sie bloß geantwortet, dass Matthew mit ihr über ihre Großmutter hatte sprechen wollen, was ja im Grunde auch stimmte. Matthew und sie waren sich einig gewesen, die ganze Sache nicht an die große Glocke zu hängen. Dass sie ihren Vater eingeweiht hatte, war eine Ausnahme gewesen.

Zögernd nahm sie den Anruf entgegen. »Hi Kelly, wie geht's?«

»Das muss ich eher dich fragen, Darling! Wie fühlst du dich?«

Kellys mitleidiger Ton entging Grace nicht. »Gut, warum fragst du?«

Stille herrschte am anderen Ende der Leitung, bis ein lauter Seufzer erklang. »Oh Darling, du weißt es noch nicht, oder?«

»Was weiß ich nicht?«

»Ich hab's über Instagram erfahren … Garrett … er ist mit Selina Carver zusammen.«

Kapitel 8

Zürich
Montag, 20. Juni 2016

Um kurz vor neun traf Benjamin im Hotel ein. Er war bereits um vier Uhr morgens im Tessin losgefahren, hatte sich zu Hause rasch umgezogen und danach gleich ins Hotel begeben. Nachdem er sich kurz mit dem Concierge und einem Stammgast unterhalten hatte, ging er hoch in sein Büro, öffnete das Fenster und sah nach draußen. Der Himmel war mit dunklen Wolken verhangen, und es würde wahrscheinlich nicht mehr lange dauern, bis die ersten Tropfen fielen. Ein Reisebus hielt direkt vor dem Eingang, und Portiers eilten mit ihren Gepäcktrolleys herbei. Die indische Reisegruppe war angereist.

Benjamin wandte sich ab und zog eine Packung Gummibärchen aus einer Schublade. Sein Notvorrat. Er schob sich einige in den Mund und setzte sich. Noch immer musste er an Oskar denken, den er am Vortag im Pflegeheim besucht hatte. Dem alten Mann ging es gesundheitlich mal wieder nicht gut, er hatte sich erneut eine Lungenentzündung zugezogen. Benjamin hatte sich unter diesen Umständen nicht getraut, ihn auf *Unvollendet* anzusprechen. Außerdem hatte Oskar ihn ohnehin nicht erkannt. Er war noch eine Weile bei ihm geblieben, bis eine Pflegerin ihn darauf aufmerksam gemacht hatte, dass die Besuchszeit zu Ende sei. Als er sich mit Schwester Rosa unterhalten wollte, der Pflegerin, die sich damals während der Hochzeit um Oskar gekümmert hatte, erfuhr er, dass diese gerade Urlaub in Italien machte.

»Ben, du bist also wieder zurück.«

Er legte die Gummibärchenpackung zur Seite und sah auf. Mara. Erhobenen Hauptes rauschte sie in sein Büro, zog einen Stuhl heran und setzte sich. Sie schlug ihre dünnen Beine übereinander und strich ihren dunkelblauen Bleistiftrock glatt. Auf den ersten Blick hatte sie viel Ähnlichkeit mit Leonie: dasselbe lange dunkelbraune Haar und die gleichen meerblauen Augen. Nur war Leonie kein so magerer Haken gewesen wie ihre Schwester, und sie hatte ein liebreizendes Gesicht mit zartem Schneewittchen-Teint besessen, wohingegen Mara immer aussah, als käme sie direkt aus der Karibik. Bräunungsdusche hieß ihr Geheimnis, wie ihm Leonie einst verraten hatte.

Sie neigte sich vor und blickte ihn ernst an. Ihr Parfüm stieg ihm in die Nase, ein viel zu süßer Duft mit einer aufdringlichen blumig-orientalischen Note. Er lehnte sich zurück.

»Und, gut erholt?«, fragte sie und hob eine Augenbraue.

»Ja«, gab er einsilbig zur Antwort.

»Ich fand es übrigens nicht nett, dass du einfach abgehauen bist.« Diese Worte waren ihr Auftakt zu einer mehrminütigen Predigt, die er still über sich ergehen ließ. Erst als sie ihm vorwarf, er habe die Gäste im Stich gelassen, wurde er wütend.

»Verdammt! Ich habe über dreihundertsechzig Überstunden und weiß nicht, wann ich mir zuletzt einen freien Tag gegönnt habe. Ich …«

»Vielleicht sollte ich dich entlassen«, unterbrach sie ihn und klang dabei nicht so, als würde ihr die Umsetzung dieses Gedankens schwerfallen.

Entlassen? Er hätte am liebsten laut gelacht. Herausfordernd sah er sie an. »Gut, dann entlass mich doch.«

Sie zuckte kaum merklich zusammen, und er empfand Genugtuung. Niemals würde sie ihn entlassen, und das wusste er genau. Würde er gehen, hätte sie ein Problem. Nur er hatte dieses Hotel im Griff und kannte es vermutlich sogar besser als sich selbst. Mara hingegen hatte die Führung erst vor zwei Jahren übernommen, nachdem ihr Vater gestorben war. Zuvor war sie lange im Ausland tätig gewesen, zuletzt als Salesmanagerin in einem Hotelresort auf den Malediven. Doch das Grandhotel Schwanenhof mit all seinen Mitarbeitern und Stammgästen war ihr so fremd wie die Aufgaben einer Hoteldirektorin. Sie war auf ihn, den Vizedirektor, angewiesen.

Sie lächelte aufgesetzt. »Ich entlasse dich nicht. Ich weiß ja, wie sehr du noch immer unter Leonies Tod leidest. Hat dir die Auszeit wenigstens etwas gebracht?«, wechselte sie schnell das Thema.

Nein, hat sie nicht, hätte er beinahe entgegnet, konnte sich aber gerade noch zurückhalten. Es ging Mara nichts an, dass die Erinnerungen an Leonie ihn dort noch mehr gequält hatten als hier. Und die Tatsache, dass sich Leonie kurz vor ihrem Tod mit etwas befasst hatte, von dem er nichts wusste, stimmte ihn deprimiert. Es verdeutlichte, wessen er sich selbst bewusst gewesen war, aber was er stets verdrängt hatte: seine Arbeit war ihm wichtiger gewesen als seine zukünftige Ehefrau.

Schnell wandte er sich ab, griff nach seiner Aktentasche und entnahm ihr Leonies Mindmap. Er reichte sie Mara und schilderte, wie er sie gefunden hatte, erzählte von dem mysteriösen Karton. Auch seinen Besuch bei Oskar erwähnte er, woraufhin sie ihn anfunkelte. »Du warst bei ihm? Ohne mich oder Kim zu fragen?«

»Warum ärgerst du dich darüber? Und überhaupt, seit wann brauche ich euer Einverständnis? Ihr interessiert euch sonst auch nicht für ihn.«

Sein Vorwurf saß. Mara presste angespannt die Lippen aufeinander. »Das Tessin liegt nicht gerade um die Ecke«, bemerkte sie zerknirscht.

»Schon, aber du und Kim seid Oskars Enkelinnen und seine einzige Familie.«

»Na und, er würde uns ja doch nicht erkennen.« Sie hatte wieder zu ihrer Angriffslustigkeit zurückgefunden. »Und bloß, weil Leonie eine so innige Beziehung zu ihm hatte, bedeutet das nicht, dass Kim und ich die auch haben müssen. Leonie war ohnehin sein Liebling.« Sie hielt kurz inne und hielt die Mindmap hoch. »Aber um auf diese Notizen zurückzukommen: Warum denkst du eigentlich, dass dieses Stück Papier etwas mit dem Karton zu tun hat?«

»Ist nur so eine Vermutung. Hat sie dir gegenüber nichts davon erwähnt? Ihr habt doch die Tage vor der Hochzeit zusammen verbracht.«

»Nein, nichts. Und von einem Karton weiß ich auch nichts. Womöglich hat diese Nachbarin zu viel hineininterpretiert. Aber du kannst ja noch Kim fragen. Vielleicht weiß sie mehr. Ah, und Mama. Obwohl, die ist momentan schwer erreichbar.«

Benjamin dachte an Leonies Mutter, die vor ein paar Monaten nach Südafrika ausgewandert war und dort eine Lodge mitten in der Wildnis führte. Nur so könne sie über den Tod ihres Mannes und ihrer Tochter hinwegkommen, hatte sie ihren Neuanfang begründet.

Mara stand auf. »Ich muss los. Wir sehen uns gleich im Kadermeeting.« Sie reichte ihm Leonies Mindmap. »Und, Ben: Hör auf, dich mit solchem Unsinn zu beschäftigen! Das macht dich nur verrückt!«

Er faltete das Blatt zusammen und legte es zurück in die Aktentasche. Obwohl Mara vermutlich recht hatte, wurde er den Gedanken nicht los, dass er dieser Sache nachgehen musste.

Kapitel 9

Los Angeles
Mittwoch, 22. Juni 2016

Grace raufte sich die Haare. Warum hatte sie dieses verdammte Klatschheft gekauft? Warum nur? Wo sie doch den ersten Schock über die Nachricht von Garretts neuem Beziehungsstatus so gut überwunden hatte und erstaunlicherweise relativ gelassen geblieben war. Sie hatte sich bloß über ihre Naivität geärgert. Wie blöd war sie gewesen, Garretts Ausrede, von wegen er habe keine Zeit für eine Beziehung, Glauben zu schenken. Für Selina Carver hatte er anscheinend Zeit. Ausgerechnet Selina Carver, die ihr schon die Rolle der Camille weggeschnappt hatte. Jedenfalls hatte sie sich an Kellys Rat gehalten, keine große Szene zu machen. Garrett sollte auf keinen Fall denken, sie würde ihm nachtrauern, oh nein!

Aber jetzt das! Sie schlug mit der Hand auf die Zeitschrift. Sie hatte sich ja bereits an die Schlagzeilen der vergangenen Tage gewöhnt: *Selina im Liebesglück. Das neue Traumpaar. Filmstar und Multimilliardär.*

Doch bisher war nie von ihr selbst die Rede gewesen. Jetzt aber schon. Mit einem Kloß im Hals las sie die aktuelle Schlagzeile erneut: *Selina Carver schnappt sich Grace Millers Lover.* Darunter war ein Bild von Selina und Garrett abgebildet, beide wunderschön, händchenhaltend und mit verliebtem Gesichtsausdruck. Daneben ein Foto von ihr selbst, unvorteilhaft in grauer Leggings und weißem Sweatshirt, mit ungeschminktem, griesgrämigem Gesicht, eine Bierdose haltend. Dieses ältere Foto war bereits einmal verwendet worden, vor etwa einem Jahr. *Hanna Millers Enkelin am Tiefpunkt*, hatte die Schlagzeile damals gelautet.

Und diesmal stand in dem Bericht, dass Garrett sie verlassen habe, weil sie angeblich schwer depressiv sei und ein Alkoholproblem habe.

Grace schob die Zeitschrift zur Seite. Sie konnte nur hoffen, dass die Paparazzi sich zukünftig auf die Liebesgeschichte von Selina und Garrett konzentrieren und das Interesse an ihr, der Ex, bald wieder verlieren würden. Normalerweise ließen die Paparazzi sie ja auch in Ruhe, weil sie einfach zu unbekannt war.

Viel schlimmer als die negative Presse empfand sie aber die Blicke hier im Büro. Mondgesicht Marjorie hatte ihr vorhin mit scheinheiliger Miene ihr Beileid bekundet und kurz darauf im Kopierraum mit zwei Kolleginnen über sie gelästert. Diese blöden Hühner.

»Grace!«

Erschrocken schaute sie auf. Ihr Vater stand vor ihr und sah sie besorgt an. »Alles okay?«

»Ja, alles klar.«

Sein Blick fiel auf die Zeitschrift, und sie bemerkte, dass ein Schatten über sein Gesicht glitt. »Warum kaufst du solchen Mist?«

»Weiß nicht.«

Ihr Vater hatte Garrett nur einmal gesehen, an seinem siebzigsten Geburtstag vor über einem Jahr. Während ihre Mutter später kaum aufhören konnte von Garrett zu schwärmen, hatte er nur gemeint, sie solle vorsichtig sein. Als hätte er bereits geahnt, was kommen würde. Anstatt ihr dies vorzuhalten, hatte er am Montag zu ihr gesagt, sie solle dem Mistkerl keine Sekunde lang nachtrauern, sie habe ohnehin etwas Besseres verdient.

Er fing plötzlich an zu lachen, und sie musterte ihn verwundert. »Was ist?«

»Weißt du, was sie mal über deine Großmutter geschrieben haben?«

»Vieles.«

»Ja, aber das Schrägste war damals in den Neunzigern, sie solle 1980 eine Affäre mit Miles Fraser gehabt haben und schwanger geworden sein. Im Alter von fünfundfünfzig! Das Kind habe sie in einem tibetischen Kloster ausgetragen und danach zur Adoption freigegeben.«

»Miles Fraser? Dem Zauberer?« Grace sah den berühmten alten Zauberkünstler vor sich, der sich nicht nur mehreren Schönheitsoperationen unterzogen hatte, sondern auch am ganzen Körper tätowiert war. »Ausgerechnet mit dem soll Grandma was gehabt haben?«

»Siehst du. Und deshalb …« – er warf die Zeitschrift in den Mülleimer – »… solltest du diesen Mist ganz schnell wieder vergessen.«

»Ja, Dad. Danke.«

»Gut. Und jetzt zu etwas anderem.« Er legte ein zusammengeheftetes Dokument im DIN-A4-Format vor sie hin. »Hanna Miller, Teil 1«, las Grace und riss die Augen auf. »Du hast es bereits übersetzt?«

»Noch nicht alles. Nur die ersten beiden Einträge von 1938.«

Grace blätterte darin. Sie hatte ihrem Vater am Montag das Tagebuch gegeben, und wie sie bereits vermutet hatte, war er zuerst skeptisch gewesen. Er könne doch nicht im Tagebuch seiner Mutter lesen, lautete seine Begründung. Schließlich hatte er gemeint, er würde es sich überlegen.

»Ich dachte, du wolltest nicht …«

»Wollte ich auch nicht. Zuerst. Doch meine Neugier hat gesiegt. Und ich will wissen, was es mit diesem Robert Arndt auf sich hat.«

»Schreibt sie etwas über ihn?«

»Lies es selbst. Ich werde dir die weiteren Einträge auch noch übersetzen, sobald ich dazu komme. Die Übersetzung nimmt sehr viel Zeit in Anspruch, die ich eigentlich nicht habe. Außerdem sind meine Deutschkenntnisse nicht mehr auf dem besten Stand. Und Mums Schrift!« Er schüttelte den Kopf. »Sie war 1938, zum Zeitpunkt des ersten Eintrags, erst dreizehn. Ich hoffe, ihre Schrift verbessert sich noch.«

Grace brannte eine Frage auf der Zunge. »Dad, erwähnt sie eine Fortsetzung von *Unvollendet*?«

»Nein, bisher nicht. Sie hat zwar von Robert Arndt und *Unvollendet* geschrieben, aber nicht von einer Fortsetzung.«

»Hm.« Grace versuchte sich ihre Enttäuschung nicht anmerken zu lassen, doch ihrem Vater konnte sie nichts vormachen. Er legte den Kopf leicht schräg und schaute sie aufmunternd an. »Es gibt ja noch weitere Einträge, die ich so rasch wie möglich übersetzen werde. Ach, und Grace«, er sah sie an wie früher, wenn er ihr schweren Herzens etwas verbieten musste. »Behandle das alles vertraulich und versprich mir, dass du Matthew Parker nichts von dem Tagebuch erzählst.«

»Das wollte ich vorerst auch nicht. Ab- …«

»Nichts aber«, schnitt er ihr das Wort ab. »Weißt du, ich bin genauso daran interessiert wie du und Matthew, dieses Geheimnis um Robert Arndt und eine Fortsetzung von *Unvollendet* zu lüften. Aber nicht, um daraus einen Film zu machen. Ich weiß, es geht dir um die Rolle der Marianne. Doch warten wir erst ab, was dabei herauskommt und in welchem Zusammenhang diese Fortsetzung mit der Vergangenheit deiner Großmutter steht, okay?«

»Okay.«

* * *

Als Grace am Abend auf der Couch saß und die Übersetzung in den Händen hielt, überkam sie ein schlechtes Gewissen. Durfte sie sich überhaupt mit der Privatsphäre ihrer Großmutter befassen und Einblick in diese Zeit nehmen, über die sie nie hatte sprechen wollen? Ihr Vater hatte es zwar auch getan, aber er war ihr Sohn. Grace jedoch tat es neben der Neugier hauptsächlich für eine Rolle.

Sie hielt inne. Woher kam eigentlich plötzlich dieses schlechte Gewissen gegenüber ihrer Großmutter? Kopfschüttelnd griff sie zur Fernbedienung ihrer Musikanlage und wählte Chopin. Schon seit jeher hatte sie die Angewohnheit, beim Lesen klassische Musik zu hören. Dann schlug sie die erste Seite auf.

Hannas Tagebuch
Zürich, Juni 1938

Oje, Tagebuch sollen wir schreiben, hat Lehrer Kälin kürzlich verlangt. Damit sich unsere Aufsätze verbessern. Ich glaube nicht, dass es etwas bringen wird. Aber Mama und Papa teilen leider seine Meinung. Und deshalb sitze ich an diesem warmen und sonnigen Sommertag in meinem Zimmer und schreibe, anstatt mit Marlies baden zu gehen. Wenn ich nur wüsste, worüber ich schreiben soll. Etwa über mich? Ich heiße Hanna Thalmann, bin dreizehn Jahre alt und lebe mit meinen Eltern im Grandhotel Schwanenhof in Zürich. Ach, wie langweilig! Vielleicht erzähle ich besser eine Geschichte, die ich vor einem Monat erlebt habe.

Julius wirkte wie ein Raubtier, das gleich zum Sprung ansetzt. »Also, Hanna, zum letzten Mal: Wo ist meine Kamera?«

»Ich weiß es nicht«, schrie ich ihn an und wagte erneut einen Versuch, mich aus den Klauen von dem dicken Horst zu befreien, doch der hielt mich fest.

Julius schien allmählich die Geduld zu verlieren. Er trat einen Schritt auf mich zu und durchbohrte mich mit seinem stechenden Blick aus den grüngelb wirkenden Augen. Ich fand, er sah aus wie das böse Krokodil aus Willis Kinderbuch.

Ich hatte Julius Hottinger ja noch nie leiden können. Nur weil er der Sprössling der H. K. Hottinger AG ist – irgend so ein Maschinenindustriekonzern – denkt er stets, er könne machen, was er wolle. Arroganter Lump! Ich wich seinem Blick aus und starrte auf den modrigen Waldboden. Da lag mein mit Maikäfern gefülltes Glas.

»Ich glaube dir nicht!«, brüllte Julius. »Wo habt ihr die Kamera versteckt?«

»Wir haben deine blöde Kamera nicht versteckt. Das hat Willi nur so dahergesagt.«

Er riss an meinen Zöpfen. »Und wo ist sie dann?«

»Au! Das tut weh! Ich weiß es nicht!«

»Du dumme Gans! Wisst ihr eigentlich, wie wertvoll so eine Kamera ist?«

Nein, wusste ich nicht, aber ich konnte es mir vorstellen. Julius hatte den Fotoapparat von seinen Großeltern zum Geburtstag bekommen. Eine Kodak Retina. Angeblich das neueste und beste Modell momentan, hatte er geprahlt. »Du hättest sie besser nicht mitnehmen sollen, wenn sie so wertvoll ist«, warf ich ihm vor.

In seinem Gesicht spiegelte sich Abscheu. »Du, Marlies, Willi und dieser dumme Jude werdet mächtig Ärger bekommen, das schwör ich euch!«

Horst meldete sich auch zu Wort. »Ich glaube, wir sollten ihr mal den Kopf waschen«, schlug er vor und zeigte auf den Baumstammbrunnen am Waldrand.

Julius grinste hämisch. »Gute Idee. Dann wird sie bestimmt reden.«

Ich schlug wild um mich, doch Horst und Julius waren viel stärker und schleppten mich zum Brunnen.

»Lass sie los, Julius!«

Ich sah auf. Oskar, mein Cousin! Gott sei Dank!

»Was soll das?«, schrie er und versetzte Julius einen Stoß. Horst hielt mich noch immer fest.

Mit vor Wut verzerrtem Gesicht bäumte sich Julius auf. »Sie und die anderen haben Maikäfer in meinen Schulranzen gesteckt und meine Kamera geklaut! Willi hat gesagt, sie haben sie im Wald versteckt. Dann rannte er einfach davon, die anderen auch. Aber dein liebes Cousinchen hier haben wir erwischt. Doch sie will uns nicht verraten, wo die Kamera ist.«

Oskar lachte kurz, wurde aber schnell wieder ernst. Julius und Horst waren immerhin seine besten Freunde. »Ist das wahr, Hanna?«

»Das mit den Maikäfern stimmt. Es geschieht ihm aber recht, weil –« Ehe ich mich zu Ende verteidigen konnte, verpasste mir Julius eine schallende Ohrfeige.

Oskar stürzte sich auf ihn. »Du schlägst meine Cousine nicht!«

Die beiden wälzten sich am Boden wie zwei blutrünstige Hunde. Horst stand bloß da und guckte zu.

»Renn weg, Hanna!«, rief Oskar zu mir hoch, aber ich blieb wie versteinert stehen.

»Na los, lauf! Ich komme schon klar.« Seine Haare standen wirr und strohgelb von seinem Kopf ab, beinahe wie Wegweiser, die in alle Himmelsrichtungen zeigten.

Ich zögerte kurz, besann mich dann aber eines Besseren und wollte schon losrennen, da packte mich Horst am Arm. »Du bleibst hier!«

Mit voller Wucht trat ich gegen sein Schienbein. »Au!« Er ließ mich los und krümmte sich. So schnell ich konnte, rannte ich davon, direkt in den Wald hinein. Horst war zwar groß und schwer, aber auch langsam. Ich durfte nur nicht wieder stolpern. Dornengestrüpp und Äste zerkratzten meine Beine und zerrissen meinen Rock, aber ich rannte weiter. Irgendwann erreichte ich die Feldstraße und sah mich um. Weit und breit kein Horst in Sicht; ich hatte ihn abgehängt, sehr gut. Ich gönnte mir eine kurze Verschnaufpause und betrachtete meine zerkratzten Beine. Die Außenseite meines rechten

Unterschenkels war zudem stark gerötet und brannte fürchterlich. Das stammte bestimmt von der Brennnesselstaude, in die ich während der Verfolgungsjagd auf der Wiese gefallen war. Ich beschloss, schnellstmöglich zum Bauernhof von Marlies' Onkel zu laufen. Wahrscheinlich waren Willi, Ferdinand und Marlies inzwischen auch wieder dort.

Ich marschierte an dem mit Maissprösslingen übersäten Feld entlang. Die Maisonne war schon ziemlich stark an diesem Nachmittag und brannte unbarmherzig auf meine geschundenen Beine, doch ich ignorierte die Schmerzen und pfiff vor mich hin. Plötzlich hörte ich ein Motorengeräusch hinter mir und blieb verdutzt stehen. Ein hellbeiger Wagen mit geöffnetem Verdeck kam angefahren und hielt auf meiner Höhe an. Ich riss die Augen auf. Noch nie zuvor hatte ich solch ein schönes Automobil gesehen, dabei bin ich durch die reichen Gäste im Hotel schmucke Fahrzeuge gewohnt. Meine Familie besitzt auch eines, aber das ist schwarz und langweilig. Lange nicht so schneidig wie dieses hier. Vor lauter Staunen bemerkte ich beinahe die Insassen nicht, und erst als jemand meinen Namen rief, konnte ich meinen Blick von dem Gefährt losreißen. Oh nein! Robert Arndt saß am Steuer. Dass ausgerechnet er mich in diesem Zustand sehen musste! Wo ich doch heimlich in ihn verliebt bin.

Robert Arndt und seine Mutter stammen ursprünglich aus Deutschland, leben aber seit ein paar Jahren in der Schweiz. Von Papa habe ich erfahren, dass sie damals flüchten mussten, weil Roberts Mutter den Roman ihres verstorbenen Mannes veröffentlicht hatte. *Unvollendet.* Ein Antikriegsroman, der in Deutschland vor ein paar Jahren zusammen mit anderen Büchern verbrannt worden war. Papa hatte Joachim Arndt, den Autor von *Unvollendet*, gut gekannt, da dieser vor seinem Tod oft bei uns im Hotel abgestiegen war.

Robert und seine Mutter besuchen uns gelegentlich. Inzwischen ist Robert schon neunzehn und studiert Rechtswissenschaft.

»Guten Tag, Robert«, murmelte ich.

Er öffnete die Tür und stieg aus. »Wie siehst du denn aus?«, fragte er amüsiert, und seine schönen dunkelgrauen Augen fixierten mich.

»Ich … hatte mich im Wald verirrt.«

»Im Wald verirrt? Am helllichten Tag?«

Ehe ich antworten konnte, erklang ein perlendes Lachen aus dem Wagen. Erst jetzt sah ich Roberts Begleitung: eine hübsche Frau mit weizenblondem, perfekt frisiertem Haar und rotem Lippenstift. Sie sah aus wie ein Filmstar.

»Robert, fahren wir jetzt weiter oder nicht?«, fragte sie mit ihrer melodischen Stimme. Sie sprach ein reines Hochdeutsch, genau wie Robert. Mir selbst bereitet es etwas Mühe, Hochdeutsch zu sprechen, da es so fremd klingt in meinen Ohren. Wir reden nun mal Schweizerdeutsch. Erstaunlicherweise lobt mich Lehrer Kälin aber immer sehr für meine Aussprache, wenn ich vorlesen muss.

Ich schaute zu Robert, der gerade etwas zu seiner Begleitung gesagt hatte. Gerda hieß sie. Dann wandte er sich zu mir. »Möchtest du mitfahren, Hanna? Wir bringen dich nach Hause.«

Ich wollte bereits erwidern, dass ich nur zum Bauernhof müsse, aber die Verlockung, zusammen mit Robert Arndt in diesem schönen Automobil zu fahren, war zu groß.

»Das wäre sehr nett, danke. Ist das dein Wagen?«

Er lachte. »Nein, nein. Der gehört einem guten Bekannten. Komm, steig ein.«

Die Fahrt war herrlich! Zwar blies mir der Wind die Haarsträhnen, die sich aus meinen Zöpfen gelöst hatten, heftig ins Gesicht, aber ich genoss es.

Doch ich musste plötzlich an Oskar denken. Ob er sich immer noch mit Julius prügelte? Bei dem Gedanken an Julius überkam mich ein mulmiges Gefühl, und ich dachte an den Vorfall zurück. Als könne Robert meine Gedanken lesen, fragte er plötzlich: »Also, Hanna, was ist tatsächlich passiert?«

Ich beugte mich leicht nach vorne und erntete einen arroganten Blick von Gerda, die über meine Anwesenheit nicht begeistert zu sein schien.

»Wir mussten heute Nachmittag nach der Schule Maikäfer einsammeln«, erklärte ich Robert, der zwar nickte, aber nach wie vor konzentriert auf die Straße schaute.

»Maikäfer sind widerlich«, bemerkte Gerda und verzog das Gesicht.

»Vor allem sind sie schädlich«, fügte ich hinzu. »Deshalb haben wir Marlies' Onkel geholfen. Wir schüttelten die Bäume und fingen die

Käfer mit Gläsern ein. Julius und Horst machten sich aber die ganze Zeit über Ferdinand lustig … Sie hänseln ihn immer, weil er Jude ist. Ich finde das einfach richtig gemein!«

Robert und Gerda tauschten einen kurzen Blick, den ich nicht zu deuten vermochte. Vielleicht eine Mischung aus Verzweiflung und Wut?

»Erzähl weiter«, forderte Robert mich auf.

»Willi, Marlies und ich haben Julius einen Streich gespielt. Als er kurz weg war, leerten wir seinen Schulranzen aus und füllten ihn mit Maikäfern. Julius wurde natürlich richtig böse, aber nicht nur wegen der Maikäfer. Er behauptete, dass wir seine Kamera aus dem Schulranzen geklaut hätten. Aber das stimmt nicht! Da war keine Kamera drin, ich schwör's! Doch Willi wollte Julius ärgern und sagte einfach, er habe die Kamera im Wald versteckt. Julius müsse sie halt suchen. Das hat Julius nur noch wütender gemacht. Wir rannten davon, doch ich bin auf der Wiese gestolpert, und da packten mich Julius und Horst. Sie wollten meinen Kopf in den Brunnen tauchen, aber zum Glück erschien mein Cousin Oskar im richtigen Moment und stürzte sich auf Julius. Ich rannte durch den Wald und –«

»Mädchen«, unterbrach mich Gerda und wiegte leicht den Kopf, »plapperst du immer so viel?«

»Gerda, hör auf«, wies Robert sie zurecht. »Also, Hanna: Hat Willi diese Kamera versteckt oder nicht?«

»Nein, das hat er nur so gesagt. Wir haben die Kamera nicht!«

»Wo sind Willi und die anderen jetzt?«

»Die sind weggerannt. Wahrscheinlich sind sie jetzt im Zollinger Hof, bei Marlies' Onkel.«

»Gut, dann können wir dich dort abliefern«, schlug Gerda rasch vor.

»Nein«, widersprach Robert. »Hanna ist verletzt. Wir bringen sie nach Hause.«

Als wir kurze Zeit später vor dem Hotel vorfuhren, rannte gleich ein Portier auf uns zu. Er erschrak, als er meine Beine und den zerrissenen Rock bemerkte. »Fräulein Hanna, ach herrje! Was ist nur passiert?«

»Nichts, alles in Ordnung«, meinte ich kleinlaut.

»Das kommt schon mal vor, wenn man Maikäfer sammelt«, erklärte Robert dem Portier und zwinkerte mir zu.

* * *

Ja, das ist meine Geschichte *Maikäfer.* Seit diesem Vorfall ist ziemlich genau ein Monat vergangen. Julius' Vater, Heinrich Hottinger, kam noch am selben Abend bei uns im Hotel vorbei und beschwerte sich bei Papa über mich und Willi. Doch Papa, der bereits wusste, dass wir den Streich nur wegen des armen Ferdinands gespielt hatten, nahm uns in Schutz. Später beim Abendessen waren er und Mama richtig wütend auf Julius' Vater. Er sei noch immer ein »verfluchter Fröntler«, meinte Mama erregt. Als Willi wissen wollte, was ein Fröntler sei, wechselte Papa schnell das Thema. Mama erklärte es Willi und mir später, da es ihr immer ein großes Anliegen ist, dass wir über die politische Situation informiert sind. Ein Fröntler sei sozusagen das schweizerische Pendant zu den Nationalsozialisten im Deutschen Reich und zu den Faschisten in Italien. Allerdings sei die Frontenbewegung hier in der Schweiz nicht mehr so stark wie noch Mitte der Dreißigerjahre. Viele Parteimitglieder seien ausgetreten.

Ich hoffe sehr, dass diese Fröntler auch nicht mehr stark werden. Ferdinand hat mir kürzlich erzählt, dass die Juden in Deutschland von den Nationalsozialisten richtig tyrannisiert werden. Deshalb hatte sein Vater veranlasst, dass seine Familie in die Schweiz zu seinem Bruder gehen konnte. Man wisse ja nicht, was noch auf sie zukäme in Deutschland. Er selbst blieb aber dort, da er sein Unternehmen und das Haus nicht einfach im Stich lassen wollte. Ferdinands Mutter hat nun große Angst um ihren Mann und will, dass er auch in die Schweiz kommt. Aber er weigert sich. Deutschland sei seine Heimat, und diese Leute müssten ja irgendwann zur Besinnung kommen. Das hoffe ich auch.

Julius' Kamera ist übrigens wieder aufgetaucht. Marlies' Großvater hat sie in der Nähe des Schweinestalls gefunden.

* * *

Hannas Tagebuch
Zürich, Dezember 1938

Ich sollte mehr schreiben, ja, ja. Nur habe ich meistens keine Lust. Aber mein letzter Aufsatz war eine Katastrophe, Lehrer Kälin schüttelte bloß den Kopf, als er ihn mir zurückgab. Er warf mir vor, ich könne viel besser sprechen als schreiben. Die anderen Mädchen lachten, außer Marlies. Marlies ist meine einzige Freundin. Die anderen mögen mich nicht. Marlies meint immer, sie seien doch nur neidisch auf mich, weil ich hübsch bin.

Ich finde mich aber nicht besonders hübsch mit meinen dunkelblonden Haaren, die ich immer zu langweiligen Zöpfen geflochten tragen muss. Wie gerne hätte ich einen modernen Bubikopf wie Marlies, aber Mama erlaubt es mir nicht. Sie predigt immer, es zählen andere Werte als das Aussehen. Sie hat vermutlich recht, aber was bringt mir das? Robert Arndt gefalle ich bestimmt nicht, sonst hätte er mich kürzlich nicht einfach ignoriert, als er hier im Hotel war. Er wirkte aber auch sehr gestresst und traf sich mit einem geheimnisvollen Mann im Restaurant. Wenigstens war diese Gerda nicht dabei.

Mama und Papa streiten sich in letzter Zeit oft wegen Mamas politischen Engagements. Sie ist momentan viel unterwegs in Schaffhausen, ihrer Heimatstadt, und trifft sich dort mit Tante Gertrude, die im deutschen Gottmadingen nahe der Schweizer Grenze lebt. Als ich Mama mal gefragt habe, was sie dort mache, erwiderte sie, irgendjemand müsse ja etwas tun. Was tun, wollte ich wissen, aber sie ging nicht weiter auf meine Frage ein. Manchmal bringt sie auch Leute mit, die dann für kurze Zeit im Hotel wohnen. Sie behauptet, es seien Hotelgäste, aber ich vermute, dass es sich um Flüchtlinge handelt. Ich bin zwar erst dreizehn, aber nicht blöd! Ferdinand hält mich immer auf dem Laufenden. Er ist erst neun wie Willi, aber so unglaublich klug, dass ich mir neben ihm oft wie ein richtiger Dummkopf vorkomme. Verwandte von Ferdinand wollen angeblich auch in die Schweiz reisen, aber da die Einreisebestimmungen vor Kurzem verschärft wurden, erhalten sie kein Visum mehr. Ferdinands Mutter war kürzlich bei uns und sprach mit Mama. Vermutlich bat sie Mama, ihren Verwandten zu helfen, über die Grenze zu gelangen.

Ferdinand betont immer wieder, wie sehr er sich wünscht, dass auch sein Vater endlich nachkommt. Er vermisst ihn sehr.

Was für ein großes Glück haben Willi und ich doch, dass unsere Eltern hier bei uns sind.

Kapitel 10

Los Angeles
Mittwoch, 22. Juni 2016

Grace legte die Übersetzung weg. Es war schon sonderbar, sich ihre Großmutter als dreizehnjährigen Teenager mit Zöpfen und zerkratzten Beinen vorzustellen. Es passte so gar nicht zu dem Bild, das sie von ihr hatte.

Wie ihr Vater bereits angekündigt hatte, gab es noch keinen Hinweis auf eine Fortsetzung von *Unvollendet.* Aber inzwischen stand fest, dass Robert Arndt ihrer Großmutter viel bedeutet hatte, auch wenn ihre Gefühle für ihn eher wie eine jugendliche Schwärmerei wirkten. Grace hegte nun keinen Zweifel mehr, dass er der Mann auf dem Foto war.

Sie überflog die Namen, die sie während des Lesens auf einen Notizzettel geschrieben hatte. Marlies = beste Freundin, Horst = Spielkamerad, Julius Hottinger = Spielkamerad, dessen Vater war Fröntler, Oskar = Cousin, Willi = Bruder, Robert Arndt = Schwarm, Gerda = Roberts Freundin, Ferdinand = Willis Spielkamerad.

Als nächstes nahm sie ihr Notebook hervor und gab den Namen Luise Thalmann im Internet ein. Sie wollte mehr über ihre Urgroßmutter, die Fluchthelferin, erfahren. Auf einer Webseite wurde erwähnt, dass sich Luise und ihre Schwester Gertrude schon 1933, kurz nach Hitlers Machtergreifung, mit der *Roten Hilfe* verbanden, einer Organisation, die von den Nazis Verfolgte unterstützte. Ihre Aufgabe bestand darin, politische Broschüren über die Grenze nach Deutschland zu schmuggeln. Als die Schweiz 1938 die Einreisebestimmungen für Flüchtlinge massiv verschärfte, engagierte sich Luise als Fluchthelferin, indem sie persönlich gelöste Tagesscheine über die Grenze nach Singen brachte und den Flüchtlingen übergab. Sie reiste mit ihrem Pass zurück, und die Flüchtlinge gelangten mit den von ihr gelösten

Tagesscheinen über die Grenze. Das war der Trick. Außerdem empfing Luise viele Flüchtlinge in Schaffhausen, brachte sie nach Zürich in den Schwanenhof und half ihnen bei der Organisation der Weiterreise in andere Länder. Bald hatten sie und Gertrude ein professionelles Fluchthelfernetz rund um Schaffhausen, Singen und Gottmadingen aufgebaut. Dann brach der Krieg aus, und es gab zuerst nur noch vereinzelte Einreiseversuche. Doch als die Nazis mit den Deportationen begannen, kam es wieder zu einem Anstieg. Aber die Fluchthilfe war wegen des Krieges schwieriger und riskanter geworden, auch wenn Luises und Gertrudes deutsch-schweizerische Doppelbürgerschaft ihnen die illegale Tätigkeit erleichterte. Zudem war Gertrude eine offizielle Grenzgängerin. Sie lebte in Schaffhausen und arbeitete im deutschen Gottmadingen. 1943 scheiterte einer von Luises geplanten Fluchthilfeversuchen, und sie selbst, Gertrude und weitere Helfer wurden festgenommen. Luise kam zuerst in Untersuchungshaft, bis sie den Schweizer Behörden übergeben werden sollte. Unglücklicherweise stand ihr Name wegen ihrer früheren Aktivitäten in der kommunistischen Partei bereits auf der Liste der Gestapo, und sie blieb in deutscher Haft. Dem Schweizer Außenministerium gelang es nicht, sie herauszuholen. Später versuchte Luise zu flüchten und tötete dabei einen Wärter. Sie wurde zum Tode verurteilt und erhängt.

Grace nahm die Informationen betrübt zur Kenntnis und empfand Mitleid für ihre Großmutter und Willi, die ihre Mutter auf solch tragische Weise verloren hatten.

Sie verließ die Webseite und öffnete die des Grandhotels Schwanenhof. Dort fand sie heraus, dass Mara Thalmann, Oskars Enkelin, den Betrieb 2014 nach dem Tod ihres Vaters übernommen hatte. Unter der Rubrik *Geschichte* entdeckte Grace zudem eine Art Stammbaum der Thalmanns, der mit dem Hotelgründer Siegfried Thalmann begann. Grace übersprang die ersten drei Generationen bis zu ihrem Urgroßvater Arthur Thalmann und dessen Bruder Fritz. Arthurs Nachfahren beschränkten sich auf seine Kinder, was Grace ein klein wenig wurmte. Nicht mal ihr Vater wurde erwähnt. Allerdings war er nun mal kein Thalmann, sondern ein Miller. Und ihr Großonkel Willi hatte nie Kinder gehabt. Immerhin konnte man den Namen ihrer Großmutter anklicken und wurde auf eine separate Unterseite über den Filmstar

Hanna Miller geleitet. Viel stand dort aber nicht, und Grace klickte zurück zum Stammbaum.

Arthur Thalmann (1899–1943) + Luise Thalmann
(geb. Fischer, 1904–1943)
Tochter Hanna (1925–2015)
*Sohn Willi (*1929)*

Fritz Thalmann (1902–1944) + Dorothea Thalmann
(geb. Nievergelt, 1906–1990)
*Sohn Oskar (*1924)*

Oskar Thalmann (1924) + Marie-Therese Thalmann
(geb. Baumann, 1930–2011)
Sohn Samuel (1951–2014)

Samuel Thalmann (1951–2014) + Anja Thalmann
(geb. Roth, 1955)
*Töchter Kim (*1980), Mara (*1983) und Leonie (1985–2015)*

Grace stutzte, als ihr auf der letzten Zeile Leonie Thalmanns Todesjahr ins Auge sprang. 2015. Demnach war sie letztes Jahr im Alter von nur dreißig Jahren gestorben. Grace spürte, wie sich eine Kühle in ihrem Körper ausbreitete. Wie schlimm, wenn jemand so jung sterben musste. Was wohl geschehen war?

Sie klickte auf die verlinkten Namen der Schwestern und wurde auf eine weitere Unterseite geleitet. Ein Foto zeigte drei junge Frauen vor dem Hoteleingang. Sie alle trugen jeweils ein dunkelblaues Businesskostüm bestehend aus Rock und Blazer.

Das Bild trug den Untertitel: *Die Thalmann-Schwestern, von links nach rechts: Kim, Mara, Leonie.*

Die Thalmann-Schwestern. Ihre Cousinen dritten Grades. Dass es sich um Schwestern handelte, konnte Grace unschwer erkennen. Alle hatten das gleiche dunkelbraune Haar, dasselbe schmale Gesicht und auch sonst ähnliche Züge. Und doch unterschieden sie sich; am offensichtlichsten in ihrem Körperbau: Kim war klein und zierlich, Mara groß und dünn, Leonie ebenfalls groß wie Mara, aber im Vergleich zu ihren Schwestern besaß sie eine etwas festere Statur. Und ihre Haut war recht blass, während Maras Teint tief gebräunt war.

Kim lächelte eher schüchtern in die Kamera, Mara dagegen trug einen leicht überheblichen Ausdruck in den Augen, Leonie wirkte offen und sympathisch.

Grace las den zum Bild gehörenden Text und erfuhr, dass Leonie tatsächlich am 29. August 2015 gestorben war. Genaueres dazu wurde nicht erwähnt. Während sie darüber nachsann, wie schrecklich das für die beiden Schwestern und die Mutter sein musste – die ja erst ein Jahr zuvor den Vater und Ehemann verloren hatten – erhielt sie eine kurze Mail von Matthew, der das nächste Treffen am Samstag bestätigte.

Wie mit ihrem Vater vereinbart würde sie nichts von dem Tagebuch erzählen, immerhin stand bisher auch noch nichts darin, was weiterhelfen konnte. Aber was hatte sie sonst vorzuweisen? Willi war keine Hilfe gewesen, und noch immer wartete sie auf einen Rückruf von Professor Theodor Feigel, dem Historiker, der ihre Großmutter hatte treffen wollen. Ihr Vater hatte seine Telefonnummer herausgefunden, und nachdem sie vergeblich versucht hatte, ihn zu erreichen, hatte sie eine Nachricht auf dem Band hinterlassen. Ihr blieb also nichts anderes übrig als zu warten.

Sie schaute wieder auf die Liste mit den Namen. Von Ferdinand und Marlies hatte sie leider keine Nachnamen, aber vielleicht konnte sie Marlies über den erwähnten Zollingerhof ausfindig machen.

Julius Hottinger. Sie suchte im Internet nach ihm, und prompt erschienen zahlreiche Treffer. Einige der Bilder zeigten einen hageren alten Mann mit energischem Blick. Grace erinnerte sich, dass ihre Großmutter ihn mit einem Krokodil verglichen hatte, und musste ihr recht geben.

Als sie das Bild anklickte, wurde sie auf die Webseite der H. K. Hottinger Corporation geleitet, benannt nach dem Gründer Heinrich Konrad Hottinger, Julius' Vater. Sie erfuhr, dass Julius Hottinger 2009 gestorben war und inzwischen sein Sohn und sein Enkel das weltweite Maschinenindustrieunternehmen führten.

Wer stand noch auf der Liste? Horst, Julius' Anhängsel. Von dem wusste sie nichts. Dann Gerda, Robert Arndts Freundin. Grace verspürte einen Anflug von Frustration, wenn sie an den Ausgang von Roberts und Gerdas Geschichte dachte. Beide waren so jung gestorben.

Um sich nicht noch weiter herunterziehen zu lassen, beschloss sie, sich etwas abzulenken und griff nach der Fernbedienung. Sie zappte sich durch das Fernsehprogramm, bis sie bei einer Late-Night-Show hängenblieb, in der Garrett und Selina zu Gast waren. Grace verzog das Gesicht. Die beiden stellten ihre Liebe so offen zur Schau, dass einem fast schlecht werden konnte. Es hätte sie nicht gewundert, wenn sich diese Romanze am Ende nur als Schwindel offenbarte. Schon jetzt wurde darüber spekuliert, ob die Beziehung echt sei oder nur eine Marketingmasche für Selinas neuen Film und Garretts neue Pralinen-Kollektion.

Grace zappte schnell weiter, doch auch auf den anderen Kanälen lief nichts Interessantes. Dann eben *Unvollendet*, entschied sie sich und ging zurück zu der Stelle, an der sie vor einigen Tagen eingeschlafen war.

Leopold und Edward lernten beide die wahre Bedeutung des Krieges kennen: Er war ein Teufelswerk aus Bomben, Ratten, Schlamm, Gas, Kälte, Blut, Körperteilen und Sinnlosigkeit. Von der anfänglichen Kriegsromantik war nichts mehr zu spüren.

Kurz vor Weihnachten 1914 erlebten sie tagelange schwere Gefechte, bei denen zahlreiche ihrer Kameraden fielen. An Heiligabend saß Edward auf dem Wachposten und hinterfragte das ganze Grauen, welches ihm nun noch sinnloser als sonst und absolut menschenunwürdig erschien.

Zudem plagte ihn die Sorge um seine Marianne, und er fragte sich, ob er sie jemals wiedersehen würde. Plötzlich flammten von den deutschen Gräben her Lichter auf. Edward und die anderen Wachposten schlugen sofort Alarm, und ihre Kameraden krochen noch etwas schläfrig aus den Unterständen heraus. Sie rüsteten ihre Gewehre, da vernahmen sie einen Gesang. Die Melodie klang wie das Weihnachtslied *Oh, How Joyfully*, nur der Text unterschied sich; er war auf Deutsch.

Das konnte nur ein Trick sein, dachte Edward im ersten Moment und hielt sein Gewehr bereit, genau wie die anderen. Sie schauten über die Brüstung und trauten ihren Augen kaum. Die letzten Monate hatten sie so viel gesehen und erlebt, was sie bis ans Ende ihrer Tage nie mehr vergessen würden. Sie waren inzwischen einiges gewohnt, aber *damit* hatten sie nicht gerechnet.

Mit steifem Nacken erwachte Grace um halb zwei Uhr morgens und blinzelte zwischen müden Lidern hindurch zum Fernsehapparat. Der Film war längst zu Ende, sie musste irgendwann kurz vor der Szene über den Weihnachtsfrieden eingeschlafen sein. Warum nur waren alte Filme immer so lang?

* * *

Drei Tage später traf sich Grace mit Matthew im *Green Cave*, einem VIP-Restaurant im Stadtteil Sherman Oaks am Ventura Boulevard. Vor etwa einem Jahr war sie mit einer befreundeten Schauspielkollegin hier gewesen, die das Restaurant nicht nur wegen des Essens so mochte, sondern auch, weil der Inhaber ganz auf die Privatsphäre der Stars setzte und man nur hineingelassen wurde, wenn man auf der Gästeliste stand.

Wie der Name bereits verriet, befand sich das Restaurant unter der Erde und bestach durch die von Kerzenschein erleuchteten Räume voller kleiner Höhlennischen.

Im flackernden Licht funkelten Matthews Augen wie zwei Diamanten, als Grace ihm von Professor Theodor Feigel berichtete. »Er ist zweiundachtzig und lebt in der Schweizer Stadt Schaffhausen«, erklärte sie ihm. »Ich habe ihm vor ein paar Tagen eine Nachricht auf das Band gesprochen und um Rückruf gebeten. Bisher habe ich allerdings noch keine Antwort erhalten. Die Zeitverschiebung von neun Stunden zwischen Zürich und Los Angeles ist natürlich ein Hindernis. Er muss ja den geeigneten Zeitpunkt für einen Anruf abpassen.« Sie sah Matthew gespannt an. Obwohl es recht warm war, trug er seit der Ankunft seine ausgeblichene braune Lederjacke. Er schwieg und starrte sie weiterhin erwartungsvoll an.

Grace geriet ins Stocken. »Ich … äh … Mehr habe ich leider nicht.«

»Was ist mit Hannas Bruder? Willi? Konntest du mit ihm reden?«

»Ja, aber er war nicht sehr hilfreich, dabei bin ich mir sicher, dass er irgendetwas weiß. Du hättest sein Gesicht sehen sollen, als ich *Unvollendet* erwähnt habe. Und Grandmas Notebook war auch weg. Ich habe das ganze Zimmer vergeblich danach durchsucht. Auch sonst fand ich keine Hinweise. Und Dad konnte mir auch nicht helfen.«

»Was ist mit euren Verwandten in der Schweiz?«

Gerade als Grace antworten wollte, erschien der Kellner und brachte die Vorspeise, *Caesar Salad* für sie und *Shrimp Cocktail* für Matthew. Als er weg war, fuhr Grace fort: »Grandmas Cousin, Oskar Thalmann, leidet an Altersdemenz. Das Grandhotel Schwanenhof wird von seiner Enkelin Mara Thalmann geführt. Übrigens hat sie noch zwei Schwestern, von denen eine im vergangenen Jahr gestorben ist.«

Matthew faltete seine Serviette auseinander und legte sie auf die Beine. »Du solltest mit dieser Mara Thalmann sprechen, und zwar vor Ort. Ich denke, hier wirst du nicht mehr herausfinden. Ich möchte, dass du so schnell wie möglich in die Schweiz reist. Konntest du mit deinem Vater sprechen wegen deines Jobs? Kann er eine Weile auf dich verzichten?«

Grace dachte an die langweiligen Arbeiten, mit denen Mondgesicht Marjorie sie überhäufte, und setzte ein breites Grinsen auf. »Oh ja.«

Kapitel 11

Los Angeles
Mittwoch, 29. Juni 2016

Grace mochte keine Flughäfen, auch wenn sie grundsätzlich gerne reiste. Aber das hektische Treiben, die vielen Menschen und das Gefühl, bald keinen Boden mehr unter den Füßen zu haben, bereiteten ihr Unbehagen. Ihr Puls schnellte jedes Mal schon mehrere Stunden vor Abflug in die Höhe und normalisierte sich erst wieder, wenn sie ihr Gepäckstück entgegennehmen und den Ankunftsflughafen verlassen konnte.

Um sich etwas abzulenken, hatte sie sich im Duty-free-Shop mit einem neuen Duft einsprühen lassen und wartete nun, stark nach einer Mischung aus Orange und Himbeere riechend, in der Business Lounge auf den Aufruf zum Boarding. Ihr gegenüber saßen drei asiatische Geschäftsmänner, die konzentriert auf ihre Notebooks schauten und dabei so in die Tasten hauten, als handelte es sich um einen Schnelligkeitswettbewerb. Neben ihnen berichtete eine ältere Dame mit toupiertem Haar und grünem Nicki-Jogginganzug ihrem Partner lauthals von ihrem letzten Hawaiiurlaub.

Grace öffnete ihre Handtasche und vergewisserte sich zum gefühlt tausendsten Mal, dass sie ihren Pass noch hatte. Dabei fiel ihr Blick auf die neue Tagebuchübersetzung, die ihr Vater ihr als Abschiedsgeschenk in der Flughafenhalle überreicht hatte. Es fehlten noch ein paar Einträge, aber die wollte er so bald wie möglich per E-Mail nachreichen.

Mit Widerwillen musste sie zugeben, dass sie sich auf die Tagebucheinträge freute. Ob Robert Arndt erneut erwähnt wurde? Und Gerda, Oskar, Marlies, Ferdinand? Mithilfe ihres Vaters hatte sie herausgefunden, dass Marlies noch lebte. Ihr Vater hatte den Zollingerhof, wo die Kinder damals für Marlies' Onkel Maikäfer eingesammelt hatten, ausfindig gemacht und angerufen. Inzwischen wohnte dort ein Nachkomme von Marlies' Onkel, der noch sporadischen Kontakt zu seiner Großtante pflegte. Marlies Zollinger hieß inzwischen Marlies Spörri, war einundneunzig und lebte in einer Ortschaft in der Nähe von Zürich in einer Altersresidenz. Als Graces Vater die alte Dame anrief, war sie ganz aus dem Häuschen gewesen. Immerhin war er der Sohn ihrer ehemals besten Schulfreundin und sie hatte ihn zuletzt als Baby gesehen. Er hatte ihr mitgeteilt, dass seine Tochter demnächst in der Schweiz sei und sie besuchen wolle, um über Hanna zu sprechen. Sie hatten ein Treffen für Freitag, den 1. Juli vereinbart. Grace würde Marlies in einer Ortschaft namens Männedorf besuchen.

Ihr Vater hatte es nicht lassen können, Marlies bereits über den Juden Ferdinand zu befragen. Sie hatte nicht viel über ihn sagen können, außer dass er mit Nachnamen Kirschbaum hieß und dass sein Vater während des Zweiten Weltkriegs in einem Konzentrationslager umgekommen sei. Der Gedanke, dass es Ferdinands Vater nicht mehr gelungen war, seiner Familie in die Schweiz zu folgen, hatte Grace sehr betrübt. Außerdem erfuhr sie, dass Ferdinand nach dem Krieg nach Deutschland zurückgekehrt war und später das Familienimperium, die Kiba AG, leitete. Sogar jetzt, mit seinen siebenundachtzig Jahren, war er noch aktiv, und gesundheitlich ging es ihm blendend, wie Grace durch ein aktuelles Interview auf einer Finanzplattform herausgefunden hatte. Eine Anfrage wegen eines Treffens hatte seine Assistentin aber abgelehnt. Ihr Chef sei beruflich gerade sehr eingespannt und habe keine Zeit.

Professor Theodor Feigel hatte sich noch immer nicht gemeldet, aber Grace nahm sich vor, ihn erneut zu kontaktieren, sobald sie in der Schweiz wäre.

»Verzeihung, aber ist dieser Platz noch frei?«

Sie sah hoch zu einem unverschämt gutaussehenden Mann Mitte dreißig, der eine Aktentasche in der Hand und eine *Financial Times* unter dem Arm trug. Dank ihres Lebens in L. A. und durch das Filmbusiness war sie Typen wie ihn gewohnt, deshalb reagierte sie ziemlich gelassen. »Klar«, antwortete sie und griff nach ihrer Strickjacke, die auf dem Sitz neben dem ihren lag. Er nahm Platz und bedankte sich mit einem breiten Zahnpastalächeln, das Grace stark an Garrett erinnerte.

Um ja nicht wieder an Garrett zu denken, beschloss sie etwas zu lesen. Die Tagebuchübersetzung wollte sie sich für den Flug aufsparen, deshalb zog sie ein Buch aus der Tasche. *Unvollendet.* Sie hatte den Film am Sonntag endlich zu Ende geschaut – ohne wieder einzuschlafen – und danach beschlossen, auch noch das Buch zu lesen. Das schon etwas ältere Exemplar mit den leicht vergilbten Seiten hatte sie von ihrem Vater erhalten. Ein richtiger Wälzer. Dabei hatte sie immer gedacht, dass der Film mit seinen über drei Stunden Länge das Leben von Leopold, Edward und Marianne schon sehr ausführlich zeigte. Aber nein, Joachim Arndt hatte es noch genauer gekonnt und sämtliche Figuren, auch Nebenfiguren, äußerst detailliert beschrieben und jeder von ihnen einen mehrseitigen Lebenslauf verpasst.

Grace steckte sich die Stöpsel ihres iPods in die Ohren und wählte wieder Chopin.

Inzwischen hatte sie die Stelle erreicht, wo Edward und seine Kameraden ihren deutschen Gegner in einer noch nie zuvor gesehenen Formation erlebten. Ein Weihnachtslied singend bewegten sich die *Fritzen* – wie die Engländer die Deutschen nannten – langsam über das Schlachtfeld hinweg; anstelle von Waffen oder Handgranaten trugen sie Petroleumlampen und Tannenbäume, an denen kleine Laternen hingen. Edwards erster Gedanke war, dass die *Fritzen* jetzt völlig verrückt geworden waren. Und lebensmüde. So beleuchtet und anscheinend unbewaffnet durch das Niemandsland zu schlendern, kam einem Selbstmord gleich. Oder war es etwa doch ein Trick, und würden versteckte Scharfschützen auf sie feuern, sobald sie das Feld betraten?

* * *

Plötzlich bemerkte sie, dass der Typ neben ihr etwas gesagt hatte, und sie entfernte die Stöpsel aus den Ohren. »Wie bitte?«, fragte sie und löste den Blick von ihrem Buch.

»Ein guter Roman, habe ich gesagt. Aber wie kommt es, dass eine so schöne Frau wie Sie einen Kriegsroman liest?«

Sie sah ihm geradewegs in die Augen. Schöne blaue Augen mit silbernen Sprenkeln durchsetzt, stellte sie fest und musterte ihn genauer. Das dunkelblonde Haar trug er zu einem modischen Schnitt, seitlich etwas kürzer, das Deckhaar länger und gewollt zerzaust. Etwa fünf Tage alte Bartstoppeln betonten seine eckige Wangenpartie. Ein Schönling, der sich seines blendenden Aussehens sehr wohl bewusst war, vermutete Grace.

»Ich wüsste nicht, weshalb ich dieses Buch nicht lesen sollte. Außerdem, wenn Sie die Geschichte tatsächlich kennen würden, wäre Ihnen bekannt, dass es sich nicht um einen Kriegs-, sondern einen Antikriegsroman handelt.«

Er faltete seine *Financial Times* zusammen und blickte Grace herausfordernd an. »Krieg ist Krieg, ob Antikrieg oder nicht. Menschen sterben auf grausame Weise und völlig sinnlos. Natürlich wollte Joachim Arndt mit seinem Werk die Schrecken des Ersten Weltkriegs aufzeigen, aber was hat es gebracht? Nichts! Denn einundzwanzig Jahre später folgte ein weiterer Weltkrieg, und wir wissen beide, dass dieser seinen großen Bruder an Brutalität sogar noch übertrumpfte.«

Grace stellte fest, dass der Typ zwar perfekt Englisch sprach, allerdings mit deutschem Akzent. Sie schlug das Buch zu. Eigentlich sollte sie diesen Besserwisser ignorieren, doch irgendwie hatte sie das Bedürfnis, Joachim Arndt zu verteidigen. »Joachim Arndt war damals als Arzt in einem Lazarett selbst an der Front und erlebte den Krieg hautnah mit. In seiner Geschichte verarbeitete er auch seine eigenen Erlebnisse. Was ist so falsch daran?«

Er hob abwehrend die Hände. »Ich habe nicht gesagt, dass es falsch sei. Ich kann bloß nicht verstehen, dass man überhaupt darüber schreibt. Und dann dieses offene Ende.«

»Er konnte den Roman nicht zu Ende schreiben, weil er ermordet wurde. Deshalb trägt das Buch ja den Titel *Unvollendet.*«

»Ja, aber seine Frau hätte den Roman mit diesem Ende niemals veröffentlichen dürfen. Es ist schon hart genug, dass der Engländer, mit dem man die ganze Zeit mitgefiebert hat, stirbt, und seine große Liebe nie mehr wiedersehen wird. Doch dann liegt am Schluss auch noch der Deutsche schwer verletzt auf dem Schlachtfeld und konnte sein Versprechen gegenüber dem Engländer nicht halten, dessen Freundin zu finden und ihr das Amulett zu überreichen.« Er schüttelte den Kopf. »Ich finde, die gute Frau Arndt hätte das Buch einfach selbst zu Ende schreiben sollen. Mit einem Happy End.«

Grace nickte langsam. Ihrer Großmutter zufolge gab es ja ein Ende, allerdings geschrieben von Arndts Sohn. Doch davon musste dieser Typ nichts wissen.

»Frau Arndt hielt es für ein realistisches Ende, das die Grausamkeit des Kriegs verdeutlichen sollte. Aber Sie mögen wohl keine Realität?«

Seine Augen blitzten vergnügt. »Nicht immer. Aber wenn die Realität bedeutet, in der Business Lounge neben einer hübschen Frau zu sitzen, dann schon.« Mit einem Zwinkern wandte er sich seiner Aktentasche zu und zog ein Heft heraus. Grinsend hielt er es Grace hin. »Das hier ist übrigens *meine* bevorzugte Lektüre.«

»Ein Mickey-Mouse-Comic? Sie wollen mich veralbern, oder?«

Er setzte ein gespielt ernstes Gesicht auf. »Nicht mit Mickey Mouse!«

Grace stand lachend auf. Sie wollte noch kurz zur Toilette, bevor das Boarding begann. »Dann lasse ich Sie mal alleine mit Ihrem Mickey Mouse. Bis später.«

Als sie zurückkam, war das Boarding bereits in Gange, und der Schönling war nirgends mehr zu sehen.

Im Flugzeug steuerte sie ihren Sitzplatz an. 14J.

»Hey, Kriegs-Lady!«

Aha, da war er wieder und saß bereits auf seinem Sitz am Gang. »Sie haben nicht zufälligerweise 9K?«, fragte er und wies auf den freien Sessel neben sich am Fenster.

»Nein, *Mickey Mouse.* Ein paar Reihen weiter hinten.«

»Schade, ich hätte mich gerne noch mit Ihnen unterhalten. Über Krieg und so.« Er zwinkerte. »Aber wir sehen uns in Zürich wieder. Sofern wir diesen Flug überleben.«

Grace schenkte ihm ein kurzes Lächeln. »Bye.«

* * *

Nach dem Abendessen im Flugzeug bestellte Grace sich noch etwas Rotwein nach und naschte dazu von der kleinen Tafel Schweizer Schokolade, die am Anfang verteilt worden war.

Der Flug war bisher ohne Turbulenzen verlaufen, und Grace fühlte sich dementsprechend entspannt. Sie zog die Übersetzung des Tagebuchs hervor und richtete wieder ihre Musik ein, Chopin wie immer. Sie trank einen Schluck Rotwein und lehnte sich zurück.

Hannas Tagebuch
Zürich, Juli 1939

Kann es sein, dass tatsächlich schon ein Jahr vergangen ist seit meinem letzten Eintrag? Unglaublich. Wenn Lehrer Kälin das wüsste! Ich bin bestimmt die nachlässigste Tagebuchschreiberin auf der ganzen Welt! Aber heute muss ich einfach schreiben, denn solch einen aufregenden Tag erlebt man selten.

Seit ungefähr zwei Monaten ist die Landesausstellung hier in Zürich, wir nennen sie auch Landi. Endlich mal etwas Schönes in diesen Zeiten, wo alle nur von Krieg und dem dämlichen Hitler sprechen.

Papa und Mama unterhalten sich oft über Politik, und Papa hat gesagt, die Landi sei besonders jetzt von großer Bedeutung und das Gesicht der geistigen Landesverteidigung, die vom Bundesrat stark beworben wird. Die Landi zeige, was unser kleines Land an Kultur, Wirtschaft und politischer Eigenständigkeit zu verteidigen habe. Gerade jetzt, falls es zum Krieg käme, sei es wichtig, dass die Schweiz den Willen zeige, ihre Selbständigkeit zu wahren und sich nicht unterdrücken zu lassen.

Ich will ganz ehrlich sein: Politik interessiert mich nicht, und ich verstehe auch nichts davon. Jedes Mal, wenn Mama von ihrem Kommunismus – eines ihrer Lieblingsthemen nebst der Russischen Revolution und dem Großen Krieg – zu erzählen beginnt, dann schalte ich innerlich entweder auf taub oder lenke ab. Wie kürzlich, als ich nach dem Kinderbuch *Globi auf der Weltreise* griff und unter dem Vorwand, ich hätte Willi versprochen, daraus vorzulesen, aus dem Zimmer rannte.

Ich bin mir ziemlich sicher, dass Papa Mamas extreme Ansichten über den Kommunismus auch nicht gut findet, sie streiten sich oft.

Jetzt aber zu meiner Geschichte. Es hätte ein schöner letzter Ferientag werden sollen. Ich habe während den gesamten Sommerferien hart im Landdienst und im Hotel gearbeitet, deshalb wollte ich den letzten Tag genießen und traf mich mit Marlies. Ich hatte aber ein schlechtes Gewissen. Durch die Landi sind wir fast immer ausgebucht, was Papa natürlich freut, gleichzeitig aber auch bedeutet, dass es viel Arbeit gibt. Doch er hat mir – trotz Mamas Protest – freigegeben.

Marlies holte mich an jenem sonnigen Freitag im Hotel ab, und wir beschlossen, die Landesausstellung zu besuchen. Ich war vor einem Monat mit meiner Familie schon mal dort gewesen, aber da es so viel zu sehen gibt und mir die Fahrt in dem kleinen Boot auf dem Schiffli-bach – einem künstlich angelegten Bach, der durch das Ausstellungsgelände fließt – so gut gefällt, kann man ruhig öfter gehen.

Bevor Marlies und ich uns auf den Weg machten, gingen wir in den Hotelpark und legten bei den drei großen, alten Fichten – unserem Lieblingsplätzchen – heimlich Lippenstift auf, den Marlies ihrer Mutter entwendet hatte. Um mit Marlies und ihrem schicken Bubikopf etwas mithalten zu können, band ich meine Zöpfe hinter den Ohren zusammen, damit sie nicht mehr so lang waren. Wir mussten so lachen, und schmiedeten gleichzeitig Pläne, was wir auf der Landi alles machen würden. Leider belauschten uns Willi und Ferdinand und wollten uns begleiten. Wir gaben irgendwann nach, hatten aber vor, sie im Kinderparadies abzuliefern. Immerhin gab es dort eine Märchenfee. Doch die beiden fanden sich mit ihren zehn Jahren viel zu alt für die Kinderecke, deshalb mussten wir sie am Ende doch mitnehmen. Im Nachhinein betrachtet hätten wir das besser nicht tun sollen.

Wo ist Ferdinand?

»Willi! Was ist passiert?«, rief ich und blickte kurz zu Marlies, deren von der Sonne gerötetes Gesicht genauso verzweifelt wirkte wie meines.

Willi stampfte auf und sah mich mit seinen großen grünen Augen an. Sein honigblondes Haar, das vor einer Stunde noch brav gescheitelt gewesen war, glich einem zerrupften Vogelnest. Auf seiner Wange verliefen zwei Kratzer, sein Hemd, die Hosen und die Kniesocken waren schmutzig und er trug nur noch einen Schuh. »Sie haben Ferdi das Eislöffelchen weggenommen! Dabei wollte er es mit nach Hause nehmen!«

Ich dachte an die Aluminiumlöffelchen, die man zu den Eiscremebechern erhielt und von denen besonders die Kinder ganz fasziniert waren.

»Wer hat es Ferdinand weggenommen?«

»Julius und Horst. Wir wollten das Löffelchen zurückholen und haben uns mit ihnen geprügelt.«

»Ihr habt euch mit ihnen geprügelt?« Mit einem inneren Seufzer dachte ich an den großen Julius und den schweren Horst, die beide fünf Jahre älter waren als Willi und Ferdinand. »Willi, ihr seid doch viel schwächer als die!«

»Ich bin nicht schwach!«, brüllte er und zog die Blicke von neugierigen Passanten auf sich, die hier auf der Höhenstraße – einer Art Brücke und weiteren Attraktion der Landi – die Wappen sämtlicher Schweizer Gemeinden bestaunten und ihre eigene Gemeinde suchten.

»Du bist zehn!«, erwiderte Marlies. »Julius und Horst sind fünf Jahre älter.«

Willi fing an zu weinen, und ich strich ihm durch das Haar. »Nicht weinen. Du bekommst jetzt gleich ein Eis, und danach fahren wir im Schifflibach. Oder mit der Seilbahn über den See, in Ordnung?«

Marlies schaute mich mit hochgezogenen Brauen an. »Die Seilbahn?«, zischte sie leise. »Ich dachte, die sei dir zu teuer und du wolltest das Geld lieber sparen für ein Fahrrad?«

»Ja, aber sieh ihn dir doch an! Er braucht jetzt dringend eine Aufmunterung. Muss das Fahrrad eben warten.«

Dabei hatte ich es wirklich unbedingt haben wollen, das schöne grüne Allegro-Fahrrad. Während der Sommerferien hatte ich hart dafür gearbeitet. Ungern erinnerte ich mich an den schweißtreibenden Landdienst und die Arbeit im Hotel.

»Ich leih dir sonst etwas«, schlug Marlies vor.

»Nein, schon gut, danke.« Marlies ist die Tochter eines Bankdirektors, und ihre Familie schwimmt so richtig im Geld. Wir sind auch nicht gerade arm, aber Papa sagt immer, dass unser ganzes Geld eben im Schwanenhof stecke.

Obwohl Marlies reich ist, lässt sie einen das nicht spüren. Bestimmt liegt das auch an ihrer Erziehung. Sie muss genau wie wir anderen in den Landdienst und ihrem Onkel gelegentlich auf dem Bauernhof helfen.

»Wir können nicht mit der Seilbahn fahren, Hanna!«, schrie Willi und riss mich aus den Gedanken.

»Warum nicht?«

Er schniefte. »Weil wir zuerst Ferdi befreien müssen!«

Marlies blickte mich erschrocken an und sah sich um. »Ferdinand!«

Ich legte beide Hände auf Willis Schultern. »Wo ist Ferdi? Und warum müssen wir ihn befreien? Haben Julius und Horst ihm etwas angetan?«

Willi nickte. Eine dicke Träne rann ihm über die Wangen. »Sie … sie haben ihn entführt.«

»Entführt?«

»Ja!« Er war nun nicht mehr zu bremsen und schrie wie am Spieß.

Die Passanten sahen Marlies und mich böse an. »Was habt ihr mit dem armen Knaben gemacht?«, fragte eine Frau im Trachtenkleid kopfschüttelnd.

Wir zogen Willi weg bis ans Ende der Höhenstraße. Dort war gerade eine Sitzbank auf der Seite frei geworden, und ich hob den weinenden Willi darauf. Marlies und ich setzten uns neben ihn.

»Was machen wir jetzt? Sollen wir einen Polizisten suchen?« Marlies' braune Augen wirkten riesig wie zwei Untertassen.

Ich überlegte angestrengt. »Die Polizei ist keine gute Idee. Dann bekommen wir bestimmt Ärger mit den Eltern. Immerhin haben wir die beiden einfach alleinegelassen.«

»Ja, aber wer hätte auch ahnen können, dass sie sich gleich mit Julius und Horst prügeln. Sie hatten uns versprochen, sie würden nur Eis essen, im Schifflibach fahren und pünktlich um vier Uhr wieder beim Haupteingang sein.«

»Aber es sind Zehnjährige.« Ich strich Willi, der sich etwas beruhigt hatte, über das Haar. »Ach, dieser blöde Julius«, regte ich mich auf.

»Wir müssen ihn und Horst unbedingt finden«, appellierte Marlies an mich. »Meinst du, sie sind überhaupt noch auf dem Gelände?«

Dieser Gedanke war mir auch schon durch den Kopf gegangen. »Ich hoffe es. Aber ich weiß ehrlich gesagt nicht, wo wir mit der Suche beginnen sollen. Sie können überall sein.« Ich erhob mich und blickte verzweifelt auf die Menschenmenge hinunter. »Und wie sollen wir sie zwischen all den vielen Leuten nur finden?«

Marlies stand ebenfalls auf und zuckte mit den Schultern. »Schade, dass Oskar nicht bei ihnen war. Er hätte das nie zugelassen.«

»Du hast recht.« Ich dachte an meinen vernünftigen Cousin, der in letzter Zeit oft freiwillig bei uns im Hotel mithalf. Sein Vater, mein

Onkel Fritz, hatte vor zwei Monaten seinen Gasthof samt Wohnung aufgeben müssen. Seither wohnten er, Tante Dorothea und Oskar bei uns im Hotel. Mama war aber alles andere als begeistert darüber, weil sie Onkel Fritz nicht ausstehen konnte. Onkel Fritz war, genau wie Heinrich Hottinger, eine Zeit lang aktiver Fröntler gewesen. Durch deren Machtverlust in den letzten Jahren war auch Onkel Fritz zur Besinnung gekommen und hatte sich aus der Politik zurückgezogen. Mama mochte ihn aber nach wie vor nicht.

Plötzlich schüttelte mich Marlies am Arm. »Dort, Hanna, dort! Vor dem Bierhaus! Da sind sie!«

Ich schaute hinüber zum Bierhaus und sichtete Julius und Horst, die lachend mit zwei jungen Frauen sprachen, welche bestimmt um einiges älter waren als sie selbst. Voller Stolz zeigte Julius ihnen seine Kamera. Von Ferdinand war weit und breit keine Spur.

»Komm, wir müssen zu ihnen, bevor sie weg sind.« Ich nahm den quengelnden Willi an die Hand.

»Wo haben sie Ferdinand gelassen?«, rief Marlies mir zu, während wir versuchten, uns einen Weg durch die Menschenmassen zu bahnen. Plötzlich blieb Willi stehen. Sein Gesicht war schmerzverzerrt. »Mein Fuß tut weh!«

Da wurde mir wieder bewusst, dass der arme Willi ja nur noch einen Schuh hatte!

Marlies stellte sich auf die Zehenspitzen und versuchte, einen Blick auf Julius und Horst zu erhaschen, doch da wir inzwischen nicht mehr von der Sicht der höhergelegenen Höhenstraße profitieren konnten, war es unmöglich, sie zu erkennen.

»Wer weiß, ob sie überhaupt noch dort sind«, bemerkte sie mit besorgtem Gesicht.

Willi fing wieder an zu weinen. »Mein Fuß!«

»Ich bringe ihn am besten ins Kinderparadies«, schlug ich Marlies vor. »Und du gehst schon mal zu Julius und Horst.«

Sie sah mich an wie ein erschrockenes Reh. »Aber was soll ich ihnen sagen?«

»Frag sie, was sie mit Ferdinand gemacht haben.«

»Aber sie werden mich bestimmt nur auslachen.«

»Ich komme ja dann gleich nach.«

»Gleich nach? Das Kinderparadies ist beim Eingang! Es dauert eine Ewigkeit, bis du zurück sein wirst.«

Ich seufzte. »Na gut, dann gehe ich zu ihnen. Dafür bringst du Willi ins Kinderparadies. Wir treffen uns später dort, in Ordnung?«

Marlies wirkte erleichtert. »Ja, danke.«

Ich rannte so schnell ich konnte zwischen den Menschen hindurch und musste mir gelegentlich ein Schimpfwort anhören. Ein älterer Herr mit Monokel und Gehstock schaute mich grimmig an. »Das ist kein Spielplatz hier, junges Fräulein!«

Eine Entschuldigung murmelnd lief ich weiter zum Bierhaus. Julius und Horst standen noch davor, inzwischen ohne die Frauen. Bestimmt hatten diese ihnen eine Abfuhr erteilt.

Ich stürmte auf Julius zu und gab ihm einen Stoß. »Was habt ihr mit Ferdinand gemacht?«

Horst ging dazwischen und packte mich am Arm, doch Julius wies ihn an, mich loszulassen. Mit einem fiesen Grinsen im Gesicht trat er auf mich zu und fuhr über einen meiner Zopfkringel. »Ah, die kleine Hanna. Hast du dich hübsch gemacht für mich?« Zu Horst sagte er lachend: »Sie trägt sogar Lippenstift!« Er hielt die Kamera vor sein Gesicht. »Komm, ich mache ein Foto von dir.«

Ich überdeckte mit der flachen Hand das weit herausragende Objektiv. »Nein! Du hast meine Frage nicht beantwortet! Wo ist Ferdinand?«

»Ferdinand?« Mit gespielt ahnungsloser Miene wandte er sich an Horst. »Kennst du einen Ferdinand?«

»Du weißt genau, wen ich meine, du Schuft! Ferdinand Kirschbaum.«

Er nickte, verlor aber seinen frechen Gesichtsausdruck nicht. »Ah, der Kirschbaum! Und warum sollten ausgerechnet wir wissen, wo dieser dumme Jude steckt?«

»Er ist nicht dumm! Er ist ein netter Junge und Willis Freund.« Ich richtete mich kerzengerade vor ihm auf. »Ihr habt ihm das Eislöffelchen weggenommen. Und als er es zurückhaben wollte, habt ihr ihn einfach entführt.«

Julius brach in schallendes Gelächter aus. »Hast du das gehört, Horst? Wir sollen den Juden entführt haben!«

Ich wandte mich an Horst, der sich bisher noch nicht geäußert hatte. Er wirkte unruhig, das konnte ich eindeutig spüren. Er wich meinem Blick aus und knetete die Hände.

»Horst, bitte sag mir, wo er ist!«, flehte ich, woraufhin er fragend zu Julius schaute. Doch Julius trat schnell einen Schritt vor und schob Horst zur Seite.

»Wir wissen nicht, wo der Jude steckt, kapiert?«

»Du lügst! Wenn ihr mir nicht sofort sagt, wo er ist, dann … dann rufe ich die Polizei.«

Er lachte auf. »Die Polizei? Nur zu«, höhnte er. »Ich bin gespannt, wem die Polizei mehr glauben wird. Mir, dem Sohn von Unternehmer Heinrich Hottinger, oder dir …« – er überlegte, und seine grüngelben Augen, die unverwandt auf mich gerichtet waren, füllten sich mit Verachtung – »… der Tochter einer dummen Kommunistin! Er wandte sich an Horst. »Ich habe Hunger«, bemerkte er entspannt. »Komm, wir gehen auf die Terrasse und essen eine Wurst.«

Sie ließen mich einfach stehen. Ich bemühte mich krampfhaft um Beherrschung und schluckte die aufsteigenden Tränen hinunter. Dass ich noch immer nicht wusste, was sie mit Ferdinand gemacht hatten, stimmte mich genauso wütend wie Julius' Bemerkung über meine Mutter. Es kochte und brodelte in mir, und ehe ich mich versah, stürmte ich auch schon auf die Terrasse. Zahllose Menschen saßen dicht beisammen an Holztischen und tranken Bier und Wein, aßen Brot und Wurst. Zwei hübsche junge Frauen sangen das offizielle Lied der Landesausstellung »S'Landidörfli«, doch an die Originalversion von Marthely Mumenthaler und Vrenely Pfyl kamen sie nicht heran. Ich schaute mich um, bis ich endlich Julius und Horst entdeckte, die nach einem freien Platz suchten. Schnell zwängte ich mich zwischen Tischen und Stühlen hindurch und stieß beinahe mit einer Kellnerin zusammen, die zwei Tabletts voller Biergläser balancierte. Empört funkelte sie mich an. »Pass doch auf, Mädchen!«

»Verzeihung«, murmelte ich und eilte weiter.

Horst entdeckte mich zuerst. Er verpasste Julius, der sich gerade setzen wollte, einen Seitenhieb, woraufhin dieser herumwirbelte. »Du schon wieder! Warum lässt du uns nicht in Ruhe?«

Ich stemmte die Hände in die Hüften und reckte mein Kinn so hoch wie möglich. »Ich will wissen, wo Ferdinand ist! Ich gehe nicht eher, bis ihr es mir gesagt habt. Und …«

Weitersprechen konnte ich nicht, denn Julius packte mich am Unterarm. »Hör zu, du dumme Gans«, schimpfte er mit leiser und bedrohlicher Stimme, »wir haben dir bereits gesagt, dass wir nicht wissen, wo der Jude steckt. Vielleicht solltest du mal in einer Synagoge nachsehen. Und jetzt hau endlich ab!«

Oh nein, so leicht ließ ich mich diesmal nicht abwimmeln. In den folgenden Minuten schrien wir uns gegenseitig an, bis der Wirt, ein stämmiger und großer Österreicher, eingreifen musste und Julius und mich an den Armen nach draußen schleppte.

»So, ihr zwei Rabauken! Jetzt macht's gefälligst, dass ihr verschwindet! Hier wird nicht so ein Krach gemacht, verstanden?«

Horst war inzwischen auch zu uns gestoßen und stellte sich neben Julius. Der Wirt wollte gerade wieder gehen, da griff ich nach seinem Arm. »Bitte, Sie müssen mir helfen! Die beiden haben einen Jungen entführt und versteckt.«

Julius lachte laut auf, doch der Wirt sah ihn streng an. »Ist das wahr? Habt's ihr einen Knaben versteckt?«

Julius tippte sich mit dem Zeigefinger an die Stirn. »Hören Sie nicht auf die, die ist komplett verrückt.«

»Nein, es ist wahr!«

Der Wirt schien mit sich zu hadern. »Ich hab' gewiss keine Zeit für so ein Kinderspiel! Mädchen, da musst schon selber schauen. Ich muss jetzt wieder rein. Die Gäste warten.«

Als er weg war, grinste mich Julius hämisch an. »Hast du gehört, *Mädchen*«, äffte er den Wirt nach, »da musst schon selber schauen.« Er krümmte sich vor Lachen.

Ich war wie versteinert. Was sollte ich jetzt nur tun? Doch zur Polizei gehen? Aber würden die mich überhaupt ernst nehmen oder das Ganze auch nur als Kinderspiel bezeichnen wie der Wirt eben? Außerdem bekämen Marlies und ich bestimmt Ärger, immerhin war es unsere Schuld. Hätten wir Willi und Ferdinand nicht aus den Augen gelassen, wäre das nie passiert.

Julius hatte sich wieder beruhigt. »Sieh nur, Horst, jetzt fängt sie gleich an zu heulen.«

»Ich heule nicht!«

»Hm.« Er zog einen Schmollmund und betrachtete mich mit zusammengekniffenen Augen. »Ich will mal nicht so sein, deshalb habe ich ein kleines Rätsel für dich. Wenn du klug genug bist, wirst du so den Juden finden.«

»Du gibst also zu, dass du Ferdinand entführt und versteckt hast!«

»Schrei nicht so herum und hör jetzt besser zu. Also, dein kleiner Freund *Kirschbaum* sollte vielleicht in *Eichenbaum* umbenannt werden.«

»Eichenbaum? Weshalb? Wo ist er? Jetzt sag es endlich!«

»Das musst du schon selbst herausfinden. Komm, Horst, wir gehen.«

Horst zeigte verdattert zum Restaurant. »Wir wollten doch eine Wurst essen.«

»Mir ist der Appetit vergangen. Komm.«

»Nein, wartet!«, rief ich ihnen nach, doch sie verschwanden in der Menschenmenge.

Ich dachte angestrengt nach. Eichenbaum. Was meinte Julius damit? Hatte er Ferdinand zu einer Eiche gebracht und dort versteckt? Aber wie? Und gab es hier in der Nähe überhaupt Eichen? Ich musterte die Bäume in der Umgebung, entdeckte aber nirgends eine Eiche. Doch das Gelände war riesig. Doch zuerst musste ich zu Marlies und Willi ins Kinderparadies. Ich brauchte Marlies' Hilfe. Und vielleicht war Ferdinand inzwischen sogar wieder aufgetaucht. Ich klammerte mich fest an diese Hoffnung.

»Hanna?«

Ich erschrak und drehte mich um. Robert Arndt stand vor mir und schaute mich mit seinen schönen dunkelgrauen Augen an. Mein Herz begann zu rasen, meine Knie wurden butterweich und ich brachte keinen Ton heraus.

»Wusste ich doch, dass du es bist. Ich habe dich und deine Freunde vorhin auf der Terrasse gesehen.«

»Das waren nicht meine Freunde.«

Er grinste schief. »Dachte ich mir schon, so wie ihr euch gezankt habt. Was war denn los?«

Diese Frage kam gerade richtig. Ich erzählte ihm alles in fast einem

Atemzug, und als ich fertig war, holte ich tief Luft. Robert sah mich schweigend an, was mich beunruhigte. Ich befürchtete bereits, er würde genauso reagieren wie der Wirt.

»Und du bist dir ganz sicher, dass Julius und Horst etwas mit Ferdinands Verschwinden zu tun haben?«, fragte er. »Ich kann mir nicht vorstellen, dass sie ihn irgendwo versteckt haben. Und schon gar nicht in einem Eichenbaum. Das ist absurd! Wer weiß, vielleicht haben sie ihn wieder freigelassen und er irrt jetzt umher.«

Ich stutzte. Diese Möglichkeit hatte ich noch gar nicht in Betracht gezogen. Ich war mir so sicher gewesen, dass sie Ferdinand irgendwo versteckt hatten.

Robert seufzte. »Was auch immer geschehen ist, wir müssen den Jungen finden. Und du hattest jetzt ernsthaft vor, alleine nach ihm zu suchen?«

»Nein, zusammen mit Marlies. Hilfst du uns?«

»Hanna, weißt du eigentlich, wie groß die Landesausstellung ist? Ferdinand könnte überall sein. Nein, wir gehen jetzt sofort zur Informationsstelle beim Eingang. Die sollen die Polizei rufen.«

»Nicht die Polizei! Marlies und ich werden Ärger bekommen.«

»Es geht jetzt nicht um dich oder deine Freundin, sondern um einen kleinen Jungen.«

Er hatte recht. Bedrückt sah ich ihn an, und er strich mir über den Rücken. »Keine Angst, wir finden ihn. Wir gehen jetzt zur Informationsstelle. Aber vorher muss ich Gerda Bescheid geben. Sie ist noch auf der Terrasse.«

Gerda! Warum gab er sich immer mit dieser Gerda ab! Ja, sie war sehr hübsch, und von Marlies hatte ich erfahren, dass sie eine berühmte Balletttänzerin aus Berlin war, die zurzeit am Zürcher Opernhaus auftrat.

Als Robert mit Gerda im Schlepptau zurückkehrte, erkannte ich schnell, dass sie alles andere als erfreut war über mein Erscheinen. Sie warf mir einen kalten Blick zu, der so viel sagte wie: *Vielen Dank, dass du soeben meinen schönen Nachmittag mit Robert zerstört hast.*

Während Robert Gerda die Situation schilderte, musterte ich die beiden. Missmutig musste ich eingestehen, dass sie ein schönes Paar abgaben. Der dunkelhaarige Robert in seinem grauen Anzug, daneben die hellblonde Gerda, die ein himmelblaues Kleid mit weißem Kragen trug. Der Neid auf Gerda ließ mich beinahe Ferdinand vergessen.

Gerade als wir loslaufen wollten, blieb Robert stehen. »Wartet! Hanna, du hast doch erwähnt, dass alles beim Eisstand begann, oder?«

»Ja.«

»Der Eisstand liegt hier in der Nähe. Und wegen der vielen Menschen konnten Julius und Horst Ferdinand bestimmt nicht weit wegbringen. Er hat sich doch sicher gewehrt. Und dann waren sie hier im Bierhaus. Und wo wird Bier gelagert? In Eichenfässern! Kommt mit!« Er marschierte ins Restaurant hinein, Gerda und ich folgten ihm.

Genau wie die Terrasse war auch das Innere des Restaurants voll bis auf den letzten Platz. Robert sah sich kurz um und steuerte auf eine Tür zu, die in einen Flur führte.

»Was hast du vor?«, fragte Gerda.

»Die Bierfässer werden normalerweise im Keller gelagert. Kommt!« Er bog um eine Ecke, schaute sich um und steuerte eine Treppe an, die vermutlich in den Keller hinunterführte.

Als wir das modrig riechende Untergeschoss betraten, öffnete Robert die erste Tür, die jedoch zu einer Vorratskammer gehörte. Schinken und Würste hingen an einer Leine von der Decke herunter. Bevor er die nächste Tür öffnete, sah er uns an. »Ich hoffe, ich hatte recht.« Tatsächlich waren wir in einem Getränkekeller gelandet, in dem diverse Weinflaschen und unzählige Bierfässer lagerten. Wir sahen uns um, konnten Ferdinand aber nirgends entdecken. Ich rief mehrmals nach ihm, erhielt aber keine Antwort. »Hier ist er nicht«, bemerkte Gerda und verließ den Raum wieder.

»Tut mir leid, Hanna«, sagte Robert. »Ich dachte wirklich, sie hätten ihn zu den Eichenfässern gebracht. Gerade als wir gehen wollten, hörten wir ein leises Pochen und ein dumpfes »Hilfe«. Mir fiel eine große, rechteckige Holzkiste auf, die rechts neben der Tür stand. »Da, Robert!«

Die Kiste war verschlossen, aber der Schlüssel steckte im Schloss. Wir drehten ihn und öffneten den Deckel. Ferdinand lag zusammengekauert zwischen leeren und zusammengefalteten Mehlsäcken darin.

»Ferdinand!« Robert hob ihn heraus. »Alles in Ordnung mit dir, Junge? Bist du verletzt?«

»Nein, aber ich habe Durst. Bekomme ich etwas zu trinken?«
»Natürlich. Komm mit.«

* * *

Und so endet meine Geschichte *Wo ist Ferdinand?* Man sollte denken, dass die gemeine Aktion von Julius und Horst ein Nachspiel für sie hatte. Schließlich haben sie Ferdinand in eine Holzkiste gesperrt! Doch Heinrich Hottinger, Julius' Vater, tat es als einfachen Lausbubenstreich ab, und Julius und Horst beteuerten, dass sie Ferdinand schon wieder herausgeholt hätten. Auf die Frage nach dem Grund für diesen Streich meinten sie bloß, dass Ferdinand ihnen die Aluminiumlöffelchen geklaut habe. Dabei war es genau umgekehrt gewesen.

Doch immerhin setzte Robert durch, dass sich Julius und Horst bei Ferdinand entschuldigen mussten.

* * *

Hannas Tagebuch
Zürich, April 1940

Seit meinem letzten Eintrag ist viel Zeit vergangen, aber heute muss ich einfach wieder mal schreiben. Es ist so viel passiert! Um uns herum tobt seit ein paar Monaten der Krieg. Die deutsche Wehrmacht hat nun auch Dänemark und Norwegen überfallen. Die meisten Väter meiner Mitschülerinnen wurden im Rahmen der Mobilmachung eingezogen, auch Marlies' Vater, der als Grenzwachoffizier nur noch selten zu Hause ist. Mein Papa wurde wegen seines Herzfehlers für untauglich erklärt und darf keinen Aktivdienst leisten, auch Onkel Fritz nicht. Im Winter vor einem Jahr war er auf einer eisigen Stelle ausgerutscht und hatte sich einen Beinbruch zugezogen, der nicht gut verheilte. Ich habe aber das Gefühl, es ist Onkel Fritz ganz recht, dass er vom Militärdienst verschont bleibt, im Gegensatz zu Papa, der gerne dabei wäre, wie er immer wieder betont. Aber Onkel Fritz ist faul! Ich mag ihn nicht, da er andauernd überall herumlungert und sich ständig einmischt. Doch Papa schätzt seine Hilfe trotzdem, auch wenn sie spärlich ausfällt. So gut gebucht wie vor dem Krieg sind wir zwar längst nicht mehr, aber es gibt doch einiges zu tun.

Momentan halten sich viele Gäste hier auf, die im Exil leben. Sie stammen aus verschiedenen europäischen Ländern und flüchteten vor Hitlers Regime. Es sind alles ziemlich gut betuchte Leute, was bei Mama Besorgnis erweckt. Kürzlich wetterte sie, dass längst nicht alle Menschen flüchten könnten und viele deshalb ihrem Schicksal ausgeliefert seien. Ich spüre, dass sie viel über alles nachdenkt. Sie ist aber nicht mehr so oft in Schaffhausen wie noch vor dem Krieg, was daran liegt, dass der Flüchtlingsstrom seit dem Kriegsausbruch abgenommen hat. Neulich war Tante Gertrude hier, und die beiden haben sich zusammen mit anderen Leuten für mehrere Stunden im Keller unten unterhalten.

Vor ein paar Tagen erwähnte ich Mama gegenüber meine Angst vor dem Krieg, da wurde sie wütend und schrie mich an, in meiner privilegierten Lage könne ich mir keine Angst erlauben. Die Angst gehöre jetzt anderen Menschen. Dann ging sie wieder in den Keller. Oskar, der unser Gespräch mit angehört hatte, kam auf mich zu und legte einen Arm um mich. Er tröstete mich und meinte, ich müsse mich nicht fürchten, da General Guisan alles im Griff habe. General Guisan ist der Oberbefehlshaber der Schweizer Armee. In unserer Hotelhalle hängt ein Bild von ihm. Er sieht nett und mutig aus. Aber kann er die Schweiz im Ernstfall verteidigen? Ich weiß es nicht. Ich weiß nur, dass ich Angst habe vor dem Krieg.

Ich frage mich, wie die Menschheit nur so dämlich sein kann, sich auf einen Krieg einzulassen. Es ist doch irrsinnig, dass wir uns beispielsweise vor einer nahenden Sintflut schützen, indem wir Schiffe bauen, ins Landesinnere flüchten oder Sandsäcke an den Ufern deponieren; also alles Mögliche unternehmen, um der Katastrophe zu entgehen. Den Krieg hingegen, von dem wir genau wissen, welches Verderben er bringen wird, lassen wir zu, auch wenn wir ihn verhindern könnten. Krieg ist sozusagen eine von uns Menschen selbst verursachte Sintflut.

Und zu allem Elend nimmt er mir nun vielleicht auch noch Robert weg. Dabei hatte ich so gehofft, ich hätte jetzt, wo Gerda wieder zurück in Deutschland ist, eine Chance bei ihm. Aber unser Gespräch kürzlich raubte mir sämtliche Illusionen.

Der Zinnsoldat

Die Arbeiten im Hotel bereiten mir normalerweise Vergnügen, sogar das Bügeln und das langweilige Falten der Servietten finde ich nicht schlimm. Was ich aber überhaupt nicht mag, ist das Putzen des Silberbestecks. Und gerade an diesem Tag hatte ich das Gefühl, ich würde nie fertig werden und dass sich Gabeln, Messer und Löffel untereinander vermehrten wie die Kaninchen von Marlies' Onkel.

Seufzend legte ich ein Fischmesser zur Seite und warf einen Blick auf Willi und Ferdinand, die unter einem Tisch mit Zinnsoldaten und Spielzeugpanzern Krieg spielten. Schon merkwürdig, diese Knaben. Da tobt ganz nah um uns der Krieg und die Gefahr ist allgegenwärtig, doch sie spielen alles mit ihren Spielzeugfiguren nach und amüsieren sich dabei. Sie sind wie Oskar, der immer pünktlich um dreizehn Uhr Kriegsnachrichten auf Radio Beromünster hört, und anschließend gleich seine Weltkarte holt, um nachzuschauen, wo genau die Truppen jetzt sind. Für sie ist der Krieg ein Abenteuer, und die Soldaten sind ihre Helden.

»Au!« Etwas Hartes hatte mich an der Wade getroffen und ich schaute auf den Boden. Ein Zinnsoldat!

Ich stand auf und griff nach der Spielzeugfigur. »Willi, Ferdinand, habt ihr mir gerade einen Zinnsoldaten ans Bein geworfen?«

Zwei Paar großer Augen blickten unter dem Tisch hervor. Anstatt einer Antwort gab Willi ein Kichern von sich, zog Ferdinand am Arm und verkroch sich noch weiter unter dem Tisch.

»Das hat weh getan! Also passt –«

»Hanna?«

Ich drehte mich um. Robert stand im Türrahmen. »Oh, Robert.« Mein Herz hämmerte wie wild, dabei sollte ich Roberts Gegenwart allmählich gewohnt sein. In letzter Zeit war er oft hier im Hotel und traf sich mit meiner Mutter, Tante Gertrude und den anderen geheimnisvollen Leuten.

Doch auch mit mir unterhielt er sich oft, und ich hatte das Gefühl, dass er mich mochte.

»Ist deine Mutter hier?«

»Nein, sie ist bei Marlies' Onkel auf dem Bauernhof und versucht, mehr Eier aufzutreiben. Ein spanischer Herzog hat einen Geburtstagskuchen für seine Frau bestellt, doch wegen der Rationierung ist es schwierig. Aber das weißt du ja.« Oh Gott! Was schwafelte ich da? Ich starrte auf den Zinnsoldaten in meiner Hand. »Möchtest du etwas trinken?«

Er nickte mir aufmunternd zu. »Gerne.«

Wenig später setzten wir uns mit Mamas selbstgemachtem Holunderblütentee in eine Ecke des Restaurants. Willi und Ferdinand hielten sich inzwischen draußen auf der Terrasse auf. »Weshalb willst du mit Mama sprechen?«, fragte ich und strich nervös über das weiße Tischtuch.

Er schaute mich an, als müsste er gerade eine komplizierte mathematische Gleichung lösen. »Ich weiß nicht, ob ich mit dir darüber reden kann. Du bist vielleicht noch zu jung, um …«

»Ich bin fünfzehn! Und ich bin nicht dumm! Ich weiß bereits, dass Mama schon vor dem Krieg den Flüchtlingen geholfen hat, in die Schweiz zu kommen. Und ich weiß auch, dass sie wieder etwas plant. Sie und Tante Gertrude tun die ganze Zeit so geheimnisvoll.«

»Glaube mir, es ist besser, wenn du nicht alles weißt. Zu deinem eigenen Schutz.«

Ich wurde wütend. »Ich muss nicht geschützt werden, ich kann mich selbst schützen!«

»Ja, natürlich.« Sanfte Belustigung schwang in seiner Stimme mit.

»Ihr wollt den Menschen in Deutschland helfen, oder? Den Juden und anderen Verfolgten.«

»Jemand muss etwas tun, die Situation wird immer schlimmer. Ich habe mich kürzlich mit einem jungen Mann unterhalten. Er ist Jude und ein Bekannter von Gerda. Ihm gelang die Flucht in die Schweiz. Er sagte mir, dass die Nationalsozialisten die Juden seit Kriegsbeginn in separate Wohnbereiche abschieben. Und er befürchtet, dass dies erst der Anfang ist.«

»Wie meinst du das?«

Er schwieg und nippte an seinem Getränk. Nach einer Weile sagte er: »Ich muss einfach nach Deutschland. Ich will etwas tun, verstehst du? Gerdas Bekanntem zufolge sind Gerda und ihr Vater bereits aktiv und helfen den Menschen. Und vielleicht kann uns deine Mutter zusätzlich unterstützen. Deshalb muss ich mit ihr sprechen.«

Gerda! Immer diese Gerda! Ich musste mich zusammenreißen, um nicht vor Robert über sie loszuschimpfen. »Aber das ist gefährlich«, entgegnete ich stattdessen. »Ich verstehe nicht, weshalb du dich in diese Gefahr begibst, wo du doch hier in Sicherheit bist.«

»Sicherheit!« Er schnaubte verächtlich. »Ich will diese *Sicherheit* nicht, wenn Millionen von anderen Menschen jeden Tag um ihr Leben fürchten müssen. Was soll ich hier tun? Einfach rumsitzen und warten, bis der Krieg vorbei ist?«

Obwohl ich wusste, dass seine Frage rhetorisch gemeint war, gab ich ihm eine Antwort. »Ja, warum nicht?«

Er sah mich mit einer Mischung aus Verzweiflung und Wut an. »Da kennst du mich aber schlecht. Hanna, ich kam vor sieben Jahren zusammen mit meiner Mutter als politischer Flüchtling hier in die Schweiz. Die deutsche Staatsbürgerschaft wurde mir inzwischen aberkannt, und ich kann mich glücklich schätzen, dass Mutter und ich eine Toleranzbewilligung für die Schweiz erhalten haben und ich sogar studieren darf. Aber was bringt es mir? Als Emigrant darf ich hier nicht arbeiten.« Er griff nach dem Zinnsoldaten und pochte damit leicht auf den Tisch. »Auch militärpflichtig bin ich nicht. Ich bin also komplett nutzlos!«

»Nein, das stimmt nicht! Du studierst Rechtswissenschaft und wirst bestimmt ein guter Anwalt werden.«

»Ach Hanna, du verstehst mich nicht. Ich muss etwas Sinnvolles tun, sonst drehe ich durch.«

»Doch, natürlich verstehe ich dich! Aber du bringst dein Leben in Gefahr. Außerdem riskierst du doch bestimmt, dein Aufenthaltsrecht hier in der Schweiz zu verlieren, wenn du illegal nach Deutschland ausreist, oder? Du musst dich doch regelmäßig bei den Behörden hier melden.«

»Du hast recht, aber dieses Risiko muss ich eingehen.« Er stellte den Zinnsoldaten wieder hin und starrte darauf. »Als ich klein war, habe ich von meinem Großvater auch solche Figuren bekommen. Doch mein Vater wollte nicht, dass ich damit spiele. Er war gegen den Krieg. Damals war ich wütend auf ihn, aber inzwischen kann ich seine Haltung nachvollziehen. Ein Soldat steht für Krieg. Wie kann eine solche Figur ein Kinderspielzeug sein?« Er sah mich an, als erwarte er eine Antwort, doch ich zuckte nur die Schultern.

»Und du bist dir schon ganz sicher, dass du gehen willst?«, fragte ich nach einer Weile.

»Ja. Nur meine Mutter hält mich noch hier. Aber ich werde bald mit ihr reden. Sie wird einsehen müssen, dass ich keine andere Wahl habe.«

Kapitel 12

Zürich
Donnerstag, 30. Juni 2016

Die Maschine rollte über die Landebahn, und obwohl alle Insassen auf Bitte des Kabinenpersonals angeschnallt bleiben sollten, lösten die meisten bereits ihre Gurte. Auch Grace. Sie fühlte sich nach den elf Flugstunden wie gerädert, dabei hatte sie auf ihrem Sitzplatz, der sich in ein flaches Bett verwandeln ließ, nicht mal so schlecht geschlafen. Obwohl sie sich kurz gewaschen und ein frisches Top angezogen hatte, hatte sie den Eindruck, sie würde stinken. Ihr Haar roch nach Flugzeug, ein Geruch, der nur schwer zu beschreiben war: ein Cocktail aus Chemikalien, Abluft, Kaffee und Essen. Sie träufelte erneut ein paar Tropfen einer Parfümprobe auf Handgelenke und Hals.

Endlich blieb der Flieger stehen, und wenig später durfte man sich offiziell abschnallen. Als Grace aus der Maschine trat, wartete der Mickey-Mouse-Typ auf sie. In seinem weißen Hemd wirkte er frisch und munter.

»Hallo, alles klar?«

Sie schaute auf die Uhr, die sie bereits im Flugzeug umgestellt hatte. »Geht so. Mein Zeitgefühl ist komplett durcheinander. Wir sind gestern um 19.40 Uhr gestartet. In L. A. ist es jetzt erst sieben Uhr morgens und hier beinahe sechzehn Uhr, also schon fast wieder Abend.« Sie deutete ein Gähnen an.

Er warf sich seinen Blazer über die Schulter und folgte dem Schild Richtung Gepäckausgabe. »Schon bald Zeit für's Dinner. Schon was vor heute Abend?«

Sie ignorierte seine Frage. »Haben Sie keine Probleme mit der Zeitumstellung?«

»Nein, ich bin es gewohnt. Ich reise sehr oft geschäftlich nach Zürich.«

»Nach Zürich? Sie stammen aber aus der Schweiz, oder?«

»Hat mein Akzent mich also doch verraten? Dabei versuche ich immer, so amerikanisch wie möglich zu klingen. Sie haben recht, ich bin Schweizer, lebe aber schon seit acht Jahren in L. A. und führe dort eine Niederlassung unseres Familienunternehmens. Maschinenindustrie. Der Hauptsitz ist hier in Zürich.« Sie betraten eine Rolltreppe. »Und was führt Sie hierher?«

»Ich besuche meine Verwandten.«

»Sind sie in die Schweiz ausgewandert?«

»Nein, eigentlich ist es eher umgekehrt. Meine Großmutter und ihr Bruder sind vor ein paar Jahrzehnten in die Staaten ausgewandert. Ihr Cousin blieb zurück. Und dessen Familie besuche ich.« Grace fragte sich, weshalb sie diesem Fremden das alles erzählte. Aber wieso auch nicht, sie würde ihn ja nicht wiedersehen.

»Lebt die Familie in Zürich? Oder steht Ihnen noch eine Weiterreise bevor?«

»Sie wohnen in der Stadt.«

»Und Sie logieren bei ihnen, oder in einem Hotel?«

»Bei ihnen«, flunkerte sie. Sie wollte vermeiden, dass er sich womöglich noch nach dem Namen ihres Hotels erkundigte.

Einen kurzen Moment lang wirkte er etwas verblüfft, dann setzte er wieder sein charmantes, selbstbewusstes Grinsen auf. »Sie werden Zürich mögen. Eine tolle Stadt.« Er erklärte, was sich alles zu sehen lohnte und welche Restaurants sie besuchen musste. »Aber Ihre Verwandten werden Ihnen bestimmt alles zeigen«, fügte er am Ende hinzu.

»Ja, das denke ich auch«, sagte Grace zögernd. Sie zweifelte daran, dass sie neben den Nachforschungen überhaupt Zeit für einen Stadtrundgang haben würde, aber etwas hatte sie sich fest vorgenommen: eine Seeüberquerung mit der Seilbahn, von der ihre Großmutter in ihrem Tagebuch geschrieben hatte. Sie erzählte dem Typen von ihrem Wunsch, und er sah sie irritiert an. »Eine Seilbahn über dem Zürichsee?« Er lachte. »Nein, die gibt es nicht.«

»Sicher?«

»Ganz sicher.«

»Schade. Dann hat sie vermutlich nur während der Landesausstellung 1939 existiert.«

»Ah, Sie meinen *die* Seilbahn. Mein Großvater hat mir mal erzählt, dass sie damals, als der Krieg ausbrach, umgehend abgerissen wurde. Man brauchte den Stahl für die Rüstungsindustrie.« Er beäugte sie interessiert. »Sie scheinen sich intensiv mit Ihrem Reiseziel befasst zu haben. Oder woher wissen Sie überhaupt, dass es 1939 eine Landesausstellung mit Seilbahn gab?«

»Hab's irgendwo gelesen«, erklärte sie knapp.

Graces Hoffnung, den Typen spätestens in der Gepäckhalle loszuwerden, wurde zerschlagen, denn ihre Koffer erschienen zur selben Zeit auf dem Förderband. So kam es, dass er sie bis zu den Taxiständen begleitete und dort auch noch vorschlug, ein Taxi zu teilen, da er ebenfalls in die Stadt müsse.

Grace seufzte innerlich. Der Typ war zwar recht nett, aber sie spürte, dass er mehr wollte, als einfach nur mit ihr das Taxi in die Stadt zu teilen. Am Ende würde er sie bestimmt nach ihrer Nummer fragen, doch sie hatte keine Zeit für ein Treffen. Sie wollte sich gänzlich auf ihre Nachforschungen konzentrieren. Und nach der Enttäuschung mit Garrett hatte sie ohnehin genug von Männern.

»Ich nehme mein eigenes Taxi«, sagte sie.

Er wirkte etwas perplex. Anscheinend war er es nicht gewohnt, abgewiesen zu werden. »Okay«, meinte er dann, zog eine Visitenkarte aus seiner Brieftasche und reichte sie Grace. »Ich bin übrigens Aaron. Falls Sie mal Lust auf eine Stadtführung oder einen Drink haben, melden Sie sich.«

* * *

Als sie im Taxi saß, warf sie nochmals einen kurzen Blick aus dem Rückfenster. Aaron hing am Handy, während ein Taxifahrer sein Gepäck in den Kofferraum lud. Eine kleine Sekunde lang bereute sie, ihm eine Abfuhr erteilt zu haben. Er war eigentlich ein recht interessanter Mann. Doch schon im nächsten Augenblick rief sie sich wieder in Erinnerung, dass sie nicht hier war, um Männer kennenzulernen, sondern um das Geheimnis ihrer Großmutter zu ergründen und die Fortsetzung von *Unvollendet* zu finden. Für ihre Traumrolle.

Sie nahm ihr Handy aus der Tasche und las die Stichworte durch, die sie sich zu den Tagebucheinträgen gemacht hatte. Der verschwundene

Ferdinand. Unglaublich, was für ein Scheusal dieser Julius Hottinger gewesen war! Wie gut, dass Robert Arndt den kleinen Ferdinand gefunden hatte. Robert Arndt. Die Einträge zeigten einmal mehr auf, wie verliebt ihre Großmutter in ihn gewesen war. Doch er hatte kein sonderliches Interesse gezeigt. Immerhin war er auch sechs Jahre älter und mit der deutschen Balletttänzerin Gerda Ritter liiert gewesen. Die womöglich auch einer der Gründe gewesen war, weshalb er nach Deutschland zurückkehrte.

Eine Fortsetzung von *Unvollendet* wurde wieder mit keinem Wort erwähnt, was Grace beunruhigte. Was, wenn auch die weiteren Tagebucheinträge keine Hinweise darauf geben würden? Daran wollte sie gar nicht denken.

Um sich auf andere Gedanken zu bringen, schrieb sie ihren Eltern eine kurze Nachricht und teilte ihnen mit, dass sie gut in Zürich angekommen und bereits auf dem Weg ins Hotel war. Als sie ihr Handy in die Handtasche steckte, bemerkte sie Aarons Visitenkarte, die sie vorhin achtlos hineingeworfen hatte. Sie nahm das Kärtchen hervor, da sprang ihr plötzlich sein Nachname ins Auge: Hottinger. *Aaron Hottinger, CEO, H. K. Hottinger Corporation US.*

Sie griff erneut nach ihrem Handy und besuchte die Webseite von Julius Hottingers Firma, wozu sie den Link abgespeichert hatte. Nach ein paar Klicks hatte sie Klarheit: Aaron Hottinger war Julius Hottingers Enkel.

* * *

Als Grace etwa dreißig Minuten später im Hotel ankam und aus dem Taxi stieg, eilte ein Portier in blauer Uniform auf sie zu und lud ihr Gepäck auf einen goldfarbenen Trolley. Grace war nicht die Einzige, die gerade angereist war. Eine Gruppe von etwa zehn Geschäftsmännern strömte über den roten Teppich zur Eingangstür. Sie sprachen Englisch und stammten ihrem Akzent nach aus Großbritannien.

Um sich der Truppe nicht gleich anzuschließen, blieb Grace kurz stehen und nahm das Gebäude genauer in Augenschein. Da ihre Eltern sie früher stets in die besten 5-Sterne-Hotels mitgenommen hatten, war sie edle Unterkünfte gewohnt, dennoch verzauberte das Grandhotel Schwanenhof sie auf Anhieb. Die weiß strahlende Fassade des spätklassizistischen Prachtbaus bestach durch einen in der Mitte des Gebäudes vorspringenden Teil, dessen Kolonnade gleichzeitig den Haupteingang bildete und in einer Balustrade im Obergeschoss endete. Grace, die sich schon immer für historische Gebäude interessiert hatte, betrachtete fasziniert die geometrischen Formen der Fenstereinfassungen. »Das ist wunderschön!«, sagte sie zum Portier, der geduldig wartete.

Während sie ihm zum Tresen folgte, stellte sie sich vor, wie ihre Großmutter damals als junges Mädchen nach dem Maikäfersammeln mit ihren zerkratzten Knien das Hotel durch denselben Eingang betreten hatte.

Da der gesamte Empfangstresen von den Engländern in Beschlag genommen wurde, sah sich Grace in der Lobby um. Eine Mischung aus Klassik und Moderne bot sich in der großzügigen Halle mit dem hellen Marmorboden, der glänzte, als wäre er gerade geschrubbt worden. An der mit Stuck verzierten Decke hing ein gigantischer Empire-Leuchter, dessen geschliffene Kristalle für ein einzigartiges Lichtspektakel sorgten. Frische Blumenarrangements aus Lilien, violetten Orchideen und blauen Hortensien sorgten für bunte Akzente zwischen den mit hellem Samt überzogenen Sesseln und den dunklen Art-Déco-Salontischen.

Grace warf einen Blick zum Empfang. Noch immer standen die Engländer davor und versperrten die Sicht auf den Tresen. Ob sie gleich Mara begegnen würde? Sie bezweifelte es. Eine Hoteldirektorin hielt sich normalerweise ja nicht am Empfang auf. Aber früher oder später würde sie sie treffen. Bei der Reservierung hatte sie absichtlich nicht auf ihre Verwandtschaft mit den Thalmanns hingewiesen, da sie jeglichen Trubel vermeiden wollte. Sie hatte sich nur vergewissert, dass Mara während ihres Aufenthaltes auch anwesend sein würde. Und auch wenn es ihr widerstrebte, hatte sie auf die Hanna-Miller-Suite bestanden, die man ihr zugesagt hatte. Sie war nicht abergläubisch, aber vielleicht brachte ihr dieses Zimmer Glück bei ihren Recherchen. Die Suite kostete ein Vermögen, doch Geld spielte zum Glück keine Rolle, auch wenn es betreffend der Kostenregelung inzwischen eine Änderung gegeben hatte. Ihr Vater wollte sämtliche Kosten übernehmen und hatte ihr bereits eine hohe Summe für Flug, Hotel und sonstige Auslagen überwiesen. Matthew, der ebenfalls für den gesamten Aufenthalt aufkommen wollte, gefiel diese Tatsache nicht, und er verlangte nach wie vor Graces Kontodaten. Grace nahm sich vor, diesen Wunsch einfach zu ignorieren.

Sie blickte ungeduldig zum Empfang, wo noch immer die Engländer standen. Wie lange dauerte das noch? Sie wollte endlich auf ihr Zimmer!

Kapitel 13

Benjamin hatte im Laufe seiner Hotelkarriere schon viele hektische und verrückte Tage erlebt, aber dieser Donnerstag übertraf sie alle bei Weitem. Schon um kurz nach acht hatte es begonnen, als eine italienische Opernsängerin eine Maus im Frühstücksraum gesichtet haben wollte. Vorsichtshalber hatten sie gleich einen Kammerjäger aufgeboten, doch wenig später hatte sich herausgestellt, dass es sich bei der Maus um ein aufziehbares Spielzeug handelte, welches ein Stammgast für seinen jungen Labrador mitgebracht hatte. Kurz darauf war ein Anruf aus dem Fitnesscenter gekommen: Eine Japanerin war bei der Morgengymnastik zusammengebrochen und in Ohnmacht gefallen. In Windeseile war die Ambulanz verständigt worden und hatte die Frau auf einer Trage hinausgebracht. Inzwischen ging es ihr glücklicherweise wieder besser, hatte ihm seine Sekretärin vorhin mitgeteilt. Um kurz nach zehn hatte sich dann auch noch ein *Mystery Man* von *The Leading Hotels of the World* zu erkennen gegeben, der die letzten drei Tage inkognito das Hotel überprüft hatte. Daraufhin war ein Gespräch mit ihm und Mara gefolgt. Sie hatten zwar recht gut abgeschnitten, aber es gab dennoch ein paar Kritikpunkte und Verbesserungsvorschläge. Mara hatte danach völlig grundlos getobt und Benjamin Vorwürfe gemacht.

Zuletzt hatte sich auch noch der Spätdienst der Rezeption krankgemeldet, und einen Ersatz hatten sie so schnell nicht finden können. So stand er jetzt selbst am Empfang und half seinen Mitarbeitern, die englischen Geschäftsreisenden einzuchecken.

Als sie damit durch waren und die Gäste in den Aufzügen verschwanden, wollte er sich endlich in sein Büro begeben, um dort die E-Mails und den riesigen Aktenberg abzuarbeiten. Da stand sie vor ihm. Eine junge Frau, deren hübsche Erscheinung ihn sofort in ihren Bann zog. Ihr dunkelblondes Haar schmiegte sich um ihr herzförmiges Gesicht, und sie blickte ihn aus klaren hellbraunen Augen an. Sie trug ein schlichtes weißes Top und Bluejeans.

Er hätte das Check-in seiner Mitarbeiterin überlassen können, die bereits neben ihm stand, aber er empfand so etwas gegenüber den Gästen immer als unfreundlich.

»Hi!«, rief die Frau und lächelte ihn hinreißend an. Dabei blitzten schneeweiße, gleichmäßige Zähne in dem zart gebräunten Gesicht. Sie stellte sich als Grace Miller vor und legte ihm Pass und eine American Express hin.

Er hieß sie willkommen und fragte, ob sie eine gute Reise gehabt hätte. Während sie von ihrem langen Flug berichtete, notierte er Passnummer und Geburtsdatum auf einem Meldeschein und bat sie anschließend, die restlichen Angaben einzutragen. Dann wiederholte er die Daten ihres Aufenthaltes, welche sie bestätigte.

Nachdem sie den Meldeschein ausgefüllt hatte, neigte sie sich leicht über den Tresen und zeigte auf die Schlüsselkarte, die er in ein Heftchen steckte. »Das ist die Hanna-Miller-Suite, oder?«

»Nein, das ist eine normale Suite.«

Entgeistert starrte sie ihn an. »Ich habe aber die Hanna-Miller-Suite gebucht! Als ich die Reservierung gemacht habe, wurde es mir bestätigt!«

Er nahm den Reservierungsverlauf im System genauer unter die Lupe. Tatsächlich. Seine Mitarbeiterin in der Reservierung hatte die Hanna-Miller-Suite gleich bei der Buchung eingefügt, doch der Empfangschef hatte die Zimmerzuteilung vorgestern wieder geändert. Benjamin schaute sich die Zimmerübersicht an und erkannte den Grund: Die Hanna-Miller-Suite war das Lieblingszimmer eines Stammgastes, der immer auf dieser Suite bestand. Außerdem hatte dieser vor Grace Miller gebucht. Er stutzte plötzlich. Miller. War sie womöglich verwandt mit Hanna Miller? Oder handelte es sich nur um einen Zufall?

Er erklärte Grace Miller den Sachverhalt, und sie sah ihn enttäuscht an. »Kann man denn gar nichts machen?«

»Nun, der Gast, der das Zimmer gebucht hat, ist noch nicht angereist, aber er besteht immer auf dieser Suite. Und er hat vor Ihnen gebucht. Leider wurde das Zimmer damals nicht für ihn blockiert, deshalb war es zu dem Zeitpunkt, als Sie reserviert haben, noch verfügbar. Aber man hätte Ihnen bei der Buchung nichts versprechen dürfen. Normalerweise machen wir das nie. Tut mir leid.«

»Aber ich muss dieses Zimmer haben! Ich kann auch nichts dafür, dass die Reservierung falsche Angaben gemacht hat.«

»Ja, natürlich. Aber der andere Gast hatte das Zimmer bereits vor Ihnen gebucht, verstehen Sie?« Er schaute auf den Bildschirm und studierte den Belegungsplan der Zimmer. »Ich mache Ihnen einen Vorschlag: Sie erhalten ein kostenfreies Upgrade in die Präsidentensuite. Von dort aus haben Sie denselben Blick auf den Hotelpark, den Schanzengraben und den Zürichsee wie von der Hanna-Miller-Suite aus. Und zusätzlich einen Whirlpool auf der Terrasse.«

»Ich will aber keinen Whirlpool auf der Terrasse, sondern die Hanna-Miller-Suite. Das Zimmer, das ich gebucht habe.«

Er atmete tief durch. Okay, jetzt ging sie ihm allmählich auf die Nerven. Mit ernstem Gesicht stand sie vor ihm, als könne er so eben mal eine zweite Hanna-Miller-Suite aus dem Ärmel schütteln. Hatte er ihr nicht deutlich genug das Problem geschildert? Was war das heute nur für ein Tag!

In dem Moment trat ein weiterer Gast an den Tresen. Stammgast Aaron Hottinger. Sehr gut. Dann konnte er ihn gleich fragen, ob … Ah, interessant! Aaron Hottinger schien Grace Miller zu kennen, denn er tippte ihr auf die Schulter und grinste dabei breit. Sie drehte sich um und erschrak. »Was machen Sie hier?«, fragte sie.

»Ich logiere immer in diesem Hotel, wenn ich in Zürich bin. Meine Eltern besitzen zwar ein Haus in der Stadt, doch ich lege großen Wert auf meine Privatsphäre. Aber was tun Sie hier? Ich dachte, Sie würden bei Verwandten wohnen?«

Benjamin bemerkte, dass Grace Miller leicht errötete.

»Ich … erkläre es Ihnen später. Ich muss mich jetzt gerade um ein Problem kümmern.«

»Was ist passiert?«

»Ich habe die Hanna-Miller-Suite gebucht, und sie wurde mir zugesagt. Doch irgendein Stammgast will dieses Zimmer auch.« Sie verdrehte die Augen.

Aaron Hottinger zwinkerte Benjamin kurz zu, ehe er sich wieder an

Grace Miller wandte. »Unerhört, so etwas! Aber zufälligerweise kenne ich diesen Stammgast sehr gut und kann das für Sie regeln.«

»Wirklich?«

»Klar. Ich rede mit ihm. Dafür gehen wir zusammen essen?«

Sie schien mit sich zu ringen, bis sie ein »Okay« murmelte.

Benjamin schüttelte kaum merklich den Kopf. Nicht wegen Hottingers Spielchen, sondern weil Grace Miller so dämlich war und es nicht schnallte.

»Schön«, sagte Aaron Hottinger zu ihr. »Setzen Sie sich doch in die Lobby, und ich besorge die Schlüsselkarten.«

Als sie weg war, lachte Aaron Hottinger Benjamin schief an. »Ich werde sie nachher natürlich aufklären. Aber ich konnte einfach nicht anders. Danke, dass Sie mitgespielt haben.«

Benjamin nickte leicht. Er hatte nicht mitgespielt, sondern einfach nichts gesagt. Solche Dinge zwischen den Gästen gingen ihn nichts an. Außerdem hatte ihn Grace Miller zuvor genervt.

Er schob Hottinger die Zimmerkarten über den Tresen und wies zu Grace Miller, die etwas verloren in der Halle stand. »Sollen wir Frau Miller auf das Zimmer bringen, oder wollen Sie das übernehmen?«

Aaron Hottinger schnappte sich die Zimmerkarten. »Das mache ich.«

Benjamin beobachtete, wie Aaron Hottinger Grace Miller eine Schlüsselkarte in die Hand drückte und ihr dabei etwas ins Ohr flüsterte. Sie lachte daraufhin laut auf und schlug sich die Hände vors Gesicht. Dann verpasste sie Hottinger einen spielerischen Boxhieb und schüttelte grinsend den Kopf.

Woher die beiden sich wohl kannten, fragte sich Benjamin und betrachtete den Meldeschein von Grace Miller. Sie war neunundzwanzig und lebte in Santa Monica, Kalifornien. Dorthin hatte er mit Leonie auch reisen wollen.

»Hi!«

Er sah auf. Grace Miller stand wieder vor ihm. Diesmal mit reuigem Gesichtsausdruck. »Bitte entschuldigen Sie mein Verhalten vorhin. Muss am Jetlag liegen.« Sie verzog den Mund. »Jedenfalls habe ich ja jetzt meine Suite.« Lachend wies sie zu Aaron Hottinger, der vor dem Aufzug wartete. »Er hat mich ganz schön reingelegt. Und Sie haben einfach nichts gesagt!« Sie richtete einen Finger auf ihn und kniff dabei leicht die Augen zusammen.

»Ich wollte mich nicht in Herrn Hottingers Angelegenheiten mischen.«

»Natürlich.« Sie zwinkerte. »Oh, ehe ich es vergesse: Ich möchte mich mit Mara Thalmann treffen. Könnten Sie ihr bitte ausrichten, dass sie mich bei Gelegenheit anrufen soll?«

»Sicher. Haben Sie ein Stichwort?«

Sie sah sich kurz um und trat etwas näher an den Tresen. »Ich bin Hanna Millers Enkelin«, erklärte sie leise.

Er nickte. »Ich habe mir schon gedacht, dass Sie vielleicht mit ihr verwandt sind. Der gleiche Name, die Beharrlichkeit, diese Suite zu bekommen … Wenn Sie Hanna Millers Enkelin sind, dann sind Sie Maras und Kims Cousine … dritten Grades.«

»Kim?« Sie runzelte die Stirn. »Ach ja, die andere Schwester. Es waren ja drei. Eine ist gestorben. Leonie. Sehr tragisch. Sie war ja noch so jung. Wissen Sie, was mit ihr passiert ist? War sie krank?«

Das geht Sie nichts an, hätte Benjamin am liebsten geschrien, doch er rief sich in Erinnerung, dass Grace Miller nicht nur ein Hotelgast, sondern auch Leonies Verwandte war. Also gewissermaßen ging es sie schon etwas an. Aber er hatte keine Lust, mit ihr darüber zu sprechen. Er wies zu den Aufzügen, wo immer noch Aaron Hottinger stand. »Sie sollten Herrn Hottinger nicht zu lange warten lassen. Womöglich überlegt er es sich sonst noch anders und nimmt Ihnen die Suite Ihrer Großmutter wieder weg. Ich wünsche Ihnen einen schönen Aufenthalt.«

Ihr Blick ruhte auf ihm, bis sie nickte und sich verabschiedete.

* * *

Spätabends in seinem Büro tat Benjamin endlich, was er schon seit seiner Rückkehr aus dem Tessin hatte erledigen wollen: Leonies E-Mail-Account überprüfen. Wenn er sich recht erinnerte, hatte sie damals erwähnt, die Agentur von Hanna Miller angeschrieben zu haben. Womöglich hatte sie in der Nachricht auch den Grund für das gewünschte Treffen erwähnt.

Leonies Account war zwar bereits gelöscht worden, aber durch das

Passwort, das er von der IT-Abteilung erhalten hatte, gelangte er in Leonies Outlook-Mailarchiv. Als Suchworte gab er gleich *Hanna Miller* ein, und nach ein paar Sekunden erschienen tatsächlich vier Mails, in denen der Name *Hanna Miller* gelb aufleuchtete. Zwei der Nachrichten waren vor etwa einem Jahr von Leonie selbst versandt worden:

20. Juli 2015, 19:11
An Craig Burton von Leonie Thalmann

Sehr geehrter Mr. Burton,
ich habe erfahren, dass Sie Hanna Millers Agent sind. Bitte leiten Sie diese Mail an meine Großtante Hanna Miller weiter, danke.
Freundliche Grüße, Leonie Thalmann

Sehr geehrte Mrs. Miller,
ich bin die Enkelin von Oskar Thalmann. Sie sind demnach meine Großtante. Bitte denken Sie nicht, dass ich Sie nur anschreibe, weil Sie berühmt sind. Ich weiß, dass Sie nichts mit Ihrer Vergangenheit und uns allen zu tun haben wollen. Aber ich muss mit Ihnen sprechen. Es geht um meinen Großvater. Bitte melden Sie sich bei mir.
Liebe Grüße, Leonie Thalmann.

27. August 2015, 20:04
An Craig Burton von Leonie Thalmann

Sehr geehrter Mr. Burton,
bitte leiten Sie diese Mail an meine Großtante Hanna Miller weiter. Es ist wirklich sehr dringend. Danke.
Freundliche Grüße, Leonie Thalmann

Sehr geehrte Mrs. Miller,
ich hoffe, Sie haben meine Mail vom 20. Juli 2015 erhalten.
Wie erwähnt bin ich Oskar Thalmanns Enkelin. Mein Großvater hat Altersdemenz, spricht aber in letzter Zeit häufig über seine Jugendzeit.

Unter anderem erwähnte er die Fortsetzung eines berühmten Romans. Und dass Sie und Ihr Bruder Willi darüber Bescheid wüssten. Doch das ist nicht alles! Heute erzählte er noch mehr. Zuerst war ich skeptisch, schließlich ist er dement. Aber es gibt Beweise! Ich will in dieser Mail nicht genauer darauf eingehen, da es sehr vertraulich ist. Und Sie als Hollywoodstar eine Person des öffentlichen Interesses sind. Bitte melden Sie sich bei mir. Ich heirate in zwei Tagen und verbringe meine Flitterwochen in Kalifornien. Wir fliegen am 31. August nach San Francisco und sind in der letzten Woche
ab dem 13. September in Los Angeles. Wir könnten uns treffen.
Liebe Grüße, Leonie Thalmann.

Mit vor Trauer verschleiertem Blick starrte Benjamin auf den Bildschirm, bis die Buchstaben vor seinen Augen verschwammen. Die Erinnerung an Leonie ließ sein Herz schwer werden. Wie sehr hatte sie sich damals auf die Hochzeitsreise gefreut und … Er schluckte hart. *Denk nicht daran! Konzentriere dich jetzt auf den Inhalt dieser Nachrichten.*

Erneut las er beide E-Mails durch. Es war eindeutig. Leonie hatte irgendetwas herausgefunden, und es ging dabei unter anderem um die Fortsetzung eines berühmten Romans. Er dachte an Leonies Mindmap, in der sie *Unvollendet* erwähnt hatte. Eine Fortsetzung von *Unvollendet?* Seltsam. Doch Leonie hatte Beweise erwähnt. Vielleicht waren diese Beweise in dem Karton gewesen, von dem Signora Salvini gesprochen hatte. Die zweite Nachricht war nämlich genau an jenem Tag verschickt worden, an dem Leonie ihren Großvater abgeholt hatte.

Er widmete sich den zwei anderen E-Mails, die Leonie von dem Agenten Craig Burton erhalten hatte. Erstaunlicherweise hatte dieser Leonie immer recht schnell geantwortet und ihr jedes Mal mitgeteilt, dass er ihre Nachricht an Hanna Millers Assistentin Debra Foley weitergeleitet habe.

Benjamin suchte vergeblich nach E-Mails, die Leonie von Hanna Miller oder dieser Debra Foley erhalten hatte. Vielleicht hatte Hanna Miller Leonie ja angerufen? Viel wahrscheinlicher jedoch war, dass sie sich nie gemeldet hatte. Immerhin war sie ein Hollywoodstar. Und er wusste aus den Medien, dass sie im vergangenen Dezember gestorben war. Die Monate davor war sie vielleicht gar nicht mehr in der Lage gewesen, E-Mails zu beantworten. Wie auch immer, er würde diesem Craig Burton eine Nachricht schreiben. Vielleicht wussten er oder die Assistentin Debra Foley ja mehr.

Benjamin musste plötzlich an Grace Miller denken, Hanna Millers Enkelin. Was für ein Zufall, dass sie ausgerechnet jetzt hier auftauchte. Oder war es kein Zufall? Nach einem reinen Verwandtschaftsbesuch sah es jedenfalls nicht aus, denn Grace Miller hatte zuerst nur nach Mara verlangt und sich nicht für Kim interessiert. Eigenartig. Ob er sie über Leonies Versuche, Hanna Miller zu kontaktieren, informieren sollte? Allerdings wirkte Grace Miller nicht so, als würde sie sich für solche Dinge interessieren. Vielmehr hatte sie bei ihm den Eindruck einer dauerlächelnden Amerikanerin hinterlassen, die aber sehr bockig werden konnte, wenn ihr etwas nicht passte, sich anscheinend gerne im Ruhm ihrer berühmten Großmutter sonnte und ihre Zeit hier im Luxushotel genießen wollte. Dabei war sie offenbar auch einem Flirt mit dem Scheusal Aaron Hottinger nicht abgeneigt. Und *das* sagte schon sehr viel über sie aus. Hottinger mochte auf den ersten Blick ein charmanter und witziger Typ sein, aber er war auch so falsch wie die Geldscheine bei Monopoly. Und nie würde er vergessen, was Hottinger damals abgezogen hatte.

Ob er Grace Miller vor dem Typen warnen sollte? *Nein,* sagte er sich. *Misch dich da nicht ein. Das geht dich nichts an!*

Als wollte er sich von seinen Gedanken befreien, schüttelte er den Kopf und wandte sich wieder dem Bildschirm zu. Er leitete Leonies Nachrichten an seine eigene E-Mailadresse und dann an Mara weiter. Gleich morgen würde er nochmals mit ihr reden, und auch mit Kim. Vielleicht war den beiden mittlerweile etwas eingefallen, das ihm weiterhelfen konnte.

Kapitel 14

Freitag, 1. Juli 2016

Die Hanna-Miller-Suite bestach durch zwei besondere Dinge: Da waren die Fotos von Hanna Miller im Zimmer, welche Grace ihr Drängen, diese Suite zu bekommen, beinahe bereuen ließen. Wollte sie die ganze Zeit in das Gesicht ihrer Großmutter blicken? Andererseits hielt sie es auch für wichtig, genau an dem Ort zu sein, wo ihre Großmutter damals gewohnt hatte. Früher, lange Zeit vor dem Umbau, war hier die Wohnung der Thalmanns gewesen. Einigen Quellen zufolge hatte ihre Großmutter genau in diesem Flügel des Gebäudes ein Zimmer bewohnt.

Außerdem trumpfte die Hanna-Miller-Suite noch mit einer kleinen Dachterrasse, die freien Blick auf den Zürichsee, den Kanal und die Parkanlage des Hotels bot, woraus Grace bereits einen Nutzen ziehen konnte. Seit sieben Uhr morgens lag sie im Liegestuhl auf der Terrasse und döste vor sich hin, bis die ersten Sonnenstrahlen ihr Gesicht streiften. Sie blinzelte. In der Nacht hatte sie kaum schlafen können, doch mittlerweile überkam sie ein Anflug von Müdigkeit. *Jetzt bloß nicht wieder einschlafen.* Sie stand rasch auf, wählte Musik auf ihrem Handy – Mary J. Bliges »Doubt« – und lehnte sich leicht über die Terrassenbrüstung. Sie beobachtete das hektische Treiben auf der grünen Rasenfläche. Das Hotelpersonal stellte fleißig Stehtische auf, bedeckte sie mit weißen Tüchern und setzte jeweils ein kleines Rosengesteck darauf.

Da entdeckte Grace den Mann, der sie gestern eingecheckt hatte. Benjamin Landolt, wie sie seinem Namensschild entnommen hatte. Nett war er gewesen, aber auch distanziert. Kein Wunder, so wie sie sich aufgeführt hatte. Sie schämte sich sehr für ihr trotziges Verhalten, und es war ihr zudem peinlich, dass sie Aaron Hottingers Trick nicht gleich durchschaut hatte. Benjamin Landolt hielt sie jetzt bestimmt für eine zickige, dumme Diva.

Sie beobachtete, wie er auf einen der Tische wies und einem hochgewachsenen Kellner Anweisungen erteilte. Danach schritt er zu dem mit Rosen bewachsenen Pavillon und hob ein paar welke Blätter vom Boden auf. Sein dichtes kastanienbraunes Haar glänzte im warmen Morgenlicht der Sonne. Er war attraktiv, keine Frage. Allerdings nicht auf dieselbe perfekte Art wie Aaron Hottinger, der sich seines guten Aussehens bewusst war. Nein, Benjamin Landolt gehörte eher zu den Männern, die ihr äußeres Erscheinungsbild zwar pflegten, ansonsten aber nicht allzu viel Wert darauf legten. Und dann war da dieser melancholische Blick aus den dunkelbraunen Augen, als sei ihm alles gleichgültig. Er erinnerte sie ein wenig an einen prototypischen Franzosen. Und an Hugh Jackman, als dieser noch etwas jünger war – auch wenn der aus Australien stammte, und nicht aus Frankreich.

In dem Moment hob Benjamin Landolt den Kopf und schaute zu ihr hoch. Wie peinlich! Hatte er bemerkt, dass sie ihn die ganze Zeit beobachtet hatte? Sie überspielte ihr Schamgefühl und winkte ihm lächelnd zu. Er nickte knapp und verschwand dann ziemlich schnell aus ihrem Blickfeld.

* * *

Wenig später wartete Grace in der Lobby auf Mara und Kim Thalmann. Mara hatte ihr am Vorabend noch eine Nachricht auf das Zimmer schicken lassen mit dem Vorschlag, sich zum Frühstück zu treffen. Grace gähnte im Minutentakt und musste sich zusammenreißen, um auf dem bequemen Sofa nicht gleich einzuschlafen.

Gerade als sie nach einer Wellness-Broschüre auf dem Salontisch greifen wollte, hielt ihr jemand von hinten die Hände über die Augen.

»Aaron«, erriet sie sofort, da sie den Duft seines sinnlichen und gleichzeitig sportlich-frischen Parfüms wiedererkannte: Grapefruit und Zedernholz. Schwungvoll setzte er sich neben sie und warf seine Aktentasche auf den Salontisch. Während er gestern eher leger gekleidet gewesen war, machte er heute in seinem maßgeschneiderten anthrazitfarbenen Anzug mit dem hellen Einstecktuch in der Brusttasche einen sehr geschäftsmäßigen Eindruck.

»Na, schöne Grace, hast du gut geschlafen?«

»Nein, leider nicht, aber das ist normal nach so einer Reise.«

»Yep, da musst du jetzt durch. Und, was hast du heute vor? Triffst du dich mit deinen Cousinen?«

»Ja, zum Frühstück.« Sie hatte Aaron gestern auf dem Weg zum Zimmer erklärt, dass es sich bei ihren Verwandten um die Hotelinhaberinnen und ihre Cousinen dritten Grades handle und sie die beiden Schwestern zum ersten Mal besuche. Mehr hatte sie ihm nicht gesagt und war mit der Entschuldigung, sie sei müde von der Reise, gleich in ihrem Zimmer verschwunden. Sie hatte sich aber vorgenommen, ihn etwas netter zu behandeln, da er ihr als Enkel von Julius Hottinger vielleicht in irgendeiner Weise bei ihren Recherchen helfen konnte. Doch sie fragte sich, wie viel er von den miesen Charaktereigenschaften seines Großvaters wohl geerbt hatte und beschloss, vorsichtig zu sein und ihm noch nichts von ihrem Vorhaben zu erzählen.

Er griff nach einer ihrer Locken und ließ sie durch seine Finger gleiten. »Warum hast du mir eigentlich am Flughafen nicht gesagt, dass du im Schwanenhof logierst?«

»Man soll Fremden bekanntlich nicht zu viel erzählen.«

Er lachte. »Stimmt. Und immerhin bist du ja berühmt. Grace Miller, Hanna Millers Enkelin.«

»Gut recherchiert.«

»War nicht schwer. Als ich deinen Nachnamen erfahren habe und du mir gesagt hast, dass die Thalmann-Schwestern deine Cousinen dritten Grades sind, musste ich nur eins und eins zusammenzählen. Der Großvater der Thalmann-Schwestern war Hanna Millers Cousin. Und dann noch deine Beharrlichkeit, unbedingt die Miller-Suite zu bekommen. Ach, übrigens, wann gehen wir zusammen essen?« Er grinste spitzbübisch und rutschte etwas näher.

»Ich …«

»Grace Miller?«

Vier schwarz bestrumpfte Frauenbeine tauchten plötzlich vor ihr auf, und sie sah hoch. Mara und Kim Thalmann. Schnell erhob sie sich. »Ja. Mara, nehme ich an?« Sie reichte der größeren Frau die Hand.

»Ja. Und das ist meine Schwester Kim.«

Kim war fast zwei Köpfe kleiner als Mara. Genau wie ihre Schwester hatte sie ein hübsches Gesicht, nur war ihr Teint um einiges heller und zarter als Maras. Und im Gegensatz zu Mara, die ihr Haar in einem straffen Dutt trug, fiel Kims Frisur glatt wie eine Glocke vom Scheitel bis zu den Schultern.

Schüchtern gab sie Grace die Hand. »Du bist also unsere Cousine! Es freut mich, dich kennenzulernen.«

»Cousine dritten Grades«, korrigierte Mara ihre Schwester, als sei dies von großer Wichtigkeit.

Aaron war inzwischen auch aufgestanden und grüßte die Damen. Er tauschte ein paar Floskeln mit Mara aus, und Grace fiel eine gewisse Spannung zwischen den beiden auf.

Nachdem er sich von Mara und Kim verabschiedet hatte, neigte er den Kopf leicht zu Grace. »Du schuldest mir noch eine Antwort«, flüsterte er. Dann strich er ihr über den Rücken und ging.

»Unseren Stammgast Aaron Hottinger hast du also bereits kennengelernt«, bemerkte Mara spitz.

Grace entging die versteckte Botschaft in diesem Satz nicht, doch sie blieb gelassen. »Wir haben denselben Flug genommen.«

Mara schwieg und beäugte sie eisig. Sie trat etwas zur Seite, um ein paar Gästen Platz zu machen. »Grace, ich habe uns draußen auf der Terrasse einen Tisch reservieren lassen. Kim und ich haben nicht viel Zeit, aber für ein Frühstück reicht es.« Während sie die Lobby und den Wintergarten durchquerten, berichtete Mara, dass zur Mittagszeit ein großer Stehlunch einer Bank stattfände. Um ihre Aussage zu verdeutlichen, wies sie draußen auf die Tische im Park.

Während des Frühstücks dominierte Mara das Gespräch. Nur ab und zu gelang es Kim, etwas einzuwerfen, doch meistens saß sie nur schweigend da und hörte zu. Sogar von ihrer Tätigkeit als hoteleigene Floristin erfuhr Grace von Mara und nicht von Kim selbst. Vielleicht lag es aber auch daran, dass Kims Englisch zwar recht gut, aber lange nicht so perfekt wie das ihrer Schwester war. Die Arme, dachte Grace. Sie wurde von Mara richtig bevormundet. Dabei war Kim mit ihren sechsunddreißig Jahren die Älteste der Schwestern, wie Mara gerade erwähnte. Grace, die schon die ganze Zeit nach einem Grund gesucht hatte, um das Thema auf Leonie zu lenken, ergriff nun ihre Chance.

»Ich habe gelesen, dass ihr noch eine jüngere Schwester hattet, die letztes Jahr verstorben ist. Leonie. Mein herzliches Beileid.«

»Danke«, sagten beide gleichzeitig, Mara allerdings etwas lauter. Ein ungewohnt bekümmerter Ausdruck glitt über ihr sonst so kalt wirkendes Gesicht.

Grace traute sich kaum nach dem Grund zu fragen, fand aber, dass sie ein Recht darauf hatte zu erfahren, was mit ihrer Verwandten geschehen war. »Bitte verzeiht meine Frage, aber was ist passiert?«

Die beiden Schwestern tauschten einen kurzen Blick, bis Mara Grace unvermittelt ansah. »Sie ist die Treppe hinuntergestürzt. Am Tag ihrer Hochzeit, kurz bevor wir zur Kirche fahren wollten. Wir hatten uns zusammen mit Mutter hier im Hotel fotografieren lassen, unter anderem auch auf der Wendeltreppe in der Halle.« Sie hielt kurz inne, als wolle sie sich vergewissern, dass Grace auch wirklich verstanden hatte, um welche Treppe es sich handelte. Grace, noch immer fassungslos über die dramatischen Hintergründe dieses Unglücks, dachte an die verzierte Wendeltreppe mit dem roten Samtteppich, die von der Hotelhalle in den ersten Stock hochführte.

Mara sprach weiter. »Die letzten Fotos wurden auf der Treppe gemacht. Als wir fertig waren, gingen wir hinunter, da stolperte Leonie über ihr Kleid und stürzte. Sie …«

»Wir … wir haben …« Zum ersten Mal an diesem Morgen unterbrach Kim ihre Schwester. Ihre Augen waren feucht, als sie schrill auf Grace einredete. »Wir haben Leonie noch gesagt, sie solle warten, damit wir ihr mit der …« Sie stoppte und sah aus, als suche sie nach dem richtigen englischen Wort. Beschämt wandte sie sich an Mara und fragte sie etwas auf Deutsch.

»Schleppe«, erklärte Mara und riss das Gespräch wieder an sich. »Wir haben Leonie gesagt, sie solle warten, damit wir mit der Schleppe helfen können. Aber sie hat nicht auf uns gehört. Sie war so zappelig an diesem Tag.«

Kein Wunder, am Tag ihrer Hochzeit, dachte Grace, doch sie sprach den Gedanken nicht aus. »Es tut mir sehr leid. Es muss schrecklich für euch gewesen sein, das mit anzusehen. Und auch für eure Mutter.«

»Sie und die Fotografin waren bereits in der Halle unten«, bemerkte Mara. »Sie haben den Sturz nicht gesehen. Aber für Mutter war es ohnehin schon schwer genug. Und nach Leonies Tod ging es ihr sehr schlecht. Du musst wissen, dass unser Vater erst vor zwei Jahren ebenfalls auf tragische Weise verunglückt ist. Ein Skiunfall. Leonies Tod war Mutter dann zu viel. Sie hielt es hier nicht mehr aus und ging nach Südafrika. Dort führt sie jetzt eine Lodge.«

»Eure Familie hat viel durchgemacht. Das tut mir sehr leid.« Grace dachte plötzlich an den armen Verlobten. Wie schrecklich musste es sein, in der Kirche auf die Braut zu warten und dann erfahren zu müssen, dass sie tödlich verunglückt war. Als sie sich nach Leonies Partner erkundigen wollte, sprang Mara auf und schaute verärgert zu zwei Angestellten im Park hinüber, die laut lachten.

»Das gibt's nicht! Albern die einfach rum, anstatt zu arbeiten!« Wie eine Furie stürmte sie in Richtung Park davon. Grace blickte ihr verdattert nach. Schon während der kurzen Zeit mit Mara war ihr aufgefallen, dass es sich bei ihr um eine Perfektionistin handelte, die keine Möglichkeit ausließ, ihr Personal zurechtzuweisen. Mal war ihr der Kaffee nicht heiß genug, dann fand sie einen kaum wahrnehmbaren Fleck auf dem weißen Tischtuch, und jetzt hatte sie ein Problem mit ihren zu fröhlichen Mitarbeitern.

»Du bist also Hanna Millers Enkelin!«, platzte es plötzlich aus Kim heraus. »Das ist einfach der Wahnsinn!«

Grace blickte sie verwundert an. Der abrupte Themenwechsel wirkte seltsam. Noch vor wenigen Minuten hatten sie über Leonies tragischen Unfall gesprochen, und Kim war den Tränen nahe gewesen. Aber vermutlich war es besser so. Das erste Treffen mit Kim und Mara sollte ja nicht zu einer Trauerrunde werden. »Magst du die Filme meiner Großmutter?«, fragte sie deshalb.

Seufzend hielt sich Kim die Hände vor die Brust und setzte eine sehnsüchtige Miene auf. »Ich mag sie nicht nur, ich liebe sie! Hab' sie alle auf DVD! Für mich war Hanna Miller einfach die größte Filmschauspielerin aller Zeiten.« Sie legte eine kurze Pause ein. »Und du bist auch Schauspielerin, hast du erwähnt. Kenne ich vielleicht einen Film, in dem du mitgespielt hast?«

Grace biss sich auf die Lippen. Wie sehr wünschte sie sich, jetzt einen Blockbuster nennen zu können. »Ich glaube nicht. Ich habe mehrheitlich kleine Nebenrollen in US-Fernsehserien und Sitcoms gespielt.«

»Oh, ich bin ein absoluter Serienjunkie! *Game of Thrones, Outlander, House of Cards.*«

»*Navy CIS? Castle? Hawaii Five-0?*«, fragte Grace.

»Ja, auch!«

»Da hatte ich schon ein paar Rollen. Mal war ich beispielsweise eine Täterin, mal die Freundin des Opfers, mal eine Leiche.«

»Eine Leiche! Wow!« Kim blinzelte ins grelle Sonnenlicht und rückte mit ihrem Stuhl etwas weiter unter den Sonnenschirm. Grace fiel auf, dass sie eine kleine Narbe in Form eines Sichelmondes oberhalb der rechten Augenbraue hatte. »Wie …«, begann Kim, wurde aber von Mara unterbrochen, die zurückkehrte.

»So, hier bin ich wieder.« Mara setzte sich. »Es ist einfach unfassbar, was manches Personal unter Arbeiten versteht!«

Während sie sich weiter aufregte, tat Grace so, als würde sie zuhören, doch in Wirklichkeit fragte sie sich, wie es die Mitarbeiter hier nur unter dieser Person aushielten.

»Also, Grace«, meinte Mara plötzlich und schien sie mit ihrem Blick beinahe zu durchbohren, »du hast uns noch gar nicht gesagt, weshalb du überhaupt hier bist. Ich kann mir nicht vorstellen, dass du bloß das Bedürfnis hattest, deine entfernt verwandten Cousinen zu besuchen.«

Grace war einmal mehr erstaunt über Maras direkte Art und Scharfzüngigkeit. Doch es war an der Zeit, ihr Anliegen vorzubringen. Matthews Filmpläne allerdings würde sie verschweigen und die Fortsetzung von *Unvollendet* nur am Rande erwähnen.

»Du hast recht, obwohl ich mich natürlich sehr freue, hier zu sein und euch beide kennenzulernen. Aber es gibt tatsächlich einen Grund für meinen Besuch. Ich befasse mich momentan mit dem Leben meiner Großmutter und interessiere mich besonders für ihre Vergangenheit in der Schweiz. Wie ihr vielleicht gehört habt, sprach sie nie darüber. Es mag daran liegen, dass ihre Eltern während des Zweiten Weltkriegs ums Leben kamen, doch ich frage mich, ob es vielleicht noch einen anderen Grund gab für ihre Verschwiegenheit.« Sie hielt kurz inne und blickte abwechselnd zu Mara und Kim. Täuschte sie sich, oder war Kim gerade eine Spur blasser geworden? Vor allem wirkte sie ziemlich verängstigt und spielte nervös mit ihrem Kaffeelöffel, während Maras Gesicht hingegen immer noch einen selbstgefälligen Ausdruck trug. Sie neigte sich leicht vor und musterte Grace eindringlich. »Wie kommst du darauf?«

»Wenige Monate vor ihrem Tod hat meine Großmutter gegenüber einem Freund gewisse Andeutungen gemacht. Es ging dabei um den Roman *Unvollendet* und Robert Arndt, den Sohn des Schriftstellers Joachim Arndt. Meine Großmutter hat Robert Arndt gekannt.«

Kim wirkte erleichtert, doch Mara zeigte sich nicht sonderlich imponiert, eher gelangweilt. »*Unvollendet* schon wieder. Lass mich raten, es geht um eine Fortsetzung?«

Grace war überrascht. »Ja. Woher weißt du davon?«

»Leonie hat sich damit befasst, wie ich von ihrem Mann erfahren habe. Seither nervt er mich damit. Anscheinend hat unser Großvater gegenüber Leonie mal eine Bemerkung fallen lassen.«

»Oskar?«

»Ja.«

»Was hat er gesagt?«

»Nicht gerade viel. Er hat Altersdemenz.«

»Kann ich mich mit ihm unterhalten? Ich ha–«

»Grace!«, schnitt Mara ihr das Wort ab. »Du weißt schon, was Altersdemenz bedeutet, oder?«

»Ja, schon.« Wow, dachte Grace. Diese Mara wurde ja immer schlimmer. »Aber gelegentlich sprechen demente Menschen über Dinge, die vor langer Zeit geschehen sind. Und bei eurem Großvater war dies anscheinend der Fall, sonst hätte er nicht mit Leonie darüber gesprochen.«

Mara neigte sich leicht vor. »Du hast recht, Demenzkranke reden gelegentlich über Ereignisse aus ihrer Kindheit und Jugend, sobald Kurzzeit- und Langzeitgedächtnis allmählich ausfallen und sie das Gefühl haben, wieder Kinder oder Jugendliche zu sein. Leonie hat bewusst versucht, diese Erinnerungen in Großvater hervorzurufen, indem sie ihm seine alte Lieblingsmusik vorspielte und Fotos zeigte. Sie hatte tatsächlich das Gefühl, ihm dadurch zu helfen.« Mara rollte die Augen. »Jedenfalls hat sich Großvaters Zustand nach Leonies Tod sehr verschlechtert. Er kann inzwischen kaum mehr sprechen, ist inkontinent und sehr oft krank. Momentan leidet er an einer Lungenentzündung.«

»Dass es so schlimm um ihn steht, wusste ich nicht. Tut mir leid.«

Mara warf einen Blick auf die Uhr. »Macht nichts. Das konntest du ja nicht wissen. Uns tut es leid. Anscheinend bist du vergeblich in die Schweiz gereist.«

»Nein, das denke ich nicht. Ich stehe erst am Anfang meiner Recherchen. Ich treffe mich heute Nachmittag mit Grandmas alter Schulfreundin. Außerdem …« Grace zögerte kurz. »Ich dachte, vielleicht existieren irgendwo Akten aus der Zeit damals.«

Maras dunkle Augenbrauen schossen in die Höhe. »Von den Kriegsjahren? Nein, es gibt keine Akten aus dieser Zeit. Wo kämen wir denn hin, wenn wir alles aufbewahren würden. Wir sind ein Hotel und kein Stadtarchiv.«

»Klar«, meinte Grace geduldig. »Aber was ist mit den persönlichen Dingen von meiner Großmutter und ihrer Familie geschehen?«

Mara strich sich einen imaginären Fussel vom Blazer. »1954 wurde das Dachgeschoss mit den Personalzimmern und der Wohnung von Arthur und Luise Thalmann komplett saniert. Was mein Großvater mit den Sachen seiner Verwandten gemacht hat, weiß ich nicht, doch ich kann es mir ungefähr vorstellen.« Sie lächelte triumphierend. »Ihm war es stets ein Anliegen, dass im Hotel Ordnung herrscht.« Sie erhob sich rasch, als wolle sie vermeiden, dass Grace etwas erwidern konnte. »Ich muss jetzt los. Tut mir leid, dass wir nicht weiterhelfen konnten.«

Grace glaubte nicht, dass es ihr wirklich leidtat, aber sie schenkte ihr trotzdem ein Lächeln. »Schon gut. Trotzdem danke.«

»Keine Ursache. Kim, kommst du?«

Kim hatte die ganze Zeit auf den Tisch gestarrt und schnellte jetzt hoch. »Ich … ich trinke noch meinen Kaffee aus.«

»Der ist kalt. Aber wie du willst. Schau dann gleich, dass du die Blumen beim Empfang auswechselst. Die stinken fürchterlich. Und danach kommst du in mein Büro.«

Und weg war sie. Grace schaute ihr nach und fragte sich, von wem Mara ihren recht speziellen Charakter geerbt hatte.

Kim, die sich wieder setzte, schien ihre Gedankengänge zu erahnen, denn sie bemerkte in entschuldigendem Ton, dass Mara nicht immer so sei. »Sie ist zurzeit etwas gestresst. Aber glaube mir, sie freut sich genauso wie ich darüber, dich kennenzulernen.«

Grace bezweifelte das stark, doch sie äußerte sich nicht dazu. Stattdessen nahm sie das Thema von vorhin wieder auf. »Vielleicht täusche ich mich ja, aber als ich eben die Vergangenheit meiner Großmutter erwähnte, kam es mir vor, als wüsstest du etwas darüber?«

Kims feinporige Wangen erblassten. »Ich … ich … du irrst dich. Ich weiß nichts.«

»Bist du sicher?«, bohrte Grace vorsichtig nach.

Kim wich ihrem Blick aus. »Ja.«

»Hm, okay.«

»Aber ich drücke dir fest die Daumen bei deinen Recherchen. Eine Fortsetzung von *Unvollendet*! Das wäre ja der Wahnsinn! Ich habe das Buch nie gelesen, kenne aber den Film. Ein Klassiker, den ich immer wieder schauen könnte.« Unbeholfen strich sie sich eine dünne Haarsträhne aus dem Gesicht.

»Ja, ein Klassiker.« Grace musste sich bemühen, nicht allzu enttäuscht zu klingen. Aber sie hatte sich mehr von dem Gespräch mit ihren Cousinen erhofft. Und die Tatsache, dass Oskars Demenz so stark fortgeschritten war, dass sie kaum würde mit ihm sprechen können, frustrierte sie zutiefst. Doch sie musste positiv denken und nicht ans Scheitern.

»Grace?«, riss Kim sie aus ihrer Trance. »Hat dir eigentlich schon jemand das Hotel gezeigt?«

»Nein.«

»Ich kann das gerne machen, wenn du möchtest.«

»Das würde mich freuen, danke. Jetzt sofort?«

»Jetzt habe ich leider keine Zeit. Du hast ja gehört, was Mara vorhin gesagt hat. Ich muss gleich zu ihr. Vielleicht heute Nachmittag?« Sie stand auf.

Grace nahm ihre Schlüsselkarte und erhob sich. »Ich treffe mich am Nachmittag mit der alten Schulfreundin meiner Großmutter und weiß nicht, wie lange das Gespräch dauern wird.«

»Kein Problem, ich bin heute Abend auch hier, weil ich Blumenarrangements für eine Hochzeit morgen vorbereiten muss. Ruf mich einfach an.«

Nachdem sie Nummern getauscht hatten, verließen sie die Terrasse Richtung Hotelhalle. Da entdeckte Grace Benjamin Landolt, der in Begleitung eines Mannes durch die Lobby schritt. Sie sah ihm nach, und Kim bemerkte es.

»Das ist Benjamin Landolt, unser Vizedirektor«, erklärte sie.

Grace spürte, wie ihr die Hitze in die Wangen schoss. »Vizedirektor? Er hat mich gestern eingecheckt. Und ich habe mich so richtig blamiert.« Sie erzählte Kim von ihrem Buchungsproblem mit der Hanna-Miller-Suite. »Er hält mich jetzt bestimmt für eine zickige Amerikanerin.«

»Ist es dir denn wichtig, was er über dich denkt?«

»Nein, aber ich möchte nicht als unsympathische Enkelin Hanna Millers rüberkommen.«

»Mach dir keinen Kopf. Ben ist den Umgang mit … komplizierten Gästen gewohnt. Da bist du harmlos. Außerdem hat er andere Sorgen.«

»Wie meinst du das?«

»Er war Leonies Ehemann.«

»Oh.« Sofort verstand Grace seine brüske Reaktion auf ihre Frage nach Leonie. Sie erzählte Kim davon, die nachdenklich nickte.

»Es war so schrecklich damals, kurz nach der Tragödie. Ben hat sich in die Arbeit gestürzt. Und tut es immer noch. Er hat ihren Tod nicht verkraftet und ist ein gebrochener Mann. Und dann war da noch …« Sie verstummte und machte ein Gesicht, als hätte sie gerade etwas Unerlaubtes gesagt. Sie blickte zu drei Geschäftsmännern, die laut diskutierend mit ihren Rollkoffern zum Empfang marschierten.

»Was war da noch?«, hakte Grace nach.

»Nichts. Ich sollte mich jetzt um die Blumen kümmern, und dann muss ich zu Mara. Sonst wird sie sauer. Bis später.«

Grace sah ihr nach. Sie war sich sicher, dass Kim noch etwas hatte sagen wollen, sich dann aber anders entschieden hatte. Nur warum? Merkwürdig. Auf dem Weg zu ihrem Zimmer erinnerte sie sich daran, dass Mara erwähnt hatte, Leonies Mann habe ihr von Leonies Unterhaltung mit Oskar erzählt. Vielleicht wusste Benjamin Landolt mehr? Sie würde sich später mit ihm unterhalten, aber jetzt stand erst einmal das Gespräch mit Marlies Spörri an.

* * *

Grace hatte einen recht gesprächigen Taxifahrer erwischt, der, stolz auf seine Englischkenntnisse, während der ganzen Fahrt von seinem Sohn berichtete, der im August in die erste Klasse komme. Grace hörte aufmerksam zu, schaute gelegentlich aus dem Fenster und sah immer wieder zwischen Häusern und Bäumen das dunkle Blau des Zürichsees aufblitzen.

»Es ist wunderschön hier«, bemerkte sie.

Der Taxifahrer lachte heiser. »Ja, ist es. Diese Gegend entlang des rechten Zürichseeufers wird übrigens auch Goldküste genannt, wegen der Abendsonne. Außerdem leben hier viele Reiche. Ich gehöre leider nicht dazu.« Er lachte noch lauter.

Nach einer Weile bog er rechts ab und fuhr eine von stämmigen Bäumen umgebene Einfahrt entlang bis zu einem Herrenhaus im Stil eines englischen Landschlösschens. Gerade als Grace fragen wollte, ob sie hier richtig seien, bemerkte sie eine alte Dame im hellgrauen Etuikleid und mit weißem Dutt. Sie stand unter einem an das Gebäude angebauten Torbogen und schaute neugierig zum Taxi. Das musste Marlies Spörri sein.

Nachdem sich Grace vom Fahrer verabschiedet hatte, stieg sie aus dem Wagen und ging auf die alte Frau zu. Große braune Augen strahlten sie an. »Ich nehme an, Sie sind Grace Miller?«, fragte die Dame in einem stark deutsch akzentuierten Englisch, das Grace seit ihrer Ankunft in Zürich immer zu hören bekam und einfach herrlich fand.

»Ja. Und Sie sind Marlies Spörri?«

Marlies nickte und reichte Grace die Hand. »Wie schön, dass Sie hier sind. Hannas Enkelin! Ich kann es kaum glauben!« Sie musterte Graces Gesicht genau, als wolle sie sich jedes einzelne Detail einprägen. »Ich erkenne durchaus Ähnlichkeiten zwischen Ihnen und Hanna. Sie haben dasselbe Haar, die gleiche Gesichtsform.« Sie winkte ab und lächelte entschuldigend. »Bitte verzeihen Sie. Sie sind gerade erst angekommen, und mir fällt nichts Besseres ein, als Sie anzustarren und mit Hanna zu vergleichen. Aber ich habe Hanna seit über siebzig Jahren nicht mehr gesehen. Zuletzt 1945, kurz nach dem Krieg.« Sie stieß einen leisen Seufzer aus und hakte sich gleichzeitig bei Grace ein. »Aber kommen Sie mit, wir setzen uns auf die Veranda und unterhalten uns in aller Ruhe. Ach, es ist so schön, endlich wieder einmal

Englisch zu sprechen. Seit ich mich vor langer Zeit aus der Geschäftswelt und inzwischen auch aus dem Gesellschaftsleben zurückgezogen habe, komme ich kaum mehr dazu.«

»Sie sprechen sehr gut.«

»Danke. Wissen Sie, ich habe jahrelang unser Bankunternehmen geleitet und hatte mit Kunden aus der ganzen Welt zu tun. Englisch war also ein Muss.«

Sie erreichten die Veranda. Außer einem alten Mann, der in einer Zeitung blätterte, hielt sich hier niemand auf. Marlies bat Grace, sich schon mal an einen Gartentisch zu setzen, während sie Kaffee holte. Grace wählte einen Tisch unter einem breiten Sonnenschirm, da ältere Leute wie Marlies ungern der Hitze ausgesetzt waren.

Sie sah sich um. Die Villa war umgeben von einem gepflegten Park mit altem Baumbestand und bunten Blumenbeeten auf dem dichten, kurz geschnittenen Rasen. Am Seeufer entlang führte ein schmaler Kieselsteinweg, der in Anbetracht der Radfahrer und Spaziergänger, die sie erblickte, öffentlich sein musste, wie Grace vermutete.

Ein paar Enten trieben auf dem See, und als ein gemächlich vorbeituckerndes Schiff das idyllische Bild vervollständigte, nahm Grace ihr Handy hervor und schoss ein paar Fotos. Wenig später kehrte Marlies mit Kaffee, Gebäck für mindestens zehn Personen und einem Fotoalbum zurück. Detailliert informierte sie Grace über das Anwesen. 1905 war das Schlösschen im Auftrag eines Industriellen erbaut worden und in den Siebzigerjahren in den Besitz der Gemeinde übergegangen. Während der größte Teil des Grundstücks der Öffentlichkeit zugänglich gemacht worden war, vermietete man die Villa, die seither als privates Alters- und Pflegeheim betrieben wurde.

Marlies lenkte das Gespräch irgendwann auf Graces Großmutter, griff nach dem Fotoalbum und blätterte darin. »Ihr Vater hat gesagt, dass Sie sich mit der Vergangenheit Ihrer Großmutter beschäftigen?«

»Ja, das ist richtig.«

»Er hat von einem Tagebuch gesprochen, in dem Hanna auch mich erwähnt hat? Ich wusste gar nicht, dass Hanna Tagebuch führte.« Noch immer blätterte sie in dem Album.

»Ich glaube, am Anfang schrieb sie nur, weil ihr Lehrer es verlangt hatte.«

Marlies' Augen leuchteten auf. »Aber ja! Lehrer Kälin! Er hat uns dazu verdonnert.« Sie lachte in sich hinein. »Wie konnte ich das nur vergessen! Vielleicht, weil ich mich nicht an diese Aufgabe hielt. Ich habe nie besonders gerne geschrieben.« Sie zwinkerte, und Grace erkannte einen jugendlichen Schalk in ihren Augen. Marlies richtete ihren Blick wieder auf das Album. »Ah, hier sind die Fotos von damals.« Sie drehte das Buch zu Grace. »Sehen Sie, das sind Hanna und ich 1939. Seither sind siebenundsiebzig Jahre vergangen! Manchmal kann ich es selbst kaum glauben.« Sie schüttelte den Kopf, um ihrer Aussage Nachdruck zu verleihen.

Grace betrachtete die leicht verblichene Fotografie der zwei Mädchen. Ihre Großmutter mit den langen Zöpfen und Marlies mit dem frechen Bubikopf.

Marlies lachte herzhaft. »Hanna hat ihre Zöpfe gehasst und sie oft hinter den Ohren zusammengebunden. Wie hier auf diesem Klassenfoto.« Sie zeigte auf ein weiteres Bild und erzählte in der nächsten Stunde ausführlich von ihren vielen Erlebnissen mit Hanna. Grace hörte aufmerksam zu und schob sich einen Keks nach dem anderen in den Mund.

Irgendwann schlug Marlies einen kurzen Spaziergang vor, und so schlenderten sie am Seeufer entlang.

»Ich war so unglaublich stolz auf Hanna, als sie ihren ersten Oscar erhielt«, erwähnte Marlies. »Ich habe ihr sogar geschrieben, bekam aber nie eine Antwort. Womöglich ging der Brief in ihrer Fanpost unter.«

»Oder sie meldete sich nicht, weil sie ihre Zeit in der Schweiz stets verdrängt hat. Nicht mal in ihrer Biographie erwähnte sie diesen Teil ihres Lebens.«

»Verständlich. Ihre Eltern kamen damals ums Leben.«

»Ich vermute, es gibt noch einen weiteren Grund für ihr Schweigen.«

»Einen weiteren Grund?«

Grace, die Marlies als recht vertrauenswürdig einschätzte, erzählte daraufhin, was ihre Großmutter zu Matthew über Robert Arndt und *Unvollendet* gesagt hatte. Auch von Matthews Nachforschungen berichtete sie. Nur das Filmprojekt verschwieg sie und beschrieb Matthew einfach als einen guten Freund ihrer Großmutter. Am Ende ihrer Schilderungen atmete sie auf. »Deshalb bin ich hier, ich will Grandmas Geheimnis um Robert Arndt und seine Fortsetzung von *Unvollendet* lüften.«

Marlies faltete ihre braun gesprenkelten Hände. »Verstehe. Grace, ich wünschte, ich könnte Ihnen weiterhelfen, aber ich muss Sie leider enttäuschen. Von einer Fortsetzung von *Unvollendet* weiß ich nichts. Mir war nicht bekannt, dass Robert Arndt an einem Buch geschrieben hat. Sie müssen wissen, dass ich Zürich 1940 verlassen habe und erst nach dem Krieg zurückgekehrt bin.«

»Sie waren weg?«

»Ja, in der Zentralschweiz bei meinen Großeltern. Als die deutsche Wehrmacht am 10. Mai 1940 den Westfeldzug eröffnete und in die Niederlande, Belgien und Luxemburg eindrang, sah es ganz so aus, als kämen sie auch in die Schweiz. Deutsche Truppen marschierten entlang der Grenze. Aus Furcht vor einem Überraschungsangriff befahl der Bundesrat die Generalmobilmachung. Mein Vater, der endlich mal zu Hause war, musste sofort wieder zurück an die Grenze. Meine Mutter hatte furchtbare Angst. So kam es, dass wir, wie auch viele andere Bewohner Zürichs, ins Landesinnere flüchteten. Meine Mutter und ich gingen nach Hergiswil zu meinen Großeltern. Selbst, als die Lage wieder besser aussah, wollte meine Mutter nicht mehr nach Zürich, und so sind wir erst nach dem Krieg zurückgekehrt. Ich habe Hanna nur noch ein einziges Mal gesehen, kurz bevor sie nach Amerika aufbrach.«

Grace blickte über die glitzernde Oberfläche des Sees, dessen anderes Ufer so nah und greifbar schien. Obwohl sie die Weite des Pazifischen Ozeans gewohnt war, gefiel ihr gerade diese Überschaubarkeit besonders gut. Warum hatte ihre Großmutter das alles verlassen? Nur wegen ihres zukünftigen Mannes, George Miller? Oder weil sie etwas vergessen wollte? Und welche Rolle hatte Robert Arndt gespielt?

Sie strich sich eine Haarsträhne aus dem Gesicht. Auch wenn die Sonne noch immer herunterbrannte, war es inzwischen windiger geworden, und kleine Wellen tobten und schäumten auf dem See. Sie drehte sich zu Marlies.

»Meine Großmutter war sehr verliebt in Robert Arndt, oder? In ihrem Tagebuch lag ein Foto von einem Mann, und ich vermute stark, dass es sich um ihn handelt.« Grace wühlte in ihrer Tasche und nahm einen Umschlag hervor. Sie zog das Foto heraus und zeigte es Marlies.

»Hach ja«, seufzte sie. »Der Robert. Hanna sprach damals fast ununterbrochen von ihm. Anfangs dachte ich, es handle sich bloß um eine Schwärmerei. Immerhin war Robert sechs Jahre älter als Hanna und mit Gerda Ritter zusammen. Doch nachdem er die Schweiz verlassen hatte, war sie so unglücklich, da wurde mir bewusst, wie tief ihre Gefühle für ihn sein mussten. Oh!« Sie sah Grace plötzlich an, als habe sie eine Erleuchtung gehabt. »In diesem Zusammenhang fällt mir etwas ein, das vielleicht interessant für Sie sein könnte. Kurz bevor ich Zürich verließ, also im Frühling 1940, erzählte mir Hanna, dass Robert einen heftigen Streit mit seiner Mutter gehabt hatte. Das wisse sie von ihrem Vater, der mit Robert gesprochen habe. Und bei diesem Streit ging es angeblich um *Unvollendet.* So genau wusste Hanna es aber nicht. Ihr Vater hatte ihr nur gesagt, dass Robert etwas von seiner Mutter erfahren habe, das ihn sehr aufgeregt hätte. So sehr, dass er nicht mehr mit ihr sprach und so schnell wie möglich nach Deutschland wollte. Jetzt erst recht, habe er Hannas Vater gesagt.«

»Jetzt erst recht«, wiederholte Grace leise und dachte an den letzten Tagebucheintrag zurück. Ihre Großmutter hatte nichts von einem Streit geschrieben. Nur, dass Robert die Schweiz verlassen wolle, um sich in Deutschland einer Widerstandsgruppe anzuschließen. Aber vorher müsse er noch mit seiner Mutter reden. Ob es bei diesem Gespräch zum Streit gekommen war? Sie klärte Marlies darüber auf und fragte dann: »Weshalb stritt sich Robert mit seiner Mutter über *Unvollendet*, den Roman seines Vaters? Und was hatte er von seiner Mutter erfahren, das sein Vorhaben, nach Deutschland zu gehen, sogar noch bestärkt hat? Ob es vielleicht um die Fortsetzung ging?«

»Warum sollte Robert wütend auf seine Mutter sein, wenn *er* eine Fortsetzung schrieb?«

»Weil sie ihm womöglich nicht erlaubt hat, die Fortsetzung zu veröffentlichen?«

»Aber mir war nicht bekannt, dass er überhaupt an einem Buch schrieb. Hanna hätte mir bestimmt davon erzählt. Robert verließ die Schweiz, noch bevor ich wegging.«

»Vielleicht musste sie ihm versprechen, niemandem davon zu erzählen.«

Marlies sah aus, als zermartere sie sich das Hirn. »Es könnte aber auch sein, dass der Streit nichts mit der Fortsetzung zu tun hatte. Und dass Robert das Buch erst in Deutschland schrieb. Grace, Sie haben doch von diesem Matthew erfahren, dass Gerda Ritter 1944 in die Schweiz kam. Vielleicht traf sie Hanna und brachte ihr das Manuskript? Damit es in Sicherheit war.«

Grace ließ sich auf einer Bank nieder. »Gute Theorie. Aber was hat meine Großmutter damit gemacht?«

»Wenn ich das nur wüsste.« Marlies setzte sich neben sie. »Haben Sie noch andere Informationsquellen?«

»Leider nicht. Ferdinand Kirschbaum hat keine Zeit für ein Treffen, Gerda Ritter ist tot, Oskar dement und Willi möchte nicht sprechen. Ich warte noch auf den Rückruf des Historikers Professor Theodor Feigel. Grandmas Mutter, Luise Thalmann, hat ihm und seiner Schwester damals das Leben gerettet, indem sie ihnen zur Flucht in die Schweiz verhalf. Er wollte mit Grandma sprechen, sie aber nicht mit ihm. Sagt Ihnen der Name Theodor Feigel etwas?«

Marlies überlegte kurz und schüttelte den Kopf. »Nein.«

»Ich hoffe, er meldet sich bald.« Grace schob sich die Sonnenbrille hoch ins Haar, da die Sonne gerade von einer größeren dunklen Wolke überdeckt wurde. »Sie haben meine Großmutter also erst nach dem Krieg wiedergesehen?«

»Ja. Zuerst haben wir uns noch geschrieben, aber nach dem Tod ihrer Eltern hat der Briefwechsel aufgehört. In ihrem letzten Brief erwähnte sie, dass sie im Hotel helfen müsse. Nach dem Krieg kehrte ich nach Zürich zurück und besuchte Hanna etwa einen Monat später. Sie war ziemlich gestresst und freute sich gar nicht richtig, mich zu sehen. Sie hat mir ihren Freund vorgestellt, den Amerikaner George Miller. Und ihr Kind, den kleinen Joseph. Er war noch so winzig, erst etwa einen Monat alt.«

Grace lächelte. »Mein Vater.«

»Ja. Aber Hanna wirkte nicht glücklich. Sie teilte mir mit, dass sie und George bald nach Amerika gehen würden, zusammen mit Willi. Als ich wissen wollte, was dann mit dem Hotel geschehe, meinte sie,

Oskar und seine Mutter würden es führen. Ihre Großeltern lebten ja auch nicht mehr.«

»Was war mit Oskars Vater? Fritz Thalmann?«

»Oh, ich dachte, Sie hätten das bereits erfahren. Fritz Thalmann ist 1944 bei einem Brand ums Leben gekommen.«

»Ein Brand? Im Hotel?«

»Nein, ich glaube, es handelte sich um das Gartenhaus. Das befand sich dort, wo jetzt der Pavillon steht.«

»Weshalb hat es gebrannt?«

»Das weiß ich nicht. Aber neben Fritz Thalmann ist auch ein polnischer Internierter beim Brand ums Leben gekommen.« Marlies schaute hoch in den immer dunkler werdenden Himmel. Der Wind jagte ein paar Wolkenfetzen darüber. »Das sieht nicht gut aus. Da kommt demnächst ein Gewitter. Kommen Sie, wir gehen rein.«

Kapitel 15

Es schüttete in Strömen, als Grace kurz vor sechs Uhr im Schwanenhof eintraf. Sie sprang aus dem Taxi und rannte zusammen mit einem Portier, der sie mit einem Regenschirm in Empfang genommen hatte, zum Eingang.

Jetzt brauchte sie dringend ein warmes Bad! Gähnend schritt sie durch die Lobby Richtung Aufzug. Das Gespräch mit Marlies war interessant gewesen, auch wenn es sie nicht direkt weitergebracht hatte. Inzwischen waren neue Fragen aufgetaucht, die nach Antworten lechzten. Weshalb hatte sich Robert Arndt mit seiner Mutter gestritten? Warum war es 1944 zu einem Brand im Gartenhaus gekommen? Grace bezweifelte, dass der Brand etwas mit ihrer Großmutter, Robert Arndt und *Unvollendet* zu tun hatte, aber sie musste dem nachgehen. Und eine weitere Aufgabe stand ihr bevor, an die sie sich nur ungern heranwagte. Doch während des Gesprächs mit Marlies war ihr bewusst geworden, dass sie mehr über ihren Großvater erfahren musste, George Miller. Auch wenn er seine Frau und seinen Sohn 1960 verlassen hatte, war er damals eine wichtige Person im Leben ihrer Großmutter gewesen, die vielleicht sogar Licht ins Dunkel bringen konnte. Ob sie vielleicht von seiner zweiten Frau Iveta etwas erfahren würde? Sie nahm sich vor, ihrem Vater gleich eine Nachricht zu schreiben, um ihn nach Iveta Millers Kontaktdaten zu fragen.

Vor dem Empfang entdeckte sie Benjamin Landolt, der in eine Akte vertieft war. Sein Anblick löste automatisch ein wohliges Prickeln in ihr aus. *Verdammt, Grace, beherrsch dich! Du bist nicht der Männer wegen in die Schweiz gekommen!*

Sie erinnerte sich an ihr Vorhaben, ihn auf Leonies Recherchen zu *Unvollendet* anzusprechen, doch gleichzeitig dachte sie an Kims Worte, dass er Leonies Tod nicht überwunden hatte. Sie scheute seine Reaktion. Trotzdem, sie musste es wenigstens versuchen. Vielleicht wusste er sogar etwas über den Brand. Sie trat auf ihn zu. »Hi! Wie geht's?«

Er drehte den Kopf und blickte sie desinteressiert an. »Guten Abend, Miss Miller. Danke, gut. Ihnen auch? Ich hoffe, Sie genießen Ihren Aufenthalt?«, fragte er mit formvollendeter Höflichkeit.

»Ja, nur das Wetter könnte besser sein.«

»Die Aussichten sind ziemlich vielversprechend für die nächsten Tage. Morgen soll es noch etwas bewölkt sein und zeitweise regnen, aber ab Sonntag wird es besser.«

Grace fand, er klang wie ein Wetterbericht. »Mhm, danke für die Information. Ich wollte mich übrigens noch bei Ihnen entschuldigen. Ich hätte Sie gestern nicht über Leonie ausfragen dürfen. Ich war nur so neugierig. Aber ich wusste nicht, dass Leonie Ihre Frau war. Mein aufrichtiges Beileid.«

Er sagte nichts, starrte sie stattdessen eindringlich an. Sein Mund zuckte, und seine braunen Augen wurden noch dunkler. »Danke«, brachte er schließlich hervor und heftete den Blick wieder auf seine Akte.

Grace holte tief Luft. »Ich würde mich gerne …«

In dem Moment trat ein elegant gekleideter Herr auf sie zu, der Benjamin Landolt begrüßte. Dieser reichte ihm die Hand und sagte etwas für Grace Unverständliches auf Deutsch, ehe er sich wieder ihr zuwandte. »Tut mir leid, aber ich habe jetzt einen Termin. Sie wollten noch etwas sagen?«

Grace winkte ab. »Das kann warten.«

»Und sonst wenden Sie sich einfach an den Concierge. Oder an Mara und Kim. Einen schönen Abend noch, Miss Miller.«

»Danke, Ihnen auch.«

Frustriert schaute sie ihm nach. Sie kam sich ziemlich abserviert vor, auch wenn sie sich immer wieder vorsagte, dass er ja einen Termin hatte. Dennoch wurde sie das Gefühl nicht los, dass er ganz froh darüber gewesen war. *So, und jetzt vergiss ihn! Die Badewanne ruft!*

Sie steuerte auf den Fahrstuhl zu, da stürmte Kim an ihr vorbei, die sie offensichtlich nicht bemerkte. »Kim?«, rief sie ihr nach.

Kim drehte sich zögernd um. Sie hielt ein kleines Blumengesteck aus cremefarbenen Rosen in den Händen. Grace fielen gleich ihre stark geröteten, nassen Augen und die fleckige Haut auf.

»Du weinst! Was ist passiert?«

»Ich … ich …« Sie hielt den Blick fest auf die Rosen gerichtet, doch Grace bemerkte, wie ihr eine Träne die Wange hinunterlief. »Ich habe die falschen Rosen für die Hochzeitsfeier morgen verwendet. Es sollten rosafarbene und keine cremefarbenen sein.« Sie schluchzte auf. »Mara ist vorhin in mein Atelier gekommen und hat es bemerkt. Ich habe ihr vorgeschlagen, die Braut anzurufen und zu fragen, ob sie auch diese Rosen akzeptiere, immerhin hatte ich schon achtundvierzig Gestecke gemacht! Aber Mara hat mich zusammengestaucht. Man belästige keine Braut am Tag vor der Hochzeit. Sie hat natürlich recht. Sie will, dass ich alles noch mal mache. Jetzt muss ich schnell Rosen kaufen. Tut mir leid, ich habe dir ja einen Hotelrundgang versprochen.«

»Mach dir keine Gedanken, den verschieben wir. Kann ich dir mit den Rosen helfen?«

»Das ist nett, aber nein danke, es geht schon.«

»Aber es ist kein Problem. Du zeigst mir einfach, wie es geht und …«

»Nein, Grace!« Kims Augen funkelten. »Bitte lass mich jetzt einfach.« Sie rannte davon und stieß dabei beinahe mit Aaron zusammen, der flink zur Seite trat. Verwundert schaute er ihr nach. »Was ist mit ihr los?«

Grace schilderte ihm das Problem, woraufhin er nur mit den Schultern zuckte. »Als würde die Braut morgen auf die Rosen achten. Und falls doch, wird sie sich ganz sicher nicht den Tag verderben lassen, nur weil die Farbe falsch ist.«

»Sprichst du aus Erfahrung?«, fragte Grace und drückte den Aufzugsknopf.

»Aha! Du willst herausfinden, ob ich verheiratet bin.« Er verschränkte die Arme und strahlte so viel Selbstbewusstsein aus, als gehöre ihm die ganze Welt. Dennoch wirkte er keineswegs überheblich, sondern einfach nur vergnügt.

Grace, die eigentlich keine Lust auf einen Flirt hatte, empfand Aarons unbeschwerte Art als willkommene Abwechslung nach dem ereignisreichen Nachmittag mit Marlies und der Begegnung mit dem kühlen Benjamin Landolt und der heulenden Kim.

»Ich denke nicht, dass du verheiratet bist.« Sie blickte auf seine Hände. »Einen Ring trägst du zumindest nicht. Aber ich kann mich auch täuschen.« Der Aufzug erschien, und Grace trat ein, gefolgt von Aaron.

»Du hast recht. Ich bin nicht verheiratet. Und eine Freundin habe ich übrigens auch nicht.« Er zwinkerte. »Aber um wieder auf Kim Thalmanns Missgeschick zurückzukommen: Vor einem Monat war ich auf der Hochzeit eines Freundes. Die Braut war den ganzen Tag über so unbeschreiblich happy, obwohl einiges schieflief. Es hat geregnet, ihre Eltern stritten sich mit den Schwiegereltern und so weiter. Aber sie blieb total cool. Niemals hätte sie sich wegen falscher Rosen aufgeregt. Am Ende der Feier sagte sie mir, dass es der glücklichste Tag in ihrem Leben gewesen sei, und den hatte sie sich durch nichts verderben lassen wollen.«

Grace musste an Benjamin Landolt denken, dessen glücklichster Tag zu einem einzigen Alptraum geworden war.

»Aber Mara ist eine Perfektionistin«, fuhr Aaron fort, als sie aus dem Aufzug traten. »Es ist nicht das erste Mal, dass sie jemanden wegen eines Fehlers zusammenstaucht und zum Heulen bringt. Und Kim ist sehr sensibel. Besonders seit ihrer Scheidung.«

»Sie war verheiratet?«

»Ja, doch ihr Mann hat sie verlassen. Da muss irgendwas vorgefallen sein, aber so genau weiß ich es nicht.«

»Du weißt ziemlich viel, finde ich.«

»Ich bin oft hier, da bekomme ich eben so einiges mit. Auch ungewollt.«

Inzwischen waren sie vor Aarons Zimmer angekommen, doch er machte keine Anstalten, die Tür zu öffnen. Stattdessen musterte er Grace aufmerksam. »Du hast schon eigenartige Verwandte. Eine herrische Hoteldirektorin und deren durchgeknallte Schwester. Weißt du, ich glaube ehrlich gesagt nicht, dass du nur hierhergekommen bist, um die beiden zu besuchen.«

Grace zögerte kurz, beschloss dann aber, Aaron wenigstens ein klein wenig einzuweihen. Immerhin war er Julius Hottingers Enkel und konnte ihr vielleicht weiterhelfen. »Du hast mich durchschaut«, begann sie. »Ich bin nicht wegen Mara und Kim hier.«

»Weshalb dann?«

Eine Tür ging auf, und ein älteres Ehepaar trat heraus. Sie beäugten Grace und Aaron, als seien sie zwei Schwerverbrecher.

»Nicht hier auf dem Flur. Ich erzähle es dir später.«

»Ich gehe jetzt gleich in den Fitnessraum. Kommst du mit?«

»Fitnessraum?«, wiederholte Grace wenig begeistert, erklärte sich aber bereit, Aaron zu begleiten. Sie hatte sich zwar nach einem warmen Bad gesehnt, aber etwas Sport konnte nicht schaden, nachdem sie heute Nachmittag so viel Gebäck gegessen hatte.

* * *

Erschöpft betrat Grace etwa eine Stunde später ihre Suite und dehnte sich im Badezimmer erneut die Beine. Das Training mit Aaron war anstrengend gewesen, hatte aber auch Spaß gemacht und sie gefordert. Seinen Vorschlag danach, ihn auf ein Geschäftsessen zu begleiten, hatte sie aber höflich ausgeschlagen. Sie benötigte jetzt dringend Erholung.

Aaron hatte sich ziemlich interessiert gezeigt, als sie ihm erzählt hatte, dass sie etwas über das Leben ihrer Großmutter und deren Verbindung zu Robert Arndt herausfinden wolle. Dass sie auf der Suche nach einer Fortsetzung von *Unvollendet* war, hatte sie verschwiegen. Auch das Tagebuch. Um das Gespräch trotzdem auf Julius, seinen Großvater, zu lenken, hatte sie vorgegeben, durch eine alte Schulfreundin ihrer Großmutter von deren Freundschaft mit Julius erfahren zu haben. Dass es sich dabei um keine Freundschaft gehandelt hatte, verschwieg sie ihm. Zuvorkommend wie Aaron war, hatte er vorgeschlagen, ein Treffen mit seinem Vater zu arrangieren, Konstantin Hottinger, Julius' Sohn.

Da es draußen wieder heftig regnete, ließ sich Grace ein warmes Bad ein und bestellte anschließend beim Zimmerservice Zürcher Geschnetzeltes mit Rösti und ein Glas Rotwein.

Um halb zehn fühlte sie sich wunderbar entspannt, jedoch alles andere als müde. Sie schlüpfte in ihre Jeans und streifte ein schwarzes Top über, band das noch feuchte Haar im Nacken zusammen und begab sich mit *Unvollendet* hinunter in die Lobby.

Während von der überfüllten Bar her Pianomusik und lautes Gelächter in die Hotelhalle drangen, war es in dem an die Lobby angrenzenden Wintergarten beinahe unheimlich ruhig. Nur der an die Fensterscheiben prasselnde Regen war zu hören. Grace setzte sich auf eine weiche, mit hellem Samt bezogene Couch, wählte wie üblich Chopin auf dem iPod und schlug *Unvollendet* auf:

Edward und seine Kameraden waren noch immer erstarrt von dem Anblick, der sich ihnen bot. Immer näher rückten die Deutschen, nur bewaffnet mit Petroleumlampen und kleinen, mit Laternen geschmückten Tannenbäumchen. Ihr Gesang weckte Erinnerungen an eine glückliche Zeit ohne Grausamkeit, ohne den allgegenwärtigen Tod, ohne Krieg.

Doch noch immer vermuteten Edward und sein Trupp einen Trick, und sie richteten die Gewehre auf den Feind. Da riefen die Fritzen etwas. »Waffenstillstand«. Immer und immer wieder. Nach anfänglichem Zögern kletterte Edwards Gruppe über die Brustwehr und die Drahtverhaue und überwand den Stacheldraht, noch immer bewaffnet mit ihren Gewehren. Langsam näherten sie sich den Deutschen, stolperten über tote Pferde und Kameraden, oder vielmehr über das, was von ihnen übrig geblieben war.

In der Mitte des Schlachtfeldes blieben sie stehen und blickten in die Gesichter des Feindes. Die Deutschen schlugen in gebrochenem Englisch einen Waffenstillstand vor, es sei doch Weihnachten. Außerdem wollten sie nach den schweren Gefechten der letzten Tage die Gefallenen bestatten. Und sich später in aller Ruhe den Briefen und Päckchen ihrer Liebsten widmen. Edward schaute seinem direkten Gegenüber in das hohlwangige Gesicht mit den dunklen Augen. Wie viele seiner Kameraden dieser Mann wohl auf dem Gewissen hatte, fragte er sich, und just in diesem Moment lächelte der Mann. Ein schüchternes Lächeln, als wolle er ihn um Verzeihung bitten. Da betrachtete Edward ihn auf andere Weise, erkannte in seinen Augen dieselben Qualen, dieselbe Müdigkeit, dieselbe Trauer, die auch er durchlitten hatte. Er hatte nicht mehr den Gegner im Visier, sondern einen ganz normalen Menschen. Einen Menschen wie sich selbst, der diesen verfluchten Krieg nie gewollt hatte und jetzt lieber zu Hause bei der Familie wäre, als hier in dieser Hölle zu schmoren.

Edward reichte ihm die Hand, woraufhin sein Gegenüber die Petroleumlampe auf den Boden stellte und es ihm gleichtat. Er heiße Leopold und wünsche ihm frohe Weihnachten, erklärte er in gebrochenem, aber korrektem Englisch.

In den kommenden Stunden beerdigten sie ihre gefallenen Kameraden, es wurde sogar miteinander gebetet, und Leopold las Psalm 23 vor: *Der Herr ist mein Hirte; mir wird nichts mangeln. Er weidet mich auf einer grünen Aue und führet mich zum frischen Wasser.*

Gespannt hörte Edward ihm zu, und obwohl er kein Deutsch verstand, spürte er die Kraft, die von dieser Predigt ausging. Er musste an Marianne denken, fragte sich, wo sie jetzt war und was sie tat. Alleine der Gedanke, sie wiederzusehen, sollte dieser Krieg jemals enden, ließ ihn diese harten Zeiten überstehen.

Am nächsten Tag, dem 25. Dezember 1914, trafen sie sich wieder in der Mitte mit den Deutschen und unterhielten sich. Immer dabei war das Misstrauen, und beide Seiten achteten darauf, dass niemand zu nah an die Schützengräben der anderen kam. Gefeiert wurde aber trotzdem. Und getauscht. Aber nicht tödliche Kugeln wie sonst, sondern Konserven mit Rindfleisch und Tabak, Zigaretten, Schokolade, Schnaps. Edward erhielt von Leopold einen Dresdner Stollen und Socken, die dessen Mutter gestrickt hatte. Dafür schenkte er ihm Christmas Pudding und übergab ihm seine »Princess Mary Christmas gift box« mit Pfeife, Tabak, Zigaretten und einem Foto der Prinzessin. Nur die Glückwunschkarte des Königs hatte er herausgenommen, da er es als bizarr empfunden hätte, diese an das englische Volk gerichteten Worte dem Feind weiterzureichen, Fraternisierung hin oder her. Er fasste jedoch schnell Vertrauen zu Leopold, einem Theologiestudenten im gleichen Alter wie er selbst. Sie erzählten einander von ihren Familien, ihren Träumen, sprachen über Frauen, ihre Länder und philosophierten über das Leben und den Krieg. Irgendwann bemerkte Leopold: »Wir sind Sachsen, ihr seid Angelsachsen, warum sollten wir uns bekriegen?«

Edward antwortete nicht, da ihm keine Antwort einfiel. Stattdessen blickte er in den Himmel und sah einem Schwarm Vögel entgegen, der nach langer Abwesenheit wieder zurückkehrte an diesen Ort der Stille, wo vor Tagen noch der Tod geherrscht hatte. Doch die Soldaten hatten den Tod für eine Weile verdrängt, und was sich jetzt zwischen den Fronten ereignete, war einfach nur Menschlichkeit. Bedeutete dies vielleicht sogar das Ende des Krieges?

* * *

Unvollendet zog Grace ganz in seinen Bann, so dass sie leicht zusammenfuhr, als die Tür zum Wintergarten aufgerissen wurde und eine Person mit zielstrebigen Schritten den Raum betrat und sich umsah. Benjamin Landolt. Als er sie bemerkte, nickte er ihr in seiner gewohnt zurückhaltenden Manier zu.

»Guten Abend, Miss Miller.«

»Hi!« Sie nahm die Ohrstöpsel raus und schlug das Buch zu. Vielleicht konnte sie jetzt endlich mit ihm sprechen.

»Ich bin auf der Suche nach einem Gast, der sich hier mit mir treffen wollte«, erklärte er. »Ein älterer Herr, der meistens einen Hut trägt. Und wahrscheinlich hat er einen jungen Labrador dabei. Haben Sie ihn gesehen?«

»Nein, tut mir leid.«

»Okay, dann lasse ich Sie wieder in Ruhe.« Er warf einen kurzen Blick auf ihr Buch, woraufhin er sie verwundert anblickte. *»Unvollendet.«*

»Haben Sie es auch gelesen?«

»Ja, vor vielen Jahren in der Schule.« Er trat etwas näher. »Es gehörte zur Pflichtlektüre im Deutschunterricht. Aber Sie können sich bestimmt vorstellen, dass man als Vierzehnjähriger eine leichtere Lektüre bevorzugt.«

Grace bemerkte den Anflug eines Schmunzelns auf seinem Gesicht. Er sah in der Tat noch besser aus, wenn er nicht so ernst dreinschaute. »Ich lese das Buch zum ersten Mal. Den Film kenne ich bereits, aber es ist etwas anderes, Edwards und Leopolds Gedankengänge zu lesen. Momentan bin ich übrigens mitten im Weihnachtsfrieden.«

»Der Weihnachtsfrieden. Unglaublich, dass die verfeindeten Soldaten damals miteinander gefeiert haben und sich Tage später wieder bekämpften.«

Grace seufzte. »Ja, leider.«

»Ihre Großmutter spielte damals die Hauptrolle in der Verfilmung.« Er fuhr sich mit der rechten Hand kurz über das Gesicht und wirkte unentschlossen, als wäge er eine schwierige Entscheidung ab. Schließlich nahm er ihr gegenüber auf einem Sessel Platz. »Miss Miller, bitte verzeihen Sie die Frage, aber hat Ihre Großmutter jemals über Leonie gesprochen?«

»Über Leonie? Geht es etwa um Leonies Recherchen zu *Unvollendet*? Ich wollte mich auch mit Ihnen darüber unterhalten.«

»Sie wissen davon?«

»Ja, von Mara.« Grace nannte ihm daraufhin den eigentlichen Grund ihres Besuches und erzählte, was sie von Matthew Parker wusste. Sie verschwieg aber dessen geplantes Filmprojekt und beschrieb ihn nur als guten Freund ihrer Großmutter.

Benjamin rieb sich das Kinn. »Es existiert also tatsächlich ein zweiter Teil von *Unvollendet*«, sagte er mehr wie zu sich selbst. »Und Leonie hat von Oskar etwas darüber erfahren und deshalb Ihre Großmutter kontaktiert. Sie wissen aber nichts davon?«

»Nein.« Grace zögerte. »Ich hatte in der Zeit vor ihrem Tod aber auch nicht mehr so viel Kontakt zu meiner Großmutter, Matthew hingegen schon. Ich denke allerdings nicht, dass sie ihm von Leonie erzählt hat. Das hätte er mir bestimmt gesagt. Wie hat Leonie meine Großmutter überhaupt kontaktiert?«

»Sie hat zwei E-Mails an ihren Agenten Craig Burton geschickt. Dieser schrieb jedes Mal gleich zurück und teilte ihr mit, dass er die Nachrichten an eine gewisse Debra Foley weitergeleitet habe.«

»Debra war Grandmas Assistentin«, erklärte Grace. »Wann hat Leonie diese Nachrichten geschickt?«

Benjamin zog sein Handy aus der Innenseite seines Blazers und gab den Sicherheitscode ein. Nach ein paar flinken Fingergriffen überreichte er Grace das Handy. »Hier, lesen Sie selbst.«

Sie las die auf Englisch verfassten Mails durch. »Was Oskar Leonie wohl anvertraut hat?« Erneut überflog sie die zweite Nachricht und stutzte. »Das Datum! Der 27. August! Leonie schrieb diese Mail am 27. August um acht Uhr abends. Um diese Zeit war es in Los Angeles elf Uhr. Also kurz vor Mittag!«

»Ja, und?«

»Der Zusammenbruch meiner Großmutter, den ich vorhin erwähnt habe! Sie hatte ihn am 27. August um die Mittagszeit. Und später im Krankenhaus sprach sie mit Matthew über *Unvollendet*. Angenommen, Debra leitete die Mail von Craig Burton gleich weiter und meine Großmutter las sie, vielleicht hatte sie deshalb den Zusammenbruch. Weil Leonies Mail sie an die Vergangenheit erinnerte. Grandma sagte damals, die Vergangenheit hole einen immer irgendwann ein. Verstehen Sie? Es passt alles zusammen!«

Benjamin ließ sich von ihrer Euphorie nicht anstecken. »Das bestätigt doch nur, was wir bereits wissen. Nämlich, dass Ihre Großmutter und Oskar ein Geheimnis teilten, das mit einer Fortsetzung von *Unvollendet* zu tun hat. Und dass Leonie etwas herausfand. Aber wir wissen nicht, was.«

»In der Nachricht erwähnte Leonie doch Beweise. Was für Beweise könnte sie gemeint haben?«

»Das weiß ich nicht, aber wenige Tage vor unserer Hochzeit holte sie Oskar im Pflegeheim ab. Sie fuhren in unser Ferienhaus, in dem er früher gelebt hatte. Laut einer Nachbarin kam Leonie nach einer Weile mit einem Karton heraus und wirkte ziemlich aufgeregt. Vielleicht waren diese Beweise darin. Nur weiß ich das nicht mit Sicherheit. Leonie sagte mir nichts davon.« Wieder legte sich diese Melancholie auf seine Züge, die Grace mittlerweile schon vertraut war.

»Wissen Sie«, fuhr er fort, »die Tage vor der Hochzeit waren ziemlich hektisch. Anja, Leonies Mutter, hatte heftige Migräne, und Mara und Kim erwiesen sich nicht gerade als die besten Trauzeuginnen. Mara arbeitete viel, und Kim hatte andere Probleme. Leonie musste sich also um fast alles selbst kümmern, weil ich auch bis zum Hals in Arbeit steckte. Wir sahen uns kaum, sie wohnte in diesen Tagen bei ihrer Mutter. Das Haus wurde vor ein paar Monaten geräumt, als Anja nach Südafrika auswanderte. Anja ließ damals einen riesigen Entsorgungscontainer kommen. Ich habe sie kürzlich angerufen, doch sie erinnerte sich nicht an einen Karton, den Leonie aus dem Tessin mitgebracht haben soll. Auch Mara und Kim nicht. Wahrscheinlich wurde die Box bei der Räumung entsorgt, da der Inhalt nicht als wichtig erachtet wurde.«

Grace lief ein kalter Schauer über den Rücken. »Was, wenn die Fortsetzung in der Box war?«

»Aber Leonie erwähnte nur Beweise. Wäre ein Manuskript darin gewesen, hätte sie dies in der Nachricht doch so genannt.«

»Nicht zwingend. Vielleicht war das Manuskript für sie ein Beweis. Was für Beweise hätte sie sonst meinen können?« Grace seufzte tief. »Ich befürchte, dass die Fortsetzung von *Unvollendet* nicht mehr existiert. Ich kann meine Suche also abbrechen.« Frustriert vergrub sie ihre Finger in der gepolsterten Armlehne des Sessels.

»Geben Sie immer so schnell auf?«, fragte Benjamin herausfordernd.

»Normalerweise nicht, aber die Fakten …«

»Das sind keine Fakten, sondern nur Annahmen. Und auch wenn das Manuskript tatsächlich in dieser Box war und bei der Räumung entsorgt wurde, gibt es doch nach wie vor ein Rätsel zu lösen. Dafür brauchen wir das Manuskript nicht.«

Grace sah ihn lange an. Er hatte keine Ahnung, dass es ihr bei der ganzen Sache nur um die Fortsetzung von *Unvollendet* ging, um nichts anderes. Aber im Grunde genommen hatte er recht. Sie wussten nicht mit Sicherheit, ob das Manuskript in der Box gewesen war. Vielleicht hatte Leonie mit den Beweisen tatsächlich etwas anderes gemeint. Solange also noch Hoffnung bestand, würde sie weitersuchen. Außerdem wollte sie wissen, welches Geheimnis hinter der ganzen Geschichte steckte.

»Sie haben recht«, sagte sie. »Wir müssen uns darauf konzentrieren, das Rätsel zu lösen und dürfen keinem verschollenen Manuskript hinterherjagen.« Aber hoffen, das verschollene Manuskript zu finden, durfte sie weiterhin!

Sie überlegte kurz. »Haben Sie eigentlich überprüft, ob Debra oder meine Großmutter Leonie geantwortet haben?«

»Natürlich. Aber da war nichts. Deshalb habe ich Craig Burton gestern eine Nachricht geschickt und um Debras Kontaktdaten gebeten. Bisher habe ich noch keine Antwort erhalten. Muss an der Zeitverschiebung liegen.«

Grace schaute auf die Uhr. »Ich kenne Debra und werde sie nachher gleich anrufen. In L. A. ist jetzt Freitagmorgen, sie sollte also erreichbar sein.«

»Halten Sie mich auf dem Laufenden, ja?«

»Sicher.«

Benjamin wollte bereits aufstehen, doch Grace hatte nicht vor, ihren neu gewonnenen Verbündeten schon gehen zu lassen. »Da ist noch etwas«, bemerkte sie, und er setzte sich wieder.

Sie erzählte ihm von ihrem Treffen mit Marlies Spörri und erwähnte den Brand, bei dem Fritz Thalmann und ein polnischer Internierter umgekommen waren. »Wissen Sie etwas darüber?«

»Nicht viel, aber Leonies Vater hat einmal von einem polnischen Internierten gesprochen, der während des Krieges im Hotel arbeitete und sich um den Kartoffelacker kümmerte.«

»Um den Kartoffelacker?«

»Ja. Damals wurde der Hotelpark im Rahmen der Anbauschlacht zum Kartoffelacker umfunktioniert. Sie müssen wissen, dass die Schweiz vor dem Zweiten Weltkrieg rund die Hälfte ihrer Nahrungsmittel aus dem Ausland importiert hat. Aus Angst vor einer Lebensmittelknappheit wurde die Anbaufläche in den Kriegsjahren stark ausgeweitet. So sollte die Selbstversorgung gewährleistet werden. Kennen Sie den Sechseläutenplatz? Vor dem Opernhaus?«

»Nein, ich bin zum ersten Mal hier und hatte noch keine Zeit, die Stadt zu erkunden.«

Er wirkte erstaunt. »Dann machen Sie das, es lohnt sich. Jedenfalls wurden damals auf dem Sechseläutenplatz, also mitten in der Stadt, Raps und Kartoffeln angepflanzt. Und auch an vielen anderen Orten. Ich glaube, man benutzte so ziemlich alle Felder, sogar Fußballplätze. Außerdem …«

Während er erzählte, bildeten sich mehrere Längsfalten auf seiner Stirn, und Grace ertappte sich bei dem Gedanken, wie es wäre, sein Gesicht zu berühren. Er war wirklich attraktiv, seine klaren Züge hatten etwas Sinnliches und Männliches zugleich. Inzwischen war auch der sonst so melancholische Ausdruck aus seinen Augen gewichen.

Als er seine Schilderungen beendet hatte, sah sie ihn neugierig an. »Warum wissen Sie so viel über dieses Thema?«

»Einer meiner Dozenten damals auf der Hotelfachschule hat oft darüber gesprochen. Ich hoffe, ich habe Sie nicht gelangweilt?«

»Nein.« Sie lächelte. »Es ist schon komisch, aber ich glaube, ich kenne das Zürich aus der Zeit des Zweiten Weltkriegs inzwischen besser als das heutige. In den Aufzeichnungen meiner Großmutter werden auch Schauplätze genannt, zum Beispiel die Seilbahn während der Landesausstellung. Bis vor Kurzem dachte ich tatsächlich, dass eine solche existiert.«

»Sie brauchen dringend einen Stadtrundgang.«

Grace neigte sich leicht vor und zwinkerte. »Kommen Sie mit? Zu zweit macht es mehr Spaß. Wie wäre es mit morgen?«

Für einen kurzen Augenblick schien ihm die Aussicht zu gefallen, doch plötzlich wirkte sein Gesichtsausdruck wieder verschlossen, und er wich zurück. »Ich habe immer sehr viel zu tun, Miss Miller. Aber wenden Sie sich an den Concierge. Er kann Ihnen bestimmt eine gute City Tour empfehlen.«

»Ja, klar.« Grace hätte sich am liebsten eine Ohrfeige verpasst. Wie konnte sie nur so blöd sein und mit einem Witwer flirten, der seiner verstorbenen Frau nachtrauerte?

»Sie wollten etwas über den polnischen Internierten wissen«, fuhr er mit schneidender Stimme fort. »Ich kann Ihnen nur das sagen, was ich einst von Leonies Vater erfahren habe, und das ist nicht gerade viel. Nach dem Brand gab Fritz Thalmanns Frau Dorothea offenbar zu, dass sie ein Verhältnis mit dem Polen gehabt hatte. Sie vermutete damals, dass ihr Mann von ihrem Verhältnis erfahren hatte und deswegen ihren Liebhaber im Gartenhaus aufsuchte. Was genau dort vorgefallen war, ist nicht bekannt, aber man ging davon aus, dass es zum Streit und deshalb zum Brand kam. Fritz Thalmann und der Pole starben beide in den Flammen. Laut Samuel, Leonies Vater, sprach Oskar nicht gerne über dieses Thema. Immerhin hatte er seinen Vater verloren. Er musste sich fortan nicht nur um seine trauernde Mutter kümmern, sondern auch um das Hotel.«

»Das war bestimmt nicht leicht für ihn. Sagen Sie, existieren vielleicht noch irgendwelche Unterlagen aus der Zeit damals? Mitarbeiterakten? Mara meinte zwar, es gebe nichts mehr, aber vielleicht ist ihr etwas entgangen.«

»Mara hat recht. In den Siebzigerjahren war man ziemlich radikal mit dem Ausmisten. Da mussten auch viele Unterlagen dran glauben, die inzwischen sehr interessant wären. Ein paar Dinge haben wir aber noch, zum Beispiel alte Werbeplakate oder auch Gästebücher. Doch die helfen Ihnen wahrscheinlich nicht weiter. Vielleicht sollten Sie das Stadtarchiv besuchen. Und da fällt mir ein, Leonie besaß ein altes Fotoalbum von ihrem Vater, das enthielt auch Bilder des Hotels aus den Kriegsjahren. Leonie brauchte eines der alten Fotos mal für eine Werbeaktion.«

Grace fiel auf, dass Benjamins Augen wieder zu ihrem gewohnt traurigen Ausdruck zurückgefunden hatten.

»Ich kann Ihnen das Album morgen bringen«, bemerkte er.

»Das wäre nett.«

Er sah zur Tür. »Ich sollte jetzt mal nachschauen, wo der Gast steckt, der sich hier mit mir treffen wollte. Vielleicht wartet er an der Bar.« Er stand auf. »Einen schönen Abend noch.«

»Danke, Ihnen auch.«

Kapitel 16

Samstag, 2. Juli 2016

Am nächsten Tag stand Grace für ihre Verhältnisse früh auf und verfasste Mails an ihren Vater und Matthew. Sie informierte die beiden über den Stand ihrer Ermittlungen und richtete das Augenmerk ganz auf ihr Gespräch mit Marlies, den Streit zwischen Robert Arndt und seiner Mutter 1940 und auch auf den internierten Polen und den Brand im Gartenhaus. Zudem erwähnte sie ihre Zusammenarbeit mit Benjamin Landolt, der durch seine verstorbene Ehefrau in die Nachforschungen verwickelt worden war. Auch von der Möglichkeit, dass das Manuskript vielleicht in Oskars Karton gewesen war, der bei der Hausräumung von Leonie Thalmanns Mutter vermutlich entsorgt wurde, schrieb sie schweren Herzens. Um ihre Berichterstattung nicht mit dieser schlechten Nachricht abzuschließen, sparte sie sich das Highlight für den Schluss auf: ihr gestriges Telefonat mit Debra Foley. Sie konnte es kaum erwarten, auch Benjamin Landolt später davon zu berichten. Bis Mitternacht hatte der Anruf gedauert, was hauptsächlich daran gelegen hatte, dass Debra Foley nicht mehr zu bremsen war, wenn sie einmal mit Reden begonnen hatte. Nachdem Debra zunächst ausführlich über ihr Privatleben berichtet hatte, war Grace endlich dazu gekommen, sie auf Leonies Mails anzusprechen. Und tatsächlich: Nachdem Debra damals Leonies Nachrichten von Craig Burton erhalten hatte, leitete sie diese umgehend an Graces Großmutter weiter. Doch diese reagierte erst auf die zweite Nachricht im August. Laut Debra rief Hanna sie zwei Tage nach ihrem Zusammenbruch aus dem Krankenhaus an und teilte ihr mit, dass sie am Vortag mit Leonie Thalmann telefoniert habe und diese am 14. September um zehn Uhr im Beverly Hills Hotel treffen würde. Sie bat Debra, den Termin im Kalender einzutragen. Am Tag der Verabredung informierte sie Debra dann, dass sie vergeblich auf Leonie gewartet habe und sie telefonisch nicht erreichen könne. Debra versuchte deshalb, Leonie im Grandhotel Schwanenhof zu kontaktieren und erfuhr von einer Angestellten, dass Leonie zwei Wochen zuvor tödlich verunglückt war. Debra hatte Graces Großmutter umgehend über diese Tragödie informiert, und diese hatte sehr bestürzt gewirkt. Debras Vorschlag, der trauernden Familie eine Beileidskarte zu schicken, hatte sie aber ausgeschlagen.

Debra hatte natürlich wissen wollen, weshalb sich Grace für das Treffen ihrer Großmutter mit Leonie interessierte, und Grace hatte daraufhin erklärt, dass sie durch Zufall Leonies Ehemann kennengelernt habe, der über deren Mails gestolpert war. Was ja auch stimmte.

Grace hatte sich erkundigt, ob ihre Großmutter jemals etwas über den möglichen Grund von Leonies Wunsch nach einem Treffen erzählt habe, doch Debra hatte verneint. Solch persönliche Fragen an ihre berühmte Chefin zu richten hätte sie sich niemals getraut.

Grace war nun klar, weshalb ihre Großmutter nach dem gescheiterten Treffen mit Leonie nicht mehr mit Matthew sprechen hatte wollen. Wahrscheinlich hatte sie vorgehabt, Leonie, die etwas von Oskar erfahren hatte, die ganze Wahrheit zu erzählen, und auch Matthew. Doch dann hatte sie von Leonies Tod erfahren und beschlossen, weiterhin zu schweigen.

Nachdem Grace die Nachrichten an Matthew und ihren Vater abgeschickt hatte, schnappte sie ihre Schlüsselkarte und ging zur Tür. Beim Gehen spürte sie ein ganz feines Ziehen in ihren Waden – die Antwort auf ihr Training mit Aaron – und sie hoffte nur, dass es bei diesem leichten Muskelkater bleiben würde. Sie öffnete die Tür und staunte nicht schlecht, als sie eine Vase weißer Rosen davor entdeckte. Da das »Bitte nicht stören«-Schild an ihrer Tür gehangen hatte, hatte sich der Überbringer der Blumen wohl nicht getraut zu klopfen. Grace trug den üppigen Strauß ins Zimmer und entfernte das durchsichtige Cellophanpapier, an dem ein Umschlag klebte. Verwundert öffnete sie ihn und entnahm ihm eine beige Karte mit Goldrand. Sie las die in schön geschwungener Schrift geschriebenen Zeilen:

Guten Morgen, schöne Grace,
ich habe mit meinem Vater über deine Nachforschungen gesprochen. Er will sich heute zum Lunch mit dir treffen. Sein Fahrer holt dich um 13 Uhr im Hotel ab. Dresscode: sportlich, bequeme Schuhe.
Aaron
PS: Für diese kleine Gefälligkeit verlange ich nur ein Abendessen mit dir (das du mir ohnehin noch schuldig bist). Also reservier dir gleich den heutigen Abend. Ich hole dich um 19 Uhr ab.

Grace legte die Karte auf den Tisch. Es erstaunte sie nicht, dass Aaron für seinen Gefallen etwas verlangte und zudem noch davon ausging, sie habe heute Abend Zeit. Er schien es gewohnt zu sein, dass die Leute nach seiner Pfeife tanzten. Garrett war genauso gewesen, weshalb sie sich auch oft gestritten hatten. Sie ließ sich nicht gerne herumkommandieren, und wäre sie nicht so erpicht auf ein Gespräch mit Julius' Sohn Konstantin gewesen, hätte sie Aarons Vorschlag nicht akzeptiert. Wenigstens war er ein interessanter und humorvoller Gesprächspartner, deshalb war die Aussicht auf einen Abend mit ihm nicht ganz so tragisch.

* * *

Im Frühstückssaal biss sie gerade in ein Croissant, als sich Benjamin Landolt ihrem Tisch näherte. Sie schluckte den Bissen schnell hinunter und wischte sich mit der Serviette die Krümel vom Mund. »Hi!«

»Guten Morgen. Darf ich mich kurz zu Ihnen setzen, Miss Miller?«

»Ja, sicher. Oh, und nennen Sie mich bitte Grace!«

Er zögerte. »Gut. Grace«, sagte er und setzte sich. Er legte ein Fotoalbum und ein DIN-A4-Blatt auf den Tisch. »Ich werde Sie nicht lange aufhalten, aber ich wollte Ihnen die Fotos zeigen.«

»Danke. Ich habe übrigens noch Neuigkeiten.« Sie teilte ihm mit, was sie von Debra Foley erfahren hatte.

Nachdenklich starrte er auf seine Hände. »Weshalb hat mir Leonie nichts von Hanna Millers Anruf erzählt?«, murmelte er vor sich hin.

»Meine Großmutter rief Leonie ja erst zwei Tage vor der Hochzeit an. Und Sie erwähnten doch, dass Leonie zu der Zeit bei ihrer Mutter wohnte.«

»Ja, wir sahen uns erst am Tag der standesamtlichen Trauung. Sie wirkte schon irgendwie anders als sonst, aber ich habe mir nichts dabei gedacht. Ich nahm an, es läge am Hochzeitsstress und …«

Er brach ab, und Grace sah ihn fragend an. »Was?«

»Nichts.«

Grace nickte langsam. Täuschte sie sich oder verschwieg Benjamin ihr etwas?

Sie schob ihren Teller zur Seite und betrachtete das DIN-A4-Blatt. Es zeigte eine Ansammlung von Wörtern. »Was ist das?«

»Eine Mindmap von Leonie. Vermutlich hat sie sie gezeichnet, nachdem Oskar ihr zum ersten Mal von einer Fortsetzung von *Unvollendet* erzählt hatte. Damals im Juli.«

»Wo haben Sie sie gefunden?«

»In dem Buch. *Unvollendet.* Leonie hat es gelesen, obwohl sie sonst andere Lektüre bevorzugte.« Er hielt inne und schaute geistesabwesend vor sich hin.

Grace öffnete das Fotoalbum an der Stelle, an der ein gelber Haftzettel herausragte. »Und das sind die Fotos, nehme ich an«, riss sie ihn aus seinen Gedanken, oder wo auch immer er gerade war.

»Ja, richtig. Die Fotos der Polen.«

»*Der* Polen? Ich dachte, es wäre nur einer gewesen.«

»Das dachte ich zuerst auch. Leonies Vater hat zumindest nur von einem gesprochen. Aber unter den Bildern steht eindeutig *Polnische Internierte, August 1941.*«

Grace schaute sich die Bilder an, die den zu einem Acker umgewandelten Hotelpark zeigten. Auf einem Foto war das Gartenhaus abgebildet – ein Schuppen aus Holz mit kleinen Fensterchen. Davor standen zwei Männer. Einer von ihnen, ein dunkelhaariger, war klein und schmächtig und wirkte noch recht jung, etwa Anfang bis Mitte zwanzig. Der andere hingegen war schon etwas älter. Er hatte blond gelocktes Haar und sah ausgesprochen gut aus; groß und muskulös, wie Grace an seinen Armen erkennen konnte. Aufgrund des Alters kam er als Dorotheas Liebhaber eher in Frage als der Jüngling. Andererseits wusste sie ja nicht, was für einen Geschmack Dorothea Thalmann gehabt hatte. Grace sah sich die weiteren Bilder an. Auf einigen waren auch ihre Großmutter, Willi und Oskar zu sehen.

Benjamin faltete die Hände. »Wie gehen Sie weiter vor?«

»Das Stadtarchiv, das Sie erwähnt haben. Dort will ich am Montag hin. Und heute Nachmittag treffe ich mich mit Konstantin Hottinger. Sein Vater hat meine Großmutter gekannt.«

Sein Gesicht verhärtete sich. »Konstantin Hottinger. Mit seinem Sohn sind Sie ja bestens vertraut.«

Grace wusste nicht recht, wie sie diese Aussage deuten sollte. »Bestens vertraut ist etwas übertrieben, ich habe Aaron auf dem Flug nach Zürich kennengelernt.«

»Sie haben ihn auf dem Flug kennengelernt? Was für ein Zufall.«

Grace fiel der bissige Beiklang seiner Worte auf, und sie sah ihn verwundert an. »Wie soll ich das verstehen? Es gibt nun mal Zufälle.«

»Bei den Hottingers nicht. Das sind knallharte Geschäftsmänner, die überlassen nichts dem Zufall. Werden Sie Konstantin Hottinger von der Fortsetzung erzählen?«

»Nein, ich hatte es nicht vor. Warum fragen Sie? Was sollen diese Anspielungen?«

Er schien mit sich zu ringen. Gerade als es den Anschein machte, als nehme er all seinen Mut zusammen und wolle ihr etwas anvertrauen, erklangen laute hektische Schritte. Ohne hinzusehen wusste Grace, von wem sie stammten. Mara. Und tatsächlich. Mit erhobenem Haupt stand sie mitten im Raum und schaute sich um. Sie trug das Haar wieder zu einem hohen und straffen Dutt, der ihr Gesicht hart wirken ließ. Als sie Grace und Benjamin sichtete, kniff sie ihre Augen leicht zusammen und schritt auf sie zu. Während sie Grace nur mit einem knappen Kopfnicken begrüßte, redete sie erbost auf Benjamin ein, allerdings auf Deutsch, so dass Grace kein Wort verstand. Die beiden lieferten sich ein leises Wortgefecht, bis sich Benjamin irgendwann erhob. »Tut mir leid, Grace, aber ich werde am Empfang gebraucht. Ein Gast macht Probleme. Mara ist anscheinend nicht in der Lage, sich selbst darum zu kümmern.« Er schob den Stuhl an den Tisch und verschwand.

Maras Blick fiel auf das Fotoalbum, und sie wandte sich mit einem gezierten Lächeln an Grace. »Grace, ich kann wirklich nachvollziehen, dass du das Geheimnis deiner Großmutter lüften willst, aber Benjamin hat sehr viel zu tun und keine Zeit, dir bei deinen Recherchen zu helfen. Das verstehst du doch hoffentlich.«

»Ja, sicher, aber ich glaube, er selbst möchte auch wissen, was Leonie damals herausgefunden hat. Das ist ihm wichtig.«

Maras Lächeln erlosch. »Mag sein. Aber es tut ihm nicht gut. So wird er sich nie von ihr lösen können.«

»Doch, vielleicht braucht er genau das.«

»Woher willst ausgerechnet du wissen, was er braucht? Du kennst ihn noch keine zwei vollen Tage!«

Grace stand auf, damit sie Mara auf Augenhöhe begegnen konnte. »Ja, und in dieser kurzen Zeit habe ich einen zutiefst deprimierten Mann erlebt, der nur noch für die Arbeit zu leben scheint. Doch ich spüre, dass es ihm wichtig ist, Leonies Rätsel zu lösen. Das hilft ihm.«

»Nein, Benjamin hilft nur eines: die Arbeit. Die Arbeit hier im Hotel ist seine Therapie. Er war übrigens schon vor Leonies Tod ein Workaholic. Er braucht das, verstehst du?« Sie hatte ihre Stimme ziemlich erhoben und erntete neugierige Blicke von zwei asiatischen Frauen, die mit voll beladenen Frühstückstellern an ihnen vorbeigingen. »Lass ihn einfach in Ruhe!«, zischte sie und rauschte davon.

* * *

Grace fühlte sich während der Fahrt zum Treffen mit Konstantin Hottinger leicht angespannt, was an Benjamins seltsamer Anspielung lag. Was hatte er gegen die Hottingers? Ihr ungutes Gefühl verstärkte sich angesichts des finster schauenden Fahrers und der Ungewissheit darüber, was sie erwarten würde. Aufgrund ihres sportlichen Dresscodes vermutete sie ein Treffen in einem Golf- oder Tennisclub, umso erstaunter war sie, als der Wagen vor einem Gebäude mit dem bunten Schriftzug *Kids Fun Park* hielt. Nachdem der Fahrer kurz etwas in sein Handy gemurmelt hatte, bat er Grace, draußen vor dem Eingang auf Konstantin Hottinger zu warten. Grace tat wie ihr geheißen und begab sich zum Eingang. Zwei Frauen mit Kinderwagen standen davor und unterhielten sich in diesem faszinierenden Schweizerdeutsch, das in Graces Ohren beinahe so fremd klang wie Chinesisch oder Russisch.

Es dauerte nicht lange, da trat ein kräftiger Mann aus dem Gebäude und reichte Grace die Hand. »Sie müssen Grace Miller sein«, bemerkte er mit rauchiger Stimme. »Konstantin Hottinger.«

Grace grüßte ihn und musste sich beherrschen, um nicht die ganze Zeit auf seine ziemlich große Nase zu starren, die aussah, als würde sie gleich aus seinem Gesicht springen. Das graue Haar hatte er streng nach hinten gegelt, so dass seine hohe Stirn und die Geheimratsecken besonders zur Geltung kamen.

»Kommen Sie, wir gehen ein paar Schritte«, schlug er vor. »Ich brauche dringend frische Luft. Sie können sich gar nicht vorstellen, wie stickig es in diesem Kids Park ist. Aber bei dem unbeständigen Wetter momentan« – er schaute hoch in den bewölkten Himmel – »hielten meine Frau und ich es für das Beste, mit unseren Enkeln hierherzukommen. Zum Glück soll das Wetter bald besser werden.« Er zog ein Zigarettenpäckchen aus seinem dunkelblauen Blazer. »Auch eine?«

»Nein, danke. Ich rauche nicht.«

»Besser so«, brummte er und zündete sich die Zigarette an. Dann wies er mit der freien Hand über den Parkplatz. »Dort drüben ist ein Feldweg. Gehen wir doch ein Stück, und danach gibt's Mittagessen mit meiner Rasselbande.«

Während sie über den Parkplatz schlenderten und Konstantin immer wieder an seiner Zigarette zog, erzählte er von seinen Enkeln Laura und Tim. Da seine Tochter mit ihrem Mann auf einem Wellnessurlaub war, passten er und seine Frau auf die beiden Kinder auf.

»Ich mag die zwei Racker ja wirklich, aber sie sind auch verdammt anstrengend. Kommen ganz nach ihrem Onkel Aaron. Der war als Kind auch so. Womit wir auch schon beim Thema sind. Aaron hat mir gesagt, Sie wollen etwas über Ihre verstorbene Großmutter herausfinden?« Er blieb stehen und sah sie eindringlich an. Sie stellte fest, dass er blaugraue Augen hatte. Die gringelben Krokodilsaugen seines Vaters hatte er demnach nicht geerbt.

»Ja«, antwortete sie.

»Warum? Warum interessiert sich eine hübsche junge Frau wie Sie für die Vergangenheit ihrer toten Großmutter? Ich gebe Ihnen einen Rat: Sie sollten in der Gegenwart leben und sich dabei stets auf die Zukunft konzentrieren, aber die Vergangenheit ist passé, die interessiert niemanden mehr.«

»Mich schon«, widersprach Grace. »Sie haben recht, wir sollten im Hier und Jetzt leben und uns nicht mit alten Geschichten herumschlagen. Aber gerade die Vergangenheit macht uns doch zu den Menschen, die wir heute sind. Das finde ich interessant. Und die Vergangenheit ist real, im Gegensatz zur Zukunft. Kein Mensch weiß, ob er überhaupt eine hat, man kann schließlich jederzeit tot umfallen. Es wäre also falsch, sich darauf zu konzentrieren. Dann beschäftige ich mich lieber mit der Vergangenheit. Und meine Großmutter hatte eine sehr bewegte Vergangenheit. Deshalb will ich alles darüber herausfinden.« Sie verstummte und schaute zu Konstantin, der sie ansah, als sei sie nicht ganz dicht. Hoffentlich hatte er ihr die Rolle der verrückten Enkelin, die nichts Besseres zu tun hatte, als sich mit dem Leben ihrer Großmutter zu befassen, abgekauft. Aaron hatte es schließlich auch getan.

Sie fuhr rasch fort. »Meine Großmutter verließ Zürich nach dem Zweiten Weltkrieg zusammen mit ihrem zukünftigen Mann, George Miller. Sie sprach nie über ihre Zeit in der Schweiz, aber ich erfuhr aus gewissen Quellen ...«

»Was für Quellen?«, schoss es aus Konstantin heraus.

Grace beschloss, auch ihm das Tagebuch zu verschweigen. »Ein guter Freund meiner Großmutter hat mir ein paar Dinge erzählt. Und neulich unterhielt ich mich mit einer Schulfreundin meiner Großmutter. Ich erfuhr, dass Grandma damals mit Robert Arndt, dem Sohn des Schriftstellers Joachim Arndt, befreundet war.«

»Joachim Arndt. Der Autor von *Unvollendet.*« Er blieb stehen und drehte sich zu Grace. Sein rechtes Unterlid zuckte ganz leicht. Grace hielt seinem Blick stand.

»Ja, *Unvollendet.*«

Er ging weiter und steuerte den Feldweg an. »Ein ausgezeichnetes Buch. Und eine hervorragende Verfilmung für die damalige Zeit. Ihre Großmutter spielte die Rolle sehr leidenschaftlich. Mein Vater sprach übrigens oft von ihr. Er hat sie richtig vergöttert.«

»Wirklich? Das war aber nicht immer so. Von Grandmas Schulfreundin weiß ich, dass sich die beiden als Jugendliche oft gezankt haben. Es ging dabei meistens um einen Jungen namens Ferdinand

Kirschbaum, den Ihr Vater oft gehänselt hat. Sogar eingesperrt hat er ihn damals während der Landesausstellung.«

Konstantin warf den Kopf zurück und lachte laut. Grace fielen seine weißen Zähne auf. Von Nikotinablagerungen keine Spur. Als er sich wieder beruhigt hatte, seufzte er wohlwollend. »Ja, ja, Ferdinand Kirschbaum. Er und mein Vater wurden später gute Geschäftspartner und sogar Freunde. Der Vorfall bei der Landesausstellung wurde zu einer witzigen Anekdote der beiden, die sie oft erzählten.«

Grace war überrascht. Damit hatte sie nicht gerechnet. Sie trat zur Seite, um einem Jogger Platz zu machen.

Konstantin musterte sie. »Sie wirken erstaunt?«

»Nun ja, es wundert mich, dass sich die beiden angefreundet haben, wo Ihr Vater doch so judenfeindlich war. Ihr Großvater soll sogar ein *Fröntler* gewesen sein?«

Wenn Konstantin Graces Bemerkung schockiert hatte, so ließ er es sich nicht anmerken. Im Gegenteil, er wirkte beeindruckt. »Sie sind ziemlich direkt. Aber das gefällt mir an euch Amerikanern. Ihr nehmt kein Blatt vor den Mund, wie wir Schweizer es oft tun. Nun zu Ihrer Frage: Es mag sein, dass mein Großvater damals für kurze Zeit etwas rechtsgesinnt war. Doch er sympathisierte niemals mit den Nazis.«

»Aber er gehörte dieser Frontenbewegung an?«

»Ja, allerdings war er ein sehr passives Mitglied und trat bereits 1935 aus der Partei aus. Wenn Sie mich fragen, war die Frontenbewegung ohnehin nicht ernst zu nehmen. 1943, also noch während des Kriegs, verschwand die letzte Frontenorganisation aus der Öffentlichkeit.«

»Zum Glück. Aber weshalb konnte sie sich in der Schweiz nicht durchsetzen? Im Gegensatz zum Nationalsozialismus im Dritten Reich?«

»Gute Frage.« Konstantin nahm einen tiefen und letzten Zug seiner Zigarette, ehe er den Stummel wegwarf. »Ich glaube, es fehlte etwas Wesentliches: nämlich die Erniedrigung, welche die Deutschen nach dem Ersten Weltkrieg durch die Siegerstaaten erfahren mussten. Und die Hoffnung, dass die militärische Niederlage eines Tages ausgeglichen würde. Die Nazis schöpften daraus einen Teil ihrer Kraft. Das war in der Schweiz nicht so, hier existierte kein Krieg, den man zu Ende führen musste. Es gab bestimmt auch noch andere Faktoren. Aber um nochmals auf meinen Großvater zurückzukommen: Seine

Aktivität bei den Frontisten, sei sie auch nur kurz gewesen, ist natürlich etwas, über das wir nicht gerne sprechen. Doch es war ja nicht nur das.« Er klaubte erneut eine Zigarette aus der Schachtel und zündete sie hastig an. »Vor einigen Jahren habe ich meinem Vater bei der Räumung seines Hauses geholfen, da er in eine Seniorenresidenz umzog. Auf dem Dachboden fand ich eine ganze Schachtel voller Nazi-Propagandazeitschriften. *Signal* hieß das Magazin. Ich war entsetzt und konfrontierte meinen Vater damit. Er verteidigte sich und sagte, dass diese Zeitschriften von seinem Vater stammten, der sie damals von deutschen Geschäftspartnern erhalten hatte. Später habe sich dieser nie getraut, die Blätter zu entsorgen, aus Angst, jemand könnte ihm dabei zusehen und ihn für einen Nazi-Anhänger halten. Meinem Vater ging es genauso, deshalb versteckte er sie weiterhin jahrzehntelang auf dem Dachboden. Ich habe dann kurzen Prozess damit gemacht und den Müll verbrannt.« Er blieb stehen und schüttelte den Kopf. »Es ist kein Geheimnis, dass viele Schweizer Firmen damals mit den Nazis Geschäfte abgewickelt haben. Denken Sie nur an die Banken und ihre Goldtransaktionen … Auch die H. K. Hottinger AG kam nicht darum herum, sich mit den Nazis zu arrangieren. Als Maschinen- und Rüstungskonzern hatten wir schon vor dem Krieg Niederlassungen und Fabriken in Deutschland. Wir waren also sozusagen gezwungen. Und so ging es vielen anderen auch, besonders der Regierung. 1940 kam es zu einem Wirtschaftsabkommen mit dem Deutschen Reich. Deutschland erhielt Kredite, Devisen und Rüstungsgüter, die Schweiz dafür Kohle, Anlagezinsen und teilweise sehr lukrative Aufträge, die der Volkswirtschaft zugutekamen.«

»Glauben Sie, die Schweiz wurde deshalb nicht angegriffen?«

Er seufzte. »Es existieren verschiedene Theorien dazu. Meiner Meinung nach gibt es drei Erklärungen: Militär, Wirtschaft und Glück. Die militärische Erklärung ist General Guisans Réduit-Strategie – der Rückzug in die Alpenfestung. Eine weitere Erklärung ist schlichtweg das Glück. Wäre der Krieg zwischen Deutschland und Frankreich nämlich anders verlaufen, hätte es zur Besetzung der Schweiz kommen können. Aber Frankreich gab sich schnell geschlagen, und die deutsche Armee konnte den Feldzug gegen die Sowjetunion vorbereiten. Der Krieg entfernte sich von der Schweizer Grenze.« Er hielt inne. »Für mich gibt es aber nur eine Erklärung, und das ist die wirtschaftliche, die ich vorhin schon erläutert habe. Ich bin davon überzeugt, Hitler hätte uns angegriffen, hätten wir nicht mitgespielt. Aber das bedeutet noch lange nicht, dass wir deswegen Nazis waren. Mein Großvater jedenfalls war ganz sicher keiner. Und mein Vater auch nicht. Denken Sie etwa, er hätte sonst zugelassen, dass ich meinen Sohn, also seinen Enkel, ausgerechnet Aaron nenne?«

Grace hob nur die Schultern. Konstantin hatte seinem Sohn einen jüdischen Namen gegeben, aber was hätte sein Vater, Julius, dagegen unternehmen können? Ihn enterben? Bei dem Gedanken daran musste sie schmunzeln, doch als sie Konstantin darauf ansprechen wollte, fuhr er bereits fort. »Nach dem Krieg war es meinem Großvater übrigens ein großes Anliegen, die Zwangsarbeiter, die für seine Firma in Deutschland beschäftigt gewesen waren, zu entschädigen. Und glauben Sie mir – das war eine große Ausnahme! Natürlich tat er dies auch, um das angeschlagene Image der Firma wieder aufzupolieren. Es ging ihm immer nur um das Wohl der Firma, verstehen Sie? Und deshalb musste er damals mit den Nazis kooperieren. Er hätte sonst alles verloren. Oder sind Sie anderer Meinung?«

»Ja, ich finde, man hätte auch anders handeln können.«

Er zog die Brauen zusammen. »Hätte, hätte, hätte! Das lässt sich nach über siebzig Jahren natürlich leicht sagen. Wir waren beide damals nicht dabei, deshalb dürfen wir nicht urteilen.«

»Sie haben recht, wir waren nicht dabei«, stimmte Grace ihm zu und beobachtete einen Dalmatiner, der am Wegrand an einem Büschel Löwenzahn schnüffelte. Eine ältere Frau eilte herbei und nahm den Hund an die Leine. »Aber man kann auch nicht einfach sagen, dass man keine andere Wahl hatte, als mit den Nazis mitzuziehen. Es gab mutige Menschen, die sich für die Unterdrückten einsetzten. Robert Arndt zum Beispiel. Oder Luise Thalmann, meine Urgroßmutter. Sie war Fluchthelferin, genau wie ihre Schwester Gertrude. Es gibt immer eine Möglichkeit, Widerstand zu leisten, auch wenn man dabei das Risiko eingehen muss, alles zu verlieren. Sogar das eigene Leben.«

»Auch ein ganzes Volk?«, fragte er herausfordernd. »Die Handlungen der Widerstandskämpfer sind bewundernswert, aber Sie können das nicht mit einem Staat vergleichen, der die Verantwortung für Zigmillionen von Menschen trug!« Er sagte dies im Brustton der Überzeugung, der keine Widerrede duldete. Etwas milder fuhr er fort: »Trotzdem kann ich Ihre Sichtweise nachvollziehen, da ja Ihre Vorfahren involviert waren. Und Robert Arndts Schicksal geht Ihnen anscheinend auch nahe, nicht wahr?«

»Ja, er hat meiner Großmutter viel bedeutet.«

»Das hat er, in der Tat. So sehr, dass sie ihn sogar versteckt hat.«

Grace blieb stehen. »Sie hat ihn versteckt? Wann und wo?«

»1944, im Hotel. Das hat Ihnen die Schulfreundin Ihrer Großmutter also nicht erzählt?« Er grinste verschmitzt vor sich hin.

»Weil sie es nicht wissen konnte; sie hielt sich zu dem Zeitpunkt nicht in Zürich auf. Aber erzählen Sie mir mehr darüber.«

»Viel weiß ich nicht. Doch mein Vater gab gelegentlich Erinnerungen preis. Als er damals bei seinem Freund Oskar Thalmann zu Besuch war, entdeckte er durch Zufall Robert Arndt. Er sprach Oskar darauf an und erfuhr, dass Arndt zusammen mit seiner schwangeren Freundin zurück in die Schweiz gekommen war. Ich glaube, seine Freundin starb später im Krankenhaus.«

»Ja, genau. Gerda Ritter. Das Baby starb auch.«

Konstantin warf seinen Zigarettenstummel wieder auf den Boden. »Jedenfalls gestand Oskar meinem Vater, dass Hanna Robert verstecken musste, weil dessen Schweizer Aufenthaltsbewilligung nicht mehr gültig war. Er war nur wegen seiner Freundin und des Babys zurückgekommen, weil er die beiden in Sicherheit bringen wollte. Schrecklich, dass sie dann starben.«

Grace nickte. Robert und Gerda taten ihr unendlich leid.

»Übrigens schrieb Robert Arndt an einem Buch«, bemerkte Konstantin beiläufig.

»An einem Buch?« Grace versuchte, ihre Begeisterung zurückzuhalten. »Was für ein Buch?«

»Das weiß ich nicht. Mein Vater aber war ziemlich neugierig. Später, als Robert Arndt nach Gerdas Tod wieder nach Deutschland zurückgekehrt war, hat er Oskar gefragt, was aus dem Manuskript geworden sei. Oskar meinte, Robert Arndt habe es mitgenommen.«

Grace Hoffnung sackte in sich zusammen. »Mitgenommen? Nach Deutschland?«

»Ja. Keinen Schimmer, was dann daraus wurde. Oder aus Robert Arndt. Hat mich nie interessiert.«

»Die Widerstandsgruppe, für die er tätig war, flog auf. Er wurde hingerichtet«, erklärte Grace.

Konstantin wirkte bewegt. »Furchtbar, furchtbar. Dann fiel das Manuskript bestimmt in die Hände der Nazis.«

»Ja, wahrscheinlich«, flüsterte Grace, die noch immer nicht fassen konnte, was sie soeben erfahren hatte. Weshalb hatte Robert das Buch mitgenommen? Und warum hatte ihre Großmutter gegenüber Matthew behauptet, das Manuskript sei in der Schweiz?

Konstantin zog eine neue Zigarette aus dem Päckchen. »Ich bin langsam hungrig. Was halten Sie davon, wenn wir umkehren und zusammen mit meiner Frau und den Enkeln etwas essen? Und vielleicht haben Sie danach Lust, sich im Kinderparadies auszutoben?« Er zwinkerte.

Grace nickte. Das klang nach Spaß und würde sie garantiert ein wenig von dem Manuskript ablenken.

* * *

Grace hatte das Gefühl, ihr Kopf würde gleich platzen. Der Nachmittag im Kinderparadies mit Konstantin und seinen Enkeln war zwar amüsant gewesen, hatte aber auch an ihren Nerven gezerrt. Noch immer hallten die Schreie und das freudige Gequietsche der Kinder in ihren Ohren, und sie war froh, endlich wieder im Hotel zu sein. Nach einer langen Dusche verarztete sie ihre Hand, die sie sich auf einem Kletterturm verletzt hatte, als sie Konstantins Enkel hinterhergejagt war. Danach setzte sie sich an den Schreibtisch, klappte ihr Notebook auf und begann, erneut eine E-Mail an Matthew zu verfassen. Dass sie von Konstantin Hottinger so viel erfahren würde, hätte sie nicht gedacht. Robert war also 1944 zusammen mit Gerda zurückgekommen, und ihre Großmutter hatte ihn versteckt. Und er hatte tatsächlich an einem Buch geschrieben, höchstwahrscheinlich an der Fortsetzung von *Unvollendet*. Das Manuskript hatte er aber nicht wie vermutet bei ihrer Großmutter gelassen, sondern mit nach Deutschland genommen. Weshalb? Und was war dann passiert? Hatten die Nazis das Manuskript gefunden? Doch warum hatte ihre Großmutter behauptet, das Manuskript sei in der Schweiz? Das ergab keinen Sinn. Ein Feuerwerk von Fragen tobte in Graces Kopf, und sie hatte keine Ahnung, woher sie Antworten bekommen sollte. So informierte sie Matthew über den Stand der Dinge und erkundigte sich nach dem weiteren Vorgehen.

Nachdem sie die Nachricht abgeschickt hatte, machte sie sich für das Treffen mit Aaron bereit. Sie wählte ein schlichtes schwarzes Kleid, flocht ihr Haar zu einem Zopf und schminkte sich dezent. Auf keinen Fall wollte sie Hoffnungen bei ihm wecken. Um kurz nach sechs ging sie in die Lobby und fragte am Empfang nach Benjamin. Sie wollte ihn vor ihrem Treffen mit Aaron noch über die neuesten Erkenntnisse informieren.

Nach wenigen Minuten erschien er, wie immer mit diesem ernsten Gesichtsausdruck, als stehe der Weltuntergang bevor. Sie wusste ja, dass seine Welt nach dem Tod von Leonie untergegangen war, aber irgendwann musste er doch wieder weiterleben.

»Hi, Benjamin!«, rief sie mit so viel Fröhlichkeit in der Stimme wie möglich.

Er runzelte die Stirn. »Guten Abend, Grace. Wie kann ich Ihnen helfen?«

»Haben Sie Zeit? Ich muss Ihnen dringend etwas erzählen.«

Er zögerte kurz und warf einen Blick hinüber zur Bar, aus der Jazzmusik und Gelächter drangen. »Ist gerade viel los«, erklärte er. »Ein Barmann ist ausgefallen. Außerdem haben wir eine Hochzeit und …«

»Aber es geht um *Unvollendet.* Bitte. Nur ein paar Minuten.« Sie biss sich auf die Lippen. *Nur ein paar Minuten*! Das, was sie ihm erzählen wollte, würde garantiert länger dauern.

»Na schön, aber wirklich nicht lange. Gehen wir in den Wintergarten.«

Auf dem Weg dorthin warf er ihr einen kurzen Seitenblick zu. »Konstantin Hottinger hat Sie also nicht aufgefressen.«

Grace suchte in seinem Gesicht vergeblich nach einem Schmunzeln, er wirkte todernst. Sie wusste nicht, wann sie zuletzt einem so trockenen Mann wie Benjamin begegnet war.

»Ich weiß ja nicht, was Sie gegen Konstantin haben, aber zu mir war er sehr nett. Wir waren übrigens im *Kids Fun Park* mit seiner Frau und seinen Enkeln und hatten einen amüsanten Nachmittag. Es war aber auch anstrengend. Und gefährlich!« Lachend hielt sie ihre verpflasterte Hand hoch. »Und nein, das war nicht Konstantin.«

Jetzt lachte er auch. Grace musste sich beherrschen, ihn nicht anzustarren. Er hatte ein so schönes Lachen.

Der Wintergarten war leer, und sie wählten zwei Sessel direkt an der Fensterfront. Grace fielen die frischen Blumengestecke auf den Salontischen auf. Cremefarbene Rosen. Sie dachte an Kim und vermutete, dass es sich um die falsch bestellten Blumen handelte, die sie für die Hochzeit nicht hatte verwenden können. Arme Kim. Dass Mara sie deswegen so zusammengestaucht hatte, war nicht richtig. Sie sprach mit Benjamin darüber, doch er war nicht sonderlich erstaunt. »Typisch Mara«, meinte er nur.

»Finden Sie es richtig, dass Mara so mit ihrer Schwester umgeht?«, entgegnete Grace. »Klar, Kim hat einen Fehler gemacht, aber Fehler passieren nun mal. Ich finde, Kim sollte sich wehren und …«

»Grace, Sie kennen Mara nicht. Sie lässt sich von niemandem etwas sagen. Schon gar nicht von Kim.«

»Dann müssen *Sie* etwas unternehmen! Sie sind der Vizedirektor. Mara behandelt nicht nur Kim, sondern auch das restliche Personal nicht korrekt.«

»Mara ist die Direktorin. Und wie schon gesagt, sie lässt sich von niemandem etwas sagen, auch von mir nicht. So, können wir jetzt das Thema wechseln? Sie wollten mir doch etwas über *Unvollendet* erzählen.«

Grace funkelte ihn an. Dann würde sie bei Gelegenheit eben selbst mit Mara reden, auch wenn es sie grundsätzlich nichts anging. Andererseits hatte dieses Hotel einst ihrem Urgroßvater gehört, deshalb fühlte sie sich in gewisser Weise verantwortlich. Arthur Thalmann hätte Maras Führungsstil bestimmt nicht befürwortet. Aber wie auch immer, sie würde sich später darum kümmern, jetzt ging es um etwas anderes. Sie schilderte Benjamin, was sie von Konstantin erfahren hatte, woraufhin sich dieser zurücklehnte und ein knappes »Hm« von sich gab. »Aber Ihre Großmutter hat ihrem Bekannten doch gesagt, dass das Manuskript in der Schweiz sei?«

»Ja, und gerade deshalb ist alles ziemlich verwirrend.«

»Vielleicht wollte Konstantin Sie ja absichtlich in die Irre führen.«

»Warum sollte er? Nein, viel wahrscheinlicher ist, dass Oskar und meine Großmutter auf das Manuskript aufpassen sollten, dies aber gegenüber Julius aus irgendeinem Grund nicht zugeben wollten. Deshalb behaupteten sie einfach, Robert Arndt habe es mitgenommen. Und dann bewahrte Oskar es all die Jahre in einem Karton auf, den Leonie dann gefunden hat. Ach, wenn ich doch nur wüsste, was Oskar zu Leonie gesagt hat, dass sie mit meiner Großmutter sprechen wollte. Und weshalb stritt sich Robert Arndt mit seiner Mutter? Und …«

»Grace«, unterbrach er sie, »haben Sie auch leichtere Fragen?«

Sie lachte. »Nein.«

»Und wie wollen Sie weiter vorgehen?«

»Ich fühle mich momentan ziemlich planlos. Aber der internierte Pole oder besser gesagt *die* internierten Polen und der Brand sind weitere Anhaltspunkte. Vielleicht finde ich im Stadtarchiv etwas heraus. Und ich hoffe, dass mein Vater bald eine weitere Tagebuchübersetzung schickt. In den letzten Einträgen stand zwar nichts über *Unvollendet*, aber mal schauen, was noch kommt. Oh, und den Historiker Professor Theodor Feigel werde ich morgen auch nochmals versuchen zu erreichen.«

»Das hört sich nicht an, als ob Sie planlos wären.« Er neigte sich leicht vor. »Weshalb ist es Ihnen eigentlich so wichtig, dieses Rätsel zu lösen? Es hängt ja nichts davon ab.«

Doch! Vielleicht meine Schauspielkarriere! Sie überlegte, ob sie Benjamin die Wahrheit sagen sollte, entschied aber, dass es nicht wichtig war. »Ich mag Rätsel«, erklärte sie stattdessen und hoffte, ihm genügte diese Antwort. Doch das Thema schien für ihn noch nicht abgeschlossen zu sein. Interessiert sah er sie an. »Ihre Großmutter muss Ihnen viel bedeutet haben, dass Sie diesen ganzen Aufwand in Kauf nehmen.«

Sie zögerte. »Sie war eine besondere Frau.« Sie ignorierte sein Stirnrunzeln und blickte auf die Uhr. »Schon beinahe sieben. Ich halte Sie schon viel zu lange auf, tut mir leid. Aber ich lasse Sie jetzt weiterarbeiten, ich habe sowieso gleich eine Verabredung.« Sie sprang auf. »Vielen Dank nochmals«

Er erhob sich. »Schon gut. Einen schönen Abend.«

»Ihnen auch«, sagte Grace und ging mit schlechtem Gewissen davon.

* * *

Aaron zeigte sich auch an diesem Abend wie gewohnt von seiner humorvollen und charmanten Seite. Nach dem Abendessen entführte er Grace in die Spätvorstellung des Zürcher Filmpodiums, das bekannt war für die Vorführung alter Filme. Sie schauten sich den Hitchcock-Film *Berüchtigt* an und tauschten sich später auf dem Rückweg darüber aus.

»Ich könnte Hitchcocks Filme immer wieder schauen. Er war einfach ein Meister der Suspense«, schwärmte Grace.

»Dabei sind seine Filme alles andere als actionreich«, warf Aaron ein. »Doch es gelingt ihm, in dieser beinahe friedlichen Alltagsatmosphäre enorme Spannung zu erzeugen.« Er wich einer kleinen Pfütze aus. Kurz nachdem sie im Filmpodium angekommen waren, hatte es zu regnen begonnen. Inzwischen hing nur noch eine gewisse Feuchte in der Luft.

»Richtig. Denn Spannung hat schlussendlich nichts mit Action oder Überraschung zu tun, im Gegenteil. Hitchcock erklärte den Begriff in einem Interview mit dem Filmregisseur François Truffaut einmal an folgendem Beispiel: Wenn zwei Leute an einem Tisch sitzen, sich unterhalten, nichts Besonderes passiert und plötzlich eine Bombe explodiert, ist das eine Überraschung. Die Szene vorher war für das Publikum aber eher uninteressant. Suspense wäre anders: Die Bombe liegt unter dem Tisch, und das Publikum weiß, dass sie da ist. Oder sogar, wann sie explodieren wird. Dieselbe banale Unterhaltung wird durch die tickende Bombe plötzlich zu einem Moment der Spannung.« Grace hielt kurz inne. »Ich finde, jede gute Geschichte braucht eine tickende Bombe.«

Aaron blieb vor einem grell leuchtenden Schaufenster stehen und strich Grace über die Wange. »Wer ist die tickende Bombe in unserer Geschichte?«, fragte er leise.

»Ich wusste nicht, dass *wir* eine Geschichte haben«, gab sie herausfordernd zurück.

»Noch nicht.« Er fing an zu lachen und legte freundschaftlich einen Arm um sie. »Komm, gehen wir weiter.«

Nach einer Weile blieb er erneut stehen und legte die Stirn in Falten. »Grace, eine Frage geht mir einfach nicht aus dem Kopf.« Seine blauen Augen fixierten sie scharf. »Was bezweckst du eigentlich mit der Recherche über deine Großmutter und Robert Arndt?«

Grace verhielt sich so gelassen wie möglich, doch Aarons Frage machte sie nervös. Schon während des Dinners hatte er wissen wollen, was sein Vater alles erzählt habe und ob er ihr habe weiterhelfen können. Sie hatte ihm brav Auskunft gegeben, war aber erleichtert gewesen, als er endlich das Thema gewechselt hatte. Und jetzt fing er schon wieder damit an!

»Das habe ich dir doch bereits erklärt«, antwortete sie geduldig. »Ich will einfach mehr über ihre Vergangenheit herausfinden.«

»Aber warum? Da ...« Eine schon etwas ältere Straßenbahn fuhr laut ratternd und klingelnd an ihnen vorüber, und so hörte Grace nicht, was Aaron sagte.

»Wie bitte?«, fragte sie nach.

Er wartete, bis die Straßenbahn vorbei war. »Da steckt doch mehr dahinter, oder?«

»Nein«, log sie und focht gleichzeitig innerlich einen Kampf aus. Sie hatte es allmählich satt, alle Leute anzulügen. Matthew konnte sie nichts von dem Tagebuch sagen, Benjamin und ihren Cousinen verschwieg sie Matthews Filmprojekt und Aaron und dessen Vater hatte sie nur mit minimalen Informationen abgespeist. Sie spielte mit dem Gedanken, Aaron auch von der Fortsetzung zu erzählen, aber aus irgendeinem Grund beschlich sie das Gefühl, dass sie ihm nicht trauen konnte. Ob es an Benjamins Bemerkung lag?

Sie ging weiter, doch Aaron griff nach ihrer Hand und zog sie sanft zurück. »Du kannst jederzeit mit mir darüber sprechen. Vielleicht kann ich dir helfen. Ich bin noch eine Weile in Zürich. Wegen einer geplanten Fusion stehen ein paar Meetings an.«

»Das ist sehr nett von dir, danke.«

Er musterte sie genau und sah aus, als würde er nicht recht schlau aus ihr. »Du bist eine rätselhafte Frau«, flüsterte er und zog sie noch näher an sich. »Aber das gefällt mir.« Als es den Anschein machte, als wolle er sie küssen, wich Grace zurück. »Gehen wir zurück ins Hotel. Ich bin müde.«

Kapitel 17

Sonntag, 3. Juli 2016

Grace erwachte am nächsten Tag um kurz vor zehn Uhr morgens durch das Zimmermädchen, das dreimal an die Tür geklopft hatte, ehe es mit einem lauten »Housekeeping« ins Zimmer trat.

Mist! Das »Bitte nicht stören«-Schild! Sie hatte ganz vergessen, es am Abend an die Tür zu hängen. Zu sehr war sie damit beschäftigt gewesen, Aaron loszuwerden, der auf dem Flur einen erneuten Annäherungsversuch gestartet hatte.

Nachdem sie sich beim Zimmermädchen entschuldigt und es gebeten hatte, später wiederzukommen, sprang sie unter die Dusche und machte es sich danach auf der Dachterrasse gemütlich. Ein strahlend blauer Himmel präsentierte sich an diesem Morgen, und Grace genoss die warmen Sonnenstrahlen auf dem Gesicht. Ein überfülltes Dampfschiff verließ den Pier und zog laut pfeifend davon.

Grace biss in ein Croissant, das sie sich zusammen mit dem Kaffee beim Zimmerservice bestellt hatte, und klickte sich durch ihre E-Mails. Als sie die Nachricht ihres Vaters sah, öffnete sie diese zuerst. Zu ihrer Freude enthielt sie nicht nur die Kontaktdaten von Iveta Miller aus Riga, um die sie ihn gebeten hatte, sondern auch die Übersetzung von zwei weiteren Tagebucheinträgen. Sie griff nach ihrem Notebook und setzte sich unter den Sonnenschirm, nicht, dass sie am Ende noch einen Sonnenbrand bekam. Dann wählte sie wieder Chopin in ihrer Musikliste an und begann zu lesen.

Hannas Tagebuch
Zürich, Oktober 1942

Liebes Tagebuch, ich hoffe, du kennst mich noch? Tut mir leid, dass ich dich wieder so lange vernachlässigt habe.

Heute schreibe ich schlichtweg aus einem Grund: Langeweile! Es ist absurd, aber obwohl um uns herum schon seit drei Jahren gekämpft wird, leben wir hier ziemlich friedvoll dahin. Natürlich spüren wir den Krieg, immerhin sind da die Lebensmittelmarken, die Radiomeldungen, die Zeitungsartikel, die Verdunkelung der Fenster und so weiter. Oskar und Julius, die kürzlich an einem Jungschützenkurs teilgenommen haben, absolvieren derzeit einen vormilitärischen Kurs als Vorbereitung für die Rekrutenschule nächstes Jahr. Und Mamas geheime Treffen mit Tante Gertrude und anderen Leuten haben in letzter Zeit auch stark zugenommen, außerdem ist sie wieder oft und lange in Schaffhausen. Es tauchen vermehrt Flüchtlinge bei uns unter, die dann aber meistens plötzlich wieder weg sind. Ferdinands Mutter war kürzlich hier, um mit Mama zu sprechen. Ich vermute, dass es ihren Mann betraf, der noch immer in Deutschland ist. Aber so genau weiß ich es nicht, Mama spricht nicht darüber.

Meine Freundin Marlies ist schon seit über zwei Jahren weg und lebt mit ihrer Mutter bei den Großeltern in der Zentralschweiz. Am Anfang war es nicht leicht für mich so ohne Freunde, aber immerhin hatte ich noch Willi und Oskar. Und dann stießen die Polen Mikolaj Piotrowski und Jakub Krawczyk zu uns. Sie wurden damals interniert und müssen hier arbeiten. Wie ich von Mikolaj erfahren habe, haben sie der 2. Polnischen Schützendivision angehört und sind zusammen mit dem 45. Französischen Armeekorps über Frankreich in die Schweiz gekommen. Ihre Lage damals schien hoffnungslos, hat Mikolaj gesagt. Sie waren – nur noch mit wenig Munition – von der rasch vorankommenden deutschen Armee in der Nähe der jurassischen Grenze eingekesselt worden. Die Schweizer Regierung erlaubte dann ihren Grenzübertritt, und so wurden sie interniert. Die Franzosen konnten letztes Jahr wieder in ihre Heimat zurückkehren, doch diese Möglichkeit hatten die Polen nicht. Sie wurden auf kleine Lager in der ganzen Schweiz verteilt und fanden von da aus Aufnahme, überall wo es an Arbeitskräften fehlte, meistens in der Landwirtschaft. Ein guter Freund meines Vaters, der Offizier ist, hat Jakub an der Grenze kennengelernt und erreichte durch seine Beziehungen, dass Jakub und Mikolaj nach Zürich kommen konnten.

Sie sind bei uns in einem der Personalzimmer untergebracht. Jakub, der sich um den Kartoffelacker kümmert, ist fünfunddreißig, groß und stark, hat leuchtende blaue Augen und blond gelocktes Haar. Ich glaube, Tante Dorothea hat ein Auge auf ihn geworfen, sie schmachtet ihn die ganze Zeit an.

Mikolaj ist jünger, sechsundzwanzig, dunkelhaarig, ziemlich schmächtig und nachdenklich. Er macht sich große Sorgen um seine Eltern und seine Schwester, die in Warschau leben. Da er gut Deutsch spricht und in Warschau kurz vor dem Krieg sein Mathematikstudium abgeschlossen hat, unterrichtet er hier am Gymnasium als Mathematiklehrer. Weil fast alle Lehrer im Aktivdienst sind, schätzt man diesen Ersatz.

Neben der Schule helfe ich nach wie vor im Hotel. Wir haben zwar nicht besonders viele Hotelgäste, aber es gibt immer genug zu tun, besonders im Restaurant.

Onkel Fritz geht mir so richtig auf die Nerven, andauernd lungert er überall herum und mischt sich ein. Dabei ist er bloß ein alter Säufer! Kürzlich musste ich im Keller etwas holen, da habe ich ihn mit einer Flasche Wein überrascht! An den Abenden ist er oft außer Haus und treibt sich in der Stadt herum. Kein Wunder, dass Tante Dorothea nach anderen Männern Ausschau hält.

Ja, das ist mein Leben inmitten des Kriegs. Oft frage ich mich, wie lange es noch dauert, bis wir angegriffen werden. Heute? Morgen? In einer Woche? In einem Jahr? Gar nie?

Manchmal habe ich das Gefühl, dass es sich nur um die berühmte Ruhe vor dem Sturm handelt.

Hannas Tagebuch
Zürich, Juli 1943

Schon wieder sind einige Monate vergangen seit meinem letzten Eintrag. Ich sehne mich gerade nach der Langeweile von damals zurück. Inzwischen ist der Sturm gekommen. Allerdings nicht in Form eines Angriffs durch Hitler, nein. Es ist eine andere Art Sturm, der nur über mir und meiner Familie tobt.

Noch immer kann ich kaum fassen, was sich kürzlich alles ereignet hat. Alles begann vor zwei Wochen.

Der unerwartete Gast

Unser Schwanenhof ist bekannt für seinen wunderschönen Ballsaal mit edlem Intarsienboden, kunstvoller Wandtäfelung und spektakulärem Kronleuchter. Um den starken Rückgang der Logiergäste etwas zu kompensieren, veranstalten wir oft Bälle, wie auch an diesem Abend. Da Mama wieder mal unterwegs war, musste ich ihren Part als Hoteldirektorin übernehmen und mich zusammen mit Papa um die Gäste kümmern. Papa wirkte ziemlich zerstreut und sprach sogar den Stadtpräsidenten mit falschem Namen an! Er verhielt sich schon seit ein paar Tagen eigenartig, und ich wusste nicht, ob es an Mamas Abwesenheit lag oder ob ihm sein krankes Herz erneut Schmerzen bereitete. Vielleicht beides?

Ich bemühte mich jedenfalls, eine gute Gastgeberin abzugeben, und tanzte mit Ludwig Hecht, einem langweiligen Arztsohn, dessen Atem fürchterlich nach altem Fisch stank. Ich erinnerte mich daran, wie Willi vor ein paar Jahren eine Forelle aus der Küche stibitzt hatte und unter seinem Bett versteckte. Es hat lange gedauert, bis wir den Gestank danach aus dem Zimmer bekommen hatten.

Hätte Ludwig wenigstens geschwiegen, so wäre der Tanz halbwegs erträglich gewesen, aber nein, er plapperte ununterbrochen auf mich ein, und es kam mir so vor, als spuckte er mir den alten Fisch direkt ins Gesicht.

Als das Stück – aus Tschaikowskys *Schwanensee* – endlich zu Ende war, löste ich mich aus Ludwigs Armen und lächelte ihn aufgesetzt an. Ich müsse mich kurz etwas frisch machen, flunkerte ich und flüchtete stattdessen nach draußen in den Hotelpark.

Die warme Sommerbrise empfand ich als äußerst wohltuend, und so beschloss ich, ein paar Schritte zu gehen. Es war schon kurz vor zehn Uhr und dunkel, so dass ich eine Laterne mitnahm.

Im schimmernden Licht wirkte der Kartoffelacker nicht mehr ganz so hässlich wie am Tage. Gelegentlich tat es mir etwas weh, den einst schönen grünen Rasen jetzt als hässliches braunes Ackerfeld zu sehen, doch ich rief mir in Erinnerung, dass es für eine gute Sache war. Ich ging am Gartenhaus vorbei und steuerte meinen Lieblingsplatz am Schanzengraben an. Dort stellte ich die Laterne auf den Boden und stützte die Hände auf das Geländer. Der Kanal, der nach 1642 im Rahmen der dritten Befestigung der Stadt Zürich entstanden war, führte direkt am Hotel vorbei und mündete in den Zürichsee. Ich beobachtete einen Schwan, der sich flussabwärts treiben ließ und wie ein weißer Fleck in der Dunkelheit wirkte. Unser Hotel trägt nicht umsonst den Namen Schwanenhof. Als Siegfried Thalmann, mein Ururgroßvater, 1846 das Hotel gründete, fiel ihm lange kein passender Name ein, bis er eines Tages ein Schwanenpaar entdeckte, das sich mitten auf der Wiese des Hotelparks sonnte.

Plötzlich hörte ich ein Rascheln und drehte mich um. Ich nahm die Laterne hoch und erschrak, als ich eine dunkle Gestalt im schwarzen Kapuzenmantel sichtete, die vor dem Lorbeerstrauch stand. Ich stieß einen Schrei aus. Ein Räuber!

Die Gestalt kam auf mich zu. »Hanna! Hab keine Angst! Ich bin es, Robert!«

Nach dem ersten Schock hatte ich Robert durch den Hintereingang heimlich in den Keller geschleust, ihn mit Wasser, etwas Brot, Suppe und Wurst versorgt und anschließend Papa geholt. Jetzt saßen wir dem erschöpft aussehenden, bärtigen Mann gegenüber, der uns mit stockender Stimme erzählte, was geschehen war.

»Vor etwa zwei Wochen hat Gerdas Vater ein Telegramm von meiner Mutter erhalten. Sie sei an einer schweren Lungenentzündung erkrankt. Ich bekam schreckliche Schuldgefühle, weil ich sie vor drei Jahren nach dem Streit einfach alleinegelassen hatte.« Er umklammerte seine leere Suppenschüssel, als wäre sie ein Rettungsanker.

Ich heftete meine Augen fest auf die seinen: Im dämmrigen Kellerlicht wirkten sie nicht mehr dunkelgrau, sondern fast schwarz wie Kohlestücke.

Er fuhr fort. »Ich wollte Mutter unbedingt noch mal sehen. Nur konnte ich nicht mehr so einfach in die Schweiz reisen. Durch meine Ausreise damals und die lange Abwesenheit hatte ich meinen Aufenthaltsstatus längst verloren. Ohne gültige Papiere zu reisen wäre aber sehr töricht gewesen. Als junger Mann fällt man schnell auf und gilt als Deserteur oder Flüchtling. Ich habe mir einen neuen Ausweis angefertigt, immerhin habe ich ja Erfahrung darin«, – ein müdes Lächeln erschien auf seinen Zügen – »und ich gab mich als Delegierter des Schweizerischen Roten Kreuzes aus. Die Bahnfahrt von Berlin nach Singen verlief gut, doch dann, kurz vor Singen, kam eine Gestapokontrolle. Als die beiden Beamten meine Papiere verlangten, dachte ich bereits, ich würde auffliegen. Ich war schon bereit, meine Waffe zu ziehen, doch die Beamten gaben mir die Papiere zurück und nahmen sich das Abteil neben mir vor. Zuerst war ich erleichtert, aber dann musste ich mit ansehen, wie sie eine junge Frau abführen wollten.« Seine Stimme bebte, und ich wollte gerade etwas sagen, doch Papa legte eine Hand auf die meine und wies mich an, einfach zuzuhören. Ich nickte und lauschte wieder Roberts Schilderung.

»Ich saß ganz still auf meinem Sitz und ermahnte mich, nichts zu unternehmen, es würde sowieso nichts bringen. Doch dann stolperte die Frau, und einer der Beamten riss sie hoch und schlug ihr mitten ins Gesicht. Ich konnte nicht mehr anders, zog meine Waffe und schoss auf den Beamten. Sein Kollege war so verdattert, dass er nicht gleich reagierte, und ich nutzte diese Chance und erschoss ihn auch. Dann bin ich zusammen mit der Frau durchs Zugfenster geflohen. Wir wussten, dass wir nicht viel Vorsprung hatten, denn schon bald würde man nach uns suchen. So rannten wir in den Wald hinein. Wir rannten, bis wir schon fast tot umfielen. Irgendwann gelangten wir zu einem Hof. Wir hatten Glück, die Bauern erwiesen sich als Regimegegner, die bereits ein paar Juden bei sich versteckt hielten. Anne-Marie, die junge Frau aus dem Zug, konnte dort bleiben. Ich aber wollte weiter. Nur leider durfte ich das Risiko, mit der Bahn zu reisen, nicht mehr eingehen. Inzwischen wurde bestimmt nach mir gefahndet. Der Bauer warnte mich außerdem vor einer Flucht über

Gottmadingen, weil dort gerade erst ein Fluchthelfernetz aufgeflogen sei. Ich entschied mich für die Route über Konstanz und …«

»Warte!«, rief Papa dazwischen und ich bemerkte, dass er immer blasser wurde. »Ein Fluchthelfernetz bei Gottmadingen ist aufgeflogen?«

Robert nickte. »Ist Luise …« Er schaute kurz zu mir, als wüsste er nicht, ob er in meiner Gegenwart über dieses Thema sprechen konnte.

»Ja«, antwortete Papa rasch. »Sie ist gerade unterwegs.«

»Verdammt!« Robert pochte auf den Tisch, so dass die Suppenschüssel schepperte. »Eli Kirschbaum, oder? Ich habe mich um seine Papiere gekümmert.«

»Was ist los?«, fragte ich. »Was ist mit Mama? Und mit Ferdinands Vater?«

»Nichts, Hanna«, erwiderte mein Vater.

Ich hasste es, wenn man mir etwas verschwieg. Hielten sie mich noch für ein Kind? Ich war achtzehn! »Ist Mama in Gefahr?«, hakte ich nach.

»Nein, nein«, antwortete Papa etwas zu schnell. Er lächelte, doch das Lächeln erreichte seine Augen nicht. In diesen erkannte ich Angst. Er tätschelte mir die Hand. »Mach dir keine Sorgen, Liebes. Es wird alles gut.« Er wandte sich an Robert. »Vielleicht handelt es sich um ein anderes Fluchthelfernetz«, murmelte er. »Nur … Sie und Eli Kirschbaum hätten längst in der Schweiz sein müssen.« Er schüttelte den Kopf. »Aber bestimmt gibt es einen Grund dafür.«

Robert schob die Suppenschüssel weg und blickte meinen Vater teilnahmsvoll an. »Ja, bestimmt.« Nach einer Weile sagte er: »Arthur, ich möchte gleich weiter zu Mutter. Aber in diesem Zustand will ich ihr nicht gegenübertreten. Vielleicht kann ich mich bei euch kurz waschen?«

Besorgt blickte ich zu Papa, der so aussah, als suchte er nach den passenden Worten. »Robert«, brachte er hervor. »Deine Mutter … sie ist tot. Sie ist vor einer Woche gestorben.«

* * *

Und so beende ich meine Geschichte »Der unerwartete Gast.« Aber es ging noch weiter. Robert blieb danach vorerst bei uns. Da er keine gültige Aufenthaltsbewilligung für die Schweiz mehr hatte, wäre es für ihn zu riskant gewesen, die alte Wohnung seiner Mutter aufzusuchen. Außerdem hatte er keinen Schlüssel mehr.

In den darauffolgenden Tagen konnte ich spüren, dass er sich große Vorwürfe machte. Und auch wenn er nicht darüber sprach, sah ich ihm an, dass er zutiefst bedauerte, dass er sich nicht mehr hatte von seiner Mutter verabschieden können. Doch er schaute nach vorne und gestand mir und meinem Vater nach ein paar Tagen, dass er wieder nach Deutschland zurückkehren würde. In der Schweiz könne er nicht bleiben und verstecken wolle er sich nicht. Zudem müsse er weiterhin für die Sache kämpfen, besonders jetzt, wo die Nazis immer stärker zu werden schienen und ihre Grausamkeit keine Grenzen mehr kannte, wie Robert betonte. Sie hätten längst damit begonnen, die Juden aus den Ghettos zu deportieren. Wohin sie gebracht wurden, wollte ich wissen, doch Robert sagte nichts mehr dazu. Er meinte nur, dass er noch eine schwierige Mission zu erfüllen habe. Um was es sich dabei handelte, verriet er uns aber nicht. Außerdem würde Gerda auf ihn warten. Gerda! Oh, wenn ich jetzt daran denke, werde ich gleich wieder wütend! Immer diese Gerda!

Ich habe verzweifelt versucht, Robert von seiner Rückreise abzuhalten. Aber nicht wegen Gerda, sondern weil ich nicht wollte, dass er sich wieder in Gefahr begibt. Leider vergeblich. Vor ein paar Tagen ist er mitten in der Nacht abgereist. Der Gedanke, ihn vielleicht niemals wiederzusehen, macht mich ganz verrückt.

Aber noch viel schlimmer als Roberts Weggang ist für mich die Angst um Mama. Neulich sah ich meinen völlig aufgelösten Vater, wie er leichenblass und zitternd auf ein Telegramm starrte. Als ich wissen wollte, was passiert sei, wich er zuerst aus, doch ich blieb hartnäckig. Schließlich erzählte er mir alles. Lange Zeit hatte sich Ferdinands Vater, Eli Kirschbaum, nicht dazu durchringen können, Deutschland zu verlassen. Doch als die Nazis begannen, die Juden zu deportieren, war er untergetaucht und hatte sich an Mamas Kontaktperson in Berlin gewandt, die ihm durch Robert falsche Papiere besorgte und bei der Flucht in die Schweiz half. Mama hätte ihn in Singen empfangen sollen, und getarnt als Ehepaar hätten sie zusammen die Schweizer Grenze passiert. Papa hatte aufgrund von Roberts Aussage bereits vermutet, dass etwas schiefgelaufen war. Das Telegramm hatte ihm Gewissheit gebracht. Es stammte vom *Roten Kreuz.* Mama teilte darin kurz und knapp ihre Verhaftung mit. Mehr nicht. Papa hat mir versichert, dass er alles tun wird, um Mama da rauszuholen. Doch leider ist es ihm bisher nicht gelungen. Seine Bemühungen, über die Behörden etwas zu bewirken, sind gescheitert, und deshalb will er nun selbst nach Deutschland reisen, um Mama zu helfen. Morgen hat er einen Termin bei den Behörden wegen des Visums. Er hat gemeint, alles werde wieder gut, doch ich konnte spüren, dass er selbst nicht daran glaubt.

Ich befürchte leider, dass dieser Sturm noch nicht vorbei ist.

Kapitel 18

Benjamin wusste nicht, was ihn an diesem Sonntagmorgen auf der Fahrt ins Hotel dazu bewogen hatte, ausgerechnet diesen Song zu hören. *Runnin'* von David Dallas, aus Leonies Playlist. Leonie hatte einen recht speziellen Musikgeschmack besessen und ein Faible gehabt für Hip-Hop. Während er viele Songs nicht gemocht hatte, hatte ihm *Runnin'* immer gefallen. Doch seit Leonies Tod hatte er ihn nicht mehr hören können. Die damit verbundenen Erinnerungen waren zu schmerzvoll gewesen. Weshalb er sich heute dieser Qual aussetzte, wusste er nicht. Er wusste auch nicht, warum er immer noch in der gleichen Wohnung lebte, die er und Leonie damals zusammen gekauft hatten. Und schon gar nicht, weshalb er immer noch an dem Ort arbeitete, an dem sie sich kennengelernt hatten. Er wusste nur, dass sein Verhalten alles andere als normal war, er es aber auch nicht ändern konnte. Als wolle er regelrecht in einen Sog geraten und in die Tiefe der Trostlosigkeit gezogen werden. Suchte er vielleicht sogar nach diesem Schmerz, der ihm das Gefühl gab, bestraft zu werden? Denn Strafe hatte er verdient.

Er riss am Steuer, bog rasant um die Kurve Richtung Tiefgarage und trat dann abrupt auf die Bremse. Zwei schwarze Augen starrten ihn erschrocken an. Sie gehörten Milo, dem Kochlehrling. *Was zum Teufel hatte der auf der Straße zur Garageneinfahrt zu suchen?*

Benjamin rang nach Luft, ehe er aus dem Wagen sprang und auf den erschrockenen Jungen zuhastete. »Milo, bist du verletzt?«

Milo schüttelte den Kopf und streifte seine übergroßen Kopfhörer ab. »Alles okay, Herr Landolt. Sorry. Ist 'ne Abkürzung.« Er machte eine Kopfbewegung zur Garageneinfahrt.

Benjamin wusste, dass man durch die Tiefgarage schneller zu den Personalgarderoben gelangte. Doch dieser Weg war nicht erlaubt. Mara hatte erst kürzlich eine Weisung an alle Abteilungsleiter rausgeschickt. Anscheinend hielten sich die Mitarbeiter nicht daran.

Er klopfte Milo auf die Schulter. »Ab sofort benutzt du den offiziellen Personaleingang, verstanden?«

»Ja, Herr Landolt. Danke.« Erleichtert lief Milo davon.

Benjamin setzte sich wieder hinters Steuer, fuhr aber noch nicht los. Beinahe hätte er den Jungen angefahren. Klar, Milo hätte nicht auf der Garageneinfahrt sein dürfen, aber er selbst war zu schnell um die Kurve gebogen. Und das nur wegen Leonie. Er musste wirklich schauen, dass er sich besser unter Kontrolle bekam. Gerade als er den Motor starten wollte, klopfte es gegen die Fensterscheibe. Wer zum …? Oh nein, die hatte ihm gerade noch gefehlt! Grace. Sie winkte ihm strahlend zu. Hübsch sah sie aus mit ihrem hellroten Sommerkleid und dem in der Sonne glänzenden Haar. Dennoch wäre er am liebsten einfach weitergefahren.

Es war nicht so, dass sie ihm unsympathisch war, im Gegenteil, er mochte sie sogar. Ganz zu Beginn hatte er sie noch für eine verwöhnte Amerikanerin gehalten, doch dann hatte er erfahren, weshalb sie hier war; nämlich um das Geheimnis ihrer Großmutter zu ergründen. Und das beeindruckte ihn. Außerdem musste er zugeben, dass sie ihm optisch gefiel. Nicht nur wegen ihres hübschen Gesichts und der tollen Figur, sondern weil ihre schönen haselnussbraunen Augen Herzlichkeit und Wärme ausstrahlten. Ja, er mochte sie. Und genau das beunruhigte ihn. Ihre Gegenwart löste Gefühle in ihm aus, die er nicht empfinden wollte. Fröhlichkeit und Glück. Doch er hatte es nicht verdient, wieder glücklich zu sein. Vielleicht wäre es besser, wenn er sich nicht mehr so oft mit ihr abgab.

Er ließ die Fensterscheibe herunterfahren, und sie neigte sich sogleich auf seine Höhe. »Hi! Wie geht's?«

Ihr warmes Lächeln durchfuhr ihn wie eine Welle. »Ganz gut. Und, genießen Sie das schöne Wetter?« *Verdammter Small Talk.*

»Ja, es ist traumhaft. Ich habe bis vor Kurzem auf der Terrasse gesessen und gelesen.« Sie wirkte plötzlich bedrückt. »Mein Vater hat mir eine weitere Übersetzung aus Grandmas Tagebuch geschickt.«

Er schaute kurz in den Rückspiegel, da er ja immer noch mitten auf der Einfahrtsstraße stand. »Und? Wurde die Fortsetzung erwähnt?«

»Nein, leider nicht. Aber ich weiß jetzt, dass Robert Arndt schon

1943 in die Schweiz zurückgekehrt ist. Er wollte seine kranke Mutter noch mal sehen, doch sie war bereits tot. Er ging wieder zurück nach Deutschland. Übrigens verhalf er damals dem Flüchtling, den Luise Thalmann – meine Urgroßmutter – in die Schweiz bringen sollte, zu neuen Papieren. Leider hat es nichts gebracht, der Plan scheiterte. Meine Urgroßmutter wurde verhaftet.« Sie brach ab. In ihren Augen glitzerte etwas. Tränen?

Sie blinzelte rasch. »Meine Großmutter hat sich große Sorgen um sie gemacht. Das war so traurig zu lesen. Sie hat doch gehofft, es wird alles gut.«

»Tut mir leid. Es ist bestimmt sehr schwer, diese Einträge zu lesen, wo Ihnen Ihre Großmutter so viel bedeutet hat.«

Sie schwieg. Kam es ihm nur so vor, oder war sie tatsächlich immer etwas seltsam, wenn er sie auf ihre Großmutter ansprach? Wahrscheinlich litt sie mehr unter deren Tod, als sie zugab.

»Ich kenne übrigens die Namen der beiden Polen«, sagte sie schnell. »Es waren tatsächlich zwei. Mikolaj Piotrowski und Jakub Kra…« Sie überlegte. »Hab's vergessen. Egal. Jedenfalls war Jakub der Kartoffelbauer, und ich gehe davon aus, dass er Dorotheas Geliebter war und bei dem Brand ums Leben gekommen ist.« Sie kniff die Augen leicht zusammen. »Ich werde das Gefühl nicht los, dass dieser Brand vielleicht doch mehr mit *Unvollendet* zu tun hat, als ich zuerst gedacht hatte. Vielleicht kann Mikolaj Piotrowski uns weiterhelfen. Ich habe mich bereits erkundigt und erfahren, dass viele Polen nach dem Krieg in der Schweiz geblieben sind. Euer Concierge gab mir den Link zu einem Online-Telefonbuch. Ich fand einundzwanzig Einträge unter Piotrowski, aber leider keinen einzigen Mikolaj.«

»Kann gut sein, dass er nach dem Krieg nach Polen zurückgekehrt ist. Aber auch wenn er in der Schweiz blieb, bedeutet das nicht, dass er im Telefonbuch eingetragen ist. Vielleicht lebt er aber auch nicht mehr. Wie alt war er damals? Wissen Sie das?«

»1942 war er sechsundzwanzig, also Jahrgang … 1916 … Oh.« Sie errötete.

»Sehen Sie. Dann wäre er jetzt schon hundert. Es ist also eher unwahrscheinlich, dass er noch lebt.«

»Aber vielleicht hatte er Verwandte, die etwas wissen?«

»Kann sein. Aber wollen Sie jetzt ernsthaft alle Piotrowskis anrufen und nach einem Mikolaj fragen?«

»Ja. Genau das hatte ich vor«, antwortete sie, als sei nichts dabei. »Ich hoffe nur, sie sprechen Englisch.«

»Soll ich Ihnen helfen?« Benjamin fluchte innerlich. Warum hatte er das jetzt gefragt? Er wollte doch Abstand halten. Außerdem hatte er keine Zeit. Aber er konnte sein Angebot nicht mehr zurücknehmen, denn Grace strahlte ihn bereits dankbar an.

* * *

Die Sonne hatte Benjamins Büro komplett aufgeheizt, und es brachte auch nicht viel, dass er die Rollläden heruntergelassen und die Fenster geschlossen hatte. Die Hitze hatte trotzdem ihren Weg durch das alte Gemäuer gefunden.

Er blickte zu Grace, die sich eine kühle Wasserflasche abwechselnd an beide Wangen drückte. »Sie sollten sich dringend eine Klimaanlage anschaffen.«

»Wir sind hier nicht in Kalifornien. Wir haben etwa drei Sommermonate im Jahr. Und die sind meistens verregnet.«

Sie öffnete die Wasserflasche. »Irgendwie mag ich den Regen ja.«

»Ach? Kürzlich haben Sie sich noch darüber beschwert. Und jetzt, wo endlich die Sonne scheint, sehnen Sie sich nach dem Regen zurück?«

Sie grinste. »So ist der Mensch leider. Nie zufrieden … Nein, ich mag die Sonne natürlich auch.«

»Gut.« Er griff in seine Gummibärchenpackung und schob sich ein paar Bären in den Mund. »Wollen Sie auch?«, fragte er und hielt Grace die Tüte hin.

Sie schmunzelte und klaubte sich bescheidene zwei Bärchen aus der Packung. »Danke.«

Er richtete den Blick wieder auf die Telefonliste, die er ausgedruckt hatte. Sie hatten bisher sechs Piotrowskis erreichen können, denen der Name Mikolaj absolut gar nichts gesagt hatte. Elf waren gar nicht zu Hause gewesen.

»Wir sollten es besser am Abend wieder versuchen. Die meisten sind bei diesem Wetter außer Haus.«

»Ja, aber rufen wir die restlichen auch noch kurz an. Hier, der nächste ist Elmar Piotrowski aus … Kur.«

»Das nennt man Chur. Mit einem Ch. Liegt im Bündnerland.«

»Ch … Chur … Büüündner … land?« Sie schlug lachend die Hände vor das Gesicht.

Grinsend griff Benjamin zum Hörer und wählte die nächste Nummer. Es klingelte mehrfach, doch niemand nahm ab. Er wollte bereits auflegen, da meldete sich doch noch eine Stimme. »Ja?«

»Guten Tag, sind Sie Elmar Piotrowski?«

»Ja. Wer spricht denn?«

»Mein Name ist Benjamin Landolt. Bitte entschuldigen Sie die Störung, aber ich bin auf der Suche nach einem Mikolaj Piotrowski. Er kam 1940 in die Schweiz und arbeitete in Zürich als Mathematiklehrer am Gymnasium. Er lebte im Grandhotel Schwanenhof. Kennen Sie ihn zufälligerweise?«

Stille am anderen Ende der Leitung. Nur ein leises Schnaufen war zu hören. Benjamin tauschte einen Blick mit Grace, die ihn gespannt ansah.

»Warum wollen Sie das wissen?«, fragte Elmar Piotrowski.

»Die Großmutter einer Bekannten war in den Vierzigerjahren mit ihm befreundet. Meine Bekannte möchte nun etwas über die Vergangenheit ihrer Großmutter erfahren und dachte, vielleicht könne Mikolaj ihr helfen.«

»Ach so. Nun, Mikolaj war mein Vater. Er ist aber vor drei Jahren verstorben.«

»Oh, mein Beileid.«

»Danke. Er war schon alt und hatte ein erfülltes Leben.«

»Das ist schön zu hören. Bitte verzeihen Sie die Frage, aber hat Ihr Vater mit Ihnen jemals über die Kriegszeit gesprochen? Er und die Großmutter meiner Bekannten scheinen damals viel erlebt zu haben.«

»Hören Sie, ich hatte nicht viel Kontakt zu meinem Vater in den vergangenen Jahren. Wenn Ihre Bekannte mehr wissen will, sollte sie sich an meine Schwester wenden. Gabriela. Sie hat mal gesagt, dass Vater in seinen letzten Tagen oft über den Zweiten Weltkrieg gesprochen hat, besonders mit seiner Urenkelin im Rahmen irgendeiner Schularbeit. Ich gebe Ihnen gern Gabrielas Telefonnummer.«

»Das wäre sehr nett, danke.«

Nach dem Gespräch versuchte Benjamin gleich Mikolajs Tochter Gabriela zu erreichen. Leider vergeblich. Er hinterließ eine kurze Nachricht auf dem Band und bat um Rückruf.

»Ich hoffe, sie meldet sich«, meinte Grace.

»Ich halte Sie auf dem Laufenden.« Benjamin stand auf und griff nach seiner Jacke. »Es ist Zeit für einen Rundgang durchs Hotel. Außerdem muss ich dringend raus aus diesem überhitzten Büro.«

Sie gingen zusammen die Treppe hinunter in die Halle, die wie ausgestorben schien. Beim Tresen stand eine ältere Dame in einem gelben Sommerkleid und blätterte eine Broschüre durch. Kim schob einen mit Blumen beladenen Wagen vor sich her und blieb gelegentlich stehen, um die blauen Hortensien auszutauschen.

»Sie sieht schon wieder so traurig aus«, bemerkte Grace und blickte nachdenklich zu Kim. »Als hätte sie geweint. Was hat … Oh …« Sie knickte mit dem Fuß um und wäre beinahe vornüber gestolpert, doch Benjamin konnte sie gerade noch rechtzeitig halten.

»Passen Sie doch auf, verdammt noch mal«, brüllte er.

Sie sah ihn erschrocken an. Langsam löste er seine Hände von ihrer Taille. »Tut mir leid, aber diese Treppe … Sie ist … nun … Passen Sie einfach auf.«

Sie nickte verständnisvoll. »Ja, ich weiß.«

Schweigend gingen sie weiter. Unten angekommen, blieb Grace stehen und schaute wieder zu Kim hinüber, die sich die Nase putzte und dann ihren Wagen Richtung Wintergarten schob. »Ich frage mich, was mit ihr los ist. Ob Mara wieder dahintersteckt?«

»Grace, ich weiß, Sie mögen Mara nicht. Aber dass es Kim so schlecht geht, ist nicht Maras Schuld.«

»Was hat Kim dann?«

Benjamin schaute zu Kim, die mit ihrem Wagen im Wintergarten verschwand. Hatte er das Recht, Grace davon zu erzählen? Auch wenn sie mit Kim verwandt war, schien es ihm nicht richtig, hinter Kims Rücken über sie zu reden. »Nicht so wichtig. Grace, ich muss jetzt wieder arbeiten. Ich werde später nochmals versuchen, diese Gabriela anzurufen.«

Eine Wolke von würzigem Aftershave stieg ihm in die Nase, und ehe er sich versah, stand auch schon Aaron Hottinger bei ihnen und legte einen Arm um Grace. »Hier steckst du also, meine Schöne. Ich habe dich schon überall gesucht.«

»Benjamin und ich hatten etwas zu besprechen«, erklärte Grace.

Aarons Blick wanderte zu ihm. »Aha, der Herr Vizedirektor.«

»Guten Tag, Herr Hottinger«, grüßte er ihn höflich, doch Hottinger widmete sich bereits wieder Grace. »Pack deine Badesachen zusammen, wir machen jetzt einen kleinen Ausflug mit dem Boot meines Vaters.«

Grace zeigte sich unbeeindruckt. »Nein, ich möchte an den Pool und lesen.«

»Immer noch diesen Kriegsroman?«

»Genau.«

»Grace«, unterbrach Benjamin die beiden, »ich muss los. Einen schönen Tag noch.« Zielstrebig ging er Richtung Restaurant und konnte sich ein Grinsen nicht verkneifen. Grace hatte Aaron Hottinger soeben einen Korb gegeben. Das gefiel ihm.

* * *

Die Gartenterrasse des Restaurants Schwanenhof zählte zu den romantischsten in ganz Zürich. Ob es nun an den sanften Pianoklängen lag, den funkelnden Leuchtern auf den Tischen oder dem Blick auf den Fluss – so mancher Mann hatte hier schon um die Hand seiner Liebsten angehalten.

Benjamin beobachtete ein junges Pärchen, das sich verträumt anschmachtete. Der Kerzenschein verlieh ihren Gesichtern einen goldenen Glanz und ließ ihre verliebten Augen strahlen.

Leonie hatte nicht viel von Romantik gehalten und immer gelacht, wenn er zu Hause Kerzen angezündet und klassische Musik aufgelegt hatte.

Seine Aufmerksamkeit wurde auf Carlito gelenkt, der ungewohnt mürrisch mit einer Flasche Wein in der Hand an ihm vorbeimarschierte. Benjamin stutzte. So hatte er den Spanier, der schon seit dreiundzwanzig Jahren im Schwanenhof arbeitete und kurz vor der Rente stand, selten erlebt. Er folgte ihm in den Servicebereich. »Hey, Carlito, alles klar?«

Carlito stellte den Wein auf einem Tresen ab und rief Johanna herbei, die kleine Kellnerin mit den schönen blauen Augen. »Johanna, bitte bring Tisch zwölf den Amarone.«

Johanna nickte und flitzte davon. Mit trauriger Geste strich Carlito über die Flasche vor sich, als wäre sie ein Kind, das er vor allem Unheil dieser Welt bewahren müsse. »Da will man dem Gast etwas Besonderes empfehlen, und wie bedankt er sich? Indem er sich darüber lustig macht!«

»Was ist passiert?«, fragte Benjamin.

Carlito hob theatralisch die Hände. »Mein Aglianico war dem Herrn Hottinger nicht gut genug! Ein *langweiliger Italiener*, hat er gesagt! Meint wohl, er ist besonders witzig. Nicht mal probieren wollte er! Und weißt du, was er stattdessen wollte? Einen Nullachtfünfzehn-Amarone! Ts, ts. Keinen Geschmack hat der, sag' ich dir.«

»Der junge oder der alte Hottinger?«

»Der junge. Hat mal wieder eine Frau dabei, der er imponieren will. Eine hübsche Blonde.«

»Amerikanerin?«

»Ja, die wohnt auch hier im Hotel.«

Benjamin seufzte. Grace. Dabei hatte er heute Nachmittag gedacht, sie wäre schlau genug und hielte sich von Hottinger fern. Er musste sie unbedingt vor ihm warnen.

Nachdem er Carlito beruhigt hatte, wartete er auf Johanna, die nach ein paar Minuten mit dem Amarone zurückkehrte. »Geben Sie mir den Wein, Johanna, ich bringe ihn unserem *besonderen* Gast.« Er zwinkerte Carlito zu und ging davon.

Tisch zwölf lag ziemlich weit hinten, beinahe an der mit kleinen Buchsbäumchen versehenen Grenze zum Hotelpark. Grace schien sich zu amüsieren, sie lachte laut, während Aaron Hottinger mit übereinandergeschlagenen Beinen im Stuhl lümmelte und irgendeine Anekdote von sich gab. Als er Benjamin bemerkte, richtete er sich auf und verschränkte die Arme. »Aha, jetzt kommt der gute Wein.«

»Der andere hätte bestimmt auch geschmeckt«, bemerkte Grace schnell.

Benjamin schenkte Aaron einen Probeschluck ein. »Amarone Classico della Valpolicella, 2012. Eine gute Wahl, Herr Hottinger.«

Er sprach Englisch, damit auch Grace ihn verstehen konnte. »Wobei ich dazu sagen muss, dass unser Chef de Service ein hervorragender Sommelier ist und die Gäste gerne auf besondere Weine aufmerksam macht. Der Aglianico von vorhin ist ein absoluter Geheimtipp und mundet vorzüglich. Allerdings braucht es etwas Kenntnis, um die Noten dieser besonderen Rebsorte herauszuschmecken. Deshalb verstehe ich vollkommen, dass man als Gast lieber bei dem Altbewährten bleiben will. Ich hoffe, der Amarone schmeckt Ihnen.«

Aaron Hottinger schluckte trocken und griff nach dem Glas. Er schwenkte es ganz langsam, als überlege er unterdessen genau, was er entgegnen könnte. Nachdem er einen Schluck genommen hatte, stellte er das Glas hin. »Passt.«

Benjamin füllte beide Gläser und wandte sich an Grace. »Ich habe übrigens Neuigkeiten für Sie. Melden Sie sich einfach, wenn Sie hier fertig sind.« Er trat einen Schritt zurück. »Zum Wohl!«

Der restliche Abend verlief ruhig. Erst als die Bar Schwierigkeiten mit der Kasse meldete, war Benjamins Einsatz gefordert. Er hatte an diesem Abend Duty-Dienst und trug somit die Verantwortung bei sämtlichen Problemen. Nachdem er die Störung behoben hatte, instruierte er den Mitarbeiter und verließ den Barbereich. Es war beinahe 23 Uhr und sein Duty-Dienst zu Ende, aber der Feierabend noch lange nicht in Sicht. Der Stapel Akten auf seinem Schreibtisch war bestimmt wieder gewachsen.

»Benjamin!« Er drehte sich um. »Guten Abend, Grace. Ich hoffe, Sie hatten einen schönen Abend und konnten den Wein genießen?«

»Oh ja!« Sie lachte. »Ich kenne Aaron ja noch nicht lange, aber so sprachlos habe ich ihn noch nie erlebt. Das war witzig.«

Er blieb gelassen. »Ich habe ihm nur gesagt, dass ein Amarone eine gute Wahl sei.«

Sie gab ihm einen freundschaftlichen Boxhieb gegen die Schulter. »Ach, kommen Sie! Sie wollten ihn doch blamieren, nicht?«

»War das so eindeutig?«

»Schon, ja.«

»Ich hätte mich zurückhalten sollen, aber bei Gästen wie Aaron Hottinger fällt das manchmal schwer.«

»Erzählen Sie mir nun, was Sie gegen ihn haben?«

Er verdrängte den Gedanken an seinen Aktenberg. Dann würde er eben mal wieder eine Nachtschicht einlegen. »In Ordnung. Lust auf einen kleinen Spaziergang?«

* * *

Sie waren nicht die Einzigen, die an diesem Sonntagabend noch unterwegs waren. Zahlreiche Passanten schlenderten an der Seepromenade entlang, alle glücklich, dass das Sommerwetter endlich in der Schweiz angekommen war. Benjamin blickte verstohlen zu Grace, die herzhaft an ihrem Schokoladeneis leckte. Gelegentlich biss sie sogar ein Stück ab.

»Das ist so lecker! Sie hätten auch eines nehmen sollen. Möchten Sie kosten?« Sie streckte ihm das Eis hin.

»Nein, danke, ich habe gerade keine Lust auf Süßes. Aber es freut mich, dass es Ihnen schmeckt.«

Sie kniff die Augen leicht zusammen und sah ihn an, als wäre sie eine Psychologin und er der besonders schwierige Patient.

»Was ist?«, fragte er.

Sie winkte ab. »Nichts. Es ist nichts. Also, was wollten Sie mir über Aaron sagen?«

»Zuerst müssen Sie wissen, dass ich normalerweise nicht mit Gästen über andere Gäste spreche. Aber in diesem Fall fühle ich mich verpflichtet dazu.« Er holte tief Luft. »Wir hatten mal eine junge Kellnerin. Sie war Anfang zwanzig, sehr hübsch, klug und nett. Simone. Sie war bei allen beliebt und eine große Bereicherung für das Restaurant. Auch Aaron Hottinger fand Gefallen an ihr und machte ihr den Hof. Und sie verliebte sich leider unsterblich in ihn. Doch für Aaron war sie nur ein Spielzeug, genau wie all die anderen Frauen, die er vor ihr benutzt hatte. Und wie es so ist, langweilt einen ein Spielzeug irgendwann. Aaron hatte genug, und bei einem seiner nächsten Aufenthalte flirtete er heftig mit einer Geschäftsfrau aus Frankreich. Vor Simones Augen. Simone machte ihm daraufhin eine riesige Szene, mitten im Restaurant. Am Ende leerte sie Aaron sogar einen Drink über den Kopf.«

Grace lachte auf. »Ernsthaft? Ich kenne das sonst nur aus Filmen.«

»Glauben Sie mir, hier im Hotel komme ich mir manchmal vor wie im falschen Film.«

»Kann ich mir vorstellen. Was ist mit Simone geschehen?«

»Aaron verlangte von Mara, dass sie sie fristlos entlässt. Und Mara hätte das am liebsten getan. Sie hatte damals gerade erst als Hoteldirektorin begonnen und wollte ihre Autorität demonstrieren. Zudem konnte sie Simone nicht leiden. Wahrscheinlich war sie neidisch, oder was weiß ich. Jedenfalls war Simones Verhalten, auch wenn es nicht korrekt war, kein Grund für eine fristlose Kündigung. Sie erhielt eine Abmahnung. Kurze Zeit später kündigte sie dann aber selbst, weil sie Aaron nicht mehr begegnen wollte, und weil ihr Maras Führungsstil Mühe bereitete.«

»Verständlich. Das alles war bestimmt nicht leicht für Simone. Aber weshalb sind *Sie* sauer auf Aaron?«

»Weil er ihr die ganze Zeit nur etwas vorgemacht hat! Er sprach sogar von Liebe, wie ich von Simone erfahren habe. Doch dann ließ er sie einfach fallen, bloß weil eine andere kam. Und …«

»So was kommt eben vor«, fiel sie ihm ins Wort und wich seinem fragenden Blick aus. »Habe ich auch erst kürzlich erlebt.«

»Das tut mir leid.«

»Schon gut, er war sowieso nicht der Richtige.« Sie lächelte verkrampft. »Aber fahren Sie fort.«

»Nach dem Vorfall habe ich Aaron Hottinger zur Rede gestellt. Und wissen Sie, was er mir frech ins Gesicht gesagt hat? Ich solle auch in Zukunft schauen, dass so hübsche Kellnerinnen wie Simone eingestellt werden. Mit Mara hatte er wenig später übrigens auch eine kurze Affäre.«

Grace blieb stehen und lehnte sich an einen stämmigen Kastanienbaum. Traurig schaute sie zu Boden, und Benjamin fühlte sich plötzlich mies. »Tut mir leid. Ich weiß, Sie beide nähern sich zurzeit an. Aber gerade deshalb musste ich es Ihnen sagen.«

»Das ist nett, aber ich habe kein Interesse an Aaron. Ja, ich mag ihn gerne. Er ist so locker, humorvoll und charmant. Und irgendwie speziell. Er liest sogar Mickey-Mouse-Comics. Aber ich hatte nicht vor, mich auf ihn einzulassen. Ich möchte mich voll und ganz darauf konzentrieren, Grandmas Geheimnis zu lüften.« Sie sah ihn wieder mit diesem energischen Blick an, der ihn an ihre erste Begegnung erinnerte; damals, als sie auf die Hanna-Miller-Suite bestanden hatte. Ihr Wille, das Rätsel ihrer Großmutter zu lösen, gefiel ihm. Und jetzt hatte er sogar noch eine gute Nachricht für sie. »Ich habe übrigens Gabriela Steiner erreicht, Mikolajs Tochter.«

»Oh, und?«

»Ich habe ihr gesagt, dass Sie etwas über Ihre Großmutter herausfinden wollen. Sie meinte, ihr Vater habe tatsächlich oft von Hanna Miller und von seinen Erlebnissen während des Zweiten Weltkriegs gesprochen. Gabriela fand, es wäre am besten, wenn Sie vorbeikommen.«

»Okay, super.«

»Es gibt aber ein Problem. Sie spricht kaum Englisch.«

»Oh, blöd.«

»Wenn Sie wollen, kann ich Sie begleiten.«

Sie blickte ihn verwundert an. »Das würden Sie wirklich tun?«

»Ja. Gabriela würde es morgen Nachmittag passen. Ginge das bei Ihnen? Sie lebt übrigens in der Stadt Luzern. Liegt etwa eine Stunde von hier.«

»Morgen Nachmittag ist gut. Vielen Dank. Ich freue mich auf unseren Ausflug.«

»Ja«, gab er kurz angebunden zurück. Nach dem Gespräch mit Gabriela Steiner hatte er lange überlegt, ob er Grace tatsächlich anbieten sollte, sie zu begleiten. Da ihm aber selbst daran lag, das Rätsel von *Unvollendet* zu klären, hatte er sich dazu durchgerungen. Er hoffte nur, dass Grace daraus keine falschen Schlüsse ziehen würde. Sie sah ihn nämlich gerade an, als hätte er sie um eine Verabredung gebeten. Nach wie vor lehnte sie mit dem Rücken an dem Kastanienbaum, jetzt allerdings in leicht verführerischer Pose; ein Bein angewinkelt, die Brust leicht nach vorne gestreckt. Dabei wickelte sie eine Haarsträhne um einen Finger. Er bemerkte, dass Schokoladeneis an ihren Mundwinkeln klebte.

»Es ist auch mir wichtig, dieses Geheimnis zu lüften«, sagte er und sah weg, damit er ihr nicht in die Augen schauen musste. »Man könnte sagen, dass es Leonies letztes Projekt war. Ich mache das also für Leonie.« Er wandte sich ab. »Wir sollten zurückkehren, es ist schon spät.«

Kapitel 19

Montag, 4. Juli 2016

Graces Herz pochte immer schneller. Sie hielt den Bucheinband von *Unvollendet* so krampfhaft umklammert, als befürchte sie, jemand könnte ihr das Buch wegnehmen. Die Stelle, an der der Weihnachtsfrieden endete, bewegte sie zutiefst. Sie litt mit Leopold und Edward, die sich in den vergangenen zwei Wochen wie Brüder lieben gelernt hatten und sich nicht vorstellen konnten, wieder gegeneinander zu kämpfen.

Von den meisten Offizieren waren die Verbrüderungen an Weihnachten zunächst gebilligt worden, doch da sie an einigen Orten teilweise bis in den Januar hinein dauerten, befürchteten die Befehlshaber, die Soldaten würden gar nicht mehr kämpfen. Leopold legte sich dabei mit dem Offizier Gustav Graf an, der neu an die Front versetzt worden war und den Weihnachtsfrieden beenden wollte. Als sich Leopold und seine Kameraden weigerten, wieder auf die Engländer zu schießen, drohte Gustav Graf ihnen mit drastischen Disziplinarmaßnahmen. Der Widerstand von Leopold und seinen Kameraden wurde schließlich gebrochen, und so endete der Weihnachtsfrieden. Dort, wo bis vor Kurzem noch Weihnachtslieder erklungen waren, hörte man nun wieder Bombendonner, Schüsse und die Schreie der Verwundeten.

Grace legte das Buch weg. Sie fragte sich, wie alles verlaufen wäre, wenn die Soldaten einfach weitergemacht hätten mit ihrem Waffenstillstand, ungeachtet der Befehle ihrer Offiziere. Aber wäre das überhaupt möglich gewesen?

Sie vergrub ihr Gesicht im Kissen. Warum las sie ein solches Buch? Und warum traf sie sich heute Nachmittag mit einer Frau, deren Vater ein polnischer Internierter gewesen war? Sie sollte sich mit schönen

Dingen beschäftigen und nicht ... Sie hob abrupt den Kopf. Die Rolle! *Du tust das alles für deine Rolle, du Dummkopf. Vergiss das nicht!*

Nachdem sie Matthew in einer E-Mail über den aktuellen Stand der Dinge informiert hatte, schrieb sie auch ihrem Vater zurück, der sich erkundigt hatte, ob sie Iveta Miller schon kontaktieren konnte. Grace teilte ihm mit, dass sie ihr eine E-Mail geschickt habe, nachdem sie sie telefonisch nicht hatte erreichen können. Bisher habe Iveta aber noch nicht geantwortet.

Grace hoffte, dass sie dies noch tun würde. Nicht, dass es am Ende so war wie mit Professor Theodor Feigel, auf dessen Rückruf sie noch immer wartete.

Sie schaute auf die Uhr. Zwanzig nach elf, sie sollte sich allmählich beeilen, um halb eins wollte sie sich mit Benjamin treffen. Sie stand dem Ausflug mit ihm sehr zwiegespalten gegenüber. Einerseits freute sie sich darauf, andererseits hatte er ihr gestern Abend klar zu verstehen gegeben, dass er dies alles nur wegen Leonie tat. Wahrscheinlich mochte er sie nicht einmal.

Grace lachte bitter auf, als ihr seine Worte von gestern Abend wieder einfielen. *Nein, danke, ich habe gerade keine Lust auf Süßes. Aber es freut mich, dass es Ihnen schmeckt.*

Es freut mich, dass es Ihnen schmeckt. Ja, mich auch, dachte Grace und begab sich ins Bad.

Als sie kurze Zeit später die Lobby betrat, entdeckte sie Mara und Benjamin am Empfang, die heftig miteinander diskutierten. Gerade als es so aussah, als wolle Mara Benjamin an die Gurgel gehen, zog er sie ins Backoffice und schloss die Tür.

Später, während der Fahrt, sprach Grace ihn auf die Situation mit Mara an.

Er seufzte. »Wenn es nach Mara ginge, wäre ich vierundzwanzig Stunden im Hotel.«

»Das sind Sie doch, oder etwa nicht?«

Er lachte ihr kurz zu, blickte aber sogleich wieder konzentriert auf die Straße. »Sie haben recht, ich bin oft im Hotel. Und deshalb ist es für Mara nur schwer zu verstehen, wenn ich mir mal etwas freie Zeit gönne. Und dann auch noch mit Ihnen. Mara hat das Gefühl, Sie halten mich von der Arbeit ab. Dass ich das alles wegen Leonie mache, kann sie nicht nachvollziehen. Zeitverschwendung hat sie es vorhin genannt.«

»Aber sie sollte doch auch wissen wollen, was Leonie von Oskar erfahren hat.« Grace sah aus dem Fenster. Inzwischen waren sie auf der Autobahn und überholten gerade einen schwarzen Lieferwagen. »Ich werde einfach das Gefühl nicht los, dass Mara und Kim etwas verschweigen. Besonders Kim. Sie hat sich so eigenartig verhalten, als ich davon gesprochen habe, etwas über Grandmas Vergangenheit herausfinden zu wollen. Als ich dann aber *Unvollendet* erwähnte, wirkte sie plötzlich beruhigt.«

In dem Moment klingelte Graces Handy, und sie zog es aus der Handtasche. Aaron. Sie hatten sich heute Mittag zum Lunch treffen wollen, doch sie hatte vergessen, ihn über die Planänderung in Kenntnis zu setzen. Sie nahm den Anruf entgegen und erklärte ihm, dass sie erst am Abend wieder zurück sei.

»Dann sehen wir uns am Abend?«, wollte er wissen.

»Ja, vielleicht. Ich melde mich. Bye.« Sie steckte das Handy zurück in die Tasche. Es war schon merkwürdig. Obwohl sie kein Interesse an Aaron hatte, empfand sie seine Annäherungsversuche als schmeichelhaft und hatte sich nach der ganzen Geschichte mit Garrett endlich wieder begehrt und schön gefühlt. Außerdem gefiel ihr Aarons lockere Art. Von Benjamin zu erfahren, wie Aaron normalerweise mit Frauen umging, hatte sie enttäuscht. Dennoch hatte sie sich vorgenommen, ihn persönlich darauf anzusprechen und seine Version der Geschichte zu hören. Das war nur gerecht.

* * *

Gabriela Steiner lebte mitten in der Stadt Luzern in einer Altbauwohnung mit charmanter Dachterrasse, die einen Blick auf Stadt, See und Berge bot. Während Gabriela die Getränke holte, bestaunte Grace die Aussicht. Ihr gefiel die kleine Stadt, die sich so komplett von Los Angeles unterschied. Hier war alles sehr übersichtlich. Sie erwähnte ihre Gedanken Benjamin gegenüber, der ihr daraufhin erklärte, dass er während seines Studiums an der Hotelfachschule in Luzern gelebt habe.

»Und danach zog es Sie gleich nach Zürich?«, fragte sie und betrachtete die bunten Terrakottatöpfe, die am Terrassengeländer hingen und in denen verschiedene Kräuter wuchsen. Sie roch an einem Büschel frischer Pfefferminze. Der ganze Dachbereich glich einer grünen Oase, sogar ein kleines Gewächshaus war vorhanden. Über allem lag der betörende Duft von überreifen Erdbeeren.

»Nein, ich bin zuerst ins Ausland gegangen«, antwortete Benjamin. »Ich habe in Hotels in Südafrika, Singapur, Mauritius und zuletzt in Dubai gearbeitet.«

»Und warum kamen Sie zurück?«

»In Dubai habe ich Bekanntschaft mit Leonies Vater gemacht. Er wollte unbedingt, dass ich sein neuer Vizedirektor werde. Und da ich vorhatte, wieder in die Schweiz zu kommen, nahm ich das Jobangebot an. So kam ich in den Schwanenhof.«

Ein lautes Poltern lenkte ihre Aufmerksamkeit auf die Dachluke, wo soeben Gabrielas grauer Haarschopf auftauchte. Sie balancierte ein Tablett mit einem Krug und Gläsern, die verdächtig schwankten.

Mit ihrem hüftlangen, silbergrauen Haar und dem langen bunten Rock kam sie Grace vor wie eine alte Hippie-Dame. Sie rief ihnen etwas zu und wies dabei auf eine mit Blumenmuster überzogene Hollywoodschaukel.

Erst jetzt fiel Grace auf, dass noch eine zweite Person aus der Dachluke gestiegen war: eine junge Frau mit hellblondem Kurzhaarschnitt und Brille. Sie stand etwas unbeholfen da und schaute unsicher zu Gabriela.

»Ah, Celine!« Gabriela winkte sie herbei, sagte etwas auf Deutsch und blickte abwechselnd zu Grace und Benjamin. Dann brach sie in lautes Gelächter aus, das ein wenig wie das Meckern einer Ziege klang. Als sie sich wieder beruhigt hatte, drückte sie Grace und Benjamin jeweils ein Glas Eistee in die Hand und zog zwei Rattanstühle herbei.

»Was hat sie gesagt?«, fragte Grace Benjamin leise.

»Dass Celine nicht so schüchtern sein soll. Wir beide würden sie schon nicht beißen.«

Grace lachte. »Ach so.«

Nachdem sich Gabriela und Celine gesetzt hatten, sprach Gabriela auf Benjamin ein. Grace verstand wieder kein Wort, deshalb übersetzte Benjamin. »Celine ist Gabrielas Enkelin. Gabriela meinte, es sei vielleicht besser, wenn Celine das Gespräch führe. Sie spricht dank eines Sprachaufenthalts in Australien fließend Englisch. Außerdem ist sie ohnehin die richtige Ansprechperson. Vor vier Jahren schrieb sie ihre Maturaarbeit über die Schweiz und deren Situation während des Zweiten Weltkriegs. Sie unterhielt sich dafür oft mit ihrem Urgroßvater, Mikolaj.«

»Interessant.« Grace schenkte Celine einen anerkennenden Blick, woraufhin diese leicht verlegen auf ihre abgetragenen Sneakers starrte.

Gabriela stand unterdessen auf und plapperte etwas, ehe sie nach einem Flechtkorb griff und zu ihren Sträuchern und Pflanzen schlenderte.

Celine sah ihr nach. »Sie muss Erdbeeren und Himbeeren pflücken«, übersetzte sie für Grace.

Benjamin lehnte sich leicht vor und zeigte auf ein Ringbuch, das zusammen mit einem Ordner auf Celines Knien lag. »Ist das Ihre Maturaarbeit?«

Celines Augen leuchteten auf, und sie reichte Benjamin das Ringbuch. »Ja. Ich habe mich damals intensiv mit dem Thema beschäftigt, und mein Urgroßvater war mir eine große Hilfe.« Sie deutete auf den Ordner. »Gestern habe ich meine alten Notizen noch einmal durchgelesen, nachdem mich Großmutter gebeten hat, heute hierherzukommen.« Sie machte eine kurze Pause und blickte dann zu Grace. »Großmutter erwähnte, dass Sie die Enkelin von Hanna Miller sind?«

»Ja.«

»Mein Urgroßvater erzählte oft voller Stolz, dass er Hanna Miller gekannt habe … Aber was wollen Sie eigentlich genau wissen?«

Grace beugte sich vor. Auf der Hinfahrt hatte sie sich mit Benjamin darüber unterhalten, was sie sagen würden, und sie waren sich einig gewesen, die Fortsetzung von *Unvollendet* vorerst nicht zu erwähnen. So brachte Grace denselben Vorwand, den sie auch schon für Konstantin und Aaron Hottinger verwendet hatte: dass sie einfach mehr über die Vergangenheit ihrer Großmutter und deren Beziehung zu Robert Arndt herausfinden wolle.

Celine stellte den Eistee, an dem sie soeben genippt hatte, wieder hin. »Finde ich echt schön, dass Sie sich mit der Geschichte Ihrer Großmutter befassen. Meine Mitschüler damals konnten nicht verstehen, dass ich für die Maturaarbeit so viel Zeit mit meinem Urgroßvater verbrachte. Aber ich fand es interessant. Außerdem tat es ihm gut, darüber zu reden. Er schämte sich nämlich immer etwas dafür, dass er so viel Glück erleben durfte, im Gegensatz zu all den vielen Opfern. Besonders nahe ging ihm der Tod seines Kameraden Jakub.«

»Jakub Krawczyk. Er starb bei dem Brand 1944«, bemerkte Grace.

Celine nickte. »Ja. Sein Tod war richtig hart für meinen Urgroßvater. Die beiden hatten einiges zusammen durchgemacht, sie gehörten ja demselben Regiment an. Sie müssen wissen, dass mein Urgroßvater zu der Zeit, als er eingezogen wurde, noch recht jung war, erst dreiundzwanzig. Jakub war wie ein großer Bruder für ihn und hat stets auf ihn aufgepasst. Als Jakub an der Schweizer Grenze die Bekanntschaft mit einem Offizier machte, der ihm Arbeit in Zürich verschaffte, setzte dieser sich dafür ein, dass auch mein Urgroßvater mitkommen durfte.« Celine griff wieder nach ihrem Eistee und begann, mit einem Rührstäbchen die Zitrone zu zerdrücken. »Jakub und mein Urgroßvater hatten großes Glück. Viele Polen mussten während ihrer Internierung in der Schweiz schwere Arbeit leisten. Straßen und Brücken bauen und so. Wobei sich das Glück für Jakub später ja leider als Unglück erwies. Wahrscheinlich wäre er nicht so früh gestorben, hätte man ihn ins Safiental oder sonst wohin zum Straßenbau geschickt. Schon interessant, wie einem das Leben manchmal ein Schnippchen schlägt.«

Grace und Benjamin sahen einander an. Das schüchterne Mädchen von vorhin hatte sich in eine ziemlich toughe Person verwandelt, die bei diesem Thema richtig aufblühte. Und sie war noch lange nicht fertig. In den folgenden zwanzig Minuten lieferte sie einen detaillierten Bericht über eine von den Polen errichtete Straße, die durch die ganze Schweiz führte und heute noch *Polenweg* genannt wurde. »Ja, wir verdanken ihnen einiges«, beendete sie ihre Schilderung. »Es ist schon interessant, wenn man einen Vergleich zu den englischen oder amerikanischen Internierten zieht, die es oft viel besser hatten und teilweise in Hotels untergebracht und wie Touristen behandelt wurden. Die Botschaften setzten sich dafür ein. In Davos beispielsweise wurden amerikanische Offiziere in einem Luxushotel einquartiert.«

»Mein Großvater war einer von ihnen. George Miller.«

»Stimmt, George Miller. Der zukünftige Mann von Hanna Miller.

Laut Urgroßvater hat George Miller Ihre Großmutter bei einem Ausflug in Zürich kennengelernt.« Celine zog die Stirn kraus, griff nach ihrem Ordner und schlug ihn auf. »Für meine Arbeit schrieb Urgroßvater damals eine Art Lebenslauf, der 1939 mit dem Einmarsch der Deutschen in Polen beginnt. Er enthält aber auch viel Privates, was ich natürlich nicht für meine Arbeit verwenden konnte.« Sie klappte die Ordnerringe auf und nahm ein paar mit Maschinenschrift bedruckte Seiten heraus. »Das hat er übrigens alles selbst geschrieben, im Alter von sechsundneunzig! Auf seiner uralten Schreibmaschine.« Sie überflog die Blätter und zeigte auf eine Stelle. »Hier beginnt er mit der Zeit im Schwanenhof. Am besten lese ich die Abschnitte zuerst durch und übersetze dann die wichtigsten Fakten ins Englische, okay?«

Grace schnappte sich eine Erdbeere aus der Schale, die Gabriela vorhin vor sie hingestellt hatte. »Perfekt.«

Aus Mikolaj Piotrowskis Aufzeichnungen
»Der Krieg, die Schweiz und ich«, 2013
Abschnitt 4, Grandhotel Schwanenhof, 1940–1945

Es kam mir damals alles andere als richtig vor, dieses Hotel zu betreten, saubere Kleidung und Schuhe zu erhalten, Kartoffelsuppe und Wurst zu essen, und dieses einfache, aber schöne Dachzimmer im Westflügel des Hotels zu beziehen. Nein, es kam mir alles andere als richtig vor. Zu viel Leid hatte ich in den vergangenen Monaten erleben müssen, und dieses unverhoffte Glück konnte ich unmöglich annehmen, wo ich doch genau ahnte, dass ein Ende dieses Kriegs und des Leides noch lange nicht in Sicht waren. Am liebsten wäre ich sofort geflüchtet, zurück nach Polen, wie andere Kameraden es getan hatten.

Aber einmal mehr erwies sich Jakub als mein Retter. Nie werde ich vergessen, wie er schwungvoll auf das mit frischer Wäsche bezogene Bett sprang – lange hatten wir kein richtiges Bett mehr gesehen – und dabei vor Freude jauchzte. Dann schnappte er sich das Kissen und warf es mir an den Kopf. Doch ich hatte mich gerade im richtigen Moment gebückt, und so prallte das Kissen gegen die Tür – und platzte! Tausende von Federchen wirbelten herum, ich fühlte mich fast wie in einem Schneesturm. Jakub fing daraufhin so laut an zu lachen, dass ich nicht anders konnte, als in sein Gelächter einzustimmen. Wir lachten, als wären wir sorgenfrei, als gäbe es keinen Krieg. Wir waren einfach nur zwei junge Männer, die herumalberten.

Und so begann ich, mein Glück zu schätzen. Und das Glück war mir weiter hold.

Noch am gleichen Tag lernte ich die Hoteliersfamilie Thalmann kennen: Arthur Thalmann, einen stattlichen und gutmütigen Mann, der leider an einem Herzfehler litt. Seine Frau Luise, eine ernste, aber nette Dame. Den kleinen Willi, einen fröhlichen Lausebengel. Und das Fräulein Hanna, ein wunderschönes Mädchen mit Haar wie aus goldenem Honig und Augen so grün wie die mit Moos überwachsenen Stämme des Kabaty-Waldes bei Warschau.

Auch Arthurs Bruder Fritz, dessen Frau Dorothea und Sohn Oskar lebten im Hotel.

Die ersten Monate vergingen schnell, und meine Arbeit als Mathematiklehrer am Gymnasium gefiel mir gut. Die Schüler hatten Respekt vor mir und fragten mich oft über meine Erlebnisse im Krieg aus. Allzu gerne sprach ich aber nicht darüber, da die Erinnerungen mit Leid und Verlust verbunden waren. Ich hatte viele gute Kameraden verloren, und die Ungewissheit über den Verbleib meiner Familie bereitete mir unzählige schlaflose Nächte.

Doch es gab auch schöne Momente, wie beispielsweise meine Gespräche mit Hanna. Zwischen uns hatte sich eine Freundschaft entwickelt, und ich merkte schnell, dass Hanna nicht nur äußerlich, sondern auch innerlich wunderschön war. Wer jetzt denkt, dass ich verliebt war, der irrt sich. Das Fräulein Hanna war eher wie eine Schwester für mich. Außerdem hätte ich sowieso keine Chance gehabt, da sie an Robert Arndt hing, von dem sie fast ununterbrochen sprach. 1943 lernte ich diesen Robert, Sohn des Autors von *Unvollendet*, zum ersten Mal kennen. Ein ernst wirkender Mann, der dem Krieg ein Ende setzen wollte. Er verweilte nur kurz hier und wohnte im Hotel, da seine Mutter verstorben war und er nirgends hinkonnte. Als er wieder nach Deutschland zurückkehrte, war Hanna todunglücklich.

Und dann geschah das Unfassbare: Luise Thalmann wurde verhaftet. Von Hanna erfuhr ich, dass ihre Mutter einem Flüchtling – es handelte sich um den Vater von Willis Freund Ferdinand – helfen wollte, in die Schweiz zu gelangen. Dabei musste etwas schiefgelaufen sein. Arthur Thalmann versuchte alles Mögliche, um seine Frau herauszuholen, leider vergeblich. Deshalb wollte er nach Deutschland reisen und beantragte ein Visum. Doch auf dem Weg zu den Behörden erlitt er einen tödlichen Herzinfarkt. Für Hanna und Willi brach eine Welt zusammen. Und als wäre das nicht schlimm genug, mussten sie kurze Zeit später erfahren, dass ihre Mutter bei einem Fluchtversuch einen Wärter getötet hatte und zum Tode verurteilt worden war. Das Außenministerium setzte sich zwar damals für sie ein, doch ein paar Jahre nach dem Krieg wurde bekannt, dass Luise die übliche konsularische Hilfe nicht gewährt wurde.

Es folgte eine trostlose Zeit im Schwanenhof. Der in meinen Augen sehr unfähige und faule Fritz Thalmann übernahm die Führung und erwägte bereits, mich und Jakub fortzuschicken. Wie gut, dass unsere Tätigkeit vom Staat geregelt wurde und Fritz Thalmann nichts mitzureden hatte. Nach wie vor gab es auf dem Kartoffelacker viel zu tun, und Jakub wurde genauso gebraucht wie ich am Gymnasium.

Auch im Schwanenhof war viel los. Obwohl die Touristen durch den Krieg ausblieben, waren Gäste da. Schriftsteller, Maler und Musiker, die im Exil lebten, vermögende Europäer, Herzoge und sogar Könige. Und gelegentlich auch die wichtigen Staatsmänner. Winston Churchill zum Beispiel, wie Hanna mir einst anvertraut hat. Auch Offiziere kamen oft. Glücklicherweise aber keine Nazis. Bei denen war der Schwanenhof wegen der kommunistischen Hoteldirektorin nämlich schon seit Kriegsbeginn verpönt, wie ich von Hanna erfahren habe. Sie stiegen in anderen Hotels ab.

Für viel Aufruhr sorgte damals ein Schmuckdieb, der zwischen 1943 und 1944 mehrere kostbare Juwelen, Uhren und sonstige Schmuckstücke aus den Zimmern stahl. Das Personal, die Hotelgäste und auch Jakub und ich wurden damals verhört, doch niemandem konnte etwas nachgewiesen werden. Merkwürdigerweise tauchte das gesamte Diebesgut im Herbst 1944 plötzlich wieder auf. Eines Morgens lag laut dem Portier alles im Salon! Das fand ich amüsant, doch ich habe mich immer wieder gefragt, wer der geheimnisvolle Dieb gewesen war.

Nach den ersten Vorfällen 1943 sprach ich mit Hanna darüber und schlug ihr vor, gemeinsam nach dem Dieb zu suchen, doch sie schüttelte nur den Kopf und meinte, sie habe keine Lust auf ein solches Detektivspiel. Dabei wollte ich sie nur ablenken. Sie war unentwegt am Arbeiten, und ich machte mir Sorgen um sie. Kein einziges Mal hatte ich sie wegen ihrer Eltern weinen sehen. Sie wirkte so stark und emotionslos. Viele Male setzte ich an, um mit ihr über den Tod ihrer Eltern zu sprechen, und einmal meinte ich, ein Glitzern in ihren Augen erkennen zu können. Doch Tränen kamen nicht, stattdessen sagte sie nur, sie müsse eben stark sein für Willi. Ihr Bruder Willi machte damals eine schwere Zeit durch, er prügelte sich oft mit Schulkameraden und schwänzte die Schule. Man spürte eindeutig, dass ihm die Eltern fehlten und er durch seine rebellische Art deren Tod zu verarbeiten versuchte. Ich überlegte oft, wie ich Hanna und Willi helfen könnte, aber Jakub war der Meinung, ich solle mich nicht einmischen. Nun, Jakub hatte ohnehin seine eigenen Probleme, der alte Weiberheld. Er und Dorothea Thalmann trafen sich regelmäßig im Gartenhaus. Und nein, nicht um Kartoffeln zu verlesen! Meine Warnung, er solle aufpassen, dass Fritz Thalmann sie nicht erwische, schlug er in den Wind.

Dann kam der Tag im Sommer 1944, an dem mich Hanna am späten Abend aufgeregt bat, ins Gartenhaus zu kommen. Schnell erkannte ich, weshalb. Robert Arndt war wieder aufgetaucht.

Graf von Stauffenberg hatte am 20. Juli 1944 ein unglücklicherweise gescheitertes Attentat auf Hitler verübt, und daraufhin kam es in Deutschland zu einer Verhaftungswelle, wie uns Robert berichtete. Unter normalen Umständen wäre er geblieben, doch er wollte seine schwangere Freundin Gerda in Sicherheit bringen. Deshalb floh er mit ihr in die Schweiz und brachte sie ins Krankenhaus, da sie kurz nach ihrer Ankunft in der Schweiz erkrankt war. Weder er noch Gerda hatten eine Aufenthaltsbewilligung, doch eine schwangere und kranke Frau erhielt natürlich trotzdem Hilfe, sogar in der Schweiz mit ihrer damals restriktiven Flüchtlingspolitik. Robert jedoch hatte untertauchen müssen, und so kam er wieder in den Schwanenhof zu Hanna. Sie versteckte ihn im Gartenhaus, aus Angst vor ihrem Onkel Fritz.

Nicht nur für Hanna, sondern auch für Jakub war klargewesen, dass man Robert helfen musste. Auch wenn dies bedeutete, dass er sich künftig nicht mehr mit Dorothea Thalmann im Gartenhaus treffen konnte. Was ihn allerdings nicht daran hinderte, die Affäre fortzusetzen. Fortan trafen sie sich in der Wäscherei. Dorothea Thalmann schien der Ortswechsel weder zu stören, noch hinterfragte sie ihn in ihrer Hochstimmung. Hauptsache, sie konnte Jakub weiterhin treffen.

In jenen Tagen fühlte ich mich einsam: Jakub hatte seine Dorothea, und Hanna war oft bei Robert.

Ich mochte Robert nicht besonders, fand ihn eigenartig und verbittert. Er schrieb die ganze Zeit, aber wenn man ihn fragte, woran er schrieb, schwieg er bloß.

Doch ein Urteil über ihn stand mir nicht zu. Vielleicht wäre auch ich eigenartig und verbittert, wenn meine schwangere Freundin krank im Spital läge und ich aus Sicherheitsgründen nicht zu ihr dürfte.

Hanna besuchte Gerda regelmäßig, um Robert auf dem Laufenden zu halten.

Dann überschlugen sich die Ereignisse plötzlich: Gerda erlitt Anfang August 1944 eine Frühgeburt, bei der sie und das Baby starben. Hanna brachte uns die schlechte Nachricht.

Ich traute mich fortan nicht mehr, nach Robert zu sehen, da ich keine Ahnung hatte, was ich ihm sagen sollte. Durch Jakub und Hanna erfuhr ich aber, dass es ihm den Umständen entsprechend gut gehe. Doch er wolle, sobald er seinen Roman zu Ende geschrieben habe, zurück nach Deutschland. Hier hielte ihn nun nichts mehr. Jetzt wusste ich also, was Robert geschrieben hatte: einen Roman.

Kurz nach Gerdas Tod spürte ich, dass sich Hanna Chancen bei Robert ausmalte. Wenn sie ihm sein Essen brachte, zog sie immer ihre schönsten Kleider an und frisierte sich sorgfältig. Einmal wies ich sie zurecht, da ich ihr Verhalten nicht in Ordnung fand, doch sie meinte nur, dass es mich nichts anginge. Seit diesem Vorfall sprach sie nicht mehr mit mir, bis ich ihr an einem Sonntagabend im August vor dem Hotel begegnete. Ich war krank und hatte mir aus dem Garten ein paar Kräuter für einen Tee gegen meine Halsschmerzen geholt, da lief sie mir über den Weg. Als sie mich sah, ließ sie vor Schreck beinahe den Kartoffelsack fallen, den sie bei sich trug. Im Licht meiner Laterne fiel mir gleich auf, dass ihr schönes Gesicht fürchterlich aussah. Sie hatte ein geschwollenes Kinn, eine Platzwunde an der Stirn und ein blaues Auge. Als ich wissen wollte, was passiert sei, wich sie aus und meinte, sie sei die Treppe hinuntergestürzt. Ich glaubte ihr nicht, sah aber ein, dass sie mir die Wahrheit nicht sagen würde. Ich fragte sie, ob sie wieder zu Robert ins Gartenhaus wolle, doch sie erwiderte, dass Robert in der Nacht zuvor nach Deutschland zurückgekehrt sei. Plötzlich befürchtete ich, sie würde weglaufen wollen, und konfrontierte sie mit dem Gedanken. Sie schüttelte den Kopf und vertraute mir an, dass sich in dem Kartoffelsack Roberts Roman befinde und sie diesen verstecken müsse. Ich musste ihr versprechen, niemandem davon zu erzählen. Mehr wollte sie mir nicht sagen und lenkte das Gespräch auf meine Grippe. Sie bot an, mir den Tee zu machen, damit ich mich wieder hinlegen könne, doch in dem Moment erschien Oskar, Hannas Cousin, und wollte dringend mit ihr reden. Ich ging dann hinein, machte mir meinen Tee und schlüpfte in meinem Zimmer wieder ins Bett. Schon wenige Minuten später trat unverhofft Fritz Thalmann ein und schüttelte mich. Er beschimpfte mich als verfluchten Polen und meinte, ich solle ihm gefälligst sagen, wo Jakub sei. Ich erwiderte, dass ich es nicht wisse, woraufhin er mir mitten ins Gesicht schlug. Schweißgebadet vom Fieber und mit blutiger Nase lag ich auf dem Bett, da ließ er plötzlich von mir ab und fragte mich, ob ich von der Affäre seiner Frau mit Jakub gewusst hätte. Ich starrte ihn nur an und hatte keine Ahnung, was ich antworten sollte. Als ich bereits dachte, mein letztes Stündchen habe geschlagen, verließ er das Zimmer. Mein erster Gedanke war, dass ich Jakub suchen müsse, um ihn zu warnen, doch mein von der Grippe geschwächter Körper ließ es nicht zu. So schlief ich ein und erwachte erst, als Dorothea Thalmann mich später weckte und mir mitteilte, dass das Gartenhaus brenne.

Am nächsten Tag fand man nur noch die verkohlten Leichen von Fritz Thalmann und Jakub. Ich wollte zuerst nicht wahrhaben, dass mein guter Freund Jakub tot war. Ich hatte ihn geliebt wie einen Bruder!

Dorothea Thalmann weinte ununterbrochen, Oskar Thalmann kümmerte sich um die Polizei und alles Organisatorische, und Hanna wirkte verstört. Als habe sie einen Schlag auf den Kopf bekommen, von dem sie sich nicht erholt hatte. Doch noch viel sonderbarer erschien mir Willi. Der Frechdachs, der früher die ganze Zeit wie ein Wirbelsturm im Hotel herumgetobt war, immer auf der Suche nach neuen Streichen, und der nach dem Tod der Eltern so heftig rebelliert hatte, war jetzt auffällig still.

Ich frage mich auch heute, fast siebzig Jahre später, noch oft, was damals im Gartenhaus vorgefallen ist. Und ob Willi etwas gesehen hat, das er nicht hätte sehen sollen.

Interessant war, dass sich Hanna, Oskar und Willi nach dem Vorfall wie zu einer Art Verbündeten entwickelten. Als würden sie ein Geheimnis teilen. Ich kam mir oft etwas ausgeschlossen vor und fand es schade, dass sich meine Freundschaft mit Hanna verändert hatte. Hanna war so unnahbar geworden. Vielleicht lag es aber auch an ihrer Schwangerschaft. Sie erwartete ein Kind von George Miller, einem amerikanischen Internierten aus Davos, der während eines Ausflugs in Zürich im Schwanenhof abgestiegen war und sich sehr für Hanna interessiert hatte. Hanna war damals kurz nach Roberts Abreise so deprimiert gewesen, dass sie sich mit George eingelassen hatte.

Viele Leute hielten sie deswegen für eine Dirne. Und ausgerechnet Dorothea Thalmann, die ihren Ehemann betrogen hatte, machte Hanna die größten Vorwürfe. Sie sei eine Schande für die Thalmanns und den Schwanenhof, warf sie ihr vor.

Doch George und Hanna kümmerten sich nicht um das Gerede der anderen, auch wenn ihre Beziehung nicht einfach war. George lebte in Davos und durfte mit seinem Interniertenstatus nur gelegentlich nach Zürich reisen. Dazu kam, dass die Behörden den Kontakt zwischen Internierten und Einheimischen erschwerten und bis Ende 1945 den Postverkehr zensierten. Und George war es verboten, Hanna zu heiraten. Erst nach dem Krieg, etwa drei Monate nach der Geburt des kleinen Joseph, verließen sie die Schweiz zusammen mit Willi.

Obwohl ich Hanna und Willi noch Briefe schrieb, hörte ich nie wieder von ihnen. Aber aus Hanna wurde eine der erfolgreichsten Filmschauspielerinnen aller Zeiten.

Kapitel 20

Grace konnte ihren Blick kaum von Celine lösen, so sehr hatten sie Mikolajs Erlebnisse gefesselt. Celine legte die Seiten weg. »Ja, das waren die wichtigsten Fakten, die es sich zu übersetzen lohnt. Der Rest ist bloß Geplänkel. Zum Beispiel, wie mein Urgroßvater später seine Frau kennengelernt hat und so. Seine Eltern und seine Schwester in Polen haben den Krieg übrigens überlebt.« Sie trank einen Schluck Eistee, der vom zerstocherten Fruchtfleisch der Zitrone schon ganz trüb geworden war. »Ich hoffe, ich konnte Ihnen weiterhelfen?«

»Ja, danke«, antwortete Grace und fasste für sich die wichtigsten Fakten nochmals zusammen. Mikolaj zufolge hatte Robert seinen Roman in der Obhut ihrer Großmutter gelassen und nicht nach Deutschland mitgenommen, wie Konstantin Hottinger behauptet hatte. Aber was geschah mit dem Manuskript? Hatte Oskar es aufbewahrt? Oder war es am Ende … Nein, das konnte nicht sein, oder?

»Celine, hat Ihr Urgroßvater jemals von diesem Roman gesprochen, den Robert Arndt geschrieben hat?«

»Der Roman, den er bei Ihrer Großmutter ließ? Nein, hat er nicht.« Sie hob leicht den Kopf. »Was hat es mit diesem Roman auf sich?«

Grace schaute kurz zu Benjamin, der gerade in eine Erdbeere biss. Sie hatten schon fast sämtliche der süßen Früchte verschlungen. Während er kaute, nickte er ihr zu. Er war offenbar auch der Meinung, dass man Celine vertrauen und ihr die Wahrheit erzählen konnte.

Nachdem Grace Celine über die Fortsetzung informiert hatte, wirkte diese sehr beeindruckt und blickte kurz hinüber zu Gabriela, die inzwischen in einem Liegestuhl vor sich hin döste. »Eine Fortsetzung, wie spannend! Und Robert Arndt bat Ihre Großmutter, darauf aufzupassen. Vielleicht hat Ihre Großmutter das Manuskript in dem Gartenhaus versteckt, immerhin hat Robert Arndt dort gelebt. Und Sie wissen ja, was mit dem Gartenhaus passiert ist.«

Grace grub die Zähne in die Unterlippe. Celine hatte soeben ausgesprochen, was sie befürchtete. Das Manuskript könnte im Gartenhaus verbrannt sein, zusammen mit Fritz Thalmann und Jakub Krawczyk.

Celine, die sich offenbar bewusst wurde, dass sie Grace mit einer heiklen Theorie konfrontiert hatte, fügte schnell hinzu: »Das weiß man natürlich nicht mit Sicherheit. Nach Meinung Ihrer Großmutter soll sich das Manuskript ja in der Schweiz befinden. Wäre es verbrannt, hätte sie das ihrem Bekannten doch bestimmt gesagt?«

»Sie hatte vor, ihm mehr zu erzählen, aber sie kam nicht mehr dazu. Und drei Wochen später wollte sie plötzlich nicht mehr darüber sprechen.«

Celine ließ sich von Graces missmutiger Stimmung nicht anstecken. »Trotzdem, geben Sie nicht auf! Sagen Sie, was machen Sie eigentlich damit, wenn Sie es finden? Wollen Sie es veröffentlichen?«

Grace zuckte kaum merklich zusammen. Sie spürte, dass Benjamin auch neugierig auf ihre Antwort war und sie anstarrte.

»Ich weiß nicht. Diese Frage habe ich mir noch nie gestellt«, flunkerte sie. »Wichtig ist mir nur, das Rätsel zu lösen. Alles andere ist nicht von Bedeutung.«

»Mit einer Veröffentlichung könnte man aber viel Geld verdienen«, konterte Celine.

»Natürlich. Aber sehen Sie, meine Großmutter hat mir ein gigantisches Vermögen hinterlassen, das ich wahrscheinlich niemals in meinem Leben werde ausgeben können. Ich brauche das Geld nicht. Ich will nur wissen, was damals vorgefallen ist.«

Celine nickte und griff nach einer Erdbeere. Grace war erleichtert, dass weder sie noch Benjamin weiter nachhakten.

* * *

Seit etwa zwei Minuten saßen Grace und Benjamin schweigend im Wagen im Innenhof vor Gabrielas Wohnhaus. Ein Junge auf einem Mountainbike flitzte an ihnen vorbei zu einem Fahrradunterstand, wo er sich vom Sattel schwang und sein Gefährt vorsichtig anschloss. Dann verschwand er im Haus. Eine dicke, getigerte Katze tappte schwerfällig eine Katzenleiter hinunter, bis sie den letzten halben Meter sprang, stehen blieb und ihr Revier überblickte.

»Grace«, brach Benjamin das Schweigen, »wie Celine schon gesagt hat: Wir wissen nicht mit Sicherheit, ob das Manuskript zum Zeitpunkt des Brandes tatsächlich im Gartenhaus war. Außerdem dürfen Sie nicht vergessen, dass es uns *nicht* um den Fund des Skriptes geht, sondern darum, das Rätsel zu lösen. Das haben Sie selbst gesagt.«

»Ja, ich weiß.« Sie musterte ihn. Er hatte ja keine Ahnung, dass für sie so viel mehr von diesem Manuskript abhing.

»Was halten Sie eigentlich von Mikolajs Aussage, dass Willi etwas gesehen hat, das er nicht hätte sehen sollen?«, fragte er.

»Das würde zu Willis eigenartigem Verhalten passen. Wer weiß, vielleicht hat er sogar beobachtet, wie sich Jakub und Fritz im Gartenhaus gestritten haben. Vielleicht hat Fritz Jakub umgebracht oder umgekehrt, und Willi wurde Zeuge. Nur, weshalb schweigt er? Und wie kam es zu dem Brand? Was hat *Unvollendet* damit zu tun? Hat es überhaupt damit zu tun? Und woher stammten Grandmas Prellungen? War sie wirklich nur gestürzt?«

Er lächelte. »Ich habe leider keine Antworten auf Ihre Fragen. Und ehrlich gesagt habe ich gerade keine Lust mehr, mir deswegen das Hirn zu zermartern. Vielleicht brauchen wir mal etwas Abstand von der ganzen Geschichte.« Er drehte den Zündschlüssel. »Lust auf einen kleinen Ausflug?«

»Einen Ausflug?« Grace fühlte sich ganz überrumpelt. Eine solche Frage hätte sie nie von ihm erwartet. »Klar, fahren Sie los.«

* * *

Grace war froh, dass sie sich für ihre bequemen Sneakers und nicht für die Riemchensandaletten entschieden hatte, denn Benjamin führte sie durch die ganze Stadt Luzern. Zusammen mit unzähligen Touristen schauten sie sich die Kapellbrücke und das Löwendenkmal an und schlenderten danach durch die Altstadt.

Zurück im Wagen dachte Grace bereits, sie würden die Heimfahrt antreten, da kündigte Benjamin den Besuch eines weiteren Highlights an. Sie verließen die hektische Innenstadt und fuhren über Land, vorbei an ruhigen Wohngegenden, grünen Hügeln und Kuhweiden. Im Radio lief ein Song aus den Achtzigerjahren: *Waiting for a Star to Fall* von Boy Meets Girl.

Grace fühlte sich unbeschwert, jegliche Sorgen um *Unvollendet* hatte sie ausgeblendet, und in diesem Moment war sie einfach eine junge Frau, die den Nachmittag mit einem attraktiven Mann verbrachte und keinem Phantom-Manuskript hinterherjagte.

Nach etwa einer halben Stunde bog Benjamin ab und fuhr eine steile Straße hinauf, bis er auf einem Parkplatz direkt vor dem Waldrand halt machte. »Wir sind da«, verkündete er feierlich an und schaltete den Motor aus.

»Gehen wir in den Wald?«, fragte Grace, als sie ausstiegen.

»Nein, in die andere Richtung.« Sie überquerten den Parkplatz, wobei Grace ein Gebäude genauer inspizierte, das ihr vorhin, als sie die Straße hochfuhren, schon aufgefallen war. Von vorne hatte das alte Landhaus mit dem Dachtürmchen allerdings einen besseren Eindruck gemacht. Jetzt, von der anderen Seite betrachtet, bemerkte Grace, in welch zerfallenem Zustand es sich befand. Außerdem hatten die Besitzer um den ganzen Eingangsbereich herum eine rot-weiß gestreifte Schranke errichtet, davor stand eine gelbe Tafel.

»Betreten des Grundstücks verboten! Eltern haften für ihre Kinder!«, las Grace vor. »Ich verstehe ja kein Deutsch, aber ich gehe davon aus, dass man hier nicht reindarf?«

»Genau. Es war früher übrigens ein beliebtes Hotel, doch seit ein paar Jahren schon lässt der Besitzer es zu einem Geisterhotel verkommen.«

»Schade, denn es hat Charme. Warum tut er so was?«

»Keine Ahnung. Aber er ist schon alt, es interessiert ihn wohl nicht mehr. Das Grundstück verkaufen will er aber auch nicht, sämtliche Angebote schlägt er aus. Er hat das Geld nicht nötig.«

Grace deutete zur Eingangstür. »Sie hatten doch nicht etwa vor, reinzugehen?«

Er lachte. »Nein, ich wollte Ihnen bloß die Aussicht zeigen. Kommen Sie.« Er ging noch ein paar Meter weiter, bis er vor einer roten Sitzbank stehen blieb. »Wir sind hier auf der Oberrüti, oberhalb der Gemeinde Horw«, erklärte er.

Grace betrachtete die imposante Bergwelt, die grünen Hügel und den in der Sonne glitzernden See, aus der Ferne vernahm sie ein paar Kuhglocken. Sie hatte schon viele schöne Orte gesehen, aber selten hatte sie dieses Glücksgefühl verspürt, welches sie hier an diesem überschaubaren Plätzchen überkam. Vielleicht lag es aber auch an Benjamins Gegenwart.

Sie nahm ihr Handy hervor und drehte sich. »Kommen Sie, wir machen ein Selfie!«

Benjamin verzog das Gesicht. »Das ist jetzt nicht Ihr Ernst, oder?«

»Doch, warum nicht?«

»Ich hasse Selfies. Finde sie absolut lächerlich. Ich kann ohnehin nicht verstehen, dass man ständig alles fotografiert. Man sollte die Erinnerungen besser im Herzen behalten, das ist wichtiger.«

Grace schwieg. Sie ahnte, weshalb Benjamin so gegen Fotos war. Hätte Leonie vor der Hochzeit kein Shooting im Hotel veranstaltet, wäre sie vermutlich noch am Leben.

Just in diesem Moment forderte er sie auf, ihm zu folgen, er müsse ihr noch etwas zeigen. Er ging zurück Richtung Parkplatz und betrat eine Wiese vor dem Waldrand, auf dem ein mit Efeu überwachsener hoher Drahtzaun etwas zu verbergen schien.

»Was ist dahinter?«, wollte Grace wissen.

»Das werden Sie gleich sehen.« An einer Stelle kniete er nieder und schob den Efeu zur Seite, so dass ein Loch im Zaun zum Vorschein kam. Ehe Grace etwas sagen konnte, kroch Benjamin auch schon hindurch. »Na los, kommen Sie!«

Grace staunte nicht schlecht, als sie auf der anderen Seite hervorkroch und realisierte, dass sie inmitten einer alten Badeanlage gelandet war, in der sich ein etwa fünfundzwanzig Meter langes und leeres Schwimmbecken befand, das seine besten Zeiten längst hinter sich hatte. Die hellblaue Farbe war verblichen und teilweise bereits abgeblättert, an manchen Stellen hatte sich eine Moosschicht gebildet, oder es hatten gar Pflanzen den Beton aufgesprengt. Vier kleine Sprungblöcke dagegen schienen noch ziemlich unversehrt zu sein. Umringt war das Schwimmbecken von wild wachsendem Gras und Dornengestrüpp.

»Das war das private Schwimmbad des Hotels«, erklärte Benjamin und wies zu Umkleidekabinen aus Holz, die allmählich auseinanderfielen. »Sogar die alten Kabinen stehen noch. Mehr oder weniger.«

»Ein Geisterschwimmbad.« Grace bahnte sich einen Weg durch das hohe Gras bis hin zum Beckenrand und stieg vorsichtig die Betontreppe hinunter, bis sie mitten im Becken stand. »Ich hoffe, ich störe die Geister nicht beim Schwimmen.«

Benjamin setzte sich an den Beckenrand. »Wäre ich ein Geist, hätte ich nichts dagegen.«

Grace stieg die Treppe wieder hoch und setzte sich neben ihn. Sie musterte ihn verstohlen. War das wirklich derselbe Mann, der gestern noch so reserviert reagiert hatte?

»Mir gefällt es hier«, sagte sie nach einer Weile.

»Ich habe diesen Platz vor vielen Jahren beim Joggen entdeckt und war ganz fasziniert von dem Hotel. Jedes Mal, wenn ich hierherkam, habe ich mir vorgestellt, wie es wäre, wenn es mir gehörte und was ich daraus machen würde.« Er lachte verlegen. »Klingt verrückt, ich weiß.«

»Nein, finde ich nicht. Sie könnten es kaufen.« Da fiel ihr wieder ein, was er zuvor über den Besitzer gesagt hatte. »Vielleicht überlegt es sich der Eigentümer irgendwann anders. Bleiben Sie einfach dran.«

»Ja, das mach' ich. Und bis dahin bleibt es ein Traum.« Er blickte sie nachdenklich an. »Und Sie, haben Sie auch einen Traum?«

Sie seufzte und zupfte an einem hohen Grashalm, der ihren Arm kitzelte. »Ja, hab' ich. Ich wäre gerne eine erfolgreiche Filmschauspielerin.«

»So wie Ihre Großmutter. Sind Sie denn bereits Schauspielerin?«

»Ja, ich war sogar auf einer Schauspielschule und konnte schon ein paar Rollen spielen. Seit *Alaska Girl* war aber nichts Großes mehr dabei.«

»*Alaska Girl?*« Er schüttelte den Kopf. »Tut mir leid, aber das sagt mir gar nichts.«

»Schon gut. War eine Teenie-TV-Serie, die von 2002 bis 2005 lief. Aber eher für weibliches Publikum gedacht. Die Hauptfigur war Amy, ein fünfzehnjähriges Mädchen, das mit ihren Eltern und den vier Geschwistern von Alaska nach Kalifornien zog. Dort musste sie sich mit vielen Problemen herumschlagen: Drogen, Alkohol, Sex, Mobbing, Essstörungen und so weiter.«

»Und Sie waren die Amy?«

»Ja. Es war meine letzte Hauptrolle. Und wahrscheinlich erhielt ich sie nur wegen meiner Großmutter. Sie kannte den Produzenten.«

»Das klingt nicht gerade so, als ob Sie ihr dafür dankbar wären?«

Grace wand sich. »Es war nicht immer leicht mit einer so berühmten Großmutter. Klar hatte ich viele Vorteile, aber wirklich gebracht hat es nichts. Im Gegenteil. Als Enkelin einer Filmdiva wurde ich andauernd mit ihr verglichen, und leider bin ich weder so schön noch so talentiert wie meine Großmutter.«

»Also, schön sind Sie. Ob Sie talentiert sind, kann ich nicht beurteilen. Vielleicht müsste ich mir mal eine alte Folge von *Alaska Girl* ansehen.« Er grinste, doch Grace ging nicht auf seine Worte ein und begann, immer mehr Grashalme auszureißen. Sie merkte dabei gar nicht, dass ihre Stimme immer lauter und frustrierter wurde. »Irgendwann war ich es so leid, verstehen Sie? Ich wusste genau, dass man mir nur wegen meiner Großmutter kleinere Rollen gab. Das war richtig deprimierend. Ich wollte es doch alleine schaffen! Deshalb besuchte ich die Schauspielschule und arbeitete hart an mir. Ich bat meine Agentin sogar einmal, mich unter falschem Namen zu einem Casting anzumelden. Aber mein Spiel wurde durchschaut, da man mich erkannte.« Sie lachte freudlos. »Und am Ende war es immer das Gleiche: Ich bekam meine Traumrollen nicht. Trotzdem gab ich die Hoffnung nie auf. Dann, vor drei Jahren, wurde Grandmas Biographie verfilmt, und zwar von einem ihrer guten Freunde, Matthew Parker.«

»Matthew Parker?«, wiederholte Benjamin. »Etwa der Matthew, dem Ihre Großmutter beinahe das Geheimnis von *Unvollendet* anvertraut hätte?«

»Ja.« Grace wurde wieder bewusst, dass Benjamin gar keine Ahnung hatte von Matthews Filmprojekt. Vielleicht sollte sie ihm die Wahrheit sagen, doch zuerst musste sie ihm begreifbar machen, weshalb ihr das alles so wichtig war. Sie atmete tief durch. »Meine Großmutter konnte damals mitentscheiden, was die Besetzung anging. Deshalb bat ich sie, mich für die Rolle vorzuschlagen. Es kostete mich sehr viel Überwindung, ich wollte ja keine Gefälligkeitsrollen. Aber ich fand, dass ich perfekt sei für die Rolle. Wer sonst hätte Hanna Miller besser verkörpern können als ich, die Enkelin? Doch Grandma sah dies anders und teilte mir mit, sie und Matthew hätten bereits eine Wunschkandidatin. Amber Rutherford. Es war wie ein Schlag ins Gesicht. Ein *erster* Schlag ins Gesicht. Denn sie schleuderte mir auch noch entgegen, ich solle zukünftig besser als Architektin arbeiten.«

»Als Architektin?«

»Ja. Ich habe Architektur studiert und arbeite Teilzeit für die Firma meines Vaters. Aber das ist nicht mein Traum! Nein, mein Traum ist die Schauspielerei. Dass Grandma mich damals nicht unterstützt hat, konnte ich ihr nie verzeihen. Sie hat natürlich stets versucht, mir den Grund für ihr Handeln zu erklären, und hat die dämliche Ausrede gebracht, dass sie mich nur schonen wollte! Weil ich mit dem ganzen Rummel und dem Vergleich mit ihr durch die Kritiker nicht klarkommen würde. Dabei schämte sie sich einfach für mich! Nur deshalb wollte sie nicht, dass ich die Rolle erhalte.« Sie schüttelte den Kopf und zog die Beine an. »So viel zu meinem Traum. Meine Großmutter hätte ihn verwirklichen können, hat sie aber nicht.« Sie spähte zu Benjamin, von dem sie jetzt ein paar aufmunternde Worte erwartete, doch der schaute nur hoch in den wolkenlosen Himmel. Schließlich drehte er sich zu ihr. »Wollen Sie meine ehrliche Meinung dazu hören?«

»Natürlich.«

»Ich glaube, Ihre Großmutter wollte Sie wirklich nur schützen. Was Sie mir gerade erzählt haben, hört sich nämlich ganz so an, als hätten Sie all die Jahre stark unter dem Vergleich mit ihr gelitten. Und dass Sie es alleine schaffen wollten.«

»Ja, schon. Aber …«

Er ließ sie nicht ausreden. »Ich kenne mich in dem ganzen Hollywood-Zirkus zwar nicht aus, aber ich kann mir gut vorstellen, dass die Filmbranche verdammt hart ist und man nicht geschont wird. Hätten Sie mit dem Vergleich mit Ihrer berühmten Großmutter und der Kritik überhaupt umgehen können?«

»Das ist es ja! Warum ging meine Großmutter gleich davon aus, dass ich überhaupt Kritik erhalten würde? Warum hat sie nicht einfach an mich geglaubt und mir eine Chance gegeben?«

»Sie haben meine Frage nicht beantwortet. Hätten Sie damit umgehen können?«

Sie stutzte. Ja, wollte sie sagen, natürlich hätte sie damit umgehen können. Doch das wäre nicht die Wahrheit. So schwieg sie und schluckte den aufsteigenden Ärger über Benjamin hinunter. Er hatte kein Recht, eine solche Frage zu stellen.

»Grace, es scheint mir ganz so, als würden Sie Ihre Großmutter für

Ihr Versagen verantwortlich machen. Ich meine, wären Sie wirklich eine so gute Schauspielerin, dann hätten Sie mit Ihren Voraussetzungen doch garantiert Karriere machen können. Ich denke, Ihre Großmutter wollte Sie nur vor einer Blamage bewahren. Sie wollte Sie schonen, weil sie ahnte, dass diese Rolle fatale Folgen haben könnte.«

»Hören Sie auf! Sie haben keine Ahnung!« Sie sprang auf und wäre dabei beinahe in das Schwimmbecken gefallen. Gerade noch rechtzeitig fand sie das Gleichgewicht wieder. Benjamin hatte sich auch erhoben und trat auf sie zu. Grace suchte nach Reue in seinem Gesicht, aber er wirkte verbittert und gleichzeitig verletzlich.

»Doch! Ich habe eine Ahnung!«, rief er. »Manchmal sollte man sich im Leben besser auf das konzentrieren, was man kann, auch wenn es einem vielleicht langweilig erscheint. Und nicht irgendwelchen Träumen hinterherjagen, die man nie erreichen wird.«

»Und das sagt ausgerechnet der Mann, der mich hierhergebracht hat, um mir *seinen Traum* zu zeigen!« Sie drehte sich um und wollte gehen, doch er griff nach ihrer Hand.

»Das können Sie nicht vergleichen. Ja, dieses Hotel hier ist mein Traum, aber deswegen lasse ich nicht alles andere stehen und liegen. Ich lasse keine Familie im Stich!«

Grace runzelte die Stirn. »Wie bitte? Aber das tue ich doch auch nicht. Ich arbeite und …« Sie brach ab, denn plötzlich ging ihr ein Licht auf. »Es geht gar nicht mehr um mich, oder?«

Er schaute weg.

»Benjamin, was ist los?«, bohrte sie nach.

»Sie haben recht. Es geht nicht um Sie.« Er ließ sich langsam ins Gras nieder.

Grace setzte sich neben ihn und verdrängte den Gedanken an mögliche Flecken auf ihrem weißen Kleid. »Um wen dann?«, fragte sie.

Er sagte lange nichts, als wäre er noch nicht sicher, ob er ihr seine Geschichte anvertrauen wollte. »Um meinen Vater«, begann er schließlich mit gefasster Stimme. »Er war Musiker. Sänger und Gitarrist. Beschäftigte sich den ganzen Tag mit seinen Songtexten und hatte nur ein Ziel: berühmt zu werden. Das war sein Traum. Nur war er alles andere als erfolgreich. Gelegentlich hatte er zwar Auftritte, aber von den kleinen Gagen konnte er meine Mutter, meine zwei Schwestern und mich natürlich nicht ernähren. Da er aber sonst nicht arbeitete, um sich gänzlich auf seine Karriere konzentrieren zu können, rackerte sich meine Mutter für uns ab. Sie hatte zwei Jobs gleichzeitig und schob teilweise Nachtschichten. Es war hart für sie. Das Geld reichte kaum. Dabei hätten wir ein schönes Leben haben können, wäre mein Vater nur einer normalen Arbeit nachgegangen. Er war gelernter Forstwart, doch er hatte immer nur seine verfluchte Musik im Kopf. Es frustrierte ihn zunehmend, dass er keinen Erfolg hatte. Irgendwann fing er an zu saufen und sich mit anderen Frauen zu vergnügen. Meine Mutter hat trotzdem immer zu ihm gehalten und ihm jedes Mal verziehen. Dann erkrankte sie an Brustkrebs. Und wissen Sie, was mein Vater tat? Er verließ sie und zog mit seiner neuen Freundin nach Berlin, weil er dort angeblich bessere Chancen habe mit seiner Musik.« Benjamin verstummte und sah aus, als würge er einen dicken Kloß hinunter. »Meine Mutter starb innerhalb eines Jahres nach der Diagnose. Ich war damals siebzehn. Mein Vater lebt noch immer in Berlin, wie ich von meiner Schwester erfahren habe. Berühmt ist er bisher nicht. Aber das ist mir sowieso egal, ich will keinen Kontakt mehr zu ihm. Für das, was er meiner Mutter angetan hat, werde ich ihn immer hassen. In gewisser Weise hat er auch mein Leben zerstört. Leonie ...« Er brach ab.

»Was ist mit Leonie? Was hat sie damit zu tun?«

»Nichts.«

Grace strich ihm über den Rücken. Benjamin tat ihr leid. Das Schicksal hatte es nicht gut gemeint mit ihm. Zuerst musste er so früh seine Mutter verlieren, und dann auch noch seine Frau. Sie hätte gerne etwas Aufmunterndes zu ihm gesagt, aber ihr fehlten die Worte.

Er sah sie plötzlich an. »Tut mir leid, was ich vorhin gesagt habe. Ich wollte Sie gewiss nicht mit meinem Vater vergleichen. Das war nicht richtig.«

»Schon gut. Vermutlich haben Sie ja recht und meine Großmutter wollte mich tatsächlich nur schonen. Trotzdem will ich meinen Traum noch nicht begraben, auch wenn Sie das jetzt nicht verstehen können.«

»Nein, kann ich nicht. Sie haben Architektur studiert und könnten bestimmt erfolgreich in diesem Bereich arbeiten. Also warum ausgerechnet die Schauspielerei?«

»Weil …« Grace stockte. Was gefiel ihr eigentlich so an der Schauspielerei? »Ich schlüpfe gerne in fremde Rollen. Das ist … interessant, oder?« Ihr fiel Benjamins ungläubiger Blick auf und sie konnte es ihm nicht verübeln, dass er sie nicht verstand. Nicht mal sie selbst war von ihrer Aussage überzeugt. »Ich wollte einfach schon immer Schauspielerin werden«, erklärte sie rasch.

»Wegen Ihrer Großmutter?«

»Zuerst schon.« Sie verschränkte trotzig die Arme. »Aber inzwischen will ich es, weil mir der Beruf gefällt. So ist das. Und ich werde nicht aufgeben!«

Er hob die Schultern. »Sie müssen tun, was Sie für richtig halten. Und vielleicht kommt Ihre Chance ja noch.«

Grace dachte an Matthews Rollenangebot der Marianne in der Fortsetzung von *Unvollendet*, ihre Chance! »Ja, ich hoffe es.«

»Ich bewundere Sie. Trotz der Probleme, die Sie mit Ihrer Großmutter hatten, sind Sie hier und befassen sich mit ihrer Vergangenheit. Das ist bestimmt nicht leicht für Sie. Weshalb machen Sie das?«

Grace überlegte, ob jetzt der perfekte Zeitpunkt war, um Benjamin über Matthews Filmprojekt und sein Rollenangebot aufzuklären. Aber sie zweifelte daran, dass er Verständnis dafür haben würde. Nicht nach dem, was er ihr soeben über seinen egoistischen Vater erzählt hatte.

»Mein Vater hielt es für eine gute Idee, wenn ich mich mit dieser Sache auseinandersetze«, erklärte sie. »Damit ich meinen Groll gegen Grandma verliere«, erklärte sie.

»Ich glaube, Sie sind auf einem guten Weg.«

Sie saßen noch eine Weile auf der Wiese, bis Graces Magen laut knurrte und Benjamin ein Dinner in einem nahegelegenen Restaurant vorschlug. Wieder auf der anderen Seite des Zauns, fühlte sich Grace, als hätte sie soeben eine fremde Welt verlassen. Schweigend gingen sie in Richtung Parkplatz, als ein Bellen die Stille durchbrach. Im nächsten Moment kam auch schon ein Hund gemächlich auf sie zugetrabt und blieb etwa einen Meter vor ihnen stehen. Er kläffte ununterbrochen, als ginge es um sein Leben.

»Der tut nichts«, beruhigte Benjamin Grace, die wie versteinert neben ihm stand.

»Sind Sie sicher?«

»Das ist ein Basset, die gelten als besonders gutmütig. Sehen Sie ihn sich doch mal an. Sieht der aus, als würde er uns in die Beine beißen?«

Grace musterte das Tier mit dem langen Rücken und den auffällig kurzen Beinen. »Nein, eigentlich nicht. Aber man weiß ja nie.«

»Bambi!«

Erst jetzt bemerkten sie den Mann, der dem Vierbeiner gefolgt war. Unter dem tief in die Stirn gezogenen Hut konnten sie sein Gesicht kaum erkennen.

»Bambi!«

»Sehen Sie«, flüsterte Benjamin Grace ins Ohr, »ein Hund, der Bambi heißt, wird doch keiner Fliege etwas zuleide tun.«

Inzwischen war der Mann bei ihnen angekommen und zog die noch immer bellende Bambi am Halsband zurück. Dabei sagte er dem Hund etwas auf Deutsch.

Endlich hörte Bambi auf ihren Besitzer und sah aus unschuldigen Augen zu ihm hoch. Dieser kniete nieder und kraulte ihr den Nacken.

Grace lachte. »Wie gut, dass Sie gekommen sind. Wir haben schon um unser Leben gefürchtet.«

Der Mann richtete sich wieder auf und schob den Hut leicht nach hinten. Aus der Nähe konnte Grace sein von Falten zerfurchtes Gesicht erkennen, aus dem wache blaue Augen blickten. »Touristen also! Was haben Sie hier verloren?«, fragte er in gebrochenem Englisch. »Das ist ein privates Grundstück!«

Benjamin wollte gerade etwas entgegnen, doch Grace kam ihm zuvor. »Sorry, wir haben uns nur etwas umgesehen, weil wir dachten, das Grundstück stehe zum Verkauf.«

Der alte Mann beäugte sie misstrauisch, als wisse er nicht recht, was er von ihr halten sollte. »Das Grundstück steht nicht zum Verkauf.«

»Sind Sie der Besitzer?«, fragte Grace.

»Ja, der bin ich. Ulrich Heinzer.«

Grace strahlte ihn an. »Das ist ja wunderbar. Mein Bekannter hier hat nämlich Interesse an Ihrem Grundstück. Er ist übrigens Schweizer.«

»Grace!«, zischte Benjamin, doch sie ignorierte ihn.

»Er möchte …«

»Ich verkaufe nicht!«, unterbrach Ulrich Heinzer sie.

»Aber weshalb nicht?«

»Grace, kommen Sie, wir gehen«, warf Benjamin ein. »Es hat keinen Sinn, mit ihm zu diskutieren.«

Grace ignorierte Benjamin und trat einen Schritt auf Ulrich Heinzer zu. »Sie wollen nicht verkaufen, okay. Kann ich irgendwie nachvollziehen. Aber was ich absolut nicht verstehen kann, ist, dass Sie das alles hier herunterkommen lassen. Sie könnten hier doch wieder ein wunderschönes Hotel errichten.«

Ulrich Heinzer hatte offenbar nicht alles verstanden, und er wandte sich fragend an Benjamin. Nach kurzem Zögern übersetzte dieser Graces Worte.

Ulrich Heinzers Gesichtszüge wurden weicher. Er sagte ein paar Sätze auf Deutsch, und es folgte ein Gespräch zwischen ihm und Benjamin, in welchem Benjamin wohl die Hotelanlage beschrieb, die ihm vorschwebte. Grace fiel auf, dass Ulrich Heinzers Misstrauen allmählich nachließ. Am Ende umspielte ein Lächeln seinen Mund.

»Was hat er gesagt?«, fragte sie Benjamin.

»Es tut ihm weh, das Erbe seiner Eltern tagtäglich in diesem Zustand sehen zu müssen. Aber er fühlt sich zu alt, um das Hotel zu führen. Und sein Sohn hat offenbar kein Interesse. Verkaufen will er trotzdem nicht. Er hat Angst, hier könnte ein hässliches Prunkhotel oder gar Luxus-Eigentumswohnungen entstehen. Ich habe ihm gesagt, dass mir nichts Derartiges vorschwebe. Ich würde eher den Charme des alten Gebäudes erhalten und einfach wieder ein schönes Hotel daraus machen. Vielleicht mit einem guten Restaurant. Diese Idee scheint ihm zu gefallen. Er hat uns auf ein Glas Obstsaft eingeladen, damit wir uns genauer über alles unterhalten können.« Benjamin zögerte. »Haben Sie überhaupt Lust?«

Grace lächelte. »Klar.«

* * *

Die Gartenterrasse des kleinen Gasthofes war an diesem Montagabend wie ausgestorben. Umso mehr freute sich die Wirtin über die zwei vergnügten und trinkfreudigen Gäste, die bereits seit gut drei Stunden unter der alten Linde saßen und zum Essen schon zwei Gläser Weißwein und eine Flasche Rotwein getrunken hatten. Inzwischen waren sie auf den Geschmack ihres guten Birnenschnapses gekommen und bestellten eifrig nach.

Offensichtlich hatten die beiden etwas zu feiern. Vielleicht waren sie ja frisch verlobt? Obwohl, eigentlich machte es vielmehr den Eindruck, als wäre dies ihre erste Verabredung. Aber ein hübsches Pärchen würden sie allemal abgeben. Sie, die blonde Schönheit, und er, der attraktive Gentleman, der aussah, als wäre er gerade einem James-Bond-Film entsprungen.

Vielleicht wurde aus ihnen ja ein Paar? An fehlender romantischer Stimmung sollte es zumindest nicht liegen. Sie hatte vor zehn Minuten, als die Dämmerung allmählich der Dunkelheit gewichen war, zusätzlich zu den glühenden Girlandenlämpchen an den Bäumen noch eine kleine Kerze auf den Tisch gestellt.

Glückselig holte sie aus dem Keller noch eine neue Flasche Birnenschnaps. Als sie die Terrasse wieder betrat, blieb sie wie angewurzelt stehen. Zufrieden schaute sie zu dem sich küssenden Paar.

Kapitel 21

Luzern
Dienstag, 5. Juli 2016

Benjamin erwachte mit heftigen Kopfschmerzen, die sich anfühlten, als würde jemand mit einem riesigen Hammer im Sekundentakt gegen seinen Schädel schlagen. Mit schläfrigem Blick richtete er sich auf und rieb sich die Schläfen. Da bemerkte er die schlafende Grace neben sich, und langsam stiegen die Erinnerungen an den gestrigen Abend in seinem Kopf auf. Der alte Ulrich Heinzer, der ganz angetan gewesen war von seinen Vorstellungen über das zukünftige Waldhotel, ihn und Grace zu einem Glas Obstsaft in sein Haus eingeladen hatte und ihm beim Abschied versprochen hatte, in den nächsten Tagen eine aktualisierte Verkaufsdokumentation zu schicken. Die euphorische Fahrt zusammen mit Grace hinunter ins Dorf und sein Vorschlag, in einem Gasthof zu speisen. Grace, die ihm mit ihren vielen Ideen zum Umbau des Hotels imponiert hatte. Und dann der Wein. Und später der hochprozentige Birnenschnaps. *Die vielen Gläser* hochprozentigen Birnenschnapses. Der Kuss. Die Wirtin, die ihnen ein Zimmer im Gasthof angeboten hatte, da sie in ihrem Zustand nicht mehr hatten heimfahren können. Und zuletzt die Nacht.

Verdammt, er war ein solcher Idiot! Es hämmerte noch heftiger in seinem Kopf, doch die Schmerzen waren ihm mittlerweile gleichgültig. Er hatte sie verdient. Vorsichtig, um Grace nicht zu wecken, stand er auf und ging unter die Dusche. Das Wasser kam spärlich aus der alten Brause, und dennoch wirkte es befreiend und sorgte für klare Gedanken. Ja, er hatte einen Fehler gemacht, als er sich auf Grace eingelassen hatte, aber dieser Mann gestern war nicht er selbst gewesen. Die Euphorie und der Alkohol hatten Besitz von ihm ergriffen. Bestimmt würde Grace das auch so sehen.

Zurück im Zimmer begann er, seine Kleider vom Boden aufzusammeln und sich anzuziehen. Er knöpfte gerade sein Hemd zu, als die Bettdecke raschelte. Grace war erwacht und streckte gähnend die Arme. Ihrem Gesicht nach zu urteilen wirkte sie ebenfalls etwas überrascht, als sie ihn erblickte, doch im Gegensatz zu ihm schien sie Gefallen an der Situation zu finden. »Guten Morgen«, gurrte sie und richtete sich auf. Sie war nackt. »Gut geschlafen?«

»Ja«, antwortete er knapp und schaute schnell weg. Bei ihrem Anblick kamen die Bilder der vergangenen Nacht zurück. Erinnerungen an ihre Küsse, die ein Feuer in ihm entfacht hatten, das er erloschen geglaubt hatte. Was Alkohol alles anrichten konnte.

Er griff nach seiner Uhr auf dem Nachttisch. »Wir sollten uns auf den Weg machen. Es ist schon nach acht. Ich müsste längst im Hotel sein.«

»Ach, das hat doch noch Zeit. Außerdem hast du ja bald dein eigenes Hotel.«

»Es ist noch nichts unter Dach und Fach. Erst müssen wir die Verkaufsdokumentation mit den Details zum Grundstück abwarten.« Er nahm sein Handy vom Schreibtisch und überprüfte seine Mails. »Jetzt beeil dich bitte, ja? Aus der Dusche kommt übrigens kaum Wasser, aber es geht schon irgendwie. Zur Not kannst du auch im Schwanenhof duschen.«

Schmollend klopfte sie auf die Matratze. »Ich will aber noch nicht duschen. Jetzt komm wieder ins Bett. Wir …«

»Nein!«

Sie erschrak und zog das Bettlaken über ihre Brust. »Was ist? Warum bist du so wütend?«

Er hob ihr Kleid und ihre Wäsche vom Boden auf und warf ihr alles zu. »Zieh dich an.«

»Hey! Geht's noch?« Empört sprang sie aus dem Bett und hielt sich das Laken vor den Körper. »Was ist los mit dir? Gestern war es doch so schön.«

»Ja. Gestern! Gestern haben wir auch viel zu viel getrunken! Und deshalb mussten wir ja hier übernachten.« Er schlug mit der Hand gegen den rustikalen Holzschrank. »Verdammt, ich habe Leonie betrogen!«

Sie schaute ihn verdutzt an, als müsse sie seine Worte erst verdauen. »Verstehe. Du hast ein schlechtes Gewissen. Wahrscheinlich bin ich die erste Frau, mit der du etwas hattest seit dem … Unglück. Aber es ist schon fast ein Jahr vergangen seither. Findest du nicht auch, dass du ein Recht darauf hast, wieder glücklich zu sein?«

»Nein! Das alles war ein Fehler und wird nicht wieder vorkommen. Also, zieh dich jetzt bitte an, dann können wir gehen.«

Die Enttäuschung, die in ihren Augen aufflackerte, stach ihm ins Herz, und er hätte sie gerne in die Arme genommen. Aber das wäre einem Verrat gleichgekommen.

Sie trat auf ihn zu. »Du warst doch glücklich gestern, das kannst du nicht abstreiten.«

»Nein, ich war nicht glücklich. Glücklich war ich mit Leonie. Und die habe ich betrogen!«

»Nein, hast du nicht!«, schrie sie. »Du kannst sie nicht betrügen, weil sie *tot* ist, okay? Sie ist *tot*!«

Er griff nach seinem Autoschlüssel. »Weißt du was, schau doch selber, wie du zurück nach Zürich kommst.« Mit diesen Worten verließ er das Zimmer.

* * *

Benjamin startete den Motor. Im Rückspiegel sah er die Wirtin, die ihm fassungslos nachblickte. Er hatte ihr vorhin das Geld für das Zimmer in die Hand gedrückt – auf das Rückgeld hatte er verzichtet – und war dann aus dem Gasthof gestürmt.

Kehr wieder um, rief eine innere Stimme mehrmals, als er bereits ein paar Meter gefahren war. Du kannst Grace doch nicht einfach alleine zurücklassen! Aber er verdrängte die verfluchte Stimme. Nein, er würde nicht umkehren. Er konnte Graces Anblick nicht mehr ertragen. Zu sehr schmerzte ihn die Gewissheit, dass er sich in ihrer Gegenwart wohlfühlte und der Tag gestern einer der schönsten seit Langem gewesen war. Nicht nur wegen des Sex.

Er hatte Gefühle für Grace entwickelt, doch er durfte sie nicht zulassen. Nein, auf keinen Fall. Denn er war ein schlechter Mensch.

* * *

Als er später im Schwanenhof eintraf und sich in seinem Büro eines der Ersatzhemden anzog, trat unerwartet Mara ein.

»Noch nie etwas von Anklopfen gehört?«, fuhr er sie an.

»Es ist mein Hotel, ich muss also nirgends anklopfen.« Mit hochmütigem Gesichtsausdruck musterte sie ihn und bemerkte sein abgelegtes Hemd über der Stuhllehne. »Wenn ich es nicht besser wüsste, würde ich denken, du hast mal wieder durchgearbeitet. Aber ich weiß, dass dem nicht so ist.« Sie zerknüllte das Hemd und warf es ihm entgegen. »Und, hat's Spaß gemacht mit dem amerikanischen Flittchen?«

»Sie ist kein Flittchen. Und um deine Frage zu beantworten: Es geht dich nichts an. Woher weißt du eigentlich …«

»Pedro. Er hat euch gestern zusammen losfahren sehen. Mein Gott, Ben! Es freut mich ja, dass du endlich über Leonie hinwegzusein scheinst, aber warum lässt du dich ausgerechnet mit einem Hotelgast ein? Und dann noch mit so einer! Die schnüffelt die ganze Zeit hier herum wegen einer dämlichen Romanfortsetzung, die wahrscheinlich gar nicht existiert. Es würde mich ja nicht wundern, wenn das alles nur ein Vorwand ist und sie plötzlich Ansprüche an den Schwanenhof geltend macht.«

»Warum sollte sie?«

»Immerhin hat das Hotel einst ihrem Urgroßvater gehört. In Arthur Thalmanns Testament war geregelt, dass der Schwanenhof nach seinem Tod an seine Frau und die Kinder übergehen sollte. Das hatte sich aber erledigt. Hanna und Willi Thalmann haben die Schweiz verlassen und nie Besitzansprüche erhoben. Aber wenn diese Grace …«

»Mara, es reicht!« Benjamin spürte, wie seine Kopfschmerzen wieder schlimmer wurden. Der Kater war noch nicht überstanden, und aus diesem Grund kam ihm Maras Geplapper heute noch unerträglicher vor als sonst. Er musste sich gleich ein Aspirin einwerfen.

Mara verschränkte die Arme. Sie war wütend, das konnte Benjamin ihr deutlich ansehen.

»Übrigens hat Herr Zimmermann heute ausgecheckt und war sehr enttäuscht, weil er sich nicht von dir verabschieden konnte.«

Benjamin erschrak. Der alte Stammgast mit seinem jungen Labrador hatte einen Monat hier verbracht, und ihm war es immer ein großes Anliegen, sich von solchen Gästen persönlich zu verabschieden. Wie hatte er das nur vergessen können?

»Ich muss mich auf meinen Vizedirektor verlassen können«, brummte Mara und öffnete die Tür. »Deshalb konzentriere dich künftig bitte wieder auf deine Arbeit. Und nicht auf blonde Flittchen.«

Kapitel 22

Zürich
Mittwoch, 6. Juli 2016

Nicht aufgeben, Grace, du schaffst das! Nur noch zehn Ausfallschritte pro Seite.

Schweißtropfen liefen ihr über das Gesicht und tropften auf die schwarze Fitnessmatte. Mit den 1-Kilogramm-Hanteln in jeder Hand waren die Übungen noch effektiver. Ron, ihr Personal Trainer aus L. A. wäre bestimmt stolz auf sie.

Die Anstrengung tat gut, je mehr sie ihre Muskeln beanspruchte, desto klarer wurde ihr Kopf. Und Klarheit konnte sie dringend gebrauchen, denn sie hatte sich nach dem Debakel in Luzern fest vorgenommen, Benjamin so schnell wie möglich zu vergessen und sich gänzlich auf die Lösung des Rätsels rund um *Unvollendet* zu konzentrieren. Doch es war alles andere als leicht, nicht an ihn zu denken; die Szenen im Gasthof verfolgten sie. Benjamin schob den Vorfall auf den Alkohol, und ja, sie gab zu, dass sie beide einen über den Durst getrunken hatten. Aber so schlimm war es auch nicht gewesen, denn zum Zeitpunkt des Kusses waren sie dank des üppigen Desserts – einem warmen Schokoladenküchlein mit flüssigem Kern – wieder recht nüchtern gewesen. Sie hatten viel gelacht, aber auch geredet, und irgendwann hatte er sie dann geküsst. Ja, der Kuss war von ihm ausgegangen. Und was folgte, war definitiv kein Alkohol-Sex gewesen, wie sie ihn noch aus der Collegezeit kannte. Erinnerungsfetzen an die Nacht mit ihm schossen ihr durch den Kopf, und sie machte noch schnellere Ausfallschritte und hob bei jedem Tiefgang die Arme zusätzlich hoch, um den Effekt zu verstärken. *Denk nicht an ihn! Er ist einfach abgehauen!*

Natürlich sah sie ein, dass ihr Kommentar zu Leonies Tod unangebracht gewesen war, aber trotzdem!

Das mitleidige Gesicht der Wirtin, als sie nach einem Taxi gefragt hatte, würde sie nie vergessen. Was für eine Blamage!

Grace hätte gerne mit jemandem darüber gesprochen, aber sie kannte hier niemanden. Und Kim, von der sie zuerst geglaubt hatte, sie könnte eine Freundin werden, hatte sie vorhin ziemlich enttäuscht. Sie war ihr auf dem Flur begegnet, gerade als sie irgendeine exotische Pflanze platziert hatte. Wie immer hatte sie gewirkt, als befände sie sich in einer anderen Welt. Als Grace wissen wollte, ob alles in Ordnung sei, hatte sie nur ein kurzes »Ja« gemurmelt und apathisch an ihrer Pflanze herumgezupft. Grace hatte dennoch versucht, sie in ein Gespräch zu verwickeln, und von ihrem Besuch bei Mikolaj Piotrowskis Tochter berichtet. Kim hatte darauf sehr angespannt gewirkt und betont, dass die Fortsetzung wahrscheinlich nicht mehr existiere. Anschließend hatte sie sich ihrem Blumenwagen zugewandt und war mit der Entschuldigung, sie müsse jetzt wieder arbeiten, weitergezogen.

Grace verschnaufte kurz, bevor sie sich der nächsten Übung widmete. Schon wunderlich, diese Kim. Sie wurde einfach das Gefühl nicht los, dass sie ihr etwas verschwieg.

»Guten Morgen, schöne Grace.«

Sie stoppte und drehte sich um. Aaron. Sie legte die Hanteln zur Seite und rieb sich mit einem Handtuch über das stark verschwitzte Gesicht. »Hi.«

»Alles klar? Du siehst erschöpft aus.«

»Kein Wunder, ich bin schon seit einer Stunde hier drin.« Sie nahm einen Schluck Wasser und schnappte sich einen Apfel aus einer Schale. »Was machst du hier? Musst du nicht arbeiten?«

»Oh doch, aber ich brauche heute Nachmittag einen freien Kopf. Einer der Verwaltungsräte kommt vorbei wegen der Fusion. Komplizierter Typ. Wird ein langer Tag. Und deshalb gibt's jetzt eine Runde Sport.«

In dem Moment ging die Tür auf, und Mara trat in Begleitung einer Angestellten des Wellnessbereichs ein. Die Angestellte grüßte freundlich und schritt zielstrebig zu den Kardiogeräten. Mara folgte ihr, jedoch ohne dabei den Blick von Aaron abzuwenden. Wenn Blicke töten könnten, läge er jetzt bereits im Sarg, dachte Grace.

Aaron war Maras Reaktion nicht entgangen, und er schlug Grace vor, an der Saftbar etwas zu trinken. So verließen sie den Fitnessraum und gingen zur Bar, die sich im Eingangsbereich der Wellnessanlage befand. Heller Marmor, Grüngewächse und römische Steinskulpturen dominierten den Raum, der von kleinen Deckenspots warm beleuchtet wurde. Im Zentrum befand sich ein runder Empfangstresen, wo sich gerade zwei Damen in flauschigen Bademänteln von einer Angestellten beraten ließen. Grace und Aaron steuerten die kleine Saftbar an, eine Theke in der Ecke. Krüge mit frischen Säften, eine Teemaschine und kleine Schalen mit Dörrfrüchten standen hier für die Gäste bereit. Ein Herr mittleren Alters in durchnässtem Sportshirt kam ihnen entgegen. Er schlürfte an einem gelben Getränk, das aussah wie Ananassaft.

Nachdem sich Grace und Aaron Multivitaminsaft eingeschenkt hatten, setzten sie sich an einen Salontisch. Grace legte ihren iPod und den Apfel zur Seite und blickte Aaron schelmisch an. »Mara scheint noch nicht über dich hinwegzusein, hm?«

»Woher weißt du …«

»Ein … Bekannter hat es mir gezwitschert.«

Aaron seufzte betont laut. »Benjamin Landolt, oder? Der soll sich nicht immer in meine Angelegenheiten mischen.«

»Ich glaube, er hatte Angst, dass du mich genauso behandelst wie Mara und die arme Simone.«

»Die arme Simone«, wiederholte er sarkastisch und mit einem kurzen Auflachen. »Landolt hat dir die Story tatsächlich erzählt?«

»Hat er. Und, was hast du zu deiner Verteidigung zu sagen?«

Er schaute wie ein Unschuldslamm. »Nichts. Ich gebe ja zu, ich war vielleicht nicht ganz fair zu Simone, aber sie wusste von Anfang an, worauf sie sich einlässt.«

»Du hast ihr angeblich gesagt, dass du sie liebst.«

Er warf lachend den Kopf zurück. »Ich war wohl ziemlich betrunken.« Als er feststellte, dass sie seine Antwort alles andere als lustig fand, zog er einen Schmollmund. »Ach komm, guck nicht so böse. Das war vor zwei Jahren. Seither habe ich mich verändert.«

»Was war mit Mara?«

»Wir hatten eine Affäre vor etwa einem Jahr. Doch dann wollte sie plötzlich mehr und verlangte sogar, dass ich hier in der Schweiz bleibe. Ich könne ja auch hier arbeiten und jemand anderen für die Niederlassung in L.A. suchen. Aber das wollte ich auf keinen Fall. Das Geschäft dort bedeutet mir viel. Hier in der Schweiz hätte ich nicht viel zu sagen, es läuft alles über meinen Vater. Jedenfalls hat Mara genervt, deshalb hielt ich es für besser, die Affäre zu beenden. Das hat sie mir aber ziemlich übel genommen.« Er spielte mit seinem Strohhalm, indem er den oberen Teil hin- und herknickte. »Seither konzentriere ich mich voll und ganz auf die Arbeit und halte mich von Frauen fern.«

Grace lachte auf. »Das nehme ich dir nicht ab.«

»Ist aber so, ob du's glaubst oder nicht. Bei dir würde ich allerdings eine Ausnahme machen, doch du hast ja kein Interesse. Hast nur die Geschichte deiner Großmutter und diesen Robert Arndt im Kopf. Und, kommst du wenigstens voran mit deinen Recherchen?«

Grace starrte auf den glänzenden, rotbackigen Apfel, der Schneewittchens Stiefmutter neidisch gemacht hätte. Sie stellte sich Aarons Frage nochmals selbst: Kam sie voran? Gleich gestern, nach ihrer Rückkehr aus Luzern, hatte sie erneut versucht, Professor Theodor Feigel zu erreichen, leider vergeblich. Dann hatte sie Iveta Miller ein weiteres Mal angerufen, die sich auch noch nicht bei ihr gemeldet hatte. Diesmal mit Erfolg. Zuerst war es befremdend gewesen, mit der zweiten Frau ihres Großvaters zu sprechen, aber Iveta hatte einen netten Eindruck gemacht, ihr geduldig zugehört und zuletzt gemeint, sie könne ihr einiges über Hanna erzählen. Allerdings bestand sie auf einem persönlichen Treffen in Riga. Deswegen hatte Grace gleich für den nächsten Tag einen Flug gebucht.

Spätabends hatte sie noch mit Matthew gesprochen, um ihn auf dem Laufenden zu halten. Die Nachricht über ihr Treffen mit Iveta Miller hatte ihn sehr erfreut, weniger hingegen ihre Vermutung, dass Robert Arndts Manuskript vielleicht im Gartenhaus den Flammen zum Opfer gefallen war.

Sie schaute zu Aaron und berichtete ihm von ihrem bevorstehenden Treffen mit der zweiten Frau ihres Großvaters in Riga.

Er sah sie ernst an. »Du willst nach Riga? Nur, um etwas über deine Großmutter und Robert Arndt herauszufinden?« Eine ungewohnte

Schärfe lag plötzlich in seiner Stimme, die durch den strengen Ausdruck auf seinem Gesicht noch unterstrichen wurde. Grace kam es vor, als hätte sie es mit einem anderen Menschen zu tun. Wahrscheinlich ahnte er noch immer, dass mehr hinter der ganzen Sache steckte, sonst würde es in der Tat keinen Sinn ergeben, extra nach Lettland zu reisen.

»So ist es«, sagte sie nur und hielt seinem Blick stand.

Er betrachtete sie prüfend, ehe er wieder sein entwaffnendes Aaron-Lächeln aufsetzte. »Riga ist eine wunderschöne Stadt. Sie wird dir gefallen. Ich war schon öfter geschäftlich dort. Du fliegst also morgen. Was hältst du davon, wenn ich dich begleite?«

»Das ist nett, aber du hast doch wegen der Fusion viel zu tun.«

»Heute ja. Aber morgen stehen keine Meetings an, und die am Freitag kann ich verschieben. Außerdem könnte ich mich mit einem Geschäftspartner in Riga treffen, das wäre perfekt. Ich lasse gleich einen Flug buchen. Welche Maschine nimmst du?«

Grace rieb sich mit dem Handtuch, das sie um ihren Nacken trug, über die Stirn. Sie sollte allmählich unter die Dusche. »Ich reise besser allein. Ich treffe zum ersten Mal die zweite Frau meines Großvaters. Das ist irgendwie komisch, weil ich meinen Großvater selbst nie kennengelernt habe.«

»Siehst du, gerade deshalb darfst du auf keinen Fall alleine gehen. Du brauchst Unterstützung.«

»Danke, aber ich komme gut alleine zurecht.«

Er strich über ihre Hand, als wolle er sie beruhigen. »Ich weiß, und genau das bewundere ich so an dir. Aber manchmal ist es nicht gut, alleine zu sein. In gewissen Situationen braucht man einen Freund.«

Grace schluckte. Er hatte recht. Sie sehnte sich gerade nach jemandem, mit dem sie über alles reden konnte. Mit Benjamin war sie fertig, und weder Mara noch Kim hatten sich als Freundinnen erwiesen, im Gegenteil. Und mit Matthew und ihrem Vater über Skype zu sprechen, war nicht das Gleiche. Sie schaute Aaron direkt an. »Mein Flug geht morgen um 07.10 Uhr über Wien. Falls du wirklich mitkommen willst.«

»07.10 Uhr? Wow. Aber okay, für dich stehe ich gerne so früh auf.«

* * *

Am Nachmittag besuchte Grace das Stadtarchiv und fand ein paar Zeitungsartikel über den Schwanenhof aus den Vierzigerjahren. Leider waren sämtliche Texte auf Deutsch verfasst, und so musste sie mehrmals die nette Angestellte bitten, für sie zu übersetzen. Viel Neues erfuhr sie leider nicht, auch über den Brand gab es nur Spekulationen. Unter anderem hatte man damals vermutet, Jakub Krawczyk oder Fritz Thalmann hätten das Feuer absichtlich gelegt und wären dann versehentlich selbst darin umgekommen.

Der Tod von Luise und Arthur Thalmann war ein großes Thema gewesen, einerseits auf politischer Ebene, da unter anderem die spärlichen Bemühungen des Außenministeriums kritisiert wurden, andererseits in gesellschaftlicher Hinsicht. Man hatte den Schwanenhof und dessen Besitzer Arthur Thalmann sehr geschätzt und deshalb daran gezweifelt, dass das traditionelle Hotel unter Fritz Thalmanns Führung seinem guten Ruf weiterhin gerecht bliebe. In diesem Zusammenhang wurde erwähnt, dass Fritz Thalmann 1938 bereits seinen Gasthof zum Löwen in den Ruin getrieben hatte. Außerdem solle er Spielschulden gehabt haben.

Grace machte sich ein paar Notizen in ihrem Handy. Aus den Tagebucheinträgen ihrer Großmutter wusste sie bereits, dass Fritz Thalmann seinen Gasthof verloren hatte, doch den Grund dafür hatte sie nicht gekannt. Dass er Spielschulden hatte, passte aber in das negative Bild, welches sie bisher von ihm erhalten hatte. Womöglich hätte er den Schwanenhof auch heruntergewirtschaftet, wenn er nicht gestorben wäre.

Auch der von Mikolaj erwähnte Schmuckraub hatte die damaligen Zeitungen beschäftigt. Man ging zuerst davon aus, dass es sich um denselben mysteriösen Dieb handelte, der auch in anderen Schweizer Hotels zugeschlagen hatte. Doch bei der Beute, die 1944 im Salon des Schwanenhofs wieder auftauchte, handelte es sich lediglich um die gestohlenen Schmuckstücke aus diesem Hotel. 1945 erwischte man zudem eine gewisse Erika B. im Zürcher Hotel Splügenschloss, die für die anderen Diebstähle verantwortlich gewesen war. Doch sie bestritt vehement, den Raub im Schwanenhof begangen zu haben. Außerdem hätte sie die Beute nicht einfach zurückgegeben.

Grace wusste nicht, ob der Schmuckraub im Schwanenhof in irgendeinem Zusammenhang mit ihrem Rätsel stand. Es war verrückt. Je mehr sie sich mit allem beschäftigte, desto mehr Fragen tauchten auf.

Als sie irgendwann müde wurde und die Angestellte nicht mehr weiter mit ihren Übersetzungsaufträgen belästigen wollte, verließ sie das Stadtarchiv und schlenderte durch das Niederdorf, einen Teil der Altstadt Zürichs. In einem zauberhaften Delikatessenladen namens Schwarzenbach, der aussah, als wäre dort die Zeit irgendwann im vorletzten Jahrhundert stehengeblieben, verweilte sie fast zwanzig Minuten. Verführt durch die Vielfalt an Gerüchen nach frisch gemahlenem Kaffee, Schokolade und exotischen Gewürzen geriet Grace in einen kleinen Kaufrausch und besorgte Leckereien für Familie und Freunde: Schokolade, Tee, Gewürze, Dörrfrüchte, Marzipan und Honig. Als Mitbringsel für Iveta Miller entschied sie sich für *Kirschstengeli*; kleine Schokoladenstäbchen gefüllt mit Kirschschnaps. Für sich selbst kaufte sie zwei Tafeln dunkle Schokolade, und eine davon vertilgte sie bereits auf dem Weg zurück ins Hotel.

Im Zimmer überprüfte sie ihre Mails und stellte freudig fest, dass ihr Vater eine Nachricht geschickt hatte. Doch leider enthielt die Mail keinen Anhang, stattdessen erklärte ihr Vater, dass ihm die Übersetzung des letzten Tagebucheintrags große Schwierigkeiten bereite, da die Schrift noch unleserlicher sei als sonst. Er würde sich aber bemühen und den Eintrag so schnell wie möglich schicken. Gleichzeitig wünschte er ihr viel Glück für das bevorstehende Treffen mit Iveta Miller.

Leicht frustriert legte sich Grace auf das Bett, schaltete Chopin ein und beschloss, in *Unvollendet* weiterzulesen.

Die Szene, in der Leopold während eines schweren Gefechts in einen Granattrichter sprang und dort auf den schwer verletzten Edward stieß, gehörte zu den berühmtesten Filmszenen der Welt. Und auch wenn Grace schon wusste, was geschehen würde, las sie gebannt Zeile für Zeile. Chopins Sonaten verschärften die Dramatik der Szene noch.

Leopold konnte kaum fassen, dass der Mann, der wie ein Bruder für ihn geworden war, jetzt halbtot vor ihm lag. Ein Granatsplitter hatte ihm einen Teil der Bauchdecke aufgeschlitzt. Um sie herum donnerten noch immer Bomben; die Schlacht war noch lange nicht vorbei.

»Es wird alles wieder gut, hörst du?«, redete Leopold auf Edward ein. »Ich bringe dich hier raus!«

Wie bizarr! Da wollte er doch tatsächlich seinen Feind retten. Aber Edward war längst kein Feind mehr.

Verzweifelt versuchte Leopold ihm zu helfen, indem er auf seine klaffende Bauchwunde drückte.

»Hör auf, Leopold! Ich werde … sterben.« Edwards Gesicht war schmerzverzerrt, und Leopold wusste, dass er recht hatte. Für Edward gab es keine Rettung mehr. Er riss ein Stück seiner eigenen Uniform ab und bedeckte damit die hässliche Wunde. Beruhigend sprach er auf Edward ein. »Ich werde dich und unseren Weihnachtsfrieden nie vergessen. Niemals. Und unsere Freundschaft …«

»Leopold«, krächzte Edward. »Ich muss … dir etwas sagen … Marianne war meine große Liebe. Aber jetzt … werde ich sterben, ohne sie noch einmal gesehen zu haben … Marianne und ich hatten nie eine Chance … Wir wurden auseinandergerissen. Ihr Vater hat mich nie akzeptiert … und der Krieg tat den Rest. Aber ich will, dass … Marianne glücklich wird … Leopold, du musst …«, er hustete kräftig und spuckte dabei Blut, »du musst … mir etwas … versprechen.« Wie in Zeitlupe griff er an seinen Hals, als wolle er auf etwas zeigen. Doch er war zu schwach und ließ die Hand wieder fallen. »Ich trage … eine Kette um den … Hals. Ein Amulett … Marianne hat … es mir … geschenkt … Ich will, dass … sie es wiederbekommt … Du musst es mitnehmen … Und dann musst du Marianne … finden. Ich habe … dir … doch mal ein Foto … von ihr gezeigt. In … der Innenseite … meiner Uniform … findest du … eine Brieftasche mit dem Foto. Und ihrer Adresse … Sie ist Deutsche, wie du … Gib ihr das Amulett und sag … sag ihr, dass ich sie über alles liebe. Und dann … musst … du dich um sie kümmern … und sie lieben. Denn … der einzige Weg das Leben zu überstehen, ist die Liebe zu wählen … In dieser Welt voller … Gewalt, Hass und Un … Ungerechtigkeit ist … ist doch die Liebe der einzige Sinn … Und … deshalb … sollten wir lieben, solange … wir leben. Du musst sie lieben! Versprich … es mir!«

Leopold starrte ihn an. Diese Marianne zu finden und ihr ein Amulett zu übergeben, könnte ihm vielleicht gelingen. Aber sich um sie zu kümmern und sie zu lieben? Edward wusste offenbar nicht mehr, was er sagte.

»Marianne ist … eine warmherzige … und sehr schö… schöne … Frau. Du wirst … sie lieben«, bekräftigte Edward, als spürte er Leopolds Zweifel.

»Aber ich …« Leopold verstummte, als er Edwards zuversichtliches Antlitz wahrnahm, und ihm wurde bewusst, dass er Edwards letzte Hoffnung war. So gab er ihm das Versprechen, Marianne zu finden und sich um sie zu kümmern, auch wenn er wusste, dass er es nicht würde halten können.

Edward war beruhigt, sein Gesicht wirkte entspannt. Allmählich fielen seine Augen zu, das Donnergrollen um ihn herum schien er gar nicht mehr wahrzunehmen. Gerade als Leopold dachte, er wäre schon tot, schlug Edward nochmals die Augen auf. »Leopold«, raunte er mit seiner letzten Kraft.

»Ja?«

»Dieser Krieg und … diese Hölle, die wir … durchleben … müssen, das … das wird … sich doch hoff…« – er brach ab und schluckte – »… hoffentlich gelohnt haben, oder? … Es … es wird … danach … niemals … mehr Kriege … geben, oder? Die Men … Menschen … werden endlich … einsehen, dass es … sinnlos ist, sich zu … bekämpfen, und dass … der Zweck … unseres Lebens … nur Einem dient, nämlich der Liebe … nur der Liebe. Wir … wir beide, Leopold, haben sie … erlebt … Sie war da, an Weihnachten, während der … Ver… Verbrüderung … Sogar zwischen … Feinden. Die … die Liebe und … der Friede … haben gesiegt! Leopold, das … das … war der … letzte Krieg … der Menschheit, oder?«

Leopold, der sich nicht daran erinnern konnte, wann er zum letzten Mal geweint hatte, spürte, wie sich seine Augen mit Tränen füllten. Er drückte Edwards Hand noch fester. »Ja. Ja, mein guter Freund, das war der letzte Krieg.«

Der Anflug eines Lächelns zeigte sich auf Edwards Gesicht, ehe jegliches Leben in ihm erlosch. Leopold betete für ihn und hoffte, er möge jetzt an einem besseren Ort sein. Gleichzeitig bat er Gott um Vergebung dafür, dass er Edward ein Versprechen gegeben hatte, das er nie würde halten können. Und dafür, dass er ihn mit seinen letzten Worten angelogen hatte. Denn Leopold ahnte, dass dies nicht der letzte Krieg sein würde. Solange es Menschen gab, würde es auch Kriege geben.

* * *

Grace schloss das Buch und wischte sich mit dem Bettlaken eine Träne vom Gesicht. Genug für heute! *Unvollendet* frustrierte sie gerade so sehr, dass sie das Buch am liebsten aus dem Fenster geworfen hätte. Aaron hatte schon recht mit seiner Meinung über den Roman. Krieg war Krieg, und auch wenn Joachim Arndt mit seinem Werk die Schrecken des Ersten Weltkriegs hatte aufzeigen wollen, so hatte es am Ende nichts gebracht, denn es waren viele weitere Kriege gefolgt. Und noch immer bekämpften sich die Menschen.

Oh verflucht, Grace! Hör auf, an solche Dinge zu denken!

Sie schaltete die Musik aus und blickte auf die Uhr. Inzwischen war es schon halb elf und dunkel draußen. Ihr Magen knurrte, und ihr wurde bewusst, dass sie außer der Schokoladentafel heute Abend noch gar nichts gegessen hatte. Nachdem sie sich beim Zimmerservice ein Käsesandwich bestellt hatte, stieg sie hoch auf die Dachterrasse und ließ sich in den Liegestuhl fallen. Die laue Abendluft umfing sie und fühlte sich auf ihrer Haut an wie feinste Seide. Auch jetzt im Dunkeln war die Aussicht überwältigend; die Lichter der Stadt schienen wie kleine Sternchen, die Wasseroberfläche des Sees glitzerte im Mondlicht. Grace vernahm gedämpftes Gelächter, das von der Restaurantterrasse her zu ihr hochdrang. Ob Benjamin auch irgendwo da unten war und arbeitete? Bestimmt. Der Gedanke an ihn betrübte sie so sehr, dass sie ihr Käsesandwich innerhalb kürzester Zeit aufaß und danach die zweite Tafel Schokolade verschlang.

Kapitel 23

Donnerstag, 7. Juli 2016

Am nächsten Tag informierte Grace den Empfangsangestellten über ihre Abwesenheit für eine Nacht und ließ ihren Koffer einschließen. Sie nahm nur eine kleine Reisetasche mit Ersatzkleidung und ihr Beautycase mit. Als sie ihre Rechnung beglich, gesellte sich Aaron mit Schlafzimmerblick zu ihr und legte einen Arm um ihre Taille. Er trug wieder einen hochwertigen Anzug, und auch wenn die Krawatte diesmal fehlte, sah er aus wie aus dem Ei gepellt. Grace fühlte sich etwas schäbig neben ihm. Sie hatte sich für ein eher bequemes Outfit entschieden: ein bodenlanges blau-weiß gestreiftes Jerseykleid, Jeansjacke und weiße Sneakers. Aber egal. Sie musste Aaron nicht gefallen.

Er gähnte. »Ist das früh! Warum checkst du überhaupt aus? Wir kommen doch schon morgen zurück. Du hättest das Zimmer für die Nacht behalten können.«

»Warum sollte ich für eine Nacht bezahlen, wenn ich gar nicht im Zimmer bin.«

»Weil du es kannst«, antwortete er schlagfertig und zwinkerte dabei.

»Nur weil ich genug Geld habe, bedeutet das noch lange nicht, dass ich es aus dem Fenster werfen muss.« Sie wandte sich wieder dem Empfangsangestellten zu, der ihr eine Kopie der Rechnung überreichte. Grace dachte an Matthew, der sie kürzlich in einer Mail erneut um die Angaben ihrer Kontodaten gebeten hatte, damit er ihr endlich eine Summe für Flug, Hotel und sonstige Auslagen erstatten konnte. Doch ihr Vater hatte ihr schon mehr als genug überwiesen. Außerdem hielt Grace es für besser, nicht von Matthew abhängig zu sein.

»Ich habe uns vorhin ein Taxi zum Flughafen bestellen lassen«, informierte Aaron sie und ging voraus zum Ausgang. »Ich glaube, es ist schon da.«

»Okay.« Grace verstaute die Rechnung in ihrer Handtasche und folgte Aaron, der schon durch die Tür schritt. Plötzlich hörte sie ihren Namen und drehte sich um. Benjamin. Ihr Herz schlug Purzelbäume, und sie starrte ihn sprachlos an. »Hi«, sagte sie nach einer Weile. »Du bist früh dran.«

»Ist viel zu tun heute.« Er trat auf sie zu und zeigte auf die Reisetasche. »Machst du einen Ausflug?«

»Ja, nach Riga«, antwortete sie knapp.

»Oh. Dann hat sich Iveta Miller bei dir gemeldet?«

»Mhm.«

»Das ist gut.«

»Ja.«

»Grace«, sagte Benjamin leise, »es tut mir leid. Ich hätte nicht einfach davonfahren dürfen.«

»Nein, hättest du nicht.«

»Es war nur … Leonie … Sie …«

Grace hob eine Hand. »Ben, du musst mir nichts erklären. Ich hab's kapiert. Du bist noch nicht über sie hinweg. Aber wenn du dich das nächste Mal mit einer Frau einlässt, dann lass sie danach nicht einfach irgendwo alleine in der Pampa stehen.«

Aaron kam wieder herein. »Grace, unser Taxi ist da, kommst du?«

»Gleich. Also Ben, ich …«

»Hottinger begleitet dich?«, fragte Benjamin und blickte Aaron verdutzt nach.

»Ja.«

»Aber weshalb? Ich dachte, nach dem, was ich dir über ihn erzählt habe, hättest …«

»Ben«, unterbrach Grace ihn, »es kann dir vollkommen egal sein, mit wem ich reise. So, und jetzt muss ich los. Bye.«

* * *

Dass das Wiedersehen mit Benjamin sie so aufgewühlt hatte, ärgerte Grace. Sie versuchte, die unguten Gedanken abzuschütteln, aber es gelang ihr nicht. Während der Taxifahrt zum Flughafen schaute sie die ganze Zeit aus dem Fenster und beteiligte sich nicht an Aarons Unterhaltung mit dem Taxifahrer, obwohl er extra Englisch sprach.

Als sie am Flughafen ankamen, erhielt Aaron einen Geschäftsanruf, der ihn bis zur Gepäckkontrolle in Anspruch nahm. Später auf dem Weg zum Gate meinte er voller Belustigung, dass sie jetzt wieder am Flughafen seien, genau wie damals bei ihrem ersten Treffen. Grace gab bloß ein knappes Nicken zur Antwort, woraufhin Aaron sie mit einem Blick aus zusammengekniffenen Augen taxierte. »Schlecht gelaunt?«

»Nein, nur müde. Außerdem fliege ich nicht gerne.«

»Aha.« Er besah sie prüfend. »Was war vorhin im Hotel eigentlich los zwischen Landolt und dir? Es kam mir ganz so vor, als gefiele es ihm nicht, dass ich dich begleite.«

Grace erzählte ihm daraufhin, was zwischen ihnen beiden vorgefallen war. Sie musste einfach mit jemandem reden. Zuerst wirkte Aaron etwas gekränkt, doch als er den Ausgang der Geschichte hörte, zeigte sich ein Anflug von Zufriedenheit auf seinem Gesicht. »Er ist also einfach ohne dich abgefahren? Sorry, aber so behandelt man keine Frau.«

»Es ist nicht leicht für ihn wegen Leonie. Und meine Bemerkung …«

»Nimm ihn nicht in Schutz, Grace. Das hat er nicht verdient.« Vor einem Zeitschriftenstand blieb er stehen und bat sie, kurz zu warten. Nach ein paar Minuten kam er zurück und drückte Grace einen Mickey-Mouse-Comic in die Hand. »Kleine Aufmunterung und Lektüre für den Flug«, kommentierte er.

Lachend betrachtete Grace den Comic und war froh über Aarons Begleitung.

* * *

Nach ihrer Ankunft in Riga trennten sich ihre Wege, da Grace darauf bestanden hatte, sich alleine mit Iveta Miller zu treffen. Aaron, der in der Zwischenzeit einen Geschäftspartner sehen würde, schlug Grace vor, dafür den Abend gemeinsam zu verbringen.

Mit einem Taxi gelangte Grace nach Jūrmala, einer Gegend zehn Kilometer südlich von Riga, die aus dem Zusammenschluss vieler kleiner, am Ostseestrand angesiedelter Dörfer bestand. Wegen seines feinsandigen, von Kiefernwäldern und Dünen gesäumten Strandes war Jurmala besonders beliebt bei Touristen, wie Grace vom Taxifahrer erfuhr. Es sei einer der schönsten Strände im Baltikum und wegen des windigen Wetters begehrt bei Surfern. Als sie durch die Ortschaften fuhren, stachen Grace die vielen bunten Sommerhäuser aus Holz ins Auge, die teilweise wie kleine Schlösser wirkten.

Iveta Millers Haus lag in einer dicht besiedelten Gegend und kam Grace vor wie aus einem Bilderbuch: Die hellblaue, hölzerne Fassade mit den dunkelblauen Fensterläden machte den Anschein, als wäre sie gerade frisch gestrichen worden, und hinter den mit bunten Blumen geschmückten Fenstersimsen blitzten weiße Vorhänge hervor. Ein Gehweg führte über einen gepflegten Rasen bis zur Veranda, auf der ein blau-weiß bezogener Strandkorb zum Verweilen einlud. Genauso niedlich wie das Häuschen sah auch Iveta Miller aus. Sie musste ungefähr achtzig sein, wie Grace von ihrem Vater erfahren hatte, doch sie erschien ihr um einiges jünger. Das hellblaue Chiffon-Flatterkleid unterstrich ihre zarte Mädchenfigur und verlieh ihr das Aussehen einer Märchenfee. Sie trug das schneeweiße Haar zu einem kinnlangen Bob, das Gesicht mit der kindlichen Stupsnase und den funkelnden azurblauen Augen war dezent geschminkt. In gewisser Weise erinnerte Iveta sie an ihre Großmutter, dachte Grace, während sie ihr ins Wohnzimmer folgte.

Die Einrichtung war in hellem Landhausstil gehalten, wobei viele weiß gestrichene Holzmöbel und hellblaue Wohnaccessoires wie Zierkissen, Kerzen und Vorhänge den Raum dominierten. Die einzigen dunklen Möbelstücke waren ein braunes Klavier und ein Cello in einer Ecke.

Im ganzen Raum roch es intensiv nach Vanille, was an den zahlreichen Duftkerzen lag, die überall verteilt waren. Nachdem Iveta Tee serviert hatte, setzte sie sich Grace gegenüber auf die weiße Couch, wo bereits zwei Fotoalben lagen.

»Es ist schön, dass du hier bist«, bemerkte sie. Grace fiel auf, dass Ivetas Stimme recht tief und resolut klang im Vergleich zu ihrer zarten Statur. »Ich habe vor vielen Jahren auf Georges Beerdigung deinen Vater kennengelernt. Er war mir gleich sehr sympathisch.« Sie hielt Grace einen Teller mit Kuchen hin. »Hier, nimm. Das ist Honigkuchen. Eine lettische Spezialität.«

»Danke.« Grace nahm einen Bissen Kuchen, der gut, aber auch ziemlich süß schmeckte. Iveta, die selbst nichts aß, berichtete in der folgenden halben Stunde von Lettland, Musik und der Familie. Sie zeigte ihr eines der Fotoalben, und Grace erfuhr, dass sie nicht nur zwei Kinder hatte, sondern auch fünf Enkelkinder und bereits einen Urenkel.

»Also, Grace«, meinte sie nach einer Weile, »du wolltest etwas über deine Großmutter erfahren. Warum eigentlich?«

Grace erzählte ihr alles und verschwieg auch die Fortsetzung von *Unvollendet* nicht. »Und nun will ich herausfinden, welches Geheimnis meine Großmutter hatte.«

Iveta nickte und schnitt sich auch ein schmales Stück Kuchen ab. So schmal, dass es auseinanderfiel und sie die einzelnen Stücke mit einem Löffel auf ihren Teller laden musste. »Als du mich das erste Mal angeschrieben hast, habe ich lange überlegt, ob es wirklich eine gute Idee ist, mich mit dir zu treffen und dir Dinge aus der Vergangenheit zu erzählen. Deshalb habe ich mich auch nicht gleich gemeldet. Doch als du mich dann erneut kontaktiert hast, sah ich ein, dass ich dir die Wahrheit sagen muss. Eigentlich wollte ich ja immer mit deinem Vater darüber reden, aber jetzt bist es eben du.«

Graces Herz raste vor Aufregung. »Du weißt also etwas über das Geheimnis meiner Großmutter und *Unvollendet?*«

Iveta hob eine Hand. »Um es gleich vorwegzunehmen, von einer Fortsetzung weiß ich nichts. Darüber hat George jedenfalls nie gesprochen. Hätte er Bescheid gewusst, hätte er mir bestimmt davon erzählt. Wir hatten keine Geheimnisse voreinander. George war immer ein sehr offener Mensch.« Ein sehnsuchtsvoller Ausdruck glomm in ihren Augen auf, und Grace spürte, dass Iveta ihren Mann sehr vermisste. Iveta stellte den Teller zurück auf den Salontisch, griff nach dem anderen Fotoalbum und schlug es auf. Nachdem sie ein paar Seiten umgeblättert hatte, reichte sie es Grace. Die Schwarz-Weiß-Bilder zeigten junge Männer in Fliegermontur vor einem Kampfflugzeug. Einige von ihnen trugen Offiziersmützen, die anderen Pilotenkappen und Fliegerbrillen.

»Der ganz links ist George. Attraktiv, nicht wahr?«

»Ja, sehr.«

»Bei der Maschine handelte es sich übrigens um einen Bomber Typ *Boeing B-17 Flying Fortress.* Er war der bekannteste Bomber der

US-Luftstreitkräfte im Zweiten Weltkrieg. Auch wenn er beschädigt wurde, war er noch flugfähig. Die Bomber trugen alle Namen. Dieser hier hieß *Candy.*« Iveta betrachtete das Bild nachdenklich. »George hat erzählt, dass er immer hin- und hergerissen war. Einerseits faszinierte ihn das Flugzeug, andererseits wurde er auch fast wahnsinnig bei dem Gedanken, welches Unheil die Maschine mit ihren Bomben anrichten konnte. Aber es war Krieg und somit keine Zeit für Sentimentalitäten … George war übrigens Funker.« Iveta lehnte sich zurück und schob sich eines der hellblauen Zierkissen in den Nacken.

Grace schaute sich das Foto von *Candy* genauer an. Ein Pin-up-Bild einer blonden Frau befand sich seitlich neben dem Cockpit, zudem stach eine Zeichnung ins Auge, die sich von den Aluminiumplatten abhob: eine ganze Reihe kleiner Bomben, die auf Hakenkreuze zielten.

»*Candy* hat leider nicht überlebt«, bemerkte Iveta. »Dafür sieben von zehn Besatzungsmitgliedern. Unter ihnen war George.«

Grace sah auf. »Was ist passiert?«

»Am Tag des Unglücks, im Oktober 1943, starteten sie von Tunesien aus zusammen mit anderen Bombern der 8. US-Luftflotte. Ihr Ziel war Augsburg. Sie konnten die Bombardierung noch erfolgreich durchführen, doch dann wurden sie von deutschen Kampfflugzeugen getroffen. Die Triebwerke waren danach zu stark beschädigt, um bis nach England zu gelangen, und so steuerten sie die Schweiz an, ein neutrales Land. Sie sprangen mit ihren Fallschirmen. Nur der Pilot weigerte sich zu springen, er musste das Flugzeug schließlich unter Kontrolle halten. So hatte die Crew bessere Chancen zu überleben. George landete unverletzt auf einer verschneiten Alp und traf dort schon bald auf zwei weitere Kameraden. Einer von ihnen hatte einen Beinbruch erlitten, und so brachten sie ihn in eine Hütte. Dort wurden sie nach einer Weile von ein paar Armeeangehörigen überrascht und gingen zuerst davon aus, es handle sich um Deutsche. Die Helme der Deutschen sahen denen der Schweizer sehr ähnlich. George dachte bereits, sein letztes Stündchen habe geschlagen, doch dann zeigten die Männer, die kein Englisch sprachen, auf das Schweizerkreuz auf ihrer Uniform, und so wussten George und seine Kameraden, dass sie es in die neutrale Schweiz geschafft hatten. Sie wurden zuerst in die Ortschaft Adelboden gebracht, doch da es dort mit der Zeit immer voller wurde, wurden sie nach Davos ins Hotel Palace verlegt. George hat erzählt, dass er dort eine gute Zeit verbracht habe. Sie mussten sich zwar an Regeln halten, hatten aber sonst recht viele Freiheiten. Von der amerikanischen Botschaft erhielten sie nach wie vor ihren Lohn und durften frei darüber verfügen. So nahmen sie Skiunterricht, spielten Tennis, lernten Deutsch, kauften Uhren, machten Ausflüge. Was George und seinen Kameraden aber stets als bizarr erschien, war die Tatsache, dass es in Davos, einem beliebten Skiort, von Nazis wimmelte. Diese wiederum beschwerten sich natürlich über die Aufnahme der Amerikaner, doch sie konnten nichts dagegen tun. Ich erfuhr von George, dass sich zwei Internierte einmal einen Streich erlaubten und das Schild mit dem Hakenkreuz vor dem deutschen Konsulat herunterrissen. Sie flüchteten daraufhin, und George hat später gehört, dass sie es über St. Gallen, Zürich und Genf in den Maquis geschafft hatten, das Versteck des französischen Widerstands. George kannte viele, die flüchteten, oder es zumindest vorhatten. Meistens haben ihnen dabei Schweizer geholfen. Auch George hatte einen Plan und besorgte sich eine offizielle Erlaubnis des Lageraufsehers für einen Ausflug nach Zürich. In Zürich traf er sich Mitte August 1944 mit einem Mitarbeiter des amerikanischen Konsulats, der ihm bei der Flucht helfen sollte. Doch dann kam alles anders, wie du ja selbst weißt. Er lernte im Schwanenhof Hanna kennen und verliebte sich … und änderte seine Pläne.« Iveta machte eine Pause und trank einen Schluck Tee. Grace fragte sich, ob es ihr vielleicht schwerfiele, über die erste Frau ihres Mannes zu sprechen. Als könne sie ihre Gedanken lesen, sagte Iveta: »George sprach immer offen über seine Beziehung zu Hanna, und es machte mir nichts aus. Ich habe sie nie als Konkurrenz betrachtet. Ich wusste ja, dass er mich inzwischen genauso liebte wie einst Hanna.« Ihre sonst recht laute Stimme war etwas leiser geworden, und in ihren Augen schimmerte Unsicherheit, als sie fortfuhr. »Und erst *ich* habe ihm geben können, wonach er sich immer gesehnt hatte: eine richtige Familie mit eigenen Kindern.«

Grace stutzte. »Eigene Kinder? Aber er hatte doch schon einen Sohn. Meinen Vater!«

Iveta schüttelte den Kopf. »Nein. Grace, George war nicht Josephs Vater. Das war Robert Arndt.«

»Robert Arndt?«, flüsterte Grace. »Er war Dads Vater?«

»Ja.«

Grace brauchte einen Moment, um die neu gewonnene Erkenntnis zu verdauen. Robert Arndt war ihr Großvater gewesen?

Iveta beugte sich leicht vor. »Das muss jetzt ein großer Schock für dich sein.« Sie schenkte Grace etwas Tee nach. »Oder willst du lieber etwas Härteres? Einen *Riga Black Balsam*? Ist ein Kräuterschnaps.«

»Nein, danke.« Grace war jetzt nicht nach Trinken zumute, sie brauchte einen klaren Kopf. »Meine Großmutter hat Robert im August 1944 versteckt, während Gerda im Krankenhaus war. Die beiden müssen also damals etwas miteinander angefangen haben.«

»Ja, aber von George weiß ich, dass es erst nach Gerdas Tod geschehen ist. In der Nacht, in der Robert die Schweiz verließ. Das hat ihm Hanna zumindest so gesagt. Aber lass mich zu Ende erzählen. Als George sich in Hanna verliebte, entschied er sich, nicht zu flüchten und in der Schweiz zu bleiben. Und alles zu tun, um Hanna für sich zu gewinnen. Sie machte es ihm alles andere als leicht. Sie sprach immer nur von Robert Arndt, der wieder nach Deutschland zurückgekehrt war. Sie flehte George an, herauszufinden, was mit Robert geschehen war. Aus irgendeinem Grund befürchtete sie, dass er nicht mehr lebte. Doch George konnte nichts für sie tun. Wie auch, er war nur ein Internierter. Dann erzählte sie ihm, dass sie schwanger sei von Robert. George nahm sich vor, ihr zu helfen und etwas über Roberts Schicksal herauszufinden. Das war äußerst kompliziert, doch es gelang ihm. Es gab einen Mann in Zürich, einen Spion, der wegen seiner Geschäfte oft zwischen Deutschland und der Schweiz pendelte. Er verfügte über gute Beziehungen und versprach zu helfen. Es kostete George ein Vermögen, doch für Hanna hätte er alles getan. Dann, im Januar 1945, hatten sie Gewissheit: Robert Arndt war bereits im September 1944 erhängt worden. Für Hanna brach eine Welt zusammen. Hätte George sie nicht daran gehindert, wäre sie wahrscheinlich höchstpersönlich nach Deutschland gereist, um ihn zu rächen. Was ihr sicheres Todesurteil gewesen wäre. George appellierte an Hanna, an das Baby zu denken, Roberts Kind. Und an ihren Bruder Willi, der gerade eine schwierige Zeit durchlebte. George machte Hanna außerdem ein Angebot: Er wollte ihr beistehen und sich als Kindsvater ausgeben, und nach dem Krieg sie und Willi mit nach Amerika nehmen und für sie sorgen. Hanna willigte ein. In der Schweiz hielt sie es ohnehin nicht mehr aus. Das Hotel war ihr inzwischen gleichgültig, sie wollte einfach weg. Unterdessen war sie im vierten Monat schwanger, und allmählich sah man es ihr an. Der perfekte Zeitpunkt also, um allen von der Schwangerschaft zu erzählen. Ich glaube, sie vertraute nur ihrem Cousin Oskar an, wer der wahre Vater war. Alle anderen ließ sie im Glauben, das Kind sei von George, mit dem sie im August geschlafen hatte. Sie wurde deshalb von vielen als Flittchen abgestempelt, aber es war ihr egal. Der kleine Joseph kam wenige Tage nach Kriegsende, am 12. Mai 1945, zur Welt. George hatte sich fest vorgenommen, ihn wie einen eigenen Sohn zu behandeln, und das gelang ihm anfangs auch ganz gut. Dann erfuhr er, dass Hanna noch vor der Abreise nach Amerika selbst Nachforschungen angestellt hatte. Sie wollte Beweise dafür finden, dass Robert wirklich nicht mehr lebte. Es verletzte George, dass sie ihm nicht vertraute, doch was hätte er tun sollen? Er liebte sie. Als Hanna Gewissheit hatte, dass Robert tatsächlich tot war, begleitete sie George nach Amerika und heiratete ihn. Doch die Ehe war nicht leicht. Am Anfang lief es noch gut, aber George bereitete es immer mehr Mühe, nur ihre zweite Wahl zu sein und auch, dass Joseph nicht sein eigenes Kind war. Er widmete sich wieder ganz seiner Musik und wurde ein erfolgreicher Dirigent und Komponist.« Iveta hielt kurz inne und strich sich mit ihren langen schlanken Fingern das Haar zurück. »Dass Hanna ebenfalls berühmt wurde, gefiel George ganz und gar nicht. Und dass sie ausgerechnet in der Verfilmung von Joachim Arndts Roman die Hauptrolle spielte, störte ihn sehr. Er warf ihr vor, immer noch an Robert zu hängen. Außerdem litt er sehr darunter, dass Hanna keine Kinder mehr wollte. Sie weigerte sich sogar, mit ihm zu schlafen, und gab ihrer Liebe keine Chance.« Iveta betrachtete ihren schlichten Ehering. »Die Ehe der beiden war längst ruiniert, als ich George 1960 bei einem Konzert in Riga kennengelernt habe. Bitte denke nicht, ich hätte ihn deiner Großmutter einfach weggeschnappt. Sie wollte ihn nicht mehr.«

»Ja, ich weiß. Sie hat laut meinem Vater übrigens nie schlecht über ihn gesprochen.«

»Das hat dein Vater auch gesagt, als ich ihn auf Georges Beerdigung getroffen habe. Und dennoch war es bestimmt nicht leicht für ihn, als George ihn und Hanna verließ. Das tat mir immer sehr leid.«

»Er hatte seine Mutter, die ihn über alles liebte. Er hat mir mal erzählt, dass er trotz ihrer Filmkarriere immer an erster Stelle kam und sich nie vernachlässigt fühlte. Aber dass George nicht sein richtiger Vater war, wird ihn bestimmt erschüttern. Warum nur hat meine Großmutter es ihm nie gesagt?«

»Sie hat viel durchgemacht und wollte die Vergangenheit hinter sich lassen. Sie bat George übrigens, Joseph nie die Wahrheit zu sagen. Ich glaube, sie wollte ihn schützen. Ich fand das aber nicht richtig und war der Meinung, Joseph habe es verdient zu erfahren, wer sein richtiger Vater sei. Doch George gab mir klar zu verstehen, dass wir Hannas Entscheidung akzeptieren müssten; in diesem Punkt war er unerbittlich. An Georges Beerdigung, als ich zum ersten Mal deinen Vater traf, war ich nahe dran, ihm alles zu erzählen. Doch ich habe mich einfach nicht getraut. Ja, und dann bist du gekommen.« Lächelnd stand sie auf und meinte, sie würde schnell frischen Tee zubereiten. Grace lehnte sich unterdessen in dem weichen Sessel zurück. Robert Arndt war ihr richtiger Großvater gewesen. Wie sollte sie das nur ihrem Vater beibringen? War es etwa dieses Geheimnis gewesen, das ihre Großmutter Matthew hatte anvertrauen wollen? Wahrscheinlich schon. Das Robert-Arndt-Geheimnis. Aber was hatte es mit der Fortsetzung von *Unvollendet* auf sich? Dieses Rätsel war noch nicht gelöst.

Als Iveta zurückkam und eine dampfende Tasse Kräutertee vor Grace hinstellte, bedankte sie sich und schnitt sich noch etwas Kuchen ab.

»Iveta, du hast vorhin erwähnt, es habe George gestört, dass meine Großmutter in der Verfilmung von *Unvollendet* mitwirkte. Ging es dabei nur um die Tatsache, dass es sich um den Roman von Joachim Arndt, also Roberts Vater, handelte, oder steckte mehr dahinter? Wusste George womöglich, dass Robert eine Fortsetzung geschrieben hat?«

»Ich glaube nicht, dass George von einem Roman wusste. Er hätte mir ganz bestimmt davon erzählt.« Iveta beugte sich vor. »Es tut mir leid, dass ich dir mit dieser Fortsetzung nicht weiterhelfen kann. Ich hoffe, sie befand sich zu dem Zeitpunkt des Brandes nicht im Gartenhaus, wie du befürchtest.«

»Ehrlich gesagt habe ich die Hoffnung bereits aufgegeben, das Manuskript zu finden. Aber ich will trotzdem wissen, was es damit auf sich hat.« Grace stutzte. Sie war erstaunt über ihre eigenen Worte und fragte sich, ob ihr Gespräch mit Benjamin in Luzern zu dieser veränderten Sichtweise beigetragen hatte. Zum einen verspürte sie nicht mehr diesen Zorn gegenüber ihrer Großmutter, und zum anderen war die Aussicht auf eine Rolle in Matthews Film tatsächlich nicht mehr von so zentraler Bedeutung wie noch zu Beginn ihrer Suche. Der Wunsch, das Rätsel zu lösen, überwog inzwischen.

Sie sah zu Iveta. »Hat George eigentlich jemals über den Brand gesprochen?«

»Nein. Er war zum Zeitpunkt des Brandes bereits wieder zurück in Davos und erfuhr erst bei seinem nächsten Aufenthalt in Zürich davon, als er Hanna wieder besuchte.«

Sie schwiegen eine Weile, bis Iveta das Wort ergriff. »George fand es übrigens immer etwas sonderbar, dass Hanna davon ausging, Robert sei etwas zugestoßen. Am Ende hatte sie ja leider recht, aber sie war schon vorher davon überzeugt gewesen.«

Grace seufzte. »Ich habe das Gefühl, je mehr ich versuche, das Rätsel zu lösen, desto schwieriger wird es.«

Irgendwann gab es nichts mehr zum Thema zu besprechen, und sie unterhielten sich über allerlei andere Dinge. Grace nahm um kurz vor vier Uhr ein Taxi zurück nach Riga und hing während der ganzen Fahrt ihren Gedanken nach. Die Tatsache, dass George Miller nicht ihr leiblicher Großvater gewesen war, erreichte nach und nach ihr Bewusstsein und fühlte sich an, als hätte man ihr gerade einen Teil ihres Lebens entrissen. Ja, sie hatte George nie gekannt, aber immerhin hatte sie all die Jahre bis zu seinem Tod gewusst, dass es irgendwo in Lettland einen Großvater gab. Stattdessen war nun Robert Arndt an dessen Stelle getreten, ein Mann, über den sie noch weniger wusste als über George. Auch in den Tagebucheinträgen ihrer Großmutter war ihr Robert Arndt fremd geblieben.

Und dann war da noch ein weiteres Gefühl, das sie tief hinunterzog: Sie hatte Angst, ihrem Vater die Wahrheit zu sagen. Sogar sie selbst nahm die Neuigkeit nur schwer auf, wie also würde er reagieren?

Gerade als sie sich fragte, wann sie mit ihm darüber sprechen sollte, erhielt sie eine Nachricht von Aaron, der ihr mitteilte, dass er von seinem Geschäftspartner zu einer Cocktailparty eingeladen worden sei. Sie möge doch direkt dort hinkommen, schlug er vor und gab ihr die Adresse.

»Cocktailparty«, murmelte Grace wenig begeistert. Am liebsten hätte sie sich einfach in ihr Hotelzimmer zurückgezogen. Sie erwog, Aaron abzusagen, doch womöglich tat ein wenig Gesellschaft gut und würde sie von ihrem Frust ablenken.

Kapitel 24

Da Grace keine passende Kleidung für eine Cocktailparty dabeihatte, ließ sie sich vom Taxifahrer nicht gleich ins Hotel zurückbringen, sondern bat ihn, sie in der Nähe einer Einkaufsstraße abzusetzen. In einem kleinen Modegeschäft in einer Nebengasse fand sie ein schlichtes dunkelrotes Kleid aus Chiffon, schwarze Pumps und eine schwarze Clutch.

Nachdem sie sich im Hotel geduscht, angekleidet, geschminkt und frisiert hatte, stieg sie auch schon wieder in ein Taxi, das sie zu der von Aaron angegebenen Adresse außerhalb Rigas brachte. Nach etwa zwanzig Minuten fuhren sie eine lange Auffahrt entlang und hielten vor einem neoklassizistischen Bau, hinter dessen Balustrade sich schon einige Menschen tummelten und mit Champagnergläsern anstießen.

Im Innern des kleinen Palastes führte man Grace in die erste Etage auf die Terrasse, wo sie Aaron sichtete, der am Geländer lehnte und sich mit einem großen, dünnen Mann unterhielt. Nachdem sie sich begrüßt hatten und Aaron ihr seinen Geschäftspartner Uldis Silovs vorgestellt hatte, nahm Aaron Grace kurz zur Seite und erkundigte sich nach ihrem Nachmittag bei Iveta Miller. Grace, die keine Lust verspürte, darüber zu sprechen, trank einen großen Schluck Champagner und griff nach einem Lachshäppchen, das ihr von einem Kellner angeboten wurde. Man servierte hier das Beste, was Lettland an Köstlichkeiten zu bieten hatte.

»Iveta Miller war sehr nett. Aber ich habe nicht viel Neues erfahren, es war eher verschwendete Zeit«, gab sie Aaron zur Antwort und biss in das Häppchen.

»Das tut mir leid. Und, was hast du jetzt vor?«

Sie hielt ihm ihr Glas hin, um anzustoßen. »Champagner trinken. Cheers.«

»Zum Wohl, schöne Grace. Du siehst übrigens bezaubernd aus.«

Später am Abend verlagerte sich die Gesellschaft nach drinnen in einen großen Saal, der an Prunk kaum zu übertreffen war und dem der Spiegelsaal in Versailles offensichtlich als Vorbild gedient hatte. Neben den mit Gold eingefassten Spiegeln an den Wänden prägten aber auch das gewaltige Deckengemälde und die Kronleuchter den Raum. In einer Ecke auf einem Podest thronte ein schwarz lackierter Flügel, dem der Pianist die Klänge Chopins entlockte. Ausgerechnet Chopin, dachte Grace. Weil sie dessen Sonaten stets zu den Tagebucheinträgen und zur Lektüre von *Unvollendet* gehört hatte, war die Musik so fest in ihr verankert, dass sie nun automatisch Bilder erzeugte: von ihrer Großmutter als junger Frau, von Robert Arndt, Luise und Arthur Thalmann, Oskar, Willi. Und von Leopold, Edward und Marianne, den Romanfiguren aus *Unvollendet*.

Durch ihren verschleierten Blick bemerkte Grace beinahe nicht, dass der Gastgeber, Uldis Silovs, sie ansprach. »Wie bitte?«, fragte sie und stellte ihr leeres Champagnerglas auf einen Stehtisch.

Uldis rückte seine Brille auf der Nase zurecht. »Ich wollte wissen, ob Sie Chopin mögen.«

Grace nickte und versuchte die Bilder, die sich ihr aufdrängten, beiseitezuschieben. »Ja, ich mag die Musik sehr.«

Eine junge Brünette in einem blassrosa Babydoll-Kleid und eine schwarz gekleidete, hagere Frau mit wildem blondem Lockenkopf gesellten sich zu ihnen, und sogleich umgab Grace eine süße Parfümwolke. Karamell, Vanille oder kandierter Apfel; sie konnte den Duft nicht so recht zuordnen.

Uldis gab der Brünetten einen Kuss auf die Wange und stellte sie Aaron und Grace als seine Tochter Violetta vor. Violettas Begleitung, der blonde Lockenkopf, war eine Studienkollegin namens Rasa und alles andere als auf den Mund gefallen, wie sich bald herausstellte. Die angehende Journalistin hatte es besonders auf Grace abgesehen und versuchte, sie in eine politische Diskussion über den US-Präsidentschafts-Wahlkampf zu verwickeln. »Ihr Amerikaner seid schon ein kurioses Volk«, predigte sie. »Gebt tatsächlich diesem Dagobert Duck die Chance, Präsident zu werden. Ich gehe davon aus, Sie als junge Frau werden sich dafür einsetzen, dass er nicht gewinnt?«

Grace nickte. »Ich gehe natürlich wählen.«

»Wählen!«, rief Rasa so laut, dass ein Grüppchen Menschen in der Nähe neugierig in ihre Richtung blickte. »Wählen ist nicht genug. Es darf einfach nicht so weit kommen, dass *der* an die Macht kommt! Ein Dritter Weltkrieg wäre dadurch vorprogrammiert!«

Violetta legte einen Arm um Rasa. »Ach Rasa, jetzt hör doch auf, die arme Frau zu belästigen«, säuselte sie mit ihrer melodischen Stimme. »Sie kann doch nichts dafür, dass sie Amerikanerin ist. Und zu deiner Weltkriegs-Theorie: Ich glaube, wir befinden uns ohnehin schon mittendrin, nur bemerkt es offenbar niemand. Aber lassen wir dieses düstere Thema.« Sie wandte sich an Grace. »Grace, was führt Sie zu uns nach Riga? Sind Sie auch eine Geschäftspartnerin meines Vaters, wie Aaron?«

»Nein. Ich begleite Aaron nur.«

Violetta lächelte sanft. »Wie schön.«

»Und was machen Sie beruflich?«, fragte Rasa und durchbohrte Grace mit ihren schräg gestellten Katzenaugen.

»Grace ist Filmschauspielerin«, antwortete Aaron, der sich aus unerklärlichem Grund angesprochen fühlte. Grace warf ihm einen empörten Blick zu, den er aber ignorierte. »Und übrigens die Enkelin von Hanna Miller«, fügte er hinzu.

»Oh mein Gott!«, rief Violetta, hielt sich eine Hand vor die Brust und riss ihre mit falschen Wimpern beklebten Augen auf. »Eine echte Filmschauspielerin! Und dann noch Hanna Millers Enkelin! Wie spannend! Nicht wahr, Papa?«

Uldis wirkte ebenfalls sehr beeindruckt. »In der Tat.«

In den folgenden Minuten konnten Uldis und Violetta ihre Begeisterung nicht zurückhalten und lobten Hanna Miller, ihr Aussehen und natürlich ihre Filme in den höchsten Tönen. Von Grace wollten sie alles Mögliche über ihre Großmutter wissen, bis Rasa irgendwann einwarf, dass es vielleicht interessant wäre, etwas über Grace zu erfahren und nicht nur über deren verstorbene Großmutter. »Sagen Sie, Grace, in welchen Filmen sind Sie zu sehen?«, fragte sie.

Grace schaute wieder verärgert zu Aaron. Am liebsten hätte sie ihn dafür erwürgt, dass er sie in diese missliche Lage gebracht hatte. Mit aufgesetztem Lächeln blickte sie zu Uldis, Violetta und Rasa, die gespannt auf eine Antwort warteten. »Ich habe mehrheitlich kleine Nebenrollen in TV-Serien und Sitcoms«, erklärte sie. »Das Filmgeschäft ist hart, deshalb arbeite ich nebenbei noch in einem Architekturunternehmen.«

Stille herrschte in der Runde, und Grace fiel auf, wie enttäuscht Uldis und Violetta waren. Nur Rasas Augen blitzten voller Hohn und nach wie vor angriffslustig. »Sollten Ihnen dank einer so berühmten Großmutter die Rollen nicht nur so zufliegen?«

»Nein, leider nicht.«

»Hm. Eigenartig.«

»Aber nein, Rasa«, widersprach Violetta, »die Konkurrenz in Hollywood ist riesig! Da hat man es auch trotz erfolgreicher Verwandter nicht leicht.«

Rasa schüttelte so heftig den Kopf, dass ihre Locken flogen. »Wenn man aber wirklich gut ist, sollte der eigenen Karriere nichts im Wege stehen. Grace, vor nicht allzu langer Zeit erschien doch die Verfilmung der Biographie Ihrer Großmutter. Mit Amber Rutherford als Hanna Miller. Ich habe den Film selbst gesehen. Warum hat man nicht *Ihnen* die Rolle gegeben?«

Wieder war es still, nur das Gelächter und Gerede der anderen Gäste gemischt mit Chopins Klängen waren zu hören.

Violetta räusperte sich. »Rasa«, murmelte sie, »vielleicht wollte Grace die Rolle ja gar nicht. Oder sie hat gerade einen anderen Film gedreht.«

»War es so?«, fragte Rasa scharf.

Grace funkelte sie an. »Nein«, entgegnete sie. »Ich habe keinen anderen Film gedreht. Ich wollte diese Rolle tatsächlich, und meine Großmutter hatte sogar Einfluss auf die Besetzung. Aber sie befürchtete, dass mir die Rolle psychisch schaden könnte, weil ich all die Jahre stets darunter gelitten habe, in ihrem Schatten zu stehen.«

Rasa runzelte die Stirn. »Das verstehe ich nicht. Warum sollte Ihnen diese Rolle schaden? Vielleicht wollte man Sie einfach nicht, weil Sie zu schlecht waren.«

»Rasa!«, rief Violetta. »Du kannst doch …«

»Schon gut«, erwiderte Grace und versuchte den Impuls, auf Rasas Provokation einzugehen, zu unterdrücken. Doch ihre Emotionen waren stärker. Sie trat einen Schritt auf Rasa zu und sah ihr geradewegs ins Gesicht. »Sie haben keine Ahnung, wie es ist, andauernd mit einer Person verglichen zu werden, die absolut perfekt ist! Schön, talentiert, großzügig, gutmütig, schlichtweg perfekt. Ich hatte jahrelang starke Komplexe, weil ich genau wusste, dass ich niemals im Leben so sein würde wie meine Großmutter. Dass sie mir die Rolle damals nicht gab, habe ich ihr bis vor Kurzem sehr übel genommen. Ich habe sie sogar gehasst, weil sie in meinen Augen meine Karriere sabotierte. Aber inzwischen wurde mir klar, dass sie es wirklich nur tat, um mich zu schützen. Ich glaube, das wollte sie immer: die Menschen schützen. Ihren Bruder Willi, den kleinen Ferdinand, Robert, ihren Sohn, mich.« Grace schluckte und blinzelte mehrmals. Nein, sie würde Rasa nicht den Gefallen tun und hier in Tränen ausbrechen. Inzwischen sahen sie alle, auch Rasa, verwundert an. »Bitte entschuldigt mich«, sagte sie und flüchtete.

Vor dem Saal blieb sie kurz stehen. Wohin jetzt? Zur Toilette? Nein, sie wollte nur noch weg von hier. Sie floh die Treppe hinunter Richtung Ausgang und bat dort jemanden vom Personal, ihr ein Taxi zu bestellen. Man teilte ihr mit, dass bereits Taxis bereitstünden, und öffnete ihr die Tür nach draußen.

Grace steuerte auf ein Taxi zu, da hörte sie Aaron ihren Namen rufen. Sie drehte sich um.

»Du willst schon gehen?«, fragte er.

»Ja. Kannst du Uldis bitte ausrichten, dass ich den Abend sehr schön fand und mich dafür bedanke. Aber jetzt …«

»Grace«, unterbrach er sie, »du solltest den Worten dieser Rasa nicht allzu viel Bedeutung beimessen. Violetta hat mir soeben gesagt, dass sie immer so sei.« Ein Grinsen huschte über sein Gesicht. »Uldis staucht sie übrigens gerade zusammen. Sollte sie sich noch einmal gegenüber einem Gast so benehmen, dann wäre sie zukünftig eine *Persona non grata*, also nicht mehr erwünscht in seinem Haus.« Er hielt ihr einen Arm hin. »Komm, lass uns wieder reingehen.«

»Tut mir leid, aber Rasa ist nicht der einzige Grund, weshalb ich hier wegwill.«

»Liegt es an mir? Du hast vorhin sehr verärgert gewirkt, als ich den anderen sagte, wer du bist.«

»Es liegt nicht an dir. Aber es stimmt, das hättest du nicht tun sollen. Egal, vielleicht musste es so kommen. Jedenfalls war heute ein langer und aufwühlender Tag.«

»Du warst vorhin sehr emotional, als du über deine Großmutter gesprochen hast. Willst du mir nicht erzählen, was du von Iveta Miller erfahren hast? Manchmal tut es gut, wenn man reden kann.«

Grace zögerte, aber ihr Wunsch, sich jemandem anzuvertrauen, siegte. »Du hast recht. Komm, wir gehen ein Stück.«

Sie umrundeten das Gebäude und betraten einen Park, der größtenteils aus einem Labyrinth aus Hecken bestand. Während sie durch den Irrgarten schritten, der nur von Laternen beleuchtet wurde, erzählte Grace alles: von der Fortsetzung von *Unvollendet*, dass Robert Arndt ihr richtiger Großvater war, und sogar Matthews geplantes Filmprojekt und ihre potentielle Rolle darin erwähnte sie. Es tat ihr gut, sich alles von der Seele zu reden, und sie fühlte sich so erleichtert, dass sie gar nicht bemerkt hatte, wie frisch es plötzlich geworden war. Erst als Aaron sie auf die Gänsehaut an ihren Armen aufmerksam machte und ihr seinen Blazer über die Schultern legte, nahm sie die kühle Luft zur Kenntnis. Sie saßen inzwischen in einem kleinen Pavillon, der sich Graces Orientierungssinn folgend in der Mitte des Irrgartens befinden musste.

Seufzend blickte sie zu Aaron, dessen Gesicht im schwachen Schein des Laternenlichts regungslos wirkte. »Du bist die erste Person, die alles weiß.«

»Es ehrt mich, dass du dich mir anvertraut hast.« Er strich ihr über die Hand. »Und weißt du, was das Beste ist? Dein Rätsel ist endlich gelöst.«

»Gelöst?« Sie lachte auf. »Du irrst dich. Das Rätsel ist nicht gelöst. Noch lange nicht.«

»Aber du weißt jetzt, dass Robert Arndt dein Großvater war. Das muss das Geheimnis deiner Großmutter gewesen sein.«

»Und was ist mit der Fortsetzung von *Unvollendet* passiert?« Grace verscheuchte eine Mücke, die ihrem Gesicht verdächtig nahe kam.

»Sie ist wahrscheinlich verbrannt, wie du selbst gesagt hast.«

»Vielleicht auch nicht. Und falls doch, muss ich trotzdem herausfinden, was vorgefallen ist.«

»Warum? Wenn es keine Fortsetzung gibt, dann kann Matthew Parker auch keinen Film drehen. Und somit kann es dir gleichgültig sein, was damals passiert ist.« Er näherte sich ihrem Gesicht. »Grace, der ganze Vergangenheitskram macht dich doch nur fertig. Komm, lass es sein und genieße dein Leben. Mit mir zum Beispiel.« Er wollte sie küssen, doch sie wich aus.

»Nein, Aaron, du verstehst nicht.« Sie stand auf und trat zum Geländer des Pavillons. »Es geht mir längst nicht mehr um den Film und meine Rolle darin, nein, ich muss dieses Geheimnis lüften. Besonders jetzt, wo es nicht nur meine Großmutter, sondern auch meinen Großvater betrifft!«

Es dauerte ein paar Minuten, bis sich Aaron ebenfalls erhob und sich zu ihr gesellte. »Du bist hartnäckig. Aber wenn es dir wirklich so viel bedeutet, dann werde ich dir dabei helfen. Mit meinem Vater hast du ja bereits gesprochen, aber vielleicht finde ich selbst noch etwas heraus.«

»Danke, das ist nett.« In dem Moment gingen die Laternen aus, und die Finsternis der Nacht umhüllte sie wie ein undurchdringlicher Schleier.

»Oh nein! Die Lichter!«

Aaron fing an zu lachen, und Grace spürte seine kalte Hand an ihrem Nacken. »Du fürchtest dich doch nicht etwa im Dunkeln?«

»Nein, natürlich nicht. Außerdem …« – sie nahm ihr Smartphone hervor und schaltete die Taschenlampe ein – »… haben wir ja Handys. Es ist übrigens gerade elf Uhr. Wahrscheinlich brennen die Laternen nur bis um diese Uhrzeit.«

Aaron zog ebenfalls sein Handy aus der Tasche und versuchte vergeblich, Uldis zu erreichen. »Vielleicht ist er sauer, weil wir die Party einfach verlassen haben«, scherzte er.

»Und wie finden wir jetzt aus dem Labyrinth heraus? Etwa mit dem Licht unserer Telefone?« Grace musste über die amüsante Situation lachen.

»Eine andere Wahl haben wir nicht. Außer du willst hier übernachten. Ich persönlich hätte nichts dagegen.« Erneut fuhr er ihr mit seiner kalten Hand über den Nacken.

»Besser nicht«, erwiderte Grace und leuchtete ihm direkt ins Gesicht, so dass er den Kopf zur Seite drehte. »Wir finden schon hinaus. Komm.«

Auch wenn das Labyrinth nicht besonders groß war, hatten sie beachtliche Mühe, nur mit dem spärlichen Licht ihrer Handys hinauszugelangen, und landeten mehrmals in Sackgassen. Als sie es endlich geschafft hatten, fielen sie einander in die Arme und gingen lachend zu den Taxis.

Zurück im Hotel wagte Aaron auf dem Flur vor den Zimmern einen erneuten Annäherungsversuch, und diesmal erwiderte Grace seinen Kuss. »Komm mit zu mir«, hauchte er und strich ihr über den Rücken. Grace schob ihn sanft von sich. »Nein, ich gehe jetzt auf mein Zimmer. Alleine. Gute Nacht, Aaron.«

Im Zimmer lehnte sie sich an die Tür und atmete durch. Beinahe hätte sie sich auf Aaron eingelassen, doch schon der Kuss hatte sich falsch angefühlt: kalt und fordernd, und längst nicht so leidenschaftlich wie bei Benjamin. *Warum denkst du schon wieder an Benjamin? Vergiss ihn!*

Nachdem sie sich umgezogen hatte, legte sie sich mit dem Notebook ins Bett und öffnete ihren E-Mail-Account. Zwischen unnötigen Newslettern entdeckte sie eine Nachricht ihres Vaters und klickte sie gleich an. Er erkundigte sich, wie das Gespräch mit Iveta verlaufen sei, und schickte ihr außerdem den letzten Tagebucheintrag. Er merkte an, dass er gerne noch etwas dazu sagen würde, und bat sie, sich zu melden. Obwohl es schon halb eins war, verspürte Grace ebenfalls das Bedürfnis, mit ihm zu sprechen, und fragte ihn via WhatsApp, ob er jetzt Zeit habe. In Los Angeles war ja gerade Nachmittag und die Chancen standen gut.

Sie hatte Glück: Nach wenigen Minuten schrieb er zurück, und sie rief ihn über Skype an. Als Grace sein vertrautes Gesicht auf dem Bildschirm sah, wurde sie nervös. Konnte sie ihm wirklich über Skype erzählen, dass Robert Arndt sein richtiger Vater war?

Nachdem sie sich kurz über Riga ausgetauscht hatten, blieb es still. Nur Louis Armstrongs *Christmas in New Orleans* war zu hören, und die Tatsache, dass ihr Vater selbst im Juli Weihnachtsmusik hörte, rührte Grace ungemein. Es verdeutlichte, dass er nicht nur ein verrückter und liebevoller Kerl war, sondern auch ein Familienmensch, der besonders an Festen wie Thanksgiving oder Weihnachten hing, an denen die ganze Familie zusammenkam. Grace sah plötzlich ein, dass sie ihm die Neuigkeit über seinen wahren Vater unmöglich auf so unpersönliche Art mitteilen konnte. Sie brachte es einfach nicht fertig.

»Und, wie war es bei Iveta?«, wollte er wissen.

»Ganz gut. Sie ist sehr nett und hat mir viel erzählt. Über Grandpa und so.« Grace berichtete ihm von Georges Erlebnissen in der Schweiz, doch ihr Vater wirkte ungeduldig und spielte mit einem Bleistift. »Hat Iveta sonst noch etwas gesagt?«

Sie zögerte. »Nein. Warum fragst du?«

»Es ist nur so, dass ich durch Mums letzten Tagebucheintrag einen Verdacht habe, den ich gerne bestätigt hätte.«

»Was für einen Verdacht?«

»Na schön, du wirst es ja gleich selbst lesen. Mum hat mit Robert Arndt geschlafen. Es war nur eine Nacht, aber die war im August 1944. Neun Monate vor meiner Geburt … Grace, ich vermute, George war nicht mein Vater, sondern Robert Arndt.«

Grace seufzte auf. »Oh Dad! Ja, es ist wahr. Iveta hat es mir gesagt, aber ich wollte dir eine solche Nachricht persönlich überbringen. Es tut mir leid.«

Er schwieg für einen Moment, besah sie dann aber liebevoll. »Ach Grace, das muss dir nicht leidtun. Weißt du, um ganz ehrlich zu sein, habe ich es schon in dem Moment vermutet, als du mir Robert Arndts Foto gezeigt hast. Ich sehe ihm zwar nicht gerade ähnlich, aber da war so ein Gefühl, das ich kaum beschreiben kann. Und Mums Tagebucheinträge verstärkten es noch. Ich bin sehr froh, dass ich jetzt Gewissheit habe.«

»Es tut mir leid, dass du ihn nie kennenlernen konntest.«

»Ja, mir auch. Hör zu, Liebes, der letzte Tagebucheintrag deiner Großmutter löst das Rätsel von *Unvollendet* leider auch nicht. Es sieht ganz so aus, als existierte diese Fortsetzung tatsächlich nicht mehr.«

»Das habe ich bereits vermutet.«

Er blickte sie erstaunt an. »Du nimmst das sehr gelassen auf. Was ist mit deiner Rolle?«

»Die habe ich wahrscheinlich schon abgeschrieben.«

»Und trotzdem willst du noch in der Schweiz bleiben?«

»Ja. Ich gehe nicht von hier weg, bis ich weiß, was damals genau vorgefallen ist.«

Er lächelte. »Ich bin stolz auf dich.«

* * *

Nach dem Gespräch mit ihrem Vater fühlte sich Grace erlöst und glücklich. Beschwingt öffnete sie die Datei mit dem Tagebucheintrag. Trotz Müdigkeit konnte sie nicht widerstehen, den letzten Eintrag ihrer Großmutter zu lesen.

Hannas Tagebuch

Zürich, August 1944

Noch immer zittere ich am ganzen Körper und kann kaum glauben, was soeben passiert ist. Es ging alles so schnell! Doch endlich ist Onkel Fritz weg. Ich blicke in mein durchwühltes Zimmer, das aussieht, als hätte eine Bombe eingeschlagen: sämtliche Bücher, Kleider, Strickzeug und Hüte liegen auf dem Boden verstreut. Aber Onkel Fritz hat das Manuskript nicht gefunden. Wie gut, dass ich es in meinem Geheimfach im Schreibtisch versteckt habe; dort, wo ich auch meinen Schmuck, ein paar Fotos und dich, mein Tagebuch, aufbewahre.

Was soll ich jetzt tun? Fortgehen? Nur wohin? Vielleicht zu Marlies in die Zentralschweiz? Aber ich kann doch Willi und den Schwanenhof nicht im Stich lassen! Besonders Willi nicht. Er macht gerade eine schwierige Zeit durch und leidet noch immer sehr unter dem Tod der Eltern. Immer wieder verursacht er Ärger: Er prügelt sich in der Schule oder geht gar nicht erst dorthin. Kürzlich hat man ihn sogar dabei erwischt, als er einen Wecker stehlen wollte! Einen Wecker! Der Ladenbesitzer hat zum Glück von einer Anzeige abgesehen, aber die Polizei kam trotzdem hierher und redete mir und Tante Dorothea ins Gewissen. Sie haben Willi sogar verdächtigt, der geheimnisvolle Schmuckdieb zu sein, der hier seit einem Jahr immer wieder zuschlägt. Sie durchsuchten sein Zimmer, fanden aber nichts.

Onkel Fritz war zu dem Zeitpunkt zum Glück außer Haus. Er hätte bestimmt getobt! Die Polizei wies uns an, besser auf Willi aufzupassen. Tante Dorothea schob natürlich mir die Schuld zu und ermahnte mich, Willi zukünftig im Auge zu behalten. Nur ist es alles andere als leicht mit ihm, da er mich nicht an sich heranlässt. Doch ich weiß, dass er mich braucht, und deshalb kann ich nicht weg.

Meine Gedanken schweifen ab, ich denke wieder an das Manuskript, Roberts Roman. Ich muss es an einen anderen Ort bringen, falls Onkel Fritz mein Versteck im Schreibtisch doch noch entdeckt. Tante Dorothea hat nämlich auch ein Geheimfach in ihrem Schreibtisch, wie sie mir einst verraten hat. Es ist also gut möglich, dass Onkel Fritz durch sie daraufkommt. Am besten verstecke ich das Manuskript im Gartenhaus. Dort hat Onkel Fritz bereits danach gesucht, er würde also bestimmt nicht nochmals dorthin gehen. Genau, ich werde das Manuskript im Gartenhaus verstecken, so wie Robert das getan hat. Dort ist es sicher. Aber nicht jetzt. Erst später, wenn es dunkel wird. Und bis dahin werde ich hier im Zimmer bleiben und schreiben, denn es hilft mir, all meine Gedanken zu notieren.

Ich fühle nämlich gerade wieder diese Leere. Beinahe wie damals vor einem Jahr, nach dem Tod von Mama und Papa. Wäre Willi nicht gewesen, dann hätte ich keinen Grund mehr gehabt, weiterzuleben. Es erschien mir damals alles so sinnlos: der Verlust der Eltern, der Krieg, Roberts Rückreise nach Deutschland. Einfach alles. Doch ich musste ja stark sein für Willi. Und für den Schwanenhof. Mein Cousin Oskar erwies sich zu dem Zeitpunkt als große Hilfe, ob durch seine tröstenden Worte, oder durch seinen unermüdlichen Einsatz im Hotel. Denn auf Onkel Fritz und Tante Dorothea, die die Führung übernommen haben, ist nach wie vor kein Verlass. Tante Dorothea vergnügt sich viel lieber mit Jakub, und Onkel Fritz verschanzt sich entweder in der Wohnung, lungert irgendwo im Hotel herum oder verprasst das Geld in Spielsalons, wie Oskar vermutet.

Neben Oskar schätze ich auch meine Freundschaft mit Mikolaj, der in gewisser Weise genauso arm dran ist wie ich. Die Ungewissheit, was aus seinen Eltern und seiner Schwester wurde, macht ihn beinahe verrückt. Oh, ich wünsche ihm von ganzem Herzen, dass sie noch am Leben sind und der Krieg bald endet.

Auch wegen Robert. Er war wieder hier. Als ich ihn sah, durchfuhr ein starkes Beben meinen Körper, anders kann ich es kaum formulieren. Meine Gefühle für ihn sind noch intensiver geworden.

Bald stellte sich aber heraus, dass er nur wegen Gerda zurückgekehrt war, die ein Kind von ihm erwartete. Ein Kind! Ich war natürlich ziemlich geschockt über diese Nachricht. Jedenfalls hatte Robert Gerda die schwere Reise zuerst nicht zumuten wollen, aber Gerdas Vater überredete ihn zur Flucht. Er hatte Angst um seine Tochter; einerseits wegen der zunehmenden Luftangriffe, andererseits wegen der Gestapo, die derzeit überall im Deutschen Reich auf der Suche nach Verrätern ist – laut Robert hat es ein Attentat auf Hitler gegeben. Dank Roberts Geschick und seinem wohldurchdachten Plan gelang ihm und Gerda die Flucht über die Grenze. Kurz nach ihrer Ankunft in der Schweiz erkrankte Gerda aber an einer Lungenentzündung, und Robert brachte sie ins Krankenhaus. Da er keine Aufenthaltsbewilligung besaß, gewährte ich ihm Unterschlupf im Gartenhaus. Niemand wusste davon, außer Jakub, Mikolaj und Oskar.

Robert schrieb beinahe ununterbrochen an einem Roman, sagte aber nie, um was es ginge, auch nicht Jakub, der ihm ein guter Freund wurde. Da sich Robert große Sorgen um Gerda machte, musste ich täglich ins Krankenhaus, um nach ihr zu schauen und Robert anschließend berichten zu können. Den misstrauischen Angestellten im Krankenhaus gegenüber gab ich an, Gerda sei eine alte Bekannte von früher.

Leider ging es ihr von Tag zu Tag schlechter, und auch wenn ich sie nie gemocht hatte, tat sie mir unendlich leid. Sie hatte große Angst um ihr Baby und um Robert. Sie bat mich, für die beiden zu sorgen, sollte sie sterben.

Wenn ich jetzt daran zurückdenke, bricht es mir fast das Herz, denn Gerda erlitt eine Frühgeburt. Sie und das Baby starben.

Robert ertrug die Nachricht nur schwer, das fühlte ich. Doch er hat sich seine Qualen nicht anmerken lassen und schrieb fast Tag und Nacht weiter an seinem Roman.

Dann, vorgestern, am Freitagabend, erlebte ich einen schönen Traum, der jedoch ein bitteres Ende nahm. Alles begann damit, dass ich Robert am Abend seine Suppe brachte. Er wirkte ungewohnt fröhlich.

»Die Suppe schmeckt köstlich, Hanna«, schwärmte Robert und tunkte noch etwas Brot hinein. »Du bist eine gute Köchin.«

»Danke, aber es ist nur eine einfache Kartoffelsuppe.« Ich sah ihm weiterhin zu, wie er die Suppe löffelte, und beobachtete dabei sein Gesicht. Ich wollte mir jedes Detail noch mal genau einprägen. Ich wusste nämlich, dass er nicht mehr lange hier sein würde. Jakub hatte mir verraten, dass Robert wieder zurück nach Deutschland wolle, einzig das Schreiben seines Romans hielt ihn noch hier.

Plötzlich schob er den Teller zur Seite und starrte mich unverwandt an. »Ich muss dir etwas sagen, Hanna. Es ist sehr wichtig.«

»Du gehst wieder nach Deutschland. Ich weiß es bereits von Jakub. Ich kann dich zwar nicht verstehen, aber mir ist auch bewusst, dass du keine andere Wahl hast. Hier hält dich nichts mehr.«

Er griff schweigend nach meiner Hand und drückte sie fest.

Ich fuhr fort. »Versprich mir einfach, dass du auf dich aufpasst. Du hast selbst gesagt, dass sich die Situation in Deutschland für euch verschlechtert hat durch das versuchte Attentat auf Hitler. Und dann sind da noch die Luftangriffe. Sag, Robert, was genau hast du vor, wenn du dort bist? Willst du deine Aktivität als Ausweisfälscher fortführen?«

Er ließ meine Hand los, erhob sich von der Holzkiste und ging zu einem Haufen Kartoffelsäcke. Drei von ihnen schob er weg und kniete dann nieder, um zwei lose Bodendielen anzuheben. Dann entnahm er dem geheimen Versteck einen zusammengelegten Kartoffelsack, aus dem er einen ganzen Haufen loser, beschrifteter Blätter hervorzog. Ich wusste gleich, worum es sich handelte.

»Das ist dein Roman. Du hast ihn beendet.«

Er setzte sich wieder zu mir. Seine Augen leuchteten. »*Unvollendet* ist vollendet.«

Ich brauchte einen Moment, um zu realisieren, was er gerade gesagt hatte. »Du meinst, du hast einen zweiten Teil von *Unvollendet*, dem Roman deines Vaters, geschrieben?«

»Ja.«

»Weshalb?«

»Jede Geschichte braucht ein Ende, auch wenn es tragisch ist.«

»Ich verstehe nicht.«

Er legte den Stapel wieder zurück in den Kartoffelsack und drückte diesen fest in meine Hände. »Lies es, dann verstehst du. Und erfährst auch den wahren Grund, weshalb ich wieder zurück nach Deutschland muss. Ich will endlich handeln ... Bewahre es gut für mich auf, an einem sicheren Ort. Und sollte ich nicht mehr zurückkommen, dann musst du es veröffentlichen.«

»Aber ...«

»Hanna, versprich es mir!«

»Gut, ich verspreche es.«

»Danke.« Er stand auf und blickte durch das kleine Fensterchen. »Ich werde heute Nacht aufbrechen.«

Ich erschrak. »Heute Nacht schon? Aber wie kommst du nach Deutschland?«

»Frag am besten nicht.«

Ich nickte und hielt den Kartoffelsack mit dem Buch fest an mich gedrückt, als handle es sich um Robert selbst.

»Es wird langsam dunkel«, bemerkte er. »Du musst zurück ins Haus. Sie werden sonst nach dir suchen.«

»Nein, werden sie nicht. Onkel Fritz ist wieder irgendwo in der Stadt und verprasst das Geld meiner Eltern. Tante Dorothea vergnügt sich mit Jakub in der Wäscherei. Oskar feiert im Restaurant den Geburtstag von Horst. Und Mikolaj und Willi schlafen bereits. Nein, niemand sucht mich. Ich will bei dir bleiben. Die ganze Nacht. Oder zumindest so lange, bis du aufbrichst.« Ich legte den Kartoffelsack auf den Boden und stand auf.

Er schaute mich schweigend an. Überraschung spiegelte sich in seinen Augen. »Hanna ...«

»Robert, ich liebe dich. Schon immer.«

»Hanna, ich ...«

Ich ließ ihn nicht ausreden. »Ich liebe dich so sehr, dass ich dich am liebsten für immer hier im Gartenhaus einsperren würde.« Ich lachte nervös, als mir bewusst wurde, was ich gerade gesagt hatte. »Du hältst mich jetzt bestimmt für eine Spinnerin.«

Er sah mich lange an, als wäge er eine schwierige Entscheidung ab. Dann trat er auf mich zu, strich mir über die Wange und küsste mich.

Ich träumte von meiner Hochzeit. In einem weißen Spitzenkleid schritt ich durch die Kirche, an meiner Seite Papa, der mich immer wieder voller Stolz ansah. In den Bankreihen bemerkte ich meine Großeltern, Mama und Gerda. Vorne beim Altar wartete Robert mit einem Lächeln auf dem Gesicht.

Nach der Trauung küssten wir uns, und ich schloss die Augen. Als ich sie wieder öffnete, war Robert weg. Verzweifelt blickte ich um mich und wollte Papa und Mama um Hilfe bitten, doch sie waren nicht mehr da. Stattdessen eilten Oskar, Willi und Mikolaj auf mich zu, aber ich sank bereits zusammen.

»Hanna! Wach auf! Hanna!«

»Robert!« Mit weit aufgerissenen Augen starrte ich ihn an und schlang die Arme um ihn. »Ich hatte einen schrecklichen Traum.« Ich zitterte noch immer, woraufhin Robert das dünne Laken fest um meinen Oberkörper wickelte. Mit bebender Stimme erzählte ich ihm von meinem Traum. »Das Schlimme daran war, dass ich beim Einmarsch in die Kirche nur Menschen gesehen habe, die nicht mehr leben. Meine Eltern, Gerda ... Und dann, nach der Trauung waren sie alle weg, auch du! Robert, du darfst nicht nach Deutschland zurück. Bitte nicht.«

»Du hast also tatsächlich von unserer Hochzeit geträumt?«, fragte er leicht amüsiert.

Ich spürte, wie meine Wangen ganz heiß wurden. Robert seufzte. »Oh Hanna.«

Jetzt erst fiel mir auf, dass er schon vollständig bekleidet war. Ich bemerkte einen Rucksack neben dem Strohhaufen und verstand. Robert würde es sich nicht anders überlegen. Auch die Tatsache, dass wir uns geliebt hatten, würde seine Meinung nicht mehr ändern, auch wenn ich bis zuletzt noch gehofft hatte.

»Es ist kurz vor zwei Uhr. Ich muss los, sonst ist meine Mitfahrgelegenheit weg.« Er strich mir über das Haar. »Du bist eine wunderbare Frau, Hanna. Mutig, liebevoll und stark. Und dein Herz ist groß. Gäbe es nur solche Menschen wie dich auf der Welt, müssten wir keine Kriege mehr führen. Versprich mir, dass du etwas aus deinem Leben machen wirst und Gutes bewirkst.«

»Robert ...«

»Psst.« Er hielt mir einen Finger vor den Mund. »Sag jetzt nichts.« Er küsste mich auf die Stirn. »Pass auf dich auf.« Langsam stand er auf, griff nach seinem Rucksack und verließ das Gartenhaus, ohne sich noch einmal umzudrehen.

Wie erstarrt blieb ich zurück und brauchte eine Weile, um mich zu sammeln. Das Gartenhaus kam mir trotz der sommerlichen Hitze plötzlich unglaublich kalt vor, so dass ich aufsprang und Kleid und Schuhe anzog. Sorgfältig faltete ich das Laken zusammen und legte es in die Holzkiste zu den anderen Dingen, die ich extra für Robert ins Gartenhaus gebracht hatte. Den Kartoffelsack mit dem Manuskript warf ich über die Schulter, dann ging ich Richtung Hotel. Schon von Weitem fiel mir auf, dass eine dunkle Gestalt auf der Verandatreppe saß. Ich nahm an, es handle sich um den jungen, spanischen Musiker, der hier im Exil lebte und sich spätabends oft auf der Veranda aufhielt, um den Sternenhimmel zu betrachten. Doch als ich näher kam, funkelten mich zwei Krokodilsaugen an. Julius Hottinger. Zusammen mit Oskar und anderen Freunden hatte er in unserem Restaurant den 20. Geburtstag von Horst gefeiert. Er stand auf. »Guten Abend, Hanna.«

»Hallo, Julius.« Ich wollte an ihm vorbeigehen, doch er packte mich am Arm.

»Lass mich sofort los!«, fauchte ich.

Sein Griff wurde etwas lockerer, aber nach wie vor hielt er mich fest. »Was hast du im Gartenhaus getan?«

»Ich war nicht im Gartenhaus, ich habe nur einen Spaziergang gemacht.«

»Mitten in der Nacht?« Er lachte dreckig. »Du bist nicht nur eine Hure, sondern auch eine Lügnerin. Ich weiß genau, dass du im Gartenhaus warst, und ich weiß auch, mit wem. Ich habe ihn vorhin gesehen, diesen Arndt, als er rauskam und Richtung See lief. Soweit ich weiß, hat er keine Aufenthaltsbewilligung mehr. Habt ihr ihn etwa im Gartenhaus versteckt?«

»Ich weiß nicht, wovon du redest.«

Mit seinen missmutig aussehenden Krokodilsaugen schien er mich zu durchbohren. »Du bist noch genauso blöd wie früher, aber eins muss ich dir lassen, du bist sehr schön.« Sein Blick wanderte lüstern über meinen Körper, bis er beim Kartoffelsack hängenblieb. »Was hast du da drin?«

»Kartoffeln«, antwortete ich scharf.

»Sicher. Zeig mal her.« Er wollte nach dem Sack greifen, da trat ich ihm mit voller Wucht gegen das Schienbein, so dass er aufschrie und mich abrupt losließ. Ich wollte die Gelegenheit nutzen und wegrennen, doch Julius hatte sich schnell wieder gefasst und packte mich am Unterschenkel. Kopf voran stolperte ich über die Treppenstufen und schlug hart mit dem Kinn auf. Ein stechender Schmerz durchfuhr mich wie ein Blitz, und ich hatte das Gefühl, als wäre mein Kinn gerade in tausend Stücke zerbrochen. Nur langsam hob ich den Kopf und wischte über das blutige Kinn. Obwohl sich alles vor meinen Augen drehte, bemerkte ich zwei schwarze Lederschuhe auf der Treppenstufe vor mir.

Julius lachte bösartig. »Das kommt davon, wenn man sich mit mir anlegt. So, und jetzt lass mal sehen, was du hier drin versteckst.« Er schnappte sich den Kartoffelsack und erklomm mit großen Schritten die letzten Stufen hoch zur Veranda. Dort setzte er sich in aller Ruhe auf eine Bank, öffnete den Sack und entnahm ihm das Manuskript. »Was haben wir denn da?« Er hielt die erste Seite hoch zur Laterne, die sich oberhalb der Eingangstür befand. »*Vollendet* von Robert Arndt.« Er begann, die erste Seite zu lesen. »Interessant, interessant«, murmelte er schon nach kurzer Zeit.

Ich versuchte mehrmals, mich aufzurichten, doch mir war so schwindlig, dass ich jedes Mal gleich wieder zusammensackte. Nach einer Weile nahm ich einen erneuten Anlauf, diesmal mit Erfolg. Erst jetzt nahm ich auch höllische Schmerzen im rechten Knie wahr. Den Schwindel und die Qualen ignorierend humpelte ich die Treppe hinauf, so schnell es mein geschundenes Knie zuließ. Julius war noch immer am Lesen. »Wirklich spannend, was dein Liebhaber da geschrieben hat.«

»Gib es sofort her!«

Er besah mich spöttisch. »Geh du lieber rein und wasch dir dein Kinn. Sieht hässlich aus.«

Ich spürte, wie der Zorn in mir aufstieg. Und auch wenn ich genau wusste, dass ich keine Chance gegen Julius hatte, stürzte ich mich auf ihn und schlug mit den Fäusten gegen seine Brust. »Du verfluchtes Ekel!«, schrie ich, doch er lachte nur und packte mich an den Händen. Dann stand er auf, so dass die Seiten des Manuskripts von seinem Schoß flatterten.

Im Licht der Laterne sahen seine Augen noch viel furchteinflößender aus als vorhin in der Dunkelheit. »Jetzt hör mir gut zu, du Hure, du …«

In dem Moment ging die Tür auf, und Julius drehte sich erschrocken um. George Miller stand da, ein Hotelgast, der gestern angereist war. Wie er mir bei der Anreise erzählt hatte, war er ein amerikanischer Internierter, der in Davos lebte und sich wegen eines Treffens mit dem amerikanischen Konsul in Zürich aufhielt. Er war ein netter Mann und sah recht gut aus: groß, hellbraunes Haar und freundliche Augen.

Er blickte kurz von mir zu Julius und erfasste die ganze Situation ziemlich schnell. Seine stahlblauen Augen musterten Julius so kalt, dass dieser schnell von mir abließ. »What's up? Warum Sie attackieren das Fräulein Hanna?«, fragte er in gebrochenem, aber verständlichem Deutsch.

»Wir hatten nur eine kleine Auseinandersetzung«, verteidigte sich Julius.

George musterte mich genauer und schob mich sanft ins Laternenlicht. Er erschrak, als er mein Kinn sah. »*Oh my god!*«, rief er laut und zeigte auf Julius. »War das er?«

»Nicht direkt«, antwortete ich und blickte zu Julius, der plötzlich wie ausgewechselt schien. Die Anwesenheit eines amerikanischen Offiziers hatte ihm wohl gehörigen Respekt eingeflößt.

»Er hat etwas an sich genommen, das mir gehört«, fügte ich hinzu und zeigte auf die Blätter am Boden.

George nickte und trat noch einen Schritt auf Julius zu. »Es ist schon spät. Also verschwinden Sie!«

Julius Lippen bebten, und er schaute zwischen mir und George hin und her. Dann murmelte er ein leises »Das wird dir noch leidtun« und ging durch den Hotelpark davon.

Nachdem wir alle Seiten aus Roberts Manuskript eingesammelt hatten, führte mich George ins Hotel, als wäre ich eine Greisin, die nicht mehr richtig gehen konnte. Drinnen im Salon rückte er mein

Gesicht in den hellen Schein der Lampe und tastete vorsichtig meinen Kiefer und das Kinn ab. Ich zuckte zusammen, als er über die wunde Stelle strich.

»It's not gebrochen, nur ein bisschen … geschürft und geschwollen. Sie sollten desinfizieren. Es wird sicher geben ein …«, er suchte nach dem passenden Wort, »… ein Beule? Aber don't worry, es wird sicher wieder gut. »Liebevoll strich er mir eine Haarsträhne aus dem Gesicht. »Und Sie sind immer noch sehr schön.«

Ich hob nur die Schultern und hielt das Manuskript fest umklammert. Mein Aussehen war mir nicht wichtig. Hauptsache, ich hatte Roberts Roman zurück. Robert. Oh, wie sehr ich ihn bereits vermisste!

»Fräulein Hanna?«

»Äh, ja?«

Ein Lächeln flog über sein Gesicht. »Alles okay? Sie wirken … zerstreut.«

»Ich bin nur müde. Ich sollte jetzt schlafen. Vielen Dank wegen vorhin.«

»No problem. Warum eigentlich Sie waren so spät draußen? Und was sind das für Texte?« Er zeigte auf die Manuskriptseiten.

»Nichts von Bedeutung. Gute Nacht.« Ich wollte bereits weitergehen, doch er hielt mich sanft am Oberarm zurück. »Fräulein Hanna?«

»Ja?«

»Sollten Sie brauchen Hilfe, Sie kommen zu mir, okay? Vielleicht ich kann helfen.«

Ich nickte. »Danke.«

Als ich oben in meinem Zimmer war, fühlte ich mich viel zu aufgewühlt, um zu schlafen. Ich wusch und desinfizierte mein Kinn und legte etwas Kräutersalbe auf, die ich noch von Mama hatte. Plötzlich spürte ich einen harten Kloß im Hals. Wie sehr mir meine Eltern gerade fehlten. Schnell verwarf ich den Gedanken an sie und legte mich mit Roberts Manuskript ins Bett. In einem langen Vorwort hatte Robert eine Art persönliche Erklärung zu der Fortsetzung von *Unvollendet* abgegeben, die mich so sehr erschütterte, dass ich nicht mehr weiterlesen konnte. Ich schaltete die Nachttischlampe aus und fiel schon bald in einen unruhigen Schlaf.

Erst am nächsten Morgen befasste ich mich wieder mit dem Buch.

Da ich eigentlich hätte arbeiten sollen, entschuldigte ich mich bei Tante Dorothea mit der Ausrede, ich habe Kopfschmerzen. Als sie mein geschwollenes Kinn sah, fiel sie vor Schreck beinahe um und wollte wissen, wie das passieren konnte. Ich verschwieg ihr den Vorfall mit Julius und behauptete einfach, ich sei auf der Treppe gestolpert. Tante Dorothea hätte Julius ohnehin in Schutz genommen, da er ihrer Meinung nach ein potentieller zukünftiger Ehemann für mich war. Wie gut, dass die Hottingers dies nicht so sahen. Ihnen schwebte eine andere Frau für Julius vor, wie mir Oskar kürzlich verraten hatte. Die reiche Irma Jäger, Tochter eines Textilunternehmers.

Tante Dorothea schickte mich wieder aufs Zimmer, da ich mit meinem Aussehen nur die Gäste verschrecken würde. So konnte ich den ganzen Samstag lesen. Nur Willi und Oskar schauten kurz vorbei und erkundigten sich nach meinem Wohlbefinden. Sie dachten, mich hätte ebenfalls die Sommergrippe erwischt, genau wie Mikolaj. Ich verschwieg Roberts Roman und versteckte die Seiten unter dem Kopfkissen, während ich über angebliche Kopfschmerzen klagte. Auch ihnen erzählte ich nichts von meiner Begegnung mit Julius, weil ich sonst auch Roberts Buch hätte erwähnen müssen.

Als ich den Roman spätabends zu Ende gelesen hatte, fühlte ich mich müde und bewegt. Meine Sorge um Robert war inzwischen noch größer geworden, doch ich tat, was er von mir verlangt hatte, und bewahrte das Manuskript an einem sicheren Ort auf: in meinem Geheimfach im Schreibtisch.

Am nächsten Tag ging ich wie jeden Sonntag mit Tante Dorothea, Willi und Oskar in die Kirche. Als wir zurückkamen und ich mein Zimmer betrat, erlebte ich eine böse Überraschung: Onkel Fritz durchwühlte meine Sachen. Sein schütteres ergrautes Haar stand ihm wirr vom Kopf ab, sein Gesicht war noch geröteter als sonst.

»Onkel Fritz! Was machst du hier?«

Er kam auf mich zu und sah aus, als würde er mir gleich an die Gurgel springen wollen. Seine meerblauen Augen quollen beinahe aus seinem Gesicht. »Sag, Hanna, wo hast du den Schund versteckt?«

»Welchen Schund?«

Er hob drohend einen Finger. »Julius hat gesagt, dass du Robert Arndt im Gartenhaus versteckt hattest, und er angeblich einen Roman geschrieben hat! Die Fortsetzung von *Unvollendet.* Du musst mir das Manuskript geben!«

»Weshalb? Willst du es etwa lesen?«, fragte ich so gelassen wie möglich. Doch in Wirklichkeit dachte ich angestrengt darüber nach, was Julius Onkel Fritz gesagt haben könnte, dass dieser Roberts Roman unbedingt haben wollte.

Sein Gesicht hatte sich zu einer rabiaten Maske verzerrt, an seiner Stirn pochte eine Ader im Sekundentakt. »Sei nicht frech und gib mir das Manuskript! Ich weiß, dass du es irgendwo versteckt hast. Hier in deinem Zimmer habe ich es nicht gefunden und im Gartenhaus ist es auch nicht! Ich hab' den ganzen Schuppen durchsucht. Also, wo ist es?«

»Ich habe es nicht.«

Er stampfte auf wie ein kleines Kind, das nicht bekam, was es wollte. Ach, was war er doch für eine erbärmliche Witzfigur.

Plötzlich packte er mich an den Schultern und begann mich zu schütteln. »Du bist genauso stur wie deine Mutter! Ich habe ja nie verstanden, was Arthur an ihr gefunden hat. Diese verfluchte Kommunistin!« Er drückte mich gegen den Kleiderschrank. »Sag mir jetzt sofort, wo dieses Manuskript ist!«

»Nein!« Mit aller Kraft versuchte ich mich zu wehren, aber er war viel stärker.

»Wie du willst, dann werde ich es eben aus dir herausprügeln.«

* * *

Wären Tante Dorothea und Oskar nicht irgendwann erschienen, hätte mich Onkel Fritz vermutlich bewusstlos geschlagen. Aber sie konnten ihn besänftigen und aus dem Zimmer vertreiben. Anschließend verarztete Tante Dorothea meine Prellungen und meinte, ich solle Fritz doch geben, was auch immer er haben wolle. Ich schüttelte aber bloß den Kopf und bat sie, mich in Ruhe zu lassen. Als sie weg war, vertraute ich mich Oskar an, der wissen wollte, weshalb sein Vater mich zusammengeschlagen hatte. Auch er wusste nicht, welches Interesse sein Vater an diesem Manuskript haben könnte.

Ja, und nun sitze ich hier und kann noch immer kaum fassen, dass mich mein eigener Onkel so verprügelt hat. Und das alles wegen Roberts Manuskript. Warum ist er so erpicht darauf, es in die Finger zu bekommen? Ich muss an Roberts Plan denken, und plötzlich steigt ein leiser Verdacht in mir auf. Julius hatte die ersten Seiten des Manuskripts und somit das Vorwort gelesen. Ob er Onkel Fritz von Roberts Plan erzählt hat? Wenn ja, warum?

Ich schaue aus dem Fenster. Allmählich setzt die Dämmerung ein. Ich muss das Manuskript schnell im Gartenhaus verstecken.

Kapitel 25

Grace schaltete die Musik aus und legte das Notebook weg. Sie war ganz bestürzt über die Tatsache, dass Fritz Thalmann ihre Großmutter zusammengeschlagen hatte, nur um an das Manuskript zu gelangen. Gleichzeitig empfand sie auch tiefen Frust, da dies der letzte Tagebucheintrag war und die Geschichte offenblieb. Was sie inzwischen aber mit Sicherheit wusste, war, dass ihre Großmutter das Manuskript tatsächlich im Gartenhaus versteckt hatte und es somit den Flammen zum Opfer gefallen war. Etwas naiv fand Grace dabei die Handlung ihrer Großmutter, die zwar das Manuskript an einen sicheren Ort bringen wollte, nicht aber daran gedacht hatte, das Tagebuch ebenfalls im Gartenhaus zu verstecken. Vielleicht hatte Fritz Thalmann ihr Zimmer tatsächlich erneut durchsucht, das Tagebuch entdeckt und durch den letzten Eintrag erfahren, wohin ihre Großmutter das Manuskript gebracht hatte, nämlich ins Gartenhaus. Dort hatte er es am Ende vielleicht gefunden, war aber von Jakub überrascht worden und es war aus noch unerklärlichen Gründen zum Brand gekommen. Grace hielt diese Theorie durchaus für möglich.

Die Gewissheit, dass die Fortsetzung nicht mehr existierte, störte sie nicht so sehr wie die Tatsache, dass noch immer viele Fragen offen waren. Robert Arndt hatte also einen Plan verfolgt, deshalb wollte er nach Deutschland zurück. Aber in welchem Zusammenhang stand dieser Plan mit der Fortsetzung von *Unvollendet*? Was hatte er erreichen wollen? Und warum hatte Fritz Thalmann das Manuskript so sehr begehrt?

Was ihr aber besonders zu denken gab, war Julius Hottinger, der sich einmal mehr als richtiges Ekel erwiesen und ihre Großmutter sogar bei Fritz Thalmann verraten hatte. Ihr fiel plötzlich wieder ein, dass Konstantin Hottinger bei ihrem Gespräch damals erwähnt hatte, sein Vater, Julius, habe von Oskar erfahren, dass Robert Arndt das Manuskript nach Deutschland mitgenommen hatte. Aber das stimmte nicht mit dem überein, was ihre Großmutter geschrieben hatte. Demnach hätte Julius wissen müssen, dass Hanna das Manuskript hatte. Er hatte sogar die ersten Seiten mit dem Vorwort gelesen. Ob Konstantin sie bewusst angelogen hatte? Oder die Wahrheit nie von seinem Vater erfahren hat? Aber warum?

Grace dachte an Benjamins Worte, dass bei den Hottingers nichts zufällig geschah. War es am Ende gar kein Zufall, dass Aaron ausgerechnet zum selben Zeitpunkt nach Zürich gereist war wie sie? Nein, das konnte nicht sein. Er war schließlich wegen einer Fusion hier. Und woher hätte er überhaupt von ihrer Reise wissen sollen? Sie verwarf den Gedanken schnell wieder.

Irgendwann gelang es ihr nicht mehr, die Augen offenzuhalten und weiter über alles nachzudenken. Auch die Nachricht von Matthew, der sich nach ihrem Gespräch mit Iveta erkundigte, beantwortete sie nicht mehr, sondern schlief ein.

* * *

Um kurz vor neun betrat Grace die Lobby und gähnte im Minutentakt, während sie auf Aaron wartete. Sie hätte gerne noch länger geschlafen, aber ihr Flug ging bereits um kurz nach zwölf, diesmal wenigstens ohne Zwischenhalt. Sie nutzte die Zeit, um eine E-Mail an Matthew zu verfassen und ihm die Neuigkeit mitzuteilen, dass Robert Arndt ihr richtiger Großvater war. Sie hatte ihren Vater gestern gefragt, und er war damit einverstanden gewesen, Matthew einzuweihen. Außerdem informierte sie ihn darüber, dass Roberts Manuskript sehr wahrscheinlich im Gartenhaus verbrannt war. An dieser Stelle erwähnte sie auch zum ersten Mal das Tagebuch ihrer Großmutter. Es täte ihr leid, dass sie nicht früher davon erzählt habe, aber ihr Vater hätte die unleserlichen Einträge erst übersetzen müssen. Sie könne verstehen, wenn er jetzt, nachdem sie Gewissheit über den Verbleib der Fortsetzung hatten, nicht mehr weiter nachforschen wolle. Sie selbst sei allerdings nach wie vor interessiert daran, das Geheimnis um *Unvollendet* zu lüften. Inzwischen ginge es ihr nicht mehr um die Rolle.

Grace schickte die Nachricht ab und schaute sich um. Noch immer kein Aaron in Sicht. Da ihr Magen bereits knurrte, beschloss sie, alleine zu frühstücken, und durchquerte die Halle. Neben dem Frühstücksraum blieb sie stehen, um einen Wellensittich zu bewundern, der in einem Käfig auf einer Stange schaukelte und dabei lustige, aber unverständliche Laute von sich gab. Sie empfand Mitleid mit dem Vogel. Kein Tier auf dieser Welt gehörte in einen Käfig, schon gar nicht, wenn es fliegen konnte. »Grandma hätte dich jetzt garantiert freigelassen, mein Kleiner«, murmelte sie. »Soll ich das auch tun?«

Der Vogel blickte sie regungslos mit seinen kleinen schwarzen Knopfaugen an.

»Ähm, ich glaube, gewisse Lebewesen sollten besser eingesperrt bleiben«, hörte sie eine Stimme hinter sich sagen und drehte sich um. Aaron.

»Weshalb?«

Ein undefinierbarer Ausdruck flackerte in seinen blauen Augen auf, und er trat ganz nah an sie heran. Sein frisches Parfüm überdeckte den Geruch nach Kaffee, Speck und Eiern, der aus dem Frühstückssaal strömte. »Damit sie keine Dummheiten machen«, flüsterte er ihr ins Ohr.

Sie sah ihn lange an, und er hielt ihrem Blick stand.

»Ich habe Hunger«, sagte sie. »Gehen wir frühstücken.«

Sie füllten sich am Büffet ihre Teller und setzten sich. Grace trank einen großen Schluck Kaffee und spürte dabei Aarons Augen auf sich.

»Du siehst erschöpft aus«, bemerkte er und nahm einen Bissen Rührei.

»Ich war noch ziemlich lange wach.«

Er hob eine Augenbraue. »Aha. Und mich hast du mit der Ausrede, du seist müde, abserviert. Aber du kannst es wiedergutmachen. Lass uns noch eine Nacht bleiben.«

»Nein, ich kann nicht.«

»Warum nicht?«, fragte er angespannt. »Etwa wegen Benjamin Landolt?«

»Er hat nichts damit zu tun. Es ist nur so, dass ich das Geheimnis von *Unvollendet* lüften muss. Und deshalb will ich zurück in die Schweiz.« Sie bestrich ihr Brötchen mit Butter und meinte so beiläufig wie möglich: »Ich möchte übrigens nochmals mit deinem Vater reden.«

»Wieso?«

Sie erzählte ihm von dem letzten Tagebucheintrag ihrer Großmutter. Auch Julius' fieses Verhalten verschwieg sie nicht und war gespannt auf seine Reaktion. Doch er aß unbekümmert weiter. Erst als sie betonte, wie merkwürdig sie es fände, dass sein Vater sie angelogen habe, legte er die Gabel geräuschvoll auf den Teller. »Grace«, begann er und schaute sie eindringlich an. Da war es wieder, sein anderes Gesicht. »Was meinst du mit *angelogen*?«

»Er hat behauptet, Robert Arndt habe den Roman mit nach Deutschland genommen. Das wisse er von seinem Vater. Aber Julius wusste doch, dass meine Großmutter das Manuskript hatte. Und zu dem Zeitpunkt war Robert Arndt bereits abgereist. Dein Vater hat mich also belogen.«

»Vielleicht auch nicht«, konterte Aaron leise, aber scharf. »Vielleicht handelte es sich um einen anderen Roman.«

»Das kann ich mir nicht vorstellen. Robert Arndt hatte nicht die Zeit, gleich zwei Bücher zu schreiben.«

Aaron schob den Kiefer leicht vor. »Dann hat mein Großvater meinem Vater vielleicht nicht die Wahrheit gesagt.«

»Aber warum nicht? Und weshalb sprachen sie über dieses Thema? Dein Großvater hat die ersten Seiten des Manuskripts gelesen! Robert Arndts Vorwort! Aaron, wenn du irgendetwas weißt, dann …«

»Ich weiß nichts«, erwiderte er. »Es sind über siebzig Jahre vergangen seither. Was auch immer damals zwischen meinem Großvater und deiner Großmutter vorgefallen ist, hat nichts, wirklich absolut nichts mit uns zu tun, und es ist mir ehrlich gesagt auch scheißegal!« Er rieb sich die Schläfen. »Aber wie ich dir gestern bereits gesagt habe, werde ich versuchen, etwas herauszufinden.«

»Gut, danke«, sagte sie und biss in ihr Brötchen.

* * *

Auf der ganzen Heimreise hielt sich Aarons frostige Stimmung, was Grace nicht von ihm gewohnt war. Sie wusste allerdings nicht, ob die Ursache seines Verhaltens in ihrer Zurückweisung oder der Anspielung auf die Lüge seines Vaters begründet lag. Vermutlich eine Mischung aus beidem, schlussfolgerte sie.

Nach der Landung in Zürich ließ er sie mit der Entschuldigung, er müsse noch in die Firma, alleine zurück und nahm ein Taxi. Grace war es ganz recht, Aaron nicht mehr an ihrer Seite zu haben, und fuhr ins Hotel. Nachdem sie eingecheckt hatte und zu den Aufzügen schritt, erschien Mara und stellte sich ihr in den Weg. »Du bist wieder zurück«, sagte sie mit kampfeslustigem Gesichtsausdruck.

»Ja, wie du siehst.«

»Wo warst du denn?«

»In Riga.« Grace wollte an ihr vorbei zu den Aufzügen, doch Mara versperrte ihr den Durchgang.

»In Riga? Weshalb? Etwa für deine Nachforschungen?«

»Genau«, gab Grace knapp zurück. Sie hatte nicht vor, Mara über die Details aufzuklären, und drängte sich an ihr vorbei.

»Ich will übrigens nicht, dass du Kim weiterhin wegen dieser *Sache* belästigst«, rief Mara ihr nach.

»Wie bitte?« Grace schnellte herum. »Belästigen? Das habe ich gar nicht!«

»Doch. Sie hat mir gesagt, dass du ihr von deinem Treffen in Luzern mit der Tochter dieses Polen erzählt hast.«

»Ich dachte, es würde sie vielleicht interessieren, weil …«

»Grace!«, rief Mara und hob eine Hand. »Kim ist psychisch etwas labil, und deine Fragerei trägt nicht dazu bei, dass es ihr besser geht. Im Gegenteil. Es reicht ja schon, dass du Benjamin in deine Nachforschungen hineingezogen hast, aber Kim lässt du künftig in Ruhe. Haben wir uns verstanden?«

»Warum sagt sie mir das nicht selbst? Bist du etwa ihr Vormund?« Grace, die Mara schon lange die Meinung hatte sagen wollen, sah endlich ihre Chance gekommen, und hielt sich nicht mehr zurück. »Mir ist aufgefallen, wie du mit Kim, aber auch den Hotelangestellten umspringst, und ich finde deine herrische und bevormundende Art nicht richtig. Bestimmt ist es nicht leicht, ein Hotel zu führen, aber ich bin mir sicher, dass es auch … menschlicher geht.«

Zwischen Maras dunklen Augenbrauen hatte sich eine steile und tiefe Falte gebildet. »Willst du mir etwa sagen, dass ich eine schlechte Hoteldirektorin bin?«

»Schlecht habe ich nicht gesagt. Aber ich bin mir sicher, dass es

Arthur Thalmann nicht gefallen hätte, wie du mit den Mitarbeitern umgehst.«

Mara lachte schrill. »Arthur Thalmann! Der ist seit über siebzig Jahren tot! Der Schwanenhof gehört jetzt mir!« Maras Augen wanderten über Graces Schulter hinweg. »Oh, hallo, Ben.«

Grace drehte sich um. Benjamin stand da und blickte zwischen ihr und Mara hin und her.

»Was ist hier los?«

»Nichts«, entgegnete Mara. »Grace und ich haben uns nur etwas über meinen Führungsstil unterhalten. So, ich muss jetzt weiter.«

»Alles in Ordnung?«, fragte Benjamin, als Mara außer Sichtweite war.

»Ja.« Grace drückte die Aufzugstaste und wich Benjamins Blick aus. So sehr sie auch dagegen ankämpfte, seine Gegenwart löste ein Prickeln in ihr aus und beschleunigte ihren Herzschlag. Sie musste weg von ihm.

»Wie war es in Riga?«, fragte er.

»Ganz gut.« *Bitte, Aufzug, komm schnell!*

»Hast du etwas Neues erfahren?«

»Ja, hab' ich«, antwortete sie brüsk.

Er blickte sie erwartungsvoll an, doch in dem Moment erschien der Aufzug, und Grace sprang hinein. Benjamin folgte ihr. »Du bist immer noch verärgert.« Er kratzte sich am Kopf. »Grace, warum können wir nicht einfach so tun, als sei in Luzern nichts vorgefallen? Wir waren doch ein gutes Team.«

»Ben! Ich kann nicht einfach vergessen, was in Luzern passiert ist. Die Nacht mit dir hat mir wirklich etwas bedeutet und ...« Sie winkte ab. »Ach, vergiss es!«

»Etwas bedeutet?« Er schnappte nach Luft. »Klar, und deswegen lässt du dich auch von Aaron nach Riga begleiten.«

Grace sah ihn sprachlos an. Gerade als sie etwas erwidern wollte, öffnete sich der Aufzug, und sie nutzte die Chance, von Benjamin wegzukommen. Doch er folgte ihr. Sie blieb stehen und tippte mit dem Zeigefinger auf seine Brust. »*Du* hast mich einfach stehenlassen und mir deutlich zu verstehen gegeben, dass du nichts von mir willst. Okay, das kann ich akzeptieren, denn ich weiß ja, dass du Leonie noch nachtrauerst. Und aus diesem Grund lasse ich dich in Ruhe. Aber ich verstehe nicht, wieso du mir jetzt plötzlich hinterherläufst und mir unterstellst, ich hätte etwas mit Aaron. Dem ist nicht so! Aber auch wenn es so wäre, ginge es dich absolut nichts an!« Sie atmete aus. »Und jetzt entschuldige mich bitte, ich bin müde und will auf mein Zimmer.«

»Grace, warte!«

Sie drehte sich seufzend um. »Was ist denn noch?«

»Zuerst musst du wissen, dass es mir wirklich leidtut. Aber ich war so verdammt wütend auf mich nach der Nacht in Luzern, weil ich mit dir so glücklich war. Doch ich habe dieses Glück nicht verdient!«

»Wieso nicht?« Sie musterte ihn genau und bemerkte wechselnde Gefühlregungen in seinem Gesicht: Reue, Wut, Schmerz und Trauer. Aber schon im nächsten Augenblick wich sein Ausdruck einer undurchdringlichen Maske, die es ihr unmöglich machte zu erahnen, was in ihm vorging.

»Egal«, sagte er nur. »Jedenfalls tut es mir leid. Auch, dass ich dir unterstellt habe, du hättest etwas mit Aaron. Und auch wenn es so wäre, ginge mich das wirklich nichts an.« Er hielt kurz inne. »Weshalb ich aber eigentlich mit dir sprechen wollte, ist Oskar.«

»Oskar? Was ist mit ihm?«

»Kurz nachdem ich damals Leonies Mails an deine Großmutter gelesen hatte, habe ich im Pflegeheim angerufen und die Abteilungsleiterin gefragt, ob ihr oder jemandem vom Pflegepersonal jemals eine eigenartige Äußerung von Oskar aufgefallen sei. Sie meinte, sie dürfe mir keine Auskunft geben, ich sei ja nicht mit Oskar verwandt. Auch als ich betont habe, wie wichtig es sei, blieb sie strikt. Da ich wusste, dass ich von Mara und Kim keine Hilfe erwarten konnte, wandte ich mich an Anja, Oskars Schwiegertochter. Also Mara, Kims und Leonies Mutter.«

»Die in Afrika lebt, oder?«

»Ja. Ich hatte ja zuvor schon mit ihr darüber gesprochen, wegen des mysteriösen Kartons. Anja versprach mir, sich mit dem Pflegeheim in Verbindung zu setzen. Kurz darauf teilte sie mir mit, dass sie mit der Pflegeleitung geredet habe. Laut dieser habe Oskars Pflegerin, die man damals übrigens auch engagiert hatte, um sich während der Hochzeit um Oskar zu kümmern, vor etwa einem Jahr eine Bemerkung fallen lassen. Sie sei sich bei Oskar nicht so sicher, ob dessen Geplapper wirklich nicht von Bedeutung sei wie bei anderen Patienten. Mehr konnte sie nicht sagen, versprach Anja aber, der Pflegerin nach deren Ferien auszurichten, sich direkt bei mir zu melden. Anja gab der Pflegeleitung zu verstehen, dass ich … zur Familie gehöre.« Er stockte und presste angespannt die Lippen zusammen. Grace ahnte, wie er sich fühlte. Dass Leonies Mutter ihn zur Familie zählte, obwohl Leonie tot war, musste ihn berühren.

Er atmete durch. »Jedenfalls habe ich gestern einen Anruf von Schwester Rosa erhalten, der Pflegerin. Sie meinte, Oskar habe oft über seinen Vater gesprochen, gab aber keine Details preis. Solche Dinge wolle sie nicht einfach am Telefon besprechen. Sie schlug ein persönliches Treffen vor. Deshalb werde ich morgen ins Tessin fahren. Ich dachte, wenn du willst, kannst du ja mitkommen?«

»Mitkommen?« Grace lehnte sich gegen die Wand, und als sie einen Blick auf ihr Bild im gegenüberliegenden Spiegel erhaschte, erschrak sie über ihr fahles Gesicht und ihre müden Augen. Sie brauchte dringend Schlaf! Rasch schaute sie weg und wandte sich an Benjamin. Ihr Verstand riet ihr, sein Angebot abzulehnen. Doch die Verlockung, endlich Oskar zu sehen und mit dieser Schwester Rosa zu sprechen, war zu groß.

»Gut, ich komme mit.«

Er nickte, und Grace hatte für einen kurzen Augenblick das Gefühl, dass er sich freute.

Kapitel 26

Samstag, 9. Juli 2016

Um nicht wieder stundenlang vor dem Gotthardtunnel im Stau stehen zu müssen wie während seiner letzten Reise, hatte Benjamin eine Fahrt mit der Bahn vorgeschlagen. So saßen er und Grace an diesem Morgen um kurz nach sieben Uhr im Zug. Obwohl sie erster Klasse reisten, waren fast sämtliche Sitze belegt. Eine Senioren-Wandergruppe befand sich im selben Waggon und zeigte auch so früh am Tag keine Anzeichen von Müdigkeit: Lachend und aufgeregt unterhielten sie sich über ihre bevorstehende Wanderung.

Benjamin blickte zu Grace, die sich durch die anderen Passagiere nicht stören ließ und gelassen an ihrem Schokoladencroissant knabberte. Auf dem Weg zum Bahnhof war sie noch etwas distanziert gewesen, was er aber aufgrund seines Verhaltens durchaus nachvollziehen konnte. Doch seit sie im Zug waren, wirkte sie besser gelaunt, als hätte sie ihre Wut auf ihn in Zürich gelassen.

Sie sah ihn vergnügt an. »Weißt du was? Ich bin hier in der Schweiz zu einer richtigen Frühaufsteherin geworden. Inzwischen habe ich mich sogar daran gewöhnt.« Sie machte eine kurze Pause und betrachtete liebevoll ihr Croissant. »Und ich muss sagen, dass ich euer Land richtig mag. Luzern und Zürich sind wunderbare Städte. Dann die gute Schokolade, das Brot.« Mit zusammengekniffenen Augen schaute sie ihn an. »Nur aus den Leuten hier werde ich nicht recht schlau. Kim, Mara, Konstantin Hottinger. Ich habe das Gefühl, sie haben etwas zu verheimlichen.« Sie biss wieder in das Croissant. Ihr dunkelblaues Top war mittlerweile voller Krümel.

»Du denkst, Konstantin Hottinger verschweigt dir etwas?«, hakte er nach.

»Mhm.« Sie schluckte den Bissen hinunter und sah sich um, als wolle sie sich vergewissern, dass niemand zuhörte.

»Keine Angst«, flüsterte er, »die sind viel zu sehr mit ihrer Wanderroute beschäftigt. Und wer weiß, ob die alle so gut Englisch verstehen.«

»Okay.« Sie wischte sich sorgfältig die Krümel von ihrem Top, fing sie mit der Hand auf und leerte sie in den Abfalleimer. Dann lehnte sie sich etwas in seine Richtung. »Ich habe kürzlich den letzten Tagebucheintrag von meiner Großmutter erhalten.«

* * *

Als Grace ihre Schilderungen beendet hatte, neigte sich Benjamin leicht vor. »Ich kann es kaum glauben. Robert Arndt war tatsächlich dein Großvater.«

»Ich kann es auch noch nicht fassen. Damit hatte ich nicht gerechnet. Mein Vater aber hat es bereits geahnt … Doch das Rätsel um die Fortsetzung ist noch lange nicht gelöst.«

»Und du denkst, dass Konstantin Hottinger dir etwas verschwiegen hat?«

»Vielleicht. Es kann aber auch sein, dass Julius, sein Vater, ihn bewusst angelogen hat. Nur, warum? Weshalb sollte er behaupten, Robert Arndt habe das Manuskript nach Deutschland mitgenommen? Und warum unterhielten sie sich überhaupt darüber? Aaron hat mir versprochen, nochmals mit seinem Vater zu reden.« Sie hielt inne. »Weißt du, ich glaube, es betrifft alles irgendwie den Inhalt der Fortsetzung. Grandma schrieb, dass sie schockiert war, als sie Roberts Vorwort der Geschichte las. Diese Geschichte ist nicht einfach nur eine Geschichte, nein. Es geht um mehr.« Sie starrte aus dem Fenster. »Um viel mehr.«

In der Ortschaft Bellinzona mussten sie umsteigen, und Grace fragte Benjamin im nächsten Zug über Oskar aus. »Hast du ihn schon gekannt, als er noch normal war? Also noch nicht dement?«

»Ja. Als ich vor sechs Jahren im Schwanenhof angefangen habe, lebten Oskar und seine Frau Marie-Therese zwar bereits im Tessin in ihrem Ferienhaus, doch Oskar kam sehr oft zu Besuch. Da war er noch nicht krank. Er erzählte mir viel über den Schwanenhof und was es bedeute, ein guter Hoteldirektor zu sein.« Er schmunzelte. »Er war es übrigens auch, der mir zuredete, Leonie zum Essen auszuführen.

Ihm war während eines Besuchs aufgefallen, dass sie mir gefiel. Aber ich traute mich damals in meinem ersten Jahr nicht, gleich die Tochter des Chefs anzubaggern. Dann, 2011, starb Marie-Therese an einem Hirnschlag. Für Oskar war das sehr schwer. Zu dem Zeitpunkt begann auch seine Demenz. Als er nach und nach immer vergesslicher wurde, zog er ins Pflegeheim in Ascona. Leonie und ich besuchten ihn oft. Wir waren inzwischen ein Paar, das freute ihn sehr. Für Leonie war es nicht leicht, als Oskars Demenz immer weiter fortschritt. Besonders, wenn er sie manchmal nicht mehr erkannte. Sie versuchte aber stets, ihn an die Vergangenheit zu erinnern. Irgendwo hatte sie mal gelesen, dass dies wichtig sei. Sie zeigte ihm beispielsweise alte Fotos oder spielte Musik aus seiner Jugendzeit ab.«

Grace schwieg eine Weile, ehe sie sagte: »Leonie muss eine sehr besondere Frau gewesen sein.«

»Ja, das war sie. Sie war immer sehr großzügig, hilfsbereit und hatte einen starken Gerechtigkeitssinn. Und obwohl sie im Hotel schon genug zu tun hatte, engagierte sie sich in vielen sozialen Projekten. Sie spannte den Schwanenhof dabei oft ein, organisierte zum Beispiel Wohltätigkeitsbälle.« Ein kurzes Lächeln huschte über sein Gesicht. »Nur mit dem Suppenabend für Obdachlose kam sie nicht durch. Da war Mara strikt dagegen.«

Grace lachte. »Ich sehe Mara direkt vor mir, wie sie tobt.«

»Oh ja, sie hat getobt. Doch du hättest sie sehen sollen, als Leonie die Idee hatte, der Stadt ein paar Hotelzimmer gratis zur Verfügung zu stellen, damit dort Flüchtlinge wohnen könnten. Mara sah aus, als käme sie direkt aus der Hölle, so rot und zornig war ihr Gesicht. Fehlten nur noch Hörner und Dreizack.«

Grace lachte, doch Benjamin blieb still. Dass es ihm so leichtfiel, über Leonie zu sprechen, als sei sie ein längst abgeschlossenes Kapitel in seinem Leben, verwunderte ihn und machte ihn gleichzeitig rasend. Dieses Kapitel war nicht abgeschlossen und durfte es auch nie sein.

* * *

In Locarno nahmen sie ein Taxi nach Ascona. Während der Fahrt schaute Grace fast ununterbrochen aus dem Fenster und verglich die mit Palmen und Oleander bepflanzte Gegend mit Kalifornien. Irgendwann fragte sie Benjamin, ob es schon Neuigkeiten zum Grundstück gäbe.

»Ja«, antwortete er. »Ulrich Heinzer hat mir die Unterlagen bereits geschickt. Ich habe demnächst einen Termin bei der Bank.«

»Dann steht deinem Traum von einem eigenen Hotel ja nichts mehr im Wege.«

Er nickte zaghaft. Dass sein Traum tatsächlich so greifbar geworden war, erschien ihm noch unwirklich, und deswegen hatte er sich vorgenommen, erst nach der Vertragsunterzeichnung Freude zuzulassen. Dies äußerte er auch gegenüber Grace, die ihn verständnisvoll ansah.

Nachdem sie im Pflegeheim angekommen waren, trafen sie Schwester Rosa, die sie gleich in Oskars Zimmer brachte. Wie Benjamin erwartet hatte, lag der alte Mann beinahe regungslos im Bett und starrte mit trübem Blick ins Leere. Ihre Anwesenheit schien er kaum wahrzunehmen. Als sie sein Zimmer später verließen, blieb Grace frustriert vor der Tür stehen und schüttelte den Kopf.

»Was ist?«, fragte er.

»Ich habe mich nur gerade an einen Tagebucheintrag meiner Großmutter erinnert. Oskar hat sie damals vor Julius und dessen Kumpel Horst im Wald gerettet. Als ich den Eintrag las, sah ich Oskar deutlich vor mir, wie er sich mit Julius am Boden wälzte, mit wirr vom Kopf abstehendem, strohgelbem Haar.« Sie lächelte. »So beschrieb ihn meine Großmutter. Und jetzt sehe ich diesen alten, gebrechlichen Mann, dessen Gedächtnis wie ausgelöscht ist … und es tut mir weh, auch wenn ich ihn nicht mal gekannt habe.« Sie schaute ihn verzweifelt an und ignorierte die alte Frau im mintfarbenen Bademantel, die an ihnen vorbeischlurfte und sie mit düsterem Blick musterte. Benjamin strich Grace behutsam über den Rücken.

»Wenn es dich tröstet: Oskar hatte ein schönes Leben. Er führte ein Hotel, das er über alles liebte, fand eine wunderbare Ehefrau, hatte einen Sohn und drei Enkelinnen.«

»Ja, aber er hat seine Frau, seinen Sohn und eine Enkelin innerhalb weniger Jahre verloren. Meinst du, er realisierte den Tod seines Sohnes und den von Leonie noch?«

»Nein. Als Samuel, Leonies Vater, damals tödlich verunglückte, haben wir es Oskar erklärt. Er erkundigte sich aber trotzdem immer wieder nach Samuel und wollte wissen, wann er komme. Samuel war früher oft bei ihm. Und Leonie … Nun, Oskar verwechselte sie oft mit seiner Frau Marie-Therese. Nach Leonies Tod fragte er zuerst immer nach Marie-Therese. Kurz darauf erkrankte er an einer schweren Lungenentzündung.«

Benjamin bemerkte, dass Graces Augen feucht und leicht rötlich wurden, und nahm sie schweigend in die Arme. Sie ließ ihn gewähren, und er stellte widerwillig fest, dass ihm die Nähe gefiel. Er mochte ihr Parfüm, süßlich und fruchtig-frisch zugleich; eine Mischung aus Beeren und Rosen. Und er liebte ihr feines, weiches Haar. Sanft strich er über die honigblonden Wellen, hinab bis zur Mitte ihres Rückens. Die Erinnerung an die Nacht in Luzern umhüllte seinen gequälten Verstand. Wie in Trance löste er sich von Grace und stierte fest auf einen zusammengeklappten Rollstuhl an der Wand.

»Ben«, flüsterte Grace.

»Tut mir leid«, sagte er zerknirscht.

In dem Moment stieß Schwester Rosa zu ihnen. Sie war eine kleine, robuste Frau Mitte fünfzig mit blond gefärbtem Haar und braunen Augen. Da sie kein Englisch konnte, unterhielt sich Benjamin mit ihr auf Deutsch und versprach Grace, später alles zu übersetzen.

Sie gingen in die Kantine, einen etwas kahlen Raum in Weiß, der aber dank des Ausblicks auf einen Garten voller Palmen und prächtig blühender Oleander ansprechend wirkte. Benjamins Vorschlag, sich auf der Terrasse zu unterhalten, lehnte Schwester Rosa aufgrund der Hitze draußen ab und wies stattdessen zu einem lichtgrauen Kunstharztisch in einer Ecke.

Nachdem Benjamin sein Anliegen geschildert hatte, verdunkelte sich Schwester Rosas Blick, doch sie schwieg. Benjamin hakte nach. »Sie vermuten, Oskars Aussagen damals könnten wahr gewesen sein. Weshalb? Und was waren das für Aussagen?«

»Es war so«, begann Schwester Rosa, »niemand hier hat Oskars Andeutungen ernst genommen. Auf der Demenzabteilung reden ja alle Patienten wirres Zeug. Wir dachten halt, Oskar verwechsle sein Leben mit einem Krimi oder so. Aber manchmal …« – sie neigte sich über den Tisch, und ihre Augen funkelten geheimnisvoll – »… ja, manchmal, da habe ich mich wirklich gefragt, ob an seinen Erzählungen vielleicht etwas Wahres dran war.« Sie sah sich kurz um, doch außer ihnen und der Kantinenangestellten, die gerade das Süßigkeitenregal auffüllte, befand sich niemand im Raum. »Er hat oft von seinem Vater gesprochen, den man einsperren müsse. Dieser sei ein Mörder gewesen! Ich habe mich immer gefragt, weshalb er so etwas hätte sagen sollen, wenn es nicht der Wahrheit entspricht. Kein Mensch nennt doch den eigenen Vater einen Mörder, wenn es nicht stimmt, oder? Auch ein Demenzkranker nicht. Gerade Geschehnisse in der Vergangenheit sind ihnen oft besonders präsent.«

»Ein Mörder«, wiederholte Grace bewegt. Offenbar hatte sie das deutsche Wort *Mörder* verstanden, da es im Englischen ähnlich klang. »Oskars Vater?«, fragte sie Benjamin.

»Ja.« Er wandte sich an Schwester Rosa. »Hat er mehr darüber erzählt? Sprach er etwa von einem Polen? Jakub?«

Sie runzelte die braun gebrannte Stirn. »Pole? Jakub? Nein, nie. Einmal habe ich ihn gefragt, wen sein Vater denn umgebracht haben soll, doch da schaute er mich nur verwirrt an.«

»*Unvollendet*«, sagte Grace plötzlich, »frag sie, ob er jemals von *Unvollendet* gesprochen hat.«

Benjamin richtete die Frage an Schwester Rosa. »Das Buch, wissen Sie«, erklärte er.

»*Unvollendet*, hm.« Sie hob die Schultern, was irgendwie komisch aussah, da sie einen sehr kurzen Hals hatte. »Ich glaube nicht, nein. Aber in diesem Buch geht es doch um den Zweiten Weltkrieg, oder?«

»Nein, um den Ersten.«

»Hm. Oskar sprach sehr oft vom Zweiten Weltkrieg. Er hatte das Gefühl, er befände sich wieder in dieser Zeit, und bat uns oft, pünktlich um dreizehn Uhr irgendein »Radio Beromünster« einzuschalten, damit er die Nachrichten hören konnte. Und immer wieder betonte er, dass General Guisan die Lage im Griff habe.« Sie lachte auf. »Einige von uns hier nannten ihn deshalb General Guisan.« Ihr Gesicht nahm wieder einen ernsteren Gesichtsausdruck an, und sie wirkte ganz so, als würde sie über etwas nachdenken. Dabei spielte sie mit ihrer Kaffeetasse, indem sie diese mehrmals auf dem Teller drehte. »Oskar sagte auch oft, dass man einen gewissen Dieter von Blatten eliminieren müsse. Dieser sei ein Feind. Der Name ist mir geblieben, weil er ihn so oft erwähnt hat.« Sie zögerte. »Aus reiner Neugierde habe ich dann diesen von Blatten mal gegoogelt, und erfuhr, dass er ein Nazi war.« Sie verzog das Gesicht, als wäre es ihr peinlich.

»Dieter von Blatten?«, fragte Benjamin. Der Name sagte ihm rein gar nichts. Er blickte fragend zu Grace, die den Kopf schüttelte. Er wandte sich wieder an Schwester Rosa. »Erinnern Sie sich zufälligerweise an den Donnerstag im August kurz vor unserer Hochzeit, an dem Leonie hier war, um Oskar abzuholen? Und an die Fahrt nach Zürich?«

Sie stieß einen langen Seufzer aus. »Natürlich erinnere mich. Die arme Leonie.« Ihre Augen, die unverwandt auf ihn gerichtet waren, füllten sich mit stummer Anteilnahme, und sie legte eine Pause ein, ehe sie fortfuhr. »Sie war an jenem Donnerstagmorgen viel zu früh hier, ich war noch gar nicht da. Ich traf sie dann in Oskars Zimmer. Sie meinte aufgeregt, dass wir unbedingt noch schnell nach Maggia fahren müssten, um im Ferienhaus etwas zu holen. Wir fuhren dorthin, und während ich mit der Nachbarin und Oskar im Garten wartete, war Leonie im Haus. Nach einer halben Stunde kam sie mit einem Karton zurück.«

»Hat sie Ihnen gesagt, was in dem Karton war?«

»Nein, ich habe aber auch nicht gefragt. Solche Dinge gehen mich nichts an. Außerdem musste ich mich ja um Oskar kümmern. Der war an diesem Tag sehr unruhig. Wir gaben ihm für die Reise extra ein Beruhigungsmittel, aber bis es endlich wirkte, hat er fast ununterbrochen geschwafelt.«

»Wissen Sie noch, was er gesagt hat?«

»Halt das Übliche. Von seinem Vater, dem Mörder, und so. Oh, und von Beweisen, die er angeblich habe.«

»Beweise«, murmelte Benjamin. »Und später in Zürich? Sie haben ihn ja die ganze Zeit betreut.«

Sie dachte nach. »Er sprach dort viel über seine frühe Kindheit, die Schule zum Beispiel.«

»Aber nicht mehr über seinen Vater?«

»Nein.« Schwester Rosa schob ihre leere Kaffeetasse zur Seite. »Sie wollen herausfinden, ob Oskars Vater tatsächlich ein Mörder war, oder? Deshalb die ganzen Fragen?«

Benjamin nickte bloß. Schwester Rosa über alles aufzuklären, wäre viel zu kompliziert gewesen. Außerdem blickte er gerade selbst nicht mehr durch.

* * *

Wenig später standen sie draußen vor dem Gebäude, und während sie auf das Taxi warteten, übersetzte Benjamin Grace die wichtigsten Fakten aus Schwester Rosas Schilderung.

»Dieter von Blatten? Wer zum Teufel ist das nun wieder?«, fragte sie und steuerte ein schattenspendendes Palmen-Duo in einem Grasbeet an. Die Mittagssonne brannte unbarmherzig vom wolkenlosen Himmel herab, die Luft war flirrend heiß. Grace zog eine Flasche Wasser aus ihrer Tasche und trank einen Schluck.

»Laut Schwester Rosa war er ein Nazi, mehr weiß ich auch nicht.«

»Warum hat Oskar ihn erwähnt?«, entfuhr es ihr verzweifelt. »Verdammt! Ich habe wirklich das Gefühl, dass dieses Rätsel immer verzwickter wird.« Sie drückte beide Hände fest gegen ihre Schläfen und sah dabei aus wie eine Figur aus einem Science-Fiction-Film, die gerade ein außerirdisches Signal zu empfangen versucht. »Und angenommen, Schwester Rosa lag richtig mit ihrer Vermutung und Oskars Aussage entsprach der Wahrheit, dann könnte es sein, dass Fritz Jakub tatsächlich erschlagen hat. Aber woher wusste Oskar das?«

»Es gibt nur eine Erklärung dafür: Er muss es beobachtet haben. Und ich vermute, dass auch Willi und Hanna dabei waren. Das würde zumindest zu Mikolajs Erläuterung passen, von wegen, dass Hanna und Willi nach dem Brand wie ausgewechselt waren. Oskar hatte sich vermutlich eher im Griff, er musste sich ja um alles Organisatorische, seine Mutter und das Hotel kümmern.«

»Aber wenn sie tatsächlich alles gesehen haben, warum sprachen sie mit niemandem darüber? Und weshalb kam es zu dem Brand?«

Eine dunkle Vorahnung überkam Benjamin, die er fast nicht auszusprechen wagte. »Ob Oskar, Willi und deine Großmutter gar etwas mit dem Brand zu tun hatten? Oder sogar mit dem Mord an Jakub oder Fritz?«

»Möglich wär's. Aber warum? Was ist nur passiert in dem Gartenhaus? Wir kommen einfach nicht weiter. Mist!« Sie wollte gegen eine

Palme treten, besann sich aber und drehte sich um. Seufzend schob sie ihre Sonnenbrille hoch ins Haar und wischte sich etwas Schweiß von den Wangen. »Und dann ist es noch so verdammt heiß! Wann kommt endlich unser Taxi!«

Benjamin musste plötzlich lachen.

»Was ist?«, fragte sie.

»Du wirkst gerade wie eine richtige Hollywood-Diva. Die übrigens gerne flucht.«

»Sorry, ich wollte nicht zickig rüberkommen. Aber diese ver…« – sie lachte – »… Hitze!«

»Lust auf eine Abkühlung im Fluss?«

»Klar. Aber ich habe leider keinen Bikini dabei.«

»Gut, dann machen wir noch einen kurzen Abstecher.«

Sie ließen sich vom Taxi in ein Shoppingcenter fahren, das für einen Samstag ziemlich ausgestorben wirkte. Vermutlich hielten sich jetzt alle irgendwo am Gewässer auf oder waren im Urlaub. Benjamin fand ziemlich schnell eine schlichte schwarze Badehose, nur bei Grace dauerte es länger. Zuletzt hatte er sie mit etwa fünf verschiedenen Bikinis in einer Umkleidekabine verschwinden sehen. Unterdessen kaufte er zwei Luftmatratzen, eine Pumpe und Proviant: Getränke, Brot, Käse, Schinken, Tomaten, Paprikachips und eine Packung Gummibärchen.

Als Grace schneller als erwartet an ihrem Treffpunkt erschien, ließen sie sich mit dem Taxi in die Maggia zu einer der zahlreichen Badestellen am Fluss bringen. Benjamin hatte bewusst einen anderen Platz gewählt als denjenigen, welchen er immer mit Leonie aufgesucht hatte.

Hier an diesem Ort war der Fluss etwas breiter als an manch anderen Abschnitten, so dass er fast aussah wie ein kleiner See. Hohe Felsen ragten aus dem Gewässer, das von einem gewaltigen Steinmeer sowie von Bäumen und Sträuchern umgeben war, im Hintergrund erhoben sich die dicht bewaldeten Alpen. Ein tosender Wasserfall stürzte einen Felshang hinab in eine schäumende Quelle.

Um den vielen Menschen, die sich auf den Steinen und dem kleinen Sandstrand aufhielten, zu entfliehen, gingen sie noch ein Stück weiter den Fluss entlang, bis sie irgendwann ein stilles Plätzchen fanden, an dem beinahe nur das Rauschen des Wassers zu hören war. Sie pumpten ihre Luftmatratzen auf und ließen sich ein gutes Stück den Fluss hinuntertreiben.

»Hier sieht es ein wenig aus wie in Winnetous *Der Schatz im Silbersee*, nur kleiner«, bemerkte Grace, paddelte mit ihrer Luftmatratze unter einen kleinen Wasserfall und ließ das eiskalte Nass auf sich herunterprasseln. Sie quietschte dabei freudig wie ein Kind, und Benjamin musste sich eingestehen, dass ihm das gefiel.

Sie verweilten den ganzen Nachmittag am Fluss, bis Benjamin um kurz vor sieben bemerkte, dass sie zwar noch etwas bleiben konnten, allerdings den letzten Zug um halb zehn zurück nach Zürich nicht verpassen durften. Grace, die auf einem großen flachen Stein lag und gerade ein paar der letzten Gummibärchen vernaschte, setzte sich auf. »Ich will nicht zurück. Können wir nicht hierbleiben?«

»Können wir schon. Doch jetzt noch eine Unterkunft zu finden wird schwierig.«

»Was ist mit dem Ferienhaus?«

»Nein, das geht nicht«, schoss es aus ihm heraus.

»Wegen Leonie. Verstehe. Aber keine Angst, ich würde ja nicht über dich herfallen.«

»Ich befürchte eher, dass es umgekehrt wäre.«

Sie schaute ihn überrascht an. »Na und?«, fragte sie herausfordernd.

Benjamin griff nach seiner Luftmatratze und öffnete das Ventil, um die Luft herauszulassen. »Es geht nicht.«

»Aber warum nicht? Du magst mich auch, oder? Du hast heute Nachmittag zumindest keinen unglücklichen Eindruck gemacht. Und deine Bemerkung vorhin … Ben, vielleicht solltest du uns einfach eine Chance geben. Du musst doch auch irgendwann wieder glücklich sein.«

Er umschlang die Matratze fest und drückte weiterhin auf das Ventil, so dass die herausströmende Luft laut zischte. »Ich habe kein Recht auf Glück.«

»Warum nicht? Jeder Mensch hat ein Recht darauf.«

Er legte die Matratze weg und schaute Grace direkt an. »Ich bin ein abscheulicher Mensch. Du weißt ja nicht, was geschehen ist.«

»Dann sag es mir!«

Kapitel 27

Zürich

Mara bebte innerlich vor Zorn. Seit zwanzig Minuten durchsuchte sie Benjamins Büro vergeblich nach dem Dossier. Wo hatte er es nur hingetan? Dass auch ausgerechnet heute Abend dieser Herr Frick seinen Großanlass vom kommenden September besprechen wollte! Am Montag hätte er einen offiziellen Termin mit Benjamin und der Eventmanagerin, aber da er nun schon einen Tag früher in die Ferien fahren wollte, hatte er die glorreiche Idee gehabt, alles heute zu klären. Ihre anwesenden Mitarbeiter aus der Eventabteilung waren an diesem Abend wegen einer Hochzeit und einer Geburtstagsfeier vollkommen eingespannt, deshalb musste sie sich jetzt selbst darum kümmern. Sie hasste solche Dinge! Zu allem Elend war dieser Anlass äußerst komplex, sie brauchte dringend das Dossier mit dem Vertrag und sämtlicher Korrespondenz dazu. Im Büro der Eventmanagerin, die den Anlass betreute und die noch bis Morgen Urlaub hatte, war sie nicht fündig geworden. Sie hatte vergeblich versucht, die Eventmanagerin telefonisch zu erreichen, und kam dann auf die Idee, in Benjamins Büro nach dem Dossier zu suchen. Er hatte sich ebenfalls um den Anlass gekümmert.

Doch hier war nichts. Und auch er ging nicht an sein verfluchtes Handy!

Mara riss das Fenster in dem stickigen Büro auf und schnappte nach Luft. Dass Benjamin auch ausgerechnet diesen Samstag freigenommen hatte. Noch bis vor Kurzem wäre das nie passiert, er war so gut wie immer anwesend, sogar in seiner Freizeit. Doch seit dieser blöden Sache mit *Unvollendet* wirkte er wie ausgewechselt. Bestimmt trug auch dieses amerikanische Flittchen Grace dazu bei, dass Benjamins Hauptpriorität nicht mehr dem Hotel galt. Offenbar hatte sie ihm ziemlich den Kopf verdreht. Mara hätte schwören können, dass die beiden jetzt irgendwo zusammen waren. Nun denn, morgen würde sie ein gehöriges Wörtchen mit Benjamin reden, oh ja. Manchmal hätte sie ihn zu gerne in die Wüste geschickt, aber das ging nicht, weil er einfach zu wichtig war. Er kannte alles, er wusste alles, er hatte die Finanzen und die Buchungen im Griff, und die Mitarbeiter liebten ihn ebenso wie sämtliche Gäste; kurz: Er war ein verdammt guter Hotelier und wertvoll für den Schwanenhof. Und hätte sie ihn trotzdem entlassen, hätte sie mit ihrer Mutter ganz schön Ärger bekommen. Auch wenn diese mittlerweile in Afrika lebte, war ihr Benjamins Schicksal nach wie vor nicht gleichgültig.

Mara massierte sich die Schläfen. *Okay, ganz ruhig jetzt. Du musst diesen Vertrag finden.* Herr Frick war ein wichtiger Kunde; ihm gehörte eine große Schweizer Mediengruppe und er brachte viele Gäste in den Schwanenhof. Irgendwo musste dieses Dossier ja sein. Sie nahm sich einen Aktenberg vor und schaute alle Unterlagen durch. Und da! Endlich hielt sie das gesuchte Dossier in den Händen. Sehr gut, dann konnte sie jetzt zu Herrn Frick, der in der Lobby auf sie wartete. Plötzlich sprang ihr ein dunkelgelber, an Benjamin persönlich adressierter A4-Umschlag ins Auge, auf dem ganz altmodisch zwei schöne Briefmarken klebten. Benjamins Privatadresse war in krakeliger Handschrift darauf geschrieben. Was er wohl erhalten hatte? Mara zog ein paar Dokumente aus dem bereits geöffneten Umschlag und überflog das Anschreiben. Sie erstarrte. Benjamin wollte ein Grundstück in Luzern kaufen und dort das ehemalige Waldhotel wieder aufbauen! Ein gewisser Ulrich Heinzer hatte ihm die Verkaufsunterlagen und Pläne des Grundstücks geschickt. Mara ließ sich in den Sessel fallen. Benjamin hatte tatsächlich vor, den Schwanenhof zu verlassen! Sie musste das verhindern, nur wie?

Auf dem Weg in die Lobby sann sie darüber nach, bis sie plötzlich eine Idee hatte.

Kapitel 28

Maggia

Grace beobachtete Benjamin genau. Seit sie ihn vor ein paar Minuten aufgefordert hatte, ihr sein Geheimnis anzuvertrauen, starrte er auf den Fluss. Er saß noch immer auf dem Stein, allerdings wirkte er so steif, als wäre er selbst zu Stein erstarrt. Grace beschloss, ihn nicht mehr weiter zu bedrängen. Wenn er darüber sprechen wollte, musste er es von sich aus tun, ansonsten würde sie es eben akzeptieren.

Nach fünf weiteren Schweigeminuten empfand Grace die Situation dann doch als etwas komisch, und sie erhob sich. Nach dem langen Liegen fühlten sich ihr Rücken und ihre Gelenke an, als wären sie tausend Jahre alt. »Komm, lass uns gehen«, forderte sie Benjamin auf und streckte sich. »Vielleicht erwischen wir sogar noch einen früheren Zug. Gibst du mir die Nummer des Taxifahrers?«

Als er keine Antwort gab, griff sie nach ihrer Luftmatratze und öffnete das Ventil. Wegen des Zischens der herausströmenden Luft verstand sie Benjamins leise Worte nicht, und sie ließ das Ventil los. »Was hast du gesagt?«

»Leonie war schwanger, als sie starb.«

Grace legte die Matratze nieder. Sie suchte vergeblich nach passenden Worten, doch Benjamin machte ohnehin nicht den Eindruck, als erwarte er einen Kommentar. Nach wie vor fixierte er den Fluss und sprach eher wie zu sich selbst. »Sie war im zweiten Monat. Außer mir wusste niemand Bescheid. Erst nach dem Unfall erfuhren es ihre Schwestern und ihre Mutter.«

Grace setzte sich auf einen Stein. »Ich … ich weiß gar nicht, was ich sagen soll. Du hast also nicht nur deine Frau, sondern auch dein Kind verloren. Das ist furchtbar. Aber … warum hast du vorhin gesagt, du wärst ein abscheulicher Mensch?«

Langsam drehte er den Kopf zu ihr. Er starrte sie aus Augen an, in denen eine Mischung aus völliger Trostlosigkeit und Schuldbewusstsein lag. »Ich wollte das Kind nicht«, brachte er langsam hervor, als koste ihn jedes Wort Kraft. »Ehrlich gesagt wollte ich überhaupt nie Kinder. Leonie auch nicht, wir waren uns immer einig. Doch dann ist es eben passiert. Wegen Magen-Darm-Beschwerden, die sie damals gehabt hatte, schützte die Pille nicht mehr. Aber wir haben nicht daran gedacht und nicht zusätzlich verhütet. Jedenfalls wurde sie schwanger. Als sie es mir mitteilte, strahlte sie über das ganze Gesicht. Sie freute sich.« Er schloss ganz kurz die Augen und atmete durch. »Ich hätte niemals von ihr verlangt, es abzutreiben. Das stand gar nicht zur Diskussion. Doch insgeheim habe ich gehofft, dass sie es in diesen ersten drei … unsicheren Monaten verlieren würde. Und das hat sie ja auch. Sie ist gestürzt. Am Tag der Hochzeit. Wahrscheinlich war das die Strafe für meine Gedanken.« Er stand auf und rieb sich über das Gesicht. »Ich schäme mich sehr dafür. Ich bin ein schlechter Mensch.«

Grace sah ihn noch immer erschrocken an. Sie musste erst verarbeiten, was er ihr gerade anvertraut hatte. Um etwas Zeit zu gewinnen, griff sie nach ihrem Badetuch und wickelte sich ein. Jetzt am Abend, wo die Sonne längst hinter den bewaldeten Alpen untergegangen war, wehte ein kühler Wind durch das Tal.

Schließlich trat sie neben ihn und drückte fest seine Hand. »Du bist kein schlimmer Mensch. Leonie hatte den Unfall nicht, weil du das Kind nicht wolltest. Es war einfach ein fürchterliches Unglück, aber du trägst keine Schuld.«

»Aber vielleicht hat sie es tief im Inneren gespürt und war deshalb unvorsichtig. Ich war vor der Hochzeit alles andere als ein guter Partner. Ich habe viel gearbeitet und mich nicht um sie gekümmert. Um ehrlich zu sein, ertrug ich auch ihre Nähe nicht. Sie war so glücklich wegen des Babys, doch ich habe mich immer wieder gefragt, was für ein Vater ich wäre. Und ich hatte Angst davor. All die Jahre habe ich für meine Arbeit gelebt und bin darin aufgeblüht. Alles andere interessierte mich nicht groß. Sogar in die Ferien habe ich Arbeit mitgenommen. Ich wollte Karriere machen. Hoteldirektor werden, oder mein eigenes Hotel besitzen, dafür lebte ich! Und dann war da plötzlich dieser Gedanke: Was, wenn ich genauso war wie mein Vater?«

»Aber dein Vater war doch das Gegenteil von dir. Er hat *gar nicht* gearbeitet.«

»Ja, aber er hing genau wie ich einem Traum nach und vergaß alles darum herum. Je länger ich mich mit diesem Gedanken auseinandersetzte, desto größer wurden meine Zweifel. Irgendwann war ich mir absolut sicher, dass ich als Vater völlig untauglich sein würde, genau wie mein eigener.«

Grace fuhr ihm vorsichtig über den Rücken. »Du kannst dich nicht mit deinem Vater vergleichen. Du hättest deine Familie doch niemals im Stich gelassen. Wenn das Kind erst da gewesen wäre, hättest du es geliebt, genauso wie du auch Leonie geliebt hast. Und deine Arbeit im Hotel hättest du dann automatisch zurückgeschraubt.«

»Und wenn nicht? Nein, Grace, ich kenne mich besser. Ich wäre kein guter Vater gewesen.«

»Ben! Merkst du eigentlich nicht, dass du dir das bloß einredest, weil du mit deinem eigenen Vater so schlechte Erfahrungen gemacht hast? Du willst um jeden Preis nicht so sein wie er! Darum arbeitest du viel, denn das hat er nicht getan. Jedenfalls nicht richtig. Und deshalb willst du keine Kinder, weil er ein schlechter Vater war! Weißt du, du wirkst auf mich nicht wie der typische, verbissene Workaholic. Und glaube mir, ich kenne einige … Aber du bist nicht so! Sonst wärst du jetzt nicht hier und würdest mir helfen, das Rätsel zu lösen. Doch du bist hier, weil es dir wichtig ist, wegen Leonie. Würde nur deine Arbeit zählen, wäre dir alles andere gleichgültig.«

Er nickte langsam und presste dabei angespannt die Lippen aufeinander.

»Weißt du«, fuhr Grace fort, »ich erinnere mich an eine Szene aus *Unvollendet*. Edward liegt im Sterben und bittet Leopold, Marianne zu suchen und sich um sie zu kümmern. Er sagt unter anderem, dass man das Leben nur überstehen könne, indem man die Liebe wähle. In einer Welt voller Gewalt, Hass und Ungerechtigkeit sei die Liebe der einzige Sinn. Und deshalb solle man lieben, solange man lebe. Edward wollte, dass Marianne wieder glücklich wird. Und er wollte, dass sie zusammen mit Leopold glücklich wird. Aber es steckt noch viel mehr in der Aussage von Joachim Arndts Romanfigur. Er meinte nicht bloß die eheliche Liebe zwischen Mann und Frau, sondern vielmehr die Liebe im großen Sinn, die am Ende gegen alles Unheil dieser Welt siegen sollte. Der Weihnachtsfrieden damals 1914 war für ihn ein Zeichen, dass es selbst zwischen Feinden zu Nächstenliebe kommen kann. Die Liebe hat gesiegt, wenn auch nur für kurze Zeit. Aber worauf ich hinauswill: Dass Leonie so früh sterben musste, ist unendlich tragisch und ungerecht. Und für die Hinterbliebenen wie dich erscheint das Leben nur noch sinnlos. Doch es ist nicht sinnlos! Nur muss man die Kraft finden, um dies einzusehen. Und die Kraft findet man durch die Liebe.« Grace hielt inne. »Tut mir leid, das muss sich alles etwas abgedroschen anhören. Eigentlich wollte ich nur sagen, dass man wieder ein erfülltes Leben haben kann, wenn man der Liebe eine Chance gibt. Meine Großmutter hat es nicht getan, sie trauerte ihr Leben lang um Robert Arndt, anstatt sich auf ihren Mann George zu konzentrieren.«

»Sie hatte aber ihren Sohn, den sie lieben konnte«, erwiderte Benjamin. »Wahrscheinlich hat ihr das gereicht.«

»Ja, richtig. Und du brauchst auch wieder jemanden. Das muss nicht ich sein, aber einfach jemand, mit dem du wieder Freude am Leben hast.«

Benjamin sah sie lange an, und Grace hätte zu gerne gewusst, was er dachte. Schließlich lächelte er vage. »Danke, Grace.«

* * *

Obwohl Grace wusste, dass Benjamin nach ihrem Gespräch nicht von seinen Problemen erlöst sein würde, empfand sie leichten Frust, als er ein Taxi zum Bahnhof bestellte. Zu gerne wäre sie noch hier in diesem kleinen Paradies verweilt, und sie zog kurz in Erwägung, alleine zu bleiben. Doch sie rief sich in Erinnerung, dass sie das Geheimnis von *Unvollendet* lüften musste und keine Zeit für Ferien hatte. So fuhr sie zusammen mit Benjamin zurück nach Zürich, und als er nach kurzer Zeit im Zug einschlief, nahm sie *Unvollendet* hervor und las die letzten Seiten.

Nach Edwards Tod entbrannte in Leopold eine ungeheure Wut. Auf den Krieg, auf die Welt, auf sich selbst, und auf den General Gustav Graf, der den Weihnachtsfrieden beendet und sie wieder auf das Schlachtfeld geschickt hatte. Natürlich war ihm klar, dass nicht Gustav Graf alleine dafür verantwortlich war, aber genau wegen solch machthungriger und streitsüchtiger Männer wie ihm gab es überhaupt Krieg. Sieben Monate dauerte der Krieg nun schon, und alles, was er gebracht hatte, waren hunderttausende tote oder verstümmelte Männer, ganze vernichtete Regimenter, und Fronten, die nicht in Bewegung kamen. Ein wahrer Irrsinn. Von Tag zu Tag wuchs nicht nur Leopolds Wut, sondern auch seine Sehnsucht nach dem Tod. Gerade im März, wo sich normalerweise die ersten frohen Anzeichen des Frühlings zeigten, spürte er, wie die düstere Verdammnis um ihn herum immer fester an seinen letzten Lebenskräften zog. Ja, der Frühling kam, aber statt Blumen und Vögel brachte er Fliegen, die sich über die unbeerdigten Gefallenen hermachten, – und Gestank.

Auch wenn der Krieg eines Tages tatsächlich vorbei sein und er ihn überleben würde, wie konnte er mit diesen Bildern im Kopf je wieder ein normales Leben führen?

Und dann war da noch dieses verdammte Versprechen, das er Edward gegeben hatte: Marianne zu finden, ihr das Amulett zu übergeben und sich um sie zu kümmern. Und sie zu lieben! Wo er anfangs noch zuversichtlich gewesen war, Marianne vielleicht zumindest ausfindig machen zu können, hatte er schnell einsehen müssen, dass ihm nicht mal dieser einfachste Teil gelang. Er hatte die Brieftasche mit Mariannes Foto und ihrer Adresse in Edwards Uniformtaschen nicht gefunden. Edward musste sie in seiner letzten Schlacht verloren haben.

Mit diesen Gedanken zog Leopold in den nächsten Kampf – und wurde von einem Schuss getroffen.

* * *

Grace schloss das Buch. Wie hatte Robert Arndt die Geschichte weitergehen lassen? Ihre Großmutter hatte Matthew nur gesagt, dass Leopold überlebt und Marianne gefunden habe. Vermutlich im Lazarett. Und danach soll noch einiges passiert sein. Nur was? Und inwiefern betraf es Robert Arndt? Warum überhaupt hatte er die Geschichte seines Vaters unbedingt zu Ende schreiben wollen?

Sie blickte zu Benjamin, der noch immer schlief und dessen Gesicht entspannt und friedlich wirkte. Sie dachte über sein Geständnis nach. Dass er insgeheim gehofft hatte, Leonie möge das Baby verlieren, erschütterte sie zwar nach wie vor, aber sie hielt ihn deswegen nicht für einen schlechten Menschen. Doch sie konnte gut nachvollziehen, dass ihn Schuldgefühle plagten, selbst wenn er nichts für den Tod seines Kindes konnte.

Grace verstaute das Buch in ihrer Reisetasche und nahm ihr Handy hervor. Sie traute ihren Augen kaum, als ihr das Display einen verpassten Anruf von Professor Theodor Feigel anzeigte. Im Pflegeheim hatte sie das Handy auf stumm geschaltet und danach vergessen, die Lautstärke zu aktivieren. Der Anruf war vor über drei Stunden eingegangen, und Grace verfluchte sich, ihn nicht eher wahrgenommen zu haben. Jetzt, um kurz vor elf Uhr abends, konnte sie Theodor Feigel unmöglich zurückrufen. Dass er sich aber endlich gemeldet hatte, ließ Hoffnung in ihr aufsteigen, und sie nahm sich vor, ihn gleich am nächsten Morgen anzurufen.

Bevor sie ihr Handy weglegte, überprüfte sie noch kurz ihre E-Mails. Eine neue Nachricht von Matthew sprang ihr gleich ins Auge. Die Neuigkeit, dass Robert Arndt ihr richtiger Großvater war, und die Aussicht auf ein verbranntes Manuskript hatten ihn ziemlich überwältigt. Dass Grace das Rätsel trotzdem noch lösen wollte, fand er sehr lobenswert, weil er es als Zeichen einer beginnenden Versöhnung mit ihrer Großmutter ansah. Trotz allem bat er sie inständig, die Hoffnung, das Manuskript doch noch zu finden, nicht aufzugeben. Er glaube fest daran, dass es noch existierte. Wäre es tatsächlich im Gartenhaus verbrannt, dann hätte Hanna doch bestimmt nicht behauptet, es sei in der Schweiz. Vielmehr hätte sie gesagt, es gäbe es nicht mehr. Und aus diesem Grund war Matthew noch immer von der Existenz des Manuskripts überzeugt. Er beschwor Grace, weiterzusuchen, immerhin ginge es auch um ihre Filmkarriere. Nach wie vor würde er sie in jeglicher Hinsicht unterstützen, sie solle ihm nur endlich ihre Kontodaten geben. Außerdem schlug er ein Skypegespräch am Dienstagmorgen vor, damit sie das weitere Vorgehen besprechen konnten.

Grace seufzte auf. Dass Matthew so fixiert auf dieses Manuskript war, übte gerade einen enormen Druck auf sie aus. Aber mit seiner Theorie hatte er recht. Warum hätte ihre Großmutter behaupten sollen, die Fortsetzung sei in der Schweiz, wenn sie im Gartenhaus verbrannt wäre? Hatte sie das Manuskript doch nicht dort in Sicherheit gebracht? Aber wo war es dann?

Benjamin bewegte sich, und sie sah zu ihm. Blinzelnd streckte er die Arme und fuhr sich durch das zerzauste Haar.

»Gut geschlafen?«, fragte sie.

»Ja. Nur fühle ich mich gerade wie gerädert.« Er bewegte seinen Kopf hin und her. »Bei dir alles klar? Du siehst so verzweifelt aus.«

Grace legte das Handy weg. Sie überlegte kurz, ob sie Benjamin von Matthews Nachricht erzählen sollte, entschied sich aber dagegen. Er würde bestimmt fragen, weshalb Matthew solches Interesse an dem Manuskript hatte, und dann müsste sie ihm von dessen Filmprojekt und dem Rollenangebot erzählen. Aber das wollte sie nicht.

Sie lächelte aufgesetzt. »Verzweifelt? Ich bin wahrscheinlich nur müde. War ein langer Tag. Aber im Gegensatz zu dir kann ich im Zug nicht schlafen.«

»Ist bestimmt besser so. Ich fühle mich nämlich richtig verspannt.«

Grace hätte ihm beinahe eine Massage angeboten, doch sie fand den Zeitpunkt unpassend. Benjamin war zwar heute über seinen Schatten gesprungen und hatte viel über Leonie gesprochen, aber das bedeutete noch lange nicht, dass er über sie hinweg war.

Zurück in Zürich verabschiedeten sie sich in der Bahnhofshalle, während unzählige Nachtschwärmer an ihnen vorbeiströmten, um die letzten Züge zu erwischen oder sich ins Nachtleben zu stürzen.

»Und du bist ganz sicher, dass ich dich nicht noch zurück ins Hotel begleiten soll?«, fragte Benjamin.

»Ja. Ich komme gut zurecht.«

Er musterte sie, als würde er aus ihr nicht so richtig schlau werden. »Danke übrigens.«

»Wofür?«

»Dass du mir heute einfach zugehört hast. Hat gutgetan.« Er schaute ihr tief in die Augen, und Grace spürte, wie ihre Knie ganz weich wurden.

»Das … das ist … gut«, stammelte sie. *Wie gerne würde sie ihn jetzt küssen!*

Eine Gruppe Teenager, ausgerüstet mit Bierdosen und Vodkaflaschen, zog laut johlend an ihnen vorbei und brachte Grace zurück in die Realität. Sie wich zurück und klopfte Benjamin etwas unbeholfen auf den Arm. »Gute Nacht«, hauchte sie und ging davon.

Kapitel 29

Sonntag, 10. Juli 2016

Um nicht allzu sehr über Benjamin nachzudenken, verbrachte Grace den ganzen Sonntag auf ihrer Dachterrasse und beschäftigte sich intensiv mit *Unvollendet.* Obwohl es recht bewölkt war und sich die Sonne nur jeweils für wenige Sekunden durch die Wolkendecke drückte, empfand sie den Tag als willkommene Abwechslung von der gestrigen Hitze.

Auch sonst brachte der Sonntag viel Gutes: Sie hatte am Morgen gleich Professor Theodor Feigel zurückgerufen, der sich sehr über ihre Kontaktaufnahme gefreut hatte. Wegen einer Operation am Hüftgelenk war er lange im Krankenhaus gewesen und hatte ihre Nachrichten auf dem Anrufbeantworter erst gestern abhören können. Grace hatte ihm kurz erläutert, weshalb sie mit ihm sprechen wolle, und so vereinbarten sie für Dienstagnachmittag ein Treffen bei ihm zu Hause in der Ortschaft Schaffhausen.

Motiviert las Grace anschließend die Biographie von Joachim Arndt, die sie sich aus dem Internet auf ihr Notebook heruntergeladen hatte. Etwas Neues erfuhr sie aber nicht. Joachim Arndt war während des Ersten Weltkriegs als Lazarettarzt in Flandern tätig gewesen. Die Erlebnisse dort hatten ihn geprägt, besonders die Berichte der Soldaten über den Weihnachtsfrieden. Deshalb war er in den Nachkriegsjahren auf die Idee für seinen Roman gekommen, an dem er neben seiner Tätigkeit als Arzt geschrieben hatte. 1929 wurde er spätabends nach einer Schicht im Krankenhaus auf dem Heimweg überfallen, beraubt und erstochen. Der Täter konnte nie gefasst werden. Erst viele Jahre später, als Arndts Roman längst ein Erfolg war, vermutete man politische Hintergründe für den Mord an Arndt. Da Arndt aber vor seinem Tod nie politisch aktiv gewesen war und auch nicht als Schriftsteller bekannt, konnte dies ausgeschlossen werden.

Grace starrte erwartungsvoll auf den Bildschirm, als könne jederzeit des Rätsels Lösung darauf erscheinen. Warum hatte sich Robert Arndt mit seiner Mutter über den Roman seines Vaters gestritten? Und weshalb hatte er eine Fortsetzung geschrieben? Einfach so? Oder hatte es einen Grund gegeben?

Mist! Sie hatte das Gefühl, an einem Puzzle zu arbeiten, bei dem einfach noch zu viele Teile fehlten. Sie öffnete die Datei mit ihrer Notizliste und las die neuen Einträge durch, die sie aufgrund von Schwester Rosas Äußerung gemacht hatte. Dieter von Blatten stand in der letzten Zeile. Irgend so ein Nazi, hatte Schwester Rosa gemeint, und Oskar solle seinen Namen oft erwähnt haben. Grace gab den Namen im Internet ein und las den Eintrag über von Blatten durch. Unter anderem wurde erwähnt, dass er einer der treuesten Anhänger Hitlers in der deutschen Generalität gewesen war und voll hinter den Angriffsplänen auf Polen gestanden hatte. Vor seiner Beförderung 1937 zum Generalleutnant war er Generalmajor, während des Ersten Weltkriegs zuerst Kompaniechef und ab 1915 Hauptmann, im Laufe des Jahres 1916 Bataillonskommandeur gewesen. Grace blieb an einer Stelle hängen. Von Blatten wurde während des Ersten Weltkriegs an der Westfront eingesetzt, unter anderem in Flandern. In Flandern! Genau wie Joachim Arndts Romanfiguren. Und auch Joachim Arndt selbst war in einem Lazarett bei Flandern stationiert gewesen. Ob er dort in irgendeiner Weise auf Dieter von Blatten getroffen war?

Grace las weiter, und ihr fiel noch eine Gemeinsamkeit auf. Genau wie Joachim Arndt hatte Dieter von Blatten in München gelebt. Diese Tatsache, wie auch Flandern und Oskars mehrmalige Erwähnung des Namens konnten doch kein Zufall sein! Sie widmete sich den restlichen Zeilen, doch es wurde bloß noch erwähnt, dass sich von Blatten in den letzten Kriegstagen mit Blausäure selbst vergiftet hatte. Grace übertrug ihre neuen Erkenntnisse gleich in die Datei. Anschließend studierte sie die Bemerkungen, die sie sich bisher zu den Tagebucheinträgen gemacht hatte. Bei einem Zitat von Robert Arndt hielt sie inne: »Jede Geschichte braucht ein Ende, auch wenn es tragisch ist.« Sie hatte sich den Satz notiert, weil er nach mehr geklungen hatte. Während sie ihn jetzt erneut las, ergab sich plötzlich eine interessante Möglichkeit, über die sie unbedingt mit Benjamin sprechen wollte. Sie griff nach ihrem Handy und wählte seine Nummer.

»Hallo, Grace«, begrüßte er sie.
»Ben! Wo bist du?«
»Im Hotel, wo sonst. Ist etwas passiert? Du klingst aufgeregt.«
»Ich muss mit dir reden. Können wir uns sehen?«
Er zögerte. »Ich habe gleich eine Besprechung mit einem Reiseveranstalter.«
»Dauert es lange?«
»Das kann ich nicht sagen. Gelegentlich ist der Typ etwas kompliziert.«
»Okay, ich warte im Wintergarten auf dich.«
Obwohl sie nicht wusste, wie lange Benjamins Gespräch dauern würde, ging sie schon mal hinunter in die Halle und steuerte den Wintergarten an. Bis zu Benjamins Erscheinen würde sie eine Kleinigkeit essen, vielleicht ein Clubsandwich mit Pommes Frites, dazu ein Glas Weißwein. Voller Vorfreude auf die Köstlichkeiten marschierte sie durch die Lobby, bis sie plötzlich stehen blieb und verdutzt in die hinterste Ecke der Halle starrte. Da saßen Aaron und Mara und unterhielten sich angeregt.
Eigenartig, Aarons Schilderung zufolge neulich war Mara doch noch immer wütend auf ihn. Sie löste ihren Blick von dem merkwürdigen Paar und ging weiter in den Wintergarten.
Es dauerte etwa eine Stunde, bis sich Benjamin zu ihr gesellte. »Tut mir leid, dass du so lange warten musstest«, bemerkte er.
»Schon gut. Ich habe inzwischen etwas gegessen.«
Er setzte sich und legte eine Mappe auf den Tisch. »Und, was ist so dringend?«
Zuerst erzählte sie ihm, was sie über Dieter von Blatten herausgefunden hatte, und beendete ihre Schilderung mit der Aussage, dass sich Joachim Arndt und von Blatten vielleicht gekannt hatten. Benjamin wirkte skeptisch, seine Stirn war in mehrere tiefe Falten gelegt. »Es ist schon möglich, dass von Blatten irgendwas mit allem zu tun hat. Es kann sich aber auch bloß um einen Zufall handeln. Nur weil er und Joachim Arndt an der gleichen Front waren, bedeutet das noch lange nicht, dass sie sich dort auch begegnet sind. Flandern war groß.«
»Aber irgendeine Verbindung muss es ja geben, sonst hätte doch Oskar seinen Namen nicht so oft erwähnt.«

»Oskar hat sich in seinen gesunden Jahren oft mit dem Zweiten Weltkrieg befasst und viele Fachbücher gelesen, wie ich mal von Leonie erfahren habe. Es könnte gut sein, dass er dabei den Namen Dieter von Blatten irgendwo aufgeschnappt und in seinem Unterbewusstsein verankert hat.«

»Aber warum ausgerechnet von Blatten? Und nicht Hitler oder ein anderer, viel höherer Nazi?«

»Grace«, sagte er einfühlsam. »Ich habe das Gefühl, du steigerst dich da in etwas hinein, weil du unbedingt eine Lösung finden willst.«

Sie schüttelte den Kopf. »Nein. Ich bin überzeugt davon, dass mehr dahintersteckt als nur ein Zufall. Übrigens ist da noch etwas.« Ihr entging sein sanfter und nachsichtiger Gesichtsausdruck nicht. Es ärgerte sie ein wenig, dass er ihre These nicht ernst genommen hatte, aber vielleicht konnte sie ihn mit ihrer nächsten Theorie überzeugen. »Mir schwirrt da so ein Gedanke im Hinterkopf herum. Was, wenn *Unvollendet* wahr ist?«

Er fuhr sich über den Nacken. »Du bist nicht die Erste, die das vermutet. Aber ich habe gelesen, dass Katharina Arndt diese These stets bestritt und darauf beharrte, ihr Mann habe alles erfunden.«

»Und wenn nicht? Meine Großmutter schrieb in ihrem Tagebuch, dass Robert Folgendes sagte: ›Jede Geschichte braucht ein Ende, auch wenn es tragisch ist.‹ Studiert man diesen Satz genauer, klingt es ganz so, als habe Robert gar keine andere Wahl gehabt, als ein tragisches Ende zu schreiben, weil es tatsächlich *tragisch war.*« Sie machte eine kurze Pause, um ihre Worte wirken zu lassen. »Vielleicht gab es Edward, Leopold und Marianne tatsächlich. Joachim Arndt war Arzt in einem Lazarett und hätte dort die Krankenschwester Marianne kennenlernen können, die ihm alles erzählt hat.«

»Aber hätten die Personen tatsächlich existiert, dann wäre das doch bestimmt ans Licht gekommen.«

»Nicht zwingend. Edward starb, und Leopold und Marianne vielleicht später auch? Das stand wahrscheinlich in Roberts Fortsetzung. Ich vermute, dass er die Fortsetzung aus einem bestimmten Grund geschrieben hat. Und es steckte definitiv mehr dahinter als ein Roman. Wir wissen, dass Robert ein Vorwort geschrieben hat. Vielleicht hat er darin auch erwähnt, dass die Geschichte seines Vaters wahr ist? Und

Julius, der das Vorwort ja auch gelesen hat, gab diese Information dann weiter an Fritz Thalmann. Deshalb wollte dieser das Manuskript. Er war gierig, und er hatte Schulden. Womöglich wollte er es verkaufen. Vielleicht hat er das sogar getan. An einen privaten Sammler oder –«

»Wow, halt, Grace«, ergriff Benjamin das Wort und neigte sich über den Tisch. »Das kann gar nicht sein. Fritz Thalmann ist bei dem Brand umgekommen, kurz nachdem er überhaupt von dem Manuskript erfahren hatte. Wann hätte er das Manuskript verkaufen sollen? Er hatte es ja nicht mal!«

Grace schlug sich leicht gegen den Kopf. Wie hatte sie diese Tatsache vergessen können?

Benjamin schmunzelte. »Ich glaube, deine Phantasie geht langsam mit dir durch.«

Sie blickte ihn trotzig an und wollte etwas erwidern, doch ihr fiel nichts ein. Ihr war selbst bewusst, dass sie bisher nichts als Theorien hatte, die allesamt auf sehr wackeligen Beinen standen.

In diesem Moment wurde die Glastür geöffnet. Ein junges Paar mit einem Kleinkind trat ein und sah sich im Wintergarten um. Benjamin grüßte die Gäste freundlich und wechselte ein paar Worte mit ihnen. Als sie weg waren, wandte er sich an Grace. »Neue Gäste. Aus Österreich.« Zögernd griff er nach ihrer Hand. »Ich denke, du brauchst mal etwas Abstand von allem. Das Treffen mit Oskar im Tessin hat dich ganz schön mitgenommen. Und dann habe ich dich auch noch mit meinem Problem behelligt. Aber deine Worte haben mir wirklich geholfen. Ich fühle mich inzwischen sogar endlich bereit dazu, Leonies Sachen in der Wohnung einzusammeln und wegzuräumen. Falls es klappt mit dem Hotelprojekt in Luzern, suche ich mir dann dort etwas … Aber jetzt wieder zu dir. Du siehst müde aus. Warum gönnst du dir nicht morgen mal einen Tag Erholung? Sieh dir die Stadt an oder entspann dich im Wellnessbereich.«

Grace nickte. »Ja, vielleicht mache ich das wirklich. Am Dienstag treffe ich mich ja dann mit Professor Theodor Feigel.«

»Ist das nicht der Mann, der dank Luise Thalmann gerettet wurde? Hat er sich endlich gemeldet?«

»Ja. Er war im Krankenhaus, deshalb ging es nicht früher. Ich besuche ihn in Schaffhausen.«

Benjamin lächelte, so dass sich die feinen Linien um seine Augen vertieften. »Es klingt süß, wie du die Namen der Schweizer Städte aussprichst.« Er wurde wieder ernst. »Professor Theodor Feigel also. Was erhoffst du dir, von ihm zu erfahren?«

»Gute Frage. Am Anfang meiner Nachforschungen, als ich noch nicht wusste, dass Leonie meine Großmutter kontaktiert hatte, erwähnte mein Vater, dass Theodor Feigel mit Grandma sprechen wollte, sie ihn aber abgewiesen hat. Wir dachten, dass Grandma vielleicht seinetwegen den Zusammenbruch im Restaurant gehabt hatte, weil ihre Erinnerungen wieder hochkamen. Inzwischen wissen wir ja, dass Leonies Nachricht der Auslöser war. Aber vielleicht bringt mir das Gespräch mit Feigel ja trotzdem neue Erkenntnisse.«

»Ich wünsche dir viel Glück.«

»Danke.« Sie erwiderte seinen liebevollen Blick und versank dabei in seinen braunen Augen.

Er schaute auf die Uhr. »Ich muss wieder an die Arbeit. Der Küchenchef will etwas mit mir besprechen, und ein Stammgast besteht darauf, dass ich heute Abend mit ihm diniere. Später wartet ein ganzer Berg Arbeit in meinem Büro.« Er stand auf.

Grace blieb noch sitzen. »Brauchst du Hilfe?«

Er neigte sich zu ihr hinunter. »Ruf mich doch um kurz vor zwei Uhr an. Wenn ich dann rangehe, sag mir, dass ich gefälligst endlich nach Hause gehen soll.« Mit einem Augenzwinkern ging er davon.

* * *

Grace hielt sich an Benjamins Rat und versuchte, sich zu entspannen und nicht an *Unvollendet* zu denken. Doch weder ein Spaziergang am See noch das anschließende Aromabad im Wellnessbereich brachten sie auf andere Gedanken.

Am Abend erhielt sie einen Anruf von Aaron. Er habe mit seinem Vater gesprochen, und dieser sei bereit, nochmals mit ihr zu reden. Sie verabredeten sich für den nächsten Tag zum Lunch. Aaron fragte außerdem, ob er noch vorbeikommen solle, er sei zwar gerade im Büro und habe wegen der Fusion viel zu tun, aber er würde sich freuen, sie später zu sehen. Grace entschuldigte sich mit der Ausrede, sie sei müde.

Doch an Schlaf war nicht zu denken, da ihre Gedanken die ganze Zeit um Benjamin kreisten. Als sie sich morgens um halb zwei noch immer unruhig im Bett umherwälzte, griff sie zum Handy und wählte seine Nummer. Es dauerte nicht lange, bis er ranging.

»Grace, immer noch wach?«

»Ich konnte nicht schlafen. Und da dachte ich, ich mache den Kontrollanruf. Und, arbeitest du noch?«

»Ja, erwischt.«

»Dann müsste ich dir jetzt eigentlich sagen, dass du nach Hause gehen sollst. Aber ich habe eine viel bessere Idee.«

»Und die wäre?«

»Komm zu mir«, hauchte sie so verführerisch wie möglich. »Du kennst ja meine Zimmernummer.«

»Grace …« Er zögerte. »Das klingt verlockend, aber ich kann nicht auf dein Zimmer kommen.«

»Warum nicht? Ist es euch Angestellten etwa nicht erlaubt, sich mit Gästen zu treffen?«

»Nun, es ist nicht verboten, aber hier im Hotel? Stell dir vor, morgen sieht mich ein Zimmermädchen. Das schadet meinem Ruf.«

»Na und? Du hast ja bald dein eigenes Hotel.«

»Trotzdem, ich kann nicht.«

Grace dachte nach. Ob sie ihm vorschlagen sollte, mit zu ihm nach Hause zu kommen? Aber sich in der Wohnung zu treffen, wo alles noch so voller Leonie war, schien ihr nicht richtig. Und Benjamin bestimmt auch nicht. Außerdem realisierte sie gerade, dass er wahrscheinlich einfach kein Interesse hatte, sonst wäre er bestimmt zu ihr hochgekommen, schlechter Ruf hin oder her. »Schade. Ja dann, gute Nacht.«

»Danke, dir auch, Grace.«

Sie legte das Handy auf den Nachttisch und vergrub ihr Gesicht im Kissen. Oje! Sie hatte sich ziemlich blamiert.

Nach etwa fünfzehn Minuten fand sie noch immer keinen Schlaf, und als sie bereits den Fernseher einschalten wollte, klopfte es. Mit einer leisen Vorahnung, wer da draußen stehen könnte, sprang sie aus dem Bett zur Tür und öffnete sie. Benjamin lehnte mit einer Hand am Türrahmen und wirkte verlegen. »Normalerweise mache ich das nicht. Ich meine, mitten in der Nacht bei Gästen klopfen, aber …«

»Ben!«
»Was?«
»Sei einfach still.« Sie zog ihn hinein und küsste ihn.

Kapitel 30

Montag, 11. Juli 2016

Grace schlug die Augen auf und wurde von einer gewaltigen Glückseligkeit erfasst. Für einen Moment vergaß sie ihre Sorgen rund um das Geheimnis von *Unvollendet.* Es existierte kein Matthew Parker, der Druck ausübte, und auch kein neuer Großvater, der ein trauriges Schicksal erlitten hatte. Es gab keinen Joachim Arndt, keinen mysteriösen Nazi namens Dieter von Blatten und schon gar keine verschollene Fortsetzung eines Antikriegsromans. Nein, die Welt bestand nur aus ihr und Benjamin.

Nur, wo war er? Im Bett jedenfalls nicht.

»Guten Morgen.«

Sie drehte sich um. Da stand er, bereits angezogen, das Haar noch feucht vom Duschen. Er beugte sich zu ihr herunter und gab ihr einen Kuss. Ein paar Wasserperlen tropften auf ihr Gesicht. »Schlaf ruhig weiter, es ist erst halb sieben.«

»Warum bist du schon wach?«

»Was sollen die Gäste und Mitarbeiter denken, wenn sie den Vizedirektor aus dem Zimmer eines weiblichen Gastes schleichen sehen?«

»Dass er eine tolle Nacht hatte?«, neckte sie ihn, und er lachte auf.

»Scherzkeks. Nein, ernsthaft, ich will nicht, dass mich jemand sieht. So früh habe ich noch eine Chance, unbemerkt in mein Büro zu kommen.« Er band seine Krawatte und griff nach der Jacke. »Und, was hast du heute für Pläne? Shoppingtour? Stadtrundgang?«

»Ich treffe mich später zum Lunch mit Aaron und seinem Vater, um über Julius zu sprechen. Ich muss einfach wissen, warum Konstantin Hottinger behauptet hat, Robert Arndt habe das Manuskript mit nach Deutschland genommen. Entweder hat Julius ihm nicht die Wahrheit gesagt, oder er hat selbst gelogen. Nur, warum sprachen sie überhaupt darüber?«

Benjamin wirkte skeptisch. »Ich bin zwar kein Fan der Hottingers, aber es gibt wahrscheinlich eine plausible Erklärung dafür. Und auch wenn Konstantin Hottinger gelogen hat, wird er dir heute ganz bestimmt nicht plötzlich die Wahrheit sagen.«

Grace rieb sich die müden Augen. »Das ist mir schon klar, aber ich will einfach nichts unversucht lassen.«

»Was ist eigentlich mit Aaron? Vielleicht verschweigt er dir etwas?«

»Das denke ich nicht. In Riga hat er mir ziemlich glaubhaft klargemacht, dass er nichts weiß. Und er hilft mir sogar, das Rätsel zu lösen, obwohl ich ihm eine Abfuhr erteilt habe. Aaron ist okay, das spüre ich.«

Sein Blick blieb auf ihr ruhen. »Dann ist es ja gut.«

* * *

Grace traf Aaron und Konstantin direkt im Restaurant, einem edlen Bistro in der 28. Etage eines Hochhauses mit traumhaftem Blick auf die Stadt Zürich. Die beiden Herren verspäteten sich um zwanzig Minuten, was Konstantin bei seinem Eintreffen mit Arbeitsstress entschuldigte. Er warf seine Jacke über eine Stuhllehne und berichtete in den nächsten zehn Minuten über das Hochhaus, welches seinem Schwiegersohn gehörte. Grace interessierte sich nicht sonderlich dafür. Ihr fiel auf, dass sich Aaron verdächtig still verhielt und eine gewisse Spannung zwischen ihm und seinem Vater zu spüren war.

Nachdem sie schon mal die Getränke bestellt hatten, lehnte sich Konstantin zurück und beäugte sie kühl. »Aaron hat mir übrigens einiges erzählt. Schade, dass Sie sich mir damals bei unserem Treffen im *Kids Fun Park* nicht auch schon anvertraut haben.«

»Tut mir leid, aber es war noch zu früh. Matthew Parker und ich hatten vereinbart, nicht allen davon zu erzählen.«

»So, so.« Er fixierte sie wachsam. »Robert Arndt war also Ihr Großvater und schrieb eine Fortsetzung von *Unvollendet.* Und wegen eines Tagebucheintrags Ihrer Großmutter denken Sie jetzt, dass ich gelogen habe. Oder mein Vater mir die Wahrheit verschwieg.«

»Es ist schon etwas verwunderlich, dass sich die beiden Aussagen widersprechen. Julius, also Ihr Vater, wusste doch genau, dass Robert Arndt das Manuskript nicht nach Deutschland mitgenommen haben konnte.«

Er neigte sich vor und faltete die Hände. »Und jetzt? Was wollen Sie von mir wissen? Ich kann Ihnen nur sagen, dass ich nicht gelogen habe. Sie müssten das also mit meinem Vater klären, aber der ist tot. Grace, ich habe Ihnen schon bei unserem letzten Treffen gesagt, dass Sie sich auf die Gegenwart konzentrieren sollten und nicht alte Geschichten ausgraben, die niemanden mehr interessieren. Herrgott noch mal!« Er schlug mit der Faust auf den Tisch, so dass Grace zusammenzuckte. »Sie sind eine attraktive junge Frau. Denken Sie an Ihre Zukunft! Suchen Sie sich einen Mann und bringen Sie Kinder zur Welt. Aber lassen Sie die Vergangenheit endlich ruhen.«

Eine Welle der Empörung überrollte Grace, und sie blickte hilfesuchend zu Aaron, der entspannt dasaß, als wäre er an solche Gefühlsausbrüche seines Vaters gewöhnt. Sie wollte etwas entgegnen, doch Konstantin war noch nicht fertig. »Ihrer Großmutter war es ja anscheinend auch wichtig, dass ihr Geheimnis eines bleibt, sonst hätte sie sich Ihnen, Ihrem Vater oder diesem Matthew Parker bestimmt anvertraut. Haben Sie daran schon mal gedacht?«

»Natürlich. Aber Matthew und mir ging es zuerst ja nur darum, das Manuskript zu finden. Wir wollten nie irgendein Geheimnis über meine Großmutter ans Licht bringen. Doch mittlerweile geht es mir nicht mehr um die Entdeckung des Manuskripts. Ich will nur herausfinden, was damals geschehen ist. Und wenn Sie irgendetwas wissen, das mir vielleicht weiterhilft, dann bitte sagen Sie es.«

»Alles was ich weiß, habe ich Ihnen bereits bei unserem ersten Treffen gesagt.«

»Aber warum sprach Ihr Vater mit Ihnen überhaupt über Robert Arndts Buch? Das verstehe ich nicht. Und warum hat er Sie angelogen?«

»Mein Vater war schon sehr alt, als er es mir erzählte. Er redete einfach viel und gern von früher, wie die meisten alten Menschen das nun mal tun. Weshalb er mir nicht die Wahrheit sagte, weiß ich nicht.« Seine Stimme war nun sanfter. Er griff nach ihrer Hand und tätschelte sie. »Und jetzt will ich nichts mehr davon hören, verstanden? Meine Zeit ist kostbar, und wenn ich nicht arbeite, dann will ich sie genießen und mich nicht über alte Geschichten unterhalten.« Er griff nach der Speisekarte. »Sie sollten den Hummer nehmen, der ist köstlich.«

Grace wollte etwas erwidern, doch sie bemerkte Aarons warnenden Blick, der ihr zu verstehen gab, dass man seinen Vater jetzt besser in Ruhe ließe.

* * *

Grace nahm sich vor, sich nicht durch Konstantin Hottingers Art entmutigen zu lassen. Immerhin würde sie morgen Professor Theodor Feigel treffen, der ihr vielleicht in irgendeiner Weise weiterhelfen konnte.

Aaron hatte sich nach dem Essen für seinen Vater entschuldigt und erklärt, dass dieser wegen der Fusion ziemlich gestresst sei. Als er vorgeschlagen hatte, am späteren Abend bei ihr im Zimmer vorbeizukommen, erzählte sie ihm von ihrer Versöhnung mit Benjamin. Verwundert hatte er es zur Kenntnis genommen und ihr viel Glück gewünscht.

Um halb zehn erhielt Grace eine Nachricht von Benjamin, der einen Abendspaziergang am See vorschlug. Sie trafen sich am Pier beim Eisstand, da sich Grace bereits am See aufhielt. Wie immer, wenn sie Benjamin erblickte, durchfuhr ein angenehmes Prickeln ihren Körper. Er hatte Krawatte und Jacke abgelegt und die Ärmel seines weißen Hemdes zurückgekrempelt.

Noch bevor sie ihn küsste, fiel ihr auf, dass etwas nicht stimmte. Er wirkte beinahe so bedrückt wie noch vor Kurzem. Ob es wieder wegen Leonie war?

»Was ist los?«, fragte sie.

»Ulrich Heinzer.«

Grace atmete auf. Es ging nicht um Leonie, gut. »Was ist mit ihm?«

»Er hat mich heute Abend angerufen und mir mitgeteilt, dass er doch nicht verkaufen wolle.«

»Was? Aber warum nicht?«

»Das wollte er mir nicht sagen. Er meinte nur, er hätte es sich anders überlegt.«

»Eigenartig, warum …« Graces Aufmerksamkeit wurde von einem Mädchen in Beschlag genommen, welches sie auf Deutsch ansprach.

»Wie bitte?«

Benjamin zog Grace von der Schlange weg, die sich vor dem Eisstand gebildet hatte, und sagte dem Mädchen etwas auf Deutsch. »Sie wollte wissen, ob wir anstehen«, erklärte er Grace.

»Ach so. Nun, mir ist die Lust auf Eis gerade vergangen. Ich verstehe Ulrich Heinzer einfach nicht. Warum will er plötzlich nicht mehr verkaufen?«

Benjamin ließ den Blick in die Ferne schweifen. »Keine Ahnung.«

Sie unterhielten sich noch lange über mögliche Gründe für Ulrich Heinzers Rückzieher, und Grace berichtete ihrerseits von dem erfolglosen Gespräch mit den Hottingers. Um kurz nach Mitternacht gingen sie zurück ins Hotel und verbrachten die Nacht zusammen.

Kapitel 31

Dienstag, 12. Juli 2016

Am nächsten Morgen wurde Grace wieder früh von einem Kuss von Benjamin geweckt, der schon geduscht und angezogen war. »Ich muss mir heute zu Hause Reservehemden und Ersatzwäsche holen, wenn das so weitergeht.«

Grace lächelte sanft. »Wie soll es eigentlich mit uns beiden weitergehen? Ich werde irgendwann zurückmüssen.«

Er wich ihrem Blick aus. »Ja, ich weiß.«

Grace wollte fragen, wie er sich ihre gemeinsame Zukunft vorstelle. Oder vielmehr, *ob* er sich überhaupt eine gemeinsame Zukunft mit ihr vorstellen konnte. Doch sie wusste auch, dass diese Frage noch nicht angebracht war.

Er zeigte auf den Nachttisch zu ihrem Handy. »Dein Handy hat vor einer halben Stunde übrigens mehrmals geklingelt. Ich hab's ausgeschaltet, damit es dich nicht weckt. War ein Matthew Parker. Ist das nicht dieser Filmproduzent, von dem du neulich erzählt hast? Der Bekannte deiner Großmutter?«

Grace war plötzlich hellwach und richtete sich auf. Oh nein! Sie hatte den Skype-Termin um sechs Uhr morgens mit Matthew vergessen. »Ja, richtig. Matthew. Ich wollte mit ihm skypen. Deshalb muss er angerufen haben, weil ich nicht online war.«

»Um sechs Uhr morgens?«

»In L. A. ist jetzt neun Uhr abends.«

Benjamin blieb skeptisch. »Und wieso wolltest du mit ihm skypen?«

»Weil wir etwas besprechen müssen. Es geht um meine Nachforschungen.«

»Warum interessiert ihn das so?«

Grace stand auf und holte sich einen Orangensaft aus der Minibar.

»Ich habe dir doch bereits gesagt, dass er ein sehr guter Freund meiner Großmutter war. Und ihm wollte sie ja alles erzählen.«

Er nickte, doch Grace hatte das Gefühl, dass er an ihrer Aussage zweifelte. Sie öffnete die kleine Glasflasche und reichte sie ihm.

»Nein, danke. Trink lieber selbst. Ist teuer genug.« Er zwinkerte.

»Dann senken Sie die Preise, Herr Vizedirektor.«

Er strich ihr zärtlich über das Gesicht. »Ich muss jetzt los. Melde dich, wenn du aus Schaffhausen zurück bist, okay? Ich bin gespannt, was dieser Professor zu sagen hat.«

»Ja, ich auch.«

* * *

Durch die Fahrt ins Tessin hatte Grace Geschmack an der Schweizer Bahn gefunden, und so entschied sie sich für die etwa vierzigminütige Zugfahrt nach Schaffhausen. Theodor Feigel lebte mitten in der Altstadt, nur wenige Gehminuten vom Bahnhof entfernt. Dank des Anfahrtsplans, den er ihr per E-Mail geschickt hatte, fand sie sein Wohnhaus recht schnell: Der Laden für Outdoor-Kleidung im Erdgeschoss fiel ihr gleich auf.

Der Hauseingang lag direkt neben dem Geschäft, und kurz nachdem Grace die Türklingel betätigt hatte, öffnete sich die schwere Holztür automatisch. Ein Aufzug brachte sie ins oberste Stockwerk, wo bereits eine Frau mittleren Alters auf sie wartete und sie auf Deutsch begrüßte. Sie sagte noch etwas für Grace Unverständliches, doch als sie realisierte, dass Grace kein Deutsch sprach, winkte sie ab und kicherte. Dann meinte sie »Komm, komm«, und Grace folgte ihr in die Wohnung und durch einen schmalen Flur in ein lichtdurchflutetes großes Wohnzimmer, dessen Parkettboden an ein Schachbrett erinnerte. Die Frau schaute sich verdutzt um und murmelte etwas auf Deutsch, da erschien durch eine andere Tür ein älterer Herr auf Krücken. »Hier bin ich«, sagte er auf Englisch und bewegte sich langsam auf Grace zu. »Miss Miller, nehme ich an.« Er reichte ihr die Hand.

Grace fand den Mann mit den runden hellbraunen Augen hinter den Brillengläsern und dem wirren weißen Haarbusch auf Anhieb sympathisch. »Ja. Es freut mich sehr, Herr Feigel.«

»Mich auch. Und bitte nennen Sie mich Theodor.« Er zeigte zu der breit lächelnden Frau. »Das ist übrigens Eva, meine Haushaltshilfe.«

Nachdem sich Theodor nach Graces Zugreise erkundigt hatte, sprach er ein paar Worte zu Eva und bat Grace, ihm ins Nebenzimmer zu folgen. Der Raum wirkte etwas kleiner als das Wohnzimmer, was womöglich daran lag, dass deckenhohe, mit Büchern gefüllte Regale eine ganze Wand bedeckten. Auffällig waren auch die vielen Grünpflanzen wie zwei Birkenfeigen, drei kleine Palmen und ein kräftiger Farn auf dem Fenstersims. In der Mitte des Zimmers stand ein antiker Nussbaumschreibtisch, auf dem sich zahlreiche Bücher und Unterlagen stapelten. Ein Computermonitor in Form einer altmodischen Röhre beanspruchte fast die Hälfte des Tisches. Grace verkniff sich ein Schmunzeln. Sie hätte nicht gedacht, dass solche Teile tatsächlich noch existierten.

»Er funktioniert immer noch«, erklärte Theodor, dem ihr Gesichtsausdruck nicht entgangen war. Er zeigte auf eine Sitzgruppe vor dem Bücherregal. »Setzen wir uns doch. Eva bringt gleich Kaffee.« Er faltete die Hände und betrachtete Grace, als wäre sie ein Fabelwesen. »Sie sind also die Urenkelin von Luise Thalmann. Dank so mutiger Menschen wie ihr konnten damals viele Leben gerettet werden. Auch meines.« Er fuhr sich durch das dichte Haar. »Die Flucht aus Deutschland werde ich mein Leben lang nicht vergessen, obwohl ich damals, 1943, erst neun Jahre alt war.«

»Sie flüchteten zusammen mit Ihrer Schwester, oder?«

»Ja, genau.« Ein bekümmerter Ausdruck erschien in seinen fröhlichen Augen. »Mein Vater starb schon ein paar Jahre vor dem Krieg an Tuberkulose, drei Jahre nach meiner Geburt. Er war kein Jude, aber da wir wegen Mutter der jüdischen Gemeinde angehörten, zählten wir gemäß dem Nürnberger Rassengesetz zu den sogenannten Geltungsjuden. Und auch wenn wir in unserer Wohnung bleiben konnten und in keines der Ghettos mussten, unterlagen wir allen Bestimmungen gegen Juden. Wir trugen beispielsweise den Stern, ich durfte nicht mehr zur Schule und meine Mutter und meine damals fünfzehnjährige Schwester Selma mussten Zwangsarbeit leisten. Selma in der Glühlampenfabrik Osram, meine Mutter in einer Uniformnäherei.« Er sah auf, als Eva Kaffee brachte, und bedankte sich.

Während er seinem Getränk etwas Zucker hinzugab und rührte, fuhr er fort. »Die Deportationen hatten bereits begonnen, doch die Leute wurden hauptsächlich abends und nachts abgeholt. Erst am 27. Februar 1943 gab es eine Massenrazzia, genannt die Fabrikaktion, und die Nazis holten die restlichen Juden direkt von ihren Arbeitsplätzen ab. Wissen Sie, jüdische Zwangsarbeiter waren bis zum Zeitpunkt der Deportation verschont geblieben, da sie für die Produktion von Rüstungsgütern unentbehrlich waren. Später aber holte das NS-Regime genug Zwangsarbeiter aus den besiegten Ländern und konnte auf die Juden verzichten.« Er verschnaufte kurz. »Ich habe nach dem Krieg erfahren, dass man meine Mutter nach Auschwitz deportiert hatte, wo sie ermordet wurde. Meine Schwester Selma aber hatte Glück. Die Glühlampenfabrik Osram wurde bei der Fabrikaktion vergessen. Selma kam an jenem Abend nach Hause und war, wie ich, ganz überrascht, weil Mutter noch nicht da war. Selma ging dann zu einer Nachbarin – Frau Schmidt, einer gutmütigen alten Witwe –, und bat sie um Hilfe. Frau Schmidt besaß ein Telefon und rief in der Näherei an. Sie erfuhr, dass die gesamte jüdische Belegschaft verhaftet worden war.« Er brach ab. »Selmas Gesicht, als Frau Schmidt uns die Nachricht überbrachte, werde ich nie vergessen. Ich glaube, sie ahnte bereits, dass wir Mutter nie wiedersehen würden.« Wieder hielt er inne und fixierte gedankenverloren eine Zimmerpalme.

»Sie müssen nicht darüber sprechen.«

»Doch, doch«, erwiderte er schnell und lächelte kopfschüttelnd. »Es ist schon verrückt. Fast mein ganzes Leben habe ich damit verbracht, mich mit dem Zweiten Weltkrieg zu befassen, der mir meine Mutter genommen hat. Aber die Geschehnisse von damals zu erforschen und zu analysieren, hat mir stets geholfen, deshalb schrieb ich unzählige Bücher und Facharbeiten. Doch manchmal sind die Gefühle eben doch mächtiger.« Er atmete tief durch. »Gut, wo waren wir stehengeblieben? Ach ja, bei Frau Schmidt. Selma und ich konnten uns für ein paar Tage in ihrer Wohnung verstecken. In der Zwischenzeit kontaktierte sie eine Bekannte, die sich wiederum an eine Frau wandte, die uns gefälschte Pässe beschaffte und uns in die Schweiz bringen wollte. Emilia Krüger hieß sie und gehörte zu Luise Thalmanns Fluchthelfern. Zusammen mit Emilia Krüger fuhren wir als Familie getarnt mit dem Zug von Berlin nach Singen, um dort angeblich Verwandte zu besuchen. In Singen verließ uns Emilia Krüger, und wir mussten zu einem gewissen Zeitpunkt an einem verabredeten Ort warten. Dort wurden wir von einem Mann angesprochen. Selma zuckte richtig zusammen. Sie hatte erwartet, dass wieder eine Frau käme. Der Mann entpuppte sich als unser Helfer Helmut Wilde. Er führte uns nach Gottmadingen. Mit einer brennenden Zigarette als Leithilfe ging er etwa hundert Meter vor uns durch den Wald, und wir folgten ihm.« Er kicherte plötzlich, was bei einem Professor, noch dazu in seinem Alter, irgendwie witzig wirkte. »Für mich als kleinen Jungen war das schon auch ein Abenteuer. Mir war damals gar nicht bewusst, wie gefährlich die ganze Aktion war … In Gottmadingen übernachteten wir bei Gertrude Schweiger, Luise Thalmanns Schwester. Dort trafen wir auf Luise Thalmann, und am nächsten Tag gingen wir getarnt als Sonntagsausflügler Richtung Grenze. Verglichen mit der kleinen Fläche des Kantons ist die Schaffhauser Landesgrenze übrigens lang und unübersichtlich. Dies machte die Gegend dort als Fluchtziel interessanter als andere Grenzabschnitte. Irgendwann trennten sich Gertrude und ihr Mann von uns, und wir passierten dank Luises genauen Ortskenntnissen den Grenzposten. Bei Buch gelangten wir auf Schweizer Boden. Luise Thalmann brachte uns zunächst nach Ramsen, wo wir vorerst bei einer Familie unterkamen. Später kamen wir nach Schaffhausen und durften dort bleiben.« Seine Augen schauten ernst hinter den Brillengläsern hervor. »Selma und ich hatten Glück, unsere Flucht war erfolgreich. Es hätte aber auch schiefgehen können, wie bei zahlreichen anderen Fluchtversuchen. Es gab natürlich viele Faktoren, die entscheidend waren für eine gelungene Flucht. Und die Helfer waren darauf angewiesen, dass die Flüchtlinge sich an die getroffenen Absprachen hielten. Doch nicht immer war das der Fall. Sie kamen beispielsweise zu falschen Treffpunkten, brachten zusätzliche Begleitung mit oder viel zu viel Gepäck. Die Gefahr, wegen des Gepäcks Verdacht zu erregen, war sehr groß. Viele wollten natürlich ihr verbliebenes Hab und Gut retten, sie hatten ja nichts mehr.

Aber zurück zu Luise Thalmann. Als Selma ein paar Jahre nach dem Krieg erfuhr, dass Luise Thalmann von den Nazis getötet worden war, setzte sie sich vergeblich für ihre Rehabilitation ein. In der Urteilsbegründung von 1955 hieß es, dass das Leben eines Gefängniswärters des Dritten Reiches in gleicher Weise als geschütztes Rechtsgut anzuerkennen ist wie das Leben eines jeden anderen Menschen. Doch gemäß dem seit 2004 geltenden Bundesgesetz über die Aufhebung von Strafurteilen gegen Flüchtlingshelfer wurden alle Personen rehabilitiert, die zur Zeit des Nationalsozialismus aus humanitären Gründen gegen die Gesetze verstoßen haben. Insgesamt 137 Personen wurden zwischen 2004 und 2011 rehabilitiert, die zwischen 1938 und 1945 verurteilt wurden, weil sie Flüchtlingen die Einreise in die Schweiz ermöglicht haben. Ich setzte mich damals zusätzlich für Luise Thalmann ein. Mit Erfolg. 2009 wurde sie rehabilitiert.«

»Das war sehr nett von Ihnen.«

Er wedelte heftig mit den Händen. »Das war doch das Mindeste, was ich tun konnte.«

»Haben Sie bereits damals mit meiner Großmutter Kontakt aufgenommen?«

»Nein. Ich habe mich zurückgehalten, da die Presse sehr viel Wind darum gemacht hat. *Mutter der Hollywood-Legende Hanna Miller wurde posthum rehabilitiert*, hieß es weltweit in den Schlagzeilen, und Ihre Großmutter wurde bombardiert mit Interviewanfragen, soweit ich mich erinnere. Ich wollte sie nicht auch noch belästigen. Aber der Wunsch, mich zu bedanken, wurde von Jahr zu Jahr immer größer. Wissen Sie, all die Jahre plagte mich ein schlechtes Gewissen. Selma und ich entkamen den Nazis dank der Hilfe von so vielen mutigen Menschen. Und sie wurden von ihnen ermordet. Das fand ich nicht fair, und deshalb wollte ich mich bei den Nachkommen persönlich bedanken. Bei Emilia Krüger und Helmut Wildes Kindern konnte ich das tun, Gertrude Schweiger und ihr Mann aber hatten keinen Nachwuchs. So blieben noch die Kinder von Luise Thalmann: Willi und Hanna. Willi Thalmann hat sich leider nie auf mein Schreiben gemeldet, und über Hanna Millers Agentur habe ich auch eine Absage erhalten. Hanna Miller habe mit ihrer Vergangenheit abgeschlossen und sei nicht interessiert an einem Treffen, hieß es.«

Grace fühlte sich verpflichtet, sich im Namen ihrer Großmutter für deren Verhalten zu entschuldigen, und erklärte Theodor, ihre Großmutter habe die Vergangenheit in der Schweiz stets verdrängt.

»Sie hat nie darüber gesprochen, nicht mal mit ihrem Sohn.«

Theodor nickte verständnisvoll. »Das kann ich natürlich nachvollziehen. Dennoch hätte es mir viel bedeutet.«

»Aber weshalb? Ging es wirklich nur darum, sich bei ihr zu bedanken?«

Er zögerte. »Schon, ja. Aber da war noch etwas, das mir keine Ruhe ließ.« Über sein Gesicht glitt ein Schatten. »Als ich mich für Luise Thalmanns Rehabilitation einsetzte, erhielt ich Einblick in die verbliebenen Akten – viel wurde leider vernichtet – und ich habe mich lange mit dem Fall beschäftigt. Besonders mit dem letzten und gescheiterten Fluchthilfeversuch, als sie Eli Kirschbaum über die Grenze schmuggeln wollte.«

»Eli Kirschbaum«, wiederholte Grace.

»Der Name sagt Ihnen etwas?«

»Ja. Eli Kirschbaum war der Vater von Ferdinand, einem Jugendfreund von Willi. Meine Großmutter schrieb darüber in ihrem Tagebuch. Aber warum lässt Ihnen dieser Fluchthilfeversuch keine Ruhe?«

»Weil deshalb fast das ganze Fluchthelfernetz zusammenbrach und Emilia Krüger, Helmut Wilde, Luises Schwester Gertrude Schweiger und deren Mann verhaftet wurden. Dabei waren Luise Thalmann und ihre Leute so perfekt organisiert, das habe ich ja selbst erlebt. Natürlich war Eli Kirschbaums Flucht selbst für erfahrene Helfer eine Herausforderung. Reisende Männer fielen damals viel eher auf, und eine Flucht bis an die Schweizer Grenze wäre nicht denkbar gewesen, da man 1943 ja schon überall nach Deserteuren suchte. Dazu kam, dass genau zu jenem Zeitpunkt nach einem Fluchtversuch britischer Kriegsgefangener die Wachposten an der Grenze verstärkt worden waren. Doch bei der Organisation der Flucht von Eli Kirschbaum wurde all dies berücksichtigt. Aus den Akten geht hervor, dass Luise Thalmann schon in Singen auf ihn warten wollte. Getarnt als Ehepaar hätten sie in die Schweiz reisen sollen. Doch die Gestapo erwischte sie. Normalerweise nichts Außergewöhnliches. Aber ich fand eine Akte, die belegte, dass zur ungefähren Ankunft des Zuges eine Gestapo-Patrouille am Bahnhof Singen aufgeboten wurde. Eli Kirschbaum und Emilia Krüger wurden also bereits erwartet. Luise Thalmann, die Eli Kirschbaum ab Singen hätte begleiten sollen, versuchte offenbar noch zu fliehen, doch man hat sie erwischt. Die Nazis wussten Bescheid, verstehen Sie? Es gab zu jener Zeit sehr oft Spitzel, und Luise Thalmann hatte viele Feinde. Schon wegen ihrer früheren Aktivitäten für die kommunistische Partei.«

»Sie denken, jemand hat meine Urgroßmutter verraten?«

»Ja.«

»Aber wer könnte das gewesen sein? Ein anderer Fluchthelfer? Jemand aus Deutschland?«

»Nein, das glaube ich nicht. Ich habe den Fall untersucht und tippe aufgrund der Fakten eher auf einen Verräter aus der Schweiz.« Theodor erhob sich vorsichtig und griff nach seinen Krücken. Als Grace fragte, ob sie ihm helfen könne, verneinte er und trat an seinen Schreibtisch. Aus einem Stapel zog er ein dünnes Buch mit dunkelgrünem Einband hervor und humpelte zurück zu Grace. »Das Thema Landesverrat hat mich schon immer sehr interessiert, deshalb habe ich dieses Buch hier über Schweizer Landesverräter geschrieben. Dass ich aber nie herausgefunden habe, wer Luise Thalmann und ihre Helfer verraten hat, das geht mir ganz schön an die Nieren.« Um dies zu verdeutlichen, fasste er sich seitlich an den Bauch.

»Sie glauben also, der Verräter stammte aus der Schweiz? Etwa aus Luise Thalmanns Umfeld?«

»Ja, das halte ich für möglich. Ehrlich gesagt hatte ich immer ihren Schwager im Visier, Fritz Thalmann.«

»Fritz Thalmann?«

»Ja, er hatte vor dem Krieg der Frontenbewegung angehört. Ich zog Erkundigungen über ihn ein, aber außer, dass er trank, spielsüchtig war, Schulden hatte und seinen Gasthof verloren hat, fand ich nichts heraus. Ah, und 1944 kam er bei einem mysteriösen Brand im Gartenhaus seines Hotels ums Leben.« Er legte eine kurze Pause ein. »Es ist durchaus möglich, dass er seine Schwägerin ausspioniert hat und die Informationen gegen Geld den Nazis zukommen ließ. Das gab es damals oft. Und wer weiß, vielleicht flog Luises Fluchthelfernetz seinetwegen auf.«

Je mehr Grace über Theodor Feigels Theorie nachdachte, desto wahrscheinlicher erschien sie ihr. Dem letzten Tagebucheintrag ihrer Großmutter zufolge hatte Fritz Thalmann seine Schwägerin nicht gemocht und sie eine *verfluchte Kommunistin* genannt. Und ihre Großmutter hatte öfter geschrieben, dass er andauernd im Hotel *herumlungere*. Dann die Tatsache, dass er das Manuskript unbedingt haben wollte. Vielleicht, um es den Nazis zu übergeben?

Grace wägte kurz ab, ob sie sich Theodor Feigel anvertrauen konnte, und entschied sich dafür. In diesem Zusammenhang erzählte sie ihm gleich die ganze Geschichte, und ließ nur Matthews Filmprojekt aus, und dass Robert Arndt ihr Großvater war.

Theodor sah sie an, als wüsste er nicht recht, ob sie ihm die Wahrheit erzählt oder einen Bären aufgebunden hatte. »Sie halten mich jetzt bestimmt für verrückt«, brachte Grace hervor.

Er setzte wieder sein gutmütiges Lächeln auf. »Vielleicht ein wenig. Nein, ich kann gut verstehen, dass Sie dieses Geheimnis lösen möchten. An Ihrer Stelle würde ich das auch tun wollen.« Er hielt inne und blickte hoch zur Decke, als würde sie zu ihm sprechen. Dann richtete er die Augen wieder auf Grace. »Was Sie mir erzählt haben, untermauert meinen Verdacht, dass Fritz Thalmann seine Schwägerin verraten hat.«

Grace fiel noch etwas ein. »Falls er wirklich ein Spion war, würde dies auch erklären, weshalb er das Manuskript haben wollte. In dem Vorwort erwähnte Robert Arndt unter anderem den Grund für seine Rückkehr nach Deutschland. Vielleicht schrieb er auch von seiner Widerstandstätigkeit. In diesem Fall wäre das Manuskript für die Nazis sehr interessant gewesen. Denken Sie, Fritz Thalmann könnte Robert Arndt verraten haben?«

»Wenn in diesem Manuskript tatsächlich etwas stand, das für die Nazis von Nutzen hätte sein können, wäre dies ein Grund gewesen. Aber Robert Arndt hat der Widerstandsgruppe von Heinz Ritter angehört, die Ende August, kurz nach Ritters Verhaftung, aufgeflogen war. Und Ritters Festnahme erfolgte im Rahmen der *Aktion Gitter*, einer Verhaftungsaktion der Gestapo. Diese richtete sich besonders gegen potentielle politische Gegner aus der Zeit der Weimarer Republik. Das konnte also nichts mit Fritz Thalmann zu tun haben. Auch wenn er Robert Arndt verraten hat, bedeutet das nicht, dass dieser deswegen festgenommen wurde. Vermutlich ist man eher durch Heinz Ritter auf ihn gestoßen. Wussten Sie übrigens, dass Robert Arndt und

Luise Thalmann oft zusammengearbeitet haben? Arndt fertigte die gefälschten Pässe an, auch für Eli Kirschbaum.«

»Ja, ich weiß. Weshalb ist er eigentlich nicht schon damals, also 1943, aufgeflogen? Diese Emilia Krüger, die ihm den Auftrag gab, wurde ja auch verhaftet?«

»Schon, aber die Helfer waren so klug und haben nirgends irgendwelche Informationen oder gar Namen notiert. Sie hatten alles im Kopf. Und anscheinend gaben sie Robert Arndts Namen auch unter der Folter der Nazis nicht preis. Dazu kommt, dass Robert Arndt eine falsche Identität besaß.« Er musterte sie erstaunt. »Alles in Ordnung? Sie sehen so entsetzt aus.«

Grace schluckte hart. »Folter?«

»Das war damals leider nichts Besonderes. Aber wechseln wir das Thema. Also, diese Beweise, die Sie erwähnt haben, existieren nicht mehr?«

»Nein, leider nicht. Ich vermute, sie waren in dem Karton.«

»Die Box, welche die verstorbene Leonie gefunden hat.«

Grace nickte. »Ich finde es merkwürdig, dass diese Box nicht mehr auffindbar war, auch wenn das Haus von Leonies Mutter damals geräumt wurde. Und ich glaube, Kim und Mara wissen mehr, als sie zugeben.«

»Falls der Karton tatsächlich Beweise für Fritz Thalmanns Spionagedienste enthielt, hätten die beiden guten Grund gehabt, diese zu vernichten. Sie hatten vielleicht Angst um das Image des Hotels, wenn herausgekommen wäre, dass ihr Urgroßvater ein Verräter war.«

»Ja. Aber sie behaupten, sie wüssten nicht, was Leonie von Oskar erfahren hat.«

»Bisher haben Sie die beiden aber auch noch nicht mit dem möglichen Verrat ihres Urgroßvaters konfrontiert.« Er zwinkerte.

»Stimmt.«

Er griff nach seiner Kaffeetasse. »Dann wissen Sie jetzt, was Sie zu tun haben.«

* * *

Während der Rückfahrt überlegte sich Grace ihr Vorgehen. Theodor hatte recht. Sie musste Mara und Kim mit Fritz Thalmanns Verrat konfrontieren. Allerdings ahnte sie bereits, wie Mara reagieren würde, und entschied, zuerst nur mit Kim zu sprechen.

Als sie gegen sechs Uhr in Zürich ankam, ging sie zu Fuß zum Hotel. Um diese Zeit glich die direkt zum Schwanenhof führende Straße einem einzigen Ameisenhaufen, so dass Grace ziemlich schnell einen anderen Weg einschlug. Dies erwies sich allerdings als Fehler, da sie irgendwann die Orientierung verlor und zwischen Gassen, Straßen und gestressten Menschen umherirrte. Trotz der Wolken war die Luft drückend, was sich schlecht auf Graces Kreislauf auswirkte. Ihr wurde bewusst, dass sie heute außer einer Banane zum Frühstück nichts gegessen hatte. Gerade als sie sich nach einem Snackstand umschaute, entdeckte sie einen ihr bekannten Schuhladen und konnte sich wieder orientieren. Von hier aus war es nicht mehr weit zum Schwanenhof. Geschwächt und verschwitzt kam sie an und traf vor dem Eingang auf Aaron, der aus einem Taxi stieg. Er besah sie kühl, und Grace ahnte, dass er ihr die Sache mit Benjamin übel nahm, auch wenn er die Nachricht gestern locker aufgenommen hatte. »Du siehst nicht gut aus.«

»Mir ist schwindlig. Muss einfach etwas essen.« Sie geriet plötzlich ins Wanken, so dass er sie kraftvoll am Arm packte und stützte. »Komm, ich bringe dich aufs Zimmer.«

»Nein, es geht schon.«

Doch Aaron ließ nicht locker und führte sie zum Eingang. »Du solltest dich hinlegen. Was machst du nur für Sachen?«

»Wie schon gesagt, ich muss nur etwas essen. Außerdem will ich unbedingt noch mit Kim reden.«

»Warum?«

Sie sah sich um, um sich zu vergewissern, dass niemand in Hörweite war. »Ich vermute, Fritz Thalmann war ein Spion. Er hat wahrscheinlich Luise Thalmann an die Nazis verraten, und vielleicht auch Robert Arndt.«

»Sicher?«

Grace fiel auf, dass Aarons Miene versteinerte. Die Nachricht musste ihn genauso geschockt haben wie sie. »Es ist nur ein Verdacht, aber ich muss Kim darauf ansprechen.«

»Okay, aber zuerst musst du dich erholen.« Er führte sie ins Hotel, ohne sie dabei loszulassen.

Am Empfang sichtete sie Benjamin, der mit einer Empfangsdame sprach. Als er sie bemerkte, verhärtete sich sein Gesichtsausdruck, und Grace löste sich von Aaron. »Es geht schon wieder, danke.« Sie näherte sich dem Empfang und spürte Benjamins missmutigen Blick auf sich. Was hatte er? War er etwa verärgert wegen Aaron?

Die Empfangsdame widmete sich einem Gast, so dass Benjamin wieder frei stand. Ehe Grace ihn begrüßen konnte, redete er auf sie ein. »Ich muss mit dir sprechen.« Er blickte über ihre Schulter hinweg zu Aaron. »Aber nicht hier. Gehen wir in mein Büro.«

Grace drehte sich kurz zu Aaron und verabschiedete sich, dann folgte sie Benjamin.

Auf dem Weg in sein Büro fragte sie, was los sei, doch er gab erst Antwort, als er die Tür hinter sich geschlossen hatte. »Setz dich.« Er wies auf einen Stuhl gegenüber seinem Schreibtisch und trat ans Fenster. Grace ignorierte seine Aufforderung und stellte sich neben ihn. »Ben, wenn es wegen Aaron ist – ich hatte einen leichten Schwächeanfall und er hat mich nur gestützt.«

Er wandte sich zu ihr. »Es geht nicht um Aaron, sondern um Matthew Parker.«

»Um Matthew?« Grace fühlte sich plötzlich wieder schwindlig und ließ sich auf den Stuhl fallen. »Was ist mit ihm?«

»Er hat uns heute eine E-Mail geschickt mit seinen Kreditkartenangaben und der Information, dass er deine Rechnung übernehme. Und wir sollen die Rechnung, die du vor deiner Riga-Reise bereits selbst bezahlt hast, deiner Kreditkarte gutschreiben und seine belasten.«

Grace stöhnte innerlich. Dieser Matthew! Nur weil sie ihm ihre Kontodaten nicht gegeben hatte, kontaktierte er gleich das Hotel? Sie wandte sich an Benjamin, der sie erwartungsvoll ansah. »Matthew will also meine Rechnung bezahlen. Wo liegt das Problem?«

Er neigte sich zu ihr herunter, und seine dunklen Augen bohrten sich förmlich in sie hinein. »Warum kommt er für deine Rechnung auf?«

»Ich habe dir doch bereits gesagt, dass er und meine Großmutter befreundet waren und es ihm ein großes Anliegen ist, dass ich das Rätsel löse.«

»Aber muss er deswegen deine Hotelrechnung bezahlen?«

»Er ist eben großzügig.«

»Das könnte doch auch dein Vater machen. Ihm liegt bestimmt noch mehr daran, das Geheimnis zu lüften.« Er richtete sich auf und wirkte inzwischen fast verzweifelt. »Grace, falls dieser Matthew dein Geliebter ist oder so, kannst du es mir ruhig sagen. Ich will einfach die Wahrheit wissen, denn ich … beginne wirklich, etwas für dich zu empfinden. Verstehst du?«

Grace saß verdattert auf ihrem Sessel. Hatte Benjamin ihr gerade ernsthaft seine Gefühle offenbart? Doch ihr Glücksgefühl zerrann schnell wieder, als ihr bewusst wurde, was er gesagt hatte. »Du täuschst dich!« Sie sprang abrupt auf, was ihrem angeschlagenen Kreislauf gar nicht gefiel, woraufhin er sie mit einer erneuten Schwindelattacke bestrafte. Sie stützte sich mit den Händen auf den Schreibtisch und atmete durch.

»Alles okay?«, fragte Benjamin besorgt.

»Ja. Es geht schon. Ich fühle mich nur etwas geschwächt. Hab' noch fast nichts gegessen heute.«

Er nahm eine Tüte Gummibärchen vom Schreibtisch und hielt sie ihr hin. Mit zitternder Hand griff sie hinein. »Danke.«

Während sie die Bärchen gierig verschlang, beobachtete Benjamin sie aufmerksam. »Wir sollten besser später weiterreden.«

»Nein! Hör zu, Matthew ist nicht mein Lover. Aber um dir die Wahrheit zu sagen: Ich bin eigentlich in seinem Auftrag hier.«

»Wieso ist er so erpicht darauf, dass du dieses Rätsel löst?«

Grace erzählte ihm von Matthews Filmprojekt und seinem Rollenangebot. Sie war noch nicht fertig, als Benjamin sie unterbrach. »Es ging dir also die ganze Zeit nur um eine Filmrolle?«, fragte er aufgebracht.

»Am Anfang schon, doch je länger ich mich mit Grandmas Vergangenheit befasste und dabei erkannte, was sie alles durchmachen musste, desto mehr änderte sich meine Sichtweise. Plötzlich lag der Fokus nicht mehr darauf, das Manuskript zu finden. Inzwischen will ich Grandmas Geheimnis wirklich lüften, unabhängig davon, ob das Manuskript noch existiert oder nicht. Sonst wäre ich doch spätestens dann abgereist, als ich erfahren habe, dass das Manuskript vielleicht im Gartenhaus verbrannt ist.«

»Das ist noch nicht so lange her. Und erst gestern hast du mir klargemacht, dass die Fortsetzung vielleicht doch noch irgendwo versteckt ist, weil sich deine Großmutter gegenüber Matthew sonst anders ausgedrückt hätte.«

»Ja, aber dieser Gedanke kam von Matthew.«

Enttäuschung spiegelte sich in seinem Gesicht. »Matthew. Klar. Der Filmemacher. Euch beiden ging es also nie darum herauszufinden, was damals passiert ist. Ihr hattet nur euren Film im Kopf! Und du deine Schauspielkarriere!«

»Nein, das stimmt nicht! Ginge es mir bloß darum, hätte ich mich heute bestimmt nicht mit Theodor Feigel getroffen. Er mutmaßt übrigens, dass Fritz Thalmann ein Verräter gewesen sein könnte. Er hat wahrscheinlich Luise Thalmann und Robert Arndt an die Nazis verraten.«

»Fritz Thalmann war ein Verräter?«

»Vielleicht. Stell dir vor, Leonie hatte vielleicht Beweise dafür und konfrontierte ihre Schwestern damit. Dann hätten Mara und Kim Angst haben müssen, dass ich, als rechtmäßige Erbin des Schwanenhofs, ihnen das Hotel wegen Fritz Thalmanns Tat wegnehmen könnte. Denn Fritz Thalmann verriet seine Schwägerin – wenn er es tatsächlich tat – bestimmt auch in der Hoffnung, dass das schwache Herz seines Bruders diese Aufregung nicht mitmachen würde und er das Hotel bekäme. Ich möchte jetzt gleich mit Mara und Kim sprechen. Du siehst also, mir liegt weiterhin viel daran, das Rätsel zu lösen.«

»Vielleicht willst du das tatsächlich, aber gib doch zu, dass du nach wie vor Interesse hättest an *Unvollendet* Teil 2!«

Grace erwiderte nichts. Benjamin hatte recht. Die Vorstellung, dass sich der Film und ihre Rolle darin vielleicht doch noch realisieren lassen würden, hatte ihr tatsächlich Antrieb verliehen.

»Du wärst nie in die Schweiz gekommen, wenn es nur darum gegangen wäre, etwas über die Vergangenheit deiner Großmutter herauszufinden. Du hast mich belogen.« Er schloss die Augen. »Und ich dachte wirklich, dass wir …« Er brach ab.

»Was?«

»Vergiss es.« Mit stechendem Blick betrachtete er sie. »Du bist eben nicht wie Leonie. Sie hätte niemals so egoistisch gehandelt.«

Grace wich einen Schritt zurück. Seine Worte hatten ihr einen Schlag in die Magengrube verpasst. Schweigend verließ sie das Büro und knallte die Tür hinter sich zu. Wie konnte er nur? Ja, er war verletzt, aber sie mit Leonie zu vergleichen war nicht fair. Mit vor Tränen verschleiertem Blick irrte sie auf der Büroetage umher. Wo zum Teufel befand sich der Ausgang aus dem Verwaltungstrakt? Wieder überkam sie dieser Schwindel, und Hitze- und Kälteschübe wechselten sich ab. Da entdeckte sie eine breite Tür am Ende des Flurs und wankte darauf zu.

»Grace!«

Wie in Trance drehte sie sich um und bemerkte die verschwommenen Umrisse einer Person. Kim? Sie blinzelte. »Kim. Du bist es.«

»Geht's dir nicht gut?« Sie stützte Grace, was ihr in Anbetracht der Tatsache, dass Grace größer und schwerer war als sie, bestimmt nicht leichtfiel. »Soll ich einen Arzt anrufen?«

»Nein, nein. Ich muss nur dringend etwas essen.«

»Komm, ich begleite dich auf dein Zimmer.«

* * *

Graces Hände zitterten noch immer, als sie auf der Terrasse ihr Clubsandwich aß. Um die Wartezeit auf das Sandwich zu überbrücken, hatte sie zuvor zwei Schokoladenriegel aus der Minibar verdrückt und sich danach bereits etwas besser gefühlt. Sie trank einen Schluck Cola und schaute zu Kim, die ihr gegenübersaß. »Geht's wieder?«, fragte diese.

»Ja, meine Kraft kommt langsam zurück.«

»Gut. Du warst bestimmt unterzuckert. Kein Wunder, wenn du den ganzen Tag nur eine Banane isst.«

»Das war ein Fehler, ich weiß. Aber es kamen auch noch andere Faktoren dazu. Wenig Schlaf, Hitze, Stress.«

»Stress wegen der Fortsetzung? Oder wegen Ben?«

»Woher weißt du von mir und Ben?«

»Ich hab's vermutet. Weshalb sonst solltest du dich im Bürobereich aufhalten? Außerdem hat Mara erzählt, dass ihr etwas miteinander hattet.«

»Mara weiß davon?«

»Aaron hat es ihr angeblich gesagt.«

Grace erinnerte sich an Aarons und Maras vertraut wirkendes Gespräch in der Hotellobby.

Kim zwirbelte sich auf einer Seite das dünne Haar zusammen. »Habt ihr euch gestritten? Du und Ben?«

Grace nickte und wischte sich mit einer Serviette die Hände sauber. »Ja, es ging dabei um *Unvollendet*«, antwortete sie knapp. Sie wollte jetzt nicht darüber reden, vielmehr musste sie versuchen, Kim so vorsichtig wie möglich auf den potentiellen Verrat ihres Urgroßvaters anzusprechen.

»*Unvollendet*«, klagte Kim. »Du solltest die Suche nach dieser Fortsetzung vielleicht beenden, meinst du nicht?«

Grace triumphierte innerlich. Dass sich so schnell eine Gelegenheit ergeben würde, hätte sie nicht erwartet. »Das hättet ihr wohl gerne.«

Kim erschrak. »Wie meinst du das?«

»Ihr wollt doch nur nicht, dass ich etwas Bestimmtes herausfinde. Über euren Urgroßvater. Doch inzwischen weiß ich Bescheid. Fritz Thalmann hat meine Urgroßmutter und Robert Arndt an die Nazis verraten.« Aus taktischen Gründen hatte Grace es bewusst so formuliert, als wüsste sie bereits mit Sicherheit, dass Fritz Thalmann ein Verräter war. Sie betrachtete Kim, deren sonst so makelloser Teint einen Anflug roter Flecken zeigte. Kim stand abrupt auf und drehte sich zur Brüstung. Grace erhob sich und trat neben sie. »Ich habe recht, oder? Du kannst es mir ruhig sagen, ich will endlich die Wahrheit wissen.«

Kim schüttelte heftig den Kopf und neigte sich noch weiter über die Terrassenbrüstung. »Kim, ich nehme euch das Hotel nicht weg, falls ihr das befürchtet. Ich weiß, Mara hat Angst, dass ich das tun könnte. Denn wenn herauskäme, was euer Urgroßvater getan hat, dann … Egal, ich will den Schwanenhof nicht, ich will nur endlich wissen, was damals vorgefallen ist. Und ihr wisst Bescheid, Leonie hat euch alles erzählt, oder?«

Kim drehte sich zu ihr, und Grace erschrak. Kims Gesicht hatte sich zu einer hasserfüllten Fratze verzogen. »Leonie! Leonie!«, krächzte sie verächtlich. »Sie wollte Gerechtigkeit, aber sie hatte auch nichts zu verlieren wie Mara und ich! Der Schwanenhof war ihr gleichgültig. Sie hatte ja tausend andere Dinge, die sie viel mehr interessierten. Im

Hotel arbeitete sie nur Mama zuliebe. Doch nebenbei engagierte sie sich aktiv für ihre sozialen Projekte, schrieb Bücher, malte, modelte. Irgendwie konnte und hatte sie einfach alles! Sie war beliebt, schön, klug, charmant, kreativ, mutig und dazu noch so unglaublich selbstlos und gutmütig. Alle haben sie geliebt. Weißt du eigentlich, wie es für Mara und mich war, andauernd im Schatten dieser perfekten kleinen Schwester zu stehen? Mit ihr aufzuwachsen?« Sie legte eine kurze Atempause ein. »Eine Zumutung! Und dann hat sie auch noch Ben gefunden, diesen perfekten Mann!«

Grace beobachtete die tobende Kim besorgt. »Kim«, sagte sie so sanft wie möglich, »ich weiß sehr gut, wie es sich anfühlt, wenn man andauernd im Schatten von jemandem steht. Was denkst du denn, wie es all die Jahre für mich war mit einer Filmlegende als Großmutter? Die Leute hatten Erwartungen an mich, denen ich niemals gerecht werden konnte. Aber ich glaube, es ist ein großer Fehler, sich mit jemandem zu vergleichen. Und du und Mara, ihr seid doch beide auch wundervolle Menschen.« Sie biss sich auf die Lippen. Mara als wundervoll zu bezeichnen war nun wirklich sehr übertrieben, aber egal, es ging jetzt darum, Kim zu beruhigen. »Ihr seid schön und klug. Und du bist so kreativ mit deinen Blumen.«

»Aber neben Leonie war ich ein Nichts! Und Mara auch. Wir mussten also versuchen, etwas zu finden, das uns besser machte. Mara setzte ganz auf ihre Hotelkarriere. Doch auch in diesem Bereich war ihr Leonie stets voraus. Kurz bevor Mara ins Ausland ging, arbeitete sie zusammen mit Leonie in der Marketingabteilung im Schwanenhof. Doch es war richtig demütigend für sie. Leonie war ihr immer einen Schritt voraus. Sie hatte die besseren Ideen und war beliebter bei den Gästen und den Mitarbeitern. Vater lobte sie andauernd. Mara ertrug es irgendwann nicht mehr und flüchtete ins Ausland, um nicht andauernd in Leonies Schatten stehen zu müssen. Dabei liebte sie den Schwanenhof über alles. Dann, nach Vaters Tod, stand seine Nachfolge zur Diskussion. Mama wollte zuerst Leonie als neue Direktorin, aber Leonie setzte sich für Mara ein und gab sich weiterhin mit der Stelle im Marketing zufrieden. So bekam Mara wenigstens den Schwanenhof.« Sie hielt kurz inne, um Luft zu holen. »Und ich … ich wollte eine Familie gründen. Mit meinem Ex-Mann.« Ihre Augen füllten sich mit Tränen. »Er hat sich vor zwei Jahren, kurz vor Vaters Tod, von mir getrennt. Er hielt es nicht mehr aus, weil ich ihm mit meinem Kinderwunsch so sehr auf die Nerven ging. Wir haben fünf Jahren lang versucht, ein Kind zu bekommen. Viermal hat es geklappt, doch ich habe das Kind jedes Mal wieder verloren. Einmal sogar erst im sechsten Monat! Das war hart. Doch ich wollte nicht aufgeben und es weiter versuchen. Michael, mein Ex-Mann, hatte aber genug. Er meinte, wir könnten auch ohne Kinder glücklich sein. Aber das kam für mich nicht in Frage, und ich schlug ihm mehrere Möglichkeiten vor, wie es doch noch klappen könnte. Er hatte aber keine Kraft mehr und verließ mich. Es war nicht leicht für mich, alle meine Träume waren geplatzt! Ich war danach sogar in …« – sie überlegte kurz und suchte wohl nach dem richtigen englischen Wort – »… psychologischer … Behandlung? Therapie, verstehst du?« Obwohl sie es nicht ganz richtig ausgesprochen hatte, verstand Grace und nickte.

»Doch viel gebracht hat es nicht. Und dann habe ich am Abend vor Leonies Hochzeit von ihrer Schwangerschaft erfahren.«

»Sie hat es dir gesagt?«

»Nein, nicht direkt. Wir waren alle drei bei Mama zu Hause und übernachteten in Leonies altem Mädchenzimmer. Mama hatte starke Kopfschmerzen und war bereits im Bett. Und während sich Leonie mit Oskars Pflegefrau unterhielt, dekorierten Mara und ich Leonies Zimmer. Es sollte eine letzte kleine Party unter Schwestern werden. Wir mochten sie ja schon, auch wenn wir neidisch waren. Ich glaube, es war so eine Art Hassliebe … Als sie ins Zimmer kam, wollten wir mit ihr anstoßen, und Mara reichte ihr ein Glas Champagner. Leonie liebte Champagner, deshalb waren wir überrascht, als sie sagte, dass sie nichts trinken wolle. Direkt wie Mara ist, fragte sie Leonie, ob sie schwanger sei. Leonie schwieg zuerst, doch dann lächelte sie und vertraute uns an, im zweiten Monat zu sein. Bisher wüsste nur Ben Bescheid, und wir sollten bitte niemandem davon erzählen. Für mich brach eine Welt zusammen. Ausgerechnet Leonie bekam ein Kind! Sie wollte nie Kinder! Das hat sie oft betont. Ich musste mich richtig beherrschen. Und dann sagte sie plötzlich, dass sie uns unbedingt etwas sehr Wichtiges mitteilen müsse. Ich dachte nur, was könnte noch wichtiger sein als ihre Schwangerschaft?« Kim seufzte leise.

»Jedenfalls zog sie dann einen Karton unter ihrem Bett hervor und behauptete, unser Urgroßvater Fritz sei ein …« Sie brach ab und sah hilflos zu Grace. »Mir fällt das englische Wort nicht ein.«

»Verräter?«

»Ja, Verräter. Leonie sagte, Urgroßvater Fritz sei ein Verräter gewesen und habe den Nazis Informationen über Luise Thalmann zukommen lassen. Großvater habe Andeutungen gemacht. Mara nahm das Ganze am Anfang nicht ernst und meinte, man könne doch unserem dementen Großvater nichts mehr glauben. Doch dann zeigte uns Leonie Beweise. Notizbücher, Protokolle und ähnliches.« Sie schnappte nach Luft. »Unfassbar, dass unser Urgroßvater so dämlich gewesen war, alles aufzubewahren. Aus den Unterlagen ging ganz klar hervor, dass er Luise Thalmann ausspioniert und dafür gesorgt hatte, dass einer ihrer Fluchtpläne scheiterte.« Kim machte eine kurze Pause und fuhr sich mit der Zunge über die Lippen. Grace reichte ihr die Flasche Cola, doch sie lehnte ab und fuhr fort. »Leonie war der Meinung, man müsse dies an die Öffentlichkeit bringen. Urgroßvater Fritz sei ein schlimmer Mann gewesen, der seine Schwägerin verraten habe. Sie meinte, Hanna Miller und Willi Thalmann müssten die Wahrheit erfahren. Sie habe bereits mit Hanna Miller gesprochen und würde sie während ihrer Hochzeitsreise treffen, um ihr alles zu sagen. Mara wurde richtig wütend und fand, man solle die Vergangenheit ruhen lassen. Wir würden sonst nur dem Ruf des Hotels schaden. Und das Risiko eingehen, dass Hanna Miller und Willi Thalmann, die ja ohnehin rechtmäßige Erben des Schwanenhofs waren, uns wegen Urgroßvaters Tat das Hotel wegnehmen könnten. Leonie war das egal. Sie sagte, damit müssten wir halt rechnen. Wir konnten sie nicht umstimmen. Die Party war vorbei.« Kims Stimme hatte einen nüchternen Ton angenommen. »Am nächsten Tag sagte Mara mir, Leonie komme schon noch zur Besinnung. Wir beschlossen, den Streit zu vergessen, was uns alles andere als leichtfiel. Leonie wollte uns das Einzige nehmen, was uns je etwas bedeutet hatte: Mara den Schwanenhof, und mir … das Familienglück.«

Grace fröstelte und betrachtete ihr Gegenüber ungläubig. Kim sah aus wie eine Verrückte. Ihre Augen waren rund und riesig, ihr Teint unnatürlich fleckig. Grace traute sich fast nicht zu fragen, aber sie musste einfach. »Kim, hast du … hast du Leonie etwa die Treppe hinuntergestoßen?«

Kim ließ sich langsam auf den Terrassenboden sinken. »Nein«, flüsterte sie. »Aber ich spielte mit dem Gedanken. Als wir nach dem Fotoshooting die Treppe hinuntergingen, wäre es so einfach gewesen. Doch ich brachte es nicht fertig.«

»Hat Mara es getan?«

»Nein. Habe ich nicht.«

Grace drehte sich um. Mara stand im Türrahmen. »Aaron hat mir vorhin gesagt, dass Kim sehr wahrscheinlich hier bei dir sei«, erklärte sie und ging auf ihre Schwester zu, welche inzwischen verstört am Boden saß und sich mit dem Rücken an die Brüstung lehnte. Sie kniete sich zu ihr und fuhr ihr ungewohnt zärtlich über das Haar, drückte ihren Kopf gegen ihre Brust.

»Keine von uns hat Leonie die Treppe hinuntergestoßen. Aber wir beide hatten denselben Gedanken, als wir hinter ihr hergingen. Ich spreche auch für Kim, wenn ich jetzt sage, dass wir beide sehr wütend auf Leonie waren. Doch sie war unsere Schwester, und wir liebten sie trotz allem. Niemals hätten wir ihr das antun können. Dass sie dann selbst über ihr Kleid stolperte und tödlich stürzte, war auch für uns ein gewaltiger Schock. Und wir spürten nach ihrem Tod keineswegs Erleichterung, falls du das denkst. Vielmehr Schuldgefühle.«

»Aber das hat euch nicht dazu veranlasst, euren Urgroßvater als Verräter zu outen.«

Mara erhob sich ruckartig. Jegliche Zärtlichkeit war aus ihrem Gesicht gewichen. »Warum sollten ausgerechnet wir für das büßen, was unser dämlicher Urgroßvater vor über siebzig Jahren getan hat? Unser Großvater, sein Sohn, übernahm damals das Hotel, und er war ein hervorragender Direktor, der, genau wie wir, nichts für die Machenschaften seines Vaters konnte. Kim und ich unterhielten uns nach Leonies Tod über unser weiteres Vorgehen, und wir entschieden, die Box mit den Beweisen zu vernichten. Das haben wir getan. Ich habe alles geschreddert und verbrannt.«

»Woher hatte Oskar diese Beweise? Hat euch Leonie das gesagt?«

»Nein. Doch sie meinte, als sie ihn damals im Pflegeheim abholte und auf die Pflegerin wartete, habe er immer wieder betont, dass sein

Vater ein Mörder und Verräter sei. Er habe Luise Thalmann verraten. Es gäbe Beweise. Sie seien in seinem Haus im Kleiderschrank. Leonie fuhr dann gleich hin und fand den Karton. Großvater habe ihr zu einem früheren Zeitpunkt auch von *Unvollendet* erzählt, und dass eine Fortsetzung existiere. Doch Leonie konnte nicht mehr herausfinden, in welcher Verbindung diese Fortsetzung mit dem Verrat von Urgroßvater Fritz stand. Das war auch einer der Gründe, weshalb sie mit deiner Großmutter darüber sprechen wollte. Kim und ich waren aber beide der Meinung, dass diese Fortsetzung nichts mit dem Verrat unseres Urgroßvaters zu tun haben könne.«

Grace setzte sich. »Warum habt ihr mir nicht einfach die Wahrheit gesagt?«

»Wir hatten Angst, du würdest uns den Schwanenhof wegnehmen.«

»Ich habe kein Interesse am Schwanenhof. Und mein Vater auch nicht.« Grace fiel auf, wie Mara erleichtert aufatmete. Sie fuhr fort. »Weshalb hat Oskar *vor* seiner Demenzerkrankung dieses Geheimnis all die Jahre für sich behalten? Wisst ihr das?«

»Wahrscheinlich befürchtete er genau wie wir, dass man ihm den Schwanenhof wegnehmen könnte. Er liebte das Hotel über alles.«

»Meine Großmutter hätte ihm das Hotel niemals weggenommen.«

»Vielleicht ja doch, wenn sie erfahren hätte, was Fritz Thalmann ihrer Mutter angetan hat.«

Grace schüttelte hastig den Kopf. »Aber weder Oskar noch ihr seid für Fritz Thalmanns Tat verantwortlich! Das hätte meine Großmutter bestimmt auch so gesehen.«

»Kann sein. Aber ihr Bruder Willi vielleicht nicht. Der war immerhin Staatsanwalt!«

»Ja, nur habe ich das Gefühl, dass er und meine Großmutter ohnehin Bescheid wussten. Nach dem Brand damals im Gartenhaus, als Fritz und Jakub umkamen, verhielten sich Grandma, Willi und Oskar laut Mikolaj – das war der andere Pole – sehr merkwürdig. Als teilten sie ein Geheimnis. Und als ich Willi mit Grandmas Aussage konfrontierte, spürte ich, dass er etwas verschwieg.«

»Wie geht es jetzt weiter?«, fragte Mara.

»Wisst ihr, ich teile eure Meinung, dass ihr keine Schuld an der Tat eures Urgroßvaters habt. Ja, er ist vermutlich verantwortlich dafür, dass meine Urgroßmutter und vielleicht auch Robert Arndt ums Leben gekommen sind, aber weshalb solltet ihr jetzt darunter leiden müssen?« Sie sah Mara streng an. »Tu mir einfach einen Gefallen und führe das Hotel im Sinne von Oskar, deinem Großvater, und Arthur, meinem Urgroßvater, weiter. So wie Benjamin, er ist ein guter Hotelier, du kannst einiges von ihm lernen.« Allerdings nicht mehr lange, dachte Grace. Schon bald würde Benjamin sein eigenes Hotel führen.

Mara blickte kurz zu Kim, die noch immer wie ein Häufchen Elend am Boden saß. »Grace, da ist noch was«, brachte Mara hervor. »Ich habe herausgefunden, dass Ben ein Grundstück kaufen und dort wahrscheinlich ein heruntergekommenes Hotel aufbauen möchte. Ich habe die Verkaufsunterlagen in seinem Büro gefunden. Ich befürchte, dass ich einen Fehler begangen habe. Aber ich war so verärgert, weil Ben den Schwanenhof verlassen will! Deshalb habe ich Aaron um Hilfe gebeten. Er weiß immer, was zu tun ist und …«

»Aaron?«, fragte Grace dazwischen. »Warte … dann hat Aaron Ulrich Heinzer überzeugt, nicht an Ben zu verkaufen? Ben hat mir gestern erzählt, Ulrich Heinzer habe sich plötzlich umentschieden.«

Auch Kim sah erwartungsvoll zu ihrer Schwester.

»Ja. Er sprach mit seinem Vater und erfuhr, dass dieser in der Vergangenheit mit Ulrich Heinzers Sohn Geschäfte getätigt hatte. Angeblich soll Ulrich Heinzers Sohn in dubiose Machenschaften verstrickt sein, von denen Aarons Vater weiß. Aaron traf sich gestern mit Ulrich Heinzer und drohte ihm, sein Vater würde die Sache ans Licht bringen, wenn er an Ben verkaufe. Aaron hat mir vorhin ausgerichtet, dass Ulrich Heinzer seinen Sohn auf jeden Fall schützen wolle und deshalb nicht verkaufe.«

Grace sprang auf. »Aber dieses Hotel ist Bens Traum! Er hat schon so viel verloren. Seine Mutter, seine Frau … Wir müssen Aaron und Konstantin Hottinger umstimmen!«

Kim erhob sich ebenfalls und wandte sich an Mara. »Grace hat recht. Ben hat es verdient, endlich glücklich zu werden. Wie konntest du ihm das nur antun?«

»Ich wollte nur das Beste für den Schwanenhof. Und das Beste ist Ben. Aber ich sehe jetzt ein, dass es falsch war. Nur glaube ich nicht, dass wir Aaron oder vielmehr Konstantin Hottinger noch umstimmen können. Konstantin Hottinger ist jetzt selbst an dem Grundstück interessiert. Sein Schwiegersohn besitzt ein Immobilienunternehmen, das dort Luxuswohnungen errichten könnte.«

Grace rieb sich das Gesicht mit beiden Händen. »Du musst es versuchen, bitte! Für Ben! Ansonsten werde ich mit Aaron reden. Er mag mich. Vielleicht kann er seinen Vater noch umstimmen.«

Kim schaute zu ihrer Schwester. »Warum sagst du es ihr nicht?«

»Sei still!«, zischte Mara.

»Was ist?«, fragte Grace.

»Unser ...«, begann Kim, doch Mara unterbrach sie.

»Kim! Ich bekomme Ärger mit Aaron, wenn ...«

Kim baute sich vor Mara auf. »Sie hat ein Recht darauf zu erfahren, dass ...«

»Hey!«, rief Grace dazwischen. »Jetzt sagt mir endlich, was los ist!«

Mara seufzte. »Na gut. Kommt ja nicht mehr drauf an. Also, unser Urgroßvater war nicht der einzige Verräter. Er war bloß ein kleiner Mittelsmann. Der große Spion war Heinrich Hottinger, Aarons Urgroßvater.«

Die Neuigkeit traf Grace wie eine Wucht. Heinrich Hottinger, der Vater von Julius! Der ehemalige Fröntler. Sie hatte ja geahnt, dass mit den Hottingers etwas faul war, aber eher auf ein Vergehen von Julius getippt. Immerhin hatte Konstantin Hottinger bei ihrem ersten Treffen glaubhaft beteuert, dass sein Großvater sich noch vor dem Krieg von seiner rechtsgesinnten Einstellung entfernt und sich sogar dafür geschämt hatte.

»Er war der Drahtzieher«, fuhr Mara fort. »Sein Name wurde öfter in den Unterlagen von Urgroßvater erwähnt. Ich wies Aaron nach Leonies Tod darauf hin, und er gestand, dass er und sein Vater bereits davon gewusst haben. Heinrich Hottinger übermittelte den Deutschen auch militärische Strategien. Dank seiner guten Beziehungen gelang es ihm nach dem Krieg, alles zu vertuschen. Aaron war froh, dass ich die Beweise, die ja auch seine Familie belasteten, vernichtet hatte. Ich musste ihm aber versprechen zu schweigen. Vorhin hat er mich angerufen und mich gewarnt. Du hättest das mit Fritz Thalmann herausgefunden und würdest mich und Kim damit konfrontieren wollen. Er hat mir gedroht, dem Schwanenhof zu schaden, sollte ich dir die ganze

Wahrheit erzählen. Grace, hier in der Schweiz ist allgemein bekannt, dass man sich besser nicht mit den Hottingers anlegt. Sie haben die Macht und das Geld, jemanden zu vernichten. Das siehst du ja jetzt an Ulrich Heinzers Sohn.«

Grace schüttelte den Kopf. »Aber Aaron würde nie zulassen, dass ...«

Mara schnaubte verächtlich. »Aaron! Der ist genau wie sein Vater. Grace, seit deiner Ankunft im Schwanenhof fiel mir auf, wie sehr sich Aaron um dich bemühte, und ich war mir ziemlich sicher, dass er genau wusste, was du vorhast. Ich glaube, er hatte Angst, die Wahrheit käme ans Licht, und wollte dich deshalb im Auge behalten. Ich habe ihn neulich darauf angesprochen, doch er hat mich nur ausgelacht und mir unterstellt, ich sei eifersüchtig. Aber ich vermute, ich habe recht. Warum sonst ist er ausgerechnet dann in der Schweiz, wenn du es auch bist? Ein Zufall kann das nicht sein. Klar, er ist oft hier, aber meistens nur für ein paar Tage. So lange wie jetzt hat sein Aufenthalt noch nie gedauert.«

»Es steht eine Fusion an«, bemerkte Grace kleinlaut.

Mara rollte die Augen. »Eine Fusion, ach so«, gab sie bissig zurück. »Und weshalb hatte er dann Zeit, dich nach Riga zu begleiten?«

»Er traf einen Geschäftspartner. Das stimmt wirklich. Ich habe ihn selbst kennengelernt.«

»Dann hat er ja alles ziemlich geschickt eingefädelt. Aber glaube mir, er hat dir garantiert nur etwas vorgemacht. Er wusste von Anfang an, was du hier wolltest und wer du bist.«

Grace bemühte sich um Fassung. Sie hatte diese Theorie nach dem letzten Tagebucheintrag ihrer Großmutter über Julius Tat und wegen Bens Äußerung über die Hottingers ja selbst schon kurz in Erwägung gezogen. *Bei den Hottingers geschieht nichts zufällig.* Umso erstaunter war sie jetzt über ihren Gefühlszustand. Auch wenn sie kein Interesse an Aaron hatte, so hatte sie ihn als guten Freund schätzen gelernt, und der Gedanke, dass er ihr die ganze Zeit etwas vorgespielt haben könnte, schmerzte.

Kim, die schon lange nichts mehr gesagt hatte, legte den Kopf leicht schräg und sah sie mitleidig an. »Es tut mir leid, ich weiß, du und Aaron habt viel zusammen unternommen. Du fühlst dich jetzt bestimmt benutzt.«

Grace schluckte hart. *Benutzt* war das falsche Wort. *Verletzt* beschrieb ihren Gefühlszustand eher.

»Wenn es tatsächlich so ist, weshalb war es ihm so wichtig, dass ich nichts über Heinrich Hottingers Spionageaktivitäten herausfinde? Er und sein Vater hätten ja nichts zu verlieren. Ein Skandal, dessen Beteiligte längst nicht mehr leben, kann einem internationalen und starken Konzern wie der Hottinger Corporation doch nicht schaden? Aaron und sein Vater müssen nicht wie ihr befürchten, dass ich ihnen deswegen die Firma wegnehmen könnte.«

»Stimmt schon«, meinte Mara, »aber bestimmt haben sie ihre Gründe.«

»Woher wussten sie überhaupt von meinen Plänen? Nur mein Vater und Matthew Parker, ein Freund meiner Großmutter, waren informiert.«

»Keine Ahnung.«

»Was hast du jetzt vor?«, fragte Kim. »Willst du Aaron darauf ansprechen?«

»Nein. Sollte wirklich alles wahr sein, dann darf er noch nicht erfahren, dass ich es weiß. Das könnte ihn wütend machen, und dann wird er seinen Vater niemals davon abbringen wollen, das Grundstück von Ulrich Heinzer zu kaufen und dessen Sohn zu erpressen. Aber Ben hat Priorität, wir müssen das für ihn regeln. Mara, hilfst du mir dabei?«

»Wie denn?«

»Sag Aaron, du hättest dir die Sache mit Benjamins Grundstück anders überlegt und es sei ein Fehler gewesen, ihm so etwas anzutun.«

Mara sah nicht aus, als wäre sie begeistert von dieser Idee. »Das wird vermutlich nichts bringen, aber ich kann es versuchen.«

»Danke. Und gib mir dann gleich Bescheid. Oh, aber sag Aaron auf keinen Fall, dass du mit mir darüber gesprochen hast.«

Sie nickte, und Grace hoffte sehr, dass sie Aaron umstimmen konnte.

* * *

Mit bleischweren Augenlidern und müden Gliedern lag Grace auf dem Bett und hielt das Handy in der Hand. Dann ließ sie es plötzlich fallen. Die Müdigkeit lähmte ihren Körper, aber ihr Verstand war hellwach.

Mara hatte versprochen, sich sofort zu melden, sobald sie mit Aaron geredet habe. Grace schaute in den Fernseher, wo eine alte Folge von *Grey's Anatomy* lief. Allerdings auf Deutsch. Grace fand es befremdlich, die deutschen Synchronstimmen der Serienstars zu hören. Einige von ihnen kannte sie sogar persönlich, und in einer Folge hatte sie mal die Freundin eines Patienten gespielt. Damals hatte sie noch gehofft, dass sie vielleicht wenigstens mal eine Nebenrolle ergattern könnte, aber leider war es bei dem Wunsch geblieben.

Der schrille Klingelton ihres Handys, der eher an einen Wecker erinnerte, holte sie zurück in die Gegenwart. Mara. Endlich.

»Hi Grace, hör zu, ich habe soeben mit Aaron telefoniert. Er war gerade bei einem Geschäftsessen und ziemlich kurz angebunden. Leider konnte ich ihn nicht umstimmen. Er hat mir vorgeworfen, ich sei selbst schuld, schließlich hätte ich ihn ja um Hilfe gebeten. Er weigert sich, mit seinem Vater zu reden und ihn von seinen Plänen abzubringen. Vielleicht solltest du selbst mit Aaron sprechen. Eventuell hast du ja mehr Glück als ich.« Sie klang wenig überzeugt.

Grace lachte auf. »Mehr Glück? Mara, wenn sein Interesse an mir wirklich die ganze Zeit nur geheuchelt war, kann ich ihn unmöglich umstimmen.«

»Sag ihm, dass du die Story von seinem Urgroßvater irgendwie herausgefunden hast und an die Öffentlichkeit bringen wirst, falls er nicht mitspielt.«

»Aber er weiß doch genau, dass es keine Beweise mehr gibt, weil du sie vernichtet hast.«

»Du musst eben behaupten, du hättest andere Beweise.«

»Die würde er bestimmt sehen wollen.«

Mara gähnte am anderen Ende der Leitung. »Grace, du bist klug, dir wird schon etwas einfallen. Ansonsten hast du immer noch die Waffen einer Frau, und Aaron ist auch nur ein Mann. Also, gute Nacht.«

»Ja, dir auch.« Stöhnend warf Grace das Handy aufs Bett. Was sollte sie tun? Sie ahnte bereits, dass sie auch keinen Erfolg haben würde bei Aaron. Und Maras Vorschlag, irgendwelche nicht vorhandenen Beweise vorzugaukeln, war keine gute Strategie. Aber sie könnte versuchen, an Aarons Ego zu appellieren. Dass sein Interesse an ihr nur gespielt war, hielt sie zwar für gut möglich, aber wie Mara eben gesagt hatte, war er auch nur ein Mann. Und ein besonders eitler noch dazu. Bestimmt hatte es an seiner Ehre gekratzt, dass sie ihm eine Abfuhr erteilt hatte. Aber war es nicht naiv zu glauben, dass sie Aaron umstimmen konnte, indem sie ihn umgarnte? Und wie weit würde sie überhaupt gehen müssen? Sie wusste es nicht, sie wusste nur, dass sie alles versuchen würde, um Benjamins Traum zu retten.

Sie beschloss, keine Zeit zu verlieren, und rief Aaron an, um sich mit ihm zu verabreden. Er klang argwöhnisch, was sie ihm nicht verübeln konnte. Immerhin hatte sie bisher noch nie die Initiative ergriffen und ihm zudem gerade gestern von ihrem Verhältnis mit Benjamin erzählt.

Er erwiderte, dass er zurzeit nicht im Hotel sei und erst spät zurückkomme. Als Grace wissen wollte, ob sie sich am nächsten Tag treffen könnten, entgegnete er frostig, dass er einen stressigen Tag vor sich habe. Allerdings ginge er am Abend auf eine Party seiner Eltern, anlässlich einer Bilderausstellung seiner Mutter. Sie könne ihn begleiten, wenn sie wolle. Grace sagte zu, auch wenn es ihr missfiel, hinter Aaron herzurennen. Am liebsten hätte sie ihn gleich mit ihrem Wissen konfrontiert, aber sie musste sich an ihren Plan halten und vorerst die Unwissende spielen. Für Benjamin.

Grace zog kurz in Erwägung, Benjamin anzurufen, da sich jede Faser ihres Körpers nach ihm sehnte und sie so gerne mit ihm über alles gesprochen hätte. Doch sie rief sich in Erinnerung, dass er nicht nur wütend auf sie war, sondern sie auch noch mit Leonie verglichen hatte, was sie mehr störte, als sie zuerst gedacht hatte. Sie fragte sich, ob eine Beziehung mit einem Mann, dessen Frau nahezu perfekt gewesen war, überhaupt funktionieren würde. Sie blendete die Tatsache aus, dass dieser Mann kein Kind von seiner Frau hatte haben wollen und sich sogar gewünscht hatte, sie würde es verlieren.

All die Jahre hatte sie im Schatten ihrer Großmutter gestanden, und jetzt, wo sie dies endlich überwunden hatte, lief sie Gefahr, das Gleiche noch mal zu erfahren. Nur diesmal mit Leonie.

Nein, eine Beziehung mit Ben war nicht möglich. Abgesehen davon trennten sie elf Flugstunden.

Kapitel 32

Mittwoch, 13. Juli 2016

Am nächsten Tag stand Grace schon um sechs Uhr morgens auf, um mit Matthew zu skypen. Sie verschwieg ihm nichts, und er zeigte sich äußerst betroffen über ihre Berichterstattung. Besonders über den Verrat von Fritz Thalmann und Heinrich Hottinger. Auf ihre Frage, woher Aaron von ihren Plänen gewusst haben könnte, hatte auch Matthew keine Antwort.

»Vielleicht war es wirklich nur ein Zufall«, mutmaßte er.

»Wie auch immer, ich werde es herausfinden.« Sie holte tief Luft. »Zu gegebener Zeit.«

Matthew lehnte sich vor, so dass sein Kopf fast den ganzen Bildschirm ausfüllte. »Wie meinst du das?«

»Ich treffe mich heute Abend mit Aaron. Aber es geht mir nur darum, Bens Grundstück zu retten. Sobald dann alles vertraglich geregelt ist und Ben sein Grundstück hat, kann ich mich auf alles andere konzentrieren.«

»Du wirst Aaron und seinen Vater also noch nicht mit dem Verrat von Heinrich Hottinger konfrontieren? Grace, das könnte die Suche nach der Fortsetzung von *Unvollendet* vorantreiben. Ich spüre, dass Fritz Thalmanns und Heinrich Hottingers Verrat irgendwie damit in Verbindung steht.«

»Ja, ich weiß. Nur muss ich jetzt vorsichtig sein. Ich darf nicht zulassen, dass die Hottingers Bens Traum zerstören.«

Matthew stützte sein Kinn auf seine Faust. »Du magst diesen Ben.«

»Ja«, antwortete Grace, auch wenn Matthews Aussage eher eine Feststellung als eine Frage war.

»Du bleibst jetzt aber nicht für immer in der Schweiz, oder?«

»Nein.« Grace spürte einen fetten Kloß im Hals. Für sie und Benjamin gab es keine Zukunft

* * *

Nach dem Skype-Gespräch mit Matthew kroch sie wieder ins Bett und verschlief fast den ganzen Tag. Erst um halb fünf rappelte sie sich auf und schleppte sich unter die Dusche. Ihren Bärenhunger stillte sie mit einer Portion Nudeln mit Tomatensauce und einem gemischten Salat. Anschließend nahm sie den Kleiderschrank ins Visier und schob lustlos die Bügel mit ihren Klamotten hin und her. Aaron hatte gesagt, ein Abend- oder Cocktailkleid sei Pflicht, doch eigentlich wäre sie am liebsten in Jeans und T-Shirt geschlüpft. Dieses Outfit entsprach ihrer Stimmung am ehesten. Aber sie ahnte, dass sie damit nicht die geringsten Chancen hätte, Aaron umzustimmen. *Na und? Dann eben nicht.* Wahrscheinlich brachte es ohnehin nichts, sie konnte eigentlich auch gleich hierbleiben und ihren Flug nach Hause buchen. Frustriert riss sie das Handtuch vom Kopf, das sie nach dem Duschen in Form eines Turbans um ihr Haar gebunden hatte, und warf sich rücklings aufs Bett.

Wo war nur die Motivation geblieben, die sie gestern Abend und heute Morgen noch so angetrieben hatte? Weshalb hatte sie plötzlich weder Kraft noch Lust?

Sie drehte sich und blieb seitlich liegen, da fiel ihr Blick auf eines der Bilder ihrer Großmutter im Raum. Es handelte sich um das berühmte Foto von der Oscarverleihung 1950. Ein Gefühl tiefer Trauer ergriff sie, und sie wünschte sich plötzlich nichts sehnlicher, als ihre Großmutter noch mal sehen zu können und ihr zu sagen, dass sie ihr nicht mehr böse sei und es ihr leid tue für ihr Verhalten damals. Aber es war zu spät, ihre Großmutter lebte nicht mehr.

Grace stand auf und näherte sich dem Bild. Hanna sah so unbeschreiblich glücklich aus, niemand käme auf den Gedanken, dass diese junge Frau ihre Eltern und ihre große Liebe verloren hatte. Grace hatte das Gefühl, als zöge ein Strom voller Kraft und Mut durch ihren Körper.

»Ich werde herausfinden, was damals passiert ist«, flüsterte sie. »Aber zuerst rette ich Bens Traum.« Sie steuerte wieder den Schrank an, zog ihren Koffer heraus und öffnete ihn. Da lag es, das berühmte Oscarkleid. Schön eingepackt in einem Kleidersack. Weshalb sie es mitgenommen hatte, wusste sie nicht, aber ein eigenartiges Gefühl hatte sie damals dazu verleitet. Sie hatte allerdings nicht damit gerechnet, es wirklich zu tragen, und deshalb im Koffer gelassen. Vorsichtig entnahm sie es dem Kleidersack und fuhr über die mit kleinen Perlen besetzte Seide. Ob es ihr überhaupt passte?

Dumme Grace, nimmst ein Kleid mit, ohne es vorher überhaupt anprobiert zu haben!

Aber vor der Abreise waren die Gefühle gegenüber ihrer Großmutter noch ganz andere gewesen, und sie hatte damals nicht die geringste Lust verspürt, in eines ihrer Kleider zu schlüpfen, noch dazu in das berühmte Oscarkleid, das sie an ihr eigenes Versagen erinnerte.

Grace warf wieder einen Blick auf das Bild von ihrer Großmutter. 1950 war diese wirklich üppiger gewesen als später, und somit stünden ihre Chancen nicht schlecht. Doch sie brauchte Hilfe, denn jemand musste den zarten, langen Reißverschluss schließen. Sie zögerte kurz, ehe sie zum Telefon griff.

* * *

»Du siehst aus wie Marilyn Monroe. Aaron wird dir das Kleid vom Körper reißen wollen«, bemerkte Mara nüchtern und beäugte Grace mit verschränkten Armen. Noch immer fehlte jeglicher Liebreiz in ihrer Stimme und in ihrem Gesicht, doch Grace wusste inzwischen, dass Mara nun mal so war, und nahm es nicht persönlich. Freundinnen würden sie wohl nie werden.

Kim hingegen wirkte sichtlich gerührt und konnte kaum aufhören, Grace von allen Seiten zu bewundern und dabei irgendetwas zurechtzuzupfen; sei es das Kleid oder die zu einem lockeren Seitenchignon gesteckten Haare. »Du siehst bezaubernd aus. Wie eine Prinzessin.«

Grace musterte ihr Spiegelbild. Das Kleid saß tatsächlich. Und obwohl es etwas enganliegend geschnitten war und ihre breiten Hüften betonte, spannte es nirgends – auch über dem mit Nudeln gefüllten Bauch nicht.

»Hast du eigentlich einen Plan für heute Abend?«, fragte Mara. »Außer, Aaron zu verführen.«

»Ich will ihn nicht verführen, aber ich muss nett zu ihm sein, damit er seinen Vater dazu bringt, Ulrich Heinzers Grundstück nicht zu kaufen.«

»Und was ist mit der Verrätergeschichte? Und der Tatsache, dass er dir wahrscheinlich nur etwas vorgemacht hat?«

»Ich kann ihn unmöglich damit konfrontieren, sonst riskiere ich, dass er sauer wird, und ich Bens Grundstück vergessen kann.«

»Du stellst also deine Angelegenheiten für Ben zurück«, folgerte Kim. »Das ist sehr nett von dir.«

»Sie ist verknallt in ihn«, erklärte Mara, ohne den Blick von Grace abzuwenden.

»Weiß er eigentlich, was du heute Abend vorhast?«, fragte Kim.

»Nein. Ich habe seit gestern nicht mehr mit ihm gesprochen. Wir haben uns gestritten.«

»Warum?«, fragte Mara.

»Das erzähle ich euch ein anderes Mal. Jedenfalls will ich nicht, dass er von meinem Plan erfährt, in Ordnung?«

Kim wechselte einen Blick mit ihrer Schwester und fuhr sich mit dem Finger über die Lippen, als würde sie sie versiegeln. »Wir sind stumm wie Fische. Aber sag mal, du wirst doch nicht etwa mit Aaron …« Betreten schaute sie weg.

»Mit ihm schlafen? Nein, so weit wird es nicht kommen. Aber ich muss ihm das Gefühl geben, dass ich es vielleicht bald tun werde. Und dann halte ich ihn so lange hin, bis Ben sein Grundstück hat.«

»Du stellst dir das ziemlich einfach vor«, gab Mara zu bedenken. »Aaron ist nicht dumm. Der merkt ziemlich schnell, wenn man nur mit ihm spielt.«

»Das ist mir schon bewusst. Aber momentan habe ich keine andere Wahl.«

Ein Klopfen an der Tür ließ alle drei zusammenzucken.

»Das muss Aaron sein.« Kim drückte Grace das Abendtäschchen in die Hand und schaute ernst zu ihr hoch. »Pass auf dich auf.« Sie strich ihr unbeholfen über den Arm.

Mara räusperte sich. »Hör zu, Grace. Aaron hat mich gestern am Telefon noch gefragt, ob ich dir die Wahrheit über seinen Urgroßvater erzählt habe. Ich habe ihm gesagt, dass du nach wie vor nichts darüber wüsstest und davon ausgehst, nur Fritz Thalmann sei der Verräter.«

»Okay, danke.«

»Viel Erfolg!«

* * *

Aaron verhielt sich zwar so galant wie immer, doch Grace spürte seine Skepsis. Während er sie im Hotel noch mit Komplimenten über ihr Aussehen überschüttet hatte, so glich die Fahrt zum Anwesen der Hottingers eher einem Verhör, und die Luft war zum Zerreißen gespannt.

»Warum verstehst du dich plötzlich so gut mit Mara und Kim?«, wollte er wissen.

»Wir haben uns gestern ausgesprochen. Nachdem ich sie mit dem Verrat von Fritz Thalmann konfrontiert habe, gestand Mara, dass sie stets befürchtet habe, mein Vater oder ich würden ihnen den Schwanenhof wegnehmen. Als ich ihr sagte, dass das nicht meine Absicht wäre, war sie sehr erleichtert.«

»Und was hast du jetzt vor mit deiner neu gewonnenen Erkenntnis?«

Grace versuchte, so locker wie möglich zu klingen. »Für mich ist das Rätsel jetzt gelöst. Fritz Thalmann hat meine Urgroßmutter und wahrscheinlich auch Robert Arndt verraten. Das war das Geheimnis.«

»Aha«, sagte er scharf und sah nicht aus, als würde er ihr auch nur ein Wort davon glauben. »Und warum hat deine Großmutter nicht schon viel früher darüber gesprochen? Und was ist mit der Fortsetzung von *Unvollendet*?«

»Weiß auch nicht. Wer versteht schon die Generation von damals? Und die Fortsetzung ist verbrannt. So ist es. Ich muss mich damit abfinden.«

»Aha«, gab er erneut von sich, wobei er jede Silbe betont langsam aussprach.

»Warum wolltest du mich sehen?«, fragte er nach einer Weile.

»Weil ich dich mag.«

Er verzog seine Brauen zu einem mehr als zweifelnden Blick. »Und was ist mit Benjamin Landolt?«

»Was soll mit ihm sein?«

Aaron lachte in sich hinein. Spott blitzte in seinen Augen auf. »Grace, Grace.«

Sie rutschte näher, legte eine Hand auf seine Schulter und sah ihn geradewegs an. »Willst du dich mit mir über Benjamin Landolt unterhalten, oder wollen wir einfach einen schönen Abend zusammen verbringen?«

Er lächelte, doch der Spott in seinen Augen blieb. »Die zweite Variante gefällt mir besser.« Dann küsste er sie.

* * *

Konstantin Hottinger und seine Frau bewohnten eine Patriziervilla in einem prachtvollen Villenviertel am Zürichberg. Hohe Bäume, Hecken und mit Efeu bewachsene Mauern umgaben das Anwesen. Wie immer studierte Grace die Details des Bauwerks genau, doch als sie zum Dach hochsah, zog Aaron an ihrer Hand. »Komm, gehen wir rein. Und dann schleichen wir uns in eines der Gästezimmer.«

Grace lachte gekünstelt. »Vorher will ich auf die Party. Sag, warum wohnst du eigentlich während deiner Aufenthalte in der Schweiz immer im Hotel, wenn deine Eltern ein so riesiges Haus besitzen?«

Er blickte finster ins Leere. »Das habe ich dir doch schon erzählt. Ich lege Wert auf meine Privatsphäre. Außerdem bin ich kein kleiner Junge mehr. Es reicht schon, dass mein Vater mich in der Firma wie einen behandelt, aber in meiner Freizeit kann ich darauf verzichten.«

Grace blieb wenige Meter vor dem Eingang stehen. »Lebst du deshalb so weit weg von ihm? Weil du ihn nicht erträgst?«

»Er ist kein einfacher Mann«, gab er zur Antwort. »Gehen wir rein.«

Konstantins Dinnerparty bestand aus einer kleinen, aber feinen Gesellschaft, die lachend, trinkend und Köstlichkeiten speisend durch die hohen Räume schritt und gezwungenermaßen Geraldine Hottingers Kunstwerke lobte.

Grace hatte selten so schreckliche Bilder gesehen. Geraldine Hottinger hatte sie ganz dem Motto *Safari und Dschungel* verschrieben und verschiedene Wildtiere auf einen sehr farbenfrohen Hintergrund gezeichnet. Dass sämtliche Tiere dabei aussahen wie bösartige Wesen aus einer fremden Welt hätte Grace ja noch akzeptieren können, aber auf jedem Bild war zusätzlich ein totes, in einer Blutlache liegendes Tier zu sehen.

Sprachlos starrte Grace auf die Leinwand vor ihr. Ein Löwe mit beinahe fiesem Grinsen auf dem Gesicht thronte auf einem pinkfarbenen Felsen, darunter lag ein totes Zebra in einer Blutlache.

Da wird einem ja schlecht!

Kein Wunder, dass die Ausstellung hier im Haus stattfand, dachte

Grace. Keine Galerie der Welt würde solche Bilder ausstellen! Dabei war ihr Geraldine neulich im *Kids Fun Park* so sympathisch gewesen.

Was hatte sich die Frau nur dabei gedacht? Als würde sie dadurch eine Antwort erhalten, schaute sie zu Geraldine hinüber, die vor einem ihrer Bilder stand und ein paar Gästen – die genauso fassungslos wirkten wie Grace – einen Vortrag hielt.

Graces Blick wanderte zu Aaron, der neben ihr stand, und sie bemerkte ein schelmisches Lächeln auf seinem Gesicht. Gerade als sie ihn auf die Bilder seiner Mutter ansprechen wollte, trat Konstantin auf sie zu und legte Aaron und ihr je eine Hand auf die Schulter. »Der Stärkere siegt«, erklärte er Grace. »Das ist die Aussage von Geraldines Bildern. Die bittere Realität unserer Welt.«

»Interessant«, brachte Grace nur hervor und wurde das Gefühl nicht los, dass in Konstantins Worten eine zweite Bedeutung mitschwang.

Er musterte sie, als wäre er selbst ein Löwe und sie das tote Zebra. »Sie sehen übrigens umwerfend aus. Das Ebenbild der Hanna Miller.« Er klopfte seinem Sohn auf den Rücken. »Wir Hottingers haben eben einen guten Geschmack.« Lachend zog er weiter.

Aaron schaute ihm nach. »Komm, wir gehen nach draußen. Ich brauche frische Luft.«

Er geleitete sie in den Garten zu einem von Holundersträuchern und Hecken umgebenen Spielplatz bestehend aus Trampolin, Schaukel, Sandkasten und Holzhäuschen. »Willkommen im Paradies. Meine Schwester und ich haben früher oft stundenlang hier gespielt, und bevor der Pool errichtet wurde, war dies unser Lieblingsplatz. Jetzt ist es das Reich meines Neffen und meiner Nichte.«

»Es ist schön.«

»Ja, ist es. Außerdem sind wir hier ungestört.« Er küsste sie fordernd, ehe er seine Schuhe auszog und auf das Trampolin stieg. »Komm!«

»Ich kann nicht mit meinem Kleid.«

»Dann zieh es aus!«, rief er ihr zu und begann zu hüpfen.

»Du spinnst. Außerdem soll man nicht zu zweit auf ein Trampolin steigen. Das ist gefährlich.«

Er wurde langsamer, sprang plötzlich vom Trampolin, und ehe sich Grace versah, hatte er sie auch schon hochgehoben und begann nun, mit ihr in den Armen kleine Sprünge zu machen. »Das hältst du nicht lange aus, ich bin groß und schwer«, warnte Grace ihn.

»Ich auch«, erwiderte er und sprang weiter. Nach ein paar Minuten war sie ihm anscheinend doch zu schwer, und er ließ sich mit ihr zusammen aufs Trampolin nieder und küsste sie. Grace spürte, wie seine Hände verlangend über ihren Körper glitten.

Sie stieß ihn sanft von sich. »Aaron, hör auf. Was, wenn jemand kommt?«

»Hierher verirrt sich niemand. Außerdem, was könnte die Leute jetzt noch schockieren, nachdem sie die Bilder meiner Mutter gesehen haben?« Er wartete nicht auf eine Antwort und fuhr fort, sie zu küssen. Als er sich an ihrem Reißverschluss zu schaffen machte, stieß sie ihn wieder weg und richtete sich auf. Sie konnte das nicht.

»Was ist?«, keuchte er.

»Ich muss mit dir reden.«

»Können wir das nicht auf später verschieben?« Er küsste ihren Hals.

»Nein. Hör zu, ich weiß, dass dein Vater Ulrich Heinzer erpresst, damit er nicht an Benjamin verkauft.«

Aarons Lippen lösten sich von ihrem Hals. Grace erkannte einen Anflug von Abscheu auf seinem Gesicht. »Aha, jetzt kommst du doch noch zur Sache.«

»Was meinst du?«

»Ach komm, hast du wirklich geglaubt, ich wüsste nicht, dass du dich nur deshalb mit mir treffen willst? Um mich umzustimmen? Damit ich meinen Vater überrede, das Grundstück nicht zu kaufen? Du dachtest wohl, ein enges Kleid und ein paar Küsse genügen, um mich milde zu stimmen, nicht wahr? Aber ich habe dich durchschaut! Du bist wirklich eine schlechte Schauspielerin.«

Grace zuckte kurz zusammen, und sie hatte Mühe, sich zu beherrschen, um Aaron nicht anzuschreien. Aber sie musste jetzt an Ben denken. »Aaron, bitte! Dein Vater hat schon genug Geld! Er braucht dieses Grundstück nicht.«

»Nicht er, aber mein Schwager.«

»Der kann sich doch auch ein anderes Grundstück kaufen. Aber nicht das von Ben! Ihr dürft seinen Traum nicht zerstören!«

Aaron lächelte gütig – unglaublich, wie schnell dieser Typ seine Miene verändern konnte. Er hätte Schauspieler werden sollen, dachte Grace.

»Na gut«, gab er nach, »ich kann meinen Vater und meinen Schwager umstimmen, irgendwie gelingt mir das schon. Aber …« Seine Stimme hörte sich wieder bedrohlich an. »Was bist du bereit, dafür zu tun?« Er strich ihr über den Rücken, und Grace sah ihn erschrocken an. Ihr Herz klopfte wie wild vor Furcht. »Willst du etwa, dass ich mit dir …«

Er warf den Kopf zurück und lachte laut. Als er sich wieder beruhigt hatte, zog er einen Schmollmund. »Du musst mich wirklich für sehr einfach gestrickt halten.« Er sprang vom Trampolin und zog sich die Schuhe an. Grace blieb fassungslos sitzen, bis Aaron sich aufrichtete und ihr leicht in die Wange kniff. »Ja, du bist heiß, und ich bin nicht abgeneigt. Aber ich verlange etwas anderes von dir.«

»Was?«

»Kannst du dir das nicht vorstellen?«

Grace stieg nun auch vom Trampolin, was in ihrem engen Kleid nicht ganz einfach war. »Es geht um die Fortsetzung von *Unvollendet*, oder? Dein Urgroßvater, Heinrich Hottinger, war ein Landesverräter und ist schuld, dass meine Urgroßmutter und vermutlich auch Robert Arndt ums Leben gekommen sind. Er war ein Spitzel der Nazis.« *So, jetzt waren die Karten offengelegt.*

Aaron wirkte nicht überrascht. »Dachte ich mir schon, dass Mara ihre Klappe nicht halten kann. Nur schneidet sie sich dabei ins eigene Fleisch.«

Grace schluckte. »Du hast von Anfang an gewusst, wer ich war und was ich hier wollte, oder? Es war kein Zufall, dass du im selben Flugzeug saßest. Du wolltest mich im Auge behalten, und dein Vater hat versucht, mich auf eine falsche Fährte zu führen, indem er einfach behauptete, Robert Arndt habe das Manuskript mit nach Deutschland genommen. Er wusste wahrscheinlich schon damals genau, wonach ich suche … Ihr seid die Bombe in unserer Geschichte.«

»Du bist ein kluges Mädchen, Grace. Aber wahrscheinlich hat dich auch Mara darauf gebracht. Sie hat's nämlich vor Kurzem bereits erraten.«

»Es ist also wahr.« Widerwillig musste Grace eingestehen, dass sie sich verletzt fühlte. Auch wenn sie nie etwas von Aaron gewollt hatte, so hatte sie ihn als Freund schätzen gelernt. Dass er ihr die ganze Zeit nur etwas vorgemacht hatte, traf sie hart. »Woher wusstest du Bescheid?«

»Weißt du das wirklich nicht?«

»Nein. Sag es mir!«

»Das musst du schon selbst herausfinden. So, und jetzt zu der kleinen Gefälligkeit, die du tun kannst, damit dein geliebter Benjamin sein Grundstück bekommt.« Er trat einen Schritt auf sie zu, so dass sich ihre Nasen beinahe berührten. »Hör auf, dich mit dem Fall zu befassen«, flüsterte er bedrohlich. »Geh zurück nach Kalifornien und lass uns in Ruhe.«

»Ihr habt Angst, ich könnte doch noch Beweise finden, die bestätigen, was Heinrich Hottinger getan hat, oder?« Ohne seine Antwort abzuwarten, fuhr sie fort. »Ich verstehe das nicht! Warum liegt euch so viel daran, das Geheimnis zu wahren? Die Tat von Heinrich Hottinger ist über siebzig Jahre her, es interessiert niemanden mehr.«

»Du hast keine Ahnung.«

»Wen interessiert es denn?«

»Vergiss es.«

»Habt ihr etwa Angst, dass ich noch mehr über eure Familie herausfinde? Geht es um Julius, deinen Großvater? Was hat er getan? Hat er Jakub ermordet? Und dann das Gartenhaus angezündet? Oder …«

»Sei still!«, fuhr Aaron sie an. »In Zukunft behältst du solche Spekulationen für dich und lässt uns in Ruhe.«

»Aaron, auch wenn ich über Beweise stolpern sollte, ich habe nicht vor, Heinrich oder Julius Hottinger posthum anzuschwärzen und ihren Ruf zu schädigen. Ich will nur wissen, was wirklich vorgefallen ist. Es gibt noch so viele Unklarheiten. Was ist mit der Fortsetzung von *Unvollendet* passiert, zum Beispiel.«

Er hob überlegen den Kopf und griff nach ihrem Arm. »Komm mit, wir gehen jetzt zu meinem Vater.«

Kapitel 33

Die meisten Gäste hatten die Party bereits verlassen, wie Grace feststellte, als sie und Aaron das Haus betraten. Vermutlich waren sie vor Geraldine Hottingers Bildern geflüchtet. Das Personal räumte bereits Gläser und Teller ab. Aaron winkte seinen Vater herbei, dessen Gesicht unnatürlich gerötet war.

»Ah, die schöne Miss Miller«, posaunte Konstantin. »Amüsieren Sie sich mit meinem Sohn?«

Grace sah ihn finster an. »Nicht wirklich.«

»Sie weiß alles«, erklärte Aaron seinem Vater leise.

Konstantins Lächeln erlosch, und er schaute sich kurz um. »Gehen wir in den Salon.«

Im Salon, einem kleinen, dunkel möblierten Raum mit gedämpftem Licht, nahm Konstantin eine Zigarre aus einer Holzschatulle und schnitt das Mundstück mit einem goldfarbenen Zigarrenschneider ab. Er setzte sich in einen weinroten Polstersessel und forderte Aaron und Grace auf, ebenfalls Platz zu nehmen. »Mein Reich. Normalerweise lasse ich Frauen nicht hier rein, aber bei Ihnen mache ich eine Ausnahme.«

»Wie nett«, gab Grace gehässig zurück.

Konstantin zündete sich seine Zigarre an. »Gib der Lady doch etwas zu trinken, Aaron, dann ist sie weniger zickig. Cognac?«

»Ich will nichts trinken. Ich will nur, dass Sie Ulrich Heinzer nicht mehr erpressen und Benjamin Landolt das Grundstück kaufen kann.«

Aaron wandte sich an seinen Vater. »Ich habe ihr bereits vorgeschlagen, dass du das tun würdest, wenn sie im Gegenzug endlich aufhört, in der Vergangenheit zu graben, und uns in Ruhe lässt. Ich denke, das wäre für alle Beteiligten das Beste.«

Grace schaute ihn zornig an. »Ihr könnt mich nicht einfach wegschicken! Ich muss zu Ende führen, was ich begonnen habe. Und sollte ich dabei doch Beweise finden, die Heinrich Hottinger belasten, dann werde ich euch ganz sicher nicht damit schaden. Ihr seid schließlich nicht schuld an seinen Taten von damals.«

Konstantin lehnte sich zurück und zog genüsslich an seiner Zigarre. »Das sagen Sie jetzt. Aber wir dürfen das Risiko nicht eingehen. Für uns steht zu viel auf dem Spiel.« Die Intensität seines kalten Blickes ging Grace durch Mark und Bein. Unruhig rutschte sie auf dem Sessel umher.

Konstantin kniff die Augen zu Schlitzen zusammen und pustete kleine Rauchwölkchen aus. »Sie buchen gleich morgen Ihren Flug und schicken mir eine Bestätigung per E-Mail. Ihr Freund bekommt sein Grundstück. Und sollten Sie es wagen, danach wieder zurückzukommen und sich nicht an unsere Abmachung zu halten, schwöre ich Ihnen, dass wir Benjamin Landolt und Ihren Cousinen das Leben zur Hölle machen werden.«

Grace war wie erstarrt. Konstantin Hottinger drohte ihr tatsächlich! Und sie konnte sich gut vorstellen, dass er seine Worte ohne zu zögern in die Tat umsetzen würde, wenn sie sich nicht an die Abmachung hielte. Sie sah ihn und Aaron schweigend an. Der Luftfilter an der Decke, der die vom Zigarrenqualm verpestete Luft reinigen sollte, arbeitete auf Hochtouren und brummte vor sich hin.

Sie wäre am liebsten aufgesprungen und hätte Konstantin gesagt, dass sie sich nicht erpressen lasse und er sie mal könne. Aber sie musste an Ben denken. Sie durfte nicht zulassen, dass die Hottingers ihm seinen Traum zerstörten. Doch konnte sie gerade jetzt, nach all den Nachforschungen und wo sie der Lösung des Rätsels immer näher kam, alles aufgeben und einfach zurück nach L. A. fliegen? Wäre es so schlimm, wenn Benjamin das Grundstück nicht bekäme? Sie redete sich ein, dass er bestimmt ein anderes Grundstück für den Bau seines Hotels fände, doch etwas in ihr wehrte sich gewaltig gegen diese Denkweise. Nein, sie durfte ihn nicht im Stich lassen. Wenigstens sein Traum sollte sich erfüllen.

Sie hob den Kopf und blickte abwechselnd zu Konstantin und Aaron, die selbstbewusst in ihren Sesseln saßen und aussahen, als überlegten sie, wann sie sie fressen sollten: jetzt gleich oder lieber zum Frühstück. Eine Woge der Empörung wallte in ihr auf. Diese verfluchten Geier! Okay, sie hatten sie zwar in der Hand, aber so einfach würde sie es ihnen nicht machen, oh nein! Sie richtete sich auf und setzte eine gleichgültige Miene auf. »Warum sollte ich meine Nachforschungen für Benjamin stoppen? Mein ganzer Aufwand wäre umsonst gewesen. Außerdem ist die Geschichte mit ihm ohnehin schon vorbei.«

Aaron schob das Kinn vor. »Ich dachte, er liegt dir so am Herzen?«

»Schon, aber warum sollte ich all meine Bemühungen für einen Mann aufgeben, bei dem ich sowieso keine Chancen habe? Er trauert noch immer seiner Ehefrau nach.«

»Glaub bloß nicht, dass wir einfach so dabei zusehen werden und –«

»Ruhig, Aaron.« Konstantin legte eine Hand auf den Arm seines Sohnes. »Sie spielt mit uns, merkst du das nicht? Aber *wir* können auch spielen. Und zwar viel besser.« Sein Blick war inzwischen zu ihr gewandert, und er musterte sie schadenfroh. »Benjamin Landolt bedeutet Ihnen viel, das können Sie nicht so einfach leugnen. Und ich bin mir sicher, dass Sie für ihn nicht nur Ihre Nachforschungen beenden würden, sondern auch auf die begehrte Fortsetzung von *Unvollendet* verzichten.« Zufrieden faltete er die Hände. »Aber finden wir es doch heraus.«

Grace glaubte, sich verhört zu haben. »*Sie* haben die Fortsetzung? Sie nehmen mich auf den Arm.«

»Nein, bestimmt nicht«, widersprach Konstantin in beinahe gutmütigem Ton. »Wir haben das Manuskript. Mein Vater hat es mir sozusagen hinterlassen.«

»Julius«, murmelte Grace vor sich hin. »Aber wie kann das sein? Woher hatte er es? Meine Großmutter hat das Manuskript dank George Miller wieder zurückerhalten und wollte es später verstecken.«

Konstantin betrachtete seine Zigarre andächtig. »Begnügen Sie sich einfach damit, dass wir es haben. Und Sie es bekommen *könnten.*«

»Könnten?«

»Genau. Sie können wählen«, sprach er in härterem Ton. »Das Grundstück oder das Manuskript. Und meine Bedingung, dass Sie Ihre Nachforschungen stoppen, bleibt natürlich bestehen. Wenn Sie dennoch hierbleiben, erhalten Sie gar nichts.«

»Das können Sie nicht machen!«, schrie Grace.

Konstantin lachte. »Natürlich kann ich. So kommt doch gleich

Action ins Spiel. Das gefällt mir. Und ich bin gespannt, wie Ihre Entscheidung ausfallen wird.«

Sie sah verzweifelt zu Aaron, dem der Vorschlag seines Vaters auch nicht gefiel. »Du gehst zu weit, Vater. Du kannst nicht von ihr verlangen, sich zu entscheiden. Gib ihr das Manuskript doch, wir brauchen es nicht.«

»Willst du jetzt etwa den Helden spielen? Nachdem du sie die ganze Zeit belogen hast? Misch dich nicht ein.« Er drückte seine Zigarre aus und erhob sich. »Ich hole das Manuskript jetzt aus dem Safe.«

Aaron sah ihm nach. »Dass er so weit gehen würde, hätte ich nicht gedacht«, bemerkte er.

Grace zog kurz in Erwägung, Aaron über das Manuskript zu befragen, aber sie ahnte, dass er ihr ohnehin keine Antworten geben würde. Außerdem brannte ihr eine andere Frage auf der Zunge. »War eigentlich *alles* gelogen?«

»Wie bitte?«

»Was ist mit deiner Vorliebe für Mickey-Mouse-Comics? Oder deiner Meinung über Kriege? Und über Hitchcock? War das alles erfunden, um mir zu imponieren?«

Ein Hauch von ehrlichem Mitgefühl breitete sich auf seinem Gesicht aus. »Es war schon mein Ziel, dass du dich in mich verliebst. Mir war aber bekannt, dass du erst kürzlich verlassen worden bist. Deshalb wusste ich, dich zu umgarnen würde nicht einfach sein. So setzte ich auf meinen Humor. Das war nicht gespielt. Auch die Mickey-Mouse-Comics nicht.«

»Nur dein Interesse an mir war geheuchelt?«

»Am Anfang schon, das gebe ich zu. Aber als ich festgestellt habe, dass es nicht so einfach ist, dich zu bekommen, ist wohl mein Jagdtrieb erwacht, und ich begann, dich zu begehren. Und es gab viele Momente, in denen ich mich sehr wohl mit dir fühlte. Unser Labyrinth-Erlebnis in Riga zum Beispiel.«

Grace dachte schmerzhaft an den Abend in Riga zurück. Damals hatte sie Aaron so sehr vertraut, dass sie ihm alles erzählt hatte. Und beinahe wäre sie mit ihm im Bett gelandet.

Er fuhr fort. »Es hat mich frustriert, dass du immer nur Benjamin Landolt wolltest. Und du willst ihn immer noch, hab' ich recht?«

Sie wandte sich ab. Dass Aaron sie die ganze Zeit hintergangen hatte, tat weh, aber noch mehr quälte sie der Gedanke an Ben.

Nach einer Weile kam Konstantin zurück und legte eine rechteckige Aluminiumbox auf den Salontisch. Er schien sich prächtig zu amüsieren. »Bevor ich die Box öffne, müssen Sie wissen, dass das Manuskript nicht mehr ganz vollständig ist. Die ersten Seiten mit dem Vorwort fehlen.«

Grace sah ihn fassungslos an. Das Vorwort fehlte? »Aber im Vorwort gab Robert Arndt eine Erklärung ab. Er begründete, weshalb er nach Deutschland zurückkehren musste und warum ihm so viel daran lag, *Unvollendet* zu beenden. Das Vorwort ist wichtig!«

»Nicht für den Film. Aaron sagte mir, Sie bekämen die Rolle der Marianne in Matthew Parkers Verfilmung von *Unvollendet* Teil 2. Und glauben Sie mir: Robert Arndts Erklärung wird dafür nicht benötigt.«

Grace verspürte ein sehnsüchtiges Ziehen in ihrem Bauch, ein Verlangen nach etwas, das vielleicht schon bald gestillt werden konnte. Ihre Rolle in Matthews Film! Deshalb war sie ursprünglich überhaupt hergekommen. Sie zeigte auf die Aluminiumbox. »Ich will es sehen.«

Konstantin drehte sich lachend zu seinem Sohn. »Hast du das Leuchten in ihren Augen gesehen? Genau wie bei Laura, als ich ihr kürzlich dieses singende und tanzende Plüscheinhorn mit dem blinkenden Horn geschenkt habe.«

Grace erinnerte sich daran, dass Konstantins Enkelin Laura hieß. Sie bemühte sich, ihre Ekstase zu bremsen. »Darf ich es jetzt sehen?«

»Was? Das Einhorn?«, fragte Konstantin belustigt, und Grace warf ihm einen vernichtenden Blick zu.

Schmunzelnd und mit einer schwungvollen Handbewegung öffnete Konstantin den Deckel. Grace erhob sich und betrachtete den Inhalt; einen in einer Klarsichthülle steckenden Papierstapel. Vorsichtig nahm Konstantin die etwa fünf Zentimeter dicke Hülle heraus und drückte sie Grace in die Hand. Wortlos zog sie eine der Seiten hervor und fuhr darüber. Das Papier war vergilbt und an manchen Stellen etwas wellig, aber die schöne Handschrift war noch immer gut leserlich. *Vollendet von Robert Arndt*, stand ganz zuoberst, danach folgte gleich der auf Deutsch verfasste Text. Rechts unten hatte Robert Arndt die Seitenzahl notiert. Graces Hände zitterten. Ihr Großvater hatte diese Zeilen geschrieben! Sie musste dieses Manuskript einfach haben! »Robert Arndt war mein Großvater. Dieses Manuskript gehört also meiner Familie«, sprach sie langsam, laut und deutlich aus. »Ihr habt kein Recht, es zu beanspruchen.«

Konstantin schmollte, was ihm etwas Lächerliches verlieh. »Aber das tun wir doch gar nicht. Im Gegenteil, wir wollen Ihnen das Manuskript ja schenken.«

»Aber nur unter gewissen Bedingungen. Das ist nicht gerecht!«

»Wer sagt denn, die Welt sei gerecht.«

»Es ist Diebstahl! Julius muss das Manuskript damals meiner Großmutter gestohlen haben.«

»Diebstahl? Jetzt hören Sie aber auf!« Konstantin riss ihr die Klarsichthülle aus den Händen und legte sie zurück in die Box. »Sie machen sich zum Affen! Also, Grace, wie entscheiden Sie sich?«

»Ich weiß es nicht.« Sie wollte beides!

»Na gut, wir geben Ihnen Zeit bis morgen Nachmittag um … sagen wir, fünf Uhr. Wir sind anlässlich eines Geschäftsdinners ohnehin im Schwanenhof. Und jetzt schlage ich vor, dass mein Fahrer Sie ins Hotel bringt. Dann schlafen Sie über die ganze Sache und teilen mir morgen Ihre Entscheidung mit.«

Grace nickte stumm. Sie verspürte keine Kraft mehr, um weiterhin mit Konstantin und Aaron zu diskutieren. Es würde so oder so nichts bringen.

Kapitel 34

Donnerstag, 14. Juli 2016

Nach einer erstaunlich guten Nacht erwachte Grace am nächsten Tag früh und unternahm einen langen Spaziergang am Seeufer entlang. Still und klar wirkte das Wasser, dessen Oberfläche von den ersten Sonnenstrahlen glitzerte. Drei Stockenten trieben umher, zwei Männchen und ein Weibchen, wie Grace anhand des unterschiedlichen Federgewands feststellte. »Ihr habt's leicht«, murmelte sie. »Könnt den ganzen Tag schwimmen und müsst keine schwierigen Entscheidungen treffen. Nehme ich zumindest an.«

Was sollte sie nur tun? Eigentlich war alles ziemlich klar. Sie wollte, dass Benjamin seinen Traum vom eigenen Hotel verwirklichen konnte, aber sie wollte auch das Manuskript. Doch sie musste sich für etwas entscheiden und gleichzeitig auch ihre Nachforschungen beenden, was bedeutete, dass sie die ganze Wahrheit niemals erfahren würde.

Zurück im Hotel fragte sie den Concierge, ob Mara und Kim schon da seien, doch er verneinte. Der Herr Landolt sei allerdings schon hier, verkündete er und fragte, ob er ihn anrufen solle. Grace schüttelte den Kopf. Benjamin jetzt zu sehen würde sie noch viel mehr durcheinanderbringen. Sie ging auf ihr Zimmer, schrieb Mara und Kim eine Nachricht über WhatsApp und überlegte dann verzweifelt, was sie tun konnte.

Etwa eine Stunde später klopfte es, und Mara und Kim standen vor der Tür. »Und, wie lief es gestern?«, fragte Mara gleich, während sie auf die Couch zusteuerte. Ein wenig schwerfällig plumpste sie darauf, streifte die hohen Pumps ab und knetete ihre Füße. »Ah, diese verflixten neuen Schuhe machen mich wahnsinnig.«

Grace und Kim setzten sich ihr gegenüber in die Sessel.

»Es lief beschissen«, begann Grace und schilderte den gestrigen Abend.

»Dieser fiese Hund!«, schimpfte Kim daraufhin. »Nein, Hund ist noch viel zu nett ausgedrückt. Er ist ein fieser und gemeiner … Arsch.«

»Ja, das ist er«, gab Grace ihr recht.

»Wir könnten weiter für dich recherchieren?«, schlug Kim vor. »Mara und ich werden zu Ende bringen, was Leonie und du begonnen habt. Aaron und Konstantin werden nichts davon erfahren.«

Mara hob die Brauen. »Nichts davon erfahren«, äffte sie ihre Schwester nach. »Du stellst dir das viel zu einfach vor.«

Kim erschrak, und Grace strafte Mara mit einem verärgerten Blick.

»Ist doch wahr!«, verteidigte sich Mara.

Grace wandte sich an Kim. »Mara hat schon recht. Außerdem bleibt noch immer die Frage, wofür ich mich am Ende entscheide: Bens Grundstück oder die Fortsetzung von *Unvollendet.*«

»Warum ist dir diese Fortsetzung so wichtig?«

»Matthew Parker will sie verfilmen, und ich soll die Rolle der Marianne übernehmen. Deshalb bin ich überhaupt in die Schweiz gekommen. Das war meine Motivation, versteht ihr? Seither hat sich viel geändert, und inzwischen ist mir die Rolle nicht mehr wichtig. Aber als ich das Manuskript in den Händen hielt, dachte ich an meinen Großvater und seine tragische Geschichte. Er wollte damals, dass meine Großmutter das Buch veröffentlicht, und sie musste es ihm versprechen. Doch sie hat es nie getan. Und …«

»Warte!« Mara hielt eine Hand hoch. »War Robert Arndt etwa dein Großvater?«

Grace realisierte, dass Mara und Kim noch gar nichts darüber wussten. »Ja. Ich habe es in Riga erfahren.« Sie erzählte den beiden die ganze Story.

»Und deshalb willst du das Manuskript?«, fragte Mara. »Um es für deinen Großvater zu veröffentlichen?«

»Vielleicht. Aber Bens Glück liegt mir auch am Herzen.«

Für kurze Zeit saßen sie einfach da und schwiegen sich an. Irgendwann klopfte Mara mit beiden Händen auf ihre Oberschenkel. »Verflixt! Einfach rumzusitzen und zu schweigen bringt uns rein gar nichts. Grace, erzähl uns noch mal alles, was du bisher herausgefunden hast. Vielleicht hast du ja etwas übersehen, das uns weiterhilft.«

Grace stand auf und holte ihr Notebook. Nachdem sie es gestartet hatte, zeigte sie Mara und Kim die Datei, die sie im Laufe ihrer Nachforschungen erstellt hatte. Mara riss das Notebook an sich und überflog die Zeilen, Kim guckte ihr über die Schulter. Nach einer Weile lehnte sich Mara mit dem Notebook auf ihrem Schoß zurück. Kim tat es ihr gleich, damit sie nach wie vor mitlesen konnte.

Mara sah zu Grace. »Du glaubst also, Joachim Arndt hat diesen Dieter von Blatten gekannt, weil mein Großvater seinen Namen so oft erwähnt hat?«

»Nicht nur deswegen. Beide waren in Flandern stationiert und lebten in München. Und inzwischen wissen wir ja, dass Heinrich Hottinger Informationen an die Nazis weitergegeben hat. Womöglich war von Blatten seine Kontaktperson.«

Mara wirkte nicht sehr überzeugt. »Wie auch immer.« Sie schaute wieder konzentriert auf den Bildschirm. »Wie konnte sich eigentlich Julius das Manuskript beschaffen? Deine Großmutter wollte es doch verstecken.«

»Ich weiß, so endete zumindest ihr letzter Tagebucheintrag. Sie wollte das Manuskript ins Gartenhaus bringen. Doch dann kam es zum Brand.«

»Julius muss es also vorher noch gelungen sein, es in die Hände zu bekommen. Interessant wäre zu wissen, weshalb die ersten Seiten mit Robert Arndts Vorwort fehlen. Womöglich stand dort etwas, das die Hottingers vertuschen wollten?«

»Und warum haben sie dann nicht gleich das ganze Manuskript vernichtet?«, fragte Grace.

Mara antwortete nur mit einem Schulterzucken. Kim, die sich bisher noch nicht geäußert hatte, löste den Blick vom Bildschirm. »Was hat es eigentlich mit diesem Horst und Ferdinand Kirschbaum auf sich? In deinen Notizen steht nur, dass sie Spielkameraden von Hanna und Willi waren.«

»Ja. Horst war ein Freund von Julius, und Ferdinand ein Freund von Willi. Julius hat Ferdinand oft gehänselt, weil er Jude war, doch später wurden die beiden laut Konstantin gute Freunde. Ferdinands Vater, Eli Kirschbaum, sollte damals übrigens durch Luise Thalmann in die Schweiz gebracht werden, doch die Flucht scheiterte. Er kam in ein Konzentrationslager und wurde ermordet.«

»Das ist tragisch.« Kim blickte wieder auf das Notebook. »Du hast vermerkt, dass Ferdinand Kirschbaum nicht mit dir sprechen wollte?«

»Nun, seine Sekretärin meinte, ihr Chef sei zu beschäftigt.«

»Kirschbaum. Hm«, schaltete sich Mara wieder ein. Unzählige Denkfalten bildeten sich auf ihrer Stirn. Dann schüttelte sie den Kopf. »Der Name sagt mir was, aber ich kann ihn nicht zuordnen. Was soll's.« Sie klappte das Notebook zu und legte es auf den Tisch. »Deine Recherchenotizen haben uns auch nicht schlauer gemacht. Im Gegenteil. Das klingt alles ziemlich wirr. Finde dich damit ab, dass du dieses Rätsel nicht lösen wirst.«

»Mara!«, zischte Kim.

»Was?«, fauchte sie. »Ich sage doch nur die Wahrheit!«

»Schon gut.« Grace griff nach dem Notebook und öffnete die Klappe wieder.

»Was hast du jetzt vor?«, fragte Kim.

»Ich buche meinen Flug nach L. A. Und dann treffe ich mich mit Konstantin Hottinger und teile ihm meine Entscheidung mit. Ben soll sein Grundstück bekommen. Ich verzichte auf die Fortsetzung.«

Kapitel 35

Benjamin schaute sich in der überfüllten Hotelhalle um. Amerikaner. Überall. Die Mitarbeiter eines Kosmetikherstellers waren soeben angereist und nahmen an einem Event teil. Die Organisatorin, eine attraktive Brünette in ihren Fünfzigern mit Zahnpastalächeln, bombardierte ihn und Isabel, die Eventmanagerin, ununterbrochen mit Fragen.

Benjamin musste an Grace denken, die er seit vorgestern nicht mehr gesehen hatte. Dass sie ihm die ganze Wahrheit verschwiegen hatte, trug er ihr noch immer nach, doch er sah ein, etwas überreagiert zu haben. Außerdem tat ihm sein Vergleich mit Leonie leid. Das war nicht fair gewesen. Vielleicht sollte er noch mal mit Grace sprechen. Nur, was würde das bringen? Irgendwann würde sie sowieso wieder zurück nach Los Angeles müssen.

In dem Moment erblickte er sie in der Lobby. Aaron und Konstantin Hottinger stießen soeben zu ihr und begrüßten sie. Nachdem sie ein paar Worte gewechselt hatten, gingen sie zu den Aufzügen.

Wo wollte sie mit diesen Hottingers hin?

»Und, kommt ihr klar hier unten mit den Amis? Oder kann ich etwas helfen?«

Er drehte sich zur Seite, um sich zu vergewissern, dass es wirklich Mara war, die diese Frage soeben gestellt hatte. Seit wann bot Mara Hilfe an? War sie etwa krank? Er beäugte sie zweifelnd. Dass sie überhaupt hier unten war, wunderte ihn. Normalerweise zog sie sich in ihr Büro zurück, wenn viel Betrieb herrschte. Aber er würde gleich testen, ob ihr Angebot ernst gemeint war. »Ja, das wäre nett. Ich wäre froh, wenn du nachher die restlichen Gäste der Kiba AG begrüßen könntest. Sie sollten demnächst ankommen. Du weißt, es sind wichtige Kunden, die vielleicht in nächster Zeit öfter hier sein werden. Sie fusionieren mit der Hottinger Corporation.«

»Kiba AG«, wiederholte Mara etwas begriffsstutzig.

Benjamin seufzte innerlich. Klar. Mara wusste wieder mal nicht über die Gäste Bescheid. Er sollte es allmählich gewohnt sein. »Genau, die Kiba AG«, sagte er geduldig und erwartete, dass Mara jeden Moment irgendeine Ausrede brachte, um in ihrem Büro verschwinden zu können und ihm die Arbeit zu überlassen. Aber sie stand noch immer da.

»Kann ich machen«, bemerkte sie zu seinem Erstaunen. »Gibt es noch etwas, das ich über die Gäste der Kiba AG wissen sollte?«

Benjamin blickte sie skeptisch an. Was war nur mit Mara passiert? Bezweckte sie irgendetwas mit ihrer hilfsbereiten Art?

»Sie dinieren heute Abend im Restaurant. Zusammen mit den Hottingers. Acht Leute insgesamt. Ist aber alles organisiert. Ihr Geschäftsführer ist Dr. Armin Zwicker. Er wohnt in Zimmer 216. Er und seine Assistentin, Zoé Jung, waren bisher meine Ansprechpartner. Und ganz wichtig: Heute kowmmt der Big Boss, Ferdinand Kirschbaum, Präsident der Kiba AG.«

Mara erstarrte. »*Ferdinand Kirschbaum* ist Präsident der Kiba AG? Und die Kiba AG steht vor einer großen Fusion mit der Hottinger Corporation?«

»Äh, ja.« Benjamin musterte Mara skeptisch. Was war nur los mit ihr? Sie sah aus, als stünde sie kurz vor der Lösung eines komplizierten Rätsels. »Was ist?«

»Deshalb kam mir der Name Kirschbaum so bekannt vor, weil ich ihn kürzlich auf der Ankunftsliste gelesen habe«, murmelte sie vor sich hin. »Grace hat erwähnt, dass Ferdinands Vater damals mithilfe von Luise Thalmann in die Schweiz gebracht werden sollte. Doch die Flucht scheiterte. Er ist in einem Konzentrationslager umgekommen. Und Heinrich Hottinger war dafür verantwortlich, weil er Luise Thalmanns Plan den Nazis verraten hatte!«

»Heinrich Hottinger hat mit den Nazis kooperiert?«

»Ja. Aber ich kann dir das jetzt nicht alles erklären, ich muss zu Grace.«

»Grace ist vorhin mit den Hottingers im Aufzug verschwunden.«

»Dann sind sie bestimmt in Aarons Zimmer«, bemerkte Mara und lief bereits davon.

Benjamin blieb verdutzt zurück. Gerade als er sich entschloss, Mara zu folgen, kam die Organisatorin des Kosmetikanlasses auf ihn zu und wedelte nervös mit einer Liste. Es sah ganz so aus, als würde er so schnell nicht von hier wegkommen.

Kapitel 36

Konstantin öffnete die Minibar und entnahm ihr eine Flasche Champagner. »Sie sind ein gescheites Mädchen, Grace. Darauf müssen wir anstoßen.« Er blickte zu seinem Sohn. »Aaron, hier sind nur zwei Champagnergläser. Ruf beim Zimmerservice an und bestell noch eines.«

»Nicht nötig«, entgegnete Grace. »Ich will nicht mit euch anstoßen.«

Konstantin hob die Schultern und begann, die Flasche zu öffnen. »Dann eben nicht.«

Grace wich Aarons überheblichem Blick aus. Wie sehr sie diese Situation doch hasste! Aber wenigstens hatte sie Bens Grundstück gerettet.

Mit einem lauten Plopp flog der Korken quer durchs Zimmer. Konstantin füllte die beiden Gläser mit sprudelndem Champagner und setzte sich. »Sie fliegen also morgen um 13.10 Uhr zurück nach L. A. Ich werde mich ebenfalls an die Abmachung halten und morgen Ulrich Heinzer wegen des Grundstücks anrufen. Sollten Sie es wagen, zurückzukommen und Ihre Nachforschungen weiterführen, nachdem der Kaufvertrag zwischen Landolt und Heinzer abgeschlossen ist, dann wissen Sie ja, was das für Landolt und Ihre Cousinen zur Folge hat.« Um seinen Worten Nachdruck zu verleihen, fuhr er mit dem rechten Zeigefinger über seinen Hals.

»Verstanden«, antwortete Grace kühl und erhob sich. »Das war's dann.«

»Wollen Sie nicht noch etwas bleiben?«, fragte Konstantin und nippte an seinem Champagner.

»Nein. Ich muss packen«, entgegnete Grace laut und ging zur Tür.

In dem Moment klopfte es energisch.

»Erwartest du Besuch?«, fragte Konstantin seinen Sohn.

»Nicht, dass ich wüsste.«

Grace öffnete. »Mara? Was willst du hier?«

Ohne zu antworten rauschte Mara wie eine unaufhaltsame Lawine an Grace vorbei zu Aaron und Konstantin. »Die Herren«, grüßte sie und setzte sich.

Konstantin grinste. »Das Fräulein Thalmann platzt einfach so in unsere Besprechung«, bemerkte er höhnisch. »Aber da ich nichts gegen schönen Frauenbesuch habe, dürfen Sie gerne bleiben und mit uns feiern. Champagner?«

Wortlos griff Mara nach Aarons noch vollem Glas und trank es leer. »Ich wollte ja die Minibars in den Zimmern abschaffen, aber ich glaube, ich überlege es mir noch mal.« Sie schlug die Beine übereinander, so dass ihr Rock nach oben rutschte. Grace, die sich der Gruppe wieder genähert hatte, bemerkte, wie Konstantin und Aaron auf Maras schlanke Schenkel starrten.

Sie blickte verwundert zu Mara. Weshalb war sie hier?

Mara füllte ihr Glas nach. »Ich habe vorhin erfahren, dass Ferdinand Kirschbaum bei uns logiert, Präsident der Kiba AG. Und sie planen eine Fusion mit der Hottinger Corporation.«

Grace meinte, sich verhört zu haben. Ferdinand Kirschbaum war hier im Schwanenhof? Und seine Firma wollte mit der Hottinger Corporation fusionieren? Langsam dämmerte ihr, worauf Mara hinauswollte.

Konstantin blieb gelassen. Aaron hingegen wirkte ein Spürchen blasser.

»Na und?«, schoss es aus Konstantin heraus.

»Weiß er, dass Ihr Großvater dafür verantwortlich war, dass Luise Thalmanns Fluchtplan aufflog, sein Vater gefasst und in ein Konzentrationslager verschleppt wurde? Und dort umgekommen ist?«

Jetzt erblasste auch Konstantin. »Woher wissen Sie von Eli Kirschbaum?«

Grace trat einen Schritt vor. »Aus dem Tagebuch meiner Großmutter«, erklärte sie. Konstantin und Aaron sahen erstaunt zu ihr hoch, als hätten sie bereits vergessen, dass sie auch noch anwesend war.

»Deshalb wollten Sie unbedingt vermeiden, dass ich weitersuche und Beweise finde. Sollte Ferdinand Kirschbaum davon erfahren, würde er die Fusion vermutlich platzen lassen.«

Konstantin faltete die Hände und fixierte seinen großen Siegelring.

»Er ist sehr nachtragend und hat in der Vergangenheit sogar israelische Nazijäger unterstützt. Es ist zudem bekannt, dass er immer gut überprüft, mit wem er Business betreibt. Er fand sogar heraus, dass mein Großvater nicht nur Geschäfte mit den Nazis getätigt hatte, sondern der Frontenbewegung angehörte. Ich konnte ihn aber mit dem Argument überzeugen, dass Großvater die Partei noch vor dem Krieg verlassen hatte und die Geschäfte nur machte, weil es um das Überleben der Firma ging. Wüsste Ferdinand aber, dass mein Großvater für den Tod seines Vaters verantwortlich war, würde unsere lukrative Fusion garantiert platzen.« Er machte eine weit ausholende Geste mit den Armen, als hätte er Flügel und würde gleich abheben. »Schwups und futsch. Alles wäre für die Katz.«

»Grace und Mara haben keine Beweise, Vater«, erinnerte Aaron ihn.

»Na und?«, fuhr Konstantin ihn an. »Ich kenne Ferdinand sehr gut! Wenn Grace mit ihm spricht, wird er ihr glauben, das weiß ich einfach. Sie braucht keine Beweise, verdammt!«

»Aber es war nicht allein die Schuld von Urgroßvater Heinrich. Fritz Thalmann lieferte ihm die Informationen. Außerdem darfst du nicht vergessen, dass Großvater Julius und Ferdinand Kirschbaum immer gute Freunde waren.«

Konstantin schlug mit der Faust auf den Tisch, so dass sein Champagnerglas umfiel und zerschellte. Die Flüssigkeit breitete sich auf dem Tisch aus. »Jetzt sei still, Aaron! Wir haben schon genug andere Probleme mit dieser Fusion, und es wird sich alles noch eine Weile hinziehen, das weißt du genau! Ich will nicht riskieren, dass der Deal platzt, kapiert?«

Aaron nickte schweigend. Grace verspürte ein wenig Mitleid mit ihm. Es war bestimmt nicht einfach mit so einem dominanten und herrischen Vater.

Konstantin ließ seinen Blick von ihr zu Mara schweifen. »Ihr habt gesiegt. Ihr bekommt, was ihr wollt. Aber dafür kein Wort zu Ferdinand Kirschbaum.«

Grace schluckte hart. Plötzlich ging alles so schnell, und sie konnte selbst kaum glauben, dass sie bekommen würde, was sie wollte. Benjamins Grundstück *und* das Manuskript.

Aber war es richtig, Ferdinand Kirschbaum diese wichtige Information über Heinrich Hottinger vorzuenthalten? Hatte er nicht ein Recht darauf zu wissen, was dieser damals getan hatte? Andererseits, warum sollten Aaron und Konstantin Hottinger – seien sie auch noch so üble Schurken – für die Taten ihres Vorfahren büßen? Vielleicht war es endlich an der Zeit, abzuschließen und die Vergangenheit ruhen zu lassen. Doch vorher wollte sie noch Antworten auf ihre Fragen.

»Wir verraten nichts. Aber nur unter einer Bedingung.«

Konstantin verschränkte die Arme. »Sie bekommen doch schon das Manuskript und das Grundstück! Was zum Teufel wollen Sie noch?«

»Antworten auf meine Fragen. Ich will endlich *alles* wissen.«

Konstantin stand auf und ging erneut zur Minibar. Unterdessen wischte Mara mit einem Handtuch aus dem Badezimmer den Champagner und die Glasscherben auf dem Salontisch zusammen.

Konstantin kehrte mit einem kleinen Fläschchen Rum zurück, trank es in einem Zug leer und setzte sich. Er blickte Grace herausfordernd an. »Los, fragen Sie.«

»Zuerst will ich wissen, wer euch über mein Vorhaben informiert hat.«

Aaron neigte sich vor. »Dein Großonkel Willi.«

»Willi?« Grace meinte, sich verhört zu haben. Dass Willi etwas verheimlichte, hatte sie gewusst, aber dass er sogar Aaron Hottinger auf sie ansetzen würde, hätte sie nicht erwartet. »Woher kannte er überhaupt meinen Plan?«

»Du warst bei ihm und hast ihn über die Fortsetzung von *Unvollendet* ausgefragt. Da bekam er Angst, dass du ein altes Geheimnis lüften könntest. Er ahnte, dass du nach Zürich reisen würdest, und es war ein Kinderspiel für ihn als ehemaligen Staatsanwalt mit guten Kontakten, herauszufinden, ob und wann du fliegen würdest. Dann rief er mich an. Ich wusste von meinem Vater, wer er war, hatte ihn aber zuvor noch nie gesehen. Er erzählte mir, dass du das Familiengeheimnis lüften wolltest und dabei auch auf unser Geheimnis stoßen könntest. Und dass Leonie Thalmann, die inzwischen aber nicht mehr lebe, Beweise gefunden habe. Von Mara wusste ich bereits, dass diese Beweise nicht mehr existierten, und ich versuchte Willi zu beruhigen. Doch er meinte, es sei besser, wenn wir dich überwachen würden. Und da ich wegen der Fusionsvorbereitungen ohnehin in die Schweiz musste, versprach ich ihm, dich im Auge zu behalten. Ehrlich gesagt sahen mein Vater und ich dich aber zuerst nicht als Bedrohung. Doch mit der Zeit merkten wir, wie hartnäckig du warst. In Riga hatte ich gehofft, du würdest dich mit der Erkenntnis, dass Robert Arndt dein richtiger Großvater war, zufriedengeben. Doch ich hatte mich getäuscht.«

»Kein Wunder. Grace trägt das Blut einer Fluchthelferin, eines Widerstandskämpfers und einer Hollywood-Legende in sich«, bemerkte Mara rational wie immer.

»Und eines Lazarettarztes und Schriftstellers«, fügte Grace hinzu und sah zu Konstantin. »Was geschah damals?«

»Bevor ich alles erzähle, will ich klarstellen, dass ich, und auch Aaron, zu späten Mitwissern wurden. Ich habe Ihnen doch gesagt, dass ich im Haus meines Vaters die alten Nazi-Propagandazeitschriften fand und ihn damit konfrontierte?«

»Ja, ich erinnere mich. Sie haben mich ordentlich an der Nase herumgeführt.«

»Nicht ganz. Mein Vater hat sich tatsächlich dafür geschämt. Und er und Ferdinand wurden wirklich Freunde. Etwas habe ich Ihnen allerdings vorenthalten: Mein Vater hat mir die Fortsetzung von *Unvollendet* überreicht und mir berichtet, was damals genau vorgefallen ist. Er hat mir alles anvertraut.«

Und so erzählte Konstantin die Geschichte seines Vaters. Grace stellte sich dabei vor, wie es sich damals aus Julius' Sicht abgespielt haben könnte.

Julius
August 1944

»Nein, Mutter, ich komme heute nicht mit in die Kirche! Und jetzt lass mich weiterschlafen!« Julius schlug die Tür zu und sprang wieder ins Bett. Nein, heute würde er ganz sicher nicht zur Kirche gehen. Hanna wäre bestimmt dort, und er ertrug ihren Anblick nicht, nachdem sie und dieser verfluchte Amerikaner ihn Freitagnacht so gedemütigt hatten. Einfach vertrieben hatte ihn der Amerikaner! Und Hanna, diese Hure, hatte ihn überheblich belächelt. Es würde ihn nicht wundern, wenn sie mit diesem Amerikaner ins Bett ginge. Einer Hure wie ihr, die sich sogar auf einen Flüchtling einließ, war alles zuzutrauen. Eins musste er ihr aber lassen: Sie bestach durch ihre außergewöhnliche Schönheit. Dieses Haar, das aussah wie goldener Honig; die großen grünen Augen; das fein geschnittene Gesicht. Doch sie trug Charakterzüge in sich, die er bei Frauen verabscheute: Sie war vorlaut, wild und aufbrausend. Hatte sie bestimmt von ihrer Mutter, dieser Kommunistin und Fluchthelferin, geerbt. Aber weit hatte Luise Thalmann ihr Kampfgeist nicht gebracht: Sie war tot. Geschah ihr ganz recht; das hatte auch sein Vater damals gemeint. Nur um Arthur Thalmann tat es ihm leid, der war ein guter Hoteldirektor gewesen. Seit dessen Bruder Fritz Geschäftsführer war, ging es abwärts mit dem Schwanenhof. Wenigstens bemühte sich Oskar um das Hotel. Oskar. Julius wollte ihn später noch besuchen, um ihm von Hanna und Robert Arndt zu erzählen. Gestern war er nicht dazu gekommen, da sein Vater ihn in den Betrieb mitgenommen hatte. An einem Samstag! Aber sein Vater legte großen Wert darauf, ihn schon jetzt mit dem Unternehmen vertraut zu machen, obwohl er sich noch mitten im Studium befand.

Julius stöhnte. Manchmal war ihm alles zu viel. Das Studium, das Unternehmen, das Militär und dann noch die Nerverei wegen der Heirat. Seine Eltern wollten, dass er sich endlich mit Irma Jäger verlobte. Irma war gewiss eine gute Partie, immerhin gehörte ihren Eltern ein großes Textilgeschäft. Außerdem gefiel sie ihm recht gut, sie war hübsch und still. Aber sie heiraten?

Julius verwarf den Gedanken daran schnell und dachte wieder an Oskar, mit dem er unbedingt über Hanna sprechen wollte. Oskar hatte seine Cousine bisher zwar stets verteidigt, aber selbst er musste einsehen, dass sie diesmal zu weit gegangen war. Einen Flüchtling im Gartenhaus zu verstecken war einfach nur waghalsig!

Julius blieb noch eine halbe Stunde liegen, bis er sich anzog und ins Speisezimmer hinunterging. Mal schauen, ob seine Eltern noch etwas vom Frühstück übrig gelassen hatten. Wie gut, dass die beiden jeden Sonntag zur Kirche gingen, so hatte er jetzt seine Ruhe.

Doch zu seinem Erstaunen saß sein Vater am Tisch, und Fritz Thalmann leistete ihm Gesellschaft. Fritz Thalmann war nicht zum ersten Mal hier, und Julius fragte sich einmal mehr, weshalb sich sein Vater mit diesem Taugenichts abgab.

»Guten Morgen zusammen«, begrüßte er die Herren mit einem Nicken.

Sein Vater musterte ihn finster. »Julius! Bist du also auch endlich aufgestanden.«

Julius ging nicht auf die Bemerkung seines Vaters ein und griff nach einem Brötchen. Das neue Hausmädchen, eine kleine Dunkelhaarige mit rundem Po und großen Brüsten, schenkte ihm Kaffee ein. Er schaute ihr unverhohlen in den Ausschnitt. Sie errötete und verschwand schnell. Schmunzelnd sah er ihr nach.

»Julius!« Sein Vater klopfte auf den Tisch. »Habe ich dir nicht schon zur Genüge gesagt, dass du dich besser auf deine Militärkarriere, das Studium und die Arbeit im Betrieb konzentrieren sollst, als dich mit Dienstmädchen zu vergnügen? Die Neue lässt du gefälligst in Ruhe, verstanden?«

Julius verzog das Gesicht. Sein Vater ging ihm auf die Nerven. Schon wieder dieses ewige Gelabere von wegen Militär, Studium und Betrieb. Am liebsten wäre er Fotograf geworden, aber das konnte er leider vergessen. Sein Vater fand, Fotograf sei kein richtiger Beruf. Er hielt ihn sowieso für einen Versager. Dabei wünschte er sich nichts sehnlicher als seine Anerkennung.

Fritz Thalmann, der sich bisher nicht geäußert hatte, räusperte sich und stand auf. »Ich gehe jetzt besser, Heinrich.«

»Nein, Fritz, bleib ruhig hier«, wies sein Vater ihn an und wischte sich mit einer Serviette über Mund und Schnauzer. »Wir müssen noch etwas besprechen. Aber nicht hier vor dem Jungen. Am besten gehen wir in den Salon.«

Julius schnappte nach Luft. Dem *Jungen*? Mein Gott, er war zwanzig! Da verlangte sein Vater einerseits, dass er Verantwortung übernahm, andererseits behandelte er ihn noch immer wie ein Kleinkind! Doch plötzlich hatte er eine Idee, wie er sich bei seinem Vater Respekt verschaffen konnte. Warum sollte er Hanna bei Oskar anschwärzen, wenn er es gleich bei Fritz Thalmann tun konnte?

»Herr Thalmann, bitte verzeihen Sie die Frage, aber war Ihnen eigentlich bewusst, dass Hanna Robert Arndt im Gartenhaus versteckt hat?«

»Wie bitte? Was?«, fragte Fritz Thalmann dümmlich.

Mein Gott, dieser Mann war so dämlich!

In den folgenden Minuten informierte Julius ihn über die Geschehnisse von Freitagnacht und ließ nichts aus, auch das Manuskript nicht.

»Soweit ich weiß, handelte es sich um eine Fortsetzung von *Unvollendet*, diesem Antikriegsroman, den Robert Arndts Vater geschrieben hat. Ihr kennt doch *Unvollendet*, oder?«

Ein Anflug von Ungeduld zeigte sich im Gesicht seines Vaters. »Natürlich. Jeder kennt diesen Schund von Joachim Arndt! Aber sag, Julius, was hat es mit der Fortsetzung auf sich?«

»Ich kam leider nur dazu, das Vorwort von Robert Arndt zu lesen. Es handelte sich dabei um eine Art Erklärung, weshalb er die Fortsetzung überhaupt geschrieben hat. Und diese Erklärung enthält unter anderem eine Zusammenfassung des zweiten Teils und war höchst interessant. Habt ihr gewusst, dass *Unvollendet* wahr ist?« Er wartete gar nicht erst eine Antwort ab, sondern fuhr gleich fort. »Joachim Arndt war ja Arzt und lernte die Krankenschwester Emma alias Marianne im Lazarett kennen. So erfuhr er ihre Geschichte. Er schrieb sie später nieder, aber bekanntlich nur den ersten Teil, weil er dann ermordet wurde. Seine Frau Katharina aber kannte die ganze Geschichte und vertraute sie Jahre später ihrem Sohn Robert an.«

Die Augen seines Vaters strahlten Skepsis aus. »Wenn Katharina Arndt die ganze Geschichte kannte, weshalb hat sie nur den ersten Teil veröffentlicht und das Buch nicht einfach selbst fertig geschrieben?«

»Sie hatte einen Grund, aber dazu komme ich später. Zuerst müsst ihr erfahren, wie es im zweiten Teil weiterging.« Er biss von seinem Brötchen ab und kaute absichtlich langsam, um seinen Vater und Fritz Thalmann noch etwas auf die Folter zu spannen. Als sein Vater ihm einen warnenden Blick zuwarf, schluckte er schnell hinunter und fuhr fort. »Bleiben wir bei den Namen der Romanfiguren. Leopold überlebte die schwere Schlacht und kam verletzt ins Lazarett. Dort traf er auf die Krankenschwester Marianne. Leopold merkte schon bald, dass es sich bei ihr um Edwards Marianne handelte. Er erzählte ihr, wie er und Edward während des Weihnachtsfriedens zu Freunden wurden, und übergab ihr Edwards Amulett. Marianne war zuerst misstrauisch und beschuldigte Leopold, Edward getötet und das Amulett gestohlen zu haben. Doch als Leopold ihr persönliche Dinge über Edward erzählte, wurde ihr bewusst, dass er die Wahrheit sagte. Der Tod ihres geliebten Edward machte ihr schwer zu schaffen, und als wäre dieser Verlust nicht schon schlimm genug, fiel kurz darauf auch noch ihr Vater in einer Schlacht. Leopold verspürte Mitleid und erinnerte sich an sein Versprechen gegenüber Edward, sich um Marianne zu kümmern. Sie zu lieben. Marianne hatte niemanden mehr außer ihm. Die beiden verliebten sich mit der Zeit ineinander. Doch da gab es diesen Offizier, Gustav Graf, der ebenfalls ein Auge auf Marianne geworfen hatte. Marianne gab ihm klar zu verstehen, dass er keine Chancen bei ihr habe und sie Leopold liebe. Gustav Graf hasste Leopold. Dieser hatte sich schon oft mit ihm angelegt, unter anderem bei der Beendigung des Waffenstillstandes an Weihnachten. Dann tat Gustav etwas Schreckliches.« An dieser Stelle hielt Julius inne, um zusätzlich Spannung zu erzeugen. Diese Absicht kam bei seinem ungeduldigen Vater aber nicht gut an. »Was hat er getan?«, fragte er schroff. »Erzähl weiter!«

»Gustav Graf hat Leopold 1918 während einer Schlacht umgebracht. Unbemerkt rammte er ihm den Säbel eines gefallenen Engländers ins Herz, so dass niemand ihn verdächtigen würde.« Julius blickte zu seinem Vater und Fritz Thalmann, die einander sprachlos anstarrten. Er fuhr fort. »Marianne war nach der Nachricht von Leopolds Tod untröstlich. Schon zum dritten Mal hatte sie einen geliebten Mann verloren. Als Gustav später um ihre Hand anhielt, wies sie ihn ab. Aus Frust sagte er ihr die Wahrheit: dass er es gewesen war, der Leopold ermordet hat. Dann verging er sich an ihr. Marianne sah keinen Sinn mehr in ihrem Leben und brachte sich kurz vor Ende des Krieges um. Mit einem Messer schnitt sie sich die Pulsadern auf und verblutete. Joachim Arndt fand sie, doch er kam zu spät und konnte ihr nicht mehr helfen. Da Marianne keine Verwandten hatte, nahm er ihre persönlichen Dinge an sich. Dazu gehörten unter anderem ein Amulett und ein langer Abschiedsbrief an ihn. Marianne hatte Joachim immer bewundert und sich gut mit ihm verstanden. In dem Brief erzählte sie ihre ganze Geschichte. Auch das Ereignis des Weihnachtsfriedens, von dem ihr Leopold ausführlich berichtet hatte, ließ sie nicht aus. Joachim Arndt las den Brief zu Hause und weihte seine Frau Katharina ein. Er wollte die Wahrheit über Gustav Grafs Tat ans Licht bringen, doch Katharina – zu dem Zeitpunkt übrigens schwanger – fürchtete sich sehr vor Gustav Graf, der viel Macht hatte. Sie hat Joachim verboten, Mariannes Geschichte an die Öffentlichkeit zu bringen.

Joachim versprach ihr, nichts zu unternehmen, doch Mariannes Geschichte ließ ihn fortan nicht mehr los. Er begann ein Buch zu verfassen. Die Geschichte von Marianne, Edward und Leopold. Und gleichzeitig wollte er darin Gustav Graf als Mörder offenbaren. Seiner Frau sagte er aber nicht, woran er schrieb. Eines Tages suchte Joachim Gustav auf und teilte ihm mit, was er wusste. Er gab ihm die Chance, sich selbst zu stellen. Danach setzte Joachim seine Frau über dieses Gespräch in Kenntnis und meinte, er glaube fest daran, dass Gustav sich zu seiner Tat bekennen würde. Kurz darauf wurde Joachim ermordet. Gustav suchte Katharina ein paar Tage nach dem schrecklichen Ereignis auf, um sein Beileid zu bekunden. In Wirklichkeit wollte er aber herausfinden, ob sie informiert war über seine Greueltaten während des Krieges. Katharina spürte dies und spielte die Unwissende. Gleichzeitig wurde ihr bewusst, dass Gustav ihren Mann hatte ermorden lassen.

Später entdeckte sie das unvollendete Manuskript ihres Mannes und war hin- und hergerissen. Einerseits wollte sie Joachims Werk veröffentlichen, andererseits fürchtete sie sich vor Gustav Graf. So änderte sie sämtliche Namen der Figuren in der Geschichte, damit niemand ihr auf die Schliche käme. Und sie verzichtete darauf, den zweiten Teil zu schreiben, obwohl sie ihn kannte. 1933 emigrierte sie in die Schweiz, und sieben Jahre später erzählte sie ihrem Sohn Robert die Wahrheit. Dass es keine erfundene Geschichte war, und dass es sich bei Gustav Graf in Wirklichkeit um *Dieter von Blatten* handle. Und dass dieser seinen Vater auf dem Gewissen habe.« An dieser Stelle brach Julius ab. Die Augen seines Vaters hingen gebannt an seinen Lippen. Fritz Thalmann jedoch sah verwirrt aus; als versuchte er noch, die neu gewonnenen Informationen zu verarbeiten.

»Dieter von Blatten war die Vorlage für die Romanfigur Gustav Graf?«, fragte sein Vater.

»Ja, so stand es in Robert Arndts Vorwort. Warum, sagt dir der Name etwas?«

»Äh, nein.«

Julius fuhr fort. »Robert Arndt hat die Fortsetzung geschrieben, weil er wollte, dass die Wahrheit endlich ans Licht käme. Die Namen in der Fortsetzung hat er aber absichtlich nicht geändert, damit es bei den Lesern keine Verwirrung gibt. So blieb es die Geschichte von Marianne, Leopold, Edward und Gustav Graf. In Wirklichkeit hieß Marianne aber Emma, Leopold Wilmar und Edward Gregory.«

»Das ist ja … Mir fehlen die Worte.«

Julius genoss den Anblick seines fassungslosen Vaters. Und er war ja noch nicht fertig, das Beste kam erst noch. »Da ist noch was«, kündigte er feierlich an. »Robert Arndt erwähnte in seinem Vorwort auch, dass er den Tod seines Vaters rächen und Dieter von Blatten umbringen will.«

»Er will ihn umbringen?« Sein Vater war sichtlich entsetzt.

»Ja, deshalb ist er wohl Freitagnacht zurück nach Deutschland aufgebrochen. Ich habe ihn selbst aus dem Gartenhaus kommen sehen. Er verschwand Richtung See. Wahrscheinlich wartete dort ein Wagen auf ihn, das weiß ich nicht. Später kam dann Hanna aus dem Gartenhaus, und ich ertappte sie mit dem Manuskript.«

»Wo ist das Manuskript jetzt? Und beschrieb Arndt seinen Plan genauer?«

»Ich weiß es nicht. So ein Amerikaner kam leider dazwischen und hat Hanna geholfen. Ich konnte deshalb nicht das ganze Vorwort lesen.«

Sein Vater klopfte auf den Tisch. Die Adern an seinen Schläfen pulsierten kräftig. »Ich will dieses Manuskript haben!«

Julius sah ihn überrascht an. »Warum?«

»Das geht dich nichts an!«, fauchte er und blickte zu Fritz Thalmann, der mit seinen blauen Glupschaugen und dem offenen Mund aussah wie ein dumm geratener Fisch. »Fritz! Du wirst Hanna dazu bringen, dir das Manuskript zu geben.«

»Selbstverständlich, Heinrich.«

* * *

Nachdem Fritz Thalmann sich verabschiedet hatte, verschwand sein Vater in den Salon, und Julius zog sich in sein Zimmer zurück, um zu lernen. Er hatte das Studium in letzter Zeit etwas vernachlässigt. Irgendwann am Abend schlug er seine Lehrbücher zu und dachte an Robert Arndts Manuskript. Warum wollte sein Vater es unbedingt haben? Gelangweilt kritzelte er mit dem Bleistift auf dem Papier herum, da fiel ihm etwas ein. Ein Geschäftspartner seines Vaters, der sich um die Hottinger-Werke in Deutschland kümmerte, hieß doch auch von Blatten! Genau! Friedrich von Blatten. Dieter von Blatten war bestimmt mit ihm verwandt. Rasch suchte Julius seinen Vater im Salon auf und stellte ihn zur Rede.

Der wirkte nicht sehr erfreut und verzog verdrießlich das Gesicht. »Friedrich ist Dieters Bruder«, gestand er widerwillig. »Ich habe Dieter selbst schon kennengelernt. Wir dürfen nicht zulassen, dass Robert Arndt ihn umbringt. Deshalb will ich das Manuskript. Vielleicht hat Arndt darin noch mehr Angaben zu seinem Plan gemacht.«

»Das wäre aber nicht sehr klug von ihm. Doch falls es wirklich so ist, was willst du unternehmen?«

»Kannst du dir das nicht vorstellen, Julius?« Er warf einen Blick auf seine goldene Taschenuhr. »Geh jetzt in den Schwanenhof und schau, ob Fritz das Manuskript inzwischen beschaffen konnte. Fritz ist gelegentlich etwas unzuverlässig.«

Julius stöhnte innerlich. Er hatte keine Lust, aber es blieb ihm nichts anderes übrig.

Im Schwanenhof angekommen entdeckte er Oskar mit einem Gast beim Concierge. Als Oskar ihn bemerkte, eilte er mit zornigem Gesicht auf ihn zu, riss ihn am Arm und zerrte ihn nach draußen.

»Was ist los?«, schrie Julius ihn an.

»Was los ist? Das weißt du genau! Mein Vater hat Hanna zusammengeschlagen, weil sie ihm das Manuskript von Robert Arndt nicht geben wollte. Du hättest ihm angeblich verraten, dass sie es hat. Wie konntest du nur?« Er schubste ihn, so dass er beinahe in eine Schwanenfigur aus Marmor torkelte, die seitlich beim Eingang stand.

»Hanna ist selbst schuld!«, wehrte sich Julius. »Sie hatte Robert Arndt hier versteckt! Im Gartenhaus! Stell dir vor, die Behörden hätten das erfahren.«

»Robert Arndt war nur hier, weil er seine schwangere Freundin in Sicherheit bringen wollte. Doch sie ist gestorben. Das Baby auch.«

»Das ist schlimm, aber Hanna hätte ihn trotzdem nicht verstecken dürfen.«

Oskar schwieg und besah ihn angespannt.

»Wo ist dein Vater?«, wollte Julius wissen.

»Das weiß ich nicht. Nachdem er Hanna zusammengeschlagen hat, ist er verschwunden.« Oskar schaute beschämt weg. Julius wusste schon, weshalb. Bestimmt betrank sich Fritz Thalmann unten im Keller, wie immer.

»Was willst du von ihm?«, fragte Oskar misstrauisch.

Julius überlegte kurz und entschied sich, Oskar nicht zu erzählen, dass sein Vater das Manuskript haben wollte. Das würde ihn nur noch argwöhnischer machen.

»Ich muss einfach mit ihm sprechen.«

»Du hast schon genug angerichtet, als du zuletzt mit ihm gesprochen hast. Und jetzt verschwinde!«

Julius sah ihn erstaunt an. Oskar und er waren sich in den vergangenen Jahren schon öfter in die Haare geraten, aber so feindselig hatte er ihn selten erlebt.

»Gut, ich gehe«, gab er nach und machte kehrt. Doch so schnell wollte er nicht aufgeben. Er bog um die Ecke und schritt eilig den verzierten Eisenzaun entlang, der das Hotelanwesen umgab. In der Nähe des Schanzengrabens betrat er den Park durch das Gittertor, welches offenstand, damit die Gäste schneller zum See gelangen konnten. Ein eleganter Herr kam ihm entgegen. Er grüßte ihn freundlich und ging weiter.

Bei den drei großen alten Fichten horchte er auf; er meinte, etwas gehört zu haben. Langsam ging er um die Bäume herum und blieb abrupt stehen. Im hellen Vollmondlicht konnte er ein küssendes Paar erkennen.

Er sah genauer hin. Das waren doch Dorothea Thalmann und dieser Kartoffelpole, wie er ihn nannte. Sie bemerkten ihn nicht, und er drehte sich um und lief weg. Interessant. Was Fritz Thalmann wohl machen würde, wenn er davon erführe? Julius lachte in sich hinein und begab sich durch den Hintereingang ins Hotel. Ein Musiker – er vermutete, dass es sich um einen jüdischen Emigranten handelte – spielte leidenschaftlich Chopin auf dem Flügel im Salon. Julius mochte Chopin nicht. Er fand dessen Kompositionen langweilig und viel zu melancholisch.

Plötzlich kam ihm der andere Pole entgegen, der jüngere. Bestimmt wollte auch er zu Dorothea, dachte er amüsiert.

»Was machst du hier?«, pöbelte Julius ihn an, und der Pole erschrak. Der Mann musste krank sein, er hustete heftig, war blasser als der Vollmond und zitterte am ganzen Körper.

»Frische Kräuter holen für einen Tee«, antwortete er heiser. »Im Garten gibt es welche.«

»In Polen gibt's auch Kräuter«, erwiderte Julius hämisch und ging weiter.

Er schlich in die Hotelhalle und beobachtete den Empfangsbereich. Oskar war nicht dort, gut. Jetzt musste er Fritz Thalmann suchen. Er erinnerte sich, wie er vor drei Jahren an einem Abend zusammen mit Oskar und Horst in den Weinkeller geschlichen war und dort eine Flasche Riesling getrunken hatte. Oskar, dieses Weichei, hatte sich danach so geschämt, dass er die Tat seinem Onkel gebeichtet hatte. Arthur Thalmann hatte es zum Glück für sich behalten und ihren Vätern nichts verraten.

Jedenfalls kannte Julius seither den Weg in den Weinkeller. Das Restaurant war an diesem Abend geschlossen, so gelangte er unbemerkt durch die Küche in den Keller hinunter. Doch schon auf halbem Weg kam ihm Fritz Thalmann torkelnd entgegen. »Julius! Was machst du hier unten?« Seine Augen und die Nase waren stark gerötet, und sein Atem stank nach Alkohol.

»Ich habe Sie gesucht, Herr Thalmann.«

»Mich?« Er drückte sich den Daumen gegen die Brust, als wollte er sichergehen, dass Julius wirklich ihn meinte. *So ein Trottel!*

»Ja, Sie. Mein Vater schickt mich. Konnten Sie das Manuskript schon beschaffen?«

Fritz Thalmann schwankte leicht zur Treppe. »Nein. Hanna ist stur. Nicht mal meine Schläge haben etwas bewirkt.«

»Wo ist sie?«

»In ihrem Zimmer.«

»Können Sie mich zu ihr hoch bringen? Ich will versuchen, das Manuskript zu bekommen.«

»Gut, wenn du denkst, du hast mehr Glück als ich.«

»Ich werde es versuchen.« Da fielen ihm Dorothea Thalmann und ihr Kartoffelpole wieder ein. »Übrigens, da ist noch was. Aber Sie sollten sich besser setzen.«

* * *

Tobend und brüllend wie ein wütender Stier rannte Fritz Thalmann zu den Personalzimmern hoch. Die Nachricht, dass seine Frau einen anderen Mann geküsst hatte – und dann auch noch den Kartoffelpolen – hatte ihn wieder ernüchtert, und er wollte sich den Polen vornehmen. Julius lief ihm hinterher, doch statt ihm zu den Personalzimmern zu folgen, schlich er in die Wohnung der Thalmanns. Es war niemand da. Nachdem er ein paar Türen geöffnet hatte, stand er in Hannas Zimmer, das ziemlich durchwühlt aussah.

»Was suchst du hier?«

Er drehte sich um und sah Dorothea Thalmann vor sich. Offenbar war ihr ihr Mann noch nicht begegnet. »Haben Sie Hanna gesehen?«

»Ja, die ist unten im Salon mit Oskar und Willi.«

»Gut, danke.«

»Julius, warte.«

Was wollte die jetzt noch?

»Hanna macht gerade eine schwierige Zeit durch«, jammerte sie. »Sie braucht Freunde.« Sie zwinkerte ihm leicht unbeholfen zu. »Ich finde, das Mädchen sollte endlich heiraten. Hübsch ist sie ja, aber leider auch recht wild. Kommt halt nach der Mutter und …« Sie plapperte ihm die Ohren voll und meinte zuletzt, er könne Hanna doch heiraten. Natürlich! Ausgerechnet er! Als wäre er so doof und nähme so eine Hure zur Frau, wo er die brave und reiche Irma Jäger haben konnte.

Als er endlich von Dorothea wegkam, rannte er die Stockwerke hinunter ins Hotel und suchte im Salon nach Hanna. Doch da waren nur der Pianist und inzwischen ein paar weitere Hotelgäste, die der Musik lauschten. Er fragte einen älteren Herrn, ob er eine blonde Frau und zwei junge Männer gesehen habe, und dieser meinte, die seien vorhin nach draußen gegangen.

Noch während Julius die Terrassentür öffnete, erspähte er sie. Hanna, Oskar, Willi. Sie standen auf der Veranda. Um zu vermeiden, dass Oskar ihn sah, blieb er dicht hinter der Tür stehen und beobachtete die drei. Er wollte Hanna lieber alleine erwischen.

Als ihm im Schein des Laternenlichts auf der Veranda ihr geschundenes Gesicht auffiel, erschrak er kurz. *So* hatte sie Freitagnacht selbst nach dem Sturz nicht ausgesehen; Fritz Thalmann hatte also ganze Arbeit geleistet. Plötzlich verspürte er Mitleid mit ihr. Auch sein Vater hatte ihm früher öfter eine Ohrfeige verpasst, deshalb wusste er, wie es sich anfühlte. Und Hanna hatte definitiv mehr als eine Ohrfeige erhalten.

Sie sprach verzweifelt auf Oskar und Willi ein, die mit dem Rücken zu ihm standen. Angestrengt versuchte er, ihrem Gespräch zu folgen.

»… ist einfach alles zu viel!«, sagte sie niedergeschlagen zu Oskar. »Zuerst findest du heraus, dass dein Vater meine Mutter an die Deutschen verraten hat, und dann muss ich auch noch erfahren, dass Willi der Schmuckdieb ist!« Sie sah zu ihrem Bruder. »Oh Willi, wie konntest du nur?«

Julius hielt die Luft an. Fritz Thalmann hatte Hannas Mutter an die Deutschen verraten? Und Willi war der mysteriöse Schmuckdieb?

Willi blickte seine Schwester trotzig an. »Es war der Reiz, vielleicht erwischt zu werden.«

»Beinahe hätte man dich ja auch erwischt! Die Polizei hat sogar dein Zimmer durchsucht. Zum Glück nur oberflächlich. Stell dir vor, sie hätten den Schmuck in deiner alten Spielzeugkiste gefunden! Ach, Willi! Was sollen wir jetzt nur machen?«

Oskar legte ihr eine Hand auf die Schulter. »Ich habe eine Idee, Hanna. Heute Nacht legen wir den gesamten Schmuck unbemerkt in die Halle.«

»Aber …« Sie rieb sich das Gesicht und schien nachzudenken. »In Ordnung«, stimmte sie zu. »So werden wir es machen. Aber nicht in die Halle, sondern in den Salon. Ich überlege mir einen Plan. Aber vorher muss ich noch etwas anderes erledigen.« Sie deutete auf den Kartoffelsack, und Oskar nickte wissend.

»Du willst Roberts Manuskript immer noch im Gartenhaus verstecken?«, fragte er.

»Ja. Mir ist jetzt klar, weshalb dein Vater es unbedingt haben möchte. Er muss durch Julius von Roberts Plan erfahren haben und will diesen von Blatten bestimmt warnen. Wahrscheinlich glaubt er, in dem Manuskript stehen noch mehr Angaben zu Roberts Plan. Dein Vater darf es nicht in die Finger bekommen, auch wenn es ihm nicht weiterhilft. Ich muss das Manuskript für Robert beschützen.« Sie hielt inne. »Oskar, denkst du, dass Robert jetzt in Gefahr ist? Hat dein Vater ihn vielleicht bereits verraten?«

»Mach dir keine unnötigen Sorgen, Hanna. Mein Vater kennt jetzt zwar Roberts Absicht, aber nicht seinen genauen Plan. Den kennt nur Robert selbst. Aber wir werden meinen Vater nachher gleich zur Rede stellen. Und wir gehen zur Polizei.«

»Ich hasse Onkel Fritz«, rief Willi plötzlich dazwischen.

Oskar nickte und sah betreten zur Seite. »Ich auch. Auch wenn er mein Vater ist. Was er Tante Luise angetan hat, ist unverzeihlich.«

Zu dritt zogen sie los durch den Park in Richtung Gartenhaus. Julius folgte ihnen unauffällig. Hanna wollte das Manuskript also dort verstecken. Sehr gut. Sobald sie wieder weg wären, würde er es herausholen. Laut Hanna lieferte das Manuskript zwar keine weiteren Angaben zu Roberts Plan, aber er wollte sich selbst davon überzeugen. Und sein Vater wäre bestimmt stolz auf ihn, wenn er ihm das Manuskript brächte.

Was er wegen Willi, dem kleinen Schmuckdieb, unternehmen würde, wusste er noch nicht. Aber bestimmt fiele ihm noch etwas ein. Dass Fritz Thalmann seine Schwägerin verraten hatte, konnte er noch immer kaum glauben. Aber Oskar wollte sogar zur Polizei!

Kurz nachdem die drei im Gartenhaus verschwunden waren, hörte Julius einen dumpfen Schrei, der ganz nach Hanna klang. Durch das kleine Fenster schaute er hinein und musste mehrmals blinzeln, um zu glauben, was er da sah. *Verfluchter Mist!*

Der Kartoffelpole lag mit einem Messer in der Brust auf dem Boden! Daneben stand Fritz Thalmann mit Blutspuren an Händen und Hemd. Hanna ging auf ihn los und schrie ihn an. Fritz schüttelte sie, und dann griff er nach dem Kartoffelsack. Hanna wehrte sich, doch Fritz verpasste ihr einen Schlag ins Gesicht, und sie fiel zu Boden. Oskar trat auf seinen Vater zu, und es schien, als lieferten sie sich ein

Wortgefecht. Dann musste Fritz offenbar etwas gesagt haben, das Oskar und Hanna zutiefst erschütterte. Oskar schüttelte traurig den Kopf, und Hanna erhob sich mit erbostem Gesicht. Fritz sprach noch immer. Plötzlich griff Willi, der bisher nur hinter Fritz gestanden hatte, nach einer Heugabel.

Julius erstarrte. Willi würde doch nicht –? Doch! Verfluchter Mist! Er tat es! Willi stach Fritz mit der Heugabel in den Rücken, und dieser fiel Kopf voran auf den Boden über die Leiche des Kartoffelpolen. *Himmel! Er musste da rein!*

Sie bemerkten ihn zuerst gar nicht. Willi stand da wie zur Salzsäule erstarrt, und Oskar, der sich über seinen Vater neigte und dessen Tod bestätigte, sah hoch zu Hanna, die hysterisch auf ihn einsprach. »Bitte, Oskar, sag niemandem, dass Willi es war! *Ich* war es! Hörst du! Ich!«

Julius näherte sich ihnen, und jetzt nahmen sie ihn wahr. Hanna und Oskar erschraken, Willi starrte noch immer auf den toten Fritz.

»Julius! Fritz hat Jakub ermordet!«, erklärte Hanna hastig.

»Und Willi hat Fritz umgebracht«, fügte Julius gelassen hinzu. »Kaltblütig mit der Heugabel erstochen hat er ihn. Das habe ich soeben durch das Fenster beobachtet.«

Hanna ging um die zwei Leichen herum, die mitten im Schuppen lagen, und sah ihn flehend an. »Oh Julius, bitte nicht! Willi kommt sonst ins Gefängnis! Die Polizei hat ihn bereits vermerkt, weil er einen Wecker gestohlen hat.«

Er lachte. »Einen Wecker! Und was ist mit dem Schmuck?«

Ihre Augen weiteten sich und sahen fast so dunkelgrün aus wie Moos. »Woher weißt du davon?«

»Ich habe euch vorhin belauscht.« Er seufzte theatralisch. »Mord und Diebstahl, das sieht schlecht aus für Willi. Aber er ist ja erst fünfzehn, vielleicht erhält er eine milde Strafe.«

Hanna schlug mit ihren kleinen Fäusten auf ihn ein. »Du Schuft!«, schrie sie, »du gemeiner Schuft!«

Oskar ging dazwischen, fasste sie an den Händen und schob sie weg. »Hanna, hör auf! Beruhige dich!« Er fixierte Julius. »Julius, wenn du der Polizei die Wahrheit sagst, zerstörst du Willis Leben. Bitte, tu ihm das nicht an!«

Julius verdrehte die Augen. »Und wie stellt ihr euch das vor? Glaubt ihr, die Polizei merkt nicht, dass sich diese zwei Männer nicht gegenseitig umgebracht haben können?« Er zeigte auf die Leichen.

»Natürlich nicht«, erwiderte Hanna. »Aber ich werde ihnen sagen, dass Fritz Jakub umgebracht hat, was ja auch stimmt, und ich werde behaupten, dass ich es war, die Fritz getötet hat. Immerhin habe ich ein Motiv. Ich sage ihnen, was ich von Oskar erfahren habe. Nämlich, dass Fritz ein Verräter war und für den Tod meiner Mutter verantwortlich. Fritz hatte den Tod verdient!« Ein Leuchten schimmerte plötzlich in ihren Augen, doch Julius ließ sich durch Hannas Entschlossenheit nicht aus der Fassung bringen, immerhin hatte er die besseren Karten. »Du kannst ruhig behaupten, dass du Fritz umgebracht hast, nur landest du dann selbst im Gefängnis. Und Willi wirst du trotzdem nicht retten können. Er hat über ein Jahr hinweg wertvollen Schmuck gestohlen. Dafür muss er bestraft werden. Vielleicht gibt es ja Familienzellen oder so.«

Hanna hatte es endgültig die Sprache verschlagen, und Julius genoss es, sie so hilflos zu sehen. Er wandte sich an Oskar. »Wie bist du eigentlich darauf gekommen, dass dein Vater ein Verräter war?«

»Das tut jetzt nichts zur Sache«, antwortete er hart. »Fakt ist, dass er vorhin, als ich ihn darauf ansprach, alles gestanden hat.« Er schaute verletzt weg. »Ich wusste ja immer, dass er ein Taugenichts ist, aber dass er so weit gehen würde … Er versuchte sogar, sich damit zu entschuldigen, er sei nur ein Mittelsmann gewesen und habe nie direkt mit den Nazis zusammengearbeitet. Das habe ein anderer getan. Jemand, der sogar militärische Geheimnisse preisgegeben habe.«

Julius spürte, wie ihn ein kalter Schauer durchfuhr. »Hat er euch den Namen dieser Person verraten?«

»Nein, da hat Willi bereits zugestochen.«

Julius ließ die Fakten eine Weile auf sich wirken. Er dachte an Fritz Thalmanns zahlreiche Besuche bei seinem Vater, und an den Deutschen Dieter von Blatten, den sein Vater unbedingt schützen wollte. Ihm fiel die vage Bemerkung seines Vaters wieder ein, als er ihn gefragt hatte, was er wegen Robert Arndt unternehmen wolle. *Kannst du dir das nicht vorstellen, Julius?*

Sein Vater kollaborierte mit den Deutschen, dessen war sich Julius plötzlich sicher. Und er hatte nicht nur Luise Thalmann verraten, sondern auch Militärgeheimnisse weitergegeben. Sein Vater war ein Landesverräter! Diese Erkenntnis erschütterte ihn, denn er wusste, was mit Landesverrätern geschah. Sie wurden zum Tode verurteilt. Was würde mit dem Unternehmen geschehen, wenn sein Vater tot wäre? Würde man es ihm wegnehmen? Er war noch nicht bereit, es alleine zu führen. Sein Herz raste. Hatte er etwa Angst? Er versuchte, tief und kontrolliert zu atmen, um sein Herzklopfen zu bändigen. Noch wusste niemand Bescheid, aber würde man den Vorfall im Gartenhaus untersuchen, käme Fritz Thalmanns Verrat durch Hannas Aussage ans Licht. Und vermutlich auch die Verbrechen seines Vaters. Das durfte er nicht zulassen. »Gut«, sagte er und blickte mit einem milden Lächeln zu Hanna und Oskar. Willis Kopf drehte sich nun auch langsam in seine Richtung. »Ich sage niemandem, was ich hier gesehen habe.«

Hanna reckte ihr Kinn hoch. Es bestand aus einer hässlichen blauvioletten Beule. »Woher kommt dein plötzlicher Sinneswandel?«

Seine Augen wanderten zu Oskar. »Ich schätze unsere Freundschaft. Und ich mag den Schwanenhof. Ein weiterer Skandal wäre nicht gut für das Haus. Ein spielsüchtiger und saufender Hoteldirektor, der den Geliebten seiner Frau umbringt – einen polnischen Internierten ...« Er bemerkte Oskars und Hannas beschämte Gesichter. Sie hatten also von Dorotheas Verhältnis gewusst. Wahrscheinlich war der dumme Fritz Thalmann der einzige Nichtsahnende gewesen.

»Woher weißt du davon?«, fragte Oskar.

»Ich hab's selbst gesehen und deinem Vater gesagt. Dass er gleich so weit gehen würde, hätte ich aber nicht erwartet.«

»Du hast es ihm gesagt? Du Schuft!« Hanna wollte erneut auf ihn losgehen, doch Oskar zog sie zurück.

»Lass ihn.« Oskar wirkte erstaunlich ruhig. »Wir können froh sein, wenn er Willi nicht verrät.«

»Ab- ...«

»Hanna!«, unterbrach er sie. »Sei vernünftig!«

Sie senkte den Kopf. »Gut, du hast recht.«

Zufrieden betrachtete Julius die drei. *Wie erbärmlich!*

Plötzlich fiel ihm etwas ein. Das Manuskript! Wahrscheinlich war es nutzlos, aber er wollte es trotzdem als eine Art Trophäe seinem Vater bringen. Und er konnte Hanna dadurch etwas wegnehmen, das ihr viel bedeutete. Er sah sich um und entdeckte den Kartoffelsack auf dem Boden. Blut klebte daran; er hob ihn trotzdem auf und warf einen Blick hinein. Hanna hatte den Papierstapel in ein Laken gewickelt.

»Das gehört mir!«, rief sie. »Robert gab es mir zur Aufbewahrung.«

Er nahm den Papierstapel heraus und warf den Jutesack weg. »Jetzt ist es meins. Ich betrachte es sozusagen als mein Schweigegeld. Außerdem wird dein Robert wahrscheinlich ohnehin nicht mehr zurückkommen.«

Hanna griff nach dem leeren Kartoffelsack und drückte ihn an ihre Brust, als wolle sie verhindern, dass er ihr diesen auch noch wegnähme. Sie sank zu Boden. »Robert«, flüsterte sie leise und schloss die Augen. Oskar neigte sich zu ihr herab.

Julius war genervt und wollte endlich hier raus. Sein Blick wanderte zu den Leichen. »Hört jetzt auf zu jammern! Wir haben ein anderes Problem.« Er dachte nach und schaute sich im Gartenhaus um, bis ihm ein kleiner Kerzenständer auffiel. »Ich weiß, was wir machen. Wir werden den Schuppen niederbrennen.«

Kapitel 37

Konstantin hatte sich irgendwann während des Erzählens zum Balkon begeben, um zwischen Zimmer und Tür zu rauchen. Inzwischen war er bei seiner dritten Zigarette angelangt. Er stand mit einem Bein auf dem Balkon, mit dem anderen im Zimmer. Draußen tobte ein heftiger Wind, und die Gardinen flatterten wie weiße Flaggen.

»Laut meinem Vater waren Hanna und Oskar zuerst gegen den Brand. Sie haben aber eingesehen, dass es die beste Lösung wäre.« Er trat wieder ins Zimmer. »Ihr wisst jetzt alles. Oder habt ihr noch weitere Fragen?« Seine Stimme triefte vor Sarkasmus.

»Ja«, antwortete Mara gleichmütig. »Mein Großvater hatte Beweise, die Heinrich Hottinger klar belasteten. Ich habe sie selbst gesehen. Warum hat er dies gegenüber Julius nicht erwähnt?«

»Vermutlich hatte er damals noch nicht alle Beweise, sondern nur die, die seinen Vater belasteten, was weiß ich.«

»Warum haben Sie nur das Vorwort vernichtet und das restliche Manuskript aufbewahrt?«, wollte Grace wissen.

Ein genussvoller Ausdruck legte sich auf sein Gesicht. »Es war reizvoll, etwas zu besitzen, das die ganze Welt gerne hätte.«

* * *

Zu viert gingen sie hinunter in die Halle. Die Amerikaner waren inzwischen weg, und so bemerkte Grace gleich Benjamin, der geradewegs auf sie zukam und vor Konstantin stehen blieb. »Die Delegation der Kiba AG ist bereits angereist, Herr Hottinger. Sie sind im Restaurant.«

Konstantin gab ein knappes Nicken zur Antwort. »Komm, Aaron, gehen wir.«

Aaron zögerte. »Ja, gleich.« Er wandte sich an Grace. »Es tut mir leid.«

Sie erkannte aufrichtiges Bedauern in seinem Gesicht, ehe er sich umdrehte und seinem Vater folgte.

»Ich glaube, es tut ihm wirklich leid«, sagte sie zu Mara.

»Ja, aber er ist eine Marionette seines Vaters. Genau wie Julius es damals war. Im Grunde genommen können sie nichts für ihre Handlungen, sie wurden nur nach dem Bild ihrer Väter geformt.«

»Aber irgendwann ist es Zeit, sich zu lösen, oder? Aaron ist kein schlechter Mensch und …«

»Grace, hör auf!«, fauchte Mara. »Du hast doch jetzt, was du wolltest.«

Grace nickte langsam. Ja, sie hatte jetzt, was sie wollte. Dennoch verspürte sie plötzlich wieder Unsicherheit, und sie fragte sich, ob ihre Entscheidung richtig war. Sollte Ferdinand Kirschbaum nicht die Wahrheit erfahren? Sie äußerte ihre Bedenken Mara gegenüber, die ihr daraufhin einen entgeisterten Blick zuwarf. »Was damals vorgefallen ist, ist über siebzig Jahre her! So schlecht Konstantin auch sein mag, er hatte nichts mit dem Verrat seines Großvaters zu tun.«

»Ja, aber trotzdem ist er ein gieriger Geschäftsmann, der mich erpressen wollte. Und Aaron ist auf dem besten Weg, genauso zu werden.«

Benjamin, der die ganze Zeit hinter ihnen gestanden hatte, machte mit einem lauten Räuspern auf sich aufmerksam. »Ihr seid mir noch ein paar Antworten schuldig, meine Damen.«

Nachdem sie ihm in seinem Büro alles erzählt hatten, betrachtete er sie ungläubig. »Und ihr lasst jetzt ernsthaft zu, dass diese Fusion zustande kommt? Ohne dass Ferdinand Kirschbaum die Wahrheit kennt?«

»Aber wir haben keine andere Wahl«, verteidigte sich Grace. »Dein Grundstück und …«

»Das Grundstück ist egal. Ich habe mich bereits damit abgefunden, es nicht zu bekommen. Es ist nun mal häufig so, dass sich Wünsche nicht erfüllen. Und das ist auch nicht schlimm. Viel schlimmer ist, dass ein Mann wie Konstantin Hottinger mit seinen Erpressungsversuchen und seinen Spielchen durchkommt. Und ihr habt dazu beigetragen, dass er auch in Zukunft weiterspielen kann.«

Mara neigte sich vor. »Es geht ja nicht nur um dein Grundstück, sondern auch um die Fortsetzung von *Unvollendet.*«

Benjamin schnaubte. »Die Fortsetzung von *Unvollendet.* Natürlich! Wie konnte ich das nur vergessen?« Er blickte verletzt zu Grace. »Dir ist es wichtiger, deine verdammte Filmrolle zu bekommen, als einem alten Mann die Wahrheit zu sagen.«

»Warum kapierst du nicht endlich, dass es mir gar nicht mehr um die Rolle geht! Ich will das Manuskript, weil es von meinem Großvater ist!«

Mara nickte und wandte sich an Benjamin. »Und dennoch hätte sie darauf verzichtet, um *dein* Grundstück zu retten! Zum Glück haben wir am Ende beides erhalten.«

Benjamin wirkte überrascht. »Das wusste ich nicht. Tut mir leid.«

»Das sollte es auch«, gab Mara schnippisch zurück.

»Aber trotzdem muss Ferdinand Kirschbaum die Wahrheit erfahren.« Er erhob sich. »Kommt mit.«

* * *

Wieder unten in der Hotelhalle bot sich ihnen ein bizarres Bild. Konstantin Hottinger ging flehend neben einem älteren Mann her – Grace vermutete, dass es sich um Ferdinand Kirschbaum handelte –, welcher ihn keines Blickes würdigte und mit seinen vier Begleitern die Aufzüge ansteuerte. »Ferdinand«, bettelte Konstantin und sprach etwas für Grace Unverständliches auf Deutsch.

Ferdinand Kirschbaum blieb kurz vor den Aufzügen stehen und drehte sich um. Er war etwa einen Kopf kleiner als Konstantin und viel schmaler als dieser. Dass er schon siebenundachtzig war, sah man ihm nicht an. Er hatte zwar keine Haare mehr, aber seine hellgrauen Augen blickten wach aus dem faltigen Gesicht. Er sprach zwei Sätze auf Deutsch, dann wandte er sich ab und ließ den verdutzten Konstantin stehen.

»Was hat er gesagt?«, fragte Grace Benjamin.

»Dass er ihm einfach die Wahrheit hätte sagen sollen. Jetzt sei es zu spät.«

»Was da wohl passiert ist?«, wunderte sich Mara.

In dem Moment drehte sich Konstantin mit einem Ruck um. Als er Grace erspähte, raste er auf sie zu, doch Benjamin ging dazwischen und packte ihn an den Schultern.

Mit vor Zorn gerötetem Gesicht schrie er Grace an. »Das ist alles Ihre Schuld! Die Fusion ist geplatzt! Aber glauben Sie ja nicht, dass Sie jetzt noch das verfluchte Manuskript erhalten! Verbrennen werde ich es, oh ja!« Dann schaute er zu Benjamin, der ihn immer noch festhielt. »Und Sie können das Grundstück in Luzern abschreiben! Ich mache euch alle fertig!« Er befreite sich grob aus Benjamins Griff und lief aus dem Hotel. Dabei überrannte er fast zwei Gäste in Begleitung eines Portiers. Verdutzt schauten sie ihm nach.

»Was war denn das eben?«, fragte Mara ungläubig.

Grace trat zur Seite, um dem Portier und den Gästen Platz zu machen. »Scheint, als hätte Ferdinand Kirschbaum doch noch die Wahrheit erfahren.«

»Aber von wem?«

»Von mir.« Aaron war zu ihnen gestoßen.

Grace starrte ihn fassungslos an. »Von dir?«

»Als Vater vorhin die Story von meinem Großvater Julius erzählt hat, wurde mir einiges klar. Deshalb habe ich Ferdinand alles gebeichtet. Mir war bewusst, dass ich dadurch die Fusion riskiere, aber was soll's. Unsere Firma steht auch sonst gut da.«

Grace kniff die Augen zusammen. »Hast du es gemacht, damit Ben das Grundstück verliert? Und ich das Manuskript nicht bekomme?«

»Nein, ihr sollt nach wie vor alles erhalten.«

»Aber dein Vater hat vorhin gedroht …«

Ein feines Lächeln legte sich über Aarons Lippen. »Keine Angst. Ich weiß Dinge über meinen Vater, die ihn … sagen wir, zerstören könnten. Niemand von euch hat etwas zu befürchten. Ich werde jetzt gleich zu ihm fahren und mit ihm sprechen. Ich lasse dir das Manuskript morgen ins Hotel liefern.« Er hielt inne und sah aus, als wolle er noch etwas hinzufügen. Doch dann hob er nur kurz eine Hand und ging davon. Grace sah ihm nach.

Mara stieß einen leisen Pfiff aus. »Das hätte ich jetzt nicht von ihm erwartet.«

»Ich auch nicht«, flüsterte Grace. »Ich komme gleich wieder.« Sie eilte nach draußen. Ein stürmischer Wind wehte ihr um die Ohren, und sie strich sich die herumwirbelnden Haarsträhnen aus dem Gesicht. Aaron wollte gerade in ein Taxi steigen. »Aaron!«

Er sah zu ihr, zögerte kurz und sagte etwas zu dem Taxifahrer. Dann schlug er die Tür zu und kam auf sie zu. »Was ist?«

»Warum hast du das gemacht?«

»Kleine Wiedergutmachung für mein falsches Spiel mit dir. Und ich habe eingesehen, dass es nicht richtig war, die Vergangenheit zu vertuschen. Mein Großvater und mein Vater haben dies getan, obwohl sie beide nichts für die Tat von meinem Urgroßvater konnten. Genauso wenig wie ich. Weißt du, als Vater das erste Mal davon berichtet hat, war seine Schilderung kurz und knapp gewesen, und ich war danach nicht nur schockiert, sondern habe mich auch unendlich geschämt für meinen Urgroßvater. Und genau wie mein Großvater und Vater wollte ich um jeden Preis verhindern, dass dies je an die Öffentlichkeit gelangte. Doch heute sind mir zwei Dinge bewusst geworden. Erstens: Mein Großvater Julius und ich haben viel mehr gemeinsam, als ich dachte. Auch er wollte es seinem Vater stets recht machen, was ihn schließlich dazu veranlasst hat, dessen Tat zu verschweigen. Und zweitens: Wir dürfen uns nicht verantwortlich fühlen für die Fehler unserer Vorfahren, aber wir dürfen sie auch nicht verheimlichen.« Er verfiel in Schweigen, bis ein Windstoß ihm erste Regentropfen ins Gesicht trieb. Er setzte wieder sein charmantes Aaron-Lächeln auf. »Außerdem«, fuhr er grinsend fort, »habe ich Dagobert Duck noch nie gemocht. Viel zu gierig. Mickey Mouse und Donald Duck sind schon eher meine Vorbilder.« Zärtlich strich er ihr eine Haarsträhne aus dem Gesicht. »Mach's gut, Grace.«

Sie drückte seine Hand. »Danke, du auch.«

* * *

Drinnen warteten Benjamin und Mara auf sie. Mara sprach auf sie ein und fragte, ob Aaron wirklich halten würde, was er versprochen hatte.

»Ja, das wird er«, gab Grace zurück.

»Du solltest dringend deinen Flug umbuchen«, riet Mara. »Du bleibst doch noch etwas?«

Grace spürte Benjamins Blick auf sich und schaute zu Mara. »Nein, ich reise morgen wie geplant ab.«

Mara wirkte ebenso erstaunt wie Benjamin. »Aber warum?«

»Das Rätsel ist gelöst. Nur Willi schuldet mir noch ein paar Antworten.«

»Okay. Aber du kommst uns doch wieder mal besuchen, oder?«

Graces Blick wanderte zu Ben. Seine dunklen Augen schienen tief in ihre zu blicken, so dass sie sich darin verlor. Schnell sah sie weg.

»Ja, ich komme bestimmt mal wieder. Irgendwann.« Sie schluckte und setzte gleichzeitig ein geziertes Lächeln auf. »Jetzt muss ich aber packen. Wir sehen uns ja alle morgen noch.«

Sie ging zu den Aufzügen. Etwas in ihr hoffte, Benjamin würde ihr folgen und sie darum bitten, morgen nicht zu fliegen. Aber gleichzeitig wusste sie auch, dass er dies nicht tun würde, und das war vermutlich besser so. Eine Beziehung mit ihm würde ohnehin nicht funktionieren.

Kapitel 38

Freitag, 15. Juli 2016

Benjamin hatte sich gerade von einem Stammgast verabschiedet und wollte wieder hoch in sein Büro, da sah er Grace aus dem Aufzug kommen. Es war also so weit. Sie reiste ab.

»Hi«, sagte sie und legte ihre Schlüsselkarte auf den Tresen.

»Morgen.«

»Der Concierge hat mir vorhin am Telefon mitgeteilt, dass etwas für mich abgegeben wurde.«

Er nickte, ging kurz zum Concierge und holte das Päckchen. »Ist es das, was ich denke?«

»Ich hoffe es.« Sie öffnete das braune Packpapier vorsichtig und zog eine dicke, transparente Hülle hervor. Sorgfältig entnahm sie dieser einen Papierstapel und überflog die Seiten. Das Leuchten in ihren Augen versprühte kindlichen Glanz. »Das Manuskript meines Großvaters.«

Sie bestaunten es andächtig, bis Grace es zurück in die Hülle schob. »Was ist mit deinem Grundstück?«, fragte sie Ben.

»Ulrich Heinzer hat mich vor etwa einer Stunde angerufen. Ich bekomme das Grundstück.«

»Das freut mich.«

»Dann haben wir ja jetzt alle, was wir wollten«, bemerkte er schärfer als beabsichtigt. Er zeigte auf das Manuskript. »Und, gibst du es Matthew Parker?«

»Nein.«

»Nein?«

»Ich habe lange überlegt, aber ich will, dass *Unvollendet* unvollendet bleibt. Außerdem gab es auch in der Fortsetzung kein Happy End, im Gegenteil. Marianne fand nach Edward wieder eine neue Liebe, Leopold. Doch er wurde ermordet von Gustav Graf. Bei allem Respekt für Robert Arndt … meinen Großvater … aber das ist ein schreckliches

Ende, auch wenn es die Wahrheit ist. Er hat Grandma zwar gebeten, die Fortsetzung zu veröffentlichen, aber ich werde es trotzdem nicht tun. Weißt du, ich habe mir stets vorgestellt, wie Leopold Marianne gefunden hat und wie die beiden glücklich wurden. Das Ende von *Unvollendet*, so tragisch es auch ist, lässt zumindest hoffen, dass Leopold überlebt und Marianne im Lazarett begegnen wird. Und dass sie sich ineinander verlieben und glücklich werden. Warum soll ich diese Hoffnung mit der traurigen Realität begraben? Nein, *Unvollendet* soll so bleiben, wie es ist.«

»Und was ist mit deiner Schauspielkarriere?«

»Ich will keinem Traum mehr hinterherjagen, der nicht für mich gemacht scheint. Dafür ist das Leben zu kurz. Ab sofort konzentriere ich mich auf mein zweites Standbein: die Architektur. Seit ich hier in der Schweiz bin, habe ich nämlich meine Faszination dafür wiederentdeckt. Auch dank deines zukünftigen Hotels.«

Benjamin nickte. Er erinnerte sich gut an ihr Gespräch damals über den Umbau des Hotels in Luzern. Ihre fachlichen Kenntnisse hatten ihm imponiert. »Du hattest sehr gute Ideen.«

»Danke.«

»Grace!« Kim kam herbeigeeilt, dicht gefolgt von Mara. Während sich Kim und Grace angeregt unterhielten und Grace ihr das Manuskript zeigte, stellte sich Mara neben ihn und betrachtete die Belegungsübersicht am Computer. Eine gehässige Bemerkung über die Reservierungsleiterin kam ihr über die Lippen, und Benjamin musste schmunzeln. Mara war eben immer noch Mara, auch wenn sie ihm gestern noch versichert hatte, sich zu ändern. Sie wolle den Schwanenhof genauso gut führen wie einst Oskar und Arthur Thalmann, hatte sie gemeint. Aber Menschen änderten sich nun mal nicht über Nacht. Doch in der verbleibenden Zeit, in der er noch im Schwanenhof war, würde er Mara im Auge behalten und wenn nötig zurechtweisen, das hatte er sich fest vorgenommen.

Irgendwann erschien José, der Portier, und teilte Grace mit, dass ihr Taxi auf sie warte. Grace verabschiedete sich von Mara und Kim, und am Schluss auch von ihm. »Alles Gute mit deinem Hotel«, wünschte sie ihm. »Gib Bescheid, wenn es so weit ist, ich komme ganz sicher mal vorbei.«

»Das würde mich freuen.«

Sie sah ihm tief in die Augen, bis er wegschaute.

Kim begleitete Grace noch nach draußen, Mara blieb zurück.

Er spürte ihren Blick auf sich. »Was?«

»Nichts«, meinte sie beiläufig. »Ich habe mich nur gerade gefragt, ob dir wirklich bewusst ist, dass sie abreist.«

»Natürlich.«

»Dann ist ja gut.« Sie schaute wieder auf den Bildschirm und sagte etwas, doch er hörte nicht zu.

Grace reiste ab. Sie ging. Plötzlich erinnerte er sich an die Worte aus *Unvollendet*, die sie ihm einst vorgetragen hatte: *Der einzige Weg, das Leben zu überstehen, ist die Liebe zu wählen.*

Die Liebe. Er hatte einst geliebt, nämlich Leonie. Und ein Teil in seinem Herzen würde immer ihr gehören, aber was wäre so schlimm daran, wenn er wieder eine neue Liebe zuließe? Grace und er hatten eine Chance, nicht wie damals Edward und Marianne, oder Robert und Hanna.

Und er wollte diese Chance nutzen.

Er ignorierte Mara, die ihn etwas gefragt hatte, und rannte nach draußen. Grace wollte gerade ins Taxi steigen, und Kim wünschte ihr eine gute Reise.

»Grace!«

Sie und Kim sahen gleichzeitig zu ihm.

»Ben? Habe ich etwas vergessen?«, fragte Grace.

Er trat auf sie zu und strich ihr über das Gesicht. »Ich will nicht, dass du gehst«, flüsterte er. »Bleib hier. Bitte.«

Sie wirkte verblüfft und überrumpelt. Seine Erwartung, sie würde ihm gleich in die Arme fallen, erfüllte sich nicht. Stattdessen sah sie ihn nur ernst an, als stünde sie vor einer schweren Entscheidung.

Kapitel 39

Drei Tage später

Los Angeles
Montag, 18. Juli 2016

Willi streichelte Gandalf, während es sich Summer und Spring neben ihm auf der Couch gemütlich gemacht hatten und sich eng an seinen Körper schmiegten.

Nachdem ihm Grace alles erzählt hatte, beäugte er sie voller Misstrauen. Sein Mund war verkniffen und schmal wie ein Strich. »Und jetzt? Was hast du vor mit deiner Erkenntnis? Willst du meinen Ruf ruinieren?«

»Ach, Willi! Natürlich nicht. Was du damals getan hast, wird für immer ein Geheimnis bleiben. Ich verstehe nur nicht, weshalb du mir nicht einfach die Wahrheit gesagt hast.«

»Weil Hanna, Oskar und ich uns geschworen haben, nie darüber zu sprechen. Ich wollte meinen Schwur nicht brechen. Hanna aber hätte es beinahe getan. Als ich sie nach ihrem Zusammenbruch im Krankenhaus besucht habe, erzählte sie mir von Leonies Nachrichten. Die erste E-Mail hatte sie noch ignoriert, doch als die zweite kam, wurde sie nervös. So nervös, dass sie im Restaurant zusammenbrach. Der demente Oskar hatte etwas ausgeplaudert, und Hanna meinte, es sei endlich an der Zeit, jemandem alles zu erzählen. Wir würden ja nicht mehr so lange leben, hatte sie gesagt. Ich wollte das nicht! Ich wollte nicht zulassen, dass die Geister der Vergangenheit mich heimsuchten, auch wenn ich schon alt bin. Abgesehen von meinem Bein geht es mir gesundheitlich recht gut, ich habe also vielleicht noch ein paar Jahre vor mir. Stell dir vor, es käme heraus, dass der bekannte Star-Staatsanwalt Willi Thalmann, der sich stets so für die Gerechtigkeit eingesetzt hatte, in der Vergangenheit ein Schmuckdieb und Mörder gewesen war! Aber Hanna blieb stur. Sie wollte sich mit dieser Leonie treffen, und ich konnte sie nicht davon abhalten. Doch dann kam alles anders. Leonie hatte noch vor dem Treffen einen tödlichen Unfall. Hanna war erschüttert, und sie hatte Angst, dass Leonie vielleicht sogar gestorben war, weil sie zu viel gewusst hatte. Sie beschloss, nicht mehr darüber zu reden. Mit niemandem. Ich war beruhigt, bis du plötzlich bei mir aufgetaucht bist mit deinen Fragen. Deshalb kontaktierte ich Aaron Hottinger. Ich wusste, dass der Enkel von Julius Hottinger die Niederlassung hier in L. A. führt. Und ich ahnte, dass er über das Familiengeheimnis informiert war. Ich hatte mich nicht getäuscht.« Er hörte auf, Gandalf zu streicheln, und starrte auf seine faltigen Hände.

»Woher wusstet du überhaupt, dass die Hottingers auch ein Geheimnis bewahren mussten? Oskar fand doch damals nur heraus, dass sein Vater Verrat begangen hatte. Ach, und wenn wir schon dabei sind, wie hat Oskar davon erfahren?«

»Er war misstrauisch, weil sein Vater das Manuskript unbedingt haben wollte und deswegen sogar Hanna zusammenschlug. Er stellte ihn zur Rede, doch Onkel Fritz war betrunken und weigerte sich zu reden. Dann fiel Oskar ein, dass er ihn kürzlich dabei erwischt hatte, wie er eine Akte in seinem Büro verstecken wollte, und als er ihn danach gefragt hatte, war er ausgewichen. An jenem Sonntag durchsuchte Oskar dann das Büro seines Vaters. Die Akte fand er nicht, dafür aber Hinweise auf seine Spionagetätigkeiten. Es war ein Notizbuch, in dem Onkel Fritz alles über Luises Fluchtorganisationen notiert hatte.« Willi brach ab. Die Erinnerung an seine Mutter schien ihn zu quälen. Erst als Gandalf ihm winselnd mit der Nase gegen den Unterarm stupste, um wieder gestreichelt zu werden, fuhr er fort. »Im Gartenhaus sprach Oskar Onkel Fritz auf die Unterlagen an, und der gestand alles. Ich war so voller Hass auf Fritz, dass ich gar nicht mehr anders konnte, als … du weißt schon.« Er schloss die Augen. »Jedenfalls stieß Oskar in den Fünfzigerjahren, beim Umbau des Hotels, auf weitere Beweise, aus denen klar hervorging, dass Heinrich Hottinger die Anlaufstelle von Fritz gewesen war und Fritz tatsächlich nur ein Mittelsmann. Oskar hat damals Kontakt zu Julius aufgenommen. Dessen Vater war kürzlich verstorben. Er konfrontierte ihn mit den Beweisen. Sie führten ein langes Gespräch, und Oskar sah ein, dass Julius keine Schuld an den Taten seines Vaters hatte. Außerdem hatte sich Julius inzwischen mit Ferdinand angefreundet, und er zahlte noch immer freiwillig hohe Entschädigungen an die Zwangsarbeiter, die während des Krieges für die Hottinger AG in Deutschland eingesetzt waren. Oder zumindest an die Hinterbliebenen. Oskar wollte mich und Hanna aber trotzdem über den Fund der Beweise in Kenntnis setzen, und deshalb hat er mich informiert. Ich war damit einverstanden, Stillschweigen zu bewahren.«

»Und Grandma?«, fragte Grace.

»Ich wusste, wie sehr Hanna noch immer unter Roberts Tod litt und dass sie insgeheim Fritz dafür verantwortlich machte, deshalb hielt ich es für besser, die alten Wunden nicht aufzureißen. Hanna hätte vermutlich Gerechtigkeit gewollt. Du darfst mich jetzt nicht falsch verstehen, auch ich war immer für Gerechtigkeit. Aber ich stand damals am Anfang meiner Anwaltskarriere und hatte die Schatten der Vergangenheit endlich überwunden. Ich habe befürchtet, dass auch die Gartenhaus-Geschichte wieder aufgewirbelt würde, wenn wir uns mit Julius Hottinger anlegten. Und das wollte ich natürlich vermeiden. Deshalb beschlossen Oskar und ich, Hanna nichts von den neuen Beweisen zu sagen. Dass Oskar sie all die Jahre aufbewahrt hat, wusste ich nicht.« Er starrte ins Leere. »Weißt du, ich habe mich wirklich geschämt. Mein ganzes Leben lang hat mich meine Tat schwer belastet. Ich habe einen Menschen ermordet; so etwas steckt man nicht so einfach weg. Und dann war ich auch noch ein Schmuckdieb. Aber ich habe meine Vergangenheit hinter mir gelassen und wurde einer der besten Staatsanwälte des Landes. Vielleicht habe ich darin eine Art Wiedergutmachung gesehen.« Er kraulte Gandalf den Nacken und streichelte gleichzeitig Summer, die inzwischen auf seinen Schoß geklettert war.

»Fritz Thalmann war ein schlimmer Mensch«, bemerkte Grace. »Er hatte den Tod verdient.«

Er seufzte. »Das fand ich damals als Fünfzehnjähriger auch. Onkel Fritz hat meine Mutter verraten. Und er hat den netten Jakub umgebracht. Aber Jahre später wurde mir bewusst, dass ich falsch gehandelt hatte. Fritz war zwar kein guter Mensch, aber den Tod hatte er nicht verdient.«

Grace trank einen Schluck Tee. Sie wollte nicht mehr über Fritz Thalmann sprechen, etwas anderes beschäftigte sie. »Willi, Robert Arndt … mein Großvater«, es erschien ihr noch immer eigenartig, von Robert Arndt als ihrem Großvater zu sprechen, »er wurde damals im September 1944 verhaftet, etwa einen Monat, nachdem die Widerstandsgruppe rund um Heinz Ritter aufgeflogen war. Obwohl mein Großvater einen Decknamen trug, fanden die Nazis seine wahre Identität heraus. Wie konnte das sein? Und steckte tatsächlich Heinrich Hottinger dahinter?«

»So genau kann ich dir das auch nicht beantworten, aber es ist gut möglich, dass Heinrich Hottinger seiner Kontaktperson in Deutschland einen Hinweis gab. Und durch die Verbindung zu Gerda Ritter, deren Vater ja verhaftet worden war, stießen sie womöglich auf Robert. Womöglich hat man auch die verhafteten Mitglieder verhört und weitere Namen aus ihnen herausgepresst.«

Grace schaute ihn traurig an. »Hätte er doch nur auf Grandma gehört und wäre nicht zurückgegangen. Es hat ihm nichts gebracht. Er konnte Dieter von Blatten nicht töten, um seinen Vater zu rächen.«

»Aber von Blatten hat sich in den letzten Kriegstagen selbst gerichtet. Vergiftet mit Blausäure.«

»Schon, aber mein Großvater hat es nicht mehr erfahren.«

»Denk nicht daran, Grace! Denk daran, was dein Großvater hinterlassen hat. Nämlich deinen Vater, und dich und deine drei Brüder. Deren Kinder. Er wäre bestimmt stolz auf euch.«

Grace hob die Schultern. Sie war sich nicht sicher, ob Robert Arndt stolz auf sie wäre, sie hatte ja nicht mal seinen Wunsch, die Fortsetzung von *Unvollendet* zu veröffentlichen, erfüllt. Aber wenigstens hatte sie das Manuskript zurück in die Familie geholt. Plötzlich fiel ihr noch etwas ein. »Sag, Willi, weißt du zufälligerweise, was aus dem Amulett wurde?«

»Amulett?«

»Das Amulett, das Edward Leopold überreicht hat, um es Marianne zu geben. Joachim Arndt fand es später in Mariannes Sachen.«

Willi warf den Kopf zurück. »Das Amulett! Natürlich. Hanna entdeckte es damals im Kartoffelsack, den sie aus dem Gartenhaus gerettet hatte. Trotz der Blutspuren wollte sie diesen Sack unbedingt aufbewahren. Außer einem Foto war es das Einzige, was sie von Robert besaß. Später fand sie das Amulett darin. Es hatte sich im Gewebe des Jutesackes verfangen. Und da Robert Arndt nichts davon in seinem Vorwort geschrieben hatte, wusste niemand Bescheid. Hanna ging davon aus, dass Robert es von seiner Mutter bekommen hatte, die es ihrerseits nach dem Tod von ihrem Mann in dessen Sachen gefunden haben muss.«

»Was hat Grandma damit gemacht?«

»Sie nahm es mit und bewahrte es in einer Schatulle auf. Als du deinen Besuch angekündigt hast, holte ich es heraus. Und ich nahm auch das Notebook, damit du nicht auf Hannas E-Mails von Leonie Thalmann stoßen würdest. Mir war aber nicht bewusst, dass ein Tagebuch existierte.«

»Darf ich das Amulett haben?«

»Ja, sicher.«

Kurz darauf hielt Grace das Amulett in ihren Händen und strich zärtlich darüber. Keltische Verzierungen prägten die bronzene Oberfläche. »Es ist sonderbar, wenn ich daran denke, dass Edward dieses Amulett kurz vor seinem Tod auf dem Schlachtfeld Leopold übergab. Edward und Leopold. Oder besser gesagt, Gregory und Wilmar, wie sie richtig hießen.«

»Was hast du eigentlich mit der Fortsetzung gemacht?«, fragte Willi.

»Ich habe sie meinem Vater gegeben. So besitzt er wenigstens etwas von seinem richtigen Vater.«

»Und wie hat Matthew Parker reagiert? Er wollte die Fortsetzung doch verfilmen, nicht wahr?«

»Ja, du hast recht. Ich war aufrichtig zu ihm und habe ihm die Fortsetzung sogar gezeigt. Als er erfuhr, wie traurig die Geschichte von Leopold und Marianne ausging, fand er auch, man sollte sie nicht verfilmen.« Grace lächelte, als sie an Matthew dachte. Er hatte sich entschuldigt, weil es nun keine Rolle für sie gebe. Dann hatte er angeboten, sie in einem seiner nächsten Projekte zu berücksichtigen, doch es hatte eher so geklungen, als fühle er sich dazu verpflichtet. Grace hatte ihm dann mitgeteilt, dass sie sich nicht weiter auf die Schauspielerei konzentrieren wolle, sondern bereits ein anderes Projekt habe. Sie würde weiterhin bei ihrem Vater arbeiten, allerdings nicht mehr als Assistentin, sondern als Architektin. Und ein erstes großes Projekt hatte sie bereits. Sie lächelte versonnen, als sie daran dachte. Ihr Projekt in der Schweiz.

Kapitel 40

Einen Monat später

Zürich
Dienstag, 16. August 2016

Grace entdeckte ihn gleich, obwohl er etwas abseits von den Leuten stand, die in der Ankunftshalle des Flughafens versammelt waren, um ihre Angehörigen und Freunde zu empfangen. Sie bahnte sich einen Weg durch die Menschenmenge und schlängelte sich mit ihrem Gepäck an zwei sich umarmenden älteren Frauen vorbei.

Benjamin kam ihr entgegen. Ein Lächeln umspielte seine Lippen. »Hallo.«

»Hi.« Ihr Herz pochte so heftig, als wollte es ihr gleich aus der Brust springen. Ihre Gefühle hatten sich nicht verändert, seit sie vor einem Monat abgereist war. Nachdem Benjamin sie damals gebeten hatte, nicht zu gehen, war sie schweren Herzens trotzdem ins Taxi gestiegen. Sie müsse in L. A. noch ein paar Dinge erledigen, hatte sie ihm erklärt, versprach aber, wieder zurückzukommen. Und hier war sie nun. Bereit, ihm bei seinem Bauprojekt als Architektin zur Seite zu stehen. Und bereit für eine gemeinsame Zukunft.

»Ich habe dich vermisst«, flüsterte er und näherte sich ihrem Gesicht.

»Ich dich auch«, hauchte sie und erwiderte seinen Kuss.

Personenübersicht

Grace Miller (*1987)

Benjamin Landolt (*1982)

Die Millers
Hanna Miller, geborene Thalmann (1925–2015, Graces Großmutter)
George Miller (1916–2000, Graces Großvater)
Joseph Miller (*1945, Sohn von Hanna und George, Graces Vater)
Iveta Miller (*1936, Georges zweite Frau)

Die Thalmanns
Arthur Thalmann (1899–1943, Hannas Vater)
Luise Thalmann (1904–1943, Arthurs Ehefrau, Hannas Mutter)
Willi Thalmann (*1929, Hannas Bruder)
Fritz Thalmann (1902–1944, Arthurs Bruder)
Dorothea Thalmann (1906–1990, Fritz' Ehefrau)
Oskar Thalmann (*1924, Sohn von Fritz und Dorothea, Hannas und Willis Cousin)
Samuel Thalmann (1951–2014, Oskars Sohn, Vater von Kim, Mara und Leonie)
Kim Thalmann (*1980, Oskars Enkelin)
Mara Thalmann (*1983, Oskars Enkelin)
Leonie Thalmann (1985–2015, Oskars Enkelin)

Die Hottingers
Heinrich Konrad Hottinger (1892–1953)
Julius Hottinger (1924–2009, Heinrichs Sohn)
Konstantin Hottinger (*1950, Julius' Sohn)
Aaron Hottinger (*1981, Konstantins Sohn)

Die Arndts
Joachim Arndt (1887–1929)
Katharina Arndt (1895–1943, Joachims Ehefrau)
Robert Arndt (1919–1944, Sohn von Joachim und Katharina)

Romanfiguren aus Joachim Arndts »Unvollendet«
Edward (englischer Soldat)
Leopold (deutscher Soldat)
Marianne (deutsche Krankenschwester)

Danksagungen

Meinem Mann Fabian für seine Geduld und sein Verständnis.

Meiner Familie und meinen Freunden, die mich stets motivieren und an mich glauben.

All meinen lieben Testlesern: Anne Rettenbacher, Lisa Jaeggi, Ruedi Jaeggi, Rosemarie Bosshard, meinem guten Autorenfreund Martin Fischer und seiner Frau Elisabeth Fischer, Sandra Maric, Alexandra Schädlich, Danielle Jeckelmann und Fabienne Portmann. Eure Kritik, Ideen und Tipps sind sehr wertvoll für mich und bereichern die Geschichte.

Tiziana Buttino Lamari für die kleine Übersetzung auf Italienisch.

Dem ganzen Team von »Forever by Ullstein«, besonders aber meiner Lektorin Caroline Funke, dank der das Manuskript den letzten Schliff erhielt.

Und natürlich den Zeitzeugen und all den anderen Personen, die mich während meiner Recherchearbeit unterstützt haben.

Liebe Leserinnen und Leser,

ich freue mich, dass Sie »Unvollendet« gelesen haben, und hoffe, es hat Ihnen gefallen!

Wenn Sie wissen möchten, wann mein nächstes Buch erscheint, und Sie auch sonst keine Neuigkeiten aus dem Forever Verlag verpassen wollen, melden Sie sich bitte unter der folgenden Adresse für den Newsletter des Verlags an: http://forever.ullstein.de/newsletter/

Auf meiner Facebook-Seite (https://www.facebook.com/Christine-Jaeggi-802569229888293/) teile ich regelmäßig Neuigkeiten und auch Textausschnitte mit meinen Leserinnen und Lesern. Ich würde mich freuen, Sie dort wiederzutreffen!

Weitere Informationen über meine vorherigen Bücher finden Sie auch auf meiner Webseite (https://christinejaeggi.jimdo.com/).

Auch auf Twitter führe ich gern Gespräche mit meinen Leserinnen und Lesern.
Dort findet man mich unter diesem Link: www.twitter.com/chris5 782

Rezensionen sind für AutorInnen ein wichtiges Feedback und auch für LeserInnen sehr hilfreich bei der Wahl ihres nächsten Buches. Wenn Sie Ihren Eindruck von meinem Buch zusammenfassen und mit anderen teilen möchten, freue ich mich sehr.

Ich wünsche Ihnen weiterhin viel Freude beim Stöbern und Lesen

Ihre Christine Jaeggi

Georges-Patrick Gleize

Le sentier des pastelliers

ROMAN

Albin Michel

1

À l'ombre des acacias

En cette fin de matinée du mois de juin 1912, le soleil était déjà chaud et une brise légère animait les collines du Lauragais, faisant bruire la mer dorée des champs de blé qui uniformisait le paysage. La monotonie était seulement coupée de temps à autre par une pièce de luzerne ou un carré d'avoine encore verte. Quelques rares arbres, frênes tendus vers l'azur, acacias aux épines acérées, marquaient le flanc des coteaux les plus raides, en soulignant la pente des talwegs. Merles et tourdes allaient d'un bosquet à l'autre pour préparer leur deuxième couvée. Au loin, seule la silhouette massive des Pyrénées venait souligner l'horizon d'un trait plus sombre, rappelant que l'on était ici en Occitanie. Dans l'azur d'un bleu à l'unisson de celui des charrettes qui cahotaient sur les chemins poudreux, les cumulus commençaient à danser la gigue. L'autan allait débuter son cycle infernal des trois-six-neuf jours qui usait les nerfs, excitant bêtes et hommes, y compris les humeurs les plus pacifiques, même s'il n'était pour l'instant qu'un souffle tiède, un doux zéphyr, une respiration furtive.

Dans cette basse Ariège, à la frontière du Lauragais, la nature, avec quelques bosquets d'acacias et des cyprès isolés, prenait des airs de Toscane. Douze ans auparavant, on avait changé de siècle, mais sur le coteau dominant la plaine de Mazères, le progrès, les automobiles et leurs moteurs à pétrole restaient lointains. Qui s'en souciait ! Ici, le pas de l'homme et du cheval constituait toujours la mesure du temps. Depuis le début du mois, les jours avaient pris cette douceur sucrée pleine des promesses de l'été tout proche. Ainsi allait la vie… Sur les bas-côtés des routes vicinales mal empierrées qui reliaient les grosses fermes les unes aux autres, des grappes de sauterelles grises et vertes s'échappaient à l'approche du passage des attelages des chevaux et des bœufs. Avec les premières chaleurs, le ruisseau du Gallibert, qui marquait la limite avec le département de la Haute-Garonne, psalmodiait plus modestement entre les pierres moussues dans le creux du talweg proche. L'eau, dans le Midi toulousain, restait toujours un problème en été sous le soleil qui grillait les cultures, assoiffant hommes et bêtes.

La charrette commençait à monter paisiblement en suivant les courbes du chemin ocre de poussière, au rythme du percheron gris. À chaque tour de roue, le bandeau de fer qui cerclait la jante de bois couinait sur les pierres polies, tandis que les grillons, apeurés, faisaient taire le crissement de leurs élytres. François-Xavier, Ferdinand, Joseph Donnadieu, que tous appelaient François dans le pays, ou le Francou, comme son père et son grand-père, tenait mollement les rênes de cuir patinées. Vêtu d'un pantalon de coutil rapiécé aux genoux, le bas du dos entouré d'une longue ceinture de flanelle bleue pour maintenir les reins et préserver sa force, il arborait comme d'habitude une chemise de toile grossière, qu'il portait manches retroussées dès les premières chaleurs.

Assis sur une simple planche en bois placée en travers des ridelles et servant de banc de cocher, François Donnadieu se laissait bercer par les cahots de l'attelage qui le ramenait tranquillement à l'« oustal », à la maison, comme on dit ici en terre occitane. Quelques grosses mouches bleues bourdonnaient, agressives, autour de la tête du cheval, dont les yeux étaient protégés par des œillères. Parfois, elles venaient frôler le visage de François, qui les chassait d'un revers de main machinal. À voix basse, il fredonnait une ritournelle au refrain lancinant qui lui galopait dans les méninges comme les insectes autour des oreilles. Il faisait ainsi de la musique avec les mots chantants de cette langue ensoleillée qu'il parlait mieux que le français. Dans l'air tiède, le son de la cloche de l'église de Mazères, au loin, le tira de sa rêverie et il se mit à marmonner pour lui-même :

– Macarel ! Midi déjà ! Il est temps de rentrer pour déjeuner. J'ai bien assez travaillé ce matin !

À quarante ans passés, malgré une calvitie galopante, François restait vert. La silhouette, bien sûr, s'était un peu empâtée, mais il conservait une certaine prestance. Il avait toujours mené la vie saine des paysans et se sentait encore assez de jeunesse dans les veines pour faucher sans effort un beau carreau de pré dans la journée. Aîné des trois enfants de la famille Donnadieu, il était resté à la terre, tandis que ses deux frères, après un apprentissage, s'étaient établis le second comme garçon quincaillier à Toulouse et le dernier comme ouvrier menuisier à Carcassonne. Tandis que les cadets fondaient famille, lui était resté célibataire endurci, vivant seul avec sa mère âgée.

Jovial et accueillant, toujours boute-en-train, aimant la galéjade, François Donnadieu était le type même du bon vivant apprécié pour sa compagnie. Cette naturelle propension à la fête l'entraînait parfois à faire des écarts. À l'occasion des grandes foires, il se laissait encore aller de temps en temps à ces virées que la morale réprouve, dans une maison de Pamiers, là où l'anonymat était garanti. Seules quatre rides d'expression lui barrant le front, une par décennie, venaient lui rappeler son âge. Il salivait par avance en pensant au verre frais de Négrette, ce vin rouge de pays pas très alcoolisé qu'il boirait en rentrant, pour se « défatiguer ». Après le déjeuner, il goûterait encore un moment agréable, celui de la sieste, à laquelle il dérogeait rarement en été.

À l'arrière de la charrette, à côté de la faux et du râteau en bois, serrées dans une grossière « bourasse », cette toile à sac du pays, quelques bonnes fourchées de foin frais embaumaient. L'herbe du pré de Brescou, qu'il avait commencé de faucher après que le soleil eut séché la rosée du matin, était riche et gorgée de sève. Elle servirait à nourrir pour la journée la Noiraute, qui, avec la Roussette et la Bouny, constituait son petit capital. L'herbe était grasse et les vaches gourmandes. François savait qu'en récompense d'une nourriture soignée, elles lui donneraient chacune une bonne dizaine de litres de lait crémeux. Ce lait, il le vendrait facilement le lendemain au marché hebdomadaire de Mazères, et plus cher qu'à Léon Duffetel, le ramasseur habituel qui passait une fois par semaine pour le compte de la Laiterie des Pyrénées. C'était là un apport d'argent quotidien non négligeable, car François Donnadieu n'était pas aussi riche que nombre de ses voisins de la plaine ou du coteau qui, avec les progrès de la révolution industrielle, s'étaient reconvertis dans la grande culture. Sa ferme, modeste, ne comptait qu'une quinzaine d'hectares. Heureusement, les terres, bien réparties, permettaient une polyculture productive qui les avait toujours nourris.

Passé le carrefour qui menait à la borde du Perier, le chemin était un peu plus raide et quelques « rampailhous » conféraient des airs de montagne à la pente des coteaux. Mais Grisou, en vieux routier du circuit, savait doser ses efforts et modulait sa traction sur son collier de cou. Aussi François Donnadieu n'avait-il pas besoin de le solliciter davantage. Au détour du chemin, il aperçut un âne tirant une petite jardinière chargée de deux bidons. Pauline Marty, assise sur le siège, les rênes tenues d'une main ferme, descendait vers la plaine. Âgée d'une trentaine d'années, la taille bien faite et le visage avenant avec sa masse de cheveux châtain foncé retenus par un foulard, elle était venue faire la bru, dix ans auparavant, à la ferme de Pissaurel.

En devenant épouse Marty, Pauline avait fait à coup sûr un beau mariage. Cette grande borde de trente-huit hectares qui nappaient tout le mamelon, à deux kilomètres de chez les Donnadieu, était l'une des plus belles du pays. Toute couverte de tuiles, la grande bâtisse rectangulaire était flanquée de granges, d'étables, d'imposantes remises et d'un vaste hangar largement ouvert par des arches et des piliers bâtis en briques crues, tous aptes à recevoir d'abondantes récoltes. Les Marty, qui l'occupaient depuis plusieurs générations, étaient âpres et rudes, certes vaillants, mais aussi durs au labeur qu'en affaires. La richesse de la borde de Pissaurel, propriété patiemment constituée par de nouvelles acquisitions, leur valait la méfiance des laboureurs de la commune. D'ailleurs, à la différence de beaucoup de petits propriétaires, ils employaient deux valets et deux garçons d'écurie. Les mauvaises langues les accusaient, non sans raison, de vouloir tout acheter. Sans être les seigneurs de la commune, ils en étaient les coqs et passaient à juste titre pour avoir de l'argent. Bien que Pauline fût une femme sérieuse, son charme, sa grâce et sa bonne humeur naturelle, qui tranchaient sur l'air renfrogné des autres Marty, ne manquaient pas d'attirer les regards sur elle. Cela rendait son niais de mari, Léopold, jaloux, au point de lui interdire de parler aux voisins, surtout à ce François Donnadieu connu pour sa réputation de joyeux drille.

– Adissiats, Pauline…, lança François, une fois parvenu à sa hauteur, en stoppant Grisou d'un coup de poignet sur les rênes.

– Coussin'bas, comment vas-tu, François… tu as fini la journée ?

– La matinée seulement ! Je rentre déjeuner. Et toi ? Où tu vas comme ça ?

– Hé ! tu vois, je vais vendre mon lait.

– Ah ! Dommage que tu prennes la direction d'où je viens, répondit François, l'air blagueur.

– Pourquoi ?

– Je t'aurais amenée un bout de chemin…

– Tu sais bien que Léopold m'arracherait les yeux s'il nous voyait ainsi.

– Avec une jolie femme comme toi, pour tout couillon qu'il est, il n'a peut-être pas tort d'être jaloux…

– Il n'a pourtant pas à se plaindre de moi.

– Je n'en doute pas, mais, dis-moi, la Margot, comment va-t-elle ?

– Depuis qu'elle est tombée de la grange, elle perd de plus en plus la boule, mon pauvre ! Y a des jours, elle ne parle même pas, à personne… ou alors, elle dit des mots qu'on comprend pas ! Des fois, on se demande si elle nous reconnaît encore !

– À ce point ! C'est vrai qu'il y a quelque temps que je ne l'ai pas vue, ta belle-mère…, fit François pensif, en songeant que sa méchanceté proverbiale était ainsi punie.

– Depuis son accident, elle ne sort plus beaucoup…

– C'est bien ce que j'avais entendu dire. Mais pourquoi ?

– Elle serait un peu fugueuse, tu vois…

– Et elle se perd ?

– Elle a du mal à rentrer ! La semaine dernière, Léopold a même été obligé de l'enfermer, quand on est partis au marché.

– Elle n'est pas si vieille, pourtant, pour retomber en enfance !

– Que non ! Ça lui fait tout juste cinquante-neuf ans… Tu te rends compte qu'elle fait presque plus la cuisine, elle qui était un cordon-bleu !

– Oh, je me rappelle bien les repas des moissons chez vous, et puis ton mariage aussi ! Qu'est-ce qu'on s'était mis !

– Pour elle, tout ça, c'est terminé… et je ne te parle pas du reste…

– Quel malheur de devenir comme ça quand on a été une femme si active, si vaillante !

– C'est vrai qu'elle était dure à la tâche, autant pour elle que pour les autres.

– Mais ça va s'arranger, peut-être…

– Oh ! je commence à en douter. Ça fera quatre mois à la fin de la semaine prochaine.

– Alors, c'est toi qui commandes maintenant ?

– Tu parles, le vieux Mathurin est toujours là et il veille au grain, tu peux me croire. Devant lui, Léopold, il baisse la tête. C'est pas lui qui décide et quand le « païre » donne un ordre, il regimbe pas ! Bon, François, faut que je me dépêche si je veux être remontée avant que les hommes ne rentrent !

– Ah ! c'est vrai que vous mangez toujours tard, vous, répondit François en se souvenant des repas pris à Pissaurel, quand, plus jeune, il faisait quelques journées chez ses voisins pour arrondir son pécule avant d'aller courir les fêtes des villages environnants.

– Allez, adissiats, fit Pauline en secouant les rênes sur le dos de son âne.

François continua son chemin. Encore deux virages, quelques centaines de mètres, et il parviendrait à la vieille ferme familiale, où les Donnadieu étaient installés depuis l'éternité des temps. Deux magnifiques acacias en ornaient la cour. L'« oustal », c'était une bâtisse toute simple, construite à la mode du pays, en briques simplement séchées au soleil, mêlées à un appareillement de galets qui alternaient en couches parallèles. Couvert de tuiles romanes, le toit à quatre pans carrés accusait le poids des ans et les lignes des faîtières gondolaient sous l'affaissement des lambourdes. Le bâtiment principal se prolongeait de part et d'autre des dépendances à vocation agricole. À droite s'étendaient une grange et un hangar ouvert à tous les vents, où s'entassaient la faucheuse à cheval, le double brabant, la charrue à défoncer, les herses, le cultivateur, le râteau faneur. Ces instruments avouaient pour la plupart un âge certain et témoignaient du soin des Donnadieu à faire durer ces choses que l'on savait coûter cher. À gauche, c'était les étables, la « pourcatière » où s'ébattaient trois jeunes cochons destinés à être occis au début de l'hiver, les lapinières, le poulailler où l'on enfermait la volaille, le soir, par crainte du renard.

L'état de la ferme trahissait le laisser-aller bon enfant de son propriétaire moins enclin à faire des réparations coûteuses qu'à abattre le travail quotidien. L'habitation proprement dite occupait le rez-de-chaussée et un vaste grenier courait sous le toit, où s'amoncelaient des objets cassés qu'on gardait au prétexte que « ça peut servir ». François Donnadieu y entassait aussi les sacs de grain chaque année, en juillet, à l'issue des moissons. En dessous de ce bric-à-brac, la grande salle pourvue d'une vaste cheminée, éclairée d'une fenêtre aux rideaux rouges, les vitres tachetées de chiures de mouches, servait de pièce à vivre. Une petite souillarde, sombre et fraîche, aux étagères encombrées de bocaux et de pots de confit bleu et marron, faisait office de débarras et de desserte. Là, dans la médiocre clarté d'un fenestrou étroit, deux garde-manger grillagés suspendus par un crochet aux lambourdes se balançaient dans le courant d'air des portes ouvertes.

Sous la fenêtre de la salle, un évier de pierres grises laissait écouler ses eaux usées par un trou à même le mur. Les Donnadieu, comme tous les gens du pays, n'avaient pas l'eau courante et, matin et soir, été comme hiver, il fallait sortir pour tirer un seau ou un broc à la pompe qui plongeait son tube-aspirateur dans les profondeurs noires d'un puits maçonné. Un grand volant en fonte en actionnait le mécanisme puissant. Jadis, c'était là le travail dévolu aux enfants. L'eau restait ici toujours un vrai problème et tous, sur le coteau, surveillaient le niveau des ruisseaux et des nappes en période estivale avec angoisse. Les plus mal lotis dans l'inégale répartition des nappes phréatiques avaient fini par construire des citernes, mais, trop sommairement maçonnées, elles fuyaient souvent.

De part et d'autre de la salle, avaient été aménagées deux petites chambres aux murs blanchis à la chaux. Les lits et les armoires en occupaient presque tout l'espace au point qu'on avait du mal à s'y mouvoir. Les portes étaient si basses qu'il avait fallu démonter ces meubles fabriqués par un menuisier de Mazères pour les y faire entrer. Il est vrai que c'était jadis des resserres et que leur transformation en chambres individuelles, une vingtaine d'années plus tôt, pour préserver l'intimité des uns et des autres, avait impliqué quelques sacrifices. Résultat, on devait se courber pour entrer et seule la mère de François, voûtée par l'âge, n'avait pas à baisser la tête. Les « fenestrous » qui les éclairaient étaient si étroits qu'ils ne dispensaient qu'une faible lumière, même en plein midi. Mais on n'était pas sur terre pour dormir, marmonnait en patois entre ses chicots Augustine Donnadieu, soixante-trois ans passés, le visage aussi ridé qu'une reinette oubliée dans un coin du grenier au sortir de l'hiver.

Grisou s'arrêta tout seul dans la cour. François le libéra du charreton, lui ôta ses traits et l'amena à l'écurie. Personne n'aurait jamais laissé une bête dehors en plein midi. Elles aussi avaient droit au repos réparateur, à l'ombre tiède et au bac d'eau fraîche.

Grisou rentré, François actionna la pompe et se rafraîchit en se mouillant le visage et la nuque pour chasser la poussière, puis il s'essuya avec un mouchoir à gros carreaux verts et bleus. Ce débarbouillage achevé, il entra dans la maison, franchissant le seuil en pierre de taille qui luisait dans le jeu d'ombre et de lumière du soleil à travers les feuilles des acacias.

Les soirs où il avait bu un coup de trop, son père prétendait que la maison existait déjà au temps des abbés de Boulbonne, peut-être même à l'époque des comtes de Foix et de Gaston Phébus ! Il est vrai qu'une superbe coquille ornait le linteau de pierre de la porte d'entrée, un signe pour les pèlerins d'autrefois qui n'hésitaient pas à traverser l'Europe pour aller prier à Compostelle. De cet ornement architectural peu fréquent sur les demeures paysannes modestes du voisinage, la ferme des Donnadieu avait tiré son nom : on l'appelait « la métairie de Saint-Jacques ». Un modeste panneau en bois en avait jadis indiqué la direction, mais les caractères peints en étaient désormais illisibles, et nul ne s'en souciait car tout le monde dans le coin connaissait le lieu-dit.

– Ah ! Es pas trop leu… Tu arrives enfin ! Un t'es anat ? lui lança sa mère.

– Hé ! j'étais à Brescou…

– Tu as vu l'heure qu'il est…

– Je ne suis pas en retard, répondit François après un coup d'œil à la grosse comtoise lyre.

– La soupe est chaude depuis un moment…, ajouta Augustine en désignant un pot noir surmonté d'un couvercle dont s'exhalait une odeur de choux et de pommes de terre.

– Hum, ça sent bon…, dit François.

– Y a presque plus de bouillon ! se lamenta Augustine.

– J'ai rencontré la Pauline de chez les Marty en remontant…

– Ah ! c'est pour ça que tu es en retard… Tu lui as fait la conversation pendant que moi je t'attendais !

– On s'est juste croisés…, protesta mollement François.

– Et qu'est-ce qu'elle t'a raconté ?

– Oh ! pas grand-chose…, répondit François en tirant le banc pour s'asseoir à la grande table. Il ouvrit son couteau et en essuya la lame avant d'ajouter : On a parlé de la Margot…

Par la fenêtre ouverte, un souffle d'air tiède emplit la salle des promesses de l'été. Augustine venait de poser le pot de soupe devant son fils. Se saisissant d'un pichet en terre culotté de traces noires de tanin, François se versa un verre d'un vin rouge épais et sombre. Le Négret était tout parfumé des senteurs de l'automne précédent. François, la tête rejetée en arrière, en avala le contenu en deux lampées, puis, faisant claquer sa langue, poussa un soupir de satisfaction. Augustine ôta le couvercle du « toupi » de soupe et y plongea une louche en fer-blanc. Été comme hiver, la soupe était ici de tradition à tous les repas, chez les Donnadieu comme chez toutes les familles paysannes du pays. À base de pommes de terre, de choux, de poireaux, et de carottes, elle s'enrichissait selon les saisons de citrouille, de navets, d'une poignée de haricots, voire d'une tomate, et toujours d'une cuillère de saindoux, histoire de bien tenir au ventre. Comme disait le dicton : « Celui qui a pris la soupe peut aller travailler. »

– Alors, la Margot ? reprit Augustine, après avoir copieusement servi son fils.

– Hé ! La Margot, elle va pas fort…, laissa tomber François en soufflant sur sa soupe bouillante.

François savait que sa mère, bonne commère devant l'éternel comme l'avait été sa grand-mère Julia, était gourmande de détails comme une chatte de lait frais. Elle les répétait ensuite à satiété, les enjolivant souvent de commentaires acides. Les histoires des uns et des autres passaient ainsi de ferme en ferme au fil des veillées, enrichies de cancans propres à déclencher de solides brouilles et des inimitiés durables. Aussi prit-il son temps, distillant avec une lenteur calculée les informations que Pauline Marty lui avait fournies. C'était sa manière d'exister face à Augustine qui, après la mort précoce de son mari, était devenue encore plus autoritaire. De quoi effrayer les candidates brus qui auraient pu se présenter.

– C'est sa méchanceté qui ressort…, conclut Augustine, quand elle lui eut tiré les vers du nez.

– Oh ! Tu dis ça parce que tu aurais bien aimé marier le Mathurin…, lança François, persifleur, sachant que son grand-père Philibert, en son temps, aurait apprécié un arrangement avec les Marty, pour agrandir sa petite propriété à bon compte.

– Les Donnadieu aussi avaient des terres... et on est voisins pour le champ haut et la terre de la Bouzigue ! rétorqua Augustine.

– Hum, oui, on en avait, mais beaucoup moins... Et finalement, c'est la Margot, plus jeune que toi, qui l'a eu... insista François, qui n'ignorait rien de la rivalité ayant opposé les deux femmes quarante ans plus tôt.

– Caio té ! Tu ne sais pas de quoi tu parles... D'ailleurs, tu n'étais même pas né !

– J'en sais ce qu'on m'a raconté...

– Sers-toi plutôt du fricot !... bougonna-t-elle en poussant devant lui une lourde casserole en fonte noire.

Lorsqu'elle souleva le couvercle, s'échappa une bonne odeur de petits pois frais cueillis au jardin, mêlée à celle d'un talon de jambon coupé en petites lamelles rissolées sur un lit d'oignons. Les « cebettes », ces oignons blancs tendres et goûteux qui venaient en mai-juin, étaient juste caramélisés et donnaient ce qu'il fallait de moelleux aux légumes. Quelques petites pommes de terre nouvelles, simplement grattées au couteau, une jeune carotte et une ou deux couennes complétaient le régal. Il n'y avait pas à dire, Augustine avait toujours la main. Elle n'avait pas son pareil pour réussir les jambonnades, que ce soit de pois ou de fèves, trouvant toujours le juste équilibre entre les composants saisonniers de ces fricots parfois agrémentés d'un bout de saucisse fraîche, rapportée les jours de foire de Mazères.

François avança son assiette et se servit largement. Il avait toujours aimé ces plats simples et naturels, fruits d'un savoir-faire séculaire transmis de mère en fille, et qui faisaient la réputation des femmes. Dans le pays, tout un chacun savait que telle ou telle maison avait bonne table, et les repas de moissons, ces grandes fêtes où les femmes avaient à cœur de bien nourrir leur monde, tous ces voisins venus donner la main par usage de réciprocité, étaient attendus avec plaisir et évoqués les soirs d'hiver à la veillée, en attendant le retour des beaux jours. Augustine et François mangèrent en silence, un morceau de pain noir à la main, économes de leurs mots comme de leurs gestes pour tout ce qui ne touchait pas au travail, à la terre ou aux nouvelles du pays. Son assiette terminée, François la repoussa devant lui, se versa un verre de vin frais, l'avala d'un trait, étouffa un léger rot et s'exclama :

– Hum ! Ça va mieux !

– J'ai ouvert un fromageou..., tu en veux ? proposa Augustine.

– Ils sont faits ? demanda François en essuyant son couteau.

– Ils sont juste à point. Tu pourras descendre les vendre au prochain marché. Sinon, avec ces chaleurs, j'ai peur qu'ils ne tiennent pas.

– Tu en as combien, ce coup-ci ?

– Une bonne trentaine... Ça serait bien dommage, s'ils se gâtaient !

– Tu les as bien serrés ?

– Hé ! comme d'habitude... Tu vas quand même pas m'apprendre à les faire, à mon âge !

– Montre comment il est, conclut François.

Augustine lui tendit une assiette légèrement ébréchée, scarifiée d'une multitude de coups de couteaux. Pliée dans des feuilles de platanes fraîches maintenues par la ligature d'un raphia, la masse ronde, légèrement bombée, avait fini de suinter son petit-lait en quelques auréoles grasses et exhalait un parfum délicat de nature sauvage. Ni François ni sa mère n'auraient pourtant qualifié ce fromage d'authentique, tant sa saveur était normale à leur palais de paysans habitués aux produits naturels. Une grosse mouche bleue vint les survoler en un lourd bourdonnement. François trancha le raphia d'un petit coup sec et écarta avec précaution les feuilles de la pointe du couteau pour laisser émerger une masse blanchâtre où pétiole et nervures végétales avaient imprimé leur marque telle la main du temps. Une odeur de lait frais et d'herbes sauvages lui monta aussitôt aux narines, venant en un instant le plonger au cœur des prés tendres qui s'étendaient de part et d'autre de l'Hers serpentant dans la plaine de Mazères.

– Il est bien, en effet, fit François.

– Quand je te disais !

– Donne-moi un peu de confiture de mûres avec, veux-tu ?

– Ça ne te suffit pas le fromage ! répondit Augustine qui, par économie, en était toujours à regretter ce qu'elle mettait sur la table.

– C'est meilleur…

– Hum ! Et qu'est-ce que tu auras cet hiver, quand tu auras fini tous les pots ! Quand je serai plus là pour la faire, je ne sais pas ce que tu mangeras !

– L'hiver est encore loin ! Et puis, tu en feras d'autres pots avec la récolte de septembre… Si on n'ouvre pas ces pots-là, tu ne sauras pas où mettre les nouveaux.

– À manger ton pain blanc, tu ne te prépares pas des lendemains qui chantent ! maugréa Augustine. Je ne t'ai pas élevé comme ça, pourtant !

François, le pouce prenant appui sur la miche, tailla une large tranche de pain noir qui, dans le crissement de la lame sur la croûte scarifiée, laissa échapper un chapelet de miettes croustillantes. Puis il étala avec une philosophie toute épicurienne une généreuse couche de fromage qu'il recouvrit d'une pellicule de confiture de mûres. Ensuite, fermant les yeux, il mordit à pleines dents dans la tartine, retrouvant en un instant les bonheurs de sa petite enfance quand sa grand-mère Anna, que tout le monde avait toujours appelée « Annette » sans qu'il sût pourquoi, lui préparait des goûters simples à son retour de l'école. Il avait presque terminé de se régaler quand la grande comtoise lyre égrena la demie de une heure. Il essuya la lame de son couteau sur sa cuisse en un geste machinal, la fit claquer d'un coup sec et dit à Augustine :

– Ah ! je m'en vais faire un peu de sieste...

– Un peu de sieste ? répéta Augustine.

– Oui ! Fasio calou !

– Et les pommes de terre qui sont pleines de doryphores ! dit Augustine.

– Avec cette chaleur je ne peux pas sulfater, ça les grillerait à coup sûr !

– Qui te parle de sulfater ? répliqua sa mère.

– Hé, c'est toi qui veux m'y envoyer.

– Tu en as passé il y a trois semaines et il en reste encore ! Alors, au prix que coûte l'arséniate... Non ! Tu n'as qu'à les ramasser à la main, comme autrefois...

– C'est long !

– Tu trouves le temps moins long quand tu fais le joli cœur ! répliqua Augustine.

– Bon, eh bien, j'irai après avoir dormi un peu !

– Ah ! si ton père et moi, on avait fait comme ça quand on était jeunes, on n'aurait jamais pu acheter la terre de Millague ou celle de la Gardelle. Tu n'es qu'un fainéant, té !

– Va plutôt faire ta vaisselle..., répondit François en se dirigeant vers la chambre qu'il occupait seul depuis le départ de ses frères.

– Fainéant ! Fainéant ! répéta Augustine en le suivant pas à pas, dans un de ces accès de rogne dont elle était coutumière depuis le décès prématuré de son mari.

Laissant Augustine à ses imprécations, François s'étendit sur le lit étroit sans même ôter le couvre-pieds rouge qui le recouvrait été comme hiver, croisa ses mains sur sa poitrine, ferma les yeux et poussa un soupir de béatitude. Il aimait ces moments de calme, quand le silence de la maison finissait par faire du bruit. À l'heure du repos des bêtes et des gens, seul le tic-tac de la grande comtoise, dans la salle toute proche, donnait un peu de réalité à l'existence des jours. En ces instants d'éternité, la bouche entrouverte laissant filer un ronflement discret, il respirait lentement, goûtant pleinement l'art de vivre. Il avait bien le temps d'aller aux pommes de terre ! Les doryphores n'allaient pas s'envoler ! Et si par hasard c'était le cas, ce n'était pas lui qui s'en plaindrait. Ces sales coléoptères jaune et noir, de plus en plus résistants aux produits chimiques pourtant violents que la deuxième révolution industrielle avait mis au service des paysans, étaient une plaie. Les ramasser un par un dans une boîte pour les faire griller ensuite dans un peu de pétrole vous mettait les mains si gluantes et poisseuses que même le plus rustre des cultivateurs y répugnait.

Quand François rouvrit les yeux, il mit quelques secondes à reprendre conscience. La tête enfouie au creux de l'oreiller de plumes, il s'étira avec la langueur d'un chat, puis se laissa glisser du lit. Dans la petite pièce, à l'abri des murs épais, l'air était frais. Mais à voir la lumière que le modeste « fenestrou » diffusait, l'après-midi était déjà bien entamée. François plongea la main gauche dans la poche de son pantalon de coutil et en sortit la montre qu'il avait héritée de son oncle. Retenue par une chaîne de métal brillant, elle lestait son pantalon, protégée d'un mouchoir qui tenait plus du tire-jus que de la dentelle de Calais. François ouvrit le boîtier de fer patiné et regarda les aiguilles dorées à travers le verre fatigué. Bon sang ! Trois heures et quart ! Il avait bien dormi ! Il était temps d'aller s'occuper des pommes de terre s'il voulait éviter les récriminations d'Augustine. En se baissant pour passer le seuil de la chambrette, il aperçut sa mère, qui était assise sur une chaise basse, au cantou. Elle préparait la soupe du soir, pelant des légumes pour les jeter dans un chaudron de fonte rempli d'eau bouillante dont le frémissement prenait des allures de chanson dans le silence feutré de la grande salle.

– Es pas trop leu ! laissa-t-elle tomber en le voyant paraître.

François ne répondit pas et, en sortant, se contenta de prendre au passage une musette de toile et un chapeau en paille cabossé qui pendaient derrière la porte d'entrée à un clou, au milieu d'une forêt de bourgerons et de tabliers. Dehors, l'air était chaud et la vie était presque suspendue à la course du soleil dans le ciel. Même les « sinsoles », les petits lézards vert et gris, s'étaient mis à l'ombre de la treille. Le chant des grillons emplissait l'espace, étourdissant dans sa gravité monotone. Tout était calme. Sur le rebord de la fenêtre, la chatte, Mounette, dormait tranquille, la tête renversée dans le jeu d'ombre et de lumière qui agitait les feuilles des acacias. Les poules, au frais dans leurs nids creusés dans la terre, ne semblaient pas pressées de se mettre en quête de quelque chose à picorer. Seul le chien, un bâtard de labrit rugueux et batailleur appelé Matamore, vint lui faire un brin de conduite sur le chemin de l'étable.

François sortit Grisou et l'attela à un charreton léger. Puis il remplit une bouteille de limonade à la pompe asthmatique et la fourra dans la musette. Ensuite, il chercha dans le fouillis accumulé sur le rebord de la fenêtre de l'étable un récipient pour ramasser les doryphores. Dans l'amoncellement de cordes et de lanières de cuir, il mit la main sur une boîte en fer-blanc toute rouillée et, avisant une fourche appuyée contre le mur, s'en saisit pour la jeter à toutes fins utiles sur le plateau de la carriole. Il s'assit, les jambes ballantes, et d'un léger coup de poignet donna à Grisou le signal du départ. Des nuées de sauterelles aux ailes verte et rouge sautaient gracieusement sur les bords du chemin tel un arc-en-ciel de couleurs vives. Il venait juste de passer le grand orme, un arbre majestueux et séculaire qui servait de limite entre les terres de ses voisins les Guillot et celles des Marty, quand, à trente mètres devant lui, au détour du virage de la Fage, il distingua une forme sombre gisant presque en travers du chemin. Tirant brutalement sur les rênes, il marmonna un « Macarel ! » tonitruant et stoppa Grisou aussitôt en se dressant sur son banc de fortune.

François sauta prestement et, en deux enjambées, fut sur lui. Le corps était celui d'un homme encore jeune. Chaussé de mauvaises espadrilles usées jusqu'à la corde, ses vêtements étaient poudrés de poussière. Son chapeau avait glissé dans sa chute. Malgré la fatigue qui lui creusait les yeux d'un cerne bleu et une barbe de trois jours qui poussait dru sur des joues maigres, ses traits, fins et réguliers, son teint clair et ses cheveux presque blonds coupés court contrastaient avec sa mise d'apparence modeste. Il n'avait guère plus de quarante ans. Un souffle court montait de ses lèvres entrouvertes. L'homme respirait encore. François le secoua énergiquement, n'hésitant pas à lui assener une gifle sonore pour le faire revenir à lui. L'inconnu ouvrit enfin les yeux. Ils étaient de ce bleu délicat, presque tendre, que prend le ciel en été, ici, au pied des Pyrénées et qui est aussi celui des charrettes, couleur pastel.

– Ça va ?... Ça va ?... demanda François en lui soutenant la tête.

– Oui... oui..., laissa échapper faiblement l'homme en reprenant ses esprits.

– Qu'est-ce qu'il vous est arrivé ?

– Je ne sais pas... je marchais...

– En tout cas, vous êtes tombé par terre. Pourtant, il n'y a pas de cailloux pour vous avoir fait trébucher...

– Tout s'est mis à tourner soudain... J'ai dû avoir un étourdissement, répondit l'homme en cillant, face au soleil qui l'aveuglait.

– Et vous allez où comme ça ?

– Ma foi, monsieur, je rentre chez moi, répondit l'homme en se redressant.

– Et c'est où, chez vous ?

– Je suis de Saint-Omer.

– Où c'est ça ?

– Dans le Nord... Au-dessus de Béthune, en allant vers la mer...

– Béthune ? murmura François, incrédule. C'est où ? Après Paris ?

– Oui, c'est ça... au-delà d'Arras, vers le Pas-de-Calais...

– Diable ! Ce n'est pas la porte à côté ! s'exclama François, dont les notions de géographie, un peu vagues, remontaient à trente ans auparavant, quand la communale s'était généralisée dans les villages avec les lois de Jules Ferry. Vous n'êtes pas encore arrivé, mon pauvre !

– Je le sais bien...

– Mais que faites-vous ici, si loin de chez vous ?

– Je rentre de pèlerinage...

– De pèlerinage ! répéta François surpris.

– Oui, je rentre de Saint-Jacques...

– De Saint-Jacques de Compostelle ?

– Oui, c'est ça... Vous connaissez ?

– Hé ! là où j'habite, voyez-vous, ça s'appelle justement la métairie de Saint-Jacques ! Même qu'il y a un gros coquillage sur le linteau de la porte...

– Une coquille comme ça ? demanda l'homme en montrant le dessin cousu sur son paletot, qui avait glissé dans la poussière lors de sa chute.

– Tout juste ! Paraît que notre ferme, elle servait d'étape, jadis. Mais aujourd'hui, ça se fait plus beaucoup, tout ça, ajouta François avec un rien de soupçon dans la voix.

– Les gens n'ont plus de foi en ce siècle matériel et scientiste, commenta l'homme.

– En tout cas, à voir votre état, vous n'êtes pas près d'arriver chez vous !

– C'est la chaleur qui m'a fait tomber...

– Faut vous mettre à l'ombre et vous reposer un bon moment ! Vous voulez boire un coup ?

– Ce n'est pas de refus !

– Je n'ai pas de vin, mais elle est toute fraîche de la pompe, proposa François en sortant la bouteille d'eau de sa musette.

Il le regarda se désaltérer à petites gorgées, en tenant la bouteille avec une sorte de distinction naturelle. Manifestement, ce voyageur était peu habitué à boire au goulot. Ses gestes étaient trop précis et mesurés pour être ceux d'un trimardeur. Il avait les mains blanches et ses doigts fins contrastaient avec ses ongles longs et noirs, négligence d'un long voyage. Son port de tête altier n'était pas celui d'un vagabond. Cet homme-là avait des manières et de l'éducation. Quel secret pouvait donc l'avoir ainsi jeté au hasard des routes ? François Donnadieu était partagé entre la méfiance, la pitié et la curiosité. Si aider son prochain n'allait pas, loin s'en faut, à l'encontre des principes qu'il avait appris, tant sous la férule laïque de ses maîtres, sur les bancs de l'école, que sous l'autorité non moins rigoureuse du curé, au catéchisme, le bon sens paysan lui commandait également la prudence. Ce personnage étrange n'était-il pas dangereux ? Quelques années auparavant, des voleurs de grands chemins, telle la bande à Mina, terrorisaient encore les campagnes. La curiosité l'emporta finalement. Tant pis, les doryphores attendraient un peu plus !

– Allez, je vous amène à la maison, lança-t-il soudain. Vous pourrez vous y reposer, refaire vos forces.

– Merci, mais je peux continuer maintenant.

– Vous ne tenez pas debout… vous êtes tout pâle !

– Ça va aller… je vous assure, protesta mollement l'autre.

– Allez, montez !

– Je ne voudrais pas me retarder…

– Je n'habite pas loin, insista François.

– J'ai encore de la route avant de faire étape.

– Vous la ferez demain après une bonne nuit ! Et puis comme ça, vous aurez le temps de me raconter votre histoire.

– Si vous me faites l'aumône de l'hospitalité, comme le veut l'usage d'autrefois, alors j'y consens pour vous rendre grâces, se décida finalement l'homme.

En le tenant par un bras, tandis qu'il s'appuyait sur un long bâton ferré, François Donnadieu l'aida à se hisser sur le plateau de la charrette. L'homme était plus grand que lui, presque d'une tête, mais de nature plus maigre. Il flottait un peu dans ses vêtements. Assurément, son long voyage, depuis l'extrême pointe de la

Galice, n'avait pas contribué à l'engraisser. Du coin de l'œil, François l'observait. Son regard, intense, semblait perdu sur la mer des champs de blé qui commençaient à peine à mûrir par plaques, composant un camaïeu de couleurs tendres. Une fièvre intérieure semblait l'habiter. Malgré l'étroitesse du chemin, François fit effectuer un demi-tour au cheval. Un vol d'étourneaux les survola à tire-d'aile, gagnant leur garde-manger du soir. Quelques mouches bourdonnaient, lancinantes, aux oreilles de Grisou, faute de pouvoir atteindre ses yeux masqués d'œillères. La métairie de Saint-Jacques n'était pas très loin mais, au bout de quelques minutes, François Donnadieu constata avec amusement que son étrange passager dormait déjà.

2

Monsieur Van Dyck

Quand Grisou s'arrêta de lui-même, à l'ombre bienveillante des acacias, dans la cour de la métairie de Saint-Jacques, le pèlerin émergea de sa torpeur, les rêves interrompus par la fin du bercement des cahots. Se redressant, il promena autour de lui un long regard silencieux, tandis que François sautait du charreton et entreprenait de détacher Grisou. Intrigué par cette présence étrangère, Matamore, le labrit au poil rêche surgi d'on ne sait où, donna vigoureusement de la voix, tressautant sur lui-même, hargneux, les babines retroussées. L'accueil était si bruyant que Mounette, la chatte, toujours couchée sur le rebord de la fenêtre, leva la tête, clignant des yeux d'étonnement, avant de s'étirer pour reprendre son somme. Un bout de rideau rouge s'écarta à la fenêtre de la salle et l'homme put distinguer rapidement un visage de femme, avant que le tissu ne retombe sur les carreaux sales. Ici, on n'avait pas l'habitude de recevoir beaucoup de visites et la suspicion était naturelle.

– Caio té, Banastre ! cria François à l'adresse de Matamore, avant d'ajouter pour son passager : N'ayez pas peur, il est plus gueulard que méchant...

– Laissez, il est chez lui, répondit l'homme.

– Au fait, c'est comment votre nom ?

– Charles… Charles Van Dyck… et vous ?

– Donnadieu, François Donnadieu.

– C'est un nom prédestiné pour accueillir un pèlerin comme moi.

– Hé, c'est le nôtre. Tout le monde m'appelle François ici.

– Vous avez une belle ferme, dit Van Dyck.

– Allez, entrez… La mère doit être là, mais faites pas attention, elle « roumegue » souvent.

– Elle quoi ?

– Oh ! elle ronchonne, quoi… Faut laisser dire !

– Elle est âgée ? s'enquit Van Dyck.

– Pas plus que ça… mais depuis la mort de mon père, voyez-vous, son caractère ne s'est pas arrangé !

En entrant dans la maison, Charles Van Dyck dut baisser la tête pour franchir le seuil presque trop bas par rapport à sa haute taille. Sa main gauche s'appuya sur le linteau de pierre orné d'une coquille, marquant un temps d'arrêt. La salle paraissait sombre lorsqu'on venait de la lumière crue du dehors. La fraîcheur lui parut délicieuse. Par réflexe, Charles ôta son chapeau à large bord. Parvenu à l'intérieur, il demeura un peu en retrait, dans la pénombre douce qui baignait l'angle mort de la pièce, pendant que François s'expliquait à voix basse avec Augustine. Le conciliabule avait l'air tendu et serré. Charles vit la vieille femme faire à plusieurs reprises un geste brusque et lever vers lui un regard inquisiteur. Son métier et son éducation lui avaient donné l'habitude de juger les hommes et les femmes. Celle-là n'avait pas l'air commode. Sous ses vêtements informes de paysanne rude et sa peau fripée par le soleil, le vent et la pluie des saisons de la vie, elle devait cacher une belle rouerie et une grande force de caractère. François Donnadieu ne devait pas être tous les jours à la fête en sa compagnie. Après un court silence, leurs voix s'élevant, Charles entendit distinctement :

– Il est bon chrétien ?

– C'est un pèlerin, je te répète !

– Alors, occupe-t'en puisque tu l'as ramené !

Sur quoi, elle tourna ostensiblement les talons, pour se replonger dans les cosses de ses petits pois. François fit signe à son hôte de s'asseoir à la grande table en bois. Charles posa son chapeau sur le banc et Donnadieu poussa devant lui une assiette, sortit une miche de pain noir de la huche et avec son couteau en tailla quelques tranches épaisses qu'il mit dans le creux du récipient. Puis, se saisissant d'une louche suspendue au vaisselier, il mouilla soigneusement le pain, remplissant l'assiette d'un bouillon encore clair mais frémissant, pris à même le chaudron, dans la noirceur du cantou. D'un coup de torchon douteux, il essuya un verre jaunâtre posé sur l'évier et le poussa devant Charles Van Dyck en disant :

– Allez-y ! Mangez, n'attendez pas que ça refroidisse.

François Donnadieu demeura debout pendant que Charles mangeait sa soupe. Si les premières cuillerées furent délicatement portées à la bouche, éducation oblige, très vite le rythme s'accéléra. À l'évidence, cet homme-là avait faim. François le regarda en silence, un sourire radieux sur les lèvres comme un arc-en-ciel après un gros orage. Cet étranger avait l'air honnête et il ne lui déplaisait pas de contraindre Augustine à accueillir quelqu'un. La cohabitation avec elle n'était pas facile tous les jours, même quand on est doté d'un heureux caractère. Du coin de l'œil, François l'observait à l'autre bout de la pièce. Faussement concentrée sur ses gousses de pois, sans rien dire ni laisser paraître, elle était pourtant aux aguets. La curiosité était plus forte que ses mouvements d'humeur.

– Vous en voulez d'autre ? proposa François, quand son hôte eut posé enfin sa cuillère.

– Non, merci. C'était très bien ! répondit Van Dyck.

– Vous voulez faire chabrot ?

– Non, je préfère goûter le vin à part.

– Un peu de « Cambajou » alors ? demanda François en saisissant dans l'âtre noir une masse en forme de mandoline encapuchonnée d'un drap jauni de graisse et de fumée.

– C'est du jambon ? demanda Charles.

– Oui, vous en voulez ?

– Avec plaisir. Vous le conservez toujours ainsi ?

– Oui, pourquoi ?

– Chez nous, ceux qu'on fait, on les met dans des caisses, à la cendre, plutôt.

– Ici, il y a l'air des montagnes et, surtout, la fumée des feux de bois pour les sécher… Vous m'en direz des nouvelles !

Après lui en avoir taillé une large tranche, François lui versa un grand verre de vin rouge parfumé. Charles ôta la couenne dorée, coupa le jambon en gros morceaux dans son assiette, puis, alternant avec le pain à croûte noire, il mastiqua avec entrain d'amples bouchées, sans rien dire. François, assis de l'autre côté de la table, le regardait dévorer de bon appétit. De temps à autre, Charles avalait une gorgée de vin pour mieux déglutir. François jeta à la dérobade un coup d'œil à Augustine. Comme lui, elle devait sûrement mourir d'envie d'en savoir plus. Mais François ne voulait pas presser les choses. Il fallait prendre son temps pour confesser cet étranger, le mettre en confiance. Aussi, quand il estima son visiteur à peu près rassasié, il se hasarda à dire :

– Alors, comme ça, vous venez de pèlerinage...

Charles Van Dyck le regarda de ses yeux clairs. Cette affirmation de forme interrogative ne le surprenait pas. Il l'attendait. Elle constituait une invite naturelle au récit. Après l'avoir fait dîner, on la lui formulait souvent, étonné de voir un homme comme lui entreprendre un si long périple pour l'amour de Dieu. La curiosité qu'il lisait dans les yeux de ses hôtes de passage allait de soi en ces contrées campagnardes où tout et rien constituaient un événement dans l'écoulement monotone du temps. Il les sentait à l'écoute, suspendus à ses lèvres, surtout la vieille qui n'avait pas l'intention d'en perdre une miette, même si elle faisait semblant d'être ailleurs. Charles prit son temps pour répondre. Il but un peu de vin à petites gorgées, croisa les mains comme pour prier, respira profondément et expliqua enfin :

– Comme je vous l'ai dit tout à l'heure quand vous m'avez trouvé évanoui sur le chemin, je viens du nord de la France.

– De Saint-Omer, c'est ça ?

– En effet, et tel que vous me voyez, j'exerce la profession d'industriel.

– D'industriel ? répéta François en le regardant surpris.

– Oui, d'industriel... Je suis propriétaire d'une petite fabrique de draps, Les Tissages de Longuenesse. Oh, il y en a de plus importantes, certes, mais j'emploie presque une centaine de personnes ! Vous avez du mal à me croire à cause de mon costume, n'est-ce pas ?

– C'est que..., murmura François, hésitant.

– Oh ! je n'ai pas grand mérite à cet état, voyez-vous. Cette entreprise, je l'ai héritée de mon père Hippolyte qui est décédé alors que j'avais à peine vingt-six ans, dans un stupide accident d'automobile. Lui-même n'en était d'ailleurs pas le fondateur. Il la tenait de son propre père. Et celui-ci l'avait reçue de mon arrière-grand-père, Grégoire Van Dyck, qui l'avait créée au début du siècle précédent. Je suis donc la quatrième génération à diriger la fabrique depuis 1809. C'est un travail très prenant qui absorbe beaucoup d'énergie, surtout avec la concurrence étrangère, vous savez !

– Malgré votre apparence, je savais bien que vous n'étiez pas un trimardeur, répondit François en souriant, avant de lui resservir un verre de vin pour l'inciter à poursuivre.

– Pourquoi donc il est parti là-bas alors ? demanda soudain Augustine en levant la tête de ses gousses de pois.

– J'y viens… J'ai épousé Thérèse, ma femme, juste après le décès de mon père, il y a huit ans. Nos familles se connaissaient de longue date, Thérèse est une cousine éloignée. Mon père tenait beaucoup à ce mariage car, fille unique d'un filateur, elle apportait en dot des activités complémentaires aux nôtres dans le tissage. Moi, je n'étais pas très pressé de prendre femme. Je menais alors une existence agréable de dandy libertin, partageant ma vie entre les dîners en ville et les spectacles, entouré de femmes à la vertu légère, entre Lille et Bruxelles, où j'avais une garçonnière. Thérèse était un peu plus âgée que moi, mais toujours célibataire à presque trente ans… peut-être à cause de sa haute taille. J'aurais sans doute préféré unir mon destin à une autre personne, au physique plus assorti à mes goûts personnels.

– Pourquoi vous ne l'avez pas fait ?

– Les négociations entre nos deux familles étaient sur le point d'être achevées quand mon père eut un accident de voiture. Un soir d'octobre, en rentrant de voir un fournisseur à Armentières, dans la nuit qui tombait, il rata un mauvais tournant, dérapa sur les pavés gras et humides du jus des betteraves que l'on venait de ramasser. Sa Renault se retourna et, la poitrine écrasée, il mourut quelques jours plus tard dans de grandes souffrances, mais parfaitement lucide. Il était sur son lit de mort quand je lui promis d'épouser Thérèse pour avoir à mon tour un héritier conformément à ses vœux. Naturellement, je pris sa place à la direction de l'usine.

– Vous n'aviez pas un frère pour vous remplacer ?

– Hélas non, juste deux sœurs plus jeunes.

– Et ça vous plaisait, l'industrie ? demanda François.

– Je suis né là-dedans, répondit simplement Charles Van Dyck. Toute mon enfance, j'avais entendu parler de fil, d'ourdissage, d'ensouples, de métiers.

– C'est comme moi pour la terre. Je n'ai pas eu à choisir. Elle était là et j'étais l'aîné !

– À Lille, je faisais le jeune homme, prolongeant une adolescence insouciante. On ne m'a pas demandé mon avis. Il fallait désormais travailler pour faire vivre la famille. Cet accident, c'était la volonté de Dieu qui, en me privant de mon père, me punissait pour l'existence dissolue que j'avais menée jusqu'alors.

– La faute à pas de chance, surtout, maugréa François, dubitatif.

Charles tourna la tête, un peu surpris. À l'évidence, son hôte n'était pas aussi croyant que lui. En effet, François Donnadieu, malgré son nom, avait vu son sentiment religieux faiblir au fil des années. Le temps était loin où il servait comme enfant de chœur à l'église de Mazères dans l'aube d'une république naissante. Il s'était peu à peu déchristianisé, c'était peut-être l'air ambiant qui voulait cela, et ce régime anticlérical qui, sept ans plus tôt, en 1905, avait séparé l'Église et l'État. Si François ne bouffait pas du curé comme le père Combes, il était devenu indifférent aux choses de la religion. Certes, il acceptait de conduire sa mère le dimanche à l'office, mais lui préférait rester dehors, sur le parvis, à blaguer avec les connaissances, ou l'attendre au bistrot en jouant à la manille devant un verre de vin. Une telle inconduite lui attirait régulièrement les foudres de sa mère, qui lui promettait les flammes de l'enfer, mais il n'en avait cure. Il haussait les épaules et la brocardait gentiment en disant qu'au moins, elle savait pour qui prier.

– Et votre mariage ? demanda Augustine, se radoucissant en découvrant que le voyageur était un bon chrétien.

– Bien qu'il ait été arrangé, c'est un mariage parfaitement heureux, vous pouvez me croire. Thérèse est douce, attentionnée, bonne épouse…

– Alors, pourquoi ce pèlerinage ?

– Ce mariage n'était qu'une partie de la promesse faite à mon père sur son lit de mort. Il me fallait un héritier légitime pour assurer la pérennité des Tissages de Longuenesse et la suite de notre lignée d'entrepreneurs. Mais nos efforts dans ce domaine n'ont pas été couronnés de succès. Nous avons consulté médecins et spécialistes, tant à Lille qu'à Paris et même à Bruxelles. Ni les uns ni les autres ne nous ont apporté de réponse satisfaisante. Ils ne comprennent pas pourquoi Thérèse ne peut enfanter.

– Hé ! il paraît que ça vient pas toujours de la femme, ce genre d'histoire, murmura François.

– Je vois ce que vous suggérez…, fit Charles, gêné, peu habitué à ce genre de confidences avec des étrangers. De ce côté-là, ajouta-t-il en marquant un temps d'arrêt pour vaincre sa retenue naturelle, j'ai des assurances.

Pendant ma jeunesse lilloise, ma vie sentimentale a été agitée. Une aventure avec une jeune et charmante modiste a eu le tort de durer plus qu'il n'était raisonnable. Une grossesse est survenue. Lisa tenait absolument à garder le bébé et, par ailleurs, ma conscience catholique répugnait à faire appel à une faiseuse d'anges. L'enfant est né. C'était une fille. Comme il ne pouvait être question d'alliance avec une personne de ce rang, ni de reconnaissance de l'enfant, nous nous sommes mis d'accord sur un dédommagement financier. Je sais donc que ça ne vient pas de moi…

– Il n'y a pas que les médecins qui peuvent guérir, assura François. Pourquoi vous n'avez pas consulté un bon rebouteux comme il y en dans nos campagnes ?

– Ce sont des charlatans et des sorciers sans foi ni raison, rétorqua Charles.

– Les voies du Seigneur sont impénétrables ! laissa tomber sentencieusement Augustine.

– C'est justement pour cela que je suis parti à Saint-Jacques de Compostelle, même si, en notre siècle, cette pratique s'oublie. Thérèse et moi, devant l'incompréhension du corps médical, avons eu le sentiment qu'il fallait faire appel à Dieu. Seul ce voyage, manifestation de notre foi, pouvait nous venir en aide. Thérèse étant pure, j'ai eu la conviction qu'il me fallait racheter mon inconduite lilloise, expier cette faute qui m'empêchait de donner à nouveau la vie. Mon confesseur ne m'a pas dissuadé et je me suis résolu à accomplir cette pénitence.

– Je comprends mieux vos raisons, mais pourquoi faire ce pèlerinage ainsi, à pied ? Vous ne manquez pas d'argent au point d'être comme un mendigot à arpenter les routes ! Vous auriez pu y aller en train ou en voiture ! remarqua François.

– Il me faut expier et seule la mortification peut intercéder, avec mon humilité et les prières de Thérèse, pour nous valoir la miséricorde de Dieu.

– Tout de même ! Ça fait combien de kilomètres au juste ?

– Environ mille six cents pour descendre depuis Paris, un peu plus depuis Saint-Omer…

– Mazette ! siffla François, admiratif. Plus de trois mille cinq cents kilomètres aller-retour ! Il y a combien de temps que vous avez quitté Saint-Omer ?

– J'ai pris la route le jour du printemps, le 21 mars.

– Plus de trois mois que vous marchez ! calcula François.

– Oui, il y a un long chemin à parcourir pour atteindre la Galice. J'ai fait certains jours des étapes de près de trente-huit kilomètres.

– Vous n'aviez pas trop l'habitude, pourtant, dans votre métier…

– Certes, ce fut dur, surtout au début, mais vous savez, avec la foi, le courage… et il faut surtout de bonnes chaussures…, ajouta Charles en souriant.

– Et vous êtes resté combien de temps à Compostelle ?

– Trois jours, comme la tradition le veut… Le temps de rendre grâces à Dieu, de me confesser derrière le grand autel de l'église, d'entendre la messe, de faire viser ma créanciale.

– Votre quoi ?

– Le billet de voyage remis par le curé de ma paroisse avant que je ne parte. Le chanoine à Saint-Jacques a certifié que j'avais fait mes dévotions.

– Eh bien ! si le bon Dieu vous accorde pas ce que vous lui demandez, c'est qu'Il est pas bien charitable…

– Ne dites pas cela, reprit Charles d'un ton de reproche.

– Enfin, vous avez fait le plus gros. Maintenant, il vous reste plus que la France à traverser, plaisanta François.

– Dans un mois, je serai près d'arriver.

– Mais dites-moi, je ne connais pas bien les chemins de Saint-Jacques, pourquoi êtes-vous passé par ici ? Il n'y avait pas plus court depuis chez vous ?

– Autrefois, les jacquets, les pèlerins comme on disait alors, empruntaient les chemins de tout le monde. De fait, il y avait plusieurs grands itinéraires en France, mais ils se rejoignaient tous pour n'en former qu'un seul principal en Espagne, le « camino frances », qui gagne Saint-Jacques en passant par Pampelune, Burgos et Léon, à travers la Castille, expliqua Charles. À l'aller, je suis descendu par Tours et j'ai traversé l'Aquitaine, puis les Landes. J'ai franchi les Pyrénées en passant par Roncevaux et Saint-Jean-Pied-de-Port, plus à l'ouest.

– Ça paraît plus direct, en effet, que de faire le crochet par chez nous.

– Certes ! il y a beaucoup d'autres chemins vers Saint-Jacques... Autrefois, ce n'étaient que des chemins ordinaires, ceux que prenaient les commerçants, les colporteurs, les chemins de tous les jours. Tenez, l'un d'eux va vers Arles et la Provence. Il franchit les Pyrénées par le col du Somport, à 1632 mètres, longe le piémont par Saint-Bertrand de Comminges, Saint-Lizier, Mirepoix et Carcassonne, pour gagner le Languedoc. C'est celui que je prends au retour.

– Pourquoi ? Ce n'est pas dans votre direction et ça vous rallonge de plusieurs centaines de kilomètres au moins, estima François.

– Je n'irai pas jusqu'à Arles. Je compte remonter vers Toulouse, puis Figeac, pour retrouver la voie de Vézelay.

– À quoi bon ce crochet, alors ?

– Le détour qui a conduit mes pas vers vous ne tient

pas au hasard, avoua Charles, marquant un temps d'arrêt, comme s'il craignait de briser le charme de son voyage sacré par une révélation plus profane.

– Vous n'avez rien fait de mal ? demanda Augustine.

– Non, rassurez-vous... Mais c'est un peu difficile à expliquer...

François Donnadieu lui resservit un verre de vin, histoire de lui délier la langue, et jeta un coup d'œil à sa mère. Elle était immobile, les yeux mi-clos, comme suspendue aux lèvres du pèlerin. Un silence épais remplit la salle, brisé soudain par le cri d'un coq gascon. Le Négret laissa échapper une odeur de raisin. Ce vin était léger, plein des saveurs d'un terroir gorgé de soleil. François aimait ces arômes subtils de framboise. Aussi, cédant à la tentation, s'en octroya-t-il une large rasade, manière de tenir compagnie à son visiteur.

– Enfin, voilà... Vous savez que l'Allemagne est notre pire ennemie, reprit Charles.

– Évidemment ! Depuis quarante ans qu'ils nous ont pris l'Alsace et la Lorraine, ces salauds de Boches !

– J'espère bien qu'un jour, le Guillaume, on le pendra par les moustaches, renchérit Augustine.

– Vous ne les portez pas dans votre cœur, constata avec satisfaction Charles Van Dyck, dont l'éducation avait été empreinte d'un nationalisme auquel Maurice Barrès n'aurait rien trouvé à redire.

– Un jour, on leur reprendra ce qu'ils nous ont volé ! assura François, se faisant l'écho d'un patriotisme revanchard enraciné dans les esprits par des générations d'instituteurs.

– Je l'espère autant que vous. Hélas, vous savez que ce n'est pas le cas de tous les Français, surtout chez les socialistes. Mais ce n'est pas de cela qu'il s'agit présentement. Vous êtes ici, en Ariège, mais moi, là-haut, je suis beaucoup plus près d'eux... La frontière belge n'est qu'à trente kilomètres de Saint-Omer, vous savez. La Belgique se traverse facilement. Elle n'a pas les montagnes d'ici, les collines sont de simples buttes. C'est tout plat. Une vraie promenade de santé pour l'armée du Kaiser !

– La Belgique est neutre ! observa François.

– La raison du plus fort est toujours la meilleure..., disait La Fontaine.

– On ne peut pas violer un pays neutre, protesta François.

– Nous ne sommes pas à l'abri d'une attaque en traître... Bref, une invasion est toujours possible. Depuis l'an passé et la crise marocaine, je sens la guerre monter. Le danger se rapproche. Aussi, j'ai pris mes précautions et, avec l'aide d'un cousin propriétaire terrien un peu désœuvré, installé vers Bellac, j'ai ouvert un petit atelier d'une dizaine de métiers en Haute-Vienne. Il travaille à façon la laine du pays. Je lui donne du travail et ça me diversifie... En cas de problème, ce modeste établissement servirait de noyau après un déménagement pressé.

– Pourquoi me racontez-vous tout ça ? Vous voulez faire pareil ici ? demanda François.

– Hum ! Non, bien sûr... Mais nous, les facturiers du textile, si nous avons besoin de fil pour faire battre nos métiers à tisser, il nous faut aussi de la teinture pour les colorer.

– L'industrie vous en fournit bien, non ? rétorqua François.

– Certes, mais beaucoup de nos entreprises chimiques sont proches de l'Allemagne. En cas de guerre, elles risquent de mal fonctionner, faute d'approvisionnement, ou, si les voies ferrées sont coupées par exemple, de ne plus pouvoir nous livrer, voire d'être occupées...

– Vous doutez de notre armée, de nos braves piou-

pious ? On les aura en quelques semaines, ces Boches, je vous dis... Hé, depuis le temps qu'on fait des manœuvres dans les régiments, les plans de guerre, ils sont prêts et archi-prêts à l'état-major.

– À l'évidence, mais les fortunes de guerre sont comme celles de mer, parfois hasardeuses et imprévues, répondit Charles Van Dyck.

– Taratata... La teinture, elle vous viendra par bateau, comme le guano du Chili que certains achètent à la coopérative agricole, assura François.

– Sauf en cas de blocus des côtes !

– De blocus ?

– Oui, de blocage des ports... On n'en parle sans doute pas beaucoup dans vos campagnes, et vous-même, vous lisez peu les journaux. Mais n'oubliez pas que l'Allemagne a développé ces dernières années une puissante flotte de guerre en surface et qu'elle possède aussi de nombreux sous-marins...

– Vous croyez ?

– Je suis prudent.

– Et alors ? demanda Augustine, que la discussion dépassait un peu.

– Alors, je cherche à développer mes propres ressources.

– Vos ressources ? Je comprends mal..., avoua François.

Charles Van Dyck le regarda d'un air pensif. Ce François Donnadieu avait une bonne tête de paysan mais il ne pouvait pas entrer dans sa logique d'industriel, anticiper comme lui-même, qui voulait être bien placé sur le marché le moment venu pour faire de bonnes affaires. Il hésitait un peu à lui dévoiler ses plans. Après tout, il ne le connaissait pas, mais ses yeux malicieux et rieurs le lui rendaient sympathique. D'ailleurs il ne risquait pas grand-chose. Ses relations ne concernaient sûrement que le monde paysan et ne devaient pas dépasser les communes environnantes. Et, qui sait, il pourrait se révéler utile si lui, Charles Van Dyck, menait son projet à terme.

– Je cherche des colorants naturels, surtout du bleu à mélanger avec du noir pour les vestes d'uniforme, expliqua Charles.

– Ça ne se fait plus beaucoup, sûrement, au temps d'aujourd'hui, répliqua François, pensif.

– Ça se faisait autrefois ici, répondit Charles Van Dyck.

– Ici ? interrogea François en levant les sourcils.

– Oui, vous n'avez jamais entendu parler du pastel ? demanda Charles avec un petit sourire malicieux.

– Vaguement, mais c'est vieux tout ça, soupira Augustine.

– Ça remonte au Moyen Âge, au moins, affirma François.

– En réalité, toute votre région, le Lauragais, en était couvert jusqu'au XVIe siècle. C'était le pays de Cocagne ! cette plante est une variété de crucifères que l'on nomme en latin *Isatis tinctoria.* Elle a fait la fortune de ce pays, assura Charles.

– Il y a belle lurette que ça ne se cultive plus par ici !

– Il n'a pourtant pas complètement disparu en France, mais sa culture s'est tellement raréfiée qu'elle passe inaperçue de la majorité des cultivateurs.

– Et pourquoi elle a disparu, si elle faisait la richesse des gens ? demanda Augustine, très logique.

– Le pastel a été remplacé au XVIIe par l'indigo qui venait des Amériques et au XIXe par les colorants chimiques fabriqués par l'industrie, expliqua Charles Van Dyck.

– Vous en savez des choses !

– Je me suis intéressé à la question.

– C'est bien loin cette histoire aujourd'hui, soupira François.

– Pourtant, ici en Lauragais, tout comme en Albigeois, vous étiez le triangle d'or de cette plante qui a besoin d'une terre légère, argilo-calcaire, et surtout d'un climat tantôt humide, tantôt ensoleillé.

– Je n'en ai vu aucun champ dans le pays, murmura Augustine.

– En arrivant sur Mazères, je crois bien en avoir aperçu quelques pieds, en bord de chemin. La plante vit environ deux ans. On la sème à la fin de l'hiver et, trois semaines plus tard, le pastel apparaît. On dirait alors de la salade. J'ai lu qu'on l'appelait d'ailleurs la rosette. La deuxième année, sa tige de plus d'un mètre porte au printemps des petites fleurs jaunes. C'est d'ailleurs le paradoxe de cette plante : elle couvrait votre pays d'un manteau jaune vif et elle donnait une couleur bleue !

François Donnadieu, à cette évocation, ferma les yeux quelques secondes. Il essayait d'imaginer, drapé d'un jaune lumineux, ondulant sous la caresse rude et tendre du vent d'autan, le moutonnement familier de ses collines, cette plaine de Mazères et ses riches terres où l'Hers serpente doucement en de gracieux méandres, nichés à la rupture de pente du piémont, tout ce pays qu'il connaissait comme sa poche pour y avoir couru, tout gamin, déniché les pies, braconné… Aujourd'hui, l'océan du blé nappait les croupes molles, se mélangeant dans les zones les plus plates avec des parcelles de maïs, un peu de luzerne ou de sainfoin et même quelques pièces de vigne qui montaient à l'assaut des coteaux bien exposés. Une confortable polyculture régnait, assurant la prospérité de tout un monde rural, protégé il est vrai par des tarifs douaniers avantageux dont Méline, vingt ans avant, en 1892, avait été l'instigateur.

François Donnadieu aimait ces paysages familiers, ce Lauragais avec ces petites fermes dispersées, abritées dans leur écrin de verdure ombragé d'un platane, d'un orme ou d'un acacia, fièrement campées sur l'arrondi d'une butte tels les phares d'une mer agricole renouvelée au gré des saisons, sentinelles immobiles du labeur des hommes. Il commençait à découvrir où voulait en venir cet étrange pèlerin. Même si son interlocuteur avait l'air sérieux, la culture de cette plante, ce pastel qui appartenait certes à l'histoire, lui paraissait un peu farfelue. Retrouvant la méfiance propre au monde rural souvent rétif au progrès, il demanda :

– Mais alors, dites-moi, qu'est-ce que vous cherchiez en venant vous perdre par ici ?

– Je voulais voir le pays où on l'avait cultivé jadis, répondit Charles Van Dyck.

– Eh bien alors, vous y êtes, marmonna Augustine, rassemblant d'un revers de main les gousses de petits pois vides pour former un tas pyramidal.

François plongea son regard dans celui de Charles. L'hésitation qu'il avait perçu dans sa voix l'intriguait. Sans doute ne voulait-il pas parler devant une femme, fût-elle âgée. Seul à seul, entre hommes, il parlerait peut-être plus facilement. Il regarda la pendule dans sa caisse de bois sombre. Les aiguilles ouvragées de cuivre jaune masquaient presque entièrement le cinq en chiffre romain qui se détachait en noir sur le fond blanc émaillé du cadran. Augustine s'était levée. Saisissant le panier en osier tressé à ses pieds, elle y fit précautionneusement glisser le tas de gousses fraîches. Elle les porterait aux lapins lorsque le soleil se coucherait.

– C'est un peu tard pour que je reparte aux doryphores maintenant, j'aurai pas le temps de finir la pièce ! réfléchit François à haute voix.

– Hum ! T'auras pas fait grand-chose de ta journée, comme d'habitude ! maugréa Augustine.

– Ça te va bien de dire ça, toi qui restes au cantou ! protesta François.

– Bougre de fainéant, tu sais bien que mes rhumatismes m'empêchent de marcher comme je voudrais ! glapit Augustine.

– Bon, je vais sortir les bêtes et les garder un peu au pré du ruisseau, dit François, peu désireux d'affronter les foudres de sa mère devant un étranger.

– Puis-je vous être utile ? s'enquit Charles poliment en se levant.

– Oui, accompagnez-moi... Quand l'herbe fraîche les saoule, elles veulent rien écouter, les garces ! En chemin, vous pourrez me raconter votre voyage, ajouta-t-il assez fort pour qu'Augustine l'entende et provoquer ainsi sa jalousie.

Dehors, la chaleur était un peu tombée. Au loin, les crêtes des Pyrénées se détachaient sur le bleu d'un ciel limpide dégagé par l'autan. Seul un modeste cumulus s'attardait encore à l'ouest, comme pour indiquer le couchant. L'air, moins chaud, ne vibrait plus. Il retrouvait les parfums du printemps finissant, mêlés aux odeurs de ferme. La campagne renaissait à la vie dans le vol furtif d'un merle par-dessus une haie, apportant une becquée au nid où une deuxième couvaison venait d'éclore. Détachées dans le glissement métallique de la chaîne en fer, Noiraute, Roussette et Bouny ne se le firent pas dire deux fois. Avant que Charles ne se fût saisi d'un bâton, elles étaient déjà dehors, humant l'air frais de leurs naseaux humides, poursuivies par un escadron de mouches agressives.

D'elles-mêmes, les vaches se dirigèrent vers le grand bac en pierre au milieu de la cour pour y plonger leur museau. En quelques coups de langue râpeuse, elles asséchèrent le fond de l'auge qui recueillait l'eau à sa sortie de la pompe. Tandis que Matamore, le labrit, s'égosillait en un concert de jappements hargneux, tentant de planter ses crocs dans leurs pattes arrière pour les faire aller vers le chemin, François, armé d'une faucille, jeta un sac en jute sur son épaule pour ramasser quelques coutènes. Les lapins étaient friands de ces faux pissenlits qui poussaient près du ruisseau. Les vaches marchant devant, le chien un peu plus calme sur leurs talons, ils descendirent par le chemin qui serpentait mollement à flanc de colline. Les bêtes connaissaient l'itinéraire et leur langue gourmande s'attardait de temps à autre sur une touffe plus tendre que les autres.

– Alors, maintenant qu'on est seuls, fit soudain François en s'arrêtant au milieu du chemin, vous pouvez me dire pourquoi vous avez fait le détour…

– Je vous l'ai dit, je voulais voir le pays, répondit Charles.

– Vous avez bien une idée derrière la tête…

– Enfin… j'aimerais réussir à y produire cette plante…

– Pour vous ? s'enquit François, étonné.

– Oui, pour l'utiliser aux Tissages de Longuenesse.

– Ici ?

– Pourquoi pas, puisque c'est là que le Seigneur a arrêté mes pas.

– Mais comment ça ?

– Eh bien, si je trouvais, par exemple, une petite ferme à louer ou même à acheter…

– Vous voulez vous installer ?

– Non, certes pas… Je ne connais pas grand-chose au travail de la terre ! Je ne me vois pas ici en train de labourer, si c'est ça que vous voulez dire. Je pensais plutôt à un fermier ou à un métayer qui travaillerait à façon pour moi, selon mes directives, pour produire ce que vous appeliez ici autrefois « la cocagne ».

– Ah bon ! fit François, rassuré, même s'il continuait à trouver l'idée saugrenue.

– Vous ne connaissez rien dans le coin ? demanda Charles Van Dyck en promenant un regard circulaire sur le moutonnement des collines.

– Non, je ne vois rien à vendre ni à louer dans le pays, dit François, prudent.

– Eh bien, je demanderai à mon notaire de chercher... Naturellement, ce service se paie... Si vous avez connaissance de quelque chose entre-temps, je saurai vous commissionner comme il se doit.

– Vous cherchez une grande propriété ? questionna François soudain plus intéressé.

– Non point !

– De quelle surface vous avez besoin pour votre histoire ?

– C'est simple, on récolte à peu près quinze tonnes de feuilles à l'hectare et le produit de teinture qu'on peut espérer en tirer correspond en gros à sept pour cent du poids des feuilles, soit une tonne environ à l'hectare, expliqua Charles.

– Mais quelle quantité il vous en faut ? demanda François, maintenant très sérieux.

– Pour commencer, à titre d'expérience, deux ou trois tonnes par an devraient suffire.

– Ça vous fait trois hectares en culture, donc ?

– Oui, c'est ça, environ. Vous connaissez quelque chose dans ce genre par ici ?

– Peut-être, murmura François.

– Dites m'en plus, fit Charles en lui mettant la main sur l'épaule.

– Vous avez bien dit que si vous faites l'affaire, il y aura…

– Tout à fait, vous aurez votre récompense. Je suis un homme de parole en affaires.

– Trois hectares ?

– Oui, mais même s'il y en a un ou deux de plus, ce n'est pas grave. Il faudra bien que le fermier mange…

– Alors, si vous voulez, topez là ! lança François Donnadieu en regardant Charles Van Dyck droit dans les yeux.

– Mais vous me disiez tout à l'heure qu'il n'y avait rien…

– Je crois que j'ai votre affaire… et même pas très loin d'ici !

– Expliquez-vous…

– Attendez, un peu de patience… On y arrive !

François Donnadieu se tut, tant pour ménager l'effet de surprise que pour se donner de l'importance aux yeux de ce monsieur de la ville, ce nordiste à l'accent curieux qu'il comprenait tout juste, presque un étranger. Ils continuèrent pendant quelques minutes à avancer sur le chemin aux bords herbeux dans la volée des sauterelles qui bondissaient comme des ressorts. De temps à autre, une vache déposait, tout en marchant, un cynique outrage qui explosait sur la pierraille du chemin en une flaque odorante et étoilée. D'instinct, les sabots de François évitaient l'obstacle, mais Charles devait faire attention où il mettait le pied. Parvenu près d'un orme centenaire dont l'épaisse ramure procurait une ombre propice à la sieste, François s'arrêta et, de son bâton, désigna en contrebas un gros bosquet vert dans lequel on distinguait vaguement, niché comme dans un écrin protecteur, un morceau de toit en tuiles rouges.

– Té, c'est là, dit-il simplement.

– Quoi ?

– La borde du Chot. Bien sûr, d'ici les arbres vous cachent la maison.

– Curieux nom pour une ferme... Comment vous dites ? Tchot ? répéta Charles, amusé par la prononciation chantante.

– Oui, et c'est bien dit : chez nous, un « chot », en patois, c'est une chouette ou un hibou. Comme ils sont nombreux à habiter dans le coin et à faire un raffut la nuit à vous glacer le sang, la ferme a pris ce nom...

– Elle est à vendre ? demanda Charles.

– Oui, depuis la Saint-Michel de l'an dernier.

– Et personne ici n'en a voulu ? Elle a un défaut ? demanda Charles, un soupçon dans la voix.

– Oui, si on veut.

– Comment ça ? insista Charles.

– C'est une pénible et triste histoire.

– Racontez-moi.

François Donnadieu prit une longue inspiration et commença à expliquer. Cette modeste ferme avait appartenu à Jean Cassou. La famille Cassou habitait le pays de toute éternité, comme en témoignaient les croix de fer rouillées à leur patronyme, à l'ombre des cyprès, au cimetière. Les Cassou n'avaient jamais été riches. « Pensez donc, à peine quatre hectares... », soupira François. Ils survivaient accrochés à leur terre, comme la misère sur le dos des pauvres gens, en rendant grâces au Seigneur de leur pain quotidien. Une paire de vaches, un peu de blé, un peu de maïs, des raves, quelques pommes de terre, un carré de luzerne pour les lapins... Les bonnes années, ils attrapaient le bout de l'an et les mauvaises ils se serraient un peu plus la ceinture. Du 1er janvier au 31 décembre, ils économisaient sur tout.

Oh, certes, ils n'étaient pas les seuls dans la commune à connaître le dénuement. Il y avait aussi deux ou trois bougresses qui vivaient dans la précarité, une meute de gamins sales et hirsutes accrochés à leurs robes de burat noir, se louant au fil des saisons pour prêter main-forte aux cultivateurs lors des gros travaux agricoles. Mais, à la différence de ces malchanceux de la vie, les Cassou étaient propriétaires de leur bien. Ils auraient pu continuer longtemps à vivoter, si le malheur les avait épargnés. Un soir d'orage, il y a quatre ans, le fils qui rentrait précipitamment les vaches avait été frappé par la foudre. On l'avait retrouvé tout noirci auprès d'un frêne. Ce coup du destin précipita leur misère. Marie Cassou tomba malade. Sa santé périclita tant qu'elle était incapable de se lever sans cracher ses poumons. Jean appela le médecin à trois reprises, ce qui était ruineux dans leur situation…

Marie partit un soir de juin 1908. Dès lors et malgré sa vaillance, Jean Cassou n'arriva plus à faire face. Endetté après les dépenses pour les soins prodigués à Marie durant sa maladie, seul et sans héritier, attaché à sa glèbe comme un forçat à son banc, il devait, de plus, affronter la vieille rivalité haineuse qui l'opposait à ses voisins, les Marty, des paysans aisés et âpres au gain, pour le passage de ses deux pauvres vaches vers le ruisseau du Gallibert. Pire, il n'avait plus le goût aux choses et on le voyait parfois errer, les soirs de pleine lune, comme un fantôme. Sa souffrance dura deux années, jusqu'à un jour de l'hiver 1910, où son chien, les babines retroussées d'une méchante mousse rose, creva empoisonné derrière l'étable. Accident ? Acte de malveillance ? Trois jours plus tard, on avait retrouvé Jean Cassou pendu dans la grange à l'aide d'une longe pour les veaux. Les gendarmes de Mazères étaient même montés faire une enquête. Vu les circonstances, les pandores avaient conclu au suicide. La borde de Jean Cassou était promise à la vente. Une issue qui arrangeait bien les Marty. L'acquisition de ces quatre hectares jouxtant leur bien supprimerait une sorte d'enclave et les agrandirait encore un peu plus. Aussi le vieux Mathurin était-il dans l'attente de la vente. Il ne s'en cachait pas et déconseillait ouvertement à quiconque de se mesurer à lui.

– Et vous-même, n'êtes-vous pas riverain de ces terres ? demanda Charles.

– Certes, nous avons deux champs qui se touchent.

– Et vous n'avez pas envie de…

– Non, ça ne m'intéresse pas. À quoi bon agrandir ma ferme ? Pour me battre le reste de mon existence contre les Marty ? Ils sont mauvais comme la teigne. Et pour qui, en plus ? Je n'ai pas d'enfant, ma mère est vieille. J'ai bien assez de terres comme ça. Je préfère profiter de la vie… Et puis, je n'ai pas assez d'argent pour ça, répondit François, qui se garda bien de préciser qu'il verrait d'un bon œil que quelqu'un d'autre que les rapaces Marty soit acquéreur de la ferme du Chot.

– Qui sont ces Marty ? demanda Charles.

– Oh ! Ce sont les plus riches propriétaires de la commune… Et le Chot est enclavé au milieu de leurs terres.

– Ils ne sont pas acheteurs ?

– Bien sûr que si, mais ils voudraient avoir la ferme pour rien, vous comprenez ?

– Qui s'occupe de l'affaire ? s'enquit Charles.

– Pourquoi, ça vous intéresserait ?

– Peut-être…

– À Mazères, le notaire, c'est maître Lacoste.

– On peut aller voir de plus près ?

– Bien sûr, le chemin nous y conduit presque. Et pour le moment, ce n'est la terre de personne !

Pendant que François Donnadieu gardait ses vaches dans le pré du ruisseau, Charles Van Dyck arpenta la ferme des Cassou en tout sens. La bâtisse n'était pas en excellent état, mais le toit et les murs semblaient encore solides. Elle accusait simplement le poids des ans. Sans être spécialiste, Charles se rendait compte que l'ensemble, avec la grange et l'étable, était d'assez bonne facture. Assurément, les Cassou, comme beaucoup de paysans, portaient plus d'attention aux bêtes et aux récoltes qu'à leur confort. En l'espace de quelques saisons, les herbes folles avaient envahi la cour, concourant à l'impression d'abandon et de délabrement.

Tout était resté en place comme au soir tragique de la mort de Jean Cassou : la charrue à défoncer, un lourd araire au soc en bois renforcé de plaques de fer clouées, les herses, un cultivateur, un rouleau massif pour émietter les mottes… Sous un petit appentis, à côté de la grange, un amoncellement d'outils, de pioches, de bêches, de faux, de râteaux à faner, au milieu desquels gisait un pulvérisateur en cuivre rouge, attendait le retour hypothétique de l'homme.

Dans le silence du soir qui tombait comme le manteau de l'oubli sur le drame des Cassou, Charles ferma les yeux, essayant d'imaginer la ferme habitée, bruissante du travail des gueux de la terre. La nature conservait toujours la marque des hommes pour peu qu'on sache l'écouter. À ses narines montaient les effluves chauds d'une terre qui retrouvait sa respiration. Il se sentit bien, et il pensa même que, si sa condition sociale eût été autre, il aurait bien aimé vivre ici…

Finalement, l'endroit était loin d'être désagréable. Depuis le seuil de la maison, au-delà des buis verts, à travers les arbres d'en face, par beau temps, on apercevait la chaîne des Pyrénées. Ici, on pouvait vivre et aimer. Un zéphyr estival l'enveloppa d'une caresse tiède. En cet instant, il prit sa décision. Il lui fallait cette ferme du Chot. Soudain, il eut l'intuition que son destin passait par là. Son opinion était faite : malgré le malheur qui émanait encore des murs, avec quelques agencements simples, un peu de volonté, un brin de courage et d'espérance, la ferme pouvait convenir à son entreprise.

3

Des gens du Nord !

Par habitude discret en affaires, Charles Van Dyck ne souffla mot de sa décision à François Donnadieu, lorsque celui-ci remonta, en fin d'après-midi, du pré du ruisseau, au rythme lent et chaloupé des vaches. Il éluda les questions, resta dans le vague. Pourtant, en juste une heure et demie, il s'était fait une opinion sur la ferme du Chot. Certes, il ne connaissait pas grand-chose à l'agriculture et au pastel, mais il se fiait à son intuition, suivant ses coups de cœur, ce que certains appellent le flair. Jusqu'à présent, cela ne lui avait pas mal réussi. Il avait toujours passé de bons accords tant avec ses fournisseurs qu'avec ses clients. Les Tissages de Longuenesse étaient une entreprise en bonne santé dont l'augmentation régulière des bénéfices et de la production assurait la croissance. Sur le plan professionnel, son travail lui avait valu l'estime des industriels de la région. Ces années auraient vraiment été celles d'une Belle Époque s'il avait eu un héritier. Mais l'aide de Dieu, après ce pèlerinage à Saint-Jacques, exaucerait peut-être ce désir. Il avait la foi et sentait une force divine guider ses pas. C'est elle qui l'avait fait arriver jusqu'ici, pensait-il.

Ils rentrèrent à la métairie de Saint-Jacques au pas lent des bêtes. Au loin, un angélus sonna l'heure de l'arrêt des travaux des champs. Les vaches, après s'être désaltérées dans le grand bac en pierre de la cour, gagnèrent leur place, attendant la traite. N'ayant jamais appris ces gestes banals du savoir-faire paysan, Charles demeura à l'entrée de l'étable, cherchant une tâche à accomplir afin de ne pas passer pour un poids mort, conformément à la tradition des pèlerins qui voulait que l'on gagnât son gîte et son couvert en participant aux menus travaux de la maison qui vous accueillait. Finalement, avisant un balai de genêt qui traînait dans le coin, il entreprit de chasser les toiles d'araignées qui avaient tissé dans les encoignures des fenestrous des dentelles aussi aériennes que celles de Calais. Il y avait sûrement des dizaines d'années que les « tataragnes », comme on dit familièrement ici en Lauragais, avaient colonisé ces embrasures étroites, plus proches de la meurtrière que de la fenêtre.

Du coin de l'œil, perché sur un tabouret branlant à trois pieds, un seau en fer coincé entre les jambes, les deux mains tirant sur le pis, François l'observait, amusé de ses grimaces et de ses mouvements de recul lorsqu'une occupante noire et velue faisait mine de contre-attaquer. Le spectacle était parfois si comique que François serrait par inadvertance un peu trop la mamelle, provoquant un meuglement de protestation chez ses bêtes habituées d'ordinaire à plus d'égards. Charles Van Dyck n'était vraiment pas fait pour les travaux des champs, pensa François. Son intérêt pour la borde du Chot en était d'autant plus loufoque. C'était un drôle de pèlerin qu'il avait ramassé cette après-midi, évanoui sur le chemin... Cette rencontre lui fournirait une bonne histoire à raconter au café de Mazères, lors de la prochaine foire, quand, vers les onze heures, il irait boire un canon avec les habitués du bistrot.

Le soleil rosissait les crêtes des Pyrénées en les rendant

plus proches quand, la traite achevée, ils rentrèrent dans la maison. Au cantou, assise sur une chaise basse à haut dossier, leur tournant le dos, Augustine achevait d'égrener des épis de maïs de l'an passé pour nourrir ses poules. Elle les frottait l'un contre l'autre, en un mouvement rotatif, tout en jetant un œil sur les petits pois qui mijotaient à feu doux dans un « toupi » noir perché sur un trépied au milieu des braises. Les grains tombaient en un bruit de crécelle dans une vieille lessiveuse. De temps à autre, elle jetait dans l'âtre les épis déplumés qui charbonnaient doucement en de lourdes volutes. Elle les entendit arriver, mais ne leva pas la tête pour autant. Ce Charles Van Dyck ne lui disait rien qui vaille. Son pauvre François avait fait une drôle de rencontre… Ramener un pareil oiseau à la maison ! Ce gars du Nord n'était peut-être pas un mauvais chrétien, mais il n'était pas d'ici ! Et il voulait voir le pays du pastel ! Le pastel ! Quelle idée bizarre ! Heureusement qu'il n'était que de passage… et que le lendemain il allait partir ! Bon vent ! « Ah ! Qu'est-ce qu'il va faire, le François, quand je ne serai plus là ?… » pensait-elle souvent.

Après s'être lavé les mains en versant un peu d'eau du broc de fer émaillé qui trônait sur l'évier, François invita Charles à s'asseoir et lui servit un verre de vin. Il tailla de larges tranches de pain d'une tourte brune pour qu'Augustine puisse tremper la soupe en versant du bouillon dessus. Charles les observait : comme beaucoup de cultivateurs, ils étaient économes de leurs gestes comme de leurs mots. Ces gens étaient bien différents de son monde. Mais, s'il menait son projet à terme, il ne serait pas inutile de garder contact avec eux pour faciliter l'installation et le démarrage de l'affaire. François Donnadieu devait connaître tout le pays et pourrait rendre service, aplanir les mille et une difficultés qui se présenteraient. Il partirait le lendemain matin, passerait par Mazères, mais pas de trop bonne heure, pour rencontrer ce maître Lacoste, en espérant qu'il soit à son étude… Pour le reste, il aviserait en fonction de l'issue de cette visite. Bien que ce François Donnadieu lui inspirât de prime abord confiance, ses hôtes n'avaient pas besoin d'être dans la confidence car ils risqueraient de le prendre pour un hurluberlu !…

La soupe servie, Charles se leva et esquissa un grand signe de croix, imité aussitôt par Augustine qui cultivait, dans ses vieux réflexes de paroissienne, une pratique rituelle mélangée souvent à une superstition venue du fond des âges. François le regarda commencer à dire le bénédicité avec scepticisme. Pourtant, sous le regard pénétrant de ferveur de Charles Van Dyck, il se crut obligé de se lever lui aussi et demeura debout, les yeux baissés, un peu gauche, ne sachant que faire de ses mains calleuses aux ongles noirs, jusqu'à ce qu'un deuxième signe de croix vînt chasser son trouble. Il se rassit alors, le visage éclairé d'un large sourire, et dit en lançant un clin d'œil complice à sa mère qui s'apprêtait à plonger sa cuillère en fer-blanc dans son assiette de faïence grossière :

– Alors, ce pèlerinage ? Vous ne nous l'avez pas encore raconté…

Charles attendait cette question, sachant insatisfaite la curiosité de ces paysans, pour qui se remémorer une telle visite suffirait à occuper bien des veillées d'hiver. Le sujet était plus neutre que les projets qu'il nourrissait. Aussi, tout en goûtant une soupe propre à tenir le ventre des plus affamés, entreprit-il avec force détails de les faire rêver. Il devait avoir un talent de conteur, car les Donnadieu, mère et fils, demeuraient la cuillère suspendue, la bouche légèrement entrouverte, buvant ses mots avec avidité. Charles s'amusait de l'effet produit et accentuait certains détails pour donner plus de piquant à son récit. Il est vrai que la narration répétitive de son voyage au fil des étapes de son périple l'avait aguerri à l'exercice. Sans le vouloir vraiment, il enjolivait les situations et les paysages, faisant vibrer son auditoire et le laissant, le souffle court, vagabonder sur ses pas. Parfois, après une pause pour ingurgiter rapidement quelques cuillerées de leur soupe, les Donnadieu retrouvaient la réalité plus terre à terre et questionnaient.

– Et votre dame ? Elle a dû vous languir tout ce temps…, susurra Augustine.

– Je lui ai télégraphié très régulièrement, de chaque ville où j'ai trouvé un bureau de poste ouvert.

– N'empêche, elle doit trouver le temps long…

– La grâce est à ce prix ! assura Charles.

Après une soirée exceptionnellement longue à cause de son récit, Charles trouva enfin du repos dans un coin de la grange, où François avec un drap épais lui avait arrangé une paillasse convenable. L'air embaumait les foins coupés. Tendre et fraîche, l'herbe avait plus de douceur que certains matelas et le corps y prenait ses aises, plongeant dans les bras de Morphée celui qui s'y allongeait.

Le chant matinal d'un coq tira Charles de sa béatitude. Un trait de lumière crue perçait de la porte aux planches disjointes. Les yeux à demi ouverts, dans la pénombre, il écouta le réveil de la ferme, savourant le bonheur de la paix intérieure. Son esprit vagabonda vers Saint-Omer. Chaque étape le rapprochait un peu plus de sa chère Thérèse. Il avait tant hâte de la revoir qu'il n'hésitait pas à accomplir près de quarante kilomètres par jour. Il en avait parcouru un peu moins la veille, mais la journée n'avait pas été inutile. Au hasard d'une rencontre, il avait pu donner corps à un projet un peu fou dont il pressentait le succès.

Charles sortit sa montre-gousset de sa poche. Retenu par une chaîne en argent, le boîtier était artistiquement ciselé et un portrait-photo de Thérèse occupait l'intérieur du couvercle. Les aiguilles dorées indiquaient presque sept heures. Il était grand temps de partir ! Se saisissant de son fidèle bâton, accessoire indispensable à tout pèlerin, il se précipita dehors. Dans la cour, les poules caquetaient à la recherche de vers. Après un brin de toilette à la pompe, appuyant sa main sur le linteau de pierre orné de la coquille de Saint-Jacques, il poussa la porte de la maison et entra. François était en train de déjeuner, trempant de grosses tartines de pain dans un grand bol de lait fumant.

– Vous en voulez ? proposa-t-il en le voyant paraître.

– Avec plaisir…

– Vous êtes sur le départ ?

– Ma route est encore longue, répondit Charles.

– Vous prendrez bien un casse-croûte avant de partir ?

– Sans vous obliger, ce n'est pas de refus.

– Du jambon et un « quinjou », un morceau de pain, ça vous va ?

– Amplement !

– Alors, asseyez-vous.

Restauré, Charles ne s'attarda pas. Il enveloppa son casse-croûte d'un linge, l'enfourna dans sa musette portée en bandoulière, remplit sa gourde d'eau coupée d'un peu de Négret et prit rapidement congé des Donnadieu, non sans les avoir courtoisement remerciés de leur accueil. François l'accompagna sur le pas de la porte. Il aurait bien aimé lui demander ce qu'il comptait faire pour la métairie du Chot, toutefois son visiteur l'impressionnait. Il murmura bien un « Alors ?… », mais il n'osa pas pousser plus loin face au sourire énigmatique de Charles Van Dyck, qui se contenta d'un vague signe de main en guise de réponse, avant d'ajouter :

– Je vous promets que vous aurez de mes nouvelles…

Et il partit à grandes enjambées dans le soleil qui baignait le Lauragais d'une douceur matinale. « Quel drôle de type ! » pensa François en suivant des yeux sa haute silhouette, que Matamore accompagna jusqu'au tournant du chemin, comme on faisait la conduite, jadis, aux compagnons sur le Tour de France. Surgi la veille par hasard, cet inconnu étrange lui laissait plus de questions que de réponses. Ce qu'il savait de lui et des projets qu'il devinait le faisait maintenant sourire. Le pastel ! c'était une idée de fada ! Sans doute n'aurait-il jamais plus de ses nouvelles !

– Il est parti ? demanda Augustine, qui venait de donner à manger aux lapins.

– Oui, il est en chemin, répondit François, pensif.

– Es pas trop leu ! grinça-t-elle entre ses dents.

Cette visite avait amené un peu trop de mouvement dans l'ordonnancement de sa vie et elle avait craint que leur visiteur ne s'incrustât un peu plus longtemps. Il n'aurait plus manqué que ça ! Faire un peu la charité pour se gagner sa place au ciel, soit ! Monsieur le curé en parlait bien en chaire le dimanche à la grand-messe… Mais il ne fallait pas exagérer !… Pas trop tout de même ! Elle n'avait pas la vocation à accueillir tous les pauvres du pays, fussent-ils des soi-disant industriels en quête de Dieu ! On n'avait pas que ça à faire… Sinon, autant se transformer en auberge du cœur. En plus, cette présence, au-delà de la nourriture qu'elle coûtait, perturbait le travail de son fils qui n'avait que trop tendance à être fantaisiste. Augustine rentrée dans la maison, François se contenta de hausser les épaules et de murmurer sans que sa mère l'entende :

– Ah, ces gens du Nord !

Les semaines, les mois s'écoulèrent. Et au fil des travaux répétitifs des saisons, ils passaient lentement en 1913. Raymond Poincaré, un Lorrain, était devenu le 18 janvier le neuvième président de cette IIIe République née de l'effondrement du Second Empire.

Au café Maurette, François Donnadieu avait longuement parcouru la une du numéro 16248 de *La Dépêche*, qui présentait le portrait en grand du nouveau Président. L'homme avait bonne allure, assurément, avec sa barbichette soigneusement taillée comme le voulait la mode. Le regard était clair, sans doute bleu, intense et pénétrant. Plus que tout autre, ses origines le sensibilisaient au sort des provinces perdues, faisaient vibrer en lui encore plus fort la corde sensible de ce nationalisme cocardier qui avait si soif de revanche qu'il prenait des formes de paranoïa dignes de Déroulède. Le grand Jaurès pouvait bien se lever en face pour faire reculer les canons par l'internationalisme prolétarien. Il y aurait toujours du monde pour applaudir au vote de la loi des trois ans, sans imaginer que se préparait l'holocauste de la jeunesse européenne !

Juillet fut si brûlant cette année-là que les blés prirent presque une couleur de terre cuite. Çà et là, des crevasses apparaissaient même dans les champs, blessures d'un sol martyrisé par la sécheresse. La terre avait soif et nulle goutte d'eau ne venait l'apaiser. Les orages du 15 août ne firent que la raviner. Enfin, passé l'équinoxe, la chaleur étouffante se dissipa pour laisser place à la tiédeur de l'arrière-saison.

Pour François et Augustine, Charles Van Dyck était rangé au magasin des souvenirs, quand un mardi de la mi-octobre, le facteur arriva juste avant midi à la métairie de Saint-Jacques. L'apparition de la silhouette de Marcel au bout du chemin, suant et soufflant dans son uniforme en drap épais, sa boîte à lettres de bois noir en travers du corps, n'était pas habituelle. Les Donnadieu recevaient très rarement du courrier. Aussi cette venue suscita-t-elle l'inquiétude. Pourquoi montait-il ? Quelle catastrophe allait-il leur tomber dessus ?

– Adiou, Augustine ! Eh bien... Quel « rampailhou » pour venir chez toi ! Heureusement que je monte pas tous les jours...

– Tu t'es perdu aujourd'hui ? répondit-elle.

– Non, j'ai une lettre pour vous... même qu'elle est au nom de François ! dit Marcel en s'essuyant le front avec un mouchoir d'une propreté douteuse.

– De François..., répéta-t-elle, incrédule.

– Oui, de ton fils...

Mais c'est moi qui suis propriétaire depuis la mort de mon Ferdinand de mari.

– C'est pour lui pourtant !

– Donne !

– Attends que je reprenne mon souffle... Tu pourrais au moins m'offrir un coup à boire !

– Bon, alors entre !

– Hum, il fait bon chez vous, dit Marcel en passant le seuil de la porte, où une fraîcheur apaisante l'accueillit.

– Sers-toi, fit Augustine en poussant un verre et un pichet de Négret devant lui.

– Té ! La voilà, la lettre, dit Marcel en sortant de sa boîte noire un pli timbré à cinq centimes à l'effigie d'une semeuse verte.

Augustine la prit et la retourna plusieurs fois entre ses

doigts. Il y avait bien l'adresse d'un expéditeur derrière, mais sa vue était devenue trop faible pour qu'elle puisse déchiffrer la fine écriture cursive et nerveuse. Tandis que Marcel se servait à boire, elle alla chercher sur le bahut une paire de lorgnons dans une soupière qui servait de vide-poche. Ils avaient appartenu à son grand-père qui les tenait d'un curé de Mazères défunt puis avaient servi à son père jusqu'à ce qu'il quitte ce monde et même à son mari. On se les repassait de génération en génération parce que, dans les familles paysannes, ce genre d'instrument, ça coûtait cher et qu'on s'en servait peu. Les verres étaient quelque peu rayés, sans doute mal adaptés à sa presbytie bien avancée, mais elle parvint néanmoins à déchiffrer lettre par lettre :

CHARLES VAN DYCK !...

Le cachet de la poste indiquait Saint-Omer. Il n'y avait pas de doute ! C'était leur étrange pèlerin qui écrivait. Si Marcel n'avait pas été là, à la regarder fixement, le verre de Négret à la main, elle aurait bien ouvert cette lettre tout de suite, pour satisfaire sa curiosité, même si elle était adressée à son fils. François ne pouvait pas avoir de secrets pour elle... Elle était sa mère, après tout ! Mais devant les yeux insistants du facteur, elle la posa négligemment sur le buffet en disant : « Il l'aura en rentrant... », histoire de jouir un instant du regard dépité de l'employé des postes. Celui-ci n'osa la questionner. Il avait bien tenté de lire quelques mots par transparence, mais le papier de bonne qualité était trop épais. Marcel marqua un temps d'arrêt, puis, comme Augustine lui tournait ostensiblement le dos, il laissa tomber la voix pleine de lassitude :

– Bon, eh bien ! je vais continuer ma tournée...

– C'est ça !

– M'en vaou !

– Adissiats alors…

– Adissiats, répéta Marcel en passant la porte pour reprendre le chemin qui redescendait vers Mazères.

Une demi-heure plus tard, François arriva, le visage en sueur. Augustine lui montra aussitôt la lettre, allant même jusqu'à lui tendre les lorgnons pour qu'il la lise plus vite. Elle resta plantée derrière lui, essayant de voir par-dessus son épaule, la fine écriture qui couvrait la feuille de papier ornée, en haut à gauche, du timbre tarabiscoté d'arabesques savantes des Tissages de Longuenesse. Elle s'impatientait, passait d'un pied sur l'autre en étirant son cou par-dessus le col de son éternelle robe de burat noir, mais sans oser interrompre son fils qui peinait un peu à déchiffrer les mots, faute de pratique. De temps à autre, il éloignait un peu le papier de son visage, cherchant la bonne distance par rapport à sa vue, puis hochait la tête d'un air entendu.

– Alors ! Qu'est-ce qu'il dit ? lança-t-elle, excédée.

– Il a acheté le Chot, répondit François sans lever les yeux.

– Le Chot !

– Oui, c'est ce qu'il raconte.

– Mais diable, pour quoi faire ?

– Du pastel… Il veut cultiver du pastel.

– Du pastel ?

– Oui, c'est ce qu'il écrit… du pastel, pour la teinture, comme il avait parlé.

– Il est fou !

– Peut-être pas tant que ça…

– Du pastel ! Du pastel ! répéta Augustine en secouant la tête. Cet homme est fou à lier, je te dis !

– Attends, je continue à lire.

– Et comment il va le faire pousser, son pastel ? Il compte s'installer ici ?

– Non ! Il dit qu'il envoie des métayers de chez lui !

– Où ça ?

– Ici, au Chot… té pardi !

– Ici ? Des gens du Nord ?

– Des gens de chez lui sans doute.

– Des étrangers ?

– C'est ce que je lis en tout cas. Même qu'il me charge d'une mission si j'accepte…

– Une mission ? Quelle mission ? Qu'est-ce qu'il te demande de faire ?

– De les accueillir…

– Ça veut dire quoi, les accueillir ?

– Hé ! je sais pas, moi, lâcha François excédé.

– Montre-moi cette lettre ! s'exclama Augustine d'une voix qui n'admettait pas la discussion.

Saisissant le papier d'une main ferme, elle ajusta les lorgnons sur son nez mince et osseux, cherchant dans l'entrelacs des phrases le passage où il était question de l'arrivée des métayers. Ses petits yeux vifs furetaient dans la suite des mots telle une fourche dans l'enchevêtrement du foin de la grange. Ses lèvres minces marmonnaient parfois des syllabes incompréhensibles. De temps à autre, elle marquait une pause, puis reprenait sa respiration pour mieux repartir à l'assaut de l'océan des consonnes et des voyelles. Ayant enfin trouvé le passage, elle répéta trois ou quatre fois la même phrase pour bien s'en pénétrer. Puis, hochant la tête, elle dit finalement :

– Faudrait pas qu'il te croie à son service, ce monsieur-là ! Les accueillir, les accueillir, on va pas les héberger !

– Il est pas question de ça.

– Hum ! Va savoir ce qu'il pense, lui. Quand il s'est arrêté en mai, c'était comme simple pèlerin. On lui a payé la soupe, on a fait notre devoir de chrétien, mais faut pas demander plus !

– Il dit qu'ils arriveront pour la Toussaint. Ça nous laisse une quinzaine de jours.

– Oh ! pour moi, c'est tout vu. Le temps des seigneurs, c'est fini. Faut pas qu'il se croie tout permis parce qu'il est de la ville, qu'il est dans les affaires... Il peut bien avoir de l'argent, on est ici chez nous et on lui doit rien ! On a pas fait la Révolution pour des prunes !

– Hé... tu as tout bien lu ? Il dit qu'il me récompensera pour le service, fit remarquer François.

– Oui, mais il dit pas combien ! répliqua Augustine, renfrognée.

– Ça, on le discutera...

– Et puis, dis-moi, qui s'occupera des vaches ? Qui fera les étables ? Moi, à mon âge, j'ai assez avec la basse-cour et les lapins ! Si c'est pour que tu coures la campagne toute la journée pour ses beaux yeux sans faire ton travail ici, qu'il n'y compte pas !

– Qui te parle de ça ? demanda François.

– Oh ! je me méfie de ces beaux messieurs... Ils savent bien te caresser dans le sens du poil... Mais j'ai encore mon mot à dire et je m'y opposerai...

– De toute façon, c'est à moi qu'il demande service. La lettre m'est adressée, non ! C'est à moi de lui répondre et j'ai plus vingt ans. Alors, occupe-toi plutôt de me faire manger. J'ai labouré tout ce matin la terre de la Gardelle et j'ai faim !

François fourra la lettre dans sa poche et se dirigea vers l'évier en pierre. Il passa un peu d'eau sur son visage pour chasser la poussière accumulée par le travail du matin, s'essuya les mains à un torchon grisâtre, alla s'asseoir au bout de la longue table aux planches disjointes et se servit un verre de Négret qu'il avala cul sec avec un claquement de langue de satisfaction. Augustine posa un toupi de soupe fumante devant lui et, sans l'attendre, François en remplit son assiette à ras bord. Le pain avait eu le temps de bien mijoter et le bouillon de légumes avait pris une belle couleur de miel doré en détrempant la croûte brune. Les navets, mélangés aux carottes jeunes et à un cœur de chou bien pommé, exhalaient un bon parfum de terroir.

En avalant sa soupe, les yeux mi-clos, soufflant légèrement sur la cuillère pour éviter de se brûler, François Donnadieu réfléchissait. Dans quinze jours, ils seraient là. A priori, il n'avait rien contre ces métayers qui allaient arriver. C'était à l'évidence des paysans comme lui, peut-être des ouvriers agricoles embauchés pour la circonstance. Mais ces gens allaient débarquer dans l'inconnu. Pour eux, l'Ariège était presque une terre de mission, une terre étrangère. On allait sûrement les regarder dans le pays comme des bêtes curieuses, d'autant plus qu'ils ne devaient pas parler le patois. Ils auraient besoin d'aide et Charles Van Dyck attendait de lui qu'il leur facilite la tâche. Il n'avait aucune raison de ne pas vouloir lui rendre ce service, et mieux, même, il se délectait par avance de semer quelques pierres dans le jardin des Marty. Aussi, bien qu'il ne fût pas habitué à écrire, résolut-il, après avoir déjeuné, de répondre à l'industriel.

Après avoir bu un dernier coup de Négret pour faire passer le fromage un peu sec, François fit claquer son couteau et repoussa son assiette. Tandis qu'Augustine achevait de débarrasser la table, sans se lever, il sortit du tiroir du buffet un cahier d'écolier et de quoi écrire. Ses doigts, plus habitués au travail de force, étaient gauches en serrant le manche en bois du porte-plume. Il essuya soigneusement la sergent-major sur les bords de l'encrier, puis demeura quelques instants pensif, se demandant comment commencer. Finalement, d'une écriture malhabile et sans élégance, il traça simplement « Monsieur » sur le papier rayé. Mais cette lettre, il avait beau la tourner dans sa tête, il n'en trouvait pas le début. S'il avait été en face de lui, à l'évidence, il aurait su comment commencer. Mais là, les mots se bousculaient dans son esprit comme une ronde de papillons de chou au mois de mai. Il mit plus d'une heure pour rédiger quelques lignes. Finalement, il n'était pas trop mécontent : il n'avait pas fait de « pâtés », comme disait son institutrice quand il fréquentait l'école, juste une rature. Il avait réussi à dire à peu près ce qu'il voulait. Mais au prix de quel effort ! Une fine sueur perlait à son front tanné par le soleil. Ah ! il préférait de loin retourner un carré de jardin au pelle-versoir.

Aux regards que lui jetait Augustine, il voyait bien qu'elle n'était pas d'accord. Mais, pour une fois, François avait décidé de ne pas céder à sa mère. Charles Van Dyck lui répondrait sûrement très vite pour lui préciser le jour exact et les conditions de leur arrivée. À présent, il ne restait plus qu'à attendre. Le lendemain, il donnerait la lettre à Marcel pour qu'il la timbre et la poste rapidement. Le plus excitant serait de diffuser la nouvelle, au fil des rencontres avec les voisins, histoire d'alimenter les rumeurs. Les Barthes, les Pons, les Pujol, les Lacoste, tous voisins de la métairie de Saint-Jacques et avides de nouvelles, seraient des relais naturels. Les Marty allaient en faire une jaunisse. Ils n'avaient pas fini de ressasser leur amertume. Pauline, avec sa bonne humeur naturelle, saurait bien tout rapporter.

Dès la fin de l'après-midi, il croisa Pierre Azéma qui, le « dalho » sur l'épaule, revenait de faucher un carré de regain tardif près du ruisseau de Millet et rentrait à sa ferme de La Bourdette. Il lui annonça tout de go que le Chot avait changé de propriétaire et que l'arrivée de nouveaux métayers était imminente. Azéma avait la soixantaine rubiconde. C'était un brave homme, très serviable, qui avait le teint rouge et fleuri, de la couleur du raisin qu'il cultivait sur trois parcelles ingrates et pentues. Son nez turgescent, creusé de cratères, ressemblait à une morille vineuse prête à lâcher une bordée de spores. Deux semaines auparavant, comme chaque année, il l'avait aidé à vendanger pendant deux jours, s'amusant du plaisir qu'il avait à fouler les raisins avec ses pieds, alors que d'autres paysans utilisaient déjà des égrenoirs modernes à rouleaux de fonte crénelés. François connaissait bien le père Azéma et Philippine, sa femme. Ils détestaient les Marty comme beaucoup et ne pouvaient manquer de faire des gorges chaudes de l'événement.

– Tu en es sûr ? demanda Azéma.

– Comme je te vois… C'est écrit sur la lettre ! assura François.

– Eh bien ça, macarel, c'est une nouvelle…

– C'est quand même pas un gars du pays.

– Oh, moi je vais te dire… Pays ou pas, peu importe ! Ça me fait plaisir que cette terre-là, les Marty l'aient pas eue !

Une semaine plus tard, alors que le temps des labours d'automne battait son plein, tous savaient que le Chot avait un nouveau maître. Tous les chemins du pays étaient sillonnés du va-et-vient permanent des attelages tirant les doubles brabants.

En repartant travailler, sur le coup de trois heures, après avoir fait reposer les bêtes, François vit apparaître le facteur dans la côte qui conduisait à la Gardelle. Juché sur un vélo de femme, appuyant de toutes ses forces sur les pédales de cet engin emprunté pour la circonstance, il était en nage, le képi en bataille, le souffle court. En voyant François Donnadieu mener ses bêtes paisiblement, l'aiguillon posé sur l'épaule, il freina et mit pied à terre, manquant de déraper sur le chemin aux ornières traîtresses.

– Adissiats, Marcel.

– Aaah !... Aaah !... Aaah ! fit l'autre, haletant.

– Oh là ! t'es bien pressé ce soir ! Où cours-tu comme ça ? lança François, tandis que Marcel reprenait son souffle à grand-peine.

– C'est... c'est... c'est toi que je cherche..., finit par articuler le facteur, qui transpirait abondamment.

– Hé ! tu m'as trouvé... mais qu'est-ce que tu me veux ?

– Tu as un télégramme !

– Un télégramme ? répéta François, soudain anxieux.

– Oui, un télégramme pour toi ! Il est arrivé au bureau juste comme je rentrais de faire la tournée et le receveur m'a renvoyé te le porter tout de suite.

– Montre-moi, vite !

– Laisse-moi reprendre mon souffle. C'est le premier que tu reçois ?

– J'en ai pas eu souvent, mentit François, tandis que l'autre déboutonnait sa vareuse pour sortir le message.

– Té ! le voilà.

François décacheta le pli, les mains tremblantes. Quand on envoyait un télégramme ici, à la campagne, il fallait qu'il se passe quelque chose de très important. C'était bien souvent pour annoncer la mort d'un proche. Sur la bande de papier grège, les mots s'enchaînaient, bruts et secs dans leurs majuscules d'imprimerie comme les balles d'une mitrailleuse, bien détachés les uns des autres :

FERMIERS VERBECK ARRIVERONT VOITURE PUBLIQUE MAZÈRES QUATRE HEURES VINGT SAMEDI SOIR TRENTE OCTOBRE STOP LES CONDUIRE CHOT POUR INSTALLATION STOP MERCI MANDAT LETTRE POUR FRAIS SUIT STOP VANDYCK

D'un seul coup, François se sentit soulagé. Charles Van Dyck avait bien reçu sa lettre. On était jeudi soir. Il avait donc deux jours devant lui. Il ne lui restait plus qu'à passer un coup de balai dans le charreton et à atteler Grisou pour aller récupérer ces gens-là. Comment s'appelaient-ils ? Verbeck ! Des gens du Nord encore ! Assurément, ils allaient arriver à la gare de Saverdun, puis avoir recours aux services de Blaise Breil pour atteindre Mazères. Mais ensuite, de la petite bastide des bords de l'Hers pour monter à la métairie du Chot, il n'y avait plus rien ! D'où sa demande… Cela lui prendrait l'après-midi, mais Van Dyck parlait de mandat. Il pourrait donc clouer le bec à Augustine, qui n'aurait rien à redire.

Après avoir satisfait la curiosité de Marcel, toujours avide de nouvelles fraîches à ramener au bureau de poste, François s'en alla continuer son labour, les mots du télégramme tournant dans ses méninges comme le vent dans les feuilles des peupliers au bord de l'Hers. Pour arriver ainsi en voiture, ils devaient venir presque sans rien, juste avec une malle ou deux, facturées au tarif habituel, un centime le kilo, par Blaise Breil, le voiturier. Pour les outils, c'était facile. Jean Cassou avait tout laissé derrière lui en faisant le grand saut depuis le plancher de la grange, du « palhéro », comme on disait ici. Tout était en place comme s'il venait juste de partir. Toutefois, avant de les monter au Chot, François devrait à coup sûr faire halte chez un des treize épiciers que comptait le bourg, pour qu'ils achètent de quoi tenir quelques jours.

Deux jours plus tard, le samedi 30 octobre 1913, le soleil caressait tendrement les collines du Lauragais, quand François Donnadieu, habillé comme s'il allait à la messe, son chapeau du dimanche couvrant sa calvitie galopante, prit avec Grisou et le charreton la route de Mazères. Il fallait donner bonne impression à ces étrangers. D'ordinaire, François n'allait en ville que les derniers jeudis du mois, pour la foire mensuelle. La jolie petite bourgade des bords de l'Hers, peuplée de 3 049 habitants, disputait à sa voisine Saverdun, construite, elle, sur les rives de l'Ariège, juste distante de neuf kilomètres et forte de 3 537 âmes, le statut de capitale de ce terroir de transition ouvert sur la plaine de Toulouse et adossé au moutonnement des collines du Lauragais. L'une comme l'autre faisaient assaut de références historiques solides et d'un passé prestigieux. Quand les Mazériens évoquaient le souvenir des comtes de Foix et de Gaston Phébus, qui y rédigea son célèbre traité de vénerie, les Saverdinois répliquaient par l'évocation, au XIVe siècle aussi de Jacques Fournier, le futur pape Benoît XII.

Au centre d'une campagne fertile, Mazères alignait des rues droites et larges flanquées de maisons coquettes et bien bâties, organisées en un plan géométrique propre aux bastides. Ici, le rouge des briques et des tuiles régnait en maître, contrastant avec le haut pays, l'Ariège montagneuse et pyrénéenne, qui cultivait dans une solitude plus glacée la pierre et la lauze. Il y faisait simplement bon vivre et les soirs d'été, on sortait les chaises pour prendre le frais sous la treille en bavardant avec ses voisins. Dans la journée, une intense activité animait le bourg, qui ne comptait pas moins de trois horlogersbijoutiers, sept tailleurs d'habits, six cafés, huit sabotiers, quatre charrons et une multitude d'autres commerces. Les charrettes et les vélos encombraient les rues, que seules les voitures des notables, pharmacien, notaire et vétérinaire en tête, venaient troubler de leurs pétarades.

Puisqu'il devait passer devant l'atelier du maréchal-ferrant pour aller près de la halle attendre la voiture de Breil, François avait résolu d'en profiter pour faire arranger le fer branlant de l'antérieur gauche de Grisou que le cheval n'allait pas tarder à perdre. L'échoppe résonnait de coups de marteau quand François y pénétra vers les trois heures de l'après-midi. De longues pinces dans la main gauche pour tenir un fer dont le rouge se ternissait, un marteau dans la droite, dans une demi-pénombre enfumée, le père Bajouet, ceint de son grand tablier de cuir, tapait sec sur une enclume énorme reposant elle-même sur un socle en platane. Le temps de lui expliquer ce qu'il voulait, de dételer Grisou pour l'attacher à l'anneau de fer fiché dans le mur à l'entrée de l'atelier, et déjà l'homme de l'art, le sabot coincé entre les jambes, préparait le pied de Grisou pour lui fixer un nouveau fer mieux ajusté.

Une demi-heure plus tard, Grisou trottinait gentiment, faisant résonner sur le pavé luisant son sabot ferré de neuf. Les rues commençaient juste à s'animer en ce milieu d'après-midi. Les petits vieux, la sieste achevée, sortaient de leurs maisons pour s'asseoir sur des chaises basses, à l'abri des courants d'air, et profiter des derniers rayons de soleil. Habillés de noir comme tous les jours ordinaires, conjuguant la litanie des deuils répétitifs, leurs yeux avaient souvent la couleur du ciel d'hiver, bleu délavé des illusions de la vie. Ils faisaient partie du paysage et nul ne s'étonnait de voir ces hommes à califourchon se tenir en équilibre, le dos appuyé au mur, la chaise sur deux pieds.

Tournant pour remonter par l'avenue de Pamiers, Donnadieu déboucha sur une placette ombragée de quelques ormeaux. Un vagabond, la musette sur l'épaule, assis sur le muret de pierre, y avait fait halte sur le chemin du trimard. François dépassa un paysan en sarrau noir, le chapeau sur la tête, attelé au milieu des brancards d'un charreton, et doubla une lourde patache garée à contresens. Devant l'hôtel Bombail, trois hommes, deux femmes et une fillette étaient sortis pour voir un photographe de Toulouse installer son encombrant matériel. Les hommes en gilet, les manches de chemise retroussées sur l'avant-bras, attendaient, les mains dans les poches, comptant bien profiter de cet instant pour figurer sur le cliché qui immortaliserait leur présence devant l'établissement rénové en 1909, offrant à ses clients d'importantes remises et même, modernisme oblige, « un auto-garage ». À l'angle de la grand-rue, à la hauteur du tabac-horlogerie de Gesse joliment décoré d'une fougère posée sur une table de bistrot, une jeune fille étourdie faillit en traversant se jeter sous les sabots de Grisou. François eut juste temps de tirer sur les rênes pour éviter l'accident avant de lancer un sonore « Macarel ! ».

Au loin, la vieille diligence, que l'on appelait communément l'omnibus, arrivait. Elle assurait la liaison Mazères - gare de Saverdun quatre fois par jour. La municipalité avait bien songé un moment à la supprimer pour la remplacer par une voiture automobile plus confortable, mais, vu le coût d'un tel projet, elle y avait pour l'instant renoncé. L'équipage, capote baissée, conduit par Breil, avançait au pas, tiré par deux chevaux blancs dont les sabots claquaient sec sur les pavés inégaux. Le voiturier était à l'heure. Dressé sur son banc, il tira fortement sur les rênes en criant « Arrèst !... ». Sur la banquette, à l'abri de la toile huilée qui couvrait la voiture, derrière le conducteur, François distingua les silhouettes de deux voyageurs, un homme portant un costume sombre et une chemise de toile blanche à col fermé, mais sans cravate, la tête coiffée d'un feutre, et une femme, les cheveux couverts d'un petit chapeau bleu marine, vêtue d'une robe noire à brandebourgs, boutonnée jusqu'au cou. L'homme sauta lestement de la voiture, puis il aida la femme à trouver le marchepied pour qu'elle descende à son tour.

Du trottoir d'en face, appuyé contre la roue du charreton, François les détailla quelques instants avant de traverser la rue et d'aller à leur rencontre. L'homme était assez grand, plus que lui en tout cas, avec des épaules bien charpentées et la taille mince. De sa personne émanait une impression d'énergie. C'était un homme dans la force de l'âge, d'une trentaine d'années environ, avec un visage avenant, et des yeux expressifs, un regard droit et clair qui respirait le bon sens et le goût du travail. La femme, elle, était svelte, plus grande que la majorité des femmes d'ici. Des cheveux châtain très clair dépassaient en mèches mutines de son chapeau tout simple, porté sans la voilette des gens du monde. Elle avait le teint pâle et d'imperceptibles cernes de fatigue sous les yeux. Un petit nez retroussé, orné d'un léger semis de taches de rousseur, lui donnait la beauté naturelle des filles saines.

Tandis que Blaise Breil avait entrepris de descendre, avec l'homme, une grosse malle en bois et toile kaki arrimée à l'arrière de la voiture par un solide cordage, la femme, chaussée de bottines du dimanche, promena son regard autour d'elle, découvrant l'endroit où la voiture s'était arrêtée. Les maisons avaient beau être en briques, comme là-haut chez elle, ce n'était pas les mêmes matériaux que ceux de son Nord natal. Ici, tout était plus coloré, même les toits écrasés sous le soleil d'octobre. L'air ne sentait pas le charbon, l'anthracite gras, mais l'odeur légère et parfumée du bois brûlé. Soudain, au coin de la rue, deux enfants jaillirent en poussant des cris, un bâton à la main, courant après un cerceau de barrique. À leur vue, elle esquissa un sourire. Ceux-là, ils n'étaient pas si différents de chez elle.

Monsieur Verbeck ? lança François à l'instant où la lourde malle toucha le sol.

– Moi-même, répondit l'homme en se relevant.

– Je suis François Donnadieu.

– Victor Verbeck... M. Van Dyck m'a dit que vous m'attendriez, répondit l'homme avec un accent à couper au couteau.

– Il m'a demandé de vous accompagner au Chot.

– Merci de votre aide, fit l'autre en lui tendant chaleureusement une main large et fraîche, une vraie pogne de travailleur. Ma femme, Madeleine..., ajouta-t-il en désignant sa compagne.

– Bienvenue, madame, répondit François en esquissant un geste du chapeau.

– Il fait toujours chaud comme ça chez vous ? demanda la jeune femme en clignant des yeux face au soleil.

– On a de beaux automnes... Pas vous ?

– La lumière n'est pas la même, répondit-elle.

– Ah bon ! Elle est comment ? demanda François.

– Plus jaune... Enfin, plus profonde, moins claire, si vous préférez ! dit Madeleine, sans parvenir à expliquer ce que ses yeux sentaient de différent.

– La ferme n'est pas très loin, d'après ce que m'a dit M. Van Dyck ? questionna Victor.

– Non juste au-delà de la côte, quatre kilomètres à peine ! On y sera vite. C'est tout ce que vous avez comme bagages ? demanda François en désignant la malle de bois.

– Oui. Le patron nous a dit qu'il y avait tout sur place et que, pour le reste du matériel, on achèterait en donnant les factures à maître Lacoste.

François leva machinalement un sourcil en remarquant que Verbeck employait le terme de « patron » pour parler de Charles Van Dyck. Ce n'était pas un mot du pays ni un mot de paysan. Pour lui, « ce patron » identifiait les gens de la classe ouvrière. Ici, aux frontières de l'Ariège et du Lauragais, même chez les laborieux, héritiers des masses de manouvriers et de brassiers de l'Ancien Régime, qui constituaient encore un salariat agricole important en ce début de siècle, même chez les domestiques et les toutes petites gens, on eût dit « Monsieur » ou plus familièrement « notre maître ». Il les sentit imperceptiblement d'un autre monde, et après avoir marqué un temps, il demanda :

– Et comment vous allez vivre, en attendant la récolte ?

– Il nous a fait l'avance de six mois de salaire.

– Bigre, il faut qu'il ait confiance en vous !

– Il le peut ! il nous connaît bien, monsieur. Il y a douze ans qu'on est à son service sur les terres du domaine.

– Mais alors, vous êtes pas fermiers ? s'inquiéta François.

– Fermiers, non, on peut pas le dire comme ça ! On lui loue pas le bien, vous voyez… C'est lui qui nous payera, comme ouvriers, pour cultiver le pastel sur les quatre hectares de la ferme. Mais ce qu'on produira en plus, comme les légumes au potager, les volailles dans la basse-cour ou même les cochons, ça sera pour nous... On sera indépendants, quoi, avec une paie fixe. Si lui, il est content, nous, on sera pas perdants ! On sera libres, presque comme si on avait le fonds, comme des propriétaires, répondit Verbeck.

– Vous savez, monsieur, intervint Madeleine, on était comme des domestiques chez nous... On n'a jamais rien eu, sauf les vêtements qu'on portait. Alors, si maintenant on peut être à notre compte, on va pas refuser ! Même si on doit travailler dur tous les jours, c'est une vraie chance que le ciel nous envoie ! On peut réussir, s'en sortir enfin, vous comprenez ? On a juste besoin de courage et d'avoir la santé. Mais pour ça, mon mari, il est costaud, du courage, on en a pour quatre, pas vrai, Victor ?

– Pour sûr ! Le travail nous fait pas peur et nous avons hâte de voir cette terre !

– Allons-y ! Vous me raconterez le reste en cours de route ! répliqua François en montrant Grisou qui, entre les brancards, tendait le cou pour attraper quelques brins d'herbe tendre entre deux pavés.

Ces quelques mots avaient suffi à François pour comprendre que ces deux-là étaient de la race des lutteurs. Ils avaient soif d'espérance. Il aida Madeleine à monter sur le charreton qui était dépourvu de marchepied. Puis, avec Victor, ils hissèrent la lourde malle pour qu'ils puissent s'asseoir dessus. Quand ils furent à peu près installés, François donna un léger coup de rênes et lança un « Hue ! » signal du départ pour Grisou. Si personne ne fit attention à eux lorsqu'ils traversèrent les rues à angle droit de la petite bastide, il était persuadé qu'il en serait tout autrement au-delà de Mazères. Connaissant bien le pays, il savait que l'arrivée de ces gens du Nord risquait de déchaîner quelques passions, surtout chez les Marty.

4

Indésirables...

Au fil des rues, Madeleine Verbeck, tournant la tête dans tous les sens, découvrait avec curiosité cette nouvelle ville. Tout lui paraissait si bizarre, qu'elle avait presque l'impression d'être à l'étranger. Le seul et unique voyage qu'elle avait eu l'occasion de faire, à la frontière belge toute proche, l'avait moins dépaysée ! Ici, les arbres, même teintés des couleurs de l'automne, étaient encore bien feuillus, alors que chez eux, ils se déplumaient déjà au vent mauvais. Descendre dans cette France méridionale en l'espace de quelques heures de train lui avait donné l'impression de remonter le temps de deux ou trois semaines. Tout était différent, la tiédeur sucrée de l'air, les parfums de la campagne, les odeurs des rues et surtout cet accent chantant des autochtones à la musicalité si déconcertante pour ses oreilles. L'Italie ou l'Espagne devait ressembler à ça..., pensa-t-elle. L'émerveillement la remplissait d'espérance. Partir dans ce Sud lointain où ils ne connaissaient personne pour cultiver ce pastel inconnu était une aventure folle, certes moins que de traverser l'océan Atlantique pour s'installer aux États-Unis..., mais un vrai coup de dés ! Néanmoins, elle avait confiance en sa bonne étoile. Victor avait eu raison de vouloir saisir la chance, d'échapper à sa condition.

– À voir vos bagages, vous ne devez pas avoir grandes provisions de bouche, dit François.

– Non, en effet, et sans vous obliger, si nous pouvions nous arrêter quelque part, répondit Victor.

– Je l'avais bien pensé. Je vous arrêterai chez mon épicier. Il a presque de tout et puis il y a un café en face, comme ça, pendant que votre dame fera ses emplettes, nous, on pourra aller boire un coup, entre hommes.

– Il y a beaucoup d'estaminets ici ?

– De quoi ?

– De cafés, si vous préférez...

– Oh ! à Mazères, attendez, il doit y avoir quelque chose comme six cafés et trois aubergistes. Moi, je vais chez Jules Maurette d'ordinaire. Il a une cave bien fraîche et un bon petit vin blanc de Gaillac dont vous me direz des nouvelles. Un vrai régal ! Je vous y mènerai à la prochaine foire. En plus, on y est tranquille pour parler affaires...

Ils firent halte pour se ravitailler en légumes secs, café, sucre, huile, à la Société l'Épargne, où François Donnadieu avait un compte à crédit ouvert qu'il réglait chaque fin de mois. Pendant que Madeleine faisait les achats indispensables, les deux hommes prirent le temps de vider une chopine au café d'en face. Là, François se mit en devoir de faire découvrir à Victor le rouge du pays, histoire de le comparer aux vins de l'Aude toute proche, débités aussi par le bistrotier. Après une généreuse dégustation, le cafetier, également marchand de vin, céda à Victor un barricot de trente-trois litres, de quoi tenir un petit mois, sans être trop gourmand.

Leur chargement effectué, ils s'arrêtèrent un peu plus loin, chez le grainetier, d'où les Verbeck repartirent avec une collection de petits sachets en papier marron, graines suffisantes pour le début de la culture d'un potager, dès l'automne. En sortant de la ville, au faubourg Saint-Louis, juste avant d'arriver à la hauteur de la tuilerie, sur la route toute droite, ils aperçurent une jardinière qui filait bon train. François la reconnut de loin. C'était Mathurin Marty qui tenait les rênes. Les deux attelages se croisèrent sans s'arrêter. François fit un signe de la main, auquel répondit vaguement Marty, plus préoccupé à dévisager Victor et Madeleine Verbeck. À les voir avec lui, sans doute le père Marty avait-il vite compris. Et dans les yeux noirs de Mathurin, François Donnadieu crut distinguer fugitivement plus que de la curiosité, déjà une sourde animosité.

– Ce sont vos voisins. Ils ont la ferme la plus proche du Chot, expliqua-t-il.

– J'espère que nous aurons de bons rapports.

– Ça m'étonnerait ! s'exclama François.

– Ah bon ! Pourquoi ? fit Madeleine.

– Parce qu'ils sont envieux de tout et qu'ils voulaient acquérir le Chot, justement !

– Ils n'ont pas assez de terres ?

– Vous pensez ! Ils ont la plus belle borde du coteau. Mais je vous dis rien ! Je vous les laisse découvrir... Enfin, sachez que beaucoup de gens les aiment pas trop dans le pays et qu'il vaut mieux s'en méfier. Pour le reste, c'est à vous de voir...

– Merci du conseil.

– À votre place, en tout cas, j'éviterais de trop les fréquenter, le père et aussi Léopold, le fils. La seule qui soit bien dans le lot, c'est la Pauline, la bru. Mais elle, elle a pas droit au chapitre !

Après avoir dépassé la métairie de Saint-Loup, au bout de cette longue ligne droite où s'amorçait la rupture entre plaine et coteaux, l'attelage tiré par Grisou attaqua la montée dans les premiers « rampailhous » qui conduisaient aux vallonnements du Lauragais. Ici, tout n'était que courbes et moutonnements. Talutée, la petite route en terre battue, poudreuse en été et glissante en hiver, serpentait mollement à flanc de colline. En se retournant, Madeleine Verbeck admira la vue dégagée qu'offraient ces premières hauteurs. Chez elle, tout était plus plat et elle devait éprouver la même impression que ces aviateurs casse-cou, qui, tel Brindejonc des Moulinais, avaient survolé Saint-Omer l'an passé dans leurs fragiles avions de toile et de bois et dans un bruit de pétarade assourdissant, déclenchant l'enthousiasme des spectateurs ébahis.

Passé l'orme centenaire dont la ramure dorée frémissait au vent d'octobre, ils atteignirent enfin l'écrin végétal qui abritait la ferme du Chot. Harmonie et douceur régnaient en maîtres sur cette terre riante. Par-delà les collines, le soleil déclinait et l'air avait ce parfum suave des arrière-saisons laissant sur les lèvres le goût légèrement sucré des figues trop mûres. Même si ces fins d'après-midi incitaient à la nonchalance et à l'abandon, les Verbeck savaient qu'il leur faudrait se retrousser bien vite leurs manches pour faire revivre cette ferme.

– Té, vous y voilà ! s'exclama François en tirant sur les rênes pour arrêter Grisou.

Bâtie en briques crues simplement séchées au soleil du Midi, la bâtisse supportait vaille que vaille l'abandon des mois antérieurs. Des bouquets de graminées avaient poussé çà et là au ras des murs et entre les pierres du perron. La treille qui ornait la façade, faute de taille, courait en désordre, désormais royaume des merles et des tourdes. Une touffe d'iris, dans une vieille comporte à demi pourrie perdant ses cerceaux, lançait ses tiges jaunies et desséchées et ses fleurs fanées vers le ciel. Le charreton déchargé de sa lourde malle et de son barricot, François ne s'attarda pas. Après avoir assuré aux nouveaux venus qu'ils pouvaient compter sur lui, il saisit Grisou par la bride et fit faire rapidement demi-tour à l'attelage, laissant les Verbeck au milieu de la cour, leur grosse malle à leurs pieds.

Victor le regarda s'éloigner avec un brin de regret. Il aurait bien aimé que François l'aide à entrer son bagage dans la maison. Madeleine n'était pas assez costaud. Il ne lui restait plus qu'à trouver un morceau de planche et à la hisser dessus pour le riper ensuite jusqu'au seuil de la porte. Pendant qu'il cherchait des yeux ce qui pourrait faire l'affaire, Madeleine sortit de sa poche la grosse clé que lui avait remise François de la part de maître Lacoste. Elle l'introduisit dans la serrure rouillée et la tourna fermement pour manœuvrer un pêne récalcitrant. La porte couina un peu en pivotant sur son gond tout engourdi et s'ouvrit sur une salle froide et grise, parsemée de toiles d'araignées qui avaient profité de l'absence de l'homme pour s'y tailler un royaume aérien.

Dans la demi-pénombre, le regard de Madeleine scruta cet univers immobile. Son coup d'œil de femme du Nord distingua aussitôt la couche de poussière qui nappait d'un voile opaque les quelques meubles de la pièce. L'âtre, tel un puits noir, ne brillait même plus des cristaux de la suie et semblait mort. De part et d'autre du foyer, deux bancs-coffres très sombres attendaient le retour des veillées. Cela sentait le renfermé et le vieux, le labeur d'une existence étriquée. Pourtant, malgré cette impression de morne pauvreté, Madeleine esquissa un sourire. Certes, il faudrait du travail et de l'huile de coude pour redonner forme humaine à ce logis. Elle n'avait pas fini de faire chauffer de grandes bassines d'eau bouillante pour décrasser tout ça ! Mais c'était possible. En premier lieu, il fallait ouvrir la fenêtre pour laisser entrer le soleil et chasser cette odeur de rat crevé.

Un raclement fit alors retourner Madeleine. Victor, arc-bouté, mal à l'aise avec ses souliers trop neufs, les mains crispées sur la poignée de grosse toile, tirait cette malle qui contenait leur trésor. Dans un élan de joie, en se retournant vers lui, elle l'embrassa sur la joue, faisant glisser ses lèvres sur sa barbe drue de deux jours. Lâchant la malle, son mari la saisit par la taille et elle se coula contre son épaule. La veille encore simples employés, logés dans un ancien appentis sommairement transformé en chambre-cuisine, à peine mieux lotis que les journaliers et les tâcherons, ils avaient désormais une maison, un vrai chez-eux. Ils restèrent ainsi quelques instants en silence à contempler le cadre de leur nouvelle vie, jusqu'à ce que, le repoussant gentiment, Madeleine dise :

– Allez ! au travail ! Pas le temps de minauder, il n'y a pas une minute à perdre avant que le soir tombe ! Va me chercher du bois, que j'allume le feu pour faire un peu de soupe.

– La réserve est presque vide sous le hangar.

– Débrouille-toi ! Ce n'est pas le bois qui doit manquer dans les environs… Sinon, on mangera la soupe froide. Et puis, tant que tu y es, ramène-moi aussi un seau d'eau pour que je passe un premier coup de serpillière. Mon Dieu, quelle poussière ! Ça sera pas du luxe !

La maison était restée inhabitée presque deux ans. Mais Madeleine avait tant de courage qu'en l'espace de quelques jours, elle sut lui redonner vie. Elle récura tout du sol au plafond, chassa le moindre grain de poussière, lessiva les murs sans relâche, ne s'arrêtant que pour préparer la soupe. D'immenses chaudrons d'eau bouillante chantaient en permanence dans le cantou, des fumerolles blanches s'élevant dans le conduit qui recommençait de briller d'une suie fraîche. Elle cira les pauvres meubles des Cassou, compensant à l'huile de coude le peu d'encaustique qu'elle avait trouvé au fond d'une boîte en fer-blanc au couvercle rouillé.

Juchée sur une chaise au paillage fatigué, elle entreprit aussi de remonter la grande comtoise. Ouvrant la lucarne vitrée, elle glissa la clé dans les trous du cadran et tourna d'un geste ferme. Le mécanisme émit à nouveau son bruit de crécelle, faisant remonter les poids au bout de leur ficelle. Un coup de pouce au balancier de cuivre jaune le relança dans son grand corps de sapin noirci par les ans et la pendule fit entendre à nouveau son tic-tac lent et majestueux. Bientôt, un bouquet de choisya piqué de vendangeuses à demi fanées et d'une rose vint éclairer le buffet noir. Bien ventilé par l'ouverture permanente des croisées, « l'oustal » perdit peu à peu son odeur de moisissure et de renfermé.

Pendant ce temps, Victor ne chômait pas. Levé à l'aube comme à son habitude, dès le lendemain de leur arrivée, il avait glané assez de bois sec pour permettre à Madeleine d'entretenir des feux à faire rôtir les derniers Cathares. Ensuite, après avoir sommairement désherbé la cour en arrachant les plus grosses touffes de graminées, il s'assit en tailleur à même le sol. Avec un petit marteau, le dos à l'abri du vent, il piqua la faux à l'enclumette, la faisant tinter sur deux notes en un son chantant. De temps à autre, la mélodie métallique s'arrêtait. Du pouce, Victor vérifiait le fil, puis reprenait son martèlement jusqu'à ce que le tranchant acéré lui permette de faucher sans peine les abords abandonnés de la maison. Son affûtage achevé, quand le maigre soleil était venu sécher la rosée matinale, vers les dix heures, on n'entendait plus que le « tcrichhh, trichhh » cadencé de la lame couchant impitoyablement une nature abandonnée trop longtemps à elle-même. Ainsi, peu à peu, la vieille ferme des Cassou reprenait vie.

Après trois journées d'un labeur méthodique et harassant, alors qu'il était occupé derrière la maison à faire brûler un énorme tas d'herbes et de branchages pour achever de nettoyer le carré de terre qui servirait de jardin potager, Victor entendit un pas dans le chemin. En se retournant, par-dessus la haie vive, royaume des merles et des tourdes, il aperçut la silhouette de François Donnadieu, suivi de son chien, la queue en trompette. Vêtu d'une grosse veste de drap marron, l'air jovial, un bon sourire aux lèvres, un vieux chapeau sur la tête, une bêche sur l'épaule, il avançait du pas lent et mesuré des gens de la terre. Victor s'arrêta de travailler et le regarda arriver, les mains appuyées sur le manche de la fourche à deux dents qui lui servait à nourrir le feu. Cette visite ne le surprenait pas. Il l'attendait. François Donnadieu avait pris le temps, le délai de convenance, mais il n'avait pu résister plus longtemps à la tentation de savoir ce qu'ils faisaient.

– Acco es un foc brandal ! lui lança-t-il en patois avant de lui serrer la main.

– Qu'est-ce que vous dites ? demanda Verbeck.

– Que vous faites là un bon feu ! répondit François, le visage barré d'un large sourire.

– Faut bien nettoyer un peu si on veut remettre en culture, et puis, il y longtemps que les gens d'ici n'avaient dû rien faire.

– Oh ! Faut comprendre ! crut bon d'expliquer François. Les Cassou, ils n'avaient plus envie de rien après la mort de leur fils. Pourtant, cette terre, ils y tenaient plus qu'à tout ! Mais ce drame a été si brutal ! Germain, le fils Cassou, était vaillant comme pas un. Ce jour-là, il était parti en début d'après-midi, plein de vie, sous un soleil de plomb, la faux sur l'épaule, conduire leurs vaches se désaltérer au ruisseau et faucher un carré de luzerne à l'ombre des frênes. Alors, le retrouver quelques heures plus tard comme ça, après l'orage, tout noir, sous son arbre, ça a été un coup terrible pour eux. La vieille, elle, on l'entendait gémir en gardant sa gazaille de moutons, assise par terre, le dos contre un arbre, à l'abri du vent d'autan ou derrière les haies. Et lui, le père Cassou, c'était pire encore… Il ne disait plus rien, il ne parlait plus à personne, il se murait dans le silence comme dans un tombeau. Il ne mangeait plus, il se consumait peu à peu comme un feu qui se meurt. Quand on croisait sa silhouette décharnée et voûtée sous le poids du malheur, on croyait voir un fantôme. Certains jours, même, il ne sortait que la nuit et restait prostré des heures entières. Ils n'avaient que lui, voyez-vous !

– La vie est parfois cruelle ! constata Victor simplement.

François regarda Victor Verbeck, pensif et surpris par cette froide remarque. Évidemment, ce fermier était un gars du Nord. Il ne réagissait pas comme les gens d'ici, d'un naturel plus expansif. Pourtant, derrière cette attitude un peu distante, il lui semblait distinguer un homme droit et juste. Sans doute lui faudrait-il du temps pour s'habituer à ses manières différentes. Ils avaient tous deux besoin d'apprendre à se connaître. Le travail, le partage de l'effort seraient sûrement le meilleur ciment à leurs relations de voisinage. Au demeurant, François voyait un homme vaillant et courageux. Ce Verbeck avait le regard clair et la poignée de main franche.

Bien sûr, il n'avait pas cette terre dans le sang, le Chot où il s'était installé n'était pas sa terre natale. Hier encore, il n'était qu'un simple ouvrier agricole chez Van Dyck. L'attachement viscéral qu'on pouvait avoir pour ses racines lui était encore étranger.

– La nature, ici comme ailleurs, reprend vite ses droits ! commenta François, sentencieux.

– Oui, les mauvaises herbes, ça pousse toujours trop vite.

– En tout cas, vous avez bien dégagé, observa Donnadieu, avant d'ajouter en plissant les yeux malicieusement : Hé ! maintenant, il y en a qui devront se cacher plus loin !

– Comment ça ? demanda Victor.

– Vous ne les avez pas vus ?

– Qui ça ?

– Eh bien, les Marty !

– Non ! Où ça ?

– Pourtant, ils ne sont pas bien discrets... Il y a deux jours qu'ils tournent autour d'ici, qu'ils sont là, le père surtout, à vous épier derrière les haies.

– Comment vous le savez ?

– Hé, c'est que je l'ai vu, té pardi !

– Vous y étiez aussi ?

– Non ! Moi, je passais juste sur le chemin, répondit François, un peu gêné.

– Ah bon ! Parce que si vous passez, arrêtez-vous boire un café ! Madeleine en tient toujours au coin du feu..., répondit Victor sans être dupe.

– Et qu'est-ce que vous allez faire là ? demanda François pour changer de sujet de conversation.

– On voudrait démarrer le potager avant que les premiers froids arrivent, faire des choux, des carottes et de la salade pour le printemps...

– Et ce pastel ? Vous allez vraiment en faire pousser ?

– C'est pour ça que M. Van Dyck nous a envoyés ici !

– Vous l'avez déjà cultivée, cette plante ?

– Non, jamais encore, c'est vrai. Chez nous, vous savez, dans le Nord, on fait plutôt de la betterave pour le sucre. Le pastel, on n'en cultive pas, car les terres ne sont pas assez ensoleillées.

– Donc, vous savez pas comment ça vient ?

– On n'a pas d'expérience, en effet, mais on sait quand même comment ça vient.

– Ah bon ? Comment ça ?

Victor expliqua alors que Charles Van Dyck avait fait spécialement venir à Saint-Omer Giuseppe Farona, un ingénieur agronome italien, originaire de la région de Rieti, aux confins des Abruzzes, le seul pays où le pastel, cultivé de temps immémorial, n'avait jamais dégénéré. Comment l'avait-il connu, mystère !... Victor n'en savait rien. Van Dyck l'avait installé chez lui, dans la maison de maître qu'eux, les domestiques tout comme les ouvriers des Tissages de Longuenesse, appelaient « le château ». L'homme avait le pastel en passion. Il les avait instruits sur cette culture et le traitement à apporter pour tirer profit de la récolte à des fins industrielles. Farona, que ses camarades d'école surnommaient « Faraona », jeu de mots, allusion à son cou long et maigre qui le faisait ressembler à une pintade, parlait suffisamment bien le français pour qu'ils le comprennent.

En effet, grande était son expérience. Il avait bourlingué aux quatre coins de l'Europe, de la Toscane, en Italie, à la Thuringe, en Allemagne, en passant par l'Albigeois et même l'Angleterre. Là-bas, dans ce pays devenu depuis 1904 notre fidèle allié par le génie de l'Ariégeois Théophile Delcassé, ministre des Affaires Étrangères, il avait vu cette plante cultivée par des guesdiers ou woadmen. Ces paysans sans vrai domicile fixe, tels de véritables nomades, s'arrêtaient avec leur famille là où ils trouvaient des pacages à défricher ou des terres convenables pour le pastel. Jamais ils ne semaient dans des sols compacts et froids qui retiennent l'humidité, car la plante n'y prospérait pas. Trois semaines durant, faisant preuve d'une grande patience envers leurs esprits parfois obtus, il leur avait enseigné toute la botanique nécessaire et les méthodes pour transformer l'or jaune des collines en ce bleu délicat qui, outre-Manche, servait jadis aussi de mordant à l'impression des toiles.

– Mais les graines pour semer, vous ne les avez pas ? demanda François.

– Nous allons les recevoir bientôt. M. Van Dyck nous a dit qu'il allait les faire expédier par chemin de fer depuis l'Italie.

– Et pourquoi l'Italie ?

– Parce que c'est là-bas qu'on trouve les meilleures, d'après M. Farona, répondit Victor.

– Ah bon ? Le nôtre, il était pas si mauvais d'après ce qu'on m'a dit...

– Vous n'en faites pas de teinture pourtant.

– Non, c'est dépassé depuis belle lurette. Ici, les rares paysans qui en font quelques pieds, c'est pour teindre les charrettes...

– Pour teindre les charrettes ?

– Oui, on y passe du bleu car ça protège paraît-il les bêtes des piqûres des mouches, des taons et des insectes en général...

– C'est vrai ?

– Les anciens le disent, alors, nous, on fait toujours pareil...

– M. Van Dyck attend des résultats... Alors, il veut de

la bonne graine pour obtenir de la bonne teinture pour ses draps.

– Vous n'avez pas fini de vous faire suer la couenne ! fit François en désignant l'étendue des terres autour de la métairie du Chot.

– Non, et d'ailleurs, vous tombez bien. À ce sujet, je voulais vous voir, justement... Dès que j'aurai fini de débarrasser le plus gros ici, afin que Madeleine puisse commencer à pelle-verser, je voudrais labourer toutes les terres plusieurs fois, y mettre du fumier en abondance... Je veux semer à la fin de l'hiver, vers la mi-février, mais d'ici là, il faut que j'aie bien préparé la terre. Il faut qu'elle soit comme celle d'un potager, fine et meuble.

Victor Verbeck expliqua à François qu'à la prochaine foire, il voulait acheter un cheval pour les charrois ordinaires et surtout une bonne paire de vaches ou de bœufs pour labourer. Il désirait être indépendant dans son travail. Van Dyck avait donné ordre au notaire de régler en son nom les factures que les fournisseurs présenteraient pour l'équipement complémentaire de l'exploitation. Mais pour cet achat important, il avait besoin de lui pour choisir les bêtes, car il connaissait mal la race du pays. Une paire de gasconnes, ça avait à l'évidence des caractères particuliers, mais cela dépassait ses compétences. Verbeck se méfiait par habitude des maquignons. Ceux-là, du nord au sud du pays, avec leurs blouses noires et leurs chapeaux de feutre, étaient tous pareils. Ils avaient souvent le teint rougeaud et la même tête de menteur, pratiquant la truanderie avec un art consommé. François opina, heureux d'être indispensable. Il aurait ainsi quelque chose à raconter à Augustine. Néanmoins, avide d'en savoir plus, il demanda :

– Pourquoi vous n'achetez pas quelques moutons à la foire par la même occasion ? Vous auriez une ferme complète comme ça... Vous savez, on a ici de la race lauragaise qui vient très bien sur nos sols. Ça fait de belles bêtes, sans cornes, contrairement aux tarasconnaises de la montagne. Elles ont les pattes fortes et elles sont bien garnies en laine. En plus, la femelle, bonne laitière, vous donne souvent des jumeaux...

– Nous ne sommes pas venus pour ça, voyez-vous ! Ce qu'il me faut, c'est de quoi cultiver le pastel... C'est pour ça uniquement que M. Van Dyck nous a envoyés ici...

– Oui, mais votre pastel, paraît qu'il épuise vite la terre. Vous aurez bien besoin de faire autre chose quand le sol sera trop pauvre et que le fumier suffira pas ! Il vous faudra bien pratiquer l'assolement et la jachère, comme tout le monde...

– Pour ça, on a le temps de voir ! Faudra d'abord ramasser les feuilles..., répondit Victor.

Soudain, Matamore, le labrit au poil rêche, aboya. François Donadieu se redressa, détournant le regard de Victor Verbeck. À cet instant, à une vingtaine de mètres de là, Mathurin Marty se crut découvert derrière ce tronçon de haie vive où l'autan lui apportait quelques bribes de la conversation. Il essaya l'espace de quelques secondes de se faire encore plus petit, de se fondre dans la végétation. Mais il préféra opérer un retrait prudent, de crainte que Donnadieu et cet étranger ne le voient.

De toute façon, il en savait assez. Depuis deux jours qu'il observait ceux qui avaient investi le Chot, c'était la première conversation qu'il parvenait à saisir clairement. À force de rôder autour de la ferme, il avait entendu causer l'homme et la femme entre eux, mais c'était hélas dans un sabir inconnu de lui, dans leur patois. Là, il n'y avait plus de doute. Il avait compris que c'était bien vrai. Pour une fois, on ne lui avait pas raconté de bobards pour le mettre en rogne comme certains de ses voisins s'y plaisaient parfois. Ces gens-là n'étaient pas venus pour préparer une installation plus lointaine. Ils allaient rester. Rester ! Ce mot lui était insupportable. Malgré ses vieilles jambes aux muscles noueux et secs, il se retira sans bruit et en souplesse.

En rentrant à Pissaurel par les raccourcis ordinaires, Mathurin Marty avait l'air d'un conspirateur. Sa figure était celle des mauvais jours, avec ses lèvres serrées, même son nez semblait s'allonger. Ce mot « rester » lui trottait toujours dans la tête, comme une balle renvoyée par un mur. Rester ! ces gens-là allaient rester ! Ce n'était pas possible ! Cette ferme du Chot, inoccupée depuis deux ans, lui avait échappé parce qu'il avait trop tardé à voir le notaire pour s'en porter acquéreur. Pourtant, quelques mois plus tôt, il était encore persuadé qu'il lui suffisait d'attendre pour qu'elle tombe dans son escarcelle comme un fruit mûr. La meilleure affaire de sa vie ! Personne ici ne l'aurait achetée. Aucun des proches voisins n'en voulait. Il était tranquille. Elle était trop marquée par le drame des Cassou et trop petite pour attirer des investisseurs. Il n'avait qu'à patienter.

Et puis, voilà que ce type du Nord était arrivé. Une histoire étrange. Un vagabond qui prétendait être industriel. Pourquoi pas prince charmant, aussi ! D'habitude bien renseigné, cette fois, il n'avait rien vu venir. Comment s'appelait-il, ce type ? Van Duch ? Quelque chose comme ça. Tout d'abord, il n'avait pas cru un mot des ragots qui lui étaient parvenus. En tout cas, les Donnadieu, si prolixes d'ordinaire, surtout la vieille avec sa langue de vipère, ne lui avaient rien dit. Maintenant, ces fermiers étaient là, pratiquement installés. Tout le monde savait dans la commune qu'il lorgnait cette terre. Il allait devenir la risée des gens du coin. Ses voisins n'avaient pas fini d'en faire des gorges chaudes. L'affaire allait prendre des airs de défaite personnelle, de revanche par étranger interposé, et lui, il perdrait la face en quelque sorte. Il n'y a qu'une solution, pensa-t-il en rentrant dans la cour de la ferme de Pissaurel. Il faut qu'ils repartent !

– Léopold ! gueula-t-il en passant le seuil de la porte.

– Qu'est-ce que vous voulez ? lui répondit son fils, occupé à égrener deux épis de maïs en les frottant l'un contre l'autre au-dessus d'une vieille bassine en zinc.

– Maudit soit le sort, macarel ! Putain de Cassou ! Leur chien galeux n'a pas suffi ! Même crevés, faut encore que les vieux m'emmerdent ! cria-t-il, les lèvres tremblantes de rage.

– Que y a ? demanda son fils en patois. Qu'est-ce qui vous arrive, père ?

– Humm ! il y a que... Noum de Dius, je l'ai vu de mes yeux... Ils se sont bien installés au Chot ! Ils ne sont pas venus pour nettoyer comme je croyais, mais pour rester ! Tu comprends ce que ça veut dire ?

– Eh oui, rester, ils vont y habiter, quoi...

– Imbécile que tu es ! Couillon de la lune ! Ça veut dire que l'affaire est faite, que le type du Nord, il a acheté le Chot ! Qu'il nous l'a prise, cette terre... Rester, ça veut dire que cette borde, on l'aura jamais !

– Jamais ? Mais pourtant vous m'aviez dit...

– Jamais, tu entends !

– Azéma avait dit vrai, alors ? dit Léopold.

– Oui. Maudit soit-il, cet oiseau-là et sa garce de Philippine !

Un grand silence s'installa dans la pièce, troublé seulement par le tic-tac d'une grande horloge au balancier de cuivre jaune. Mathurin Marty réfléchissait à toute vitesse. Ses petits yeux noirs semblaient, en ces moments, se rétrécir comme les pupilles d'un chat en pleine lumière. Ils prenaient un aspect dur et inquiétant, tandis que ses lèvres ne formaient plus qu'un trait sur son visage parcheminé. Il cherchait une solution à ce problème qu'il n'avait su découvrir à temps, aveuglé par un excès de confiance en sa position de potentat local. Il s'était fait avoir et sa rancœur se tournait tant vers les autres que vers lui-même. Il regardait son fils Léopold sans le voir vraiment et l'autre le contemplait de ses yeux ronds de grand benêt.

– Comment vous savez tout ça ? demanda enfin Léopold.

– Je les ai entendus derrière la haie. L'étranger a demandé à Donnadieu de l'accompagner à la prochaine foire pour acheter une paire de vaches et l'autre a accepté, bien sûr ! Le fripon, il sait bien que cette terre, on la veut ! Il fera tout pour nous mettre des bâtons dans les roues. Il est bien du même sang que sa mère !

– Qu'est-ce qu'il veut cultiver ?

– Il veut tout labourer pour semer du pastel au printemps.

– Du pastel ? répéta Léopold, les yeux écarquillés.

– Oui, du pastel ! Tu entends, du pastel… Et ça ne me fait pas rire, moi !

– Hé ! le pastel, c'est peut-être mieux que le blé, qui sait ? Ça peut rapporter, hasarda Léopold.

– Abruti ! Bougre de crétin ! Tu es un âne, tiens ! C'est pas étonnant que tu n'aies rien fait à l'école, tempêta l'autre.

En colère, Mathurin avait toujours le verbe sec. Pour un peu, il aurait giflé son escogriffe de fils, malgré son âge. Léopold baissa la tête. En cet instant, devant cet air mauvais, personne n'aurait osé tenir tête au père Marty. Son regard devenait assassin et ses yeux jetaient des éclairs sombres. Son fils lui paraissait le plus grand couillon que la terre eût porté et, si sa femme avait été d'un commerce plus aimable, peut-être aurait-il eu quelques doutes sur sa paternité. Mais la trogne de la vieille, même trente ans avant, sans les rides et les bajoues, était une assurance anti-cocu imparable. De ce côté-là, il ne risquait pas d'avoir été trahi.

– Hil de pute ! Mais parce que, quand on se lance dans une telle affaire, ça veut dire qu'on va rester plusieurs années, té ! Le pastel, il faut deux ans pour le faire venir, puis il faut le faire sécher, et construire un moulin ensuite pour le broyer... C'est toute une entreprise !

– Comment vous le savez ?

– Mon grand-père Théophile, il me l'avait raconté quand j'étais jeune... Ils avaient déjà essayé d'en recultiver sous Napoléon.

– Qu'est-ce que vous comptez faire, père ?

– Il faut... il faut leur faire peur ! laissa tomber Mathurin d'un air sournois.

– Comment ça ?

– La ferme, elle a mauvaise réputation dans le pays, non ?

– La nuit, avec les chouettes qui hurlent, surtout quand il fait du vent, ça glace le sang, en effet...

– Imagine que les Cassou reviennent..., susurra le vieux Marty.

– Comment ça, reviennent ?

– Oui, imagine qu'ils viennent tirer les oreilles aux nouveaux occupants, poursuivit le père à voix basse.

– Et pourquoi donc ? Ils sont tous morts, non ! demanda le fils, les yeux pleins d'incompréhension.

– Ça, je le sais bien, imbécile ! Mais vois-tu, c'est pas d'eux que je te parle, mais de leurs fantômes !

– Oh ! faut pas plaisanter avec ces choses-là. Les morts, faut pas les déranger. Faut les laisser en paix, père...

– Mais qu'est-ce qui m'a donné un « goujat » pareil ! Tu deviens comme ta « putasso » de mère ou quoi ! C'est pas des vrais dont je parle, macarel ! Écoute un peu, « milo dius »... Il s'agit simplement de leur faire croire qu'ils reviennent, tu saisis ?

– Ah ! Comme quand les « drôlles » font des « tustets » ?

– C'est ça ! tu y es... Regarde, le ciel se couvre. Il n'y aura pas de lune ce soir et la nuit sera noire comme de l'encre..., poursuivit-il à voix basse comme s'il avait peur d'être entendu. On pourra jouer aux Demoiselles ! ajouta-t-il d'un air complice.

Mathurin Marty, quoique né en 1854, avait entendu parler dans sa jeunesse, par des colporteurs, de cet épisode de l'histoire des Pyrénées qui avait opposé les montagnards ariégeois aux agents de l'administration des Eaux et Forêts. Il en connaissait tous les détails : la publication le 21 mai 1827 du code forestier, suivie deux ans plus tard de la promulgation de la loi qui tentait de protéger les forêts surexploitées. Mais pour les montagnards, cette loi scélérate équivalait à supprimer les droits ancestraux de pacage, d'affouage, de maronage et même de chasse et de cueillette. Face à l'avalanche de procès-verbaux qui remettait en cause leur mode de vie séculaire, ils avaient levé l'étendard de la révolte contre les gardes forestiers et bientôt contre les gendarmes appelés en renfort. Pour ne pas être reconnus et dénoncés lors de leurs expéditions nocturnes, où ils affrontaient les représentants de l'ordre en une guérilla de harcèlement, ils s'affublaient de longues chemises blanches de femme et se noircissaient le visage au charbon de bois pour susciter la peur en une ultime jacquerie pleine de passion, de courage et d'insolence.

Quand Mathurin sortit de la grande salle de la ferme

de Pissaurel, un mauvais sourire éclairait son visage. Ils n'avaient plus qu'à attendre que le soir tombe. D'ici là, il lui fallait prendre une ou deux chemises de nuit dans le tiroir du bas de l'armoire, se procurer de quoi faire du bruit, et puis, le lendemain, raconter à tout le monde que lui aussi, il avait vu en allant se coucher, par la fenêtre de sa chambre, des silhouettes inquiétantes danser la gigue dans la nuit noire, pour accréditer l'idée que les Cassou, revenus sur terre, persécutaient leur voisinage. Il suffirait de deux ou trois démonstrations de cet acabit, quand le vent, lugubre, hurlait comme les chiens à la mort, et le tour serait joué. La rumeur villageoise ferait le reste, emplissant les esprits d'effroi, d'autant que beaucoup étaient simples et crédules. On verrait bien alors si ces étrangers tiendraient tant que ça à rester ou s'ils ne préféreraient pas décamper, trop heureux d'avoir encore le temps de prendre leurs jambes à leur cou.

Bien que la nuit fût tombée depuis longtemps déjà, Mathurin, flanqué de Léopold, avait patienté au cantou en silence toute la soirée, s'occupant les doigts à graisser méticuleusement la paire de brodequins en cuir noir qu'il mettait habituellement le dimanche, à la place des sabots des jours ordinaires pour aller travailler les champs. Ce soir-là, Pauline, assise à côté d'eux, comme d'habitude sur une chaise basse, raccommodait une chaussette au talon usé, sa belle-mère étant partie depuis longtemps se coucher. Elle avait beau se concentrer sur son travail, repassant avec dextérité des fils de laine à travers les mailles usées du mi-bas mises en évidence par un œuf en bois glissé dans le talon, Pauline trouvait son beau-père et son mari bizarres. Aussi ne fut-elle pas surprise quand Mathurin lui annonça qu'ils sortaient. Un instant, elle ouvrit la bouche pour demander où, mais, se ravisant bien vite en se rappelant sa position de bru, elle hocha simplement la tête et continua son ouvrage à la lueur dansante des flammes de l'âtre.

Au Chot, à la lumière d'une simple bougie, Madeleine s'apprêtait à se mettre au lit pour rejoindre Victor qui ronflait déjà sous la couette des Cassou. En bonne ménagère de son temps, elle était toujours couchée la dernière, après la vaisselle et le rangement, tout comme elle était systématiquement levée la première pour que Victor ait son café coupé de chicorée tout frais à son réveil, c'est-à-dire dès l'aube. Elle venait juste de poser le grand tablier bleu sombre qui protégeait sa robe, quand, dans le silence de la nuit, elle crut percevoir comme un hululement. Instinctivement, elle tourna la tête vers la porte et prêta l'oreille. Par vagues, le vent soufflait. Elle n'avait pas rêvé, pourtant. Sûrement les chouettes dehors, pensa-t-elle, lorsque le bruit, recommençant, lui glaça le sang.

Un frisson lui courut dans le bas du dos. Elle se tordit les mains pour les empêcher de trembler. La peur la gagnait. Elle hésitait toutefois à réveiller Victor. Il dormait bien et allait encore se moquer d'elle. À nouveau, elle entendit ce bruit plus près encore, presque derrière la porte, un bruit sinistre, bien net malgré les mugissements du vent de l'automne qui déplumait la ramure des arbres, éparpillant par bourrasques des milliers de feuilles d'or dans la noirceur de la nuit. Madeleine sentit alors une boule lui nouer la gorge. Elle écoutait, tous ses sens aux aguets. On eût dit une plainte, un feulement. Elle en était sûre maintenant. Sans être du pays, elle savait que ce n'étaient pas les chouettes, ni aucun autre animal. C'était quelque chose d'autre, quelque chose d'inquiétant et de malfaisant… Finalement, n'y tenant plus, elle secoua son mari.

– Victor ! Victor !

– Hum…

– Victor, écoute !

– Hum, quoi ? Qu'est-ce qu'il y a, Madeleine ?

– Écoute donc, je te dis ! Tu n'entends pas ? Ce bruit, dehors…

– Un chat ou les hiboux, sans doute… Couche-toi !

– Non, écoute, c'est pas naturel, je te dis… On dirait que ça veut entrer dans la maison.

– Beh ! T'es idiote ou quoi ?

– Victor, j'ai peur… Lève-toi !

– Mais que veux-tu qu'il y ait, ma pauvre femme !

– Je ne sais pas, mais fais quelque chose… Va voir !

Victor, devant son air têtu, soupira et, repoussant la couette et le couvre-pieds en piqué, sortit du lit simplement vêtu d'une longue chemise de nuit à « pandourel » qui lui descendait à mi-mollet. Quand Madeleine voulait quelque chose, il savait qu'elle ne cédait pas. Alors, autant y aller tout de suite pour se recoucher plus vite. De temps à autre, la plainte se faisait entendre, tantôt proche, tantôt plus lointaine. Il glissait ses pieds dans les chaussons quand un coup sourd ébranla la croisée en bois, faisant sursauter Madeleine qui poussa un cri. Cette fois, c'était sérieux. Il enfila son pantalon, rentra sommairement les pans de sa liquette. Puis, saisissant une allumette, il ralluma la lampe pigeon posée sur la table pour donner plus de clarté à la pièce. Victor n'avait pas peur d'ordinaire, mais là, un pli d'inquiétude lui barrait le front comme une ride précoce. Ce n'était pas une bête, il en était presque certain. À nouveau, le son modulé et lancinant de la plainte se rapprocha et un coup sourd résonna cette fois sur la porte d'entrée, faisant hurler Madeleine de terreur. Elle se suspendit à son bras en disant d'une voix tremblante :

– Victor, ne sors pas…

– Homme ou bête, faut savoir ce que c'est !

– N'y va pas… J'ai peur !

– Faut bien en avoir le cœur net… Je vais ouvrir le volet.

– C'est dangereux…

– Je vais prendre le fusil, alors !

En arrivant au Chot parmi toutes les affaires des Cassou, Madeleine, en faisant le ménage, avait découvert sous le lit une arme enveloppée dans des chiffons sales et gras. C'était un fusil court, du genre mousqueton à un coup. Victor l'avait facilement identifié pour en avoir vu lors de son service militaire en 1902. « Un GRAS modèle 1874 », lui avait-il dit, comme le confirmait l'inscription sur la boîte de culasse massive qui faisait corps avec le canon par une frette octogonale. Mais celui-là était particulier. On avait transformé l'ancien fusil de guerre en arme civile, le raccourcissant par la suppression des vingt bons centimètres portant le tenon baïonnette. Il n'en était que plus maniable, montant bien à l'épaule. Un guidon en grain d'orge, habillement soudé, permettait une visée honnête pour tirer les lapins au déboulé d'une cartouche de calibre 16, ce qui procurait un effet de gerbe digne d'un arrosoir. Par quel destin une telle arme avait-elle atterri ici, cela demeurait un mystère. En tout cas, les Cassou, père ou fils, ne devaient pas s'en être servi souvent, car Victor n'avait trouvé dans le tiroir du buffet qu'une poignée de cartouches usagées de fabrication familiale qui avaient dû traîner longtemps au fond des poches, à voir les étuis de carton bleuâtres tout décolorés.

Victor se saisit du fusil, introduisit une cartouche dans l'arme, referma la culasse dans un claquement sec, puis, le mousqueton au poing, prenant soin de ne pas se placer en pleine lumière, ouvrit doucement la croisée pour entrebâiller le volet de bois. Un courant d'air froid pénétra aussitôt dans la pièce, faisant à peine trembler la flamme de la lampe pigeon nichée dans son globe de verre protecteur. Dans la nuit noire, à travers l'espace étroit du ventail entrouvert, il ne distingua rien tout d'abord, le temps que ses yeux s'habituent à l'obscurité. Puis, au bout de quelques minutes, une silhouette blanchâtre se détacha soudain à la hauteur du prunier qui bornait l'entrée du potager, à une quarantaine de mètres de là.

Un instant interdit par cette apparition sautillante qui semblait émettre une mélopée étrange, Victor ne put s'empêcher de lâcher un « Putain », tandis qu'il pointait son arme vers ce bondissement mystérieux. Une saute du vent vint alors rabattre brutalement le volet sur sa main et son doigt enfonça la détente par mégarde au moment précis où l'apparition disparaissait dans les ténèbres. Le coup de fusil partit au hasard, criblant un buisson assez proche de grenaille et emplissant la nuit et la maison d'une odeur de poudre.

– Ahhhh ! cria de surprise Madeleine, avant d'ajouter : Qu'est-ce que c'est, Victor ? Une bête ?

– Je ne sais pas ! Le coup est parti tout seul, j'ai pas bien vu…

– C'est pas un fantôme, au moins ?

– Non, rassure-toi. Je parierais plutôt que ça a deux jambes… et que ça doit courir vite maintenant !

– Que veux-tu dire ?

– Qu'on cherche à nous faire peur !
– Mais pourquoi ?
– Parce qu'on gêne, sûrement…
– Tu l'as pas tué au moins ?
– Non, le coup est parti vers le sol.
– Et si c'était un voisin ?
– Il se serait fait connaître. Enfin, je suppose. En tout cas, je l'ai raté, c'est sûr. Ce fusil tire bas, mais la gâchette est bigrement sensible pour une arme de guerre. On l'a sûrement trafiqué. J'ai l'impression d'avoir tiré par terre, je te dis. Je vais aller voir…
– Non, n'y va pas, ils t'attendent peut-être pour te faire un mauvais coup ! Tu verras demain au jour…
– Après tout, tu as raison, Bon, maintenant, allons nous coucher. Ça m'étonnerait que ça revienne tantôt, conclut Victor en refermant la fenêtre, sans avouer à sa femme que cet incident le contrariait.

Tandis que Madeleine, la chandelle à peine soufflée, se blottissait sous la couette près de son homme, sur le chemin de Pissaurel deux silhouettes blanchâtres dansaient dans la nuit sans lune. Le vent gonflait leurs chemises de femmes enfilées par-dessus les bourgerons, les rendant loufoques, tels des bibendums de carnaval. Mathurin soutenait Léopold qui boitillait, appuyé maladroitement sur la pointe de son sabot, en hurlant des bordées de jurons :
– Macarel de macarel !… Hil de pute ! Oh ! bordel, que ça fait mal.
– Arrête de geindre ! Tu vas nous faire repérer…
– Oh ! Sainte Mère, je voudrais vous y voir ! Il m'a touché ! Il m'a touché… Milo dius !
– C'est pas une raison pour gueuler comme un putois !
– On voit bien que c'est pas vous qui avez pris du plomb dans le pied !

– Serre les dents, on arrive bientôt à l'oustal…

Alertée par le raffut qu'ils firent en rentrant dans la maison, Pauline se leva, étonnée que les chiens ne hurlent pas. Elle avait bien entendu un coup de fusil très loin, porté par le vent. Un soupçon d'inquiétude l'avait tenue éveillée. En chemise de nuit, devant la mine sombre de Mathurin et l'air pitoyable de son mari, elle se contenta de hocher la tête. Inutile de poser des questions. C'était encore le meilleur moyen d'éviter des remarques désagréables. De toute façon, ils ne lui avaient pas demandé son avis ni sa permission pour aller faire ce qu'elle considérait comme une bêtise. Léopold, serrant les dents devant sa femme, assis sur le banc en chêne de la salle, étendit le pied sur une chaise en grimaçant.

Pauline, après lui avoir enlevé sa chaussette, jugea l'état de la plaie superficielle. Ici, à la campagne, on n'avait pas l'habitude d'aller chez le médecin pour si peu. Quand on voyait le docteur, c'est que le curé n'était pas loin et on appelait le vétérinaire plus facilement. La blessure de Léopold ressemblait à une entaille. Le bas de laine épaisse avait amorti le coup. Il fallait simplement enlever les quelques plombs qu'elle devinait sous la peau et bien désinfecter. Elle se contenta de raviver la flamme du cantou pour mettre de l'eau à bouillir, puis elle prépara son matériel : des linges propres, une paire de brucelles qu'elle flamba à la bougie, des aiguilles fines sorties de la boîte à couture de sa travailleuse, la bouteille de gnôle. Tandis que Léopold se versait une large rasade d'alcool pour se remonter, Mathurin s'assit au coin du feu, la tête entre les mains. Soudain, alors qu'elle se préparait, une aiguille à la main, à jouer les infirmières, elle entendit son beau-père crier :

– Milo dius ! Faudra bien qu'ils partent ! Ça sera eux ou nous !

5

Un pays de cocagne

Le lendemain matin, les Verbeck se levèrent tôt, comme à leur habitude. Madeleine était réveillée depuis belle lurette quand Victor ouvrit les yeux. Elle avait mal dormi, troublée par des rêves peuplés de silhouettes fantomatiques aux visages grimaçants. Voir un jour pâle et terne se lever fut pour elle un vrai soulagement. Sitôt le café-chicorée avalé, encore anxieuse, elle envoya son mari, tout juste habillé, voir les traces que la « chose » avait pu laisser au coin du potager.

Dans la grisaille du petit matin humide, Victor eut vite fait de comprendre qu'il ne s'était pas trompé la nuit précédente malgré l'obscurité épaisse. Il distingua clairement l'empreinte de sabots ferrés dans un carré de terre retournée la veille. Ils avaient eu de la visite.

Un peu plus loin, à l'orée d'un bosquet de chênes, un mouchoir à carreaux de toile grossière s'était accroché à un de ces buissons d'églantine qu'il n'avait pas encore émondés avec la serpe à long manche trouvée dans le hangar. Le mouchoir, sans être vraiment sale, était humide de la fraîcheur de la nuit. Il n'y avait pas de doute : quelqu'un était passé par là. Victor le ramassa et distingua dans un coin un M grossièrement brodé de fil rouge. Il hocha lentement la tête, pensif. La visite était signée. Il en avait la preuve indiscutable entre les mains. Il se rappela ce que lui avait dit François de ses voisins, les Marty. Ça ne pouvait être qu'eux. Mais pas question d'aller les trouver. Ils auraient juré leurs grands dieux qu'ils n'y étaient pour rien. Il fallait donc être plus malin qu'eux, feindre de ne pas les soupçonner, et surtout ne pas céder à la panique. Victor enfouit le mouchoir dans sa poche, inutile d'affoler Madeleine.

– Alors ? lui demanda sa femme quand il rentra.

– Quelqu'un est passé, c'est sûr…

– Ah, tu vois, j'en étais certaine ! Qu'est-ce que tu as vu ?

– Oh, une trace de sabots, c'est tout…

– Comment ça, une trace de sabots ?

– Hé ! Avec la marque des fers de devant et de derrière…

– Alors, un homme donc ?

– Sans doute…

– Pourquoi il venait rôder à cette heure-là ?

– Je n'en sais rien. Des gens qui rentraient chez eux, peut-être…

– C'est louche, cette histoire ! Victor, tu devrais aller le signaler aux gendarmes, puisque tu descends demain pour la foire à Mazères avec Donnadieu.

– Ma pauvre femme, mais tu veux qu'ils me mettent en prison ?

– Et pourquoi donc ?

– Parce que moi, je n'aurais pas dû tirer !

– C'est un accident.

– Va leur dire !

– Tu préfères qu'on nous égorge ? lui lança-t-elle, excédée, tandis qu'il tournait les talons pour partir travailler.

Au même moment, dans la grande salle de la ferme de Pissaurel, Mathurin Marty avalait une assiette de soupe avant d'aller passer sa rogne sur ses valets au prétexte qu'ils avaient tardé à se lever du gourbi qui leur servait de logement. Ces étrangers de malheur partiraient ! Il avait la rancune tenace. Foi de Mathurin ! Et que personne ne s'avise de le contrarier, surtout pas ce matin. Patriarche du clan des Marty, il n'admettait pas qu'on puisse avoir une autre idée que la sienne et encore moins qu'on le lui dise en face. Du côté de son fils Léopold, il pouvait être rassuré. Ce grand benêt le suivait comme son ombre, tel un bon chien, approuvant toutes ses initiatives. Il n'était pas intelligent, mais il savait au moins obéir.

Sa femme, la Margot, malade et diminuée à présent, ne risquait plus de le contrarier. Elle avait définitivement tourné bourrique. Quant aux valets, Jérôme Pomiès, familièrement nommé le Jacquot, et Albert Pedoussat, dit Bébert ou l'arsouille pour sa faiblesse de caractère, ils étaient tenus d'une main de fer et se montraient obéissants en tout. D'ailleurs, ils n'avaient pas intérêt à discuter, sinon c'était la porte assurée. La seule à regimber, c'était sa bru, la Pauline. Une belle-fille comme ça, il fallait la surveiller comme le lait sur le feu. Elle n'avait pas froid aux yeux et, de sa jeunesse pouilleuse, elle avait conservé un caractère rebelle. En se versant une large rasade d'un rouge épais pour faire chabrot, Mathurin Marty pensa que plus que jamais, il l'aurait à l'œil, cette garce à qui il n'accordait qu'une confiance limitée... D'ici là, il lui fallait surveiller ces étrangers, continuer à les serrer de près, créer autour d'eux un climat d'inquiétude. Alors, de guerre lasse, pensa-t-il en lapant son chabrot, ils partiraient et, faute d'hommes, le Chot serait à nouveau en vente...

En début d'après-midi, Victor partit couper des baliveaux de frêne pour clore un bout de terre. Il voulait y établir un corral convenable pour le cheval qu'il se promettait d'acheter. Pas très loin du ruisseau, il avait repéré un petit taillis de jeunes pousses qui convenait bien à son dessein. La serpe à la main, profitant d'un pâle rayon de soleil qui jouait à cache-cache avec de gros cumulus, après un rapide baiser à Madeleine, il quitta le Chot. Au détour du chemin, près d'un hêtre dégarni par le vent de novembre, il aperçut François qui montait vers lui, la bêche sur l'épaule. Après une courte sieste, pour fuir l'humeur bougonne de sa mère, il allait curer un fossé et faire les rigoles d'un bout de pré humide au bord du ruisseau de Millet. Victor le mit au courant des péripéties de la nuit. François hocha la tête, le visage fendu d'un large sourire, avant de lui expliquer :

– Ils vous ont fait un « tustet » !

– Un quoi ?

– Oh, une de ces blagues que font les gamins parfois… Heureusement que vous les avez manqués !

– C'était pas des gosses…

– Hé, comment vous le savez ?

– Tenez, regardez ce que j'ai trouvé sur place ! répondit Victor en sortant de sa poche le mouchoir marqué d'un M.

En contemplant le morceau d'étoffe, François cessa de sourire, puis il marmonna quelques mots de patois que Verbeck ne comprit pas. Finalement, il assura à Victor que l'essentiel, c'était qu'il n'y avait pas eu mort d'homme et qu'ici, à la campagne, tout se savait un jour ou l'autre. Il se renseignerait et finirait par bien avoir le fin mot de l'affaire !

Deux jours plus tard, non loin de la borde du Perier, François Donnadieu, en rentrant un peu avant midi pour déjeuner chez lui, croisa Pauline Marty qui, comme de coutume, avec son âne et sa jardinière, partait vendre ses bidons de lait à Mazères. D'un geste du poignet, il stoppa Grisou et l'interpella d'un ton enjôleur, persuadé que cette femme plaisante devait s'ennuyer ferme à Pissaurel dans l'univers pesant des Marty.

– Adissiats, Pauline !

– Bonjour, François.

– Alors, comment ça va à la maison ?

– Oh, on a toujours du travail, surtout en cette saison avec les labours, tu sais…

– Avec les valets, Mathurin et ton mari, vous êtes bien assez nombreux pour les faire, remarqua François.

– Léopold ne travaille pas beaucoup cette semaine.

– Ah bon ! Pourquoi ?

– Il s'est fait mal au pied, répondit Pauline, évasive.

– Comment ça ?

– Une égratignure ! Rien de grave, mais il traîne la patte.

– Il aurait pas fait ça la nuit, des fois ? questionna François.

– Je peux rien t'en dire…, murmura-t-elle, un peu gênée.

– À moi, tu peux parler, Pauline.

– J'ai rien à dire ! Ne me tourmente pas, veux-tu ?

– Je dirai rien à personne ! Tu as confiance en moi, non ?

– Oui, mais j'ai pas le droit, tu comprends, je suis une Marty maintenant…

– Je vois bien qu'ils te tiennent. Enfin, c'est pas grave ! Tu peux toujours compter sur moi…

– Je le sais, François.

– Mais, s'ils font un mauvais coup, préviens-moi avant que ça ne tourne au drame.

– Entendu. Allez, maintenant, adiou, tu sais bien que le vieux, il veut pas trop qu'on se parle…

– Adissiats, ma belle !

Une semaine après cette nuit mouvementée, le jeudi, Grisou attelé au charreton, Victor Verbeck descendit de bon matin à la foire de Mazères pour acheter une paire de bœufs en compagnie de François Donnadieu. Madeleine, chargée d'un panier en osier tressé, les avait suivis, heureuse de quitter la ferme pour aller faire ses courses au marché, à l'épicerie et chez la mercière. Depuis leur arrivée, elle n'avait pas chômé et elle était contente de s'éloigner quelques heures des collines, du cantou et des lessives.

Le jour n'était pas encore levé quand ils s'étaient ébranlés au son du grelot dont François affublait son cheval chaque fois qu'il se rendait au bourg. L'aube pointait juste quand, après la tuilerie, arrivant au faubourg Saint-Louis, ils franchirent le pont sur l'Hers, achevé une vingtaine d'années auparavant, en 1882, pour rentrer dans l'ancienne bastide. Bien qu'on fût début novembre, ici, dans les Pyrénées ariégeoises, le beau temps s'attardait encore, malgré les premières gelées matinales, à la surprise des Verbeck plus habitués à la pluie et au vent qu'au grand soleil automnal.

Madeleine fut déposée place du marché, là où les commerçants ambulants achevaient de déballer leur marchandise sur des tréteaux. À proximité, la grande halle de briques rouges aux arches harmonieuses dont les piliers s'ornaient de panneaux de réclame pour le Byrrh ou le Lillet, dressait sa silhouette majestueuse. Devant, à l'abri d'un auvent de toile écrue, s'entassaient pêle-mêle des coupons de tissu, des paniers en osier, des sacs de jute, des vêtements de travail et des articles ménagers. Malgré l'heure matinale, une foule de femmes, souvent vêtues à l'identique d'une jupe de burat noir, d'un corsage sombre et d'un chapeau de paille à larges bords rabattus sur les oreilles par un ruban bleu sombre, se pressaient déjà autour des étalages improvisés dans la pâle lumière du jour naissant.

Après un passage chez le notaire, maître Lacoste, pour retirer de l'argent liquide, les deux hommes gagnèrent la promenade transformée pour l'occasion en foirail. Ici, point de femmes, ce n'était pas leur territoire. Sous les arbres, on ne distinguait à perte de vue que les dos gris des bœufs gascons et les silhouettes sombres des maquignons et des paysans portant un court sarrau noir ou une blouse ample, un chapeau ou une casquette, les mains invariablement appuyées sur un long bâton ou serrant l'aiguillon. Dans le meuglement des bêtes ponctué du tintement cristallin des cloches, des groupes de deux, trois ou quatre se formaient le temps de brefs échanges, parfois pour entamer des négociations laborieuses. Ici, le coup d'œil valait de l'or et nul ne parlait prix ferme, sauf souvent pour constater qu'on n'était pas d'accord. Car telle était la règle du jeu : faire semblant de se quitter en désaccord pour mieux revenir plus tard et laisser croire à l'autre qu'il faisait une affaire unique.

Même si tout lui paraissait différent, Victor Verbeck savait très bien qu'ici comme à Saint-Omer, tout se décidait en fin de foire. Il fallait être patient et rusé, se montrer retors et plus malin que le vendeur. Pendant qu'il faisait avec François un premier tour des lieux, serrant une main au hasard des rencontres, flattant une croupe par-ci par-là, se renseignant sur les qualités de ces bœufs gascons inconnus pour lui, Madeleine, sur le marché, son panier sous le bras, glissait d'un étalage à l'autre, goûtant le plaisir du marchandage. Elle avait déjà acheté des haricots secs et des lentilles. Elle prenait son temps. Les hommes lui avaient donné rendez-vous à midi et cette première sortie la ravissait. Elle pouvait flâner, découvrir les rues et les commerces de ce bourg dynamique, qu'elle avait à peine entraperçus lors de leur arrivée. Elle avait presque l'impression d'être une dame. Elle musardait, prenant au hasard une ruelle quand soudain elle eut la sensation d'être suivie. Elle tourna la tête, mais ne vit qu'une voie encombrée de charrettes et de ménagères rentrant du marché. Sans doute avait-elle rêvé.

Pourtant, quelques minutes plus tard, elle sentit comme un regard sur sa nuque. Se retournant plus prestement, elle distingua cette fois, à une vingtaine de mètres, une silhouette sombre qui disparaissait derrière une porte cochère. Elle continua son chemin néanmoins. Deux rues plus loin, l'incident se répéta. Quelqu'un se cacha juste au moment où elle tournait la tête. Aussitôt, elle se rappela ces histoires d'apaches que François Donnadieu leur avait contées sur le chemin de la foire. Dans le bourg de Varilhes, près de Pamiers, quelques mois auparavant, un cultivateur avait été agressé par trois individus à la mine patibulaire. Il n'avait dû son salut qu'à l'intervention du cantonnier qui, armé d'un fusil, avait mis les gredins en fuite. *La Dépêche*, le grand quotidien radical, s'était fait l'écho de ce fait divers, pour déplorer l'insécurité qui désormais gagnait même les campagnes.

Les honnêtes gens en frémissaient encore, d'autres, plus fatalistes, disaient que c'était dans l'air de ce siècle nouveau. Certains même y voyaient l'influence de cette horrible bande à Bonnot qui, en région parisienne, dans la lignée de Ravachol, au printemps 1912, sous couvert de théories fumeuses empreintes d'anarchie, avait terrorisé la population, commettant meurtres, assassinats et hold-up sanglants. Leur périple tragique avait commencé en décembre 1911, rue Ordener. Conduits par Jules Bonnot, les bandits en auto, Raymond la science et Octave Garnier, avaient ouvert le feu sur un encaisseur de la Société Générale, inaugurant une longue série d'exploits qui les conduiraient au firmament du gangstérisme avant de les mener à la guillotine.

Madeleine se retourna une fois de plus. Un homme la suivait ! La nuit cauchemardesque de la semaine précédente encore dans la tête, l'angoisse l'étreignit en une fraction de seconde. Luttant contre la peur, elle pressa le pas pour gagner une rue plus fréquentée vers le marché.

Onze heures sonnaient quand elle retrouva enfin Victor sur le foirail. La foule encore nombreuse la rassura. Son mari était en grande discussion avec un vieil homme noueux comme un cep de vigne, le visage parcheminé du poids des ans, à qui il marchandait un âne qui paraissait solide. François, à ses côtés, glissait un mot dans la négociation de temps à autre. Il savait bien que Verbeck avait besoin de cet animal et qu'il n'allait pas différer cet achat à la prochaine foire, un mois plus tard. Mais François se méfiait, ne manifestant pas beaucoup d'enthousiasme pour la bête, arguant que, si son propriétaire n'avait pas pu la vendre à la foire du 26 septembre à Mirepoix, celle dite de la Saint-Maurice, l'animal devait bien avoir quelque défaut caché. L'affaire fut finalement conclue d'une tape vigoureuse et ils repartirent tous ensemble, l'âne tenu par le licol. Ils n'avaient plus qu'à passer prendre la paire de bœufs gascons que Victor avait aussi achetée. Madeleine, encore sous le choc de l'émotion, leur raconta alors qu'elle avait été suivie.

– C'est Marty, à tous les coups ! assura François.

– Marty ? Mais pourquoi ? demanda Madeleine.

– Il veut vous faire peur, pour que vous décampiez…

– Pour une fois qu'on a la chance d'avoir presque une terre à nous, ce n'est pas pour repartir tantôt ! répondit Victor.

– Méfiez-vous de ce zigoto ! conseilla François.

– Allons plutôt boire un coup pour fêter ces achats ! Ça te remettra de tes émotions ! proposa Victor.

Le café jouxtait le foirail-promenade et, à la belle saison, les tables de bistrot au dessus en marbre rouge ceinturé d'un tour de laiton étaient disposées sous les platanes au milieu d'une forêt de chaises pliantes en bois. Vu la persistance des beaux jours, il en restait trois, occupées ce jour-là par une compagnie bruyante et avinée. Victor, suivi de François et Madeleine, poussa la porte vitrée, déclenchant le tintement cristallin de la clochette suspendue à un fil de fer. À l'intérieur, le cafetier, Firmin Pujol, la soixantaine rondouillarde, son crâne chauve coiffé d'une casquette rejetée en arrière, s'agitait en tout sens pour servir une clientèle assoiffée qui souvent concluait là ses affaires. Le jour du marché était un jour de grande affluence et, le torchon coincé à la taille dans sa longue ceinture de flanelle dont il s'enveloppait toujours les reins, il ne chômait pas. La fumée du gris planait par nappes comme les tranches d'un mille-feuille. De temps à autre, un rire gras, une exclamation plus forte dominaient le brouhaha ambiant. La salle était bondée.

Par chance, un coin de table se libéra juste au moment où ils arrivaient.

– C'est ma tournée, qu'est-ce que vous prenez ? demanda Victor.

– Pour moi, ce sera une Suze à l'eau de Seltz, répondit François, qui avait plus l'habitude des canons de rouge que des apéritifs.

– Et pour toi, Madeleine ?

– Je ne sais pas… Il est un peu tôt pour une tisane…

– Essayez donc une limonade ! Celle qu'on fait ici, en Ariège, avec l'eau de Fontestorbes, est délicieuse. C'est ce que les dames prennent le plus souvent…

– Alors, va pour une limonade ! répondit Madeleine, flattée de s'entendre qualifier de dame.

– Bon, eh bien, moi, je suis content de nos affaires ! Je vais pouvoir passer aux choses sérieuses. Demain, je commence les labours ! dit Victor.

– Heureusement que le temps est resté au beau cette année… Vous n'aurez pas trop de retard, somme toute. J'espère seulement pour vous que les Marty vont se tenir tranquilles, répondit François.

– Que craignez-vous donc ? Vous nous avez dit qu'ils cherchaient juste à nous impressionner.

– En tout cas, avec eux, vous avez intérêt à être sur vos gardes ! conseilla François.

En remontant vers cette terre à laquelle il se sentait un peu plus attaché chaque jour, l'âne retenu d'un licol à la ridelle du charreton où Madeleine avait pris place avec ses provisions, Victor conduisait fièrement ses bœufs d'un bâton servant d'aiguillon. Il s'efforçait de ne pas trop penser aux Marty, préférant réfléchir à l'endroit où il allait commencer le labour dès le lendemain matin. Il avait hâte d'ouvrir des sillons profonds et réguliers dans la terre humide et grasse du coteau. Plus tard, peut-être profiterait-il de la belle soirée comme l'Ariège en réserve parfois à l'automne pour se familiariser avec la conduite de ses bœufs. À les mener ainsi dans le chemin, sans autre contrainte que de suivre le charreton de François, il avait l'impression qu'ils étaient doux et plutôt dociles. Leurs cornes bien plantées en forme de lyre dominaient leurs yeux noirs de bonnes bêtes. Mais attachés au joug, la tête sanglée de courroies de cuir, séparés par le timon tirant la charrue, ils risquaient d'être moins faciles.

Instruit par Giuseppe Farona, Victor savait que la préparation du sol nécessitait un travail soigné et méticuleux. Le pastel ne pouvait prospérer sur les terres compactes et mal ameublies. Ici, en plus, le sol était resté quelque temps à l'abandon, au point de retourner par endroits à l'état de pacage naturel. Il convenait donc de labourer en profondeur pour bien enterrer les mottes d'herbes et les faire pourrir. Peut-être même par place serait-il utile d'écobuer. Ce premier labour serait ensuite hersé pour retirer les racines, puis, après un sérieux amendement constitué de fumier de bêtes à cornes, il serait à nouveau retourné au brabant et rehersé de manière croisée pour obtenir une terre semblable à celle d'un jardin. Cette préparation fastidieuse devait impérativement être achevée pour la fin novembre, avant le début des premières fortes gelées. C'était là l'une des clés du succès : il ne fallait pas craindre de mouiller sa chemise. Ce travail accompli, il n'y aurait plus qu'à attendre le printemps pour semer à la lune de mars.

De retour au Chot en début d'après-midi, Victor proposa à François de partager leur déjeuner tardif, mais celui-ci refusa tout net, préférant simplement un coup de rouge. Sans oser le leur avouer, il ne tenait pas à affronter une fois de plus les récriminations de sa mère. Il aida Victor à attacher les bœufs dans l'étable par une courte chaîne. Sitôt entravées, les bêtes, affamées par leur périple, se mirent à meugler d'une voix profonde, dont l'écho puissant résonna entre les murs blanchis à la chaux, donnant à nouveau vie à la vieille ferme. Victor en éprouva un grand sentiment de satisfaction, pleinement partagé par François Donnadieu, sans qu'ils eussent besoin d'échanger un mot. Comme tous les paysans, ils répugnaient à laisser les terres à l'abandon. Certes, les râteliers étaient encore vides, mais il y avait un peu de vieux foin dans la grange et ça suffirait pour garnir ce jour-là les mangeoires. Pour un approvisionnement en fourrage plus frais, François lui avait promis de lui en vendre une charretée.

Dès le lendemain, Victor se mit à l'ouvrage. Le temps était beau et la silhouette sombre des Pyrénées se détachait au loin sur un azur pâle encore porteur des espérances de l'aube. Dans le hangar jouxtant la maison, étaient suspendus au mur les trois jougs des Cassou. Le plus vieux était largement fendu en maints endroits, tout rafistolé de bric et de broc par de mauvais bouts de tôle. Les deux autres étaient assurément en meilleur état, mais l'un d'eux était un modèle à trois têtes, utilisé pour dresser ces jeunes veaux que l'on appelle ici des « bedels ».

Avec l'aide de Madeleine, lorsque le soleil fut assez haut pour commencer à réchauffer la terre, Victor fit sortir les bêtes de l'étable. Elles étaient calmes et meuglaient paisiblement. Une fois dehors, il lia le joug le plus approprié sur le cou des bœufs, faisant plusieurs tours serrés avec les courroies de cuir bruni autour de leurs cornes. D'une vigoureuse poigne, il vérifia la solidité des liens, flatta leur museau humide de la main, puis alla quérir le long timon dont le bout était fixé à la lourde charrue à défoncer, guidée par un mancheron de fer.

Pour cette deuxième prise en main, par prudence, Victor avait décidé de confier l'aiguillon à sa femme ; ainsi, placée devant les bœufs, elle réglerait la marche de l'attelage, cela lui permettrait de concentrer son attention sur le travail d'un sol qu'il ne connaissait pas. Les équipages qu'il avait jusqu'alors conduits étaient certes plus lourds, mais le terrain, chez eux, là-haut dans le Nord, était tout plat et ne présentait pas ces vallonnements qui, par endroits, prenaient ici des aspects de côtes. Aussi Victor avait-il choisi un morceau de champ faiblement pentu, craignant de se voir entraîner en une funeste aventure. Pour les pièces à déclivité plus forte, comme celle dite de Millague, toute proche de la ferme, François avait promis de venir l'aider. Mais la terre était souple, glissant bien sur le versoir de la charrue qui retrouvait sillon après sillon le brillant métallique des jours d'autrefois. Rapidement, Victor se rendit compte que les bœufs, nommés Tinou et Biscuit, étaient placides et obéissants. Au bout d'une heure, quand il les eut bien en main, il se sentit assez sûr de lui pour renvoyer Madeleine à la maison préparer le repas.

Sur les conseils de François, grâce à ses achats de la veille sur le marché de Mazères, elle avait décidé de préparer ce qu'il appelait un « azinat », et elle une soupe aux choux. Bien avant de partir travailler avec Victor, suivant la recette que son voisin avait eu l'obligeance de lui recopier laborieusement sur un bout de papier, elle avait fait blanchir son chou dans un chaudron d'eau bouillante, ensuite elle l'avait jeté dans une petite « oule » à l'eau froide, avec des carottes, un bout de jarret de porc, quelques couennes, un peu de petit salé et une gousse d'ail, le tout bien assaisonné, l'oule suspendue au crochet de l'âtre, à feu doux sur une souche de chêne assez grosse pour tenir toute la matinée. Madeleine allait achever la préparation de cette potée en ajoutant des pommes de terre et cette galette poêlée à base d'œufs, de jambon haché, de lard et de mie de pain que François Donnadieu nommait « rouzole ».

– Tu y arriveras tout seul ? demanda Madeleine.

– Mais oui, t'en fais pas ! ils sont dociles, tu vois..., répondit Victor.

La petite ferme n'était pas bien loin et Madeleine eut vite fait de retrouver sa cuisine. Dans la douce chaleur de l'âtre, la salle du Chot embaumait déjà d'effluves délicats qui mettaient les papilles en éveil. Madeleine se sentait heureuse. Elle avait un vrai chez-elle. Après des années de logement partagé avec les autres domestiques dans une promiscuité pouilleuse, elle en éprouvait un profond bonheur. Dans quelques mois, un an peut-être, quand leur affaire aurait bien démarré, si M. Van Dyck était content d'eux, elle pourrait sereinement penser au désir secret qui la taraudait : avoir des enfants...

Après le départ de Madeleine, quelques corbeaux passèrent à tire-d'aile au-dessus de la tête de Victor, comme s'ils étaient dérangés, avec un croassement lugubre. Victor n'y prit pas garde, voulant achever son labour avant midi. Il venait de finir un sillon et se préparait à s'élancer à nouveau dans la pente douce du talweg, le dos tourné de trois quarts à une haie vive, quand, soudainement, l'attelage s'emballa sans raison apparente. Comme piqué par quelque taon invisible, Biscuit se cabra d'une brusque ruade, entraînant Tinou dans un écart imprévu qui fit jaillir le soc de la charrue hors de la terre. Victor qui, par habitude, avait la main légère sur les mancherons de son outil, ne put retenir son équipage. Comme saisi d'un coup de folie, il le fit trébucher et s'étaler par terre, avant de partir au galop pour stopper au bout de quelques mètres, en proie à un profond énervement. Victor se releva, jurant comme un charretier, puis, retrouvant son calme d'homme du Nord, il marcha vers ses bêtes qui balançaient leur queue de droite et de gauche en signe de mécontentement. Il les appela doucement en essayant d'imiter le ton et la manière des paysans d'ici :

– Beuni ! Beuni...

Tournant le dos à la haie, il ne put voir le vieux Marty qui décampait prestement malgré son âge, son visage osseux marqué d'un méchant rictus ravi de la bonne blague qu'il venait de faire à ceux qu'il considérait comme des intrus. Ah, il les avait plombés l'autre nuit ! Eh bien, il allait voir de quel bois étaient les gens d'ici ! Il aurait leur peau, à ces salopards d'étrangers ! Un sourire carnassier découvrit ses dents jaunies par les chiques régulières qui, telles des ruines antiques, lui meublaient la bouche en une salle à manger fétide, jamais brossée et empuantie de restes de repas. Il lui avait joué un bon tour, à cet importun ! pensa-t-il en rangeant sous sa veste la fronde constituée d'une fourche en bois et d'un élastique qui lui avait permis de projeter à quatre ou cinq mètres de distance un « boutsec », comme le faisaient les gamins dans la cour de l'école primaire. Sauf qu'au lieu d'un bout de papier plié, il avait mis un morceau de fil de fer savamment recourbé et que la partie visée était le cul du bœuf !

Victor caressa la tête des bêtes, leur parlant, allant de l'une à l'autre pour les apaiser. Elles avaient de bons yeux, pourtant. Il n'arrivait pas à comprendre ce qui s'était produit. Il n'avait jamais vu ça... Il n'y avait pas de mouches agressives. Il scruta le sol à la recherche d'un indice. Un serpent n'aurait pu les piquer sans qu'il le voie, et d'ailleurs, en cette saison, ils se montraient peu et uniquement sur quelques tas de pierres. Ces bœufs gascons étaient maniables et ils avaient été calmes toute la matinée. Portée par le vent, une cloche tinta au loin. Midi n'était pas loin. Renonçant à trouver une explication, il replaça la charrue dans son sillon. Il fallait se hâter de terminer l'ouvrage. La soupe de Madeleine n'attendrait pas et il savait qu'elle avait horreur qu'il arrive en retard, surtout quand elle essayait de sortir du train-train de la popote des jours ordinaires.

Revenu au Chot, Victor Verbeck dételа ses bœufs, les rentra à l'étable. Pas question de laisser les bêtes dehors, même pour la pause de midi. La mode de la stabulation libre était aussi inconnue qu'impensable dans toutes les campagnes de la France d'alors.

Assis à la grande table de bois des Cassou, dans le parfum délicat de cet « azinat » que Madeleine avait fini de préparer, Victor conta à sa femme la mésaventure tout en déjeunant avec le solide appétit d'un homme qui avait une matinée de travail dans les reins. Tandis que Madeleine soupçonnait les Marty d'être pour quelque chose dans cet incident qui aurait pu tourner mal, Victor repoussa cette éventualité. Il ne pouvait envisager qu'ils eussent cherché à provoquer un accident. D'ailleurs, il n'avait rien vu.

– C'est des suppositions de bonne femme tout ça ! lui lança-t-il finalement, à bout d'arguments.

– En tout cas, dis-le à François ! Il t'a conseillé de te méfier…

– C'est parce qu'il les porte pas dans son cœur !

– Il les connaît mieux que toi, lui, ces oiseaux-là !

– Il vient demain après-midi, après sa sieste…

– Ça tombe bien alors…

– Soit, je lui en toucherai un mot. Il m'a promis de m'aider pour défoncer la pièce de Millague.

Il était à peine trois heures de l'après-midi, le lendemain, quand François Donnadieu, vêtu de sa grosse veste de drap sombre, le bâton à la main, le sourire aux lèvres, déboucha du chemin du Chot. Il sifflotait une de ces rengaines que le célèbre Mayol chantait dans les beuglants parisiens et qui arrivaient en province au hasard des tournées des artistes, souvent reprises par les accordéons des bals populaires lors des fêtes de village. En le voyant partir après une sieste plus courte que d'habitude, Augustine avait grommelé, assez fort pour qu'il l'entende, que ce n'était pas la peine d'aller chez les autres quand on n'était pas capable de travailler pour soi. Mais François s'était contenté de tourner les talons avec un haussement d'épaule.

Victor était en train de lier au joug Biscuit et Tinou, ses bœufs, quand il l'aperçut. En ces jours de presque hiver, à l'approche des premières gelées, comme pour compenser la chute accélérée des feuilles, François cachait sa tignasse marquée d'une calvitie galopante sous un vieux chapeau de feutre noir, tout cabossé.

– Alors, vous êtes prêt pour faire ce labour ? lui lança François en le voyant ajuster la dernière courroie autour de la tête des bœufs.

– On n'a plus qu'à atteler et à partir. La Millague est toute proche, répondit Victor.

– Je le sais bien ! Oh, je l'ai souvent fauchée au temps des Cassou. On s'est toujours donné la main pour les gros travaux avec eux…

– Et avec les Marty ?

– Vous rigolez ou quoi ! Ils auraient bien voulu que je

les aide, mais on pouvait être sûr qu'il n'y aurait pas de réciproque !

– Même au moment des moissons ?

– Même ! Ils ne sont pas du genre à s'abaisser à ça... En tout cas, vous auriez pu choisir une autre terre pour commencer vos cultures ! Il y a des pièces de meilleure qualité au Chot, et beaucoup moins pentues...

– C'est vrai, mais d'abord, je ne veux pas mettre tout en culture, et puis surtout, son orientation est un peu différente des autres. Elle est plein nord et je tiens à la travailler avant que le gel ne s'y mette.

– Vous avez de drôles d'idées quand même ! fit François en hochant la tête.

– J'essaie d'appliquer ce que j'ai appris, répondit Victor.

– Mais enfin, comment vous allez faire pour le cultiver, ce pastel ? demanda François, curieux.

– Vous savez comment ils faisaient autrefois ?

– Oui... enfin plus très bien..., avoua François.

Et tandis qu'ils suivaient les bœufs sur le chemin de Millague, Victor lui raconta ce qu'il savait de la culture pastellière au temps jadis, fruit non d'une docte science acquise dans les bibliothèques, mais des souvenirs de l'enseignement de Giuseppe Farona. Connu depuis toujours, le pastel, gourmand de sols calcaires et riches, avait fait la fortune de la région pendant plus de trois siècles, couvrant les coteaux du Lauragais d'un manteau jaune lumineux grâce à un climat qui, en mêlant les hivers doux, les pluies de printemps et les étés tièdes, lui était particulièrement favorable. Toulouse s'était trouvé ainsi au cœur d'un triangle d'or bleu et ses marchands s'étaient enrichis d'un négoce prospère dont les belles demeures portaient encore trace. Les maîtres pastelliers d'alors, accumulant les capitaux, avaient fait fortune dans le compostage de cette plante magique dont la couleur délicate avait presque un goût d'éternité et de paradis.

– C'est ce que votre patron m'a raconté ! Mais comment le produit-on ? demanda François Donnadieu.

– J'y arrive, répondit Victor. Vous savez que la plante est bisannuelle. La meilleure graine est de couleur violette. Eh bien, elle se sème à la lune de mars, à la volée, sur des planches d'un mètre cinquante au plus, que l'on sépare par des rigoles pour assurer un bon drainage du sol. On doit faire comme pour les épinards…

– Les épinards… Je n'en ai jamais cultivé ! Ça se mange, il paraît ?

– Oui, on en faisait un peu chez nous à Saint-Omer, pour l'hiver.

– Et votre pastel, il lève vite ?

– Oui, on compte dix à douze jours environ, mais il faut que le terrain ait été bien préparé par un double labour et bien fumé aussi à l'automne précédent.

– Et quelle quantité de graines il va vous falloir ?

– Oh, d'après Giuseppe Farona, on met neuf à dix décalitres de graines à l'hectare, répondit Victor. Certains mettent même la graine à tremper dans l'eau pour hâter la germination.

Il expliqua encore que la racine, charnue et ligneuse, piquait droit et profondément dans le sol, ce qui était logique puisque le pastel était de la même famille que les choux ou les radis. Au bout de trois semaines environ, on commençait à apercevoir les premières feuilles. Allongées comme celle d'un pissenlit mais membrées de ramures blanches, elles étaient sans dentelures et présentaient un bout arrondi. À un mois et demi, la plante prenait la forme d'une salade d'une trentaine de centimètres de circonférence, que l'on appelait la rosette. Elle ressemblait pour les ignares à de la mauvaise herbe. Venait alors le temps du sarclage et du désherbage, opération délicate et fastidieuse, gourmande en sueur et courbatures que l'on réservait traditionnellement aux femmes, aux enfants et aux vieillards dans les campagnes d'autrefois. Pour faciliter ce travail, certains semaient très lâche, ce qui ne diminuait pas le rendement, la plante pouvant alors s'étaler davantage. Il fallait plusieurs sarclages, ce qui demandait une main-d'œuvre importante qui devait s'échiner, les reins cassés en deux d'un bout à l'autre des rangées, et ce jusqu'à la maturité du pastel.

– Vous allez y arriver tout seul avec votre femme ? demanda François.

– M. Van Dyck m'a autorisé à embaucher des tâcherons ou des journaliers. Il me suffira de donner leur nom et le nombre d'heures au notaire qui lui sert d'agent comptable, répondit Victor.

– Avec la mécanisation, il y a moins de monde maintenant dans le pays... Le problème, c'est d'avoir des gars vaillants et pas une bande de bras cassés !

– Pour ça, je peux vous faire confiance. Vous connaissez tout le monde ici, non ?

– Et après, vos feuilles, vous en faites quoi ?

– On les récolte à la main, parce que celles du dessus n'ont pas la même maturité que celles du dessous. Il faut faire très attention de ne pas blesser la racine, car c'est elle qui donne de nouvelles feuilles.

– Mais comment sait-on qu'elles sont mûres ?

– C'est assez simple, enfin, d'après ce que m'a dit Farona. Normalement, la feuille mûre s'affaisse et s'amollit. Elle prend parfois une couleur violette. Il faut éviter à tout prix qu'elle se couvre de taches jaunes.

– Pourquoi donc ?

– Parce que le principe colorant serait alors affaibli, répondit Victor, comme s'il récitait les leçons que le savant italien lui avait apprises.

– Ce n'est pas évident à mesurer, votre affaire, observa François.

– En Toscane, il paraît qu'ils ont une expérience pour ça : ils pressent très fortement une feuille dans un linge blanc et observent la couleur.

– Si j'ai bien compris, vous faites plusieurs récoltes alors ?

– Oui, tous les trente jours environ, ce qui permet de faire à peu près quatre cueillettes avant septembre. La première, compte tenu de la date du semis ici, ce sera pour la Saint-Jean, vers le 24 juin.

– Elles sont toutes aussi bonnes ?

– La meilleure, c'est la troisième, quand les feuilles ont le plus de suc. Ici, on devrait même pouvoir en ramasser en octobre et peut-être jusqu'en novembre, mais la qualité serait sûrement moins bonne, d'après Farona.

– À quoi ça se verrait ?

– Ma foi, sur le coup, je ne sais pas… Sûrement la pâte aurait moins de principe colorant et les teinturiers s'en rendraient compte, ce qui nuirait à la qualité et à la réputation du produit, donc à M. Van Dyck.

– Et après ? demanda François en s'arrêtant au milieu du chemin, les bras appuyés sur son bâton en un geste familier.

Victor continua de lui raconter ce que lui-même avait appris. Autrefois, on lavait les feuilles au ruisseau, à l'eau claire pour les débarrasser de leurs impuretés terreuses, en les brassant avec de grands râteaux dans des gours artificiels constitués de pierres faisant barrage. Nettoyées, puis égouttées sur des chariots à claire-voie, on les transportait ensuite sur des prairies en pente pour les faire sécher au soleil, et on les remuait régulièrement comme on fait pour le foin. Mais là aussi, il fallait faire très attention. Trop sèches, le rendement était médiocre, car on perdait de la matière, donc du produit. Trop humides, elles s'écraseraient mal sous la roue des moulins et ne donneraient pas cette purée poudreuse, la qualité en serait diminuée et donc la valeur. C'était là une question d'expérience. Après cette première opération, jadis, les feuilles, légèrement mouillées à l'eau croupie ou parfois coupée d'urine, au bout d'une courte fermentation à l'air et au soleil, étaient broyées à la meule comme on fait pour les noix... On les posait simplement en tas, et la force d'un âne ou le bras des hommes, en actionnant la meule verticale, permettait au fil des passages d'obtenir une pâte que les femmes conditionnaient entre leurs mains en boules rondes semblables à des melons. Chaque boule pesait environ une livre et on les mettait à sécher sur des claies, à deux ou trois pieds du sol, en un endroit sec et bien aéré. C'était ce qu'on appelait ici les coques ou les cocagnes, étape fondamentale dans la transformation du pastel.

François hocha la tête. Il savait par ouï-dire de quoi parlait Victor, mais il n'avait jamais vu ces fameuses cocagnes. Les moulins pastelliers avaient disparu depuis belle lurette des paysages du Lauragais et, si quelques meules traînaient encore parfois dans une cour de ferme, nul n'aurait pu affirmer qu'il s'agissait là des restes industriels de cette époque où l'or était de couleur bleue. Plus personne ici, aux frontières des Pyrénées et Lauragais, sauf peut-être quelques érudits locaux de la toute jeune et brillante société savante des Sciences, Lettres et Arts de l'Ariège, née à Foix une vingtaine d'années plus tôt, ne connaissait les détails de cette histoire. Le temps des pastelliers était retombé dans le grand puits des souvenirs confus. La belle Paule, ainsi nommée par François Ier lors de sa venue à Toulouse, nièce du riche marchand pastellier Lancefoc, et d'une beauté si remarquable qu'elle avait obligation de se présenter aux regards des Toulousains une fois par semaine, pouvait dormir en paix. La nuit des temps s'était refermée sur l'âge d'or de la « Renaissance toulousaine ». Fallait-il que la mémoire des hommes et des paysans soit infidèle pour avoir oublié tout ça et que ce soit Victor, un gars du Nord, un étranger, qui vienne raviver ce passé !

Victor lui expliqua que là prenaient fin les travaux du cultivateur. Début décembre, quand les cocagnes étaient enfin sèches, le paysan livrait sa production au négociant en gros qui lui faisait subir une nouvelle fermentation, dont « l'agranar », le fait de moudre les coques, n'était qu'un préliminaire parfois pestilentiel. En effet, quand la récolte s'était faite à la pluie, éventées et pourries, elles prenaient alors à l'intérieur un aspect terreux et dégageaient une odeur nauséabonde qui contrastait avec le parfum agréable et la couleur violette des cocagnes de bonne qualité. Restait enfin à extirper le pigment par la transmutation des cocagnes en passant par toute une série d'opérations complexes et secrètes dont les étapes du « banhar » et du « virar », c'est-à-dire de mouiller et de remuer la bouillie jusqu'à l'obtention d'une pâte homogène, qu'on livrait aux teinturiers.

– Et vous alors ? Vous allez faire comme ça aussi ?

– Mon travail se limitera à ramasser les feuilles, à les nettoyer et à les faire sécher juste ce qu'il faut pour qu'elles demeurent fraîches. Ensuite, je devrai en faire des ballots avec des grands sacs de toile et les expédier depuis Saverdun à M. Van Dyck par chemin de fer à la petite entreprise qu'il a créée en Haute-Vienne. Il est en train de monter un atelier de teinture là-bas pour travailler la laine du pays et faire de la serge. Enfin, je vous répète ce qu'il m'a dit…

– Donc, c'est pas ici qu'on sortira l'indigo ?

– Non, c'est trop compliqué. Il faut du matériel, des cuves, de l'eau de chaux… En plus, il faut bien maîtriser les températures, paraît-il ! Je ne saurais pas le faire. Et puis, il faut beaucoup d'eau pour toutes ces opérations. Le ruisseau, ici, il ne coule pas assez. Il sera juste bon à laver la rosette !

– Et votre patron, Van Dyck, il y connaît quelque chose à tout ça ?

– Vous pensez ! Il n'arrête pas de lire dessus ! Une fois, il m'a convoqué au château dans une pièce pleine de livres qu'il appelle la bibliothèque. Il voulait même que j'en prenne plusieurs ! Mais moi, je lis pas bien, vous savez ! Oh, bien sûr, j'ai été à l'école parce qu'elle était obligatoire et gratuite, mais surtout en hiver quand il faisait mauvais. Ma mère me donnait alors quelques morceaux de charbon gras pour le poêle du maître en disant que là au moins, je serais au chaud. Mais dès que les beaux jours arrivaient, fallait bien retourner aux champs ! J'ai jamais passé le certificat… Le maître, il ne m'a pas présenté ! D'ailleurs, ça aurait servi à rien, j'étais pas bon en orthographe ! Depuis, j'ai oublié le peu que je savais… Alors, lire un gros livre !

François regarda Victor, pensif. Ils étaient presque arrivés à l'entrée du champ en pente. Cette idée de relancer la culture du pastel lui paraissait de plus en plus folle. Il n'arrivait pas à croire qu'elle pût déboucher sur quelque chose de rentable. Ce qui l'étonnait, ce n'était pas qu'elle eût germé dans le cerveau d'un Van Dyck. Non, l'industriel, bien qu'il fût un Monsieur, lui avait donné l'impression d'être un peu farfelu. Ce qui le surprenait, c'est que quelqu'un comme Victor Verbeck, un paysan comme lui, se soit laissé embarquer dans cette aventure, les gens de la terre étant d'un naturel méfiant sous toutes les latitudes. Ils avaient tous en commun une prudence maladive et souvent paralysante, héritée du fond des âges, qui soumettait les fils, sources d'innovations, à la férule et à l'autorité indiscutable du père.

Bien sûr, François avait compris qu'en venant s'installer ici, les Verbeck avaient voulu saisir la chance d'être à leur compte en quelque sorte, eux qui hier encore n'étaient que des salariés agricoles. Ils étaient vaillants et courageux, ça se voyait. Mais se lancer dans une culture nouvelle, sans connaître le pays, sans autre viatique que quelques conseils d'un agronome italien, lui paraissait un peu fou. Déjà, dans le voisinage, certains cultivateurs les avaient qualifiés de jobards ! Quelles garanties avaient-ils, en effet ? Que se passerait-il si par malheur l'expérience échouait ? Charles Van Dyck, en dépit de ses bons sentiments, aurait vite fait d'arrêter les dépenses inutiles. Il ne manquerait pas de revendre la ferme et les Verbeck seraient les dindons de la farce.

Soudain, François éprouva une furieuse envie d'aider ces gens. Il fallait qu'ils réussissent puisqu'ils avaient trouvé une terre qui ne demandait qu'à être à eux. En un éclair, il mesura les difficultés qui les attendaient. Pour réussir leur affaire, il leur faudrait un allié. À cet instant, il décida qu'il serait celui-là. D'abord, parce que, malgré l'aspect hasardeux de l'expérience, il était d'un naturel moins conformiste que beaucoup dans le pays. Ensuite, parce que les Verbeck lui étaient sympathiques. Enfin, pour emmerder les Marty, ce qui ferait rire sous cape la Pauline.

– Qu'est-ce qu'il y a ? demanda Victor devant son silence.

– Rien… Rien ! finit par répondre François.

– Alors, cette terre, on la laboure ? reprit Victor.

– Allons-y ! Je passe devant pour ralentir les bêtes. Occupez-vous de la charrue…

Et tandis que l'attelage se lançait dans la pente raide du talweg, le soleil, qui commençait à baisser dans le ciel pâle de l'hiver, traversa la ramure décharnée d'un peuplier pour jouer dans ses branches comme les doigts d'un amoureux dans la chevelure de sa bien-aimée, faisant palpiter ses rayons d'or d'un jeu chatoyant d'ombre et de lumière.

6

Dans le feu de la haine

Les jours suivants, Victor continua inlassablement à labourer. L'hiver approchait. Le ciel roulait une alternance de nuages noirs et gris qui, aux sautes du vent mauvais, allaient se bloquer sur les versants des Pyrénées pour y déverser leurs flots glacés, transformés en neige ou en grésil selon l'altitude. Malgré la dégradation progressive des conditions météorologiques, Victor ne ralentissait pas le rythme. Avec Madeleine, dans la grisaille des jours quotidiens, lui, tenant solidement les mancherons de la charrue, elle, cette bêche que l'on nomme ici le « bigou » à la main, cassant les mottes rétives en achevant de les retourner pour enfouir les mauvaises herbes, il redonnait visage humain à la terre des Cassou.

François, sans qu'il le lui eût expressément demandé, venait souvent le rejoindre. Il arrivait à l'improviste, comme s'il était passé là presque par hasard. Il restait le plus souvent quelques minutes à l'observer, les yeux mi-clos, à l'entrée du champ, appuyé comme de coutume sur ce long bâton de coudrier qui ne le quittait jamais, puis, sans un mot, il allait simplement se poster devant les bêtes pour régler leur pas et rendre le labour plus régulier et moins pénible. Au travail, étrangement, François parlait peu, ce qui contrastait avec sa jovialité naturelle. Il était aussi économe de ses gestes, évitant de faire de grands moulinets qui auraient perturbé les placides bœufs gascons.

Ces escapades lui valaient les algarades régulières de sa mère qui ne manquait jamais de l'apostropher vertement :

– Et où tu étais encore passé ? Je t'ai cherché toute l'après-midi..., lançait-elle, l'air rogue, sans se lever de sa chaise basse, assise au cantou, où elle était comme d'habitude en train d'égrener deux épis de maïs en les frottant l'un contre l'autre, et les grains jaune vif tombaient alors en un bruit de crécelle éraillée dans un seau coincé entre les plis de sa robe.

– J'ai donné un coup de main à nos voisins..., avouait-il candide.

– Parce qu'il y a pas assez de travail à faire ici peut-être !

– Je lui donne la main, mais c'est à charge de revanche...

– Les voisins, on ne les aide que pour les gros travaux ! Ce n'est pas l'usage de faire comme ça, d'aller tous les jours chez eux... Si tu continues, tu travailleras plus pour eux que pour nous !

– Tu dis des bêtises, je n'y suis pas tous les jours...

– Pourquoi tu ne vas pas aussi chez les Marty tant que tu y es ! Ça leur ferait un valet de plus, et celui-là, ils n'auraient pas besoin de lui donner de gages !

– Pourquoi veux-tu que j'aille chez eux ?

– En attendant, tu ne fais pas ton travail ici ! Regarde, il y a presque plus de fagots pour le cantou et le froid va arriver. Ah, ma parole, tu es aussi fainéant que ton pauvre père, té !

– Laisse mon père où il est !

– Oh ! que Dieu ait son âme, le pauvre ! Ce n'est pas

le travail qui l'a tué, pourtant. En tout cas, ce n'est pas comme ça qu'on va boucler la fin de l'année !

– On a une pleine cave de pommes de terre, une bonne provision de haricots secs, trois « cambajous » dans l'âtre, du salé plein les pots dans la souillarde, une pleine grange de fourrage pour les bêtes, de la paille en abondance et encore des légumes au jardin. Personne ne mourra de faim ! Pourquoi tu te plains toujours ?

– Caio té ! lançait Augustine, l'air excédé. Attends au moins que je sois morte pour être le patron !

– Qui te parle de mourir ?

– Tu serais bien débarrassé, hein ? Et puis, ton pastel, ça ne vaudra jamais rien ! T'avise pas d'en semer sur mes terres au moins…

François finissait par tourner les talons en haussant les épaules. Cet autoritarisme matriarcal lui pesait à presque quarante-quatre ans, en ce début de siècle où la modernité insufflait un air de nouveauté qui parvenait jusque dans les campagnes du piémont pyrénéen, même si les zones de montagne l'ignoraient encore. François pensait à ses frères. Tout jeunes, ils avaient quitté la maison, naturellement sans aucun bien puisque toute la fortune des Donnadieu, c'était cette terre de Saint-Jacques, mais ni celui qui était quincaillier à Toulouse, ni l'autre, menuisier à Carcassonne, n'avaient à supporter Augustine. François les voyait arriver en famille, généralement le dimanche suivant la Saint-Jean, et revenir au début septembre. Ce rythme correspondait à leur approvisionnement en pommes de terre, légumes et volailles, dont ils repartaient abondamment chargés et qui constituait le réel motif de leur visite. Ses frères et belles-sœurs ne savaient pas à quel point ils étaient tranquilles. François, lui, au fil des ans, avait pris l'habitude de laisser dire sa mère, se contentant de faire le dos rond à ses jérémiades quotidiennes.

Lorsque la Saint-André, fin novembre, arriva, Victor avait pratiquement terminé les gros travaux de préparation du sol. Soir après soir, il éprouvait un sentiment de profonde satisfaction. Leur installation était désormais terminée. La mauvaise saison pouvait arriver. La charge de fourrage de François épuisée, les Verbeck s'étaient fait livrer une demi-grange de foin par le père Azéma qui avait bien voulu leur céder son excédent, assurant ainsi à leurs bêtes un hiver sans problème. Le Chot avait retrouvé son visage d'autrefois, d'avant la dramatique fin des Cassou.

Sa journée achevée, Victor aimait, dans le crépuscule glacé du couchant, une fois les bêtes rentrées, musarder sur cette terre devenue sienne, en apprécier le grain rude entre ses doigts, respirer l'odeur de cette nature apprivoisée et porter son regard au loin, jusqu'à la silhouette massive des Pyrénées, dont les sommets, tutoyant le ciel, rendaient l'existence de Dieu plus crédible aux hommes.

Depuis leur arrivée, leurs voisins les Marty avaient tout fait pour les éviter, prenant un malin plaisir à disparaître comme par enchantement dès qu'ils les apercevaient. Pourtant, sans les avoir jamais rencontrés, Victor les sentait présents, presque toujours en embuscade à l'orée d'une haie ou au creux d'un chemin. Il avait beau se retourner parfois, il ne percevait au mieux qu'une ombre, un feulement discret… Victor avait pris son parti de ce comportement asocial et farouche. C'était des sauvages ? Eh bien, soit ! Par deux fois, revenant des champs, à la tombée du soir, quand la lumière s'estompe au point de faire paraître encore plus grandes les Pyrénées, il avait aperçu la bru, celle qu'on nommait la Pauline. Elle rentrait les bêtes. Les cheveux retenus dans un fichu comme toutes les femmes respectables du pays, elle n'était pas vilaine fille, plutôt souriante même. Victor l'aurait bien abordée, mais, chaque fois, elle était avec le vieux.

Cette situation aurait pu durer longtemps si Victor Verbeck, un soir de bonne humeur, se laissant aller à son penchant convivial, n'avait fait un pas dans leur direction. Vu la distance qui séparait les deux fermes, il n'y avait pas de raison de s'ignorer mutuellement. Il fallait les prendre comme ils étaient. Du reste, ils n'avaient pas eu de mots. Il n'y avait pas de raison d'être fâché. Et puis, Madeleine et lui étaient les nouveaux arrivants dans ce pays. C'était peut-être à eux de faire le premier pas, de les saluer. Ce soir-là, lorsqu'il les vit, il marcha donc résolument vers le vieux Mathurin, coupant à travers champ pour l'empêcher de se défiler comme les fois précédentes pour se retrouver face à face avec lui dans la lumière froide de la nuit tombante.

– Qu'est-ce que vous me voulez ? lança Mathurin, surpris, le bâton instinctivement monté au poing.

– Vous saluer..., répondit Victor sur un ton qui se voulait jovial.

– Eh bien, maintenant, c'est fait ! répliqua sèchement Marty.

– Nous sommes vos voisins du Chot et on ne s'était pas encore rencontrés...

– Je sais qui vous êtes !

– J'ai aussi entendu parler de vous... On dit que vous avez une belle terre !

– Peut-être ! En tout cas, c'est la mienne, et j'aime pas voir les gens traîner dessus !

– Vous dites ça pour moi ?

– Je dis ça pour ceux qui sont pas sur leur domaine !

– Ici, on est sur le chemin…

– Justement ! Laissez-moi passer…

– Eh bien, allez-y ! dit Victor en s'écartant.

Victor le regarda s'éloigner dans le jour déclinant. L'homme était un coriace. Buté, têtu, hargneux, irascible, la méchanceté lui suait par tous les pores de la peau. Marty père n'inspirait aucune sympathie. De toute évidence, il ne serait pas facile à amadouer. François Donnadieu avait sûrement raison : un tel personnage était capable de mauvais coups et il valait mieux faire attention. Pour ne pas gâcher le bonheur de Madeleine qu'il sentait heureuse sur cette terre du Chot, Victor résolut de ne rien lui dire de cette brève rencontre.

Trois semaines avant Noël, les Verbeck, qui ne recevaient pratiquement jamais de courrier, virent arriver Marcel, le facteur, toujours vêtu de son uniforme de drap épais, juché en ce début d'après-midi-là sur un vélo de femme trop petit pour lui. Il avait dû emprunter l'engin à sa voisine, ayant cassé le matin même la chaîne de sa robuste machine. Ses genoux touchant presque le guidon, ses efforts pour gravir les côtes n'en étaient que plus pénibles. Après avoir mis pied à terre, il s'épongea le front d'un mouchoir à carreaux presque raide de crasse. Il leur portait une courte lettre de Charles Van Dyck et il accepta bien volontiers le coup de rouge que Madeleine lui proposa. Tandis qu'il vidait prestement un verre de vin épais et lourd, Victor prit l'enveloppe dans sa main calleuse. Il la tourna lentement, comme pour apprécier l'importance de la chose, mais attendit que Marcel soit parti pour l'ouvrir. Inutile que tout le pays sache ce que son patron lui voulait. Ça ne regardait que lui.

– Bon alors, je m'en vais…, dit Marcel, un peu déçu de ne pas savoir ce que contenait le pli, après s'être essuyé la bouche d'un revers de manche.

– À bientôt ! répondit Victor, attendant qu'il eût tourné le dos pour décacheter la lettre d'un coup de couteau.

Dans le silence de la salle, tandis qu'un panache de fumée s'élevait dans l'âtre noir de la cheminée, Victor déchiffra lentement les ordres de Charles Van Dyck. Madeleine demeurait suspendue à ses lèvres. De l'index, il suivait mot à mot l'écriture de son maître. Un tison s'effondra en une gerbe d'étincelles fugaces qui, telle une comète, furent aspirées dans les profondeurs du conduit sombre, faisant saillir, l'espace d'un instant, les diamants noirs que la suie accumulée dessinait sur les parois.

– Alors ! qu'est-ce qu'il dit ? lança Madeleine, exaspérée des silences de son mari.

– Il nous envoie les semences à la gare de Saverdun dans trois jours, c'est-à-dire vendredi qui arrive.

– Ça sera jour de foire, alors ?

– Oui, c'est le deuxième du mois et il y aura pas mal de monde avec toutes les expéditions de volailles qui se font en ce moment vers la capitale.

– C'est tout ce qu'il dit ?

– Non…

– Alors, quoi d'autre ?

– Il m'annonce son arrivée pour le printemps, vers le mois d'avril…

– Pour quoi faire ?

– Oh ! il veut voir ce que ça donne dès que j'aurai fait les semis et que ça aura levé.

– Hum ! il ne verra pas grand-chose à cette saison-là ! Et puis, il n'y connaît rien…

– Oui, mais c'est lui le patron…

– Début avril, ça sera comme du blé, non ? Il n'y aura que de l'herbe !

– Oui, à cette époque, ça devrait ressembler à de la salade, d'après ce que Farona m'a dit…

– C'est pour nous rappeler qu'on est pas chez nous qu'il vient…, murmura Madeleine.

– Non ! je ne crois pas… Tu sais, il se passionne vraiment pour cette expérience.

– Un patron, ça reste un patron ! Faut toujours que ça soit sur le dos des travailleurs ! répliqua Madeleine, marquée par plus de conscience ouvrière et dont les parents avaient travaillé à l'usine.

– T'énerve donc pas ! Tu sais bien que M. Van Dyck, il a toujours été bon pour nous ! La preuve, c'est qu'on est là, et puis, c'est quand même lui qui l'a achetée, cette ferme. C'est normal qu'il vienne voir où en est son bien.

– Et où il va coucher ?

– Oh, c'est ça qui te tracasse ! Rassure-toi, Madeleine, pas ici, j'en suis sûr ! répondit Victor en riant.

Posant la lettre sur la table, il prit Madeleine dans ses bras et, la regardant avec une tendresse amusée, il lui expliqua que Charles Van Dyck viendrait sûrement en automobile et qu'il ferait réserver à l'hôtel à Mazères ou à Saverdun. Elle n'avait rien à craindre. Elle n'aurait pas une chambre à préparer. D'ailleurs, ils n'avaient pas de quoi le loger, sauf à lui donner leur lit. Bien sûr, il n'était qu'un jardinier et elle une boniche, pour lui. Victor le savait bien au fond de lui-même. Il comprenait l'inquiétude de Madeleine, mais ne voulait pas gâcher l'impression de liberté et d'indépendance qu'ils avaient depuis leur arrivée dans ce pays si différent du leur.

– Oh, je sais bien que Monsieur et nous, on n'est pas du même monde ! poursuivit Madeleine à voix basse. Lui, comme son père et son grand-père, ils n'ont jamais su ce que c'était que de se priver, d'avoir à attendre la comptée pour acheter le saindoux et de se contenter de la soupe maigre pour tenir son ventre jusqu'au quinze du mois... Les maisons de leurs ouvriers ou de leurs paysans, ils ne sont pas souvent entrés dedans, sauf pour les chasser quand ils ne leur payaient pas le terme !

– Madeleine, il y en a des plus malheureux que nous...

– Bien sûr, mais toi, tu as toujours été près de tes maîtres et à la cuisine du château. À vous les gamins, on vous donnait toujours une bricole pour quatre heures... Moi, mes parents, à l'époque, ils travaillaient à la filature dix heures par jour, parfois plus... On vivait tous ensemble avec les vieux dans deux pièces qui puaient la misère. Ma mère, elle avait beau passer la serpillière, il y avait toujours de la crasse. En plus, il ne restait pas grand-chose pour vivre avec ce que le grand-père avait bu ! Alors, dès que j'ai pu me sauver, je suis partie. J'aurais été n'importe où, même en Amérique, pour fuir tout ça...

– Je sais bien ! C'est à ce à moment-là que je t'ai rencontrée, à ce bal de la Saint-Antoine, début juillet. Tu avais une robe bleu roi... C'est là que je t'ai proposé de venir travailler chez Van Dyck. La cuisinière m'avait dit trois jours avant qu'une place était libre comme bonne à tout faire...

– Tu avais déjà dans l'idée de me séduire, coquin !

– Peut-être ! fit Victor en riant.

– En tout cas, tu vois, en vivant ici, dans ce Midi où le soleil me fait oublier la misère de ma jeunesse, j'ai enfin l'impression d'être quelqu'un, d'échapper un peu à notre destin... Alors, savoir que le patron revient, ça me fait tout drôle, parce que ça me rappelle qu'on n'est que des domestiques...

– Ce n'est pas pour nous qu'il vient. C'est pour lui !

– C'est bien ce qui m'inquiète...

– On réussira, je te le promets..., lui murmura Victor à l'oreille, avant de déposer un baiser sur ses lèvres.

Trois jours plus tard, de bon matin, son étable faite, alors que le soleil peinait à se lever pour dissiper les derniers restes de l'aurore, Victor attela l'âne au charreton. Il avait plu dans la nuit, mais le vent du nord avait chassé les nuages, laissant juste un sol humide. Le temps s'était mis au froid et l'air était vif. Le ciel, dégagé et clair, était prometteur d'une de ces belles matinées d'hiver. La veille, lassé d'entendre le charreton couiner à chaque tour de roue, il avait graissé les essieux d'un peu de Fuseoline, cette graisse dont la publicité vantait les mérites. Avec un solide casse-croûte dans sa musette, dans l'aube rosissant les Pyrénées capuchonnées de blanc, il mit le cap vers Saverdun. Madeleine n'avait pas voulu l'accompagner pour faire tranquillement sa lessive.

La petite ville avait poussé sur la rive gauche des bords de l'Ariège au sein d'une campagne fertile peuplée de métairies importantes. Du château, on apercevait les prémices des coteaux du Lauragais, toute la plaine de basse Ariège et les molles sinuosités que la rivière y dessinait. La riante cité offrait deux ponts, l'un pour la route, l'autre pour le chemin de fer, un magnifique hôtel de ville, un joli temple protestant. Elle était pourvue de belles places ombragées, de l'éclairage public depuis 1896 et d'une grand-rue des plus actives qui égrenait son chapelet de boutiques et d'échoppes. Ainsi, il n'y avait pas moins de dix cafés, neuf cordonniers, cinq forgerons, sept coiffeurs, une bonne dizaine de boulangers et d'épiciers… Tous très fréquentés les jours de foire comme ce jour-là.

Mais si la ville et la campagne s'imbriquaient en une parfaite symbiose qui unissait paysans et citadins dans le brouhaha hebdomadaire des marchés, les bons Saverdinois se moquaient bien souvent des gens des métairies, oublieux qu'ils étaient de leurs propres racines terriennes. Leur petite supériorité qui faisait d'eux des gens de la ville, distincts des bouseux des alentours, se cultivait dans la connivence du clocher, dans la fraternité du quartier, du « barri », de la rue où ils habitaient désormais. Les soirs d'été de cette Belle Époque que personne n'appelait encore ainsi, quand tout ce petit monde ne prenait pas le frais entre voisins, beaucoup se retrouvaient au café Mistou ou au café Bort, point de rendez-vous d'une jeunesse insouciante, juste avant le grand massacre dans la boue des tranchées.

Après avoir franchi le pont sur l'Ariège et traversé le quartier dit « La Clôte » en passant devant la pharmacie Bescombes, le café Ville et la boutique du coiffeur Delpla, Victor atteignit la halle aux grains construite au milieu du siècle précédent et qui servait à la fois d'abri pour les marchands forains, de terrain de jeux pour les gamins et de salle de bal pour l'ensemble des Saverdinois. Le bâtiment en brique rouge était couvert de tuiles. Ses murs, décorés de publicités qui vantaient le chocolat Louit ou *Le Petit Journal*, offraient derrière ses arcades majestueuses un des hauts lieux d'une vie économique d'autant plus intense que la ville était libre d'octroi, contrairement aux autres bourgs du département comme Mazères. L'absence de cette douane intérieure donnait au commerce des airs de liberté auquel le parti radical n'aurait rien trouvé à redire, lui qui avait proposé dès 1869 dans le programme de Belleville la suppression de ces taxes, ce qui était un excellent argument électoral.

La gare était située vers la sortie de la ville, en direction de la route de Toulouse. Le bâtiment, construit depuis une trentaine d'années, selon les normes des canons architecturaux, ressemblait à tous ceux de la Compagnie des chemins de fer du Midi. Le chef de gare avait un petit appartement à l'étage, ce qui le faisait vivre l'œil rivé en permanence sur le gros cadran de l'horloge suspendue au mur extérieur de la gare, juste au-dessus de l'inscription fatidique annonçant à deux décimales près l'altitude du rail. Plusieurs fois par jour, express, rapides et omnibus s'arrêtaient dans le crissement des freins à air comprimé, interrompant un déjeuner ou une courte sieste. Dans la cour, modernité oblige, il n'était pas rare désormais de croiser une voiture automobile au milieu des attelages et des chariots.

Victor se présenta au dépôt des marchandises qui jouxtait le hall des voyageurs. Un employé rougeaud à la moustache gauloise, une casquette crasseuse lui barrant le front, s'extirpa d'un fauteuil en bois fatigué, le visage renfrogné d'être dérangé. S'étant enquis des motifs de sa venue, il attrapa en maugréant un grand cahier recouvert d'une moleskine usée et tachée de graisse. D'un doigt mouillé à la commissure des lèvres, il en feuilleta les pages avec la lenteur exaspérante du rond-de-cuir qu'il était devenu après vingt ans passés entre les murs lépreux de ce dépôt. Finalement, il lui tendit une mine grasse et, d'un doigt sale, lui indiqua où il fallait signer pour se voir remettre les trois gros ballots de toile de jute qui contenaient les graines de pastel. Son chargement récupéré, Victor le salua d'un bref signe de tête et, le charreton lesté, il reprit le chemin du centre-ville où Madeleine l'avait chargé de quelques courses.

Pendant que Victor cherchait une place pour se garer dans l'encombrement habituel des jours de marché, deux silhouettes glissaient en catimini aux abords de la métairie du Chot. C'était les Marty, père et fils. De bon matin, ils avaient guetté le départ de Victor et suivi le charreton des yeux tandis qu'il descendait vers Mazères, puis, assurés de son éloignement, ils avaient disparu pour revenir une heure plus tard avec un bidon rectangulaire gris de dix litres. Ils avaient longuement attendu à bonne distance que Madeleine sorte, se dissimulant à l'abri des massifs de buis. Puis, quand ils l'avaient vue partir en direction du ruisseau, sa grande corbeille à linge sous le bras, ils avaient filé vers la grange, courbés en deux.

– Dépêche-toi ! C'est le moment ! lança Mathurin en galopant comme un lapin malgré son âge.

– Attendez-moi…, répondit Léopold, courant gauchement, les doigts dans la poignée rectangulaire du bidon.

– Macarel ! Tais-toi, le vent porte ta voix…

– C'est que c'est lourd !

– Avance, jean-foutre ! répliqua le père, l'air féroce.

Léopold faisait ce qu'il pouvait pour traverser au plus vite la centaine de mètres à découvert qui le séparaient de la grange. Mais son pied le faisait encore un peu souffrir, surtout quand il courait avec ses sabots. Voulant presser le pas sur les injonctions de son père, une plaque de terre plus grasse le fit déraper et s'étaler de tout son long, il lâcha un sonore « Milo dius ! » en tombant lourdement sur le bidon, qu'il écrasa de tout son poids. Le visage maculé de terre humide, il se releva pour repartir de l'avant, sans remarquer que dans sa chute, le bidon s'était percé sur l'angle aigu d'un silex. Le tenant serré contre lui, il ne remarqua pas qu'il coulait contre son ventre en un filet discret mais soutenu. Parvenu tout près des bâtiments de la ferme, les Marty reprirent leur souffle à quelques mètres l'un de l'autre, à demi courbés sur eux-mêmes, avant de traverser la cour pour atteindre la grange. Mathurin, les yeux injectés de sang, peu habitué à un tel effort, peinait à reprendre sa respiration.

– Donne-moi ton bidon et reste là ! Tu vas voir s'il est si lourd à traîner ! lança-t-il, quand il eut un peu récupéré.

– Oh ! Il est bien léger maintenant..., constata Léopold, l'air niais.

– Comment ça ?

– Hé, je sais pas ! Je le trouve pas pareil d'un seul coup...

– Passe-le-moi !

– Té ! Le voilà..., dit-il en le lui tendant, avant d'ajouter : Oh, mais il était mal bouché, il m'en a mis partout !

– Mais ! Il est presque vide ton bidon !

– Hé ! regardez... je suis tout humide du pétrole !

– Qu'est-ce que tu racontes là ?

– Hé, c'est la vérité... j'en ai même froid au ventre...

– Macarel !... Il est percé !... Mais qu'est-ce que tu as fait à mon bidon ?

– Rien, père !... rien ! J'ai rien fait...

– Tu l'as vidé sur toi, bougre de couillon !

– Non pas !

– Macarel ! T'es idiot ou quoi !... Tu pues le lampant et tu vois pas qu'il est aux trois quarts vide ?

– Je sais pas ce qu'il m'est arrivé... j'ai pas fait exprès ! balbutia Léopold, qui redoutait encore les colères paternelles comme lorsqu'il était enfant.

– Putain ! Il t'arrive que tu me l'as crevé, mon bidon ! Voilà ce qu'il y a ! Mais qu'est-ce que j'ai fait au ciel ! Salopard !... jean-foutre !... Hum, tu mériterais que je te taloche… Crevure !… Bon-à-rien ! lança Mathurin en lui montrant le poing.

Léopold esquissa un vague geste du bras pour se protéger, mais Mathurin se contenta de lui arracher le bidon des mains en grognant. De ses yeux qui lançaient des éclairs, son père lui jeta un regard si noir que Léopold sentit un frisson lui parcourir l'échine. Au-delà du respect qu'il lui devait malgré son âge adulte et bien qu'il fût plus fort que lui physiquement, il le craignait encore. Il savait depuis sa tendre enfance que son père pouvait faire preuve d'une violence bestiale. Un spasme de peur lui tordit l'estomac et une mauvaise sueur, en envahissant son front en une bouffée soudaine, ne lui laissa pas un poil de sec.

Déjà le vieux filait vers la grange. La porte était restée entrouverte. Après avoir jeté un dernier coup d'œil, il s'y glissa tel un Sioux sur le sentier de la guerre. Une bonne odeur de foin lui monta aux narines. Sans perdre de temps, en un geste déterminé, Mathurin versa le reste de pétrole sur le tas odorant. L'herbe dorée au soleil de juin s'imprégna du liquide et la terre battue absorba le surplus en une auréole grasse. Puis, sortant un briquet d'amadou, il en fit tourner la molette et souffla légèrement sur la mèche pour en faire rougir l'extrémité. Quand il perçut un grésillement suivi d'une légère fumerolle, il approcha l'incandescence du foin imbibé de lampant. Alors, en un « Vouff » brutal, le feu prit soudainement. Il eut juste le temps de se retirer, les flammes lui carbonisant au passage les sourcils trop proches du brasier.

Mathurin, l'air presque hagard, sortit précipitamment, manquant de s'étaler de tout son long sur une pierre de la cour. Déjà un bruit sinistre se faisait entendre dans le silence du matin. Il s'était à peine mis à couvert derrière les restes du mur, rejoignant Léopold qui n'avait pas bougé que Madeleine apparaissait à l'autre bout de la cour. « Merde ! Voilà l'autre garce !... » laissa-t-il tomber à voix basse. Pas question de se laisser prendre ! Il tira Léopold par la manche et, en un clin d'œil, ils déguerpirent, courant à perdre haleine vers Pissaurel, privés à regret de la jouissance de leur forfait.

Madeleine, voyant les flammes s'élever, laissa tomber de stupeur la panière de linge propre qu'elle portait sous le bras. « Au feu ! » voulait-elle crier, mais aucun son ne sortait de sa gorge, et elle demeura quelques secondes, la bouche ouverte, muette d'effroi. Elle était tétanisée. Soudain, se ressaisissant, elle retroussa sa jupe pour se ruer vers la grange en flamme. Le feu devenait brasier, crépitant de mille craquements en dégageant une fumée épaisse qui s'élevait en de lourdes volutes.

Un instant, vu la chaleur, elle recula, se protégeant le visage de l'avant-bras. Puis, après un temps d'hésitation, elle marcha vers le bassin en pierre et actionna le bras de la pompe pour tenter de remplir un seau d'eau afin de le jeter sur les flammes. Mais elle comprit vite l'inutilité de son geste. L'incendie avait pris trop de force pour être maîtrisé. De désespoir, jetant le seau, elle se mit à aller de gauche à droite, sans savoir que faire. Puis, en les entendant mugir dans l'étable adjacente, elle pensa aux bœufs. Il fallait les sauver ! Il était encore temps... Ils étaient leur force, leur avenir. Sans eux, rien n'était possible !

N'écoutant que son courage, elle franchit le barrage de fumée et parvint à la porte de l'étable. S'y engouffrant, elle détacha prestement les bêtes qui, sans demander leur reste, sortirent juste au moment où le plancher de la grange à côté s'effondrait en une gerbe d'étincelles. Madeleine les suivit en toussant et constata que le bâtiment tout entier était la proie des flammes. Dehors, accoudée à la pompe, la tête baissée, elle reprenait peu à peu son souffle quand elle vit arriver François à grandes enjambées. Il gardait ses vaches au Pré Long, le dos nonchalamment appuyé contre le tronc d'un ormeau, suçant un brin d'herbe jaunie par l'hiver quand il avait vu la colonne de fumée. Sachant Victor parti pour chercher ses semences à Saverdun, il avait couru à perdre haleine jusqu'à la ferme du Chot.

– Macarel ! lâcha-t-il dans un souffle.

– La grange… le feu, faut l'éteindre ! balbutia Madeleine.

– Avec quoi ? répondit François en se tournant de droite et de gauche.

– La pompe… le seau… Vite ! cria-t-elle.

– Trop tard ! jeta François en contemplant la grange totalement embrasée.

– Faut essayer !

– Il n'y a plus rien à faire…

– Notre foin ! l'étable ! gémit-elle.

– Qu'est-ce qui s'est passé ?

– Je ne sais pas… Je ne sais pas ! dit-elle, les larmes aux yeux.

– Enfin, ça n'a pas pris tout seul !

– Je revenais de rincer mon linge au ruisseau et de rentrer celui que j'avais étendu quand j'ai vu les flammes…

– Vous faisiez du feu à côté ou quoi ?

– Non pas ! Ce matin, j'avais juste le cantou allumé avec la lessiveuse sur le trépied pour faire tiédir un peu d'eau.

– Ça n'a pas pris tout seul…, répéta François.

– J'ai juste eu le temps de détacher les bêtes…

– Heureusement que votre grange ne touche pas la maison et que le vent souffle au nord !

– Qu'est-ce qu'elles vont manger maintenant ? demanda-t-elle, tandis qu'un morceau de toiture s'effondrait en un grand fracas.

– Vous en faites pas pour ça… On s'arrangera toujours !

Dans Saverdun encombré de charrettes, de jardinières et de tilburys, auxquels se mêlaient quelques De Dion Bouton et Panhard Levassor, Victor avait fini par trouver une place pour stationner avec son âne non loin d'un droguiste pour rapporter à Madeleine le Blanc d'Espagne qu'elle lui avait commandé. À l'ouverture de la porte vitrée ornée de plaques publicitaires émaillées, une clochette tinta d'un son cristallin et presque aussitôt, un homme sans âge en blouse grise jaillit derrière le comptoir de bois verni. La boutique sentait un mélange de poussière tenace, de produits chimiques indéfinissables où l'on percevait un arrière-fond d'odeur de peinture et d'essence de térébenthine. Victor expliqua ce qu'il désirait.

– Vous en voulez combien ? demanda le droguiste.

– Oh ! une livre environ…

– Vous avez une boîte pour le mettre ?

– Non, ma femme ne m'a rien donné ! répondit Victor.

– Vous êtes pas d'ici, vous ? dit le boutiquier en posant une petite pelle de poudre blanche et compacte sur le plateau d'une balance Roberval préalablement habillé d'une demi-feuille de papier journal.

– Non, pourquoi ?

– Ça s'entend…

– Nous sommes installés sur les coteaux de Mazères, mais nous venons du Nord, expliqua Victor.

– Pourquoi venir vous perdre ici ? Il n'y a pas assez de terres vers chez vous ?

– Nous sommes venus pour cultiver du pastel…

– Du pastel… Du pastel ! Ah ! elle est bien bonne celle-là…

– Vous me croyez pas ? demanda Victor.

– Mais, mon brave, il y a belle lurette que ça se fait plus dans la région ! Vous avez deux ou trois siècles de retard !

Victor ne répondit rien. Il se contenta de payer le produit que le boutiquier lui avait enveloppé dans une demi-page de *La Dépêche* avec un savant pliage. Il n'avait pas envie d'expliquer à cet inconnu l'aventure dans laquelle il s'était lancé pour trouver, dans la condition de cultivateur, la liberté qui lui ferait atteindre la dignité et l'indépendance des exploitants de leur propre fonds. Seule Madeleine, venant d'un monde encore plus précaire, pouvait partager avec lui la flamme qui lui faisait oublier jusqu'à sa fatigue. Partis de rien ou presque, ils espéraient tout et leur installation sur cette terre inconnue au patois chantant, participait à ces luttes d'espérance menées par les prolétaires pour s'élever de leur humble condition. Le travail et le courage étaient leurs seules richesses. Ils n'avaient pas la facilité de certains commerçants roublards, appuyant un peu plus sur le plateau de la balance…

Retrouvant son charreton et son âne dans la cohue colorée des jours de foire, il se hâta de quitter Saverdun en empruntant la route nationale, une belle allée de platanes fraîchement dénudés par le vent d'hiver, qui sitôt franchi le pont sur la rivière, menait vers Pamiers, capitale historique et économique de cette basse Ariège, ville de l'évêque et rivale éternelle de Foix, plus montagnarde. Puis, au bout de la longue ligne droite, passé le château de Larlenque, il quitta la route et obliqua à gauche pour gagner Mazères.

La petite départementale, plus modeste, avait par endroits des aspects de chemin vicinal. Avant d'arriver en vue du château des Avocats, Victor arrêta son âne pour déjeuner, profitant de l'abri d'un buisson de noisetiers sauvages. Sans descendre de son charreton, il ouvrit sa musette et prit le temps de mastiquer lentement son casse-croûte. De temps à autre, il levait la tête, découvrant, au-delà du carrefour de l'Étoile, familièrement dénommé la Patte-d'Oie, la ligne de crête des coteaux du Lauragais qui dominaient la plaine ariégeoise. Audessus du clocher de Mazères, il distingua vaguement de la fumée qui se perdait dans le ciel d'hiver. « Un paysan qui toilette ses haies par un peu d'écobuage… », pensa-t-il, sans se douter un instant, faute d'avoir une bonne connaissance géographique des lieux, que ce qu'il apercevait venait de l'incendie qui avait ravagé la grange du Chot.

Pendant ce temps, à la métairie du Chot, la fumée et l'odeur tenace de brûlé avaient fait venir les proches voisins des Verbeck aux nouvelles. Certes, on les connaissait encore peu dans le pays, mais une grange qui brûle induisait toujours un réflexe de solidarité. Les Azéma, les Maillard, les Rouch, les Laurens, tous étaient accourus, interrompant leurs travaux ordinaires, mus tant par la curiosité que par le désir de se rendre utiles. Seuls les Marty, pourtant les plus proches, manquaient à l'appel. Passé les premiers commentaires apitoyés, François avait pris la direction des opérations : inutile de faire appel à la pompe à bras que quelques bénévoles faisaient fonctionner à Mazères lors des fréquents feux de cheminée. Le temps d'acheminer l'eau ici, il n'y aurait plus rien à brûler ! Il organisa donc une chaîne de seaux d'eau tirés à la pompe asthmatique. On ne pouvait pas sauver grand-chose, c'était certain, mais au moins éviter une éventuelle propagation par les flammèches et les escarbilles.

Quand, au bout d'une heure, les flammes furent enfin vaincues, il ne restait que des pans de murs noircis, d'où dépassaient des moignons de chevrons et de lambourdes incandescents. Sinistres, ils s'élançaient vers le ciel, comme porteurs du désespoir qui faisait couler des larmes sur le visage rougi de Madeleine. Alors, les uns et les autres s'arrêtèrent, les bras ballants, pour contempler en silence les ruines fumantes dans le souffle du vent d'hiver. Un corbeau traversa le ciel, tel un mauvais augure. Quelques instants s'écoulèrent ainsi. Personne ne savait quoi dire à Madeleine pour la réconforter.

– Les bêtes sont sauves…, finit par murmurer François.

– C'est l'essentiel ! renchérit Azéma.

– Mon Dieu, c'est pas possible !… Mon Dieu ! répétait Madeleine, dont les nerfs lâchaient.

– Il rentre quand, son homme ? questionna Ernestine Rouch en essuyant ses mains sur le tablier qui couvrait sa jupe de coutil.

– Il est allé à la gare de Saverdun ce matin. Il ne devrait pas tarder, répondit François.

– Pauvres gens ! Tout juste installés et déjà éprouvés ! laissa tomber Jean Laurens.

– Bah ! Ça vaut mieux que mort d'homme ! On dit que le malheur est bon parfois…, avança Jean Maillard, se voulant réconfortant.

– On voit bien que ce n'est pas à toi que ça arrive ! répliqua Ernestine Rouch en entourant du bras les épaules de Madeleine, qui tremblait d'émotion, de fatigue et de froid.

– J'ai un bout de grange qui est vide. Si ça vous dit pour y mettre vos bêtes..., proposa Azéma.

– Merci ! Merci pour tout..., balbutia Madeleine en reprenant un peu ses esprits.

– Allons lui attacher les bœufs. Autant qu'ils ne se sauvent pas ! proposa le père Rouch. Son mari saura bien quoi faire en revenant.

– Je ne comprends pas comment ça a pu démarrer si vite..., dit, pensif, François.

Pendant ce temps, à la ferme de Pissaurel, Pauline achevait de mettre le couvert sur la grande table de bois. Après avoir nourri poules et lapins, travail ordinaire de la femme à la campagne qui lui était dévolu depuis que sa belle-mère avait perdu la tête, elle avait passé une bonne partie de la matinée à préparer une « mounjetade », ce plat de haricots qu'on nomme cassoulet à Toulouse.

L'arrivée précipitée de Mathurin et de Léopold l'avait surprise, mais elle s'était habituée à ne pas poser de questions. Pourtant, en voyant les sourcils de son beau-père grillés comme les poils du cochon que l'on a occis, elle n'avait pu s'empêcher de demander :

– Qu'est-ce qu'il vous est arrivé ?

– Oh, rien ! répondit Léopold en ôtant sa chemise auréolée d'une large tache grasse de pétrole.

– Vous êtes tombés dans le feu ou quoi ? demanda-t-elle en dévisageant son beau-père.

– Ce n'est rien, on te dit ! répliqua sèchement Mathurin.

– On ne le dirait pas à vous voir, pourtant...

– Occupe-toi de ta cuisine !

– Qu'est-ce que tu as fait ? insista-t-elle en se tournant vers Léopold.

– Donne-moi du linge propre plutôt..., dit Léopold, qui voulait lui aussi faire preuve d'autorité.

– À quoi vous avez mis le feu ?

– Si on te demande quelque chose, tu diras que tu ne sais rien, tu as bien compris ! aboya Mathurin Marty, l'air menaçant avant d'ajouter, à voix basse : Sinon, il pourrait t'en cuire...

Quand Victor aborda le chemin du Chot, l'odeur de brûlé planant encore dans l'air lui fit pressentir qu'il s'était produit quelque chose de grave. La vérité lui apparut soudain, brutale, quand il émergea avec l'âne et son attelage dans la cour de la ferme. Il sauta prestement du charreton, les yeux écarquillés. Madeleine sortit alors de la maison et se jeta dans ses bras, incapable de prononcer un mot. Elle pleurait doucement et il sentait ses larmes lui couler dans le cou. Une partie de son rêve venait de s'effondrer et elle ne savait que dire à son mari. Ils restèrent un long moment ainsi, dans les bras l'un de l'autre, avant que Victor, en lui caressant les cheveux, ne lui demande de lui expliquer ce qui s'était passé.

Regagnant la métairie de Saint-Jacques après avoir récupéré ses vaches qui avaient profité de son absence pour aller s'installer dans la luzerne des Marty, François raconta à sa mère, clouée au lit ce matin-là par une crise de goutte, les événements de cette tumultueuse matinée. Augustine écouta, posa une ou deux questions, hocha la tête gravement, puis, sentencieusement, conclut :

– Ce pastel, tu vois qu'il ne faut pas en faire. Il porte le mauvais œil !

Dans le milieu de l'après-midi, alors qu'Augustine faisait la sieste, François s'éclipsa pour aller aux nouvelles au Chot. Le temps avait changé depuis le matin et le ciel charriait de gros nuages gris, annonciateurs d'une pluie froide. Victor, aidé de Madeleine, était en train de tirer des ruines encore chaudes ce qu'il pouvait récupérer. De l'amas de tuiles et de morceaux de charpente noircie, ils avaient déjà sorti une profusion de ferrailles de toute sorte : gros clous tordus, faux usées jusqu'à l'âme, passe-partout édenté, enclumette brisée, cerceaux de barrique, pulvérisateurs crevés, herminette démanchée, chaudron percé…

– Il n'y a pas grand-chose de bon là-dedans…, remarqua François en arrivant.

– Certes non ! Mais autant le dégager de suite, répondit Victor.

– Pourquoi ? Il n'y a plus rien qui presse… C'est tout par terre maintenant, la grange, l'étable…

– Justement ! Dès demain, je veux commencer à tout reconstruire !

– Vous avez bien du courage ! remarqua François en contemplant l'étendue des dégâts.

– Voyez-vous, cette terre est devenue presque nôtre et je vais pas abandonner pour autant !

– C'est bien…, opina François.

– Au fait, dit Victor en lui tendant la main, je voulais vous remercier pour ce que vous avez fait avec les autres…

– Oh, ce n'est pas grand-chose. Juste quelques seaux d'eau… Hélas, vous savez, il n'y avait rien à espérer, vu la force du feu…

– Madeleine m'a raconté, en effet…

– Mais je ne comprends pas comment tout s'est embrasé si vite !

– Ah ! venez... J'ai quelque chose à vous montrer, dit Victor, un peu mystérieux.

Sortant des ruines noircies, il alla chercher près du mur de l'étable, à quelques mètres de là, un objet de forme rectangulaire, visiblement déformé par la chaleur. Intentionnellement, il l'avait mis de côté, à part du tas de ferrailles disparates qui s'amoncelait devant ce qui avait été la porte de la grange. Il le lui tendit en disant simplement :

– Vous savez ce que c'est ça ?

– Ça ? Hum ! On dirait un bidon de pétrole pour les automobiles !

– C'est ce que je pense aussi. Ça y ressemble, en effet ! Je l'ai trouvé là-dedans..., dit Victor en désignant les ruines.

– Là-dedans ? répéta François, incrédule.

– Oui, au milieu de tout ça ! Mais je ne crois pas que les Cassou aient jamais eu d'automobile...

– Ça ne risquait pas ! Ils étaient pauvres comme Job !

– En plus, il a été crevé ! Regardez le trou, là en bas... Il ne pouvait guère servir à mettre du lampant.

– Vous l'avez trouvé où, exactement ?

– Là, au milieu..., répondit Victor en désignant l'étable, d'où sortaient encore quelques fumerolles.

– Il n'est pas venu là tout seul, votre bidon ! laissa tomber François.

– C'est bien ce que je pense aussi, dit Victor, soudain accablé par l'évidence.

Un silence lourd, plein d'interrogations, écrasa cette après-midi d'hiver. Victor regarda François. Leurs pensées allaient dans le même sens. Toutefois, l'un comme l'autre avaient du mal à transformer leur hypothèse en certitude tant celle-ci leur paraissait énorme. À la campagne, les incendiaires sont pires que tout. Parce qu'ils ravagent les biens et les récoltes, parce qu'ils s'en prennent à la sueur, au travail, à tout ce que les hommes ont bâti laborieusement, parce qu'ils ôtent le pain de la bouche des cultivateurs, ces gens-là sont plus que des misérables. Ce sont des criminels ! Si c'étaient vraiment les Marty qui avaient fait le coup, comme tout semblait l'indiquer, l'affaire était plus que sérieuse. Elle marquait un tournant décisif dans cet affrontement au centre duquel les Verbeck se trouvaient sans comprendre vraiment pourquoi.

– Je crois que demain matin, vous devriez aller trouver les gendarmes à Mazères et leur expliquer… Sinon, ça risque de tourner au drame un de ces jours ! conseilla François Donnadieu, après une longue réflexion.

Victor fronça les sourcils et, un peu méfiant, regarda François. Par cet atavisme récurrent des classes populaires, souvent considérées comme des classes dangereuses par la bourgeoisie qui n'avait pas hésité à envoyer la troupe pour briser les mouvements épidermiques de révolte et rétablir ainsi l'ordre libéral des possédants, Victor Verbeck, comme beaucoup de gens du peuple, craignait tout ce qui portait uniforme. Pourtant, il savait bien que face aux malveillances des Marty, il devait se résoudre à cette extrémité.

7

Le retour de Van Dyck

Suivant le conseil de François Donnadieu et après en avoir longuement parlé avec Madeleine le soir, au lit, sous l'édredon de plume, en écoutant le vent mugir dans les bosquets de buis vert entourant la métairie, Victor était descendu tôt le lendemain à la brigade de gendarmerie de Mazères. Ce matin-là, il faisait presque beau. Le ciel, si chargé la veille, s'était dégagé. Le vent s'était lui aussi calmé, seul un souffle léger balayait la plaine pour entraîner les derniers nuages vers la montagne. Les Pyrénées semblaient plus proches que d'habitude, mais tout aussi belles et grandioses. C'était une aube annonciatrice d'un temps froid et sec. « Une belle journée pour travailler !… » pensa Victor. Pourtant, il se sentait d'humeur chagrine.

Aller trouver « les cognes », comme il disait familièrement, le répugnait. En arrêtant son âne, simplement bâté, devant le bâtiment de briques rouges construit quelques années auparavant, il avait presque l'impression de mal faire, tant cette démarche était contraire à sa culture. Quand on était né pauvre, on n'allait pas trouver les gendarmes. Ses différends, les affaires d'honneur, on les réglait au poing, parfois au couteau, au surin comme les mauvais garçons, après avoir tombé la veste. Les coups pleuvaient dru, on ne s'arrêtait pas au premier sang, mais quand son adversaire avait mordu la poussière et qu'il était définitivement hors de combat. Alors, l'affront était lavé et le pardon pouvait parfois s'envisager.

– Qu'est-ce qu'il y a pour votre service ? demanda d'une voix puissante un pandore moustachu, alors qu'il poussait la porte vitrée du bureau.

– Je viens... enfin, c'est pour..., balbutia-t-il en triturant nerveusement sa casquette entre ses mains.

– Alors ! c'est pour quoi ? dit le gendarme en se levant, déployant une silhouette massive déjà marquée par un léger embonpoint.

– C'est-à-dire que..., commença Victor.

Il eut toutes les peines du monde à lui expliquer son affaire, butant sur les mots comme sur les pierres d'un mauvais chemin. Heureusement, derrière sa bacchante gauloise, le maréchal des logis Pierre Fourcade, lui-même fils de paysan, natif de Noé en Haute-Garonne, dans le département voisin, était un brave homme malgré la rudesse naturelle de sa voix de stentor. À quarante-six ans, rendu philosophe par l'expérience de la vie, il avait appris à écouter et à mettre en confiance, qualités utiles pour les rares interrogatoires qu'il devait mener dans cette brigade tranquille. Finalement, après lui avoir tiré les vers du nez, le gendarme lui demanda :

– Donc, vous voulez porter plainte contre vos voisins ?

– Non ! répondit Victor, gêné. Je ne veux pas me fâcher avec eux ! C'est juste pour vous prévenir, des fois que... enfin... vous comprenez...

– Bon, pas de plainte alors... Mais je vais quand même le noter sur la main courante, des fois que... comme vous dites !

Se saisissant d'un grand cahier aux pages numérotées et à l'épaisse couverture en carton ornée de toile noire dans les angles, le brigadier s'assit à une table en bois, logea dessous ses grandes jambes avec peine, puis, armé d'un porte-plume trempé dans de l'encre violette, entreprit de calligraphier la date du jour. À le voir, un peu gauche et crispé sur le petit bureau, on devinait qu'il devait être plus à l'aise à courir après les braconniers. La bouche entrouverte, laissant dépasser la pointe de la langue, il accomplit sa tâche avec application. Face à lui, Victor était debout, la casquette à la main. De la foule de pensées qui l'assaillaient, une question dominait : avait-il bien fait d'aller voir les « cognes » ? Ces gens-là représentaient l'ordre, c'est-à-dire souvent la répression ! Il avait un peu l'impression de trahir la solidarité des travailleurs. D'autres doutes le taraudaient : avait-il la preuve qu'il s'agissait bien des Marty ? Un bidon de pétrole crevé suffisait-il à les rendre coupables et à les accuser ? N'avait-il pas agi à la légère, sur un coup de tête, poussé par l'inimitié que les Marty suscitaient ? Dans le silence du bureau, on entendait seulement le bruit de la plume sergent-major glissant sur le papier du grand registre.

– Bon, alors je vous relis... Si vous avez autre chose à ajouter concernant les faits, faudra le dire, vous avez compris ? lui lança le pandore, son paragraphe achevé.

– Oui, monsieur..., balbutia Victor, qui n'avait qu'une idée en tête désormais : partir d'ici !

Dix minutes plus tard, une fois sorti de la gendarmerie, Victor, encore troublé, entra dans le premier café venu et commanda un grand rouge qu'il avala cul sec. Le cabaretier avait la gueule de son métier : une trogne rougeâtre et vineuse, des poches sous les yeux et un triple menton qui dégoulinait sur un cou de taureau en bourrelets flasques. Ses mains grasses et poilues, aux ongles noirs coupés grossièrement au carré, trituraient un chiffon douteux dont il essuyait machinalement le zinc usé. À peine Victor eut-il reposé le verre, le tenancier le lui remplit à nouveau en disant :

– Ça fait du bien par où ça passe, hein !

Victor le remercia d'un signe de tête, avala son verre en silence et paya rapidement pour ne pas avoir droit au coup de l'étrier du cabaretier ivrogne. Avant de remonter au Chot, il s'arrêta à la quincaillerie Delrieu pour acheter une pierre à sel pour Biscuit et Tinou qu'il savait avides de cette friandise.

Au retour, encore préoccupé par sa visite à la gendarmerie, il se trompa de chemin et, empruntant la rue de la République, il passa devant une belle construction en briques rouges flanquée d'une tour octogonale, dominée d'une échauguette. Les pans coupés s'agrémentaient de fenêtres à meneaux style Renaissance. Les ouvertures en pierres blanches, ornées de chapiteaux et de fines colonnades saillant des murs, témoignaient d'un passé glorieux et de l'usure du temps. Victor Verbeck leva à peine la tête, ignorant qu'il s'agissait de l'hôtel d'Ardoyn, un bâtiment splendide construit à la fin du XVIe siècle par un de ces riches marchands pastelliers qui avaient fait la fortune de la région, accréditant par leur réussite l'expression de « pays de cocagne ».

En remontant vers sa métairie, après avoir franchi l'Hers et dépassé à gauche la tuilerie, dans la grande ligne droite qui conduisait aux premières pentes du coteau, Victor aperçut au loin un attelage qui, à petite vitesse, allait à sa rencontre. C'était un âne tirant un modeste charreton. En trottinant sous le soleil froid de l'hiver, il laissait derrière lui un léger nuage de poussière. Quand la distance qui les séparait diminua, il distingua mieux la silhouette qui arrivait vers lui, celle d'une femme, un fichu sur la tête. Elle menait son attelage à bonne allure et d'une main sûre. Lorsqu'elle fut à moins d'une centaine de mètres, il la reconnut : c'était Pauline Marty. Arrivée à sa hauteur, elle tira d'un petit coup sec sur ses rênes pour s'arrêter. Une corneille passa dans le ciel pâle et s'enfuit à tire-d'aile, portée par un souffle de vent.

– Bonjour ! lui lança-t-elle.

– Vous êtes la fille Marty, c'est ça ? demanda Victor.

– Oui, c'est moi, en effet... J'habite la ferme de Pissaurel et on est voisins.

– Je sais...

– On ne s'est pas encore rencontrés, pourtant, dit Pauline, l'air presque enjôleur.

– Je vois souvent rôder les vôtres vers chez moi.

– On a pas eu trop l'occasion de se parler depuis votre arrivée, mais je vous ai aperçu parfois le soir, en rentrant les bêtes, répondit Pauline aimablement.

– Oui, vous étiez toujours avec votre beau-père...

– Vous savez, il ne veut pas que je parle aux étrangers, et surtout pas à vous !

– Ah ! et pourquoi donc ?

– Vous connaissez bien François ?

– C'est lui qui nous a accueillis à notre arrivée au Chot. Il me donne la main des fois au travail...

– Alors, il ne vous a pas expliqué ?

– Expliqué quoi ?

– Eh bien, que Mathurin, il voulait le Chot...

– Oui ça, il me l'a dit, bien sûr...

– Alors, vous savez à quoi vous en tenir !

– Que voulez-vous dire ?

– Eh bien voilà, autant que vous le sachiez, il est prêt à tout pour vous voir partir !

– Pourquoi vous me dites ça ?

– Parce que c'est vrai !

– Vous êtes pas avec eux ? lâcha Victor.

– C'est pas parce que je m'appelle Marty maintenant que j'approuve ce qu'ils font… Et puis, le François, je l'aime bien… il me fait rire et c'est pas trop souvent que ça m'arrive là-haut ! Alors, si vous êtes son ami, vous pouvez pas être mon ennemi…

Il y eut entre eux un grand silence. Victor la regardait intensément. Son regard était clair, presque lumineux, quand elle esquissait un semblant de sourire. François Donnadieu avait raison : avec son visage avenant encadré de cheveux châtains, elle était plaisante à regarder. Le travail de la terre ne l'avait pas encore usée. De la prime beauté d'une jeunesse pourtant bien entamée, elle avait conservé le teint frais des filles saines. Les joues étaient légèrement rosées et les lèvres assez charnues pour que les garçons se plaisent à y déposer des baisers. L'un comme l'autre s'observaient, se jaugeant à l'aune d'imperceptibles indices.

– Ce que je voulais vous dire…, finit-elle par articuler enfin, je devrais pas…, c'est de vous méfier d'eux…

– Vous savez que ma grange et l'étable ont brûlé hier ?

– Qui ne le sait pas ! Ça a fait assez de fumée…

– Je ne crois pas que le feu ait pris tout seul… Oh, je n'accuse personne, bien sûr… Mais vous voyez, je viens de la gendarmerie…

– Moi, je n'y suis pour rien…, assura-t-elle d'une voix blanche.

– J'en suis certain. C'est pour ça que je vous le raconte… Pour que les coupables sachent, eux, ce qu'ils risquent !

– Merci de votre confiance…, dit-elle en hochant la tête.

Et, tandis qu'un souffle d'air glacé venu des montagnes les faisait frissonner, elle claqua les rênes sur le dos de son petit âne pour le faire avancer, laissant Victor seul au milieu de la route. Si cette rencontre lui confirmait ce dont il se doutait, il mesurait toujours mal les forfaits dont les Marty pouvaient être capables. Il leur faudrait se tenir sur leurs gardes en permanence, avoir toujours l'œil aux aguets. Avec eux, ce serait une lutte à mort. Pourtant, il ne voulait pas partager ses craintes avec Madeleine. Inutile de l'affoler davantage. Elle n'était qu'une femme pensa-t-il, se situant, comme beaucoup, dans la logique trop simpliste d'une époque qui faisait du sexe faible des êtres mineurs.

Leur implantation en cette terre d'Ariège, depuis presque deux mois, se faisait en contraste. À l'accueil cordial de François Donnadieu et des autres voisins comme les Azéma, les Maillard, ou les Rouch, s'opposait la haine cultivée des Marty. Victor avait beau se dire que, personnellement, il n'y était pour rien, qu'un autre, à sa place, eût aussi trouvé pareille situation, il admettait mal cette féroce inimitié dont le seul et unique fondement était, à l'évidence, l'occupation d'une terre convoitée. Avec Madeleine, il n'avait qu'un désir : réussir, cultiver ce bien qui était presque le leur, y faire pousser ce pastel, source de leur émancipation. En homme de tempérament calme, partisan par nature de situation de consensus, plutôt enclin au dialogue, une telle attitude lui paraissait relever d'une forme de folie possessive.

Rentrant au Chot en fin de matinée, alors que le pâle soleil d'hiver peinait à éclairer une nature assoupie, Victor était presque en vue de la ferme quand il croisa sa femme qui portait une corbeille de linge à étendre. Vêtue d'une longue jupe bleu sombre et d'un gilet de laine épaisse sur un caraco clair, elle avait comme d'habitude la taille ceinte d'un ample tablier marron. Depuis leur arrivée en terre pyrénéenne, elle avait trouvé commode d'adopter aussi la mode des femmes du pays et plaçait désormais un torchon torsadé sur sa tête, pour y jucher les paniers en osier tressé laissés par les Cassou, ce qui lui libérait une main. Elle lui jeta un regard interrogateur, alors qu'il arrêtait son attelage à sa hauteur, et il se contenta de répondre par un laconique : « C'est fait… »

Noël les surprit quelques jours plus tard, dans l'ambiance cotonneuse d'un brouillard tenace qui planait en nappes denses, remplissant les vallons d'écharpes blanches qu'un soleil timide et maigre n'arrivait pas à dissiper. Les Verbeck, pas plus que les Donnadieu, les Azéma, les Maillard et les autres du voisinage, n'étaient assez riches ou dépensiers pour ouvrir largement leur bourse en cette occasion. Tout au plus, l'ordinaire de la table serait amélioré d'une volaille, d'un morceau de viande rouge acheté exceptionnellement au boucher.

Parce c'était la tradition, plus que par conviction religieuse, Victor consentit le 24 décembre à atteler l'âne pour descendre avec Madeleine à la messe de minuit à Mazères. François et sa mère se joignirent à eux et grimpèrent dans le charreton éclairé d'un modeste fanal à pétrole.

Dans une nuit noire comme de l'encre, sous un ciel lourd et sans lune, les chemins des collines du Lauragais scintillaient de dizaines de lumignons qui se déplaçaient lentement pour converger vers la bourgade, telles des lucioles guidées par les mystères de la foi. Pour l'occasion, Augustine, qui n'avait entr'aperçu Madeleine que deux ou trois fois, se montra exceptionnellement aimable.

Avant de partir, les uns et les autres avaient placé par tradition une assiette de soupe et un quignon de pain au bout de la table, réminiscence de la superstition populaire qui voulait qu'un mort vienne casser la croûte ce soir-là, mais cela profitait plus souvent aux souris. Une grosse bûche de chêne avait été soigneusement choisie pour pouvoir brûler toute la soirée dans l'âtre, histoire non seulement de tenir le feu allumé mais aussi de conjurer le mauvais sort. Aussi, quand les Verbeck rentrèrent en pleine nuit, la découverte d'un tison n'émettant plus que de vagues panaches de fumée fut-elle interprétée comme un signe néfaste.

– Le malheur sera dans l'année ! lâcha Madeleine, bouleversée, en se dépêchant de jeter dans le feu moribond des gouttes d'eau bénite pour chasser quelque présence diabolique…

– C'est peut-être que le bois était vert…, répliqua Victor.

– Non ! Les Marty ont le mauvais œil…, fit-elle, convaincue.

La superstition n'avait pas disparu et les hurlements lugubres des chouettes autour de la ferme, les soirs de grand vent, n'étaient pas faits pour apaiser les angoisses féminines. Ici, comme dans bien des régions de la France profonde, au-delà des croyances, certains rituels persistaient. Faire trois fois le tour de l'église, puis frotter trois fois encore le dos des bêtes avec un bâton de coudrier, au début du mois de Marie, était toujours considéré comme un gage de fécondité dans ces campagnes qui, quelques décennies plus tôt, pratiquaient parfois encore les recettes de sorcellerie du petit et du grand Albert.

Après les mois de janvier et février marqués par une douceur dont ils n'avaient pas l'habitude, les Verbeck abordèrent mars avec l'allégresse et la fébrilité des pionniers. Tous les matins, Victor auscultait le sol de ses champs. À titre d'échantillon, il retournait quelques pelletées de terre, il allait même jusqu'à relever la température en y laissant séjourner un vieux thermomètre. Il consignait ses notes dans un carnet à la couverture de moleskine noire, dont il disait : « C'est ma mémoire ! » François le brocardait gentiment pour cette minutie à laquelle, fort de plus de quarante ans d'expérience, il opposait le pragmatisme des gens du pays. Mais il n'était pas le seul à observer Victor Verbeck. On apercevait de temps à autre la silhouette de Marty, mal dissimulée derrière une haie frissonnante au vent d'hiver.

Début mars, après un passage de giboulées froides, le temps daigna s'éclaircir à l'approche de la nouvelle lune. Aussitôt, Victor passa à l'action : un bon coup de rouleau denté pour casser les mottes durcies par le froid de l'hiver, un hersage soigné afin d'ameublir la terre en profondeur, et il put commencer ses semis, répandant à large volée les graines de pastel sur des planches d'un mètre cinquante. Après avoir un peu tâtonné pour les premiers rangs, il trouva naturellement la bonne cadence en chantonnant une rengaine populaire qui rythmait le mouvement ample de son bras puisant la graine dans la besace pendue à son épaule. Entre deux planches, comme Giuseppe Farona le lui avait conseillé, il traçait la charrue à défoncer, dans un sens puis dans l'autre, une profonde rigole bien rectiligne, pour assurer un drainage efficace de l'eau sur les pentes moutonneuses des coteaux.

Un pâle soleil l'accompagna tout au long de cette étape cruciale. Plus que d'autres, Victor Verbeck avait conscience du symbole que représentait ce semis. Ces graines violettes, qu'il enfouirait ensuite d'un très léger hersage, étaient porteuses de leurs espérances. Avec elles, croîtraient non seulement leur liberté conquise, rattachée à l'éloignement de cette sujétion qui, de mémoire d'hommes, avait toujours fait plier l'esclave devant le maître, le serf devant le seigneur, l'ouvrier devant le patron. En revanche, il s'intéressait bien peu à l'affrontement politique féroce auquel les gens du pays se livraient avec délices à moins d'un mois des élections législatives d'avril 1914, séparés plus par des querelles de clans que d'idées.

Après une quinzaine de jours passés à scruter fiévreusement le sol, alors que *La Dépêche* titrait sur la réélection haut la main de l'Ariégeois Théophile Delcassé qui retrouverait bientôt son poste de ministre des Affaires Étrangères, Victor distingua à fleur de terre le fruit de son travail. Le pastel commençait de lever. Si Farona lui avait dit vrai, dans quelques semaines, il aurait l'apparence de la cynoglosse, cette plante à feuilles velues. Alors viendrait le temps du désherbage, les reins cassés, le front inondé de sueur, sous le soleil généreux du printemps. À cette perspective, une onde de bonheur lui parcourut l'échine. Leur vie allait prendre un autre tournant.

– Il commence à lever ! lança-t-il, tout heureux, en rentrant dans la salle de la ferme où Madeleine préparait la soupe pour midi.

– Tu es sûr ? demanda sa femme en s'arrêtant d'éplucher une pomme de terre.

– Viens voir ! répondit-il, tout excité, en la prenant par le bras.

– Laisse-moi m'essuyer les mains quand même…, protesta Madeleine, avant de lui emboîter le pas.

Les jours suivants, tout en préparant le jardin potager qui les nourrirait toute l'année, Victor scruta le ciel, attentif à l'alternance des averses et du soleil qui conditionnait la croissance de son pastel. Il remarqua que Millague, Bauzeil, le Soulleillas, pièces de terre dont François lui avait enseigné les noms, étaient plus précoces que celles du Gallibert ou des Cussols. Les yeux mi-clos, le regard incisif, il observait, notait tout au crayon gras dans « sa mémoire ». François le rejoignait parfois en fin d'après-midi et, à voix basse, comme s'ils craignaient d'être surpris, ils échangeaient quelques mots sur les progrès du semis.

Le pastel aurait besoin encore d'une semaine ou deux pour prendre de la force et acquérir cet aspect de salade charnue qui le faisait parfois confondre avec les mauvaises herbes. Dans toutes les fermes du voisinage, la nouvelle culture alimentait les conversations. Si certains demandaient gentiment aux Verbeck : « Alors, ça pousse ? », dans leur dos, d'autres les trouvaient un peu fadas… Victor n'en avait cure, ce qui comptait, c'était leur réussite. Il l'avait longuement expliqué à François avec lequel, au fil des jours, une amitié était née. Toutefois, aujourd'hui, un autre sujet les faisait bavarder à l'abri d'une haie d'aubépine qui se parait de fleurs blanches. Ce matin, Marcel, le facteur, sa grosse boîte noire en travers du corps, était monté au Chot. Toujours suant et soufflant, il leur apportait un télégramme. Charles Van Dyck arrivait le jeudi suivant en automobile !…

Trois jours plus tard, dans le petit matin frais, parti la bêche sur l'épaule pour curer les rigoles du pré de Laffon, François promena son regard sur les molles ondulations du Lauragais qui moutonnaient d'un vert manteau printanier. Puis, baissant les yeux, il vit le mince semis du pastel qui venait de lever. Il ne payait pas de mine. À ce stade, on eût dit une quelconque plantation. Maigrelettes, les feuilles ne dépassaient pas du sol de plus d'un ou deux pouces et il avait du mal à croire ce que Victor lui avait dit au sujet de la croissance de cette plante. Il imaginait difficilement, à la vue de cette vulgaire salade, les collines nappées d'or. Pourtant, ce pastel, il l'avait devant lui et il le regardait, une ride de doute au front.

François Donnadieu tira sa montre-gousset de sa poche. Il l'avait héritée une dizaine d'années auparavant de l'oncle de sa mère, Émile que tout le monde appelait naturellement Milou, un joyeux drille, plutôt épicurien aimant le bon vin, célibataire endurci, connaisseur des maisons que la morale réprouve en coureur de jupons patenté. Les jours où elle était en colère contre son fils, Augustine lui lançait parfois qu'il tenait de lui. François répliquait qu'il ne voulait pas finir comme l'oncle Émile. Le pauvre diable en effet, ouvrier couvreur de profession à Saverdun, avait eu la malchance un jour d'automne pluvieux de glisser d'un toit pour se briser les reins sur un petit muret en contrebas. Les mauvaises langues disaient que, comme d'habitude, il n'était pas à jeun ce matin-là. Émile était mort trois jours après, avec pour seul regret de quitter la vie. Ses frères et sœurs s'étaient partagé ses quelques hardes et, comme il aimait bien François, Émile, sur son lit d'agonie, avait tenu à ce que ce soit lui qui ait cette montre, symbole à ses yeux de liberté et d'indépendance puisqu'elle rendait son détenteur maître de son temps.

Les aiguilles indiquaient à peine neuf heures du matin. Il avait deux bonnes heures devant lui pour curer ses rigoles, avant que Charles Van Dyck n'arrive au Chot avec son automobile à pétrole. Victor l'avait prévenu deux jours plus tôt. Van Dyck avait annoncé son arrivée en fin de matinée et Victor en avait conclu qu'il s'inviterait à déjeuner le plus naturellement du monde. Il en avait parlé à sa femme, que cette perspective n'enchantait guère. Oh ! ce n'était pas le fait d'offrir l'hospitalité à quelqu'un qui la chagrinait, mais plutôt de recevoir une personne dont elle dépendait. Monsieur avait beau être bien bon, il restait Monsieur, celui face à qui sa condition lui dictait de baisser les yeux. Mais comment refuser à son patron, le propriétaire des lieux, une assiette de soupe ou le casse-croûte de midi ? Sans doute, la veille, avait-il dû dormir à Toulouse… et passerait-il la nuit prochaine chez la veuve Manzac qui tenait l'unique hôtel de Mazères. Aussi, pour paraître moins gauche et emprunté pendant ce repas, Victor avait-il lancé la veille à François :

– Vous viendrez bien manger avec nous, ce tantôt ?

– Moi ? avait répondu François, un peu surpris de la proposition.

– Oui, vous !

– Mais pourquoi donc ?

– Oh ! Vous connaissez bien le patron…

– Certes, je lui ai offert l'hospitalité quand il était sur le chemin de Saint-Jacques…

– Et puis, vous connaissez bien le pays, ça sera plus facile de lui expliquer comment ça se passe ici.

– Vous en savez autant que moi maintenant.

– Oui, mais vous n'êtes pas à son service comme nous…, finit par lâcher Victor.

– Ah ! alors entendu, je viendrai…, répondit François, qui comprenait mieux maintenant le sens de l'invitation.

– Pour l'occasion, Madeleine va faire une « mounjetade », comme vous dites ici… Ça vous ira ?

François avait acquiescé, se gardant bien de rapporter à Victor ce qu'il avait appris la veille en descendant à Mazères pour faire mettre un fer à Grisou. Alors qu'il attendait que le vieux Bajouet finisse le cerclage d'une roue, il avait vu arriver le père Dubois, une figure de la vie locale, une pipelette patentée de la petite bourgade ariégeoise. Son activité principale était de colporter les ragots de boutique en commerce. Il ne fallait pas lui confier un secret : dans l'heure qui suivait, les confidences risquaient d'être ébruitées aux quatre coins du canton, au plus grand bonheur des commères qui passaient leur vie à écarter le rideau de leur fenêtre pour épier le quidam et leurs voisins.

Le père Dubois était d'un abord pittoresque : sans âge, le plus souvent mal rasé, le col de la chemise d'une propreté douteuse, le pantalon retenu par une simple ficelle, il avait le béret éternellement vissé sur la tête. Le teint rouge et le nez fleuri, il chiquait à longueur de journée, débitant d'une voix cassée des tirades de sous-entendus entremêlées de jets spasmodiques de salive jaunâtre. Dubois avait le chic pour s'immiscer dans les conversations. Si les plus sérieux l'évitaient ou ne lui prêtaient qu'une oreille distraite, certains, mal intentionnés, profitaient au contraire de sa présence pour annoncer quelques fausses nouvelles et répandre ainsi des rumeurs infondées, assouvissant parfois de froides vengeances qui détruisaient les réputations les plus solides.

– Alors, quoi de neuf ? lui avait lancé Dubois en l'apercevant, assis sur un banc, à l'entrée de l'atelier.

– Oh, rien !… Mon cheval a perdu un fer, voilà tout…, répondit prudemment François.

– Faut bien que Bajouet ait du travail…

– Bien sûr…, acquiesça François en continuant de regarder par terre, peu désireux de bavarder avec le bonhomme.

– Tu n'habites pas sur le coteau, toi ?

– Si, pourquoi ?

– Té… tu sais pas ce j'ai appris pas plus tard que ce matin ? Il y a un type d'une ferme vers chez toi, un pauvre bougre, qui avait emprunté de l'argent à un de ses voisins, celui qui a la plus belle borde du pays, pour faire enterrer son fils…

– Ah bon ?

– Oui, et comme l'autre, il ne pouvait pas le lui rendre, le prêteur voulait que le malheureux lui fasse une promesse de vente de sa terre, mais pas au prix qu'elle valait, tu comprends…

– Ça s'est passé dernièrement ?

– Oh non, il y a bien plus d'une paire d'années !

– Et c'était qui ? demanda François.

– On m'a dit les noms, mais je m'en rappelle plus déjà… Quelque chose comme Ricou, je crois !

– Comment tu dis ?

– J'en suis pas sûr… Gilloux, ou Beaudry, peut-être…, hésita Dubois.

– Ça serait pas Cassou, des fois ? fit François en levant la tête, soudain intéressé.

– Oui, c'est ça. Cassou, ça me revient.

– Et l'autre nom, ce n'était pas Marty ?

– Mais tu les connais, ma foi ! Oui, ça ressemble aux noms qu'on m'a dits, en effet.

– Et alors, il s'est passé quoi ?

– Ils se sont disputés ! Paraît que ça volait dans tous les sens… C'est tout juste si le coq de village, il a pas rossé le pauvre type. Comme il ne pouvait pas lui rendre l'argent, le gros a fini par lui dire qu'il aurait sa peau… et sa ferme !

– Qui t'a raconté tout ça ?

– Un type de vers chez toi qui buvait un coup à l'auberge Monteil… Je ne le connais pas ! Il rapportait ce qu'on lui avait dit quelques jours avant, à propos d'une grange qui aurait brûlé !

– Et on lui avait dit ça ?

– Il le tenait d'un gars qui était derrière une haie en train de poser culotte ! Attends, c'est pas tout… Paraît que la femme du pauvre bougre, de ce Cassou comme tu l'appelles, elle serait tombée brusquement malade à quelque temps de là, la même semaine, figure-toi, où un gars aurait vu la femme de l'autre ramasser des herbes au bord du chemin !

– Elle avait des lapins à nourrir, sans doute…, répondit François.

– Non, ces herbes, ce n'était pas des coutènes ! Elle les choisissait soigneusement en regardant dans un petit carnet de temps en temps…

– T'en es sûr ?

– Tu ne me crois pas ? répondit Dubois, vexé.

– Si, bien sûr…

– Tu vois ce que ça veut dire ? murmura Dubois.

– Elle cueillait des simples pour préparer des tisanes peut-être…, suggéra François sans y croire.

– Pour soigner des coliques ? Hum… tu plaisantes, un vrai bouillon de onze heures, oui ! D'ailleurs, paraît que l'autre malheureuse a crevé peu après…

– Et aux gendarmes, il a rien dit, ton type ?

– Oh ! les cognes, moins on les voit, mieux on se porte ! Bon, allez, je vais être en retard. Je m'en vais…

François avait regardé Dubois s'éloigner, pensif. Les racontars du vieux, même s'il fallait les prendre avec précaution, l'avaient un peu ébranlé. Connaissant les Marty et leur méchanceté légendaire, on pouvait s'attendre à tout avec eux. De plus, il savait que la vieille Margot avait la réputation de ne rien ignorer sur les herbes. Son gros carnet noir renfermait nombre de secrets que le pharmacien de Mazères, habile préparateur d'onguents et de potions, lui enviait. Plus François y pensait, plus cela lui paraissait évident : Marie Cassou n'était pas morte de mort naturelle. On l'avait sûrement aidée à trouver le chemin du cimetière plus vite que le bon Dieu ne l'avait prévu ! Tout concordait trop bien pour croire au hasard. François, en rentrant à la métairie de Saint-Jacques, s'était bien gardé d'en toucher mot à Augustine dont il connaissait la langue perfide et fourchue. Mais il avait ressassé toutes ces idées en se demandant si la Pauline pouvait être au courant d'un tel forfait. Depuis, il n'arrêtait pas d'y penser.

Les lointaines cloches de Mazères venaient juste de sonner quand François Donnadieu, le front en sueur, penché sur le manche de sa bêche, entendit un bruit de pétarade sur le chemin au-dessus du pré de Laffon. Il n'y avait pas de doute. C'était une voiture. Charles Van Dyck était en avance. Décidément, ces automobiles étaient de plus en plus rapides. Depuis 1903, date où Louis Renault avait dépassé les 100 kilomètres à l'heure, le moteur à explosion avait envahi la vie quotidienne : les camionnettes et les autobus commençaient à se multiplier dans les villes, ruinant le commerce séculaire des fiacres et des diligences.

Désormais, le progrès mécanique imprégnait ce siècle au quotidien et même ici, en campagne, on n'était pas épargné de ces nauséabondes odeurs d'essence qui empuantissaient l'air plus sûrement que n'importe quelle déjection animale. Oh ! certes, ces automobiles à pétrole étaient encore peu nombreuses. On n'en comptait que 150 exemplaires dans tout le département, principalement de deux à quatre places. Partout, à Mazères comme ailleurs, elles étaient la propriété de quelques notables. Mais déjà, prenant le vent de l'Histoire, des mécaniciens habiles, hier simples réparateurs de bicyclettes, s'étaient transformés en garagistes tel Roou à Saverdun, spécialiste des De Dion Bouton comme le proclamait fièrement l'affiche pendue au-dessus de son atelier. Ainsi allait ce début du siècle qui accélérait le temps, sortant lentement les campagnes immobiles du rythme millénaire des saisons et des jours.

François Donnadieu interrompit son travail. Vers le haut du pré, là où le chemin faisait un virage plus serré, un bref instant, il aperçut, suivi d'un nuage de poussière, une automobile beige, sans pouvoir distinguer si le conducteur, vêtu d'une pelisse, coiffé d'une casquette et portant des lunettes, était bien Charles Van Dyck. En tout cas, si c'était lui, il n'était pas dans la bonne direction. Le chemin ne menait que chez les Marty ! Il avait juste le temps de rentrer chez lui pour faire un brin de toilette après cette bonne suée qui avait trempé sa chemise. S'essuyant rapidement le front, la bêche sur l'épaule, il se hâta vers chez lui, coupant à travers champs pour aller plus vite. Accueilli d'un bref jappement par Matamore, il se précipita vers la pompe pour se laver les mains et se décrasser grossièrement. Mounette, la chatte qui passait ses jours sur le rebord de la fenêtre et ses nuits à chasser, leva à peine la tête.

– Ah, tu reviens bien tôt ce matin…, constata Augustine.

– Je vais chez Victor. Van Dyck est arrivé, expliqua François en enlevant son bourgeron.

– Hum ! Bien sûr…

– Quoi ? qu'est-ce qu'il y a ?

– Oh ! il n'y en a que pour eux, tu pars ventre à terre sans même me demander si j'ai besoin de quelque chose !

– Tu sais bien que Victor m'a invité à déjeuner…,

argua François en se curant rapidement les ongles avec la pointe de son couteau.

– Oui, et qui va faire le travail pendant que monsieur va se goberger ? répliqua la vieille, l'air plus acide que jamais, en le suivant jusqu'à la porte basse de la chambre.

– Bah ! qu'est-ce que tu racontes ! De toute façon, ce n'est pas toi qui fais les rigoles dans les prés...

– Oh, j'en ai fait ma part du travail ! maugréa-t-elle, avant d'ajouter en patois entre ses dents, juste assez fort pour que François entende : « Nousaus pouden pos fainéanteja ! »

– Qui te parle de fainéanter ? Je vais manger chez eux et je reviens, c'est tout ! rétorqua François, agacé.

– Moun dious ! Si j'avais parlé comme ça à mes parents, ils m'auraient retourné la tête ! grogna Augustine en tournant les talons.

Sommairement récuré, un chapeau plus convenable sur la tête, vêtu d'une chemise propre et d'un pantalon, certes un peu usagé, mais néanmoins sans pièces ni raccommodages, François avait meilleure allure. Le visage nettoyé, la fatigue semblait moins lui creuser les traits et il s'en trouvait presque rajeuni. Dehors, un léger souffle faisait frémir les bourgeons d'acacias qui n'attendaient qu'un rayon de soleil pour faire éclore leurs feuilles et libérer leurs grappes de fleurs blanches, embaumant l'air d'un parfum délicat. François respira profondément. L'arrivée de Charles Van Dyck en voiture n'avait pas dû passer inaperçue. Prenant le chemin du Chot, Matamore lui fit un brin de conduite, remuant la queue fièrement comme pour un départ en promenade.

Marchant d'un bon pas, François arriva bien vite chez Victor et Madeleine. Devant la ferme du Chot, à l'abri des massifs de buis vert, était stationnée la belle automobile beige, tout à fait anachronique dans le décor champêtre. Décapotée, la machine était splendide avec ses sièges luxueux capitonnés en cuir rouge et ses cuivres rutilants qui entouraient le radiateur, les phares et les marchepieds, venant souligner leurs formes élégantes. Même les roues avec leurs rayons en bois verni et leurs moyeux en métal poli témoignaient d'une recherche esthétique. On ne voyait pas de tels modèles à Mazères, ni même à Saverdun ou à Pamiers. François marqua un temps d'arrêt, puis fit le tour de la voiture. Cette magnifique bête de race devait coûter fort cher, plus d'argent qu'il ne pourrait sans doute lui-même jamais en gagner, pensa-t-il. Il détaillait la mécanique avec admiration quand la porte de la ferme s'ouvrit, laissant apparaître la haute silhouette de Charles Van Dyck.

– Ah ! Monsieur Donnadieu…, lança Charles en le voyant, tandis qu'à ce salut, François, par réflexe, ôtait prestement son chapeau.

Charles Van Dyck, le visage éclairé d'un grand sourire, ne ressemblait en rien au pauvre hère qu'il avait trouvé, presque deux ans auparavant, évanoui sur un chemin de campagne. Il était vêtu avec élégance d'une redingote grise et d'une cravate Lavallière chamois. Il émanait de sa personne la distinction naturelle des gens bien nés. Les traits fins et réguliers, le teint clair, les yeux bleu pastel, le port altier, Charles Van Dyck respirait la réussite et l'aisance du notable citadin assis sur une solide fortune.

– Monsieur Van Dyck… J'admirais votre véhicule ! répondit François, un peu impressionné par la prestance de son interlocuteur.

– Elle est belle, n'est-ce pas ?

– Oui, on n'en voit pas souvent des semblables par ici…

– C'est une Darracq V 14 avec un moteur de 3 litres !

– Ah bon ! répondit François, dont les maigres connaissances automobiles se limitaient aux noms de Clément Bayard, Renault, Peugeot ou Dion Bouton, marques que l'on voyait circuler à Mazères et en basse Ariège.

– Oui, elles sont fabriquées à Suresnes. Figurez-vous qu'en 1905, un modèle Darracq équipé d'un moteur de 200 HP a même atteint 176 kilomètres à l'heure !

– Je préfère aller un peu plus lentement ! dit François en souriant, avant d'ajouter : « Qui veut voyager loin ménage sa monture... »

– C'est le progrès, monsieur Donnadieu ! Je devais aller un peu vite, d'ailleurs, car figurez-vous que je me suis perdu en arrivant. J'ai raté le chemin et je me suis retrouvé dans une belle ferme, pas très loin d'ici, mais chez des gens pas très aimables..., dit Charles en le prenant par le bras, comme une vieille connaissance.

– À Pissaurel ? Chez les Marty ?

– Oui, c'est quelque chose comme ça que m'a dit le vieux bonhomme à qui j'ai demandé mon chemin.

– Mathurin n'est pas très causant, répondit François en regardant Victor, ne sachant pas ce que ce dernier lui avait raconté.

– J'ai hâte de voir comment pousse ce pastel. Victor m'a dit que les feuilles avaient déjà bel aspect. Puis il ajouta : Sans vous, cette entreprise n'aurait pu être en aussi bonne voie aujourd'hui !

– Oh, je n'ai pas fait grand-chose...

– Ne protestez pas, mon ami, vous êtes trop modeste. Je sais tout ce que nous vous devons et je voulais justement vous en remercier : non seulement vous avez accueilli mes gens, mais, grâce à vous et à vos conseils, ils ont pu lancer cette nouvelle culture dont je risque d'avoir bien besoin pour mes usines.

– Vous savez, c'est eux qui ont défriché, labouré et semé…, répondit François en désignant Victor, qui se tenait devant la porte, le chapeau entre les mains, retrouvant le regard humble et effacé du serviteur devant son maître.

– Il n'empêche. Je sais ce que je vous dois et je tiendrai mes promesses…, assura Charles.

– Monsieur déjeunera peut-être avant d'aller voir les champs ? J'ai justement préparé un plat du pays…, proposa Madeleine d'une voix mal assurée, qui pour l'occasion arborait un tablier blanc de cuisinière sur sa robe du dimanche.

– Soit ! Déjeunons…, acquiesça Van Dyck. Nous pourrons ainsi bavarder un peu de notre affaire !

Alors qu'ils rentraient dans la salle de la ferme que Madeleine avait récurée de fond en comble et décorée de grands bouquets de forsythias pour rendre le modeste logis plus souriant, deux silhouettes accroupies derrière un massif de buis vert chuchotèrent brièvement avant de s'approcher par bonds de la voiture de Charles Van Dyck. Tandis que la plus grande, et la plus jeune sans doute, se dissimulait pour faire le guet à l'abri d'une aile du véhicule, l'autre, plus âgée sortit un solide couteau de poche dont la lame épaisse brilla en bref éclair au soleil et se glissa sous la voiture. Qui aurait vu ses yeux en cet instant aurait été glacé de la détermination meurtrière qu'il aurait pu y lire. Une étrange lueur dansait au fond de ses prunelles, dépassant l'irrationnel pour tirer sur la folie. La silhouette trapue se contorsionna quelques secondes sous le moteur, puis, son forfait accompli, se redressa sans s'attarder et s'éloigna rapidement, suivie de l'autre, telle son ombre. Seul le vent léger qui chassait quelques cumulus de beau temps vers les sommets encore enneigés des Pyrénées conserva l'écho des quelques mots qu'ils échangèrent sur le chemin du retour :

– Père, c'est grave… Vous auriez pas dû…

– Caio té ! T'as rien compris, « banastre » !

– Mais s'il lui arrive quelque chose ?

– Justement ! Plus de patron, plus de pastel, et donc plus de fermiers !…

Un vol de corneilles passa à tire-d'aile au-dessus de leurs têtes pour piquer vers la plaine de Mazères en poussant des cris d'effroi. Nul excepté Dieu ne pouvait savoir ce qui les faisait fuir ainsi : la saison des amours qui battait son plein ou la perspective d'un crime.

8

Dans le tumulte d'un été

Charles Van Dyck ne semblait pas troublé par le pauvre intérieur qui l'accueillait. Il paraissait aussi à l'aise sur une chaise à la paille usée que sur le confortable canapé Napoléon III de son salon de Saint-Omer. De plus, il avait à l'évidence bon appétit et la cuisine campagnarde de Madeleine ne semblait pas heurter ses habitudes de bourgeois plus habitué à la porcelaine de Sèvres qu'aux couverts des Cassou. Tandis que Madeleine, s'efforçant de faire bonne figure, demeurait debout, selon la tradition de son pays d'adoption, vaquant à la cuisine pour servir les hommes et devancer leurs moindres désirs, Victor, lui, restait silencieux, mal à l'aise quoique chez lui, face à ce patron avec lequel, pour la première fois, il partageait un repas, lui qui d'ordinaire était tout juste admis à manger à la cuisine du château. Il se sentait d'autant plus gêné qu'avant de s'asseoir, Charles Van Dyck avait dit naturellement un bénédicité, ce que les Verbeck ne faisaient plus depuis belle lurette, atteints par la déchristianisation ambiante d'un siècle scientiste.

– Quand comptez-vous commencer les premières cueillettes ? demanda Van Dyck à Victor.

– Pas avant deux mois et demi, au moins, monsieur, répondit Verbeck.

– Deux mois et demi, ça veut dire vers la mi-juin ? Rien à attendre plus tôt ?

– Non. Il faut que les feuilles mûrissent, mais on ne chômera pas pour autant d'ici là. On aura à désherber régulièrement, à sarcler les plants et surtout à les éclaircir pour qu'ils puissent grandir à leur aise, expliqua Victor.

– Vous y arriverez tous les deux ?

– Le travail ne se fait pas tout seul ! Presque quatre hectares à la main, assurément ils auront besoin d'aide, intervint François.

– J'y avais pensé, répondit Charles en hochant la tête, avant d'ajouter à l'adresse de Victor : Embauchez deux ou trois tâcherons ! Tenez le compte des journées qu'ils font et transmettez à maître Lacoste. Il a délégation pour payer en mon nom.

– Bien, monsieur.

– Quant à vous, François, vous devez bien connaître quelques journaliers sérieux et travailleurs, non ?

– Ça peut se trouver… surtout si vous les payez correctement, répondit Donnadieu.

– Vous savez tous les deux que ce projet me tient à cœur. Je ne veux pas risquer de le voir échouer pour économiser trois sous. La situation avec l'Allemagne reste à la merci d'une étincelle et je veux pouvoir produire mon colorant rapidement. Je vous fais confiance pour mener cette entreprise à bien. Bon, maintenant, allons voir ce pastel. Je voudrais rentrer à Toulouse ce soir…, conclut Charles en repoussant sa chaise, avant d'ajouter : Merci Madeleine. C'était très bien !

Dehors, le vent avait forci, agitant le pêcher en fleur qui, à l'entrée du potager, ajoutait une touche rose tendre à la verdeur printanière. Accompagné de Victor ouvrant le chemin, Charles Van Dyck marchait d'un bon pas, sans prêter attention à ses bottines de cuir fin peu appropriées au terrain. De Gallibert aux Cussols, de Millague au Soulleillas, il fit preuve d'une inépuisable curiosité pour les choses de la terre, s'intéressant à l'exposition des parcelles, à la qualité des sols, aux différences qu'elles pouvaient générer sur la croissance des plants, posant une foule de questions avec une passion presque juvénile. Il voulait tout savoir, ce qui obligeait Victor à sortir de sa poche son carnet à couverture de moleskine. Entre la visite de deux parcelles, François, un peu gêné, finit par demander à Charles Van Dyck si le but de son pèlerinage avait été concluant.

– Le Seigneur m'a donné un fils…

– Et comment vous l'avez appelé ? demanda François.

– Hippolyte-Marie… Hippolyte en l'honneur de mon père et Marie en celui de la Vierge qui a intercédé pour nous auprès de Dieu, répondit Charles, les yeux brillants.

– Ah ! fit François, en pensant que Désiré eût été plus approprié.

Vers les quatre heures, après avoir arpenté la ferme du Chot en tout sens, Charles Van Dyck annonça son départ. Victor, tout au long de sa visite, s'était bien gardé de parler des Marty. Quand Van Dyck s'était inquiété du sinistre et des murs encore noircis de la grange, il avait balbutié de vagues explications embarrassées. Emporté par sa passion pastellière, Charles n'avait pas cherché à en savoir plus.

À présent, à nouveau revêtu de sa pelisse, coiffé de sa casquette fourrée, les lunettes au front, Charles tournait la manivelle pour lancer le puissant moteur de la Darracq.

Après un bref hoquet, dans un léger nuage de fumée, le moteur démarra, émettant le son harmonieux et mélodique de son puissant quatre-cylindres. Van Dyck leur annonça qu'il repasserait sans doute au mois de juillet pour voir la meilleure cueillette des feuilles du pastel, profitant de la cure de Thérèse à La Bourboule, comme chaque année. Il chaussa ses lunettes automobile, leur serra vigoureusement la main et démarra rapidement pour disparaître au bout du chemin.

Il n'avait pas fait huit cents mètres, abordant les premiers virages de la côte, que son pneumatique avant droit éclata, le faisant se déporter brutalement sur le bas-côté.

– Mon Dieu ! eut-il juste le temps de laisser échapper.

L'instant d'après, sa roue mordait l'accotement, précipitant le véhicule et son conducteur dans le fossé par chance peu profond à cet endroit. En un temps qui lui parut long, Charles Van Dyck perçut en une série d'images rapides les grandes étapes de sa vie, de sa petite enfance à son départ de Saint-Omer, huit jours auparavant. Les visages de sa mère, de sa femme Thérèse virevoltaient, sarabande digne d'un kaléidoscope. C'est comme ça qu'a dû mourir mon père, pensa-t-il dans une fraction de seconde, au moment où la Darracq heurtait le fond du fossé avant de rebondir, pour retomber plus lourdement ensuite, mais sans se retourner. Au rebond, Charles sentit une main énorme le happer et le tirer vers le haut, lui faisant entrevoir l'azur. Soudain, il fut dans la position de ces carottes que l'on arrache de leur tranchée sableuse. Puis, tout aussi brusquement, la sensation d'être suspendu disparut dans sa chute brutale sur une énorme touffe de chiendent.

À demi assommé, Charles manqua de perdre connaissance. Sa perception du monde devint cotonneuse. Tout dansait, tournait autour de lui. Il ferma les yeux quelques instants et, quand il les rouvrit, une violente douleur à la tête vint le rappeler à la réalité. Éjecté du véhicule, il avait atterri sur le bord du talus, là où par chance la terre était bien meuble. Charles mit plusieurs minutes à émerger de sa torpeur. Encore groggy, il remua les membres et constata que par miracle il n'avait rien de cassé. Sa casquette et sa pelisse avaient amorti le choc. Un peu rasséréné après ce rapide bilan, il esquissa un signe de croix, puis récita le Pater pour remercier Dieu de l'avoir épargné.

Ensuite, il entreprit de remonter la pente du talus où son accident l'avait expédié. Il se sentait tout meurtri, comme passé sous un de ces rouleaux compresseurs qui étalaient du coaltar sur les chaussées à la place des bons vieux pavés de jadis, si propices aux barricades et aux révolutions que le XIXe avait vues fleurir. Parvenu enfin sur le chemin, Charles leva les yeux sur le moutonnement des collines, essayant de s'orienter malgré son mal de tête. Il lui fallait retrouver la direction du Chot des Verbeck. Boitillant, le souffle court, encore un peu hagard et désynchronisé, il refit le petit kilomètre qui le séparait de la ferme. Là était le salut !...

À l'orée du chemin, entre les deux bras de la haie d'acacias qui conduisait à la ferme, Charles aperçut Victor qui, dans la cour, pour atteler son âne le faisait reculer entre les brancards d'un charreton. Il lui sembla être comme ces marins qui voient un phare en pleine mer démontée. Revigoré, il hâta le pas malgré sa jambe raide, à la fois trop fier et trop tendu pour crier ou appeler au secours. Victor tourna brusquement la tête, conscient d'une présence qui approchait. Dans son champ de vision, il distingua la silhouette de Charles Van Dyck, à une trentaine de mètres à peine. Il ouvrit la bouche, marquant un temps de surprise avant de s'écrier :

– Monsieur !

Il se précipita pour le secourir. Passant son bras sous son aisselle, il le soutint et l'entraîna pour le faire asseoir sur un banc en planches grossières. Par bribes, Charles lui conta son accident, pendant que Madeleine, alertée par son mari, courait quérir une bouteille de prune des Cassou. La bouteille était capuchonnée d'un mauvais bouchon de liège à demi cassé. Madeleine lui en versa une grande rasade qu'il avala d'un trait. L'instant d'après, la gorge en feu, Charles sentit le souffle de la vie galoper dans ses veines.

Réconforté, une couverture sur les épaules jetée d'autorité par Madeleine, Charles voulut revenir sur les lieux de l'accident. Il n'arrivait pas à comprendre ce qui s'était passé. À l'évidence, un pneu avait dû éclater sur les mauvaises pierres du chemin. Il fit plusieurs fois le tour de la Darracq. Malgré sa glissade brutale, vu de l'extérieur, le véhicule ne semblait pas trop abîmé, juste les garde-boue tordus et une aile dessinaient un angle curieux. En tout cas, à présent, même si on sortait la voiture du fossé, il était hors de question de rentrer à Toulouse le soir. Il fallait qu'un mécanicien vérifie son état de marche, expliqua-t-il. Victor lui proposa alors de passer la nuit au Chot. Van Dyck fut surpris et ému par cette invitation, mais, après avoir chaleureusement remercié son hôte, il lui demanda de le conduire à Mazères afin de trouver un hôtel d'où il pourrait appeler un médecin et un mécanicien.

Quatre jours plus tard, Charles Van Dyck ne gardait trace que de quelques meurtrissures d'une indéfinissable couleur bleu-jaunâtre grâce aux bons soins du Dr Soula qui lui avait prescrit un onguent de sa fabrication. Reposé, bien nourri par la patronne de l'hôtel, il était fin prêt pour repartir dans sa voiture réparée et révisée. Remonté au Chot avant son départ, au détour de la conversation, il fit part à François et à Victor de la surprise du garagiste qui s'était occupé de son véhicule…

Le pneu avant droit, responsable de l'accident du fait de son éclatement, présentait une entaille bien suspecte pour être l'œuvre d'une pierre coupante ! « On dirait un coup de couteau ! » avait observé le mécanicien. Cette remarque avait incité Charles à aller voir les gendarmes et à porter plainte pour malveillance. Mais le brave pandore ne lui avait pas caché qu'il serait bien difficile de trouver l'auteur éventuel d'un tel méfait. Cependant, pour François comme pour Victor, le coupable n'était pas un inconnu. À coup sûr, ce crime était signé Marty…

Deux semaines après le départ de Van Dyck, alors qu'à la métairie du Chot, Victor se préparait à accueillir trois journaliers fraîchement embauchés grâce à Azéma pour sarcler le pastel et commencer les premiers désherbages, Madeleine éprouva un premier malaise. Elle, d'habitude pourtant si active dès potron-minet, ne pouvait mettre le pied par terre sans que tout se mette à tourner. Elle était prise d'une envie de vomir qui lui retournait l'estomac comme une crêpe à la Chandeleur. Cela lui confirma ce qu'elle pressentait depuis quelque temps mais dont elle n'avait pas voulu parler à Victor. Il était trop préoccupé par son travail, trop tendu par sa fièvre pastellière…

Désormais, Madeleine n'avait plus de doute : elle était enceinte d'au moins deux mois ! Bien sûr, elle ne sentait pas encore la vie palpiter en elle, mais son instinct de femme ne la trompait pas. La pendule des Cassou sonna la demie de six heures. Mon Dieu ! D'ordinaire, elle était déjà au travail !… À demi dressée sur son lit, s'appuyant sur le traversin, le visage pâle, elle appela Victor qui faisait chauffer une cafetière de chicorée sur un réchaud à alcool.

– Victor... Victor !

– Tu te lèves ?

– Victor ! Je peux pas... Ah ! je suis mal !

– Qu'est-ce qui t'arrive ?

– Je... je crois que..., balbutia-t-elle.

– Qu'est-ce que t'as ?

– Je... enfin..., murmura-t-elle en rassemblant tout son courage, je crois que c'est bon !

– Qu'est-ce que tu dis ? Qu'est-ce qui est bon ?

– Je suis enceinte !

Victor faillit en laisser tomber la cafetière en tôle émaillée. Il se tourna vers Madeleine, la regarda d'un œil neuf, réalisant avec la lenteur qu'il sied aux choses importantes la portée de ces quelques mots. Ses cheveux dénoués, son épaule dénudée prenaient soudain un relief différent. En quelques fractions de seconde, ce n'était plus tout à fait la même Madeleine qu'il contemplait. Brutalement, il se trouva bête, ignorant. Il pâlit un instant, puis il sentit le sang refluer dans ses veines. Cette nouvelle le laissait sans voix.

Les jours suivants et tout au long du mois de mai, alors que le désherbage et le sarclage du pastel allaient bon train, cassant les reins des hommes, Madeleine, malgré ses nausées, fit de louables efforts pour tenir sa place. Il ne fallait pas seulement passer le « bigoucet » pour éliminer d'un coup de panne les plantes parasites, mais éclaircir encore et toujours les pieds trop multipliés ou les rejetons blessés par l'outil, puis chausser le pastel avec de la terre meuble permettant aux racines de croître et de s'épanouir.

Victor avait dit aux tâcherons qu'il ne fallait pas hésiter à diminuer le nombre de pieds et à laisser jusqu'à six à huit pouces de distance entre deux pieds. La récolte n'en serait que plus belle, car les feuilles parvenues à maturité seraient plus fortes et plus nombreuses. Face à leur scepticisme venant surtout de leur ignorance, il leur expliqua que si on laissait trop de pieds, la plante languirait, faute d'air et de nourriture. Alors qu'eux, à coup sûr, auraient jugé plus opportun de passer un bon coup de herse ou de cultivateur. « Ça irait plus vite… », s'entendit-il dire à plusieurs reprises. Les hommes avaient un peu de mal à le croire, peut-être à cause de son accent si différent. Quant à Victor, il ne comprenait toujours pas leur patois.

Jour après jour, l'air devenait plus doux et plus tiède, perdant même cette fraîcheur matinale qui faisait l'espérance du printemps. La rosée avait disparu et les prémices de l'été achevaient de faner les touffes violettes des derniers iris. Joueur et câlin, le vent sautait par-dessus les haies fleuries tel un zéphyr badin. Vers les dix heures, assis au pied d'un arbre, quand les hommes s'arrêtaient de sarcler le pastel pour la pause casse-croûte, partageant le pain, le vin et le « cambajou », ce jambon au goût inimitable de fumée, on eût dit un frisson, une caresse, presque un souffle divin. Comme une onde de bonheur, il effleurait la peau tannée des travailleurs avec la douceur d'une main de femme, faisant frémir les poils drus des avant-bras musclés.

Le soleil, déjà haut dans le ciel bleu des Pyrénées juste moucheté de quelques cirrus, dardait généreusement ses rayons sur la terre du Lauragais, dégageant dans le fond des vallons une légère brume, une sorte de halo évanescent qui effaçait les souvenirs de l'hiver. Par endroits, en fin de matinée, sur les pentes ensoleillées, on entendait le « tchtt-tchtt » cadencé de la lame des faucheurs qui avaient commencé à grignoter quelques carrés de luzerne de l'arc de cercle de leur « dalho ». Ainsi allaient les jours dans l'insouciance de l'histoire d'un siècle bien entamé, au rythme balancé des valses et des polkas piquées. Seul, à la ferme de Pissaurel, Mathurin Marty ne décolérait pas, ruminant soir après soir sa rancœur devant une femme mentalement absente, un fils au visage idiot et une bru qui, la main serrant l'œuf de bois glissé dans la chaussette trouée, se concentrait à bien passer et repasser les fils de laine pour en raccommoder le talon.

– Ah, je les chasserai, macarel ! je les chasserai ! tonnait-il parfois.

– Oui, père... On les aura ! murmurait Léopold entre deux diatribes.

– Es pas possible ! Milo Dius ! On verra bien qui est patron ici...

Vers le 15 juin de cette année 1914, deux mois après les premières levées de ce pastel qui avait désormais retrouvé la terre du Lauragais, alors que les premières meules de foin commençaient à s'élever çà et là dans la campagne, sentinelles immobiles d'un paysage millénaire, François, son labrit Matamore marchant devant, croisa Victor sur le chemin de Millague. Il rentrait fourbu, la bêche sur l'épaule, dans la lumière du soleil couchant qui tombait comme à regret par-dessus la ligne de crête rouge des Pyrénées. S'arrêtant sous un frêne fraîchement paré de son ramage, il posa son outil et s'appuya dessus, tandis que François lui demandait :

– Alors, ça mûrit comme vous voulez ?

– Ça avance... Ça avance... !

– Comment vous le savez ?

– Les feuilles s'affaissent un peu ! répondit Victor.
– Vous allez commencer la récolte quand ?
– Bientôt, dans quelques jours... Je pense qu'alors le pastel sera mûr...
– Les feuilles ne doivent pas jaunir, n'est-ce pas ? demanda François, qui se souvenait de ce que Victor lui avait dit à l'automne.
– Elles vont juste changer légèrement de couleur...
– Et les tâcherons ? Alors, c'est fini pour eux de sarcler, maintenant ?
– Non, il faut continuer à enlever les mauvaises herbes, et surtout « la bourdaigne », ce pastel bour, vous savez, qui se glisse toujours parmi la bonne plante quand on sème les graines.
– La récolte va vous prendre du temps, non ?
– La première fois sans doute. D'abord, parce qu'on l'a jamais fait, mais surtout parce qu'on ramasse feuille par feuille...
– Et la deuxième, vous la ferez quand ?
– Ça dépendra du temps... S'il fait chaud, elle aura lieu plus tôt, un bon mois après, normalement. De toute façon, entre chaque cueillette, il faudra bien biner les pieds, j'aurai donc besoin des gars ! Sans compter qu'ils m'aideront à les rincer à la rivière !
– Ça ne va pas salir le ruisseau de les nettoyer dedans ?
– Pensez-vous ! C'est juste pour ôter la terre du pied... Après quoi, une fois jetées dans un sac et expédiées, elles ne me regardent plus !

François avait hâte de voir ce pastel mûr récolté. Cette culture, héritage d'un passé lointain, restait encore à ses yeux un peu mystérieuse. Elle dérangeait l'enchaînement banal des travaux ordinaires, suscitant étonnement et commentaires chez les cultivateurs du voisinage. François avait bien vu Victor construire, avec des baliveaux grossièrement liés par des brins d'osier, des sortes de grandes claies pour stocker les feuilles nettoyées et leur permettre de s'aérer rapidement au vent de juin, il n'en demeurait pas moins, comme la plupart dans le pays, un rien dubitatif, à cause de cette méfiance paysanne qui mélange bon sens et suspicion.

D'ici à la récolte des premières feuilles prévue pour la Saint-Jean, cette fin de printemps 1914 promettait un bel été. Fortifiée par quarante années de paix, la France de cette Belle Époque cultivait un bonheur fragile et innocent. Même la diplomatie se préparait à partir en vacances. Le Kaiser se réjouissait de sa prochaine croisière sur la Baltique, tout comme le président Poincaré de son voyage officiel chez le tsar qui, en plus de l'agrément du séjour, renforcerait l'alliance franco-russe chère à Théophile Delcassé, l'inamovible ministre des Affaires étrangères du début de ce siècle. Dans les écoles primaires, les hussards de la République bouclaient les programmes, dernière étape avant d'entamer les révisions des premiers jours de juillet qui allaient conduire les plus grands aux portes du certificat d'études. Désormais les débuts d'après-midi incitaient pourtant plus à la sieste qu'à se mettre au travail.

Comme toujours, la Saint-Jean avait été une belle fête. Ici, dans ces coteaux parsemés de fermes isolées nichées dans un vallonnement qui évoquait la Toscane, la tradition était de se retrouver le 24 juin chaque année dans la cour d'une ferme différente pour y allumer un grand feu autour duquel la jeunesse des environs venait danser et chanter. Le lieu une fois choisi, chacun y apportait son fagot, et le bois s'empilait autour d'un mât qui servait de support au bûcher. Le soir venu, les bêtes rentrées, après le travail à l'étable, jeunes et moins jeunes se rassemblaient, les filles chaperonnées par les mères et les tantes, les hommes amenant toujours quelques bouteilles de vin dans des paniers en osier couverts d'un linge blanc pour compléter celles que l'hôte de l'année ne manquait pas de fournir.

Quand l'obscurité était complète, un briquet d'amadou enflammait un tampon de paille qu'une main glissait sous le tas de fagots. En quelques secondes, dans le grésillement des branches sèches, le feu démarrait, souvent attisé par le vent de la montagne. Même les plus téméraires reculaient sous l'effet de la chaleur. En cet instant, les garçons saisissaient la main des filles pour danser la farandole au son d'un fifre ou d'un accordéon invité pour la circonstance. On s'accrochait les uns aux autres, bras dessus bras dessous, sous l'œil des papets et des ménines assis sur des chaises ou des bancs de fortune, qui se murmuraient à l'oreille les souvenirs de leur jeunesse passée.

La farandole endiablée durait le temps du brasier. Quand il ne restait plus qu'un rougeoiement de braises, venait le temps des sauteurs. Les garçons les plus audacieux, après avoir posé leur bourgeron, les manches de chemise retroussées, s'élançaient d'un bond au-dessus de l'incandescence qui éclairait la cour de la ferme en donnant aux uns et aux autres une dimension dantesque. Les sabots ferrés dérapaient dans la poussière, provoquant parfois de belles cabrioles involontaires qui arrachaient des cris d'admiration. Pour beaucoup, c'était le moyen d'épater les filles que l'on voyait tous les jours, gardant les bêtes ou l'échine courbée sur un carré de glèbe. Ce soir-là, elles gloussaient, pouffaient de rire, applaudissaient les prouesses de ceux qui aspiraient en secret à être leur galant.

Cette année-là, on avait fêté la Saint-Jean chez les Azéma. Pour régaler son monde, le vieux avait même mis en perce un petit barricot de trente litres, juste de quoi passer une soirée que tous se plairaient à se remémorer les soirs de l'hiver prochain, à la veillée. Tout le monde était là : les Rouch, les Maillard, les Laurens, les Soula, les Marrot. François Donnadieu était venu chercher les Verbeck avec Grisou, pour que Madeleine n'ait pas à se fatiguer en parcourant les deux bons kilomètres qui séparaient les deux fermes. Naturellement, des environs, seuls les Marty manquaient à l'appel. Pauline aurait bien aimé rejoindre la compagnie, mais un simple regard de son beau-père l'avait dissuadée d'évoquer cette éventualité.

La récolte des feuilles de ce pastel qui avait la banale apparence d'un vulgaire pissenlit défraîchi avait commencé la veille des festivités de la Saint-Jean. Depuis quelques jours déjà, Victor était sur les charbons ardents. Il parcourait ses pièces de terre en tous sens, arrachant une feuille par-ci, une feuille par-là, les triturant entre ses doigts les humant parfois avant de les serrer dans un carré de linge blanc pour en éprouver la qualité. François le regardait faire, un peu amusé de ses mimiques. Il savait bien qu'il cherchait à déterminer le point de maturation, celui où la plante donnerait le meilleur d'elle-même, c'est-à-dire tout son suc. Mais, comme il n'avait aucune expérience en ce domaine, il hésitait, multipliant les comparaisons pour obtenir une certitude qu'il remettait en cause à l'essai suivant. Il fallait pourtant prendre une décision. Sous le chaud soleil, les feuilles commençaient à s'affaisser. Le 23 juin au matin, alors qu'un banc de brume printanière s'attardait encore au creux du vallon où coulait le ruisseau du Gallibert, il lança à Madeleine qui réprimait tant bien que mal une nausée :

– Ce coup-ci, je crois qu'on pourra pas faire mieux...

– Tu es sûr que c'est bon ?

– J'en ai comme l'impression… Té, regarde, le jus sur le torchon !

– C'est comme ça que ça doit être ? demanda-t-elle.

– En tout cas, ça ressemble à ce qu'on m'a montré. Allez, Madeleine, faut se lancer… Prépare-nous de quoi nourrir les journaliers à midi… On va commencer la première récolte !

– Tu veux tout ramasser ?

– Non, juste ce qui est à point… Pas plus de trois ou quatre feuilles par pied. De toute façon, il faut garder des plants intacts pour faire de la graine l'année prochaine.

– Tu vas les laisser monter ceux-là ?

– Oui, je vais en laisser un sur dix pour cette année. C'est peut-être trop, mais on verra bien ce que ça rend.

Courbés sur la glèbe tels des insectes étranges, Victor et les trois journaliers embauchés comme tâcherons avaient arpenté les champs dès les premières lueurs de l'aube jusqu'à la tombée de la nuit. Le plus vieux d'entre eux, le père Pujol, était coiffé d'un béret grisâtre décoloré par l'alternance du soleil et de la pluie. Ce grand type, sec et osseux, n'était pas le moins alerte, bien qu'il eût largement passé la cinquantaine. Toujours en tête, c'est lui qui donnait la cadence aux deux autres, plus jeunes. Lentement, pied après pied, d'un coup sec du poignet, ils ramassaient feuille par feuille ce pastel qui verdissait leurs doigts avant de l'enfouir dans un sac de jute porté en bandoulière. Ils ne se relevaient qu'en fin de rangée, les reins cassés, pour jeter un œil distrait à leur voisin de file. Tous les dix ou douze rangs, ils s'arrêtaient cinq minutes, le temps de boire une gorgée de vin à la gourde cachée dans les fougères fraîches ou de rouler une cigarette d'un tabac noir et grossier. Le temps d'allumer leur briquet à essence dans le panache gras du lampant, de tirer deux ou trois bouffées de fumée bleutée qui se perdaient dans l'air tiède au gré des sautes du vent, de vider leur sac dans la grande claie de noisetier juchée sur le charreton, et déjà ils repartaient, le corps en équerre pour une heure de plus.

Les feux de la Saint-Jean étaient à peine éteints que *La Dépêche* et la presse locale se firent l'écho d'une tragédie qui venait de se produire dans les Balkans. À Sarajevo, en Bosnie-Herzégovine, on avait assassiné l'archiduc héritier ! Aux terrasses des cafés à Mazères, à Saverdun, comme un peu partout, on savait que les Balkans n'avaient jamais été une région calme. « Que voulez-vous... C'est un peu le chaudron du diable, ce n'est pas la première crise régionale qui y éclate ! » commentaient les hommes, coiffés de canotiers, en manches de chemise, sur le coup de midi en buvant des suze-citron à l'eau de seltz ou des bocks de bière mousseuse.

Il est vrai que déjà, en ce début de siècle, la guerre, plusieurs fois, y avait fait tonner le canon, opposant les grandes puissances de l'Europe par États vassaux interposés. La triple entente franco-anglo-russe et la Triplice italo-austro-allemande s'observaient. En Allemagne, von Moltke, le chef d'état-major, estimait qu'une conflagration générale était inévitable et que le plus tôt serait le mieux ! Là-bas, le feu couvait toujours sous la cendre. Le dernier conflit remontait à l'année 1913. « Ces peuples sont d'un naturel ombrageux et querelleur... », disait-on. Pourtant, ce printemps 1914 avait été marqué du sceau de l'apaisement et, d'une manière étrange, une accalmie trompeuse avait stabilisé les relations internationales et assoupi les rivalités. « Une tranquillité exceptionnelle régnait », selon le mot de Winston Churchill.

Depuis le congrès de Bâle, les idées pacifistes progressaient et Jaurès pouvait tonner en reprenant les mots du poète allemand Schiller : « Je briserai les foudres de la guerre qui menace… »

Mais en ce 23 juillet, l'Autriche parlait d'ultimatum… En quelques jours, la tension était devenue plus perceptible. On n'allait quand même pas se battre pour ça ! murmuraient les plus optimistes. À Mazères, dans la chaleur écrasante des fins d'après-midi, assis à la terrasse des bistrots, les hommes commentaient avec passion les dernières nouvelles en s'arrachant les numéros du *Petit Journal* que les messageries venaient d'apporter. Les feuilles sentaient encore l'encre fraîche. Dans le tourbillon des dépêches qui faisaient la manchette de la presse, personne n'osait y croire, partagé entre excitation et gravité. Quoi, Berlin adressait un ultimatum à la Russie… Alors, c'était donc vrai ! La guerre était imminente ?… L'humanité tout entière semblait avoir perdu la raison et le poète Charles Péguy pouvait écrire sans trembler : « Ce que nous allons faire ne vaut pas toutes les années d'une longue vie. » Tandis que le pacifisme de l'Internationale socialiste capotait avec l'assassinat de Jaurès, les syndicats en tête appelaient à l'union sacrée, convaincus d'une guerre juste, courte et glorieuse. Dans les rues de Mazères, déjà certains accrochaient les drapeaux aux fenêtres…

Le 1er août, en début d'après-midi, à Foix, le colonel Dardier reçut par télégraphe l'ordre de mobilisation du 59e régiment d'infanterie. Le 2 août, en début de matinée, à Mazères, à Pamiers, partout en Ariège et dans toutes les communes de France, les panneaux grillagés sur les bâtiments publics s'étaient couverts d'affiches aux drapeaux tricolores entrecroisés qui adjoignaient, par décret du président de la République, aux hommes des armées de terre et de mer de répondre aux prescriptions des pages colorées de leur fascicule de mobilisation. Les avis de l'Imprimerie nationale en dépôt dans les mairies depuis 1906 précisaient aussi que les animaux, les voitures et les harnais nécessaires au complément de ces armées seraient réquisitionnés. La main anonyme d'un employé de mairie avait simplement ajouté au crayon bleu sur la ligne vierge du premier jour de mobilisation la date du dimanche 2 août 1914. La nouvelle fit le tour du pays en quelques heures.

Descendu en ville aux nouvelles, François fut le témoin de cette agitation. Dans les rues, la foule était remplie d'allégresse. Il rentra presque au galop, faisant claquer les rênes sur le dos de Grisou peu habitué à un tel traitement. Ce qu'il venait d'apprendre méritait bien cette précipitation. L'Allemagne avait déclaré la guerre à la Russie la veille au soir à 19 heures. Cette fois, c'était sûr, il allait falloir se battre. Gagné par une ivresse arrosée de trois chopines, il s'arrêta précipitamment au Chot pour partager son émotion avec les Verbeck. Victor, assis en tailleur à même la terre, protégé du soleil par l'ombre de la grange, piquait sa faux sur l'enclumette fichée au sol.

– C'est la guerre !… C'est la guerre… ! clama François en sautant prestement de sa voiture.

– Quoi ? Qu'est-ce que vous dites ? répondit Victor en levant la tête.

– C'est la guerre ! répéta François, tout excité.

– Vous êtes sûr ?

– Ils commencent même à placarder les affiches de mobilisation !

– La mobilisation…, articula lentement Victor en essayant de se pénétrer de ce mot.

– Oui, la mobilisation générale ! Bon sang…, ce coup-ci, on va culbuter les Boches !

– Alors, on va vraiment y aller ?

– Hé, tout le monde doit rejoindre son unité au plus vite ! C'est où pour vous ?

– Dans le Nord, chez moi…, répondit Victor en se levant.

– Eh bien, il faut vous mettre en route sans tarder ! répliqua François.

– S'il faut défendre la patrie et la République, on ira… Je partirai demain matin.

– Ah ! Le Guillaume, il voulait la guerre !… Eh bien, on va lui montrer ! On va lui botter le cul et lui reprendre notre Alsace-Lorraine !

– Et mon pastel ?… Qui va le cueillir si on part tous ? Et les récoltes ? Qui va les rentrer ? murmura Victor, en réalisant soudain que Madeleine allait se trouver seule au Chot.

– Vous en faites pas. C'est l'affaire de quelques semaines au plus. Le père Pujol et moi, on reste là. Ma mère, Augustine, elle a pas tout à fait tort quand elle dit que je pourrais en faire plus… Je vous remplacerai. Ici, en dehors des Marty, on a toujours été solidaires… Allez, on se débrouillera ! le rassura François en lui mettant la main sur l'épaule.

François partit vers les autres fermes pour annoncer la nouvelle, Victor erra quelques minutes dans la métairie. Il avait tant à faire encore !… Madeleine était descendue au ruisseau rincer un peu de linge avant de l'étaler sur les prés au soleil. Ils venaient de finir d'expédier leur deuxième récolte de pastel. Dans quinze jours, ils auraient dû démarrer la troisième, la plus belle… Ils auraient pu attendre la fin du mois pour faire cette guerre. Maintenant, il fallait se préparer. Et le lendemain, il devrait partir. Partir ! Partir ! Ce mot lui résonnait dans la tête, plus grave que lugubre. Oh ! bien sûr, l'appel de la patrie ne supportait pas de tergiversations. Il ferait son devoir. Mais pour le pastellier qu'il était devenu, c'était la pleine saison. Certes, il n'était pas le seul dans ce cas. Les blés étaient en cours de moisson. Qui allait conduire les batteuses ? Si tous les hommes montaient au front, il ne resterait que les femmes, les vieillards, les infirmes et les gosses pour faire manger le pays. Heureusement qu'aujourd'hui, avec les armes modernes, toute cette histoire serait terminée pour les vendanges.

Victor passa sa dernière fin d'après-midi de civil à mettre le Chot en ordre de marche. Il affûta les outils, remmancha une fourche et une pioche, graissa et huila les roues des charrettes, rangea ce qu'il avait jusque-là négligé. Peut-être son absence serait-elle très courte. Il fallait que sa femme puisse s'en sortir sans trop faire appel au voisinage. C'était une affaire d'honneur. Certes, il pouvait compter sur François, sur le père Azéma et quelques autres pour donner la main. Mais si, dans une quinzaine, il était de retour, son départ ne serait pas trop préjudiciable. De toute façon, M. Van Dyck comprendrait s'il y avait un peu de retard dans l'expédition du pastel. Comme officier de réserve, il serait, comme lui, rappelé pour défendre la patrie.

Madeleine lui avait préparé ses affaires : un sac avec du linge propre, bien repassé, une pierre de savon, son rasoir, un petit carnet, un crayon papier à mine grasse, et même une fiole d'élixir parégorique pour les troubles digestifs dont il était coutumier. Sans le lui dire, elle avait ajouté une médaille de la Sainte Vierge bénie par le curé de Mazères pour l'Ascension.

Madeleine, malgré ses quatre mois de grossesse, avait tenu à descendre jusqu'à Saverdun pour accompagner Victor au train. Les recommandations de la mère Azéma, sa voisine, forte de ses trois fausses couches et de son unique accouchement, n'avaient pas réussi à la faire changer d'avis. « Ce n'est pas tous les jours que votre mari part à la guerre... », répétait-elle à celles qui lui conseillaient de rester à la maison. Cette guerre, que les journaux promettaient « courte, fraîche et joyeuse », quelque chose au fond d'elle-même lui disait qu'elle ne serait peut-être pas la promenade de santé à laquelle on faisait semblant de croire. « Une guerre, c'est toujours des morts ! » avait aussi lâché Augustine à François qui, gagné par l'euphorie communicative du temps, s'enthousiasmait, prêt à s'engager pour aller tirer les moustaches de ce Guillaume II et lui faire rendre l'Alsace et la Lorraine...

Partout les États-nations se précipitaient aux armes, comme saisis par une inflammation cérébrale subite qui faisait même jeter aux orties le pacifisme d'hier des socialistes militants. Jean Jaurès, l'apôtre de la paix, le premier mort de cette guerre, n'était pas même enterré que ses propres camarades décrétaient l'Union sacrée. Tous couraient défendre la patrie, accomplissant les rêves de Paul Déroulède, le fondateur de cette Ligue des patriotes, qui, en 1899, obnubilé par l'idée de revanche sur l'Allemagne et jugeant la République défaitiste, n'avait pas hésité à comploter contre le régime. On allait enfin reprendre l'Alsace et la Lorraine à ces salopards de Boches ! Aussi ce matin-là, le 3 août 1914, dans l'aube lumineuse d'une chaude journée d'été, alors qu'un léger vent du sud faisait onduler les blés presque mûrs d'un frisson de tragédie, François avait attelé Grisou pour les conduire à

Saverdun, la gare la plus proche, où les trains des rappelés feraient une brève halte avant de poursuivre vers Foix ou, pour d'autres réservistes, vers le dépôt de Toulouse, lieu du rassemblement des troupes.

François, réformé vingt ans plus tôt pour une blessure au genou, avait lui-même échappé à la mobilisation générale, tout comme son cheval à la réquisition d'une armée qui restait essentiellement hippomobile. Sur les conseils d'Augustine, pour une fois pleine de sollicitude envers Madeleine, il avait chargé une grosse fourchée de foin dans le charreton et installé deux coussins de crin afin que la future mère soit le moins possible secouée par les cahots du mauvais chemin. Il finissait de préparer sa carriole quand Léopold Marty arriva, presque endimanché, deux musettes en bandoulière. Lui aussi était sur le départ. Comme le vieux Mathurin n'avait pas l'intention de se déplacer pour l'amener à la gare, un peu penaud, il venait voir s'il ne pouvait pas profiter du charroi.

– On est tous des soldats maintenant, presque des frères..., balbutia-t-il d'une voix mal assurée.

– Si tu ne risquais pas de rater le train et de ne pas faire ton devoir, je te laisserais partir à pied ! gronda François, avant d'ajouter : Tiens, tu me fais pitié... On dirait un couillon constipé ! Si tu fais pareil avec les Boches, on n'est pas prêt de la gagner cette guerre ! Allez, monte...

Ils se serrèrent pour lui faire une petite place dans le charreton. Secoués par les cahots, Victor regardait Madeleine et Léopold fixait la crête des collines du Lauragais de son enfance. Avait-il quelques pressentiments ou se trouvait-il trop idiot pour engager une conversation avec ces gens que la veille encore il considérait comme ses ennemis ? Nul n'eût pu le dire en croisant son regard vide et terne. Ce grand escogriffe avait décidément plus de sottise que de malice ! pensait François en lui jetant de brefs coups d'œil par-dessus son épaule, tandis que les sabots de Grisou claquaient sur les pierres du chemin, emportant les rêves de tous.

Bien sûr, Saverdun n'était qu'une étape. Si Léopold, comme bon nombre d'Ariégeois, rejoignait le 259e R.I., régiment dérivé du 59e d'active qui faisait partie de la 34e division d'infanterie et se rassemblait à la caserne Gaston de Foix sous les plis d'un drapeau portant les noms des victoires napoléoniennes de Fleurus, Marengo, Friedland et Ciudad Rodrigo, d'autres Pyrénéens, tels les Couserannais, mobilisés à Saint-Gaudens, allaient retrouver une partie du 83e R.I.

Pour Victor, étranger à la région, le destin allait l'entraîner bien plus loin que l'horizon devenu familier des Pyrénées. Il regardait Madeleine intensément, l'air grave. La guerre sera très courte ! disait-on. Les plus pessimistes assuraient qu'à Noël au plus tard, tout serait terminé.

Victor, espérait être rentré pour la naissance de l'enfant que sa femme portait. Par un orgueil de mâle atavique, il se prenait parfois à dire « mon fils » en caressant sa chemise de nuit. Le ventre de Madeleine commençait à s'arrondir et il prenait plaisir à y coller l'oreille pour guetter les mouvements de cette nouvelle vie. Mais d'un seul coup, le bonheur avait pris ses distances. Ses papiers militaires lui adjoignaient de rejoindre au plus tôt le 208e de ligne, régiment de réserve issu de celui où il avait fait un service militaire de deux ans, juste avant que la loi n'impose un allongement à trois ans. Le 208e appartenait à la 2e division d'infanterie et au 1er corps d'armée commandé par le général Franchet d'Espèrey. C'était un régiment à deux bataillons, comme tous ceux de réserve. Victor Verbeck était affecté au premier et il avait juste quarante-huit heures pour rejoindre son poste avant d'être porté déserteur.

La cour de la gare de Saverdun était encombrée d'une multitude de voitures. Il y avait là plus de paysans que de bourgeois. Le peuple des campagnes se pressait pour partir au rendez-vous de la grande faucheuse. Il y avait tant de monde qu'il était impossible de se garer. Les hommes attendaient soit l'express pour Toulouse, soit l'omnibus pour Foix, selon leur lieu de mobilisation. À l'approche d'un train, dans l'air surchauffé, écrasés par le vacarme grandissant de la locomotive, les quais grouillaient d'une foule inhabituelle, chamarrée et gouailleuse, que quatre gendarmes débonnaires s'efforçaient de canaliser mollement. Un souffle nationaliste exaltait les cœurs, baignant l'air d'un parfum de folie. Les femmes n'étaient pas les moins démonstratives. Prodigues de baisers tendres ou passionnés à leurs maris, tantôt murmurant des serments à l'oreille de leur promis, tantôt écrasant une larme à la dérobée, elles offraient parfois des fleurs à ceux qui partaient se battre, témoignant que la faiblesse de leur sexe ne les empêchait pas de partager ces moments d'ivresse patriotique. Et dans une grande communion populaire, on embrassait quelquefois des inconnus qui feraient les morts de demain.

Sur le quai surpeuplé, Victor, Madeleine et François se frayaient péniblement un passage au milieu des sacs et des valises de tout format que les rappelés transportaient vers leur cantonnement. La plupart des hommes avaient une ou deux musettes en bandoulière. Du rabat de toile grossière, émergeait bien souvent le goulot d'une bouteille de vin. Tous étaient chargés de victuailles que leur femme, leur mère ou leur sœur avait tenu à leur faire emporter pour améliorer l'ordinaire d'une troupe dont le fayot constituait la nourriture quotidienne, aussi apte à lester les estomacs affamés par les longues marches réglementaires qu'à dégager des flatulences sonores. Une locomotive laissa échapper un long jet de vapeur.

Dans la cohue bon enfant, Léopold les avait suivis comme un chien fidèle, bien qu'il allât à Foix, c'est-à-dire dans la direction opposée. Victor l'aperçut en se retournant, mais le fils Marty, ôtant sa casquette, devança son étonnement et articula d'une voix forte pour se faire entendre :

– Je voulais vous dire…

– Quoi ? fit Victor dans le vacarme du train qui manœuvrait.

– C'est pour que vous sachiez… Avant que vous partiez comme moi…, continua Léopold.

– Eh bien quoi ?

– Je voulais vous dire que je voulais pas…

– Vous vouliez pas quoi ?

– Tout ! Tout ce qui s'est passé… Depuis le début. Vous savez, l'incendie de la grange, l'accident de voiture… c'est pas de ma faute !

– Ma grange brûlée, c'est pas de ta faute ?

– J'ai fait qu'obéir !

– Tu y étais ? demanda sèchement Victor.

– C'est le père qui a tout organisé, je vous le jure ! Moi, j'y suis pour rien…, balbutia Léopold.

– Réponds ! Tu y étais ?

– Oui…

– Tu mériterais que je te cogne !

– C'est le vieux qui m'a fait porter le bidon de pétrole…, mais c'est pas moi qui ai mis le feu ! articula péniblement Léopold.

– Pourquoi dis-tu ça maintenant ?

– Des fois que je reviendrais pas…, répondit Léopold en baissant les yeux.

François croisa le regard de Victor. Malgré le tumulte ambiant, il avait l'impression d'un grand silence. Cet aveu venait confirmer leurs soupçons. Sans doute, en cet instant Léopold était-il sincère. À l'aube de ce départ vers l'inconnu, loin de l'autorité féroce de son père, il disait assurément la vérité. Rendu docile à coups de trique ou de ceinture, il était à sa façon victime de sa famille. Il n'avait même jamais pu avoir autorité sur sa propre épouse, la belle Pauline, à qui il avait été incapable de faire un enfant. François trouva Léopold pitoyable soudain. Tandis que Victor serrait fort le poing au fond de sa poche, pour se retenir de le frapper, François Donnadieu lui dit d'une voix calme :

– Allez, va ! Tout ça, on le sait… Prends ton train sur l'autre quai maintenant. La France t'attend. On sait tous que tu feras mieux ton devoir que tu n'as été bon voisin…

9

Le sang des collines

La locomotive, une moderne Pacific 4501 aux roues de 1,85 mètre de diamètre, émit un long spasme de vapeur, presque douloureux, dans l'air surchauffé de la fin de matinée. Il fallait qu'on eût vraiment besoin de trains pour mobiliser une telle machine, plus utilisée pour la traction des convois de voyageurs de la classe bourgeoise. Déjà les portes des compartiments claquaient et aux fenêtres une multitude de têtes se penchaient une dernière fois pour regarder les parents et les amis devenus soudain des civils. L'exaltation nationaliste faisait battre les cœurs. « À Berlin ! À Berlin ! » écrivaient naïvement certains sur la peinture verte des wagons de 3e classe. Par une tragique inconscience, ils ignoraient qu'à un millier de kilomètres plus au nord, des jeunes du même âge qu'eux mais de culture germanique écrivaient avec autant d'ardeur et d'illusion « *Nach Paris !* » sur les portes tôlées des wagons allemands, et que le choc des nationalismes n'allait mener qu'à une grande boucherie. De part et d'autre, tout était prêt pour la tragédie qui allait ravager l'Europe d'un feu de guerre civile, annonciateur de l'aube du déclin.

Le convoi s'ébranla, laissant François et Madeleine sur le quai parmi la foule des parents et amis qui se disloquait lentement comme le panache de fumée de la Pacific 4501. Sur le chemin du retour, ballottée par les cahots de la voiture sur le chemin empierré, Madeleine ne décrocha pas un mot, perdue dans ses pensées. Depuis qu'elle le connaissait, c'était la première fois que son Victor la quittait. Les gens pouvaient lui dire ce qu'ils voulaient pour lui remonter le moral : arguer de la défense de la patrie, de la libération des provinces perdues, prêcher la haine du Boche, la soif de revanche..., elle ne voyait qu'une chose : son homme partait faire la guerre ! Et la guerre, malgré les balivernes des uns et des autres, ce n'était jamais une partie de plaisir ! Elle savait bien que tous n'en reviendraient pas, même si cette guerre était courte. En même temps, au tréfonds de son ventre, elle sentait la vie palpiter. Dans cinq mois, elle serait mère. Elle aurait tant voulu que Victor soit à la maison pour l'accouchement. Un mélange de crainte et d'espoir l'habitait. Une angoisse sourde lui rongeait le cœur, la murant dans le silence. François, d'ordinaire si jovial, n'osa interrompre sa méditation, respectant l'émotion qui l'avait envahie.

Au cours des premiers jours de guerre, ici comme ailleurs, tous étaient suspendus aux communiqués du Front, guettant le succès des armées. François avait pris l'habitude de descendre régulièrement aux nouvelles à Mazères. D'ordinaire, il fréquentait le café Maurette dont il appréciait le gaillac blanc. Mais, en ces temps de guerre, il préférait aller chez Antoine Bousquet, où il pouvait consulter *La Dépêche*. Hélas, les offensives en Alsace-Lorraine s'étaient révélées décevantes. Plus au nord, les Allemands bousculaient nos forces. La guerre allait donc sûrement durer un peu plus que prévu. Tant bien que mal, il fallait s'organiser pour compenser le départ des hommes. Les vieux avaient repris un service qu'ils n'avaient jamais vraiment quitté, retrouvant simplement les gestes familiers de leur âge de gloire avec un peu plus de lenteur. Sans qu'elle eût besoin de quémander l'aide de ses voisins, Madeleine voyait arriver les uns ou les autres pour donner la main. Les liens de solidarité jouaient : collectivement, on abattait le surcroît de travail, même si la main-d'œuvre, déjà peu abondante avant la guerre à cause de l'exode rural, était devenue encore plus rare et précieuse.

Sans s'imposer, François avait pris les choses en main au Chot. Le matin, il se levait plus tôt et il avait écourté sa sieste de l'après-midi. Augustine n'en revenait pas. Elle n'avait jamais vu son fils aussi vaillant. Lui, à qui elle reprochait d'ordinaire de trop ressembler à son défunt père, faisait désormais preuve d'une ardeur peu commune à l'ouvrage et d'une ténacité jusque-là inconnue, un comportement qui allait bien au-delà de l'entraide naturelle entre voisins. François se sentait investi d'une responsabilité nouvelle : Madeleine, malgré sa robustesse et son courage, devait se ménager. C'était à lui de remplacer Victor. Curieusement, cet homme du Nord lui semblait d'autant plus proche qu'il était absent. À ces Boches qu'il ne pouvait combattre le fusil à la main, il avait choisi d'opposer son travail. C'était sa manière de prendre part à la bataille.

Quand il croisait Pauline, sur la route de Mazères ou sur le chemin du ruisseau, désormais, il ne manquait pas de s'arrêter pour lui faire un brin de conversation. La guerre les avait rapprochés, balayant la crainte des médisances et du qu'en-dira-t-on. Au-delà d'une charge de travail alourdie, elle non plus n'avait pas la vie facile. La vieille était murée dans son silence tout comme Mathurin dans sa méchanceté. Elle ne se plaignait pas pourtant, faisant face crânement à une existence sans joie. François lui racontait les ragots glanés dans les autres fermes, lui arrachant sans peine un sourire grâce à sa jovialité naturelle. Tant pis pour ce que le vieux penserait s'il les voyait ensemble. Ils ne faisaient rien de mal et Léopold n'était pas là pour les surprendre.

L'un comme l'autre s'efforçaient de suivre le déroulement du conflit. De retour à la métairie de Saint-Jacques avec les nouvelles de *La Dépêche*, le moral gonflé à bloc, François tenait à table des propos patriotiques, parfois vengeurs.

Libérée de la tutelle soupçonneuse de son mari, Pauline, en secret, était entrée en relation avec Madeleine. Après tout, désormais, elles partageaient un destin de femmes commun. Leurs maris n'étaient-ils pas tous deux à la guerre ? Leur rencontre avait eu lieu au bord du ruisseau, là où des générations de femmes s'étaient usé les reins à frotter le linge sur la pierre à laver. La rondeur et la bonhomie de Pauline avaient vaincu la méfiance de Madeleine. Sans devenir intimes, elles n'étaient plus ennemies. Madeleine avait compris que Pauline était différente des Marty. D'ailleurs, elle regardait son ventre s'arrondir avec tendresse. Si cette proximité nouvelle avait le souffle d'un vent de paix, Pauline voulait la garder secrète, craignant les coups de sang de son beau-père...

– Faut pas dire qu'on se voit !

– Je sais tenir ma langue, rassure-toi...

– Mathurin, il m'arracherait les yeux, s'il savait qu'on se parle !...

– Tu as eu des nouvelles du tien ? demanda Madeleine.

– Non, et toi ? fit Pauline en secouant la tête.

– Pas encore...

– On dit qu'ils devraient rentrer vite…

– J'aimerais tant qu'il soit là pour la naissance du petit !

Tous les jours, elles guettaient Marcel, le facteur. Sa cinquantaine largement entamée l'avait exempté de mobilisation. Avec le départ des hommes pour la guerre, sa tournée s'était alourdie du poids des lettres des soldats tout comme le travail du maire avec les tristes visites pour annoncer les premiers morts. Juché sur son vélo, suant et soufflant sous le soleil écrasant de cet été 1914, Marcel parcourait la commune en tout sens, sa grosse boîte noire en bandoulière. Parfois, sans même descendre de bicyclette, on le voyait secouer tristement la tête face au regard inquiet d'une mère. D'autres jours, il claironnait, le pied encore sur la pédale, un retentissant « T'as une lettre !… », qui tel un coup d'autan chassait les nuages de l'angoisse. Alors, la destinataire, saisie d'une émotion subite, s'essuyait vite les mains sur son grand tablier avant de tourner dix fois entre les doigts la missive tant attendue, qui fournirait quelques détails sur la vie du « petit » ou du « chéri », quelque part là-bas sur ce front que l'on imaginait mal.

La deuxième semaine de septembre, un mois après le départ de son mari, alors que les raisins commençaient à éclaircir dans les vignes et que la bataille de la Marne battait son plein en une mêlée furieuse, Madeleine reçut enfin des nouvelles de Victor. Malgré son ventre rond et ses six mois de grossesse, elle était en train de ramasser tant bien que mal les feuilles de la cinquième récolte de pastel avec l'aide de François et du père Pujol, quand elle vit passer le facteur sur la « carretière » qui montait au Chot. L'autan, ce maître vent du Lauragais, comme le mistral est celui de la Provence, soufflait à décorner les bœufs ce jour-là, méritant bien son surnom de vent du diable. Marcel mit pied à terre et la héla d'une voix forte pour dominer le souffle impétueux, un large sourire lui relevant la moustache. Tout le monde s'arrêta et leva la tête.

– Té, c'est pour toi... ! dit Marcel simplement en lui tendant une enveloppe crème.

– C'est Victor ? demanda François en s'épongeant le front.

– Oui, c'est de lui..., répondit Madeleine, le souffle court.

À l'intérieur, une simple carte postale. D'un côté, on voyait une église inconnue, toute grise, dont le clocher montait telle une prière vers le ciel, et sur l'autre, maladroitement écrites au crayon gras, quelques lignes :

> « Je vai bien. On menge bien. T'as rien à craindre... D'abord, le régiment s'en est allé vers la Meuse sans doute pour attendre les allemands, d'après ce que dise les officiers. Ensuite, repri le train pour Vervins puis fait mouvement à pieds vers Dinant par Rocroi. On marche beaucoup parce que les boches sont toujours sur nous. Pas le temps de se reposer. Parfois près de 40 kilomètres par jour, sous la chaleur. J'ai presque usé une paire de souliers. On es tous crevé à courir ainsi. On s'es battu à Onhage, près de la Belgique. Les mitrailleuses nous ont hacher. Heureusement qu'y il y avait un bois pour nous abrité. Les salauds ! Pas mal de copins sont tombées, mé je suis entier. Le moral es bon, mé faut combler les vides. Rencontré Monsieur Van Dyck. Lui aussi mobilisé comme nous tous. Il ser comme lieutenant. On a parlé. Il ce fait du souci pour la récolte du pastel. Continue d'envoyer les paquets de feuille pour la teinture même si elles sont moins bonnes que les dernieres et écris à sa femme pour lui

dire que ça va aller. Faut tenir pour conserver la ferme à nous. Je pense fort à toi. Fais attention pour le petit. Baisers... »

Comme sa scolarité avait été réduite au minimum laïque voulu par Jules Ferry, Victor n'avait jamais été un familier de l'écriture et de la syntaxe. Mais qu'importe ! Il était vivant. La lettre était partie cinq jours plus tôt, le 5 septembre 1914, au vu du cachet de la poste placé en travers du timbre. Madeleine relut dix fois la carte, pleurant sur chaque phrase en déchiffrant les mots simples griffonnés à la va-vite d'une main malhabile. Elle essayait de l'imaginer là-bas, du côté de la Thiérache, sur les routes de Picardie, au milieu de ses camarades, sous le soleil du début septembre. Sa gorge était nouée. Elle était soudain incapable de prononcer un mot, étranglée par le bonheur d'avoir enfin quelques nouvelles. Finalement, elle enfouit la carte postale dans son corsage, à même la peau, contre son cœur, tel un talisman secret. François, voyant à cet instant ses yeux briller, lui demanda :

– Alors, il va bien ?

– Oui..., articula-t-elle, les joues rouges d'émotion.

– Qu'est-ce qu'il dit de la guerre ?

– Ils marchent beaucoup...

– Ils vont pas rentrer bientôt ? demanda le père Pujol qui s'était approché.

– Il en parle pas...

– C'est pourtant pas le travail qui manque ici ! répondit le vieux en fixant le champ devant eux.

– Si tu crois qu'ils s'amusent, à courir après les Boches ! On voit bien que tu fais pas ton devoir..., répliqua François.

– Parce que tu l'as fait, toi ?

– Tu sais bien que c'est pas de ma faute !

– En tout cas, je crois bien que c'est plutôt les Boches qui leur courent aux fesses... Quant à mon devoir, je l'ai fait ! J'étais en Algérie en 82...

– Oui, mais les balles devaient pas beaucoup te siffler aux oreilles.

– Tu peux parler ! Tu sais même pas ce que c'est qu'une balle ! fit Pujol.

– Bien sûr, j'ai pas fait mon service comme toi ! Mais je te jure que je suis prêt à partir s'il le faut ! répondit François, un peu vexé.

Deux semaines plus tard, la bataille de la Marne gagnée et la menace teutonne sur Paris écartée grâce à l'audace de Gallieni, en descendant de bon matin en ville avec Grisou, tandis que l'aube rosissait les collines du Lauragais, François croisa aux abords de la métairie de Saint-Loup, Joseph Pousse, qui était conseiller municipal à Mazères. Assis sur le banc d'un joli petit tilbury tiré par une jument baie, il montait vers le coteau. François le connaissait un peu et il s'arrêta à sa hauteur, surpris de le voir en chemin si tôt. La soixantaine affable et joviale, le visage rubicond et charnu, l'homme était toujours de bonne humeur. Pourtant, ce matin-là, il avait la mine aussi sombre que son costume.

– Vous êtes bien matinal, monsieur Pousse !

– C'est pas que je sois pressé d'y aller, pourtant !

– Vous allez où comme ça de si bonne heure ? demanda François.

– À Pissaurel, répondit Pousse.

– Chez les Marty ?

– Oui... Une sale corvée, vous savez !

– Ah ! Qu'est-ce qui arrive donc ?

– Un grand malheur ! Léopold…, fit Joseph Pousse d'une voix blanche.

– Léopold ? demanda François en sentant un frisson glacé lui parcourir l'échine.

– Oui, il est mort… La nouvelle est arrivée à la mairie hier soir avec le courrier.

– Moun Diu ! Léopold ! Mais quand ? Comment ?

– On sait pas grand-chose. C'était la semaine dernière. Il a été tué à l'ennemi, selon la formule qu'ils emploient… Je porte la lettre à ses parents.

– Mais comment c'est arrivé ?

– Ils disent pas…

– Et le corps ? Ils vont le rendre ?

– Il a été enterré sur place, d'après la lettre de l'armée. Mais on en sait guère plus… Ils indiquent juste le lieu, vous savez.

– Faites attention en leur annonçant. La vieille, elle est à moitié folle, et le vieux, il est méchant comme une teigne. Ça peut le rendre fou furieux des fois… Il est capable de tout !

– Il était marié, ce garçon, n'est-ce pas ?

– Oui, avec la Pauline, une brave fille. Mais elle en a tant bavé avec lui qu'elle le regrettera pas trop, je pense…

– Merci pour le tuyau…

– Eh bien, bon courage, monsieur Pousse…, dit François en soulevant légèrement son chapeau.

Quand, une demi-heure plus tard, Joseph Pousse arriva devant la ferme de Pissaurel, il fut accueilli par un chien maigre et galeux qui lui montra les dents au point qu'il hésita à descendre de son tilbury. S'il n'avait eu cette lettre à remettre en mains propres avec les regrets du maire, il se serait contenté de la poser sur le mur qui courait à droite de la maison, formant une sorte de demi-cour. Il venait juste de mettre pied à terre lorsqu'une silhouette surgit dans l'embrasure de la porte. L'apparition était d'autant plus inquiétante qu'un canon double de fusil de chasse la prolongeait en une ombre menaçante. Le silence du matin prit soudain une épaisseur angoissante, simplement troublé par le cri d'un tourde dérangé dans la dégustation des raisins de la treille qui ornait la façade.

– Qu'est-ce que vous voulez ? lança Mathurin.

– Vous êtes le père du soldat Léopold Marty ?

– Oui, et alors ?

– Je viens vous annoncer une pénible nouvelle, monsieur Marty..., commença Pousse en ôtant son chapeau. Votre fils, Léopold, était un brave. C'est un héros qui a servi la patrie jusqu'au bout. Il est tombé au champ d'honneur et vous pouvez être fier de lui.

– Quoi ! Qu'est-ce que vous me dites là... ? glapit Mathurin.

– Votre fils a été tué à l'ennemi au terme d'un courageux combat et la République vous présente ses condoléances attristées..., poursuivit Pousse, mal à l'aise face à la bouche noire des canons.

– Hein ? Ah ! manant... Tu viens donc me chercher jusqu'ici..., brailla Mathurin, féroce, le regard halluciné. Par les cornes du diable, fous le camp avant que je te fasse sauter la cervelle ! Je suis ici chez moi et c'est pas toi qui m'en chasseras ! C'est mon domaine, tu entends ! Allez, ouste ! Déguerpis avant que je t'allume !

– Mais, monsieur...

– Macarel, tu vas t'en aller ou quoi ?

– Monsieur Marty, c'est pour votre fils, Léopold, que je viens...

– Laisse-moi ce jean-foutre où il est ! Je sais bien que c'est pas pour ça que toi et les tiens vous êtes toujours derrière moi ! Ah, vous avez eu le Chot, mais ma terre, vous l'aurez jamais ! Jamais, tu entends ! Jamais !!!

– C'était juste pour vous prévenir… La République vous dédommagera. Vous pouvez passer chercher le mandat à la mairie…, répondit Joseph Pousse en battant prudemment en retraite.

– Milo Dius ! Tu l'auras voulu…, lâcha Mathurin, avant de tirer un coup de fusil en l'air, qui fit se cabrer la jument entre les brancards du tilbury.

Joseph Pousse, malgré sa corpulence, n'avait pas couru aussi vite depuis longtemps. En trois bonds, ne se sentant pas l'étoffe d'un héros, il était prestement remonté sur le banc de sa voiture, peu désireux de se faire tirer comme un lapin par ce fou furieux. Fouettant sans ménagement sa jument, poursuivi par les aboiements rageurs du chien, il s'éloigna vivement de cette maudite ferme de Pissaurel, craignant à chaque seconde de recevoir une volée de plombs.

Rentré à Mazères dans les heures qui suivirent, il raconta à qui voulait l'entendre le coup de folie de Mathurin Marty… Connaissant le caractère irascible et teigneux du vieux, la plupart furent compatissants, mais pas vraiment surpris d'un tel comportement. Les gendarmes, rencontrés devant la mairie, s'efforcèrent de le calmer.

– C'est la douleur qui l'a égaré…, lui expliqua le brigadier Lacoste.

– C'était son fils unique, tu comprends ? renchérit le maréchal des logis Fourcade de sa voix puissante, avant d'ajouter, pensif : Je me demande qui va reprendre la ferme maintenant…

– Hé, vous avez raison, chef… Avec la Margot à moitié

folle et le Mathurin qui vaut pas mieux... C'est que la bru, pour vaillante qu'elle soit, c'est qu'une femme ! répondit Lacoste.

– N'empêche qu'il a failli me tuer ! rappela Joseph Pousse, qui digérait mal sa fuite précipitée.

– Bah... Il a tiré en l'air ! T'es encore vivant... Allez, on y montera voir en faisant la tournée, rassura Fourcade.

Voyant entrer sa femme dans la grande salle de Pissaurel, Mathurin, en deux mots, presque brutalement, la mit au courant de la mort de son fils au champ d'honneur. La vieille se contenta de lever la tête, de le regarder de ses petits yeux gris inexpressifs, puis de marmonner quelques paroles incompréhensibles avant de repartir, cassée en deux par l'âge et les rhumatismes, s'asseoir au cantou, le regard fixé sur les profondeurs noires de l'âtre. Face à son absence apparente de réaction, Mathurin haussa les épaules. La vieille n'avait plus sa tête. Il s'en fut faire l'étable, laissant un silence glacé s'installer dans la ferme.

Pauline apprit la mauvaise nouvelle en rentrant du ruisseau où elle rinçait du linge, vers les dix heures et demie. Le panier sous le bras, elle resta interloquée quelques instants, avant de verser quelques larmes et de mesurer tout ce que cela impliquait. Par réflexe, elle voila l'unique glace de la salle et prit aussitôt le grand deuil, comme il était de tradition. Elle essaya bien de poser des questions à son beau-père, pour savoir comment Léopold était mort, où on l'avait enterré, mais elle ne put rien tirer de Mathurin qui la regardait, l'air plus mauvais que d'habitude.

Pauline était la proie de pensées contradictoires qui

la troublaient : elle éprouvait du chagrin, elle était triste, assurément, mais pas autant qu'il aurait été convenable de l'être en pareilles circonstances. Bien sûr, Léopold était son mari ! Mais, même s'il était plus bête que méchant, ses années de mariage n'avaient pas été très heureuses. L'amour les avait peu unis. Certes, elle avait de la compassion pour le disparu, mais ses regrets étaient frileux. Elle était encore jeune, désirable, à en juger par les regards flatteurs qu'elle attirait. Bien des hommes des environs auraient aimé l'avoir dans leur lit. Elle pourrait refaire sa vie… Mais plus elle voulait chasser cette idée, se maudissant de la formuler à l'heure d'un si frais veuvage, plus cette pensée revenait, insidieuse, alors qu'elle se savait destinée à rester là, à côté des vieux. Elle décida de faire dire une messe le dimanche suivant à la mémoire de son défunt mari et, pour se sanctifier, elle se promit de suivre les vêpres.

Sur le Front, très loin de ce Lauragais aux après-midi encore tièdes survolées des palombes de la Saint-Luc en route pour des contrées plus méditerranéennes, la guerre se poursuivait, harassant les hommes en marches épuisantes. Désormais, la course à la mer était engagée. Qui arriverait le premier à déborder l'autre prendrait l'avantage sur lui par un mouvement enveloppant. Les hommes n'avaient ni le temps de souffler ni même de cantonner qu'il fallait déjà repartir, les épaules meurtries par le sac à dos, les muscles des cuisses tétanisés d'une ankylose douloureuse. Même pour des paysans habitués à se déplacer à pied, les étapes étaient longues et le barda très lourd. Plus que jamais, « les pieds étaient l'objet de soins constants », comme le vieil adage militaire l'affirmait. Victor souffrait, mais, comme les autres, il n'avait guère le temps de se plaindre.

Le 12 octobre 1914, épuisés par une marche nocturne de quelque quarante kilomètres, Victor et sa demi-section prenaient enfin un peu de repos, sommairement installés dans une grange au sortir d'un village au nom inconnu de tous, ronflant comme des sonneurs, tout habillés, dans la paille de l'été défunt. L'adjudant, un gars de Beauvais, un instituteur arraché à ses têtes blondes et à ses cahiers qui sentaient bon l'encre violette, avait placé deux sentinelles, l'une à l'entrée du bourg et l'autre dans le clocher de l'église. Mais les deux hommes, aussi épuisés que les dormeurs, s'étaient assoupis rapidement, la main sur leur Lebel, plongeant avec délices dans une torpeur cotonneuse. Ni l'un ni l'autre ne virent les uniformes feldgrau se glisser de rue en rue pour occuper la place. Quand Victor ouvrit les yeux, il était trop tard. La lame menaçante d'une baïonnette au bout d'un Mauser lui commandait de rester tranquille.

– Merde ! On est fait aux pattes..., lâcha-t-il en clignant les yeux devant l'acier qui brillait.

– Raus ! entendit-il en réponse.

Inutile d'esquisser un geste de défense. L'adjudant ne tenta même pas de sortir son revolver d'ordonnance, un classique modèle 92, de son étui de cuir fauve. Ils étaient tous pris au gîte. Rassemblés sans ménagement dans la cour de la ferme, ils furent dépouillés de tout ce qui faisait d'eux des soldats : fusils, grenades, couteaux, cartouchières..., allèrent s'entasser dans une panière en osier. En quelques minutes, leur état venait de changer : de soldats, ils étaient devenus prisonniers. Dans le petit matin, sous un soleil d'octobre voilé, un vent glacé s'était levé, balayant la plaine du Nord. Sous la conduite de deux Feldwebel taillés comme des armoires normandes, en colonne par deux, ils partirent pour une destination inconnue. Désormais, il était interdit de parler. Les heures suivantes confirmèrent leurs craintes. On les faisait marcher vers l'est ! Ils prenaient le chemin de l'Allemagne. Si pour eux la guerre était finie, une longue route leur restait à parcourir pour atteindre le stalag où ils devraient attendre la fin des combats.

Sans nouvelles, pétrie d'angoisse lorsqu'elle voyait Marcel prendre le chemin du coteau, Madeleine, grosse de sept mois maintenant, s'efforçait de faire bonne figure. Quelques palombes passaient, hautes dans le ciel, reliquat tardif des grands vols de la Saint-Luc. François venait lui faire l'étable tous les jours, prétexte à un brin de causette qui brisait le silence du cantou. La morte-saison arrivait, le gros du travail était passé. La dernière récolte, la plus médiocre, terminée, les hommes avaient arraché les vieux plants de pastel, n'en gardant que quelques-uns au Soulleillas et à Millague. Au printemps, ils grandiraient pour délivrer une tige de plus d'un mètre, porteuse de petites fleurs jaunes, puis de graines pour l'année suivante. Madeleine pouvait désormais souffler un peu.

Elle apprit que Victor était prisonnier un mois plus tard, le 17 novembre 1914, en recevant une carte laconique de la Croix-Rouge, où elle reconnut néanmoins l'écriture de son mari. Ce jour-là, les armées françaises et allemandes arrivèrent ensemble sur les rivages de la mer du Nord, achevant sans vainqueur la course à la mer. Madeleine pleura, mouillant à tordre son mouchoir. Certes, Victor ne serait pas là pour l'accouchement, mais, sans oser l'avouer à François qui tenait toujours des discours patriotiques, elle était presque soulagée de le savoir prisonnier. Au moins, il était vivant. Il lui reviendrait ! Il suffisait d'attendre…

À l'aube de l'hiver 1914, alors que cette guerre s'installait dans la durée et que l'on commençait à creuser les premiers éléments de tranchées, la vie continuait dans les collines du Laugarais, simplement troublée par l'alternance des bonnes et des mauvaises nouvelles d'un Front désormais statique. Les civils semblaient incapables de comprendre pourquoi on n'avait pas encore gagné.

À Pissaurel, la mort de Léopold avait rendu l'atmosphère encore plus irrespirable. N'ayant plus de souffre-douleur, Mathurin était plus agressif que jamais. Le soir, pour un rien, il se lançait dans une diatribe furieuse, surtout quand il avait abusé de la prune. Souvent, dans sa logorrhée, le Chot revenait comme une obsession. Tandis que Pauline reprisait au cantou, s'esquintant les yeux à la lueur des flammes maigres pour économiser le lampant, il s'enflammait, les yeux durs et méchants, gesticulant comme un beau diable si elle osait le contredire :

– Ah, les salauds ! Ils veulent m'avoir… Mais je les aurai… je te dis ! Tu entends, je les aurai !

Avec les premières gelées blanches, le Lauragais avait pris depuis le début du mois une allure plus routinière. Comme toujours ici, au pied des Pyrénées, l'hiver entrait par la petite porte, laissant encore quelques après-midi ensoleillées prolonger le charme de l'automne. Nul ne s'en plaignait et les petits vieux, par groupes de deux ou trois, se plaisaient dans les rues de Mazères à lézarder sur les bancs, bien à l'abri des courants d'air, jouissant d'un soleil précieux.

Comme beaucoup de ses voisins, François avait mis à

profit ces jours de beau temps pour couper un peu de taillis sur la pente raide du coteau. Ainsi Madeleine aurait du bois pour l'hiver. Armé d'un passe-partout, assisté du père Pujol, il avait débité quelques cordes d'acacia pour les entasser contre le mur de la grange, au soleil, car personne ne savait quand Victor et les hommes rentreraient.

À Pissaurel, ce matin-là, Pauline s'était levée très tôt comme tous les autres jours. Heureusement que j'ai une santé robuste ! pensa-t-elle. La maison était calme et elle savourait ces instants en avalant un bol de lait chaud, assise au coin du cantou qu'elle venait de rallumer. Dans la chambre à côté, elle entendait le vieux qui ronflait encore, cuvant sa gnôle de la veille au soir. Ces moments-là étaient rassurants. Elle avait l'impression d'être seule, presque patronne. Après un brin de toilette et un coup de peigne, elle prépara un chaudron d'eau pour faire cuire la « baccade » des cochons. Puis, elle ouvrit la porte. La pâle lueur de l'aube dessinait la silhouette des Pyrénées à l'horizon. L'air était vif. Quelques oiseaux, invisibles, commençaient à pépier. Dans la nuit finissante, Pauline, une lampe-tempête à la main, se dirigea vers l'étable pour la traite du matin.

Une petite heure plus tard, en ouvrant l'œil, l'estomac encore aigre de la brûlure de l'alcool, Mathurin Marty eut un choc : la vieille était morte ! Elle était déjà toute raide… Non, il ne rêvait pas… Elle avait dû mourir dans la nuit. Il ne s'en était aperçu qu'à son réveil, quand le jour commençait à poindre et que le coq, prénommé Chanteclerc par tradition, lançait son cri guttural, faisant frémir toutes les plumes de son corps jusqu'au panache noir de sa queue. Lorsque Mathurin la touchait du pied, d'habitude elle émettait un vague borborygme, avant de se retourner en tirant toutes les couvertures à elle, ce qui faisait tanguer l'édredon de plume. Là, il ne s'était rien produit. Elle n'avait pas eu cette réaction animale et Mathurin avait mis du temps à comprendre pourquoi. Il l'avait bien secouée, poussée du coude, mais n'avait pas obtenu de réponse. Alors, se dressant sur son séant, les yeux écarquillés, il avait réalisé : elle était déjà raide.

– Merde ! La vieille est crevée !... lâcha-t-il.

La chemise à pandourel lui couvrant juste le haut des cuisses, il sauta de son lit pour saisir un miroir et il le lui passa sur le visage, cherchant la trace d'une vague buée, le signe d'une vie encore présente dans ce corps chétif. Il allait presque s'énerver, l'accuser de jouer la comédie, quand la vérité s'imposa à son cerveau encore embrumé. « Bon sang ! La vieille est morte dans son sommeil ! Elle aurait pu au moins prévenir... Mais non ! Elle était partie comme l'emmerdeuse qu'elle avait toujours été... Ah ! Elle était bien la fille de sa mère, celle-là, une Gadal, sortie d'une famille de paysans aisés de Mazères, épousée pour une dot à peu près convenable, mais surtout parce que, fille unique, elle possédait par héritage huit hectares de bonnes terres qui lui permettaient d'arrondir le bien des Marty, restés d'ailleurs plusieurs années encore sous la tutelle du beau-père ! »

Bon, maintenant, que faire ? Il ne pouvait la laisser là... D'ordinaire, en pareilles circonstances, on courait prévenir les voisins qui, par sympathie, se chargeaient de l'organisation de la veillée et des démarches pour l'enterrement. C'était eux qui prévenaient le curé, le croquemort, le garde champêtre, le fossoyeur, réglaient tous les détails qu'un chagrin trop lourd faisait négliger. Les femmes, vêtues de noir aux quatre saisons de la vie, entamaient alors la ronde des pleureuses à la lumière vacillante des bougies autour du corps du défunt revêtu de ses atours du dimanche, les mains dépassant juste du drap, croisées sur la poitrine pour l'éternité. Dans la demi-obscurité propice au chuchotis des secrets et des confidences, elles égrenaient, au fil des chapelets, leur litanie méditerranéenne en une mélopée lancinante. Le cérémonial était immuable. Les hommes apparaissaient sur le pas de la porte, le chapeau à la main, l'air grave, statues figées dans le silence écrasant de la mort, pour ressortir quelques instants plus tard et boire un coup de rouge, façon de se remonter le moral en compagnie du mari ou du fils aîné, occasion aussi pour évoquer le devenir des terres lors des partages et arrangements à venir.

Mathurin restait là, le visage fermé, les bras ballants. Il avait un air presque idiot. Mais, derrière son regard fixe, se pressait une foule de pensées qui jaillissaient en désordre de son cerveau pervers, rodé de longue date aux roublardises les plus tordues et déformé par une paranoïa chronique. Plus il réfléchissait, plus la vérité s'imposait. Il en était sûr : avec la mauvaise réputation que ses voisins lui avaient faite parce qu'ils jalousaient tous sa réussite et son aisance, ils allaient lui coller cette mort sur le dos... Bien sûr, la vieille, elle tournait plus rond. Tout le monde le savait. Mais à l'évidence, on allait le suspecter de l'avoir trucidée ! Il pourrait toujours arguer qu'il n'y avait pas de marques, les autres prétexteraient qu'il lui avait fait le coup de l'oreiller ! Et, comme souvent on l'avait vu la rudoyer, les gendarmes, ces bourriques galonnées, lui donneraient tort. Tous voulaient sa perte... Cette fois, il était bon pour la romaine, pour la guillotine !

Il remuait ces pensées quand la solution se fit, s'imposa naturellement, telle une révélation miraculeuse. Il fallait qu'il se débarrasse du corps ! Au fond, c'était simple : comme il était de notoriété qu'elle fuguait et qu'elle se perdait au point qu'ils étaient obligés de l'enfermer, si la Margot s'évaporait, on ne pourrait pas l'accuser de sa disparition. Il fallait l'escamoter, comme les sorciers, d'un coup de baguette magique. Oui, mais comment faire pour que la Pauline ne s'en rende pas compte ? À force de se triturer la cervelle, la lumière vint. Il lui fallait simplement inventer un prétexte pour éloigner sa bru, l'envoyer une petite paire d'heures voir ailleurs... Et pendant ce temps, à lui de jouer !

– Pauline ! Pauline ! hurla-t-il par la porte entrebâillée en se dépêchant de passer un caleçon, sans même prendre le temps d'enlever sa chemise de nuit.

– Qu'est-ce qu'il y a ? répondit sa bru, qui épluchait les légumes pour la soupe.

– Pauline... Attelle ton âne... Faut que tu ailles à Mazères livrer le lait !

– Ça presse pas ! Vous avez l'air tout drôle ce matin...

– J'ai mal à la gorge !

– Oh ! Vous avez une bien bonne voix pour un malade !

– J'ai mal à la gorge, je te dis...

– Ça peut bien attendre un peu, non ?

– Tu vas y aller, macarel !

– Qui va faire la soupe ?

– Ta soupe, elle attendra !

– Et à midi, vous mangerez quoi si elle est pas cuite !

– Discute pas ! Allez, ouste, vas-y vite ou je te mets un coup de trique !

– Oh ! Vous fâchez pas... Si vous le prenez comme ça, je m'en vais tantôt ! Au moins, je ne vous entendrai plus crier !... Mais faudra pas vous plaindre qu'il y a rien à manger..., ajouta-t-elle en s'essuyant les mains à son tablier de cotonnade.

Mathurin referma la porte. Par le fenestron aux vitres sales qui jetait un jour maigre dans la pièce, il guetta le départ de sa bru. Le bruit des sabots de l'âne martelant la terre battue de la cour lui arracha un sourire grimaçant. Enfin, la garce foutait le camp ! Il pouvait agir... Il avait deux bonnes heures devant lui pour faire disparaître le corps. Mais où le mettre ? Pas question de creuser un trou dans le jardin ! Ça lui aurait pris du temps et puis, surtout, la Pauline était trop fine mouche pour ne pas remarquer le tumulus laissé par l'enterrement, d'autant plus que c'était elle qui s'occupait du potager. Il lui fallait trouver quelque chose de plus simple, de plus rapide et efficace. Inutile de se presser. Depuis que les valets avaient été mobilisés par cette guerre qui n'en finissait pas, il n'y avait personne qui montait à Pissaurel. Mathurin s'habilla, sortit sur le pas de la porte, huma l'air matinal, fit quelques pas, tournant autour des étables, du fenil, furetant à droite et à gauche à la recherche d'une solution.

Finalement, à force d'errer, son regard rencontra l'ancien puits, juste derrière la « pourcatière », où une paire de cochons attendait de se faire occire avant la fin de l'hiver. La veine d'eau qui l'alimentait s'était tarie quand il était tout gamin et, depuis, son conduit profond et étroit avait trouvé une autre utilité : il servait de fosse commune aux bêtes crevées, tels les moutons morts de la douve ou les veaux mort-nés. À coup sûr, c'était là un bon trou ! Personne n'irait chercher la vieille là-dedans. Nul ne s'étonnerait de l'odeur ou des mouches. Il y en avait toujours qui virevoltaient autour de quiconque se penchait par-dessus la margelle. Sa bouche se tordit d'un méchant sourire de satisfaction. Margot y serait aussi bien qu'au cimetière. La vieille disparue dans le trou, on ne viendrait plus l'accuser de quoi que ce soit, et en plus ça coûterait moins cher qu'un enterrement, même de troisième classe. Pas de bedeau, pas de curé, pas de frais inutiles ! Elle n'avait pas besoin de messe… Elle avait été assez garce toute sa vie. Elle devait déjà rôtir en enfer et ce n'était pas un peu d'eau bénite qui l'aurait sauvée !

À cette pensée, Mathurin ricana, sinistre. Il n'avait plus qu'à sortir le corps pour le précipiter dans le trou. « Faut l'emballer… Mais pas question d'utiliser le drap de leur lit. La Pauline s'en apercevrait ! » pensa-t-il. Rentré dans la maison, il fouilla dans le placard sous l'escalier. Pauline entreposait là le vieux linge destiné aux chiffons. Dans l'amoncellement d'une grande corbeille en osier aux anses cassées, il dégota vite une demi-pièce de ces draps lourds et épais usés jusqu'à la trame, qui, taillés en grands rectangles, servaient à faire des torchons. Celui-ci était déjà partiellement déchiré. Pas étonnant ! Les fibres étaient si fatiguées que l'on pouvait voir au travers. Sans perdre de temps, il en prit la mesure pour faire un linceul sommaire dans lequel il ficellerait la vieille.

– Comme elle est toute ratatinée, ça devrait faire l'affaire…, fit-il à voix haute.

Il roula le corps déjà raide dans le tissu jauni. Puis, sans trop de peine, il hissa le boudin sur son épaule, tel un sac de pommes de terre. La vieille ne pesait pas lourd. Parvenu sur le pas de la porte, il marqua un temps d'arrêt pour s'assurer d'un regard à droite et à gauche qu'il n'y avait personne. Dehors, le vent de l'automne emportait les dernières feuilles des peupliers par paquets, comme on tourne les pages d'un livre d'histoires pour découvrir le chapitre suivant. Par-dessus la haie, un vol de tourdes s'enfuit à tire-d'aile. Parvenu au bord du puits, Mathurin était presque sur le point d'y faire basculer le corps quand une idée lui traversa l'esprit. On ne s'enroule pas dans un drap avant de se jeter dans le vide ! S'il la précipitait ainsi, tout emmaillotée, il ne pourrait plus prétendre à un accident ou à un suicide, si par hasard un quidam venait à la découvrir ! Rapidement, il défit son encombrant paquet, découvrant une dernière fois le visage gris de la Margot.

Puis, après s'être à nouveau retourné, toujours sur ses gardes, il hissa la vieille par-dessus la margelle et, d'un coup d'épaule, il la fit prestement disparaître dans les profondeurs noires. Mû par une lubie subite, il attrapa tous les cailloux qu'il put trouver aux environs pour les jeter dans l'ouverture béante. Le bruit était sinistre. Sa macabre besogne accomplie, le cerveau en feu, mais enfin soulagé, Mathurin rentra à Pissaurel. Se saisissant de la bouteille culottée qui servait tous les jours à tirer le rouge du barricot, il se versa un plein verre de vin qu'il avala cul sec malgré l'heure matinale. Ainsi ragaillardi, presque rasséréné, il se frotta les mains nerveusement avant d'émettre un rire démentiel qui résonna, lugubre, dans la pièce. La Pauline pouvait revenir maintenant !

Rentrée de Mazères en fin de matinée, Pauline ne constata l'absence de sa belle-mère que sur le coup de une heure, au moment de passer à table. Margot, pour demi-folle qu'elle fût, était toujours à l'heure pour déjeuner, suivant peu ou prou l'horloge interne de son estomac. Pauline ne s'en inquiéta pas immédiatement. La vieille ne sortait pas beaucoup et quand cela lui arrivait, elle ne s'éloignait guère de la maison. À coup sûr, elle devait encore traîner vers les clapiers. Depuis quelque temps, elle affectionnait particulièrement cet endroit et Pauline la soupçonnait de parler aux lapins, leur confiant ce qu'elle ne pouvait plus dire aux humains. Quinze jours auparavant, ne l'avait-elle pas entendue marmonner en contemplant les lapinières : « Té ! Pour-

quoi à vous, l'herbe, elle vous fait pas mal au ventre ? »
Mais quand la grande comtoise sonna la demie de une heure, ce retard inhabituel lui parut suspect.

– Vous n'avez pas vu la mère ? demanda-t-elle à Mathurin, qui, le nez dans son assiette, ingurgitait sa soupe en silence.

– Elle doit encore rôder…, finit-il par répondre, avant de se verser une large rasade de vin pour faire chabrot.

– Oui, mais elle va jamais très loin…

Mathurin haussa les épaules. Pauline savait bien que la Margot était le cadet de ses soucis. S'ils faisaient encore chambre commune, c'était par habitude, mais surtout parce qu'il n'y en avait pas d'autre dans la maison. L'avait-il aimée seulement un jour ? s'interrogeait-elle parfois en les voyant assis l'un à côté de l'autre à la grande table en bois dans la salle de Pissaurel. Dans le couple qu'ils avaient formé, Margot représentait surtout huit hectares qui avaient arrondi le domaine ! Mais sa compassion pour elle était limitée à cause de son exécrable caractère. À y réfléchir, en voilà deux qui s'étaient bien rencontrés et qui faisaient la paire. Pauline, même au début de son mariage avec Léopold, n'avait jamais pu éprouver la moindre affection pour elle : la vieille suait la méchanceté comme l'église de Mazères l'eau bénite. C'était une teigne.

Le déjeuner achevé, tandis que Mathurin était allé faire sa sieste, Pauline se mit en quête de sa belle-mère, furetant tout autour de la ferme, l'appelant d'une voix claironnante dans l'espoir de la voir sortir, à demi hagarde, de sa cachette. Mais toutes ses recherches s'avérèrent infructueuses : point de Margot. Elle fouilla la grange, les étables, le poulailler, le potager, monta au grenier, descendit à la cave. Pas de Margot. Pressentant une fugue ou quelque drame, elle se décida à prévenir ses voisins, François et Augustine, les Azéma, les Rouch, les Maillard, et bien sûr en premier Madeleine, la plus proche.

Le vent avait forci, faisant courir les cumulus en une sarabande si effrénée que l'on eût dit un ciel de fin du monde. En arrivant chez Madeleine en milieu d'après-midi, Pauline trouva François en train de rentrer du bois.

– Je crois que c'est pour bientôt…, lui glissa-t-il en désignant d'un bref mouvement de tête l'intérieur de la maison.

– Elle est couchée ?

– Pas encore, mais les premières douleurs viennent de commencer…

– Tu as prévenu le docteur ?

– Le docteur, pourquoi donc ? Marie Landrieu devrait bien suffire… Elle est sage-femme et elle a mis plus d'enfants au monde que le docteur !

– Il lui faut encore le temps de monter de Mazères…, observa Pauline.

– Je vais aller la chercher de suite… En attendant, de toute façon, tu es là, toi… Tu as dû le sentir !

– C'est que… Enfin, non ! Je ne venais pas pour ça…, dit Pauline en hésitant.

– Qu'est-ce qui t'arrive ? Tu en fais une tête…

– La Margot a disparu…

– Comment ça, disparu ?

– Oui, disparu ! Elle est même pas venue manger à midi !

– Mais tu l'as vue ce matin ?

– Non, je suis partie de trop bonne heure…

– Et Mathurin ?

– Oh, lui, il s'en fout ! J'ai rien pu en tirer…

– Tu l'as cherchée partout ?

– Tu penses bien que oui ! Elle s'est comme évaporée…

– Alors, faut prévenir les gendarmes…

– Tu crois ?

– C'est peut-être le mieux… Veux-tu que je m'arrête à la brigade en allant voir la mère Landrieu ?

– Tu as sans doute raison. Moi, je préfère t'attendre ici. De toute façon, il faut pas laisser la Madeleine seule…

– D'accord, je file pour être de retour avant la nuit, promit François.

En cette fin d'après-midi de début décembre, si grise que ciel et terre se confondaient, le maréchal des logis Fourcade et le brigadier Lacoste, juchés sur leurs chevaux, montaient vers Pissaurel en suivant la carretière qui serpentait à flanc de coteau. Cette mission, confiée par l'adjudant alors qu'ils s'apprêtaient à quitter le bureau, ne les enchantait guère. L'un comme l'autre savaient le vieux Marty dérangé et violent, il fallait se méfier de ses réactions. Bien sûr, une disparition, c'était inquiétant. Dans le meilleur des cas, ils allaient devoir rentrer de nuit. Leurs femmes allaient une fois de plus maudire ce métier qui les éloignait d'elles. Parvenus à l'orée du chemin de Pissaurel, ils aperçurent la silhouette de Mathurin Marty qui les fixait, immobile près de l'entrée. Alors qu'ils mettaient pied à terre, passant leurs rênes par-dessus la tête de leur monture, Marty disparut précipitamment à l'intérieur de la ferme, comme s'il avait été piqué par un frelon, claqua la porte et la verrouilla à triple tour. Les deux gendarmes, surpris, le hélèrent :

– Oh, monsieur Marty !…

– Qu'est-ce que vous voulez ? cria le vieux à travers le battant en bois.

– Comment ça va ? lança Lacoste, diplomate.

– Qu'est-ce que ça peut vous foutre comment je vais ! glapit Mathurin.

– On vient vous parler de votre femme…

– J'ai rien à vous dire !

– Elle est rentrée ?

– Macarel ! Foutez-moi le camp !…

– On vient juste vous visiter…, reprit Fourcade, conciliateur.

– Noum de Dius ! Si vous déguerpissez pas, je vous plombe ! lâcha-t-il, avant de briser un carreau de la fenêtre pour faire apparaître le double canon noir d'un calibre douze.

Les deux gendarmes, peu habitués à une telle réception, eurent juste le temps de se mettre à l'abri derrière une grande auge en pierre, d'ordinaire réservée à abreuver les bêtes, avant qu'un coup de feu déchire l'air glacé du soir. Lacoste, que son embonpoint avait fait plonger une fraction de seconde trop tard, poussa un hurlement. Sa main gauche était ensanglantée. Il venait de recevoir cinq plombs numéro 4, habituellement employés pour tirer le lièvre et non pas les représentants de l'ordre. Fourcade, à quatre pattes derrière le bac en pierre, la tête baissée, le képi de travers, eut grand-peine, dans l'affolement, à sortir son pistolet réglementaire, un modèle 8 millimètres 1892 dont l'étui de cuir avait glissé sous son ventre. Finalement, le chien de son arme relevé, il tira un coup au jugé en direction de la maison, plus pour faire du bruit que pour atteindre Marty.

– Putain ! Le salaud… il m'a eu ! Il m'a eu ! braillait Lacoste, allongé par terre, en essayant de sortir son mouchoir pour arrêter le sang.

– Marty ! Rends-toi ! hurla Fourcade, après un bref regard à son camarade qui se lamentait.

– Jamais ! Venez-y donc ! Je vous attends…

– Rends-toi ! T'es cerné ! insista le maréchal des logis dans un réflexe verbal cocasse.

– Plutôt crever ! répliqua le vieux en agitant le double canon dans leur direction.

– Fais pas le couillon ! On te veut pas de mal ! répondit le gendarme en enlevant son képi.

– C'est pas moi ! Je l'ai pas tuée !… Pas plus la Margot que la Marie Cassou !

– Qui te parle de Marie Cassou ? demanda Fourcade, surpris.

– C'est la vieille qui lui a fait la tisane ! Moi, je voulais pas ! Je vous le jure… Elle, je l'ai pas tuée, je vous dis…, continua Mathurin, à demi caché par le chambranle de la fenêtre, à l'étonnement des deux gendarmes, interloqués par cet aveu.

– Mathurin, personne t'accuse ! cria Lacoste en dominant sa douleur.

– Et son mari, Jean ? Tu l'as pas aidé un peu à se passer la corde au cou ? questionna Fourcade.

– Vous ne pourrez jamais rien prouver ! Jamais, vous m'entendez !

– C'est toi ? Oui ou non ? lança le brigadier.

– Je vous aurai tous ! hurla Mathurin.

– Réponds-nous !… On est entre hommes ici ! C'est toi ? dit Fourcade en essayant de situer son adversaire dans la nuit qui tombait.

– Le Chot est à moi !… À moi !… À moi !… cria Mathurin en faisant feu à nouveau.

– Tu l'auras voulu ! jeta Fourcade avant de tirer une cartouche, dont la balle alla se ficher dans le volet en bois.

Mathurin Marty ne répliqua pas et un silence écrasant s'installa, lourd de menaces. L'homme était rusé. Les deux gendarmes n'osaient bouger derrière leur auge de pierre, de crainte de se faire tirer comme des lapins.

La nuit venait de tomber quand une odeur de brûlé monta à leurs narines. Le temps de comprendre ce qui se passait, ils virent un rougeoiement naître derrière une croisée de la ferme. Prudents, ils hésitaient encore à courir vers la pompe quand, en quelques minutes, le corps du bâtiment tout entier s'embrasa en un grand « vloupp » sinistre. Au milieu des flammes qui sortaient par les fenêtres, Fourcade et Lacoste, incrédules, distinguèrent la silhouette dansante de Mathurin Marty. Une fraction de seconde, ils crurent même apercevoir son visage grimaçant et l'entendre crier : « Le Chot est à moi !... À moi !... À moi !... »

Accompagné de la sage-femme à qui il laissa à peine le temps de saisir sa trousse, François rentra à bride abattue de Mazères, fouettant son cheval qui n'avait pas l'habitude d'être mené à un tel train. Sa hâte était justifiée : Madeleine venait de perdre les eaux. Elle était en plein travail, et Pauline, toute seule avec elle, commençait à s'affoler, faute d'expérience. Toutefois, en se rappelant les propos de ses voisines dont elle avait souvent entendu raconter l'accouchement, elle avait eu le bon sens de préparer un grand chaudron d'eau chaude et du linge propre.

Grisou attaché à l'anneau fiché dans le mur, François se contenta de passer la tête dans l'entrebâillement de la porte pour s'assurer que tout allait bien. Non seulement Madeleine n'était pas sa femme, mais surtout, rester dehors était la place des hommes à ces moments-là. On n'avait pas besoin de lui !

Affûtant une hache à la meule en grès pour passer le temps et s'occuper les mains, François entendit bien les coups de feu portés par le vent dans l'air froid de décembre, mais il était à cent lieues d'imaginer le drame qui se nouait à Pissaurel. Il pensait à Victor, là-bas en Allemagne, prisonnier sans doute derrière trois rangées de barbelés. Il eût été plus à sa place ici. Un peu plus tard, il sentit une odeur de brûlé, mais rien d'autre. La croupe de la colline, les massifs de buis et un rideau d'arbres lui cachaient la ferme.

Au moment même où Mathurin Marty disparaissait dans les flammes, expiant ses horribles forfaits, Madeleine, s'agrippant aux montants du lit, dans un ultime effort, mit au monde un beau garçon de quatre kilos, auquel elle donna le prénom de Jean-Pierre, en souvenir de ses deux grands-pères.

Fatiguée mais heureuse, son seul regret restait l'absence de son mari. François, enfin autorisé à rentrer, n'arrêtait pas de rire et de plaisanter. Sa voix forte remplissait les murs malgré les incitations de la sage-femme à plus de calme. Il y avait longtemps que cette vieille maison du Chot n'avait pas résonné d'un tel bonheur. Le drame des Cassou était conjuré, Victor serait content, pensa-t-il.

Pour que Madeleine ne reste pas seule après une telle épreuve, Pauline proposa gentiment de rester avec elle cette nuit-là. Comme François se préparait à raccompagner la sage-femme à Mazères, elle voulut toutefois profiter de la charrette afin de faire un bref crochet par chez elle pour prévenir le vieux et savoir si Margot avait enfin réapparu.

Vers les neuf heures du soir, Pauline eut un choc en

arrivant aux abords de Pissaurel. La ferme avait presque entièrement brûlé et ses pans noircis, encore rougeoyant des solives de la charpente qui achevaient de se consumer, s'élançaient tragiques dans le ciel éclairé par intermittence d'un maigre rayon de lune. Quelques craquements diffus troublaient le silence. Devant un tel tableau, Pauline manqua de défaillir, croyant vivre un mauvais rêve. Quelques vaches, dans un petit corral à proximité de la maison, meuglèrent, lugubres. Seul le bâtiment de la « pourcatière », où s'ébattaient quatre cochons gras, avait échappé au sinistre, étant non adjacent à la maison principale. Tout le reste était parti en fumée, les étables, les granges. Nulle trace des bœufs, du cheval, de l'âne... Ils avaient dû périr carbonisés. Horrifiée, elle aurait voulu appeler, mais aucun son ne sortait de sa gorge. Elle demeura tétanisée un long moment, incapable de faire un geste, avant de retrousser sa jupe pour s'enfuir à toutes jambes vers le Chot en criant comme une folle dans la nuit.

En rentrant de Mazères, François trouva Pauline sur le chemin, prostrée au pied d'un chêne, à moitié hagarde, les cheveux en bataille. Il lui fallut plusieurs minutes pour la réconforter. Rassérénée par cette présence solide, elle accepta finalement de revenir à Pissaurel. Il n'y avait hélas pas grand-chose à faire, sauf vérifier si le bétail survivant était en sécurité.

Après une nuit passée chez Madeleine, le lendemain, quand elle descendit avec François au bourg pour prévenir les gendarmes, Pauline et Donnadieu furent sidérés de découvrir qu'ils en savaient plus qu'eux. La disparition de Mathurin mettait un terme à toute action de la justice concernant Jean Cassou. Quant aux accusations que le vieux avait proférées concernant l'empoisonnement de Marie, Margot était bien sûr toujours recherchée, mais les gendarmes pensaient qu'elle avait, elle aussi, disparu dans le brasier, sans doute après avoir été tuée par son mari dans une crise de démence. Pauline était désormais seule héritière des terres de la grande borde de Pissaurel, situation paradoxale puisqu'elle était aussi sans toit.

– Où tu vas loger ce soir ? lui demanda François sur le chemin du retour.

– Je ne sais pas..., murmura-t-elle.

– Tu retournes chez Madeleine ?

– La pauvre n'a qu'un lit, celui qu'elle occupe ! Et en guise de matelas, une paillasse remplie de « couscourots » !... J'ai dormi sur une chaise la nuit dernière...

– À la maison, tu sais, il y a de la place depuis que mes frères sont partis !

– Je ne veux pas vous gêner... Et puis ta mère, qu'est-ce qu'elle dirait ?... Je ne suis même pas ta promise...

– Mais... tu es libre, tu pourrais l'être maintenant !

– Tu parles sérieusement ? dit-elle en levant les yeux vers lui.

– Autant que je sache, tu ne t'en sortiras pas toute seule. Tu as besoin d'une épaule. Je suis encore vaillant et, en unissant nos forces, avec quelques « estivantiers », on arriverait bien à faire marcher ta terre et la mienne ensemble !

– Écoute, François, j'accepte le gîte et le couvert. Pour le reste, tu sais, je dis pas non, mais attendons au moins que mon grand deuil soit terminé. Ça serait pas convenable...

Épilogue

Une fois installée à la métairie de Saint-Jacques, dans cette bâtisse toute simple qui somnolait à l'ombre de deux splendides acacias, Pauline n'en repartit jamais. Logée au départ dans un coin du grenier débarrassé de son fatras, promue marraine du petit Jean-Pierre, elle se mit en ménage avec François quelques mois plus tard, au printemps 1915, entre deux récoltes de pastel, alors que les premières chaleurs commençaient à dorer les blés sur les coteaux du Lauragais. Augustine, curieusement, ne trouva rien à redire à cette situation, ce qui cloua le bec aux bonnes langues du pays. Elle se montra même plus aimable que son caractère ne le laissait prévoir, mais certains avaient compris que l'arrivée de cette bru était pour elle l'occasion de voir les biens des Donnadieu s'agrandir. Cette alliance en perspective était inespérée.

Les quinze années de différence d'âge qui séparaient François de celle qui désormais partageait sa couche ne pouvaient être qu'un mieux pour donner un héritier à leur patrimoine. Leur mariage fut célébré au mois d'octobre 1915, juste un an après la disparition de Léopold. Vu les circonstances, la guerre et l'absence de beaucoup, ce fut une cérémonie toute simple. La naissance d'une fille, prénommée Antoinette, Charlotte, Joséphine, en mai 1916, prouva à l'évidence que les deux époux avaient pris un peu d'avance sur le calendrier. Mais nul n'osa en faire la remarque, la borde de Pissaurel avait besoin d'héritier pour continuer à exister. Madeleine était pour sa part heureuse de savoir François et Pauline ensemble.

Pauline ne voulut jamais relever les ruines de Pissaurel : ces murs noircis lui rappelaient trop de mauvais souvenirs. Néanmoins, une quinzaine de jours après le drame, venue avec François fouiller les décombres de ce qui avait été l'un des plus belles bordes du pays pour tenter de retrouver quelques affaires échappées au désastre, elle parvint à identifier sous un fatras de tuiles écrasées les restes du banc-coffre qui meublait le côté gauche de l'âtre. Éternellement verrouillé, personne n'avait le droit de s'asseoir sur le meuble en chêne massif, car c'était la place dévolue à Mathurin. Elle n'avait jamais su quels secrets il enfermait et nul ne le saurait à présent qu'il était à demi carbonisé. En se baissant pour en dégager un morceau moins brûlé, son attention fut attirée par une pierre du cantou qui avait bougé, découvrant un trou maçonné à la base du mur. Plongeant la main dans ce qui formait une cache discrète, Pauline sentit sous ses doigts les angles d'une boîte en fer. Mais sa surprise fut encore plus grande quand elle ouvrit le couvercle.

– François ! Viens voir…

– Qu'est-ce qu'il y a ?

– Té… Regarde !

Il ne put retenir un sifflement d'étonnement suivi d'un « Mazette… » retentissant à la vue du spectacle qui s'offrait à ses yeux. La boîte à gâteaux était pleine de pièces d'or, des napoléons de 20 francs aussi propres que des sous neufs. Il plongea la main dedans, évaluant l'importance de la trouvaille. Assurément, il y avait là une belle fortune, le fruit du travail de plusieurs générations, la somme de roublardises en tous genres, de coups tordus, de transactions à la limite du malhonnête, d'intimidations variées, d'usure institutionnalisée, ce que les Marty avaient toujours pratiqué avec grand art dans tout le pays.

– Tu ignorais que Mathurin cachait un si joli magot, je parie ?

– Ce n'est pas à moi qu'il allait le dire, tu penses bien ! Il se méfiait de tout le monde. Je suis sûre que même Léopold n'en savait rien…

– En tout cas, te voilà riche maintenant ! remarqua François.

– Inutile de le crier sur les toits !

– Je sais tenir ma langue…, rétorqua François en souriant.

Pendant toutes les années que dura la guerre, Madeleine s'obstina à cultiver le pastel, les reins brisés par la délicate cueillette des feuilles qui ne supportait aucune mécanisation. Récolte après récolte, elle continua d'expédier par chemin de fer la précieuse plante tinctoriale conditionnée en gros ballots enveloppés dans cette toile grossière qu'on nomme ici « bourasse ».

Thérèse Van Dyck, repliée à Paris, avait dû, guerre oblige, prendre en main les affaires de son mari, rôle qui l'avait quelque peu émancipée de sa position traditionnelle de femme de la bourgeoisie. Plusieurs fois, elle lui expédia des vêtements pour le petit, en bonne charité chrétienne, sachant qu'elle ne roulait pas sur l'or et qu'elle faisait tout son possible pour honorer le contrat moral que son mari, Victor, avait passé avec Charles.

Charles Van Dyck fit une guerre courageuse, à l'image du chef à haute valeur morale qu'il était. Le destin ne l'épargna pas pourtant et, s'il revint vivant de cette guerre civile européenne, il en portait les traces dans son corps. Gazé lors de la première bataille de la Somme, puis blessé aux jambes à Verdun, un éclat d'obus lui emporta aussi un morceau du visage en août 1918 lors de l'offensive générale de Foch. C'est un homme s'aidant d'une canne, au visage couturé de cicatrices que retrouva Thérèse en janvier 1919 lors de sa démobilisation, après un dernier séjour à l'hôpital. De la guerre, il ressortait vivant, arborant le ruban rouge de la Légion d'honneur, trois palmes à une croix de guerre gagnées dans la boue des tranchées sur sa vareuse de capitaine. Mûri, un rien décalé, quelques illusions en moins sur la nature humaine, l'ancien combattant qu'il était devenu ne souhaitait plus que deux choses : oublier les horreurs qu'il avait connues et que cette guerre soit la der des der.

Durant toutes ces années, Madeleine reçut irrégulièrement des nouvelles de son mari. Victor, comme des milliers de ses compatriotes qui croupissaient dans l'un des cent soixante-quinze camps que les Allemands avaient ouverts sur tout le territoire du Reich, souffrit de la faim et du froid. Envoyé au camp de Stragard, à l'est de Stettin, en Poméranie, il y demeura jusqu'à la fin de la guerre, ses deux tentatives d'évasion ayant échoué. Logé par groupes de cent dans des baraquements en bois, dormant dans des châlits à trois couchages superposés, Victor connut la corvée des latrines, la promiscuité, les punitions, la schlague et les moments de cafard quand le courrier attendu n'arrivait pas. Madeleine lui expédia de nombreux colis pour améliorer un ordinaire qu'elle savait insuffisant, mais, une fois sur deux, ceux-ci ne lui parvenaient pas. Libéré grâce à l'article 10 de la convention d'armistice qui organisait le retour des prisonniers alliés, il ne rentra en France qu'un mois et demi plus tard, juste la veille de Noël 1918, faute de moyens de transport, traversant tant bien que mal une Allemagne que la défaite menaçait de plonger dans la révolution des spartakistes.

Une fois rentré dans ce Lauragais d'adoption où Madeleine l'attendait depuis exactement quatre ans, quatre mois et vingt-trois jours, Victor éprouva quelques difficultés à renouer avec la vie civile. Ainsi, il lui fallait apprivoiser Jean-Pierre, ce fils inconnu qui avait grandi sans son père. Si remettre les sabots, les « esclops », lui semblait facile, bien des choses avaient cependant changé en ce début 1919. L'argent n'avait plus la même valeur qu'à la Belle Époque ! La guerre avait fait naître un mal nouveau : l'inflation... L'euphorie de la victoire passée, alors que Clemenceau proclamait qu'il ne restait plus qu'à gagner la paix, Victor découvrit qu'il devait se refaire une place dans ce monde qui avait tourné sans lui plusieurs pages d'histoire. Madeleine ne comprenait pas pourquoi il était sombre parfois, contemplant la silhouette blanche des Pyrénées dans le ciel d'hiver d'une victoire chèrement payée. Plus que les quatre années derrière les barbelés, il n'osait lui avouer la grande incertitude qui le minait : maintenant que la guerre était terminée, qu'on n'avait plus besoin de ces uniformes bleu horizon, quel était leur avenir au Chot ?

Vers la fin janvier 1919, alors que le thermomètre était descendu au-dessous de moins dix, Victor reçut une lettre de Charles Van Dyck. Il servit un verre de rouge au facteur pour le remercier de sa course en cette mauvaise saison, et il attendit que Marcel soit reparti pour l'ouvrir. Madeleine, accourue entre-temps, était pleine d'appréhension. Elle regarda son mari décacheter la lettre de son canif, les mains tremblantes, redoutant comme lui quelque mauvaise nouvelle. Pourtant, au fur et mesure qu'il déchiffrait l'écriture fine de leur patron, elle reprenait espoir : nul pli de contrariété ne venait lui barrer le front.

– Alors ! Qu'est-ce qu'il dit ? demanda Madeleine.

– Il vient nous voir dans une quinzaine…

– Dans une quinzaine ? Mais pour quoi faire ?

– Il le dit pas ! Il écrit simplement qu'il est content du pastel qu'on lui a livré pendant la guerre.

Charles Van Dyck arriva sans crier gare le 10 février 1919. Victor était occupé à fendre du bois devant la grange quand il perçut le bruit inhabituel d'un moteur. Quelques minutes plus tard, Van Dyck débouchait devant la ferme au volant de la voiture qu'il avait déjà en 1914, sa Darracq V 14 aux sièges de cuir rouge. L'homme avait changé : il avait une jambe visiblement un peu raide et le visage émacié, défiguré par une vilaine cicatrice qui lui remontait la joue gauche. Seuls, les yeux brillaient de la même lueur passionnée. Ôtant ses lunettes, il lui serra la main avec un sourire qui rendit sa blessure encore plus hideuse. Victor Verbeck était si impressionné par ce visage martyrisé qu'il en oublia d'enlever sa casquette. La guerre était désormais inscrite dans la chair d'une génération d'hommes.

– C'est moche, n'est-ce pas ? lança Van Dyck.

– Je… je…, balbutia Victor, confus.

– On s'y fait, vous savez. Le plus dur, c'est le regard des autres !

– Excusez-moi…

– Ça n'a pas trop changé ici…, dit Charles en promenant un regard circulaire sur le paysage. Vous vous demandez pourquoi je viens ?

– C'est-à-dire que…

– Je vais être franc avec vous, Verbeck. Vous savez pourquoi je vous ai installés ici…

– Oui, monsieur…

– Depuis, les choses ont évolué : les colorants de synthèse ont envahi le marché depuis deux ans. Les Américains nous les livrent même moins cher que si on les produisait. De plus, avec la fin de la guerre, le bleu horizon est passé de mode. Autant de raisons pour que j'arrête le pastel…

– Et nous ? fit Victor redoutant d'entendre la suite.

– J'y viens ! Plusieurs solutions s'offrent à moi : je peux bien sûr vous garder sur place, mais pour vous faire produire quoi ? Pour le blé ou les pommes de terre, il y a mieux comme région…

– On peux faire du maïs aussi…, hasarda Victor.

– L'avenir est aux grandes parcelles, à la mécanisation ! Vous savez bien ce qui se fait chez nous, dans le Nord !

– Pour nous, ça sera difficile de faire pareil…

– Je ne vous le fais pas dire et, en dehors du pastel, ces quatre hectares de terre ne me rapporteront pas grand-chose. Mon intérêt, vous l'avez compris, Victor, c'est de vendre cette ferme qui ne vaut plus rien…

– Qu'est-ce qu'on va devenir alors, Madeleine et moi ?

– Ça dépend de qui l'achète…, répliqua Charles Van Dyck avec un petit sourire.

– Autant nous mettre dehors ! Si vous nous vendez avec la terre, ceux qui la prendront, vous savez bien qu'ils voudront pas s'encombrer de métayers…

– Pas si vous l'achetez vous-mêmes ! laissa tomber Charles.

– Vous voudriez que…, fit Victor en levant les yeux d'étonnement.

– Écoutez, Victor… C'est une affaire que je vous propose. Cette petite propriété, je ne l'ai pas payée bien cher. Je vous la revends au même prix qu'en 1913. Qu'en dites-vous ? Vous n'avez pas envie d'être enfin propriétaire ?

– Vous êtes sérieux, monsieur ?

– Vous avez bien fait quelques économies, non ?

– Tout a augmenté avec la guerre ! Les quatre sous qu'on avait de côté, ils ont fondu comme neige au soleil…

– Bah, il vous suffira de m'en donner la moitié tout de suite et le reste étalé sur dix ou quinze ans, comme un loyer…

– Mais pourquoi feriez-vous ça, monsieur ?

– Je vais vous le dire, parce que vous êtes comme moi un ancien combattant et que vous pouvez comprendre. Le 21 février 1916, j'étais dans le secteur de Verdun avec ma section. Ce jour-là, les Boches ont lancé leur offensive pour nous saigner à blanc. Nous avons connu un tel marmitage que je ne savais plus où étaient le ciel et la terre. L'azur avait disparu. Mes hommes explosaient pour retomber comme des pantins désarticulés quand ils n'étaient pas engloutis par le feu. Ce n'était pas la mort que j'avais en face, mais un néant dans lequel seule la pensée de revoir mon fils, Hippolyte-Marie, me soutenait et m'empêchait de devenir fou. Ça a duré des heures, des jours. J'ai prié Dieu, non pas parce que je suis croyant, mais parce que lui seul pouvait me sauver de cet enfer. J'ai juré de faire quelque chose pour Notre-Seigneur qui m'avait donné un fils. C'est en revenant de Saint-Jacques que j'ai acheté le Chot et que le ciel a exaucé mes vœux de paternité. Alors, aujourd'hui, en vous permettant d'être maître chez vous, je tiens ma promesse en quelque sorte. Maintenant, c'est à vous de décider. J'ai pris pension pour la nuit à l'hôtel à Mazères. Demain, j'irai voir le notaire.

Victor resta sans voix. Cette proposition le prenait de court. Jamais la pensée d'être propriétaire ne l'avait effleuré. Cet état-là n'était pas pour lui. Son origine sociale lui avait appris à obéir, à courber l'échine, pas à décider. Il était de ceux qui doivent se découvrir pour rester tête nue, la casquette à la main devant le « Moussu », comme on dit ici en parlant des bourgeois de la ville. D'un seul coup, le rêve inouï devenait possible. Mais, pour alléchante que fût l'offre de Van Dyck, même au prix de 1913, Victor ne voyait pas comment il aurait pu réunir la dizaine de milliers de francs que valait le Chot. Leurs économies, fruit de privations et de dépenses parcimonieuses, qui dormaient dans la boîte en fer enfouie sous les draps de l'armoire à linge des Cassou, étaient bien loin de représenter la valeur de cette terre, même payée à bas prix. Quant à emprunter, ce n'était pas dans la culture du temps.

Toute la journée, les paroles de Van Dyck lui trottèrent dans la tête. À vrai dire, il n'avait guère le choix : c'était ça ou partir. Inutile d'en parler à Madeleine. D'ailleurs, ce genre de problème n'était pas l'affaire des femmes d'alors. Il avait là une décision difficile à prendre. Cela le turlupina tant qu'il s'en ouvrit le soir à François, passé bavarder après le coucher du soleil. Même avec lui, il eut du mal à s'expliquer.

François Donnadieu n'hésita pas longtemps : le regardant de ses yeux pétillants, il lui demanda combien il lui manquait pour obtenir l'acompte que demandait Van Dyck et, renseigné, il hocha la tête en disant : « J'en fais mon affaire !... » Et comme Victor ouvrait la bouche pour refuser toute aide, François ajouta :

– Avec ce que Mathurin a volé à tout le monde, on pourrait bien acheter deux ou trois Chot. C'est une occasion à pas laisser passer.

– Je ne pourrai jamais vous rembourser ! Vous avez aucune raison de faire ça !

– Oh que si ! D'abord, j'ai pas envie d'avoir quelqu'un d'autre comme voisin, et puis, si on marie un jour nos enfants, ça sera la dot de ma fille Antoinette ! plaisanta-t-il. Allez, topez là, ajouta-t-il en lui prenant la main. Demain, on descendra chez le notaire pour faire les papiers avec Van Dyck !

Cette nuit-là, le souffle du vent glacé faisant bruire les buis autour du Chot en un long frisson, Victor et Madeleine dormirent bien peu. Ce n'était pourtant pas les chouettes ou les hulottes, pensionnaires habituelles des lieux, qui les empêchaient de fermer l'œil. C'était simplement l'idée que pour eux quelque chose venait de changer dans leur condition d'éternels manouvriers. Pour la première fois depuis des générations, les Verbeck allaient avoir un toit à eux. Désormais, certes un peu plus tard que d'autres paysans qui avaient, à la fin du siècle précédent, accédé au statut de propriétaires, ils auraient eux aussi un bon motif pour s'échiner à gratter la terre, les reins cassés à la fin du rang. Et s'il n'était plus question désormais de cultiver du pastel, Victor et Madeleine se promirent de laisser toujours pousser quelques-unes de ces grandes tiges à fleurs jaunes, comme symbole de leur indépendance et de leur liberté.

C'est sans doute pour ça qu'aujourd'hui encore, le chemin qui mène à la ferme du Chot s'appelle toujours le sentier des Pastelliers…

DU MÊME AUTEUR

Aux Éditions Albin Michel

LE TEMPS EN HÉRITAGE, 2002.

LE CHEMIN DE PEYREBLANQUE, 2003.

LA VIE EN PLUS, 2005.

LE FORGERON DE LA LIBERTÉ, 2006.

UN BRIN D'ESPÉRANCE, 2007.

Composition IGS-CP
Impression : Imprimerie Floch, janvier 2008
Éditions Albin Michel
22, rue Huyghens, 75014 Paris
www.albin-michel.fr
ISBN : 978-2-226-18224-1
N° d'édition : 25722 – N° d'impression : 70133
Dépôt légal : février 2008
Imprimé en France.